나인폭스 갬빗 3

Revenant Gun

나인폭스 갬빗 3

이윤하 Yoon Ha Lee 지음

조호근 옮김

MACHINERIES
— OF EMPIRE
TRILOGY — 3

허빈

이 책에 쏟아진 찬사들

"나는 이윤하의 작품을 사랑한다! 『나인폭스 갬빗』은 만족스럽게 묘사된 전투 신과 치밀하게 구성된 정쟁으로 가득하며, 이윤하가 아름답게 직조한 SF세계는 인간적인 동시에 지극히 이질적이다. 이윤하의 훌륭한 단편에 이미 친숙한 독자에겐 선물이나 다름없을 것이고, 이윤하의 작품을 처음 읽는 독자라면 두 배의 즐거움을 맛볼 수 있을 것이다."

— 앤 레키(휴고상, 네뷸러상, 로커스상, 아서 C. 클라크상, 영국 SF협회상 수상 작가)

"『나인폭스 갬빗』은 아름답고 무자비하며, 최고의 SF에서만 찾아볼 수 있는 독창성으로 가득한 작품이다. 이윤하의 데뷔 무대는 더할 나위 없이 패셔너블했으며, 그녀는 너무도 수월하게 독보적인 작가로 자리매김했다."

— 알레스테어 레이놀즈(영국 SF협회상 수상 작가)

"『스타쉽 트루퍼스』가 『지옥의 묵시록』을 만나고, 커츠 대령이 지휘봉을 잡았다! 이윤하의 밀리터리 스페이스 오페라는 읽는 사람으로 하여금 좀처럼 정신 못 차리게 만든다. 또한 소설 속에 깃든 개념이나 기이함의 밀도는 하누 라야니에미, 심지어 코드웨이너 스미스마저 떠오르게 만든다. 이윤하의 데뷔작은 결코 놓쳐선 안 될 대사건이다."

— 스티븐 백스터(영국 SF협회상, 존 W. 캠벨상, 필립 K. 딕상 수상 작가)

"밀리터리 스페이스 오페라와 순수한 운문이 뒤얽혀 있는 『나인폭스 갬빗』을 읽다 보면 순간 아찔해진다. 이윤하가 구축한 독창적인 세계에 존재하는 모든 단어, 이름, 개념에는 순수한 경이로움이 깃들어 있다."

— 하누 라야니에미(로커스상 수상 작가)

"뛰어난 신예 작가의 매력 넘치는 스페이스 오페라."

"이윤하는 지난 16년 동안 SF계의 그림자 제독으로, 모든 승리의 배후에 있는 냉철한 전략가로 군림했다. 그리고 마침내 대규모 작전에 직접 나서기 시작했다. 종이접기처럼 우아하고, 여우처럼 교활한, 그러면서도 단호하고 흉포하게 참신한 이 소설은 책을 읽는 독자들의 뇌수를 광선총처럼 태워버릴 것이다. 수학적으로 기발하며, 이단적으로 훌륭한 작품이다."

"『나인폭스 갬빗』은 무한한 독창성으로 가득한 세계를 탐험하는, 아주 활력 넘치는 작품이다. 역법이 전쟁 병기로 사용되고, 전사한 병사들이 살아남은 이들을 돕는다. 대담하게 이야기를 진행시키며, 창의력을 발휘하는 데 있어 일말의 두려움도 없다. 거기에 적절한 수준의 잔혹함까지. 이윤하의 이번 작품은 모든 수상 후보 목록에 올라 마땅한 소설이다."

"눈을 뗄 수 없는 대담하고 독창적인 작품이다. 코드웨이너 스미스가 워머 소설을 썼다면 이런 작품이 나왔을 것이다."

안녕하세요, 한국 독자 여러분!

어린 시절 스페이스 오페라와 사랑에 빠진 이래로, 저는 늘 저만의 SF세계를 창조하고 싶었습니다. 그리고 시간이 흘러, 『나인폭스 갬빗』이라는 SF세계를 구축하게 되었죠. 대규모 우주전에서부터 거대한 우주 전함, 그리고 위대한 영웅과 악당들까지! 저는 늘 이런 것들에 열광했습니다. 처음 부모님과 함께 영화 〈스타워즈〉를 보던 게 기억나는군요. 다스베이더가 루크의 팔을 자르는 장면을 보면서 얼마나 무서웠던지! 뭐, 그러고는 부모님한테서 소설판 『스타워즈』를 선물받자마자 부리나케 읽어댔지만요.

그때를 기점으로, 스페이스 오페라와 밀리터리 SF를 탐독하기 시작했습니다. 마거릿 와이스의 〈수호자의 별^{Star of the Guardians}〉시리즈부터 더글러스 힐의 〈최후의 군단^{Last Legionary}〉시리즈, 나아가 데이비드 웨버의

〈아너 해링턴Honor Harrington〉시리즈를 걸쳐 애니메이션 〈은하영웅전설〉까지 두루 섭렵해왔죠. SF와 함께했던 시간은 무척 즐거웠습니다. 그러나 한 가지 마음에 걸리는 게 있었어요. 제가 읽었던 SF 대부분이 서양 문화만을 그려낸다는 점이었죠. 물론 주인공이 백인이 아닌 경우도 있긴 했습니다. 예컨대,『스타워즈』의 '란도 칼리시안'이나 마거릿 와이스가 만들어낸 '멘다하린 투스카'는 흑인이고, 데이비드 웨버의 '아너 해링턴'은 아시아계 후손이며, 〈은하영웅전설〉의 '양 웬리'는 아시아인이긴 했죠.

제가 어릴 적에 읽었던 영미권 SF에선 항상 저와 생김새나 문화적 배경이 다른 인물들이 활약했습니다. 또한 하나같이 서구가 세계의 중심이라는 전제가 깔려 있었고, 그보다 좀 더 오래된 소설에선 소비에트 연방이 양념처럼 곁들여지는 정도가 전부였죠. 저는 괴리감을 느낄 수밖에 없었습니다. 나아가 이전의 것들과 다른 SF세계를 만들고 싶단 욕망이 생겨났죠.

『나인폭스 갬빗』은 한국의 미래상을 비추는 거울이 결코 아닙니다. 한국적 이미지를 토대로 설계된 SF 건축물로 보시면 좋을 듯해요. 제 소설에선 한국적 이미지가 장면을 그려내는 사소한 디테일로도, 세계관을 구축하는 중요한 구성 요소로도 고루고루 쓰입니다. 켈 병사들이 '양념한 양배추 절임'(김치죠!)에 환장한다는 설정도 마찬가지예요. 이제까지 수많은 밀리터리 SF가 항상 스테이크와 감자만 입에 달고 살아왔잖아요? 저는 그게 무척 질리더라고요. 이제 딴것 좀 먹을 때가 됐다 싶었죠. 또한, 한국 민담에 등장하는 '구미호' 이미지를 차용해 세력이나 인불을 묘사하기도 했습니다. 이 경우엔 영미권 독자들도 딱히 괴리감을 느끼지 않았을 거라 생각해요. 서양에서도 '여우'를 책략가로 여기니까요.

제가 만든 SF세계에선 어떤 역법(曆法)을 믿느냐에 따라 마법을 쓰는 것처럼 물리법칙을 바꿀 수 있습니다. 이러한 '역법 전쟁'에 대한 발상엔 제 어릴 적 경험이 큰 영향을 끼쳤습니다. 저는 텍사스주 휴스턴에서 태어났지만, 어릴 적엔 한국에서 9년 넘게 살았습니다. 부모님이 미국과 한국을 오가며 생활하셨기 때문이었죠. 대부분의 시간을 서울외국인학교를 다니면서 보냈습니다. 기독교 미션스쿨이었는데, 석가탄신일 같은 국경일은 그대로 지키는 신기한 곳이었습니다. 음력 설날에 할머니 댁에 가서 떡국을 먹었던 게 기억나네요. 추석날에 온 가족이 모여 할머니 댁 대추나무에서 대추를 따 먹던 기억도 여전히 생생하고요.

그렇게 한국에서 보낸 유년 시절 덕분에, 여러 문화권에서 날짜를 다른 방식으로 계산한다는 걸 일찍부터 체득할 수 있었습니다. 그 후 한참 시간이 흘러, 마샤 애셔의 『타민족의 수학Mathematics Elsewhere』을 읽게 됐고, 그때부터 본격적으로 비(非)서구권 사회에서 사용하는 수학과 역법에 대해 공부하기 시작했습니다. 여기서 흥미로운 사실은, 나중에 알고 보니 애셔는 제 대학교 시절 친구의 형제의 대모였더군요! 어쨌든, 유대인이었던 애셔는 서구의 그레고리력이 유대의 전통 역법과 어떻게 다른지 잘 알고 있었고, 그 부분이 특히 제 상상력을 자극시켰습니다.

처음엔 그저 유혈이 낭자한 활극을 쓸 생각이었습니다. 비디오 게임, 특히 게임즈 워크숍Games Workshop의 〈워해머 40K〉와 같은 미니어처 게임에 한창 빠져 있던 시기였거든요. 그러나 쓰면 쓸수록 저의 내밀한 부분이 묻어 나오기 시작했습니다. 『나인폭스 갬빗』에선 반대 세력을 강제로 복종시키는 우주 제국인 '육두정부'가 등장하는데, 이는 제국주의와 이민족 탄압에 대한 제 생각을 소설 안에 풀어 넣은 것이죠. 그리고 주인공 체리스. 체리스는 자신을 둘러싼 거대한 세계인 육두정부에 녹아들고 싶어 하는 인물입니다. 그러나 동시에, 육두정부가 억압하는 어머니 쪽 민족 '므웬'을 자신의 일부처럼 여기는 인물이기도 하죠. 이처럼, 상충되는 두 마음 사이에서 고뇌하는 인물이 바로 체리스입니다. 저 또한 어린 시절부터, 이와 비슷한 혼란을 수도 없이 겪었습니다. 한국에도 미국에도 속하지 못하는, 양쪽 세계에 발 하나씩을 걸치고 있는 한국계 미국인으로 살아야만 했으니까요.

그렇기에 제 책이 모국어인 한국어로 번역되어, 한국 독자분들과 만날 수 있게 돼 더할 나위 없이 기쁘고 영광스럽습니다. 제가 이 책을 쓰면서 느꼈던 즐거움을 여러분도 만끽하실 수 있었으면 좋겠습니다.

역법 전쟁의 동료
이윤하

제다오가 눈을 떴을 때, 눈앞엔 호화로운 스위트룸의 모습이 펼쳐져 있었다. 수묵화 족자며, 독특한 비대칭 형태의 의자며, 투명한 탁자 등 온갖 호화로운 가구가 사방에 가득했다. 마지막으로 기억나는 건 이곳보다 훨씬 비좁은 방에서, 루오와 게임 컨트롤러를 놓고 몸싸움을 벌이다가 침대에 뻗어버렸던 일이었다. 설마 여기 호텔은 아니겠지. 루오 녀석 꼬드김에 넘어가 후회할 일을 저지른 건 아니어야 할 텐데. 지금 주머니 사정으로 호텔 숙박비는 무리라고.

제다오는 모든 걸 의심해봐야 한다고 판단을 내리고는, 곧장 자신이 앉아 있던 의자 아래로 들어가 귀를 기울였다. 딱히 들리는 소리는 없었다. 이내 제다오는 최대한 소리를 죽이려 애쓰며 주변을 둘러보았다. 문 하나는 닫혀 있는 대신, 그 맞은편에는 다른 방으로 통하는 문이 열려 있었다. 창문이나 외부 관측장 따위는 없었다. 물론 숨겨놓았을 수도 있겠지만.

루오, 설마 이것도 네가 꾸민 장난질이라면…

가벼운 바람이 방을 쓸고 지나갔다. 그는 몸을 떨며, 시선을 아래로 향했다. 누군가 옷에 손을 댄 것이 분명했다. 자신은 지금 길고 얇은 오프화이트 상의에 팬티만 입고 있었으니까. 혹시 다른 생도 녀석이 신고식이라며 장난을 친 걸까? 슈오스 사관학교 전통이랍시고?

그는 위험을 무릅쓰고 자리에서 일어났다. 아직 총탄이 날아다닐 기색은 보이지 않았다. 그러나 역설적이게도 그런 자신의 침착한 대응이 더욱 불안했다. 총탄과 불길과 연기에 대처할 방법이 즉시 머릿속에 떠올랐기 때문이다.

곱씹을수록 더욱 초조해졌다. 가장 최근 기억에서, 그는 사관학교 1학년 생도였다. 아무리 슈오스라도 1학년을 실전 화기 연습장에 몰아넣지는 않는다. 대체 내가 그런 걸 어떻게 알고 있는 거야?

제다오는 첫 번째 방을 살핀 다음, 조금 대담해져서 스위트룸의 나머지 방들도 뒤졌다. 방이 일곱 개가 아니라 여섯 개라는 사실을 깨닫고 그는 얼굴을 찌푸렸다. 칠두정에서는 모든 것을 일곱 개로 맞추라고 압박하지 않던가? 예술품들도 마찬가지로 일곱 개가 아니었다. 무척 수상했지만, 물어볼 사람조차 없었다. 루오도 보이지 않았다.

다른 가구들만큼 사치스러운 화장대가 침실 한쪽 벽면을 메우고 있었다. 그러나 물건이 든 것은 맨 위 서랍뿐이었고, 그 물건조차 켈 제복이었다. 정확히 말하면, 켈 제복과 가장 비슷해 보였다. 검은색 원단에 금빛 술. 적어도 색 배합이 일치했다. 그는 옷의 주인이 누구인지 알아내고자 주머니를 뒤집으며 명찰이나 메달을 찾아봤지만, 아무것도 발견하지 못했다. 소맷동에 띠가 두 줄이니 고위급 장교의 것임은 분명해 보였다. 그러고 보니, 스타일이 낯설었다. 겉옷 왼쪽 절반이 몸을 둘러서 입는 형식인 데다, 단추 대신 좌우 고정식 핀이 달려 있었다. 옷깃을 완벽히 여미려면 고리까지 채워야 했다.

제복 옆 한쪽 구석에는 손가락 없는 검은 비단 장갑 한 켤레가 놓여 있었다. 이 제복의 주인은 켈 분파가 아닌, 켈에 전속된 다른 분파 사람이었다.

뱃속에서 오싹한 기분이 끓어 올랐지만, 제다오는 이내 무시했다. "좋아, 슬슬 재미없어지고 있거든. 이제 얌전히 나오는 게 어때, 루오."

하지만 반응은 없었다.

제다오는 누군가가 실수로 자기 제복을 놓고 갔을 가능성도 생각해 봤다. 그는 셔츠를 집어 든 후 다시 펼쳐서 살펴보았다. 그다음엔 바지도. 그의 몸에 제법 잘 맞을 듯해 보였지만… 잠깐. 그는 눈을 가늘게 뜨고 자신의 팔과 다리, 그리고 몸 전체를 훑어봤다. 대체 언제 이런 근육이 생긴 거지? 딱히 불평할 일은 아니지만, 이상한 노릇이긴 했다. 나는 분명 비교적 마른 체구였는데.

슬슬 이 모든 상황이 루오와 별 관련이 없을지도 모른다는 생각이 들기 시작했다. 적어도 루오가 초단기 근육 증량 시술을 내게 해줄 이유는 없다. 그렇다면 대체 무슨 일이 벌어진 것일까?

아무리 제복이 몸에 잘 맞아 보여도, 냅다 몸에 걸치는 것은 현명한 선택이 아니었다. 물론, 달리 입을 옷이 없다는 게 문제긴 했지만, 장교 사칭죄로 총알받이가 되는 것보다는 발가벗고 있는 편이 나았다.

문이 열렸다. 제다오는 루오일지도 모른다고 생각했지만, 역시나 아니었다.

훤칠한 키에, 창백하고 비정상적으로 아름다운 얼굴을 한 남자 한명이 방으로 들어왔다. 은회색 눈 화장, 호박색으로 아른거리는 눈, 그리고 짙은 속눈썹이 유독 돋보였다. 남자는 니라이의 검은색과 은색 복장을 걸치고 있었다. 하지만 니라이의 배색에 저렇게 퇴폐적인 주름 장식이나, 손목을 완벽히 감싸는 레이스로 된 소매를 달다니. 상상도 해보지 못한 조합이었다.

제다오는 머릿속으로 새로운 가설을 세웠다. 자신의 동의 여부와 상관없이 니라이의 임상실험 대상이 되었을 수 있다는 가능성. 칠두정이 내게 무슨 일을 하기 전에, 허락을 구할 일은 없었을 테니까. 그는 두 발짝 뒤로 물러섰다.

니라이 남자의 눈길이 그대로 제다오의 양손으로 향했다. 뻔히 드러나 있을 뿐만 아니라, 아무런 위협적인 동작도 보이지 않았는데도. 니라이는 눈썹을 추켜들더니, 제다오의 적대적인 몸짓언어에는 조금도 개의치 않고 입을 열었다. "미안한 얘기지만, 네가 맨손으로 돌아다니면 다들 겁에 질려 날뛰고 말 거야." 나직하고 교양 있는, 그가 가지고 있는 온갖 것들과 마찬가지로 아름다운 목소리였다. "아무래도 그 장갑을 끼는 게 좋겠어. 물론, 그래도 겁먹긴 하겠지만, 끼는 쪽이 그나마 덜하겠지. 그리고 옷도 입는 게 좋겠고."

초청 강사쯤 되는 사람인 걸까? 만약 그렇다면, 왜 초청 강사만의 식별 휘장을 달지 않은 걸까? "실례합니다만, 저는 켈을 사칭하며 돌아다니고 싶지는 않은데요. 혹시 민간인 옷이 있다면 그걸 입겠습니다. 그보다 일단, 당신은 누구십니까?"

"나는 니라이 쿠젠이라고 해." 니라이 남자가 말했다. 그는 성큼 다가서며 제다오를 그대로 구석에 몰았다. "이름을 말해주겠어?"

이름을 알려주는 정도로는 딱히 해가 될 것 같지 않았다. "가라크 제다오 쉬칸입니다."

쿠젠은 눈살을 찌푸렸다. "재밌네… 그 정도까지 거슬러 올라갔다는 거지, 흠? 좋아, 내가 원하는 시점에 거의 가깝긴 하니까. 네가 왜 여기 있는지는 알고 있어?"

"잠깐요." 제다오는 짜증이 두려움을 앞서기 시작하는 것을 느끼며 되물었다. "당신은 대체 누굽니까? 무슨 권한을 가지고 있는 거죠?" 물론 그도 슈오스 생도에 지나지 않았지만, 타 분파가 개입할 시엔 생도라 해도 최소한의 보호는 받을 수 있었다.

쿠젠은 부드럽게 웃음을 터트렸다. "내 그림자에서 뭐가 보이는지 말해볼래?"

제다오는 시선을 돌렸다. 처음에는 평범한 그림자라 생각했다. 그러나 조금 자세히 살피자, 남자의 그림자가 무수한 나방, 보는 사람을 사로잡는 날개를 퍼덕이는 나방으로 이뤄져 있음을 알 수 있었다. 계속 지켜보고 있으니 어둠은 조금씩 심연처럼 깊은 틈새로 변했다. 무수한 톱니바퀴와 전동 장치, 그리고 나방이 깨어 나오는 은빛 고치가 그 틈새로 엿보였다. 이내 제다오는 고개를 들고 입에 담을 수조차 없는 질문에 대한 대답을 기다렸다.

"맞아." 쿠젠이 말했다. "나는 니라이 육두관이야."

제다오는 최고로 격식 있는 어투를 골라 되물었다. "칠두관을 말씀하시는 거겠죠?" 육두관이라니. 세나가 서사의 이름소차 들어본 적이 없었다. 제다오는 칠두관들 이름을 떠올리려고 머릿속을 헤집었지만, 떠오르는 것이라곤 슈오스의 수장 키아즈 칠두관뿐이었다. 이런 사소한 지식까지 헝클어놓다니, 대체 무슨 실험을 한 것일까?

"그게 좀 복잡해서. 어쨌든, 네가 군대를 통솔해줘야겠어."

더욱 말도 안 되는 이야기였다. 니라이는 기술을 다루는 분파다. 물론, 그 안에는 각종 무기 개발도 포함되나, 그들은 군인이 아니다. 군대는 켈의 관할이다. 게다가… "저는 군인이 아닙니다." 적어도 아직은 아니었다. 게다가 보병 하급 장교에서 장군까지 진급하려면 상당히 오랜 기간이 걸리지 않던가?

문제는 자신이 군인의 육체를 가지고 있다는 점이었다. 아까는 반사적으로 총성을 찾아 귀를 기울이기까지 했고.

제다오의 얼굴에서 무엇을 읽었는지 몰라도, 쿠젠의 입술 한쪽이 비뚜름하게 올라갔다. "시뮬레이션이 아니라 진짜 군대를 통솔해야 해. 게다가 상대방은 육두정 최고의 장군들이고."

제다오는 조금이라도 말이 되는 답변을 얻어내고자 계속 질문을 던졌다. "'육두정'이라고 하셨죠. 어느 분파가 날아간 겁니까?"

"굳이 궁금하다면, 리오즈야. 상황이 순식간에 걷잡을 수 없을 만큼 복잡해졌어. 지금 육두정을 계승하는 주요 정치 집단은 두 개인데, 하나는 과거 육두정의 계승국을 자처하는 자들이 세운 '보호령'이고, 다른 하나는 과격파가 세운 '협정국'이야. 이 양쪽이나 외부 세력에 삼켜지지 않으려고 애쓰는 독립 성계들도 잔뜩 있고. 원한다면 지도를 보여주지. 네가 할 일은 이런 자잘한 조각들을 전부 정복해서 이 나라를 원상태로 되돌리는 거지."

제다오는 쿠젠을 노려보려 했지만, 키 차이와 정신을 어지럽히는 아름다운 눈매 때문에 영 쉽지가 않았다. 눈앞의 남자는 아무래도 자세한 내용은 거의 알려주지 않을 생각인 듯했다. "여우와 사냥개의 이름으로, 대체 어쩌다 이 지경에 이른 겁니까?"

"기억이 아예 안 나는 거야?" 쿠젠의 목소리에서 일말의 실망감이 느껴졌다.

"전혀 안 납니다." 제다오는 대답하면서도 오싹한 두려움에 사로잡혔다.

"뭐, 어쨌든 나는 당장 장군이 필요한 상황이야. 그런데 때마침 네가 여기 있고." 쿠젠이 말했다.

이거 원. "설마 지는 싸움을 하고 싶으신 겁니까, 니라이-조?" 제다오가 말했다. "저는 장군이 아닙니다." 조금도 위협적이지 않은 상황에서 반사적으로 몸부터 숨겼던 것도 수상쩍었다. 장군이라는 인간들은 대부분 전방에서 한참 떨어진 안전한 장소에 틀어박혀 있으리라 생각했는데. "게임 경력도 전쟁 준비로 쳐주는 것이 아니라면요."

생도의 과대망상 성향을 측정하는 시험이 분명했다.

"됐고, 어쨌든 옷부터 챙겨 입어. 네가 맞서 싸울 상대를 보여줄 테니." 쿠젠이 말했다. "그리고 이름으로만 불러도 돼. 요즘은 경칭 따위는 아무도 안 붙이니까."

제다오는 어찌할 바를 모르는 표정으로 그를 바라봤다. 다른 분파의 색 배합을 걸치는 일은 금기에 속했다. 임무 중인 첩보원들이야 언제나 하는 일이겠지만, 그렇다고 자신도 해도 된다는 건 아니었다. 그러나 칠두판… 아니, 육두판의 명령을 거스르는 것도 결코 괜찮은 일은 아니었다.

"너는 그 제복을 입을 자격이 있다니까. 얼른." 쿠젠이 말했다.

반격에 나설 때였다. "잠깐요. 어째서 니라이가 군사 문제에 개입하고 있는 겁니까?" 제다오는 질문했다. 일단은 제복 말고 다른 쪽으로 대화를 유도해 볼 생각이었다.

"적법한 육두관이 나밖에 안 남았거든." 쿠젠이 대꾸했다. "보호령은 벼락출세한 켈한테 휘둘리고 있고, 협정국은 민주주의 국가인 척하나 결국 다른 벼락출세한 켈에게 휘둘리고 있고. 유감스럽게도 슈오스 육두관은 반역을 일으켜 협정국 쪽에 붙어버렸지. 아까도 말했지만 상황이 많이 복잡하거든."

쿠젠은 이렇게 말하면서 제복을 집어 제다오에게 내밀었다. "얼른. 진짜 반나체로 돌아다닐 생각은 아닐 거잖아." 구슬리는 어조였다.

제다오는 머뭇거리며 옷을 받아 입었다. 그리고 쿠젠 쪽을 슬쩍 바라봤다.

"네가 상대에 대해 감을 잡을 수 있도록 전투 기록을 좀 가져왔어."

"제대로 된 장군을 구할 수 없다는 게 확실한가요? 용병 지휘관이라도?" 제다오가 말했다. 칠두정에서 용병 고용은 불법이지만, 어쩌면 규정이 바뀌었을지도 모른다. 쿠젠은 육두관이니 규칙을 비틀 수도 있을 테고. 국경 근처만 가면 용병단을 만날 수 있었다. "저로서는…" 그는 무력하게 자기 손을 내려다봤다. "저를 어떻게 생각하시는지는 모르겠지만, 저는 못 해요. 기억도 혼란스럽고요. 정말, 진심으로 장군이 필요하신 거라면, 자기 자신을 똑똑히 아는 사람을 고르시는 게 나을 겁니다."

쿠젠은 뒤틀린 미소를 머금었다. "나를 도울 수 있는 사람은 이 세상에 너뿐이야. 근거도 있다고."

드라마 대사로는 나쁘지 않았지만, 현실에서 저런 소리를 듣는다는 건 안 좋은 징조였다. 순간 제다오의 머릿속으로 기억의 파편이 흘러 들어왔다. 그는 순간 혼란에 빠졌다. 동그스름한 얼굴의 켈 여성과 로봇들이 함께 방에 앉아서 드라마를 보는 기억이었다. 가장 당황스러운 건, 기억 속의 자신은 육체가 없을 뿐만 아니라 사방을 동시에 볼 수 있다는 것이었다. 터무니없는 기억이었다. 과거의 자신도 얼굴 정면에 두 눈이 달려 있던 것이 분명했으니까. 그리고 떠올랐을 때와 마찬가지로, 기억은 순식간에 흩어지듯 사라졌다.

우선, 정보는 얻어두는 편이 나을 것 같았다. "알겠습니다, 니라… 쿠젠. 보여주시죠."

쿠젠은 그를 거실로 데려가서 탁자 하나에 슬레이트를 내려놓았다. 그리고 3차원으로 구성된 전쟁 기록 여럿을 재생시켰다. 전부 보는 데는 시간이 제법 걸렸다. 처음 몇 편은 다양한 지형에서 펼쳐지는 육상전으로, 공격적인 상륙 강습도 하나 있었다. 후반에는 우주전이 펼쳐졌고, 대규모 함대 단위 전투도 종종 보였다. 한쪽은 푸른색, 반대쪽은 붉은색으로 표시되어 있었다. 제다오는 이내 붉은 쪽 지휘관은 같은 사람이며, 쿠젠이 걱정하는 상대가 분명하다는 사실을 깨달았다. 공격적이고, 교묘하고, 상대방의 발목을 붙들고 늘어지는 솜씨가 훌륭한 지휘관이었다.

"어때?" 쿠젠이 말했다.

"우리가 붉은 쪽과 싸우는 거겠죠?"

쿠젠은 뒤틀린 미소를 내비쳤다. 왜 저런 식으로 웃는 거야? "그렇지." 그는 이렇게만 말할 뿐, 설명을 덧붙이지 않았다.

"그럼 망했는데요." 제다오는 말했다. "이걸 제대로 해석하신 건지 모르겠지만, 방금 마지막 전투를 보면 붉은 군대는 8 대 1 열세에 몰린 상황에서도 푸른 군대 한가운데로 파고들어 박살 냈습니다. 제가 생각한 해결책은 하나입니다. 솜씨 좋은 암살자를 고용해서 지금 격정하시는 저 지휘관에게 보내세요." 전형적인 슈오스의 대사긴 해도, 이 빌어먹을 상황에선 최상의 조언이었다. "물론 저 지휘관을 뒤이을 자들도 그만큼 솜씨가 훌륭하다면 이야기가 다르겠지만요."

"아니, 그럴 가능성은 없지."

"그러면 암살자를 쓰는 게 최선이지 않나요? 설마 그랬다가는 감당할 수 없는 전면전이 일어나는 상황인 겁니까?"

쿠젠은 고개를 저었다. "어차피 우리는 전 영토를 수복해야 하는걸. 어차피 너한텐 붉은 쪽 지휘관에 맞서 싸울 능력이 있고. 너도 사실상 붉은 쪽이니까. 참고로, 저 8 대 1 싸움은 촛불전광 전투라고 불러. 아주 유명한 전투지. 켈 사관학교 교과서에 반드시 수록되는 전투야."

제다오는 뼛속까지 얼어붙었다. 무슨 소릴 하는 거야? 어떻게 내가 붉은 쪽이 될 수 있다는 거지? 게다가 '나도' 붉은 쪽이라니, 대체 그게 무슨 소리야? 내가 교과서에 실릴 만큼 업적을 이뤄냈다고? 내가 그런 일을 이뤄낼 만큼 나이를 먹었을 리 없잖아? 켈이 맛이라도 간 걸까? 자기네 함대를 10대 청소년 손에 맡길 만큼?

"좋습니다." 제다오가 말했다. "당신이 이겼어요. 이런 미친 헛소리는 논파할 방법이 없네요. 지금 훈련 평가 중이라면, 그냥 실패했다고 기록하셔도 좋습니다." 수학 성적도 나쁘게 나올 테니, 여러모로 고달픈 상황이었다. "보충하려면 남은 학기 동안 열심히 공부해야겠죠. 뭐, 그것 자체는 두려운 일이 아니니까요."

쿠젠은 정말로 즐거운 듯한 표정이었다. "몇 가지 확실히 짚고 넘어가야겠는데. 정말로 네가 생도라고 생각하는 거야?"

제다오는 침묵을 지켰다.

"너 몇 살이지?"

"열일곱입니다." 그 자신도 의문이 생기고 있었지만, 제다오는 머뭇거리며 대답했다.

"셔츠를 벗어봐."

제다오는 머뭇거리다가 어색한 손놀림으로 앞쪽 여밈을 풀기 시작했다.

쿠젠은 눈알을 굴렸다. "내가 안 보는 쪽이 편하겠다면 그렇게 해줄게. 어차피 예전부터 전부 봐뒀긴 하지만." 그는 느긋하게 방 반대편으로 걸음을 옮겨서는 휙 하고 돌아섰다.

쿠젠이 과장되게 한숨 쉬는 모습을 보면서, 제다오는 그의 어깨뼈를 훑어보고 싶은 충동을 억눌렀다. 제다오는 벗은 겉옷을 접어서 팔에 건 다음, 머뭇거리며 그 자리에 서 있었다.

"셔츠까지 벗어야지." 쿠젠이 말했다.

제다오는 목까지 차오르는 핀잔을 가까스로 삼키며 겉옷을 의자 등받이에 걸었다. 셔츠를 머리 위로 끌어 올린 순간, 그는 얼어붙었다. 육체가 나이를 먹은 것만으로도 당혹스러웠는데, 거기에 온갖 흉터까지 가득했다. 대부분 상당히 흉측스러웠다. 심지어 젖꼭지 하나는 아예 통째로 날아가 있었다. 대체 어쩌다 생긴 흉터인지 짐작조차 가지 않았다. 그는 흉터 하나를 찔러보았다. 아프지 않았다. 차라리 아팠으면 좋겠다는 생각이 들 정도였다.

"아무리 슈오스라도 생도의 몸을 이렇게 만들지는 않지." 쿠젠이 말했다. "너 말이야, 전술 부대를 지휘하던 시절엔 수류탄에 얼굴 반쪽이 날아간 적도 있었어. 의사들이 재건 수술을 훌륭하게 성공해서 이제는 골격 검사라도 하지 않으면 알 수도 없겠지만. 어쨌든, 이제는 네가 군인이라는 걸 믿어주려나?"

제다오는 다시 옷을 입었다. "몇 년이나 복무한 겁니까?" 우선은 정보부터 얻어야 해. 당황하는 건 나중에 해도 늦지 않으니까.

"넌 마흔네 살이야."

젠장. "친구가 하나 있었는데요…" 제다오는 말을 끝맺지 못했다. 생각을 어떻게 정리해야 할지 알 수 없었기 때문이다. 육두관이 평범한 슈오스 생도의 운명에 신경이나 쓰겠는가? 루오는 아마 숙련된 암살자로 이름을 날리러 떠났을 것이다. 그 녀석도 스물일곱 살을 더 먹었겠지.

흥미로운 일이었다. 평소에는 숫자를 어딘가에 적어야 간신히 계산할 수 있었는데, 방금은 머릿속에서 암산이 가능했다. 쿠젠이 다시 입을 열었다. 제다오는 의아한 부분은 잠시 미뤄두고 나중에 해결하기로 마음먹었다.

"네 능력 자체는 그대로일 거야." 쿠젠이 말을 이었다. "하지만 서술 기억에는 구멍이 가득한 모양이니, 그건 차차 메워나가야겠지."

"그래요, 그 문제 말입니다만." 제다오가 말했다. "치료제는 없습니까? 상당히 거북해서 그러는데요."

"네가 상대할 자가 네 기억의 대부분을 가져갔거든." 쿠젠이 말했다. "그 여자가 너와 상성이 가장 안 좋은 상대인 이유지. 우리가 특히 조심해야 하는 이유기도 하고. 나머지 기억은 내가 회수하기는 했는데, 상황이 상황인지라 그것들도 마모된 모양이야. 안타깝게 됐어."

"설마 제가 기억 흡혈귀한테 습격당했다는 건가요?" 제다오는 의심스러운 표정으로 물었다.

쿠젠은 코웃음을 쳤다. "넌 가끔 보면 단어를 맛깔나게 사용한다니까… 이능력 기술을 시험하다가 문제가 발생한 거야. 그 여자를 붙잡으면 상황을 재연해볼 수도 있겠지만, 네가 그 과정에서 미쳐버릴 가능성이 크겠지."

"그 기억 흡혈귀는 왜 미치지 않은 겁니까?"

"안 미쳤다고 한 적 없는데?" 쿠젠은 한숨을 쉬었다. "너 안단 농담은 아예 기억도 안 나겠지?"

너무도 기묘한 질문에 제다오는 순간 먹먹해졌다. 안단 농담은커녕, 농담이라고는 아무것도 떠올릴 수 없었기 때문이다. 게다가 지금 농담이나 나눌 상황도 아니었고.

"과거에는 지저분한 안단 농담을 뜨악할 정도로 많이 알고 있었거든." 쿠젠은 애석한 듯 말했다.

"일단 말씀해주시면 제 입으로 다시 들려드리죠."

"아니야. 그런 건 아무 의미 없어."

별로 기분이 나아지는 답변이 아니었으므로, 제다오는 다음 질문으로 넘어갔다. "왜 겔입니까?"

"네가 켈에 전속되어 대단한 경력을 쌓았거든. 놈들은 너를 엄청난 속도로 진급시켰지." 쿠젠이 말했다.

"기억에 결함이 없는 다른 사람을 기용하는 게 낫지 않나요?"

"너는 전투에서 단 한 번도 패배한 적이 없었어. 심지어 8 대 1로 열세인 상황에서도. 항상 압도적으로 승리했지. 나 같은 문외한도 알아볼 수 있을 정도로." 그의 목소리에는 가볍게 놀리는 기색이 섞여 있었다.

제다오는 눈을 질끈 감으며 생각했다. 정말 고맙네요, 압박해줘서. "제가 다시 할 수 있으리라는 보장은 없습니다." 사실 영영 못 할 거라는 쪽에 가깝겠지만.

"그래도 기록을 보면서 어떻게 한 건지 알아볼 수 있었잖아?"

쿠젠은 그게 무슨 의미인지 모르는 걸까? "거미줄 같은 조그만 3차원 도해 안에 모든 병력이 깔끔하게 배열되어 있고, 모든 함선마다 이름표도 붙어 있고, 진행 방향과 속도를 표시하는 색색의 화살표까지 있으니까요. 게다가 기록상에선, 직전에 들른 보급지에서 정비공들이 농땡이를 피운 덕분에 전함나방이 추진체 고장을 일으켜 필수 회전축에서 기동을 멈추거나, 적군이 환상적인 신형 통신 방해 장치를 도입한 덕분에 탐지반에서 적대 세력의 신호를 절반도 읽어내지 못하는 일이 없으니까요. 아니면 영민하고 성급한 함장이 명령을 창의적으로 잘못 해석해야 할 상황이라 판단해서 자기 전술 부대를…"

제다오는 입을 다물었다. 흉터와 마찬가지로, 어떻게 이렇게 투덜거릴 수 있는지 짐작도 가지 않았다. 방금 내뱉은 말이 전부 실제로 일어났는지, 아니면 그저 가정한 것인지조차 알 수 없었다. 마치 전쟁을 아주 잘 아는 타인이 자신의 말투와 목소리를 빌려 말하고 있는 것만 같았다.

대체 나는 누구인 거야? 설마 복제인간인가? 아니, 복제된 클론에게는 흐리멍덩한 전쟁 기억조차 집어넣기 힘들 것이다. 그러나 이미 기억상실에 시달리고 있는데, 그걸 어떻게 판별할 수 있겠는가?

쿠젠이 그의 팔을 붙들고선, 부드럽게 의자 쪽으로 이끌었다. "좀 앉아."

제다오는 의자에 주저앉았다. 조금만 더 서 있다가는 무릎이 녹아내릴 것만 같았다.

"나는 군 복무 경험이 없어." 쿠젠이 말했다. "군대를 상대한 경험은 있지만 말이야. 켈은 네 능력을 아주 높이 사고 있어. 나는 그들의 판단을 따를 생각이야."

"그럼 저는 대체 가능한 복제품인 겁니까?"

"대체 가능하지는 않아." 별로 도움은 안 되는 소리였다.

게다가 복제품 쪽은 부정하지도 않았고. "좋습니다." 제다오가 말했다. "우리 쪽 전력은 어느 정도입니까?" 운이 좋다면 명료한 답이 나올 것이다. 기억 흡혈귀처럼 거북한 존재도 등장하지 않을 테고. 쿠젠이 입을 굳게 다물고 있는 이상, 클론 문제는 나중에 직접 조사할 수밖에.

"좋은 소식은, 요즘 전함나방의 성능은 네가 놀랄 만큼 뛰어나다는 점이야." 쿠젠이 말했다.

그건 당연하다고 제다오는 생각했다. 전함나방에 대한 지식이라고는 비디오 게임에서 읽은 것이 전부였기 때문이다. 그러나 그 사실을 언급하는 것은 자신에게 유리하게 먹히진 않을 듯했다.

"게다가 그 전함나방은 충성스러운 켈들이 몰고 있지. 나쁜 소식은 숫자야. 우리가 아무리 열심히 전력을 긁어모아봤자, 둘 중 한쪽보다도 병력수가 부족하다는 거지."

"지금 전함나방 숫자에 대해 말하는 거죠?"

"우리한테는 기치나방이 108척 있고, 한 척마다 450명 정도의 승무원이 탑승해 있어. 기치나방이나 수송용 수납나방에 원하는 대로 배분할 수 있는 2개 보병 연대가 있고. 할 수만 있었다면, 나방 승무원으로 써먹을 켈을 좀 더 데려오고 싶기는 했지만."

"병력을 보충할 수는 없나요?"

쿠젠은 부루퉁한 표정을 지었다. "누굴 따라야 할지 혼란에 빠진 켈이 아주 많아. 내게 충성을 바치는 기지가 조금 있기는 해도…"

"상황을 시각적으로 확인할 수 있게 지도로 보여주시면 좋겠는데요." 제다오는 이렇게 말하며, 이 모든 문제를 비디오 게임이라 생각하겠다고 마음먹었다. 물론 전쟁처럼 심각한 사안을 게임으로 간주하자니 영 거북하기는 했지만.

쿠젠은 깔끔하게 꼬리표가 붙은 3차원 지도를 불러왔다. 보호령 영역은 금색이었다. 제다오가 기억하는 칠두정 시절보다 더 넓어진 부분도 있고, 뭉텅이가 잘려 나간 부분도 있었다. 두 번째로 큰 정치 세력은 쿠젠이 말한 대로 협정국이었다. 지도에는 붉은색으로 표시되어 있었다.

"슈오스의 붉은색인가요?" 제다오가 물었다. 슈오스 육두관이 협정국으로 귀순했다고 쿠젠이 말했던 게 떠올랐다.

"그래." 쿠젠이 말했다.

"키아즈 칠두관께서 아직도 슈오스의 수장이신가요?"

쿠젠은 눈을 크게 뜨더니, 웃음을 터트렸다.

제다오는 뭐가 그리 우스운지 짐작조차 할 수 없었다. "왜 그러세요?"

"꽤 오래전에 죽어서 말이야." 쿠젠이 말했다. "지금 육두관은 슈오스 미코데즈야. 키아즈 그 여자에 대해서도 별로 기억나는 건 없겠지?"

기억나는 건 이름뿐이었다. "그렇죠. 왜요?"

"그러게, 왜일까?" 쿠젠은 이렇게 말하며 보호령과 협정국 경계의 우주 공간을 확대했다. "어떻게 생각해?"

작은 국가들 여럿이 그곳에 싹을 틔우고 있었다. 제다오는 그들 모두가 지금 상황을 마음에 들어 하지 않으리라 생각했다. "왜 아직도 한쪽으로 흡수되지 않은 겁니까?"

"그것도 좋은 질문이야." 쿠젠이 말했다. "답하자면, 나와 미코데즈를 제외한 모든 육두관이 암살당한 이후, 지독하게 강력한 역법 불안정 현상이 일어났거든. 저쪽 경계 지역은 아직도 위태로운 상태지. 이능력 기술이 제대로 작동하지 않는 공역이 상당히 많아. 보호령이 가장 안정된 상태이긴 하지만, 영역이 지나치게 넓다는 게 문제지. 기회를 노리는 세력가나 군벌이나 정치 실험가들이 들고 일어나기 딱 좋은 상황이라고."

"당신은 어떻게 암살을 피한 겁니까?"

쿠젠은 어깨를 으쓱했다. "미코데즈하고 나는 다른 사람들보다 피해망상이 심했거든."

제다오는 그 이상의 답을 얻어낼 수는 없으리라 생각하고 지도로 돌아갔다. "켈이 둘로 갈려 있다고 말씀하셨죠."

"그래. 보호령은 호국공에 오른 이네세르 장군이 권력을 잡고 다스리고 있지. 그녀가 무력을 틀어쥐고 있으니 다른 분파들도 굽히고 들어갔어. 협정국은 켈 브레잔 상급대장을 앞세운 초기 민주주의 국가야. 켈들은 이런 엉망진창을 호전시키려고 거품 물며 싸우고 있지."

"민주주의요? 그게 뭡니까?" 제다오가 물었다.

"지도자에서 법률에 이르기까지 모든 것을 투표로 정하는 거야." 쿠젠이 답했다.

제다오는 그 답을 곱씹어보았다. "소름 끼치게 비효율적으로 들리는군요. 어쨌든 좋습니다. 그럼 당신 휘하의 켈은요? 그들은 누굴 지지하는 겁니까?"

"그들의 충성심은 보장할 수 있어."

"그 말씀은?" 제다오는 중립적인 반응을 유지했다.

"예전에 사기 문제가 좀 있었거든." 쿠젠의 대답은 수상쩍을 정도로 불명확했다. "직접 만나보면 알게 될 거야."

"어떤 부류의…"

"네가 어떻게 처리할지 확인하고 싶어."

시험인가. 어느 쪽이건 간에 찝찝하긴 마찬가지였지만, 그래도 대처할 수는 있어 보였다. "저를 습격한 기억 흡혈귀의 이름은 뭡니까?"

쿠젠의 기세가 살짝 수그러드는 느낌이었다. "켈 체리스."

조금도 귀에 익지 않은 이름이었다. "제가 기억해내야 하는 사람입니까?"

"너는 몰라도 돼." 쿠젠은 살짝 짜증 섞인 기색으로 대꾸했다. "네가 알아야 할 점은, 그 여자는 수학적 재능이 조금 있는 하급 장교라는 것뿐이야. 그렇게 극단적인 추락매로 자라날 줄이야. 예상했어야하는데."

추락매? 제다오가 모르는 단어였다. 묻고 싶었지만, 쿠젠은 계속해서 말을 이어나갔다.

"그녀와 바로 맞부딪치진 않을 생각이야." 쿠젠이 말했다. "지금 당장은 네가 불리하니까. 좀 더 유리한 무언가가 생기면 또 모르지만, 아직은 아니야."

"그 여자를 추격하고 싶은 생각은 없습니다." 제다오가 말했다. 도리어 피하는 쪽이 현명한 행동이라는 생각마저 들었다. 그녀에게 자신의 기억이 더 많이 남아 있고, 거기에 불안정하기까지 하다면, 조금 전에 봤던 8 대 1 능력을 선보일지도 모르는 일이니까. 108척의 기치나방은 분명 많은 것처럼 들리기는 해도, 그걸로 8 대 1 이상의 전력 차를 벌릴 수 있을 것 같지는 않았다. 그게 되려면 그녀 쪽에는 몇 척이 있어야 되나? 13.5척? "그녀가 있는 곳을 알아두고 싶은데요. 접근해 온다 싶으면 꽁지 빠지게 도망쳐야 하니까요."

"내 휘하 요원들이 온 힘을 다해 찾고 있지만," 쿠젠이 말했다. "그 여자는 지난 9년 동안 모습을 비치지 않았어."

대단하군, 저 밖에서 엄폐 상태로 돌아다니고 있다 이거지. 접근해 오는 줄도 모르게 말이야.

"기운 좀 차리게 해줄까." 쿠젠은 자못 냉담한 투로 말했다. "네가 기함으로 쓸 나방을 보여주겠어." 그는 슬레이드를 들고 화면을 건드렸다. 제다오는 소매에 자욱하게 피어난 레이스 속에서 민첩하게 움직이는 쿠젠의 손을 감탄한 눈으로 바라보았다.

"세 척이나 됩니까?" 제다오는 눈앞에 둥실 떠오른 세 척의 전함나방 영상을 바라보며 말했다. 세 척 모두 켈 전함나방의 특징인 세모꼴 옆모습을 가지고 있었다. 가장 큰 전함은 등골을 따라 인상적인 주포를 장착하고 있었으며, 측면에도 온갖 포탑과 미사일 발사대가 달려 있었다.

"아니, 작은 두 척은 크기 비교용이야." 쿠젠이 말했다. "네 쪽에서 볼 때 왼쪽에 있는 게 독아나방이야. 네가 좋아하던 함선이지. 그리고 오른쪽에 있는 건…"

"…기치나방이죠." 제다오는 흠칫 말을 멈추었다.

쿠젠은 눈썹을 부드럽게 들어 올렸다. "봐, 전부 잊은 건 아니잖아." 그의 손이 다시 움직였다. 그의 손은 아름다웠다. 끝으로 갈수록 가늘어지는 우아한 손톱까지도.

네 번째 전함나방이 가운데 나방 위쪽으로 등장했다. 길이도, 폭도 한 단계씩 컸다. 마찬가지로, 등골을 따라 주포가 달려 있었다.

"이건 소멸나방이야." 쿠젠이 말했다. "원래는 여섯 척이었지만, 지금은 네 척만 남았지. 모두 보호령의 이네세르 호국공이 가지고 있어. 새 소멸나방을 건조할 조선소가 누구한테도 없으니, 잠깐이나마 시간을 벌었다고 할 수 있겠지."

쿠젠은 자신만만하게 말을 이었다. "그리고 가운데 있는 저게 네 거야. 절단나방이지. 내 조력자한테 이름을 붙이라고 시킨 게 실수였어. 그래도 어쩔 수 없었던 게, 나는 이름 짓는 게 정말 싫거든. 그런 식으로 보지 마. 내 전문 분야는 설계라고."

쿠젠은 등골의 주포를 확대했다. "이게 절단포야. 표준 역법 지형에서만 작동한다는 게 가장 큰 단점이지. 특히 극단주의자와 반란군과 이단자들을 상대해야 하니 문제가 많을 거야."

"그럼 애초에 왜 설치하신 건데요?" 제다오가 물었다.

"시공간을 왜곡하는 펄스파를 방출하거든." 쿠젠은 차분히 설명을 이어나갔다. "펄스파의 생성 자체가 이능력 효과에 의한 거지만, 일단 생성되고 나면 소멸할 때까지 어떤 지형으로도 전파될 수 있어. 나방 추진체 원리가 시공간을 붙들고선 자신을 끌어당기는 거잖아. 거기서 영감을 얻었지. 이런 변형 요소를 나방 혈통에 끼워 넣는 데 시간이 좀 걸리긴 했어. 그래도 그만한 가치가 있을 거야."

제다오는 즉시 깨달았다. "그러니까 우리 쪽 역법 경계 안에서 발사하더라도, 상대방 역법 지형에서 위력을 발휘한다는 거로군요."

"그렇지."

"재래식 병기도 남아 있었으면 좋겠네요." 제다오는 쿠젠을 날카롭게 바라보며 말했다. "이게 중력파라면 진형을 흐트릴 수야 있겠지만, 전함나방 자체는 그대로 통과해 지나갈 테니까요. 아무리 저라도 이걸로는 나방을 직접 격침할 수 없습니다."

끝내주는군, 하고 그는 생각했다. 방금 '아무리 저라도'라고 말했으니까. 마치 이 계획에 적극적으로 참여하고 있다는 것처럼 들리잖아.

쿠젠은 그를 진정시키려는 듯 손짓해 보였다. "그쪽에도 아낌없이 투자했지. 게다가 절단포는 그 방면에 있어서 아주 효과가 없는 건 아니라고. 바다나 내기가 있는 행성에 사용하면 상당히 재밌는 광경을 볼 수 있거든. 아주 난장판으로 만들지. 그럼, 나머지 제원을 확인해볼까…"

영상 아래에서 정보가 떠올랐다. 제다오는 목록에서 모든 병기를 훑어보았고, 미사일 및 기뢰의 장탄 수와 거품 밀폐제, 채소 절임 등 필수품 저장용 공간까지 확인했다. 켈의 매콤한 양배추 절임 사랑은 여전히 변하지 않은 모양이었다. 제다오는 슬레이트 쪽으로 손짓했다. 쿠젠은 그가 직접 질문을 입력할 수 있도록 슬레이트를 넘겨주었다. 인터페이스에 익숙해지기까지는 약간 시간이 걸렸지만, 이내 제다오는 설명용 도표를 불러오는 데 성공했다.

처음에는 숫자의 의미를 읽어내기가 쉽지 않았다. 그러나 좀 더 집중해서 생각해보니, 절단나방의 능력이 머릿속에 들어오기 시작했다. 어떤 기동이 가능한지, 자신의 명령에 따라 어떻게 춤출지가 명확하게 그려졌다. "이런 나방을 몇 척이나 가지고 있습니까?" 그는 물었다. 이미 답을 예측하고 있기는 했지만.

"이 한 척뿐이야." 제다오는 쿠젠의 말투 속에서 진심으로 아쉬워하는 기색을 읽어냈다. "너는 나방 추진체 부속물을 길러낼 재료를 어떤 식으로 얻어내는지 상상도 못 하겠지. 크기는 더 작지만, 중량 대비 동력으로 따지면 절단나방의 나방 추진체와 기동 추진체는 기치나방보다도 강력하다고. 과부하 걸지 마."

그의 말에 따라, 제다오는 양쪽 추진체의 성능을 비교해보고 그 차이에 감탄했다. 그는 계산을 돌려 가속에 따른 추력의 차이를 표로 만들어 비교했다. 잠시 후 그는 쿠젠이 눈을 가늘게 뜨고 자신을 바라보고 있다는 사실을 깨달았다. "제가 뭔가 잘못했나요?"

"아니." 쿠젠은 미묘한 침묵을 지키다 말했다. "양쪽 그래프의 접점을 완벽하게 짚어냈길래."

방금 제다오가 머릿속에서 암산한 부분이었다. 흥미로운 일이었지만, 지난 몇 년 동안 난산증이 마법처럼 고쳐진 거라면, 이러한 변화도 딱히 거부할 생각은 없었다. "이 근처 어딘가에 있었을 테니까요. 양쪽 곡선의 근사치를 이 정도로 잡으면…" 그는 계산을 시연해 보였다.

"그렇군." 쿠젠의 지독하게 건조한 목소리 덕분에, 제다오는 자기가 지금 니라이 육두관을 상대로 기초 수학을 강의하고 있음을 깨달았다. 저 사람이라면 꼬맹이 시절에 깨우친 내용일 텐데. "켈 친구들은 전략적으로 골치 아픈 문제가 발생할 때만 널 투입하곤 했으니까, 다른 부류의 재능에는 신경도 안 썼을 거야. 그래도 지금은 다른 분야의 교육을 보충하는 것도 나쁘지는 않겠지. 이제 바깥세상에는 수많은 역법 이단들이 날뛰고 있으니까, 수학 능력을 향상하면 어떻게든 도움이 될 거야."

"그거 즐겁겠군요." 그의 답변에, 쿠젠은 즐거움과 애정이 반씩 섞인 웃음으로 화답했다.

"시간이 있을 때 현실적인 문제도 처리해둘까. 제복 기장을 설정해봐. 그 정도는 너도 기억하리라 생각했는데, 그렇지 못한 것 같으니… 켈은 모든 업무를 규정에 맞춰 실행하는 걸 좋아하거든."

"설정이요? 배지 같은 것을 꽂아야 하지 않습니까?"

"뭘 기억하고 뭘 기억하지 못하는지 조금 쉽게 확인할 방법이 없을까." 쿠젠은 중얼거렸다. "소리 내서 말하면 제복이 반응할 거야. 그냥 네 이름과 계급만 말하면 나머지는 프로필에서 자동으로 읽어 오거든."

제다오는 그 말에 따랐다. 그리고 슈오스의 눈과 그 위에 달린 날개 모양의 장군 계급장에 깜짝 놀랐다. 양쪽 모두 기억에 없던 것이었으니까. 그것도 대장 계급이라니. 루오가 이걸 봤다면 질투했을까?

"마흔네 살이라고 들었는데, 이걸 받기엔 조금 젊지 않나요?" 여전히 세월의 상실을 온전히 받아들이지 못한 채, 제다오는 말했다. 이 제복을 입은 채로 켈 앞에 나선다니, 생각만 해도 주눅이 들 지경이었다. 게다가 자신이 장군이라고, 그것도 켈의 장군이라고 주장하며 나선다니… 거의 온몸에 총알구멍을 내달라는 거나 다름없었다. 켈은 조준 실력이 뛰어나다고 들었는데.

"켈은 계급을 숭상하지. 네 계급도 받들어 모실 거야." 쿠젠이 말했다.

지금도 그럴까요, 하고 제다오는 생각했다. 확인할 방법은 하나밖에 없었다. "당신한테는 진짜 켈이 있는 거죠. 진짜 나방에서 복무하고, 진짜 전쟁에서 싸우는. 그리고 그들을 통솔하려면, 진짜 장군인 내가 당신을 위해 싸워야 한다는 이야기겠죠."

"요약하자면 그렇지. 맞아."

고약한 상황이었다. 어쨌든 지금은 오래 살아남는 일이 우선이었다. 자신을 위해서도, 휘하에 들어올 켈 병력을 위해서도, 상황을 호전시킬 방법을 찾아야 할 테니까. "저는 이 칠두… 육두정이 얼마나 망가졌는지에 대해서 관심이 없습니다. 절단나방의 성능도 마찬가지입니다. 108척의 기치나방 함대는 분명 감탄스럽지만, 실수를 허용할 정도로 여유가 있는 것도 아니죠. 유일한 해결책은 제가 빠르게 실력을 쌓아서 지저분하게 싸우는 것뿐일 테고요."

순간, 제다오는 쿠젠에게 경례를 붙이고 싶은 충동을 느꼈다. 거슬 릴 정도로 자연스럽게 몸이 움직였다. 그는 켈의 정규 예식을 따라 말 했다. "저는 주군의 총이오니." 그저 어떻게든 예법에 맞춰 행동해야 한다고 느꼈을 뿐이었다. 세상이 미쳐 돌아가고 있더라도.

쿠젠은 눈을 반짝이며 중얼거렸다. "네가 내 품으로 돌아올 줄 알 았어." 제다오가 그 말뜻을 깨달은 것은 상당한 시간이 흐른 후였다.

02

9년 전.

체리스가 바늘나방을 끌고 사라진 다음 날 새벽, 소멸나방 〈축제의 위계〉호의 자기 침실에 있던 켈 브레잔 상급대장은 낯선 사람의 손길에 잠에서 깨어났다. 처음에는 서비터가 시간을 착각한 줄 알았다. 재와 불꽃의 이름으로, 대체 누가 이런 시간에 차를 대접한단 말인가? 그는 자신의 어색한 새 계급을 써먹기로 마음먹고, 긴급 사항이 아니면 절대 건드리지 말라는 명령을 내렸다. 세상의 온갖 문제를 해결하려면 밤에는 충분히 자둘 필요가 있었기 때문이다.

브레잔은 그날 잠들기 전에도 가슴 압박대를 푸는 것을 비롯한 평소 일과를 충실히 수행했다. 위기와 혼란과 비상사태 속에서 삶을 유지하려면 그 수밖에 없기 때문이었다. 육두정에 남은 켈 중에서 최고위 계급이 된 지금에도, 남성형 육체로 태어나지 못한 불운한 남성에 대해서 켈 군대가 보이는 뿌리 깊은 편견을 다시 마주하고 싶지는 않았다. 만족스럽게 해결할 방도가 없었다. 물론 성전환은 시간이 걸릴 뿐 그리 어렵지는 않다. 켈이 한심할 정도로 금욕주의적이라 그것조차 용납하지 않는다는 점이 문제일 뿐이었다. 그래서 그는 자신의 외견을 그대로 받아들였다. 요즘 들어 별 신경조차 쓰지 않았던 것은, 그저 다른 켈들이 자신을 증오할 이유가 수없이 많은 상황에서, 여성형 육체를 가지고 있다는 정도는 별문제도 안 될 것 같아서였다. 지금껏 그는 옷차림으로 자신이 어떻게 대우받기를 원하는지 사소한 암시를 던지곤 했다. 주로 머리 모양이나 장신구 따위였지만, 당연하게도 후자는 비번일 때만 가능했다. 이제 비번은 두 번 다시 찾아오지 않겠지만.

"비상사태입니다." 거칠고 낮은 목소리가 울렸고, 순간 브레잔은 문이 밀려 닫히는 소리를 감지했다.

그는 정신이 번쩍 들어 권총을 찾아 더듬거렸지만, 의미 없는 일이었다. 평소 권총을 차고 잘 만큼 피해망상이 심하지 않았으니까. 그런 자신의 태도가 후회됐다. 물론, 총이 있다고 해서 침입자를 제대로 맞힐 자신이 있는 건 아니었다. 분명 내 발을 맞히거나, 우주의 의지가 특별히 부당하게 굴겠다고 마음먹었다면 발에 이어 손까지도 쏘게 되겠지. 체리스에게 당했던 일은 아무리 애써도 잊을 수가 없었다.

침입자 등장에 맞춰 양초덩굴이 환히 타오르며 방 안을 밝혔다. 이제 보니 낯선 얼굴이 아니었다. 통신반에서 근무하는 켈 부사관으로, 받아주는 사람만 골라서 지저분한 농담을 던지는 토실토실한 여성이었다. 그러나 브레산은 이 여사가 켈이 아니라는 느낌이 들었다. 적어도 자기 방에 침입한 이상, 아닌 것이 분명했다.

"안녕하세요, 상급대장 각하." 여자가 말했다. 손에 든 쟁반에는 김이 오르는 차 한 잔이 올라 있었다.

"당신 슈오스입니까?" 브레잔이 말했다. 시간 낭비는 삼가는 편이나을 테니까.

"훌륭하군요." 그녀가 말했다.

"진짜 이름은 뭡니까?"

그녀는 위협적으로 보이지 않도록 충분히 느릿하게 브레잔에게 다가섰다. "질문이 잘못됐네요. 일단 제 이름은 슈오스 에미오예요. 그리고 차부터 좀 들어요. 독은 없으니까 걱정하지 마세요. 몇몇 종류의자극제를 독극물로 간주하지 않는다면 말이에요. 이제부터 벌어질 대화에는 정신 똑바로 차리고 임하는 편이 좋거든요."

"내가 잠이 덜 깬 것처럼 보이나요?" 브레잔은 비꼬듯 말했다. 그는시트를 걷어내고 일어나 앉았다. 잠옷 상의와 흐트러진 머리카락 때문에 약점을 노출한 것만 같았다.

"아, 나하고만 대화할 거라면 자극제야 필요 없겠죠." 에미오가 말했다. "하지만 육두관께서도 각하와 대화하고 싶어 하시거든요. 머리가 쌩쌩 돌아가도록 준비하는 게 좋을 거예요."

여기서 '육두관'이란 슈오스 미코데즈를 일컫는 게 분명했다. 브레잔이 세상에서 가장 대화하고 싶지 않은 사람이었다. "정규 경로로호출하면 안 됐던 겁니까?"

에미오는 찌푸린 얼굴로 그를 바라봤다. "내 말만으로는 진지해질수가 없나 보네요." 그녀는 거북스러울 정도로 평온한 어조로 이렇게 말했다. "어쨌든 이건 전부 각하를 위한 일이에요. 두 가지 소식이 있는데, 양쪽 모두 처리하려면 우리 육두관만 한 조력자가 또 없을 테니까요."

브레잔은 에미오가 편한 옷으로 갈아입을 여유 따윈 주지 않을 거란 결론을 내렸다. 그는 서랍장 쪽으로 걸어가서 가슴 압박대와 제복을 꺼냈다. "좋아요, 말해보시죠."

"하나는 당신의 혁명이 이미 위기에 봉착했다는 거예요."

브레잔은 코웃음을 쳤다. "그게 답니까? 혁명은 그런 겁니다. 위기를 겪을 수밖에 없는 게 혁명이죠."

에미오는 그의 짜증 섞인 대꾸를 못 들은 척하고 말을 이었다. "다른 하나는, 지금 당신이 의지하는 유일한 존재, 켈 체리스가 사라졌다는 거고요."

브레잔은 얼어붙었다. "농담이겠죠."

"또 시간 낭비를 하는군요." 에미오가 말했다. "참모 회의는 예전에도 꾸려봤을 텐데요. 거기서도 이런 식의 요식행위로 시간을 낭비하나요?"

갈수록 에미오가 싫어지고 있기는 했지만, 그녀의 논점에는 반박할 수가 없었다. 만약 그녀가 하는 말이 사실이라면… 가시 돋은 말을 던지는 일 따윈 집어치우고 최악의 상황에 대비해야 한다. "체리스가 어디로 갔는지는 모르는 겁니까?"

체리스이자 제다오인 존재에 대해 얼마나 많이 알고 있는지, 또는 육두정 전체의 움직임을 멈춘 역법 변동에서 어떤 역할을 맡았는지 굳이 묻지 않았다. 어차피 심란한 답변만 돌아올 테니까. 게다가 지금에 와서는 전부 아무래도 상관없는 일이었다.

"그걸 안다면 사라졌다고 말했겠어요?" 에미오의 사리분별은 머리를 쥐어뜯고 싶을 정도로 훌륭했다. "아시겠지만, 켈 쪽에서 저는 부사관일 뿐이에요. 전 병력에 수색대를 편성해서 뛰어나가라고 명령할 권한까지는 없거든요."

"수색대를 보낼 수 있었어도, 별로 소용없었겠죠. 바늘나방을 가져갔을 테니까요." 원래 체리스가 타고 온 물건으로, 은폐장치가 달린 나방이었다.

"정확히 보셨네요."

브레잔도 대충 옷을 챙겨 입었다. 목깃이 조금 비뚤어지긴 했지만. 에미오는 신경도 안 쓰거나, 속으로만 생각하는 모양이었다. "준비 끝났습니다." 그가 말했다.

"아뇨. 우선 이것부터 먹고 마셔요."

"지금 농담하는 겁니까."

"상당히 진지한데요."

"미코데즈 육두관이 직접 그런 지시를 내리기라도 했다는 건가요?"

에미오는 슬쩍 쓴웃음을 지었다. "육두관은 아니에요. 그 보좌관인 제훈이 한 거죠. 상황에 따라서 제훈이 훨씬 두려운 사람일 수도 있어요. 그 점만큼은 보장할 수 있어요."

미코데즈가 체리스에게 아군으로 인정받으려고 나머지 다섯 육두관을 암살해버린 인간이라는 점을 생각하면 그 말은 믿기 힘들다고, 브레잔은 생각했다. 그러나 여기서 말다툼을 벌일 생각은 없었다. 제훈과는 딱 한 번 만났을 뿐이지만, 극도의 두려움을 느꼈던 기억은 여전히 생생했으니까. 그는 에미오가 쟁반을 내려놓은 곳에 앉아서 억지로 내용물을 쑤셔 넣었다.

"좋습니다." 브레잔이 말했다. "백안의 성채든 어디든, 지금 당신네 육두관이 머무르는 곳 보안 회선을 확보해놨기를 바랍니다. 직접 통신을 시도했다가는 분명 다시 튕겨 나올 테니까요."

에미오는 굳이 답변하지 않았다. "실례지만 단말 좀 써도 될까요?"

브레잔은 짜증을 섞어 손을 내저었다. "시간 낭비하지 마요."

에미오는 단말 쪽으로 몸을 기울여 길고 복잡한 암호 문구를 입력했다. "됐어요. 백안의 성채 6-1번 회선에 접속했습니다. 육두관이 금방 연락을 받을 거예요."

검게 번들거리는 단말 화면에 비친 모습으로 용모를 점검하고 싶었지만, 브레잔은 가까스로 충동을 억눌렀다. 슈오스 미코데즈 육두관께서 굳이 한밤중에, 수정 역법 기준이긴 하지만, 나를 깨워서 대화를 나누고 싶으시다면, 헝클어진 머리카락이나 비뚤어진 옷깃 정도는 감내하셔야 하지 않겠는가.

2분쯤 지나 화면이 밝아졌다. 브레잔은 미코데즈를 만난 적은 없지만, 교양 있는 시민답게 그 얼굴 정도는 알고 있었다. 미코데즈는 다른 여러 슈오스와는 달리 자신의 육체를 지나치게 개조하지 않았다. 분별 있는 사람이라면 누구나 용인하는, 비교적 젊은 외양을 유지하는 정도가 전부였다. 윤기가 흐르는 검고 긴 앞머리가 거무스레한 얼굴을 감쌌고, 붉은 술과 작은 금 구슬이 달린 귀걸이가 귓불에서 짤랑거렸다. 그러나 그 외에 붉은색과 금색이 배합된 제복은 완벽히 보수적이었다. 너무하다 싶을 만큼 비실용적인 색 배합에도 군복처럼 느껴질 정도였다. 어차피 흙바닥을 헤집고 다닐 일이 없다면, 우주를 항해하는 동안 무슨 색을 걸치든 큰 상관은 없을 테지만.

"안녕하신가요, 상급대장." 미코데즈가 말했다. 놀라울 정도로 부드러운 테너 목소리였다. "에미오도 잘 있었나요?"

브레잔은 반사적으로 솟아오르는 공포를 억누르려 애썼다. 어쨌든 미코데즈가 그를 암살할 생각이었다면, 몇 분 전에 그렇게 하라고 에미오에게 시켰을 테니까.

에미오는 그저 고개를 끄덕이며 브레잔의 책상 모서리에 걸터앉을 뿐이었다. 다른 상황이었다면 짜증이 솟구쳤을 만한 일이었지만, 브레잔은 무시하고 입을 열었다. "미코데즈 육두관, 저를 호출하셨죠. 뭐가 그리 급했던 겁니까?"

미코데즈는 브레잔을 보며 웃음을 머금었다. 사근사근한 미소였지만, 브레잔은 속지 않았다. 그렇게 많은 암살자와 첩자를 부리는 사람이 상냥할 리 없으니까. "당신의 새 경호원을 이렇게 급히 만나게 된 것은 유감입니다. 하지만 다른 도리가 없더군요."

"제가 즉각 제거될 수도 있을 만큼 상황이 위태롭다면, 경호원 한 명 더 추가된다고 뭐가 달라질지 모르겠습니다." 브레잔이 말했다. "그게 초능력을 지닌 슈오스 경호원이더라도 말입니다." 그는 어디 할 말이 있으면 해보라는 듯 에미오 쪽으로 눈썹을 추어올려 보였다.

"임무는 임무니까요." 그녀는 꿈쩍도 않고 이렇게 말했다.

"당신에게 상황을 알리는 일이 급선무였습니다." 미코데즈가 말했다. "특히 고삐를 잡아줄 체리스가 사라졌으니 말입니다. 미리 연락하지 못한 점은 사과합니다. 하지만 나도 상황 보고를 받아야 했습니다. 무슨 뜻인지 알겠죠."

"그래요." 브레잔은 시큰둥하게 대꾸했다. "아무래도 육두정을 계승할 괜찮은 임시정부를 수립할 때까지는 제가 이 자리에 붙들려 있어야 한다는 소리 같군요." 흥미로운 상황이기는 했다. 브레잔은 어딜 봐도 정치 이론가와는 거리가 먼 사람이니, 실제로 새 정부의 핵심이 될 수는 없을 것이다. 게다가 미코데즈가 붙여주는 인력은 무조건 불신할 정도로 서로 신뢰랄 것도 없었다. 그를 비롯한 그 누구도 육두정의 기존 질서 중 무엇이 살아남을지 예측할 수 없었다. 화폐제도는 그대로 유지될까? 안단의 도움을 받아 시장을 안정시키려면 뭘 해야 할까? 비도나들에게는 무슨 일이 일어날까? 그들은 이제 어떤 식으로 임무를 수행하려 들까? 게다가 이 정도의 혼란은 고작 시작일 뿐이었다.

"그보다 복잡하죠." 미코데즈는 진지한 얼굴로 말했다. "새로운 역법을 따르고 새로운 정부에 합류하게 만들려면 강제력이 필요할 겁니다. 여기서 '강제력'이란 감언이설을 뜻하는데, 아무래도 우리쪽 선전부를 붙여주긴 힘들겠군요. 지금 내 인기가 역대 최저점을 찍은 상황이라 말입니다. 나와 협력하는 모습은 가능하면 덜 드러내는 편이 나을 겁니다."

브레잔은 자신도 굳이 미코데즈의 도움을 받고 싶지 않다는 말을 애써 억눌렀다. 다른 선택지가 없었기 때문이다. "글쎄요, 그 분야만큼은 제가 체리스보다 나을 것 같군요. 저한테 카리스마나 흥미로운 구석이 있어서는 아닙니다. 이제 모두가 그녀를 제다오로 여기고 있으니까요."

"카리스마는 연습으로 해결할 수 있습니다." 미코데즈는 손을 내저으며 말했다. "당신에게 그다지 시간이 없다는 점은 고려해야겠지만요. 내가 훈련해주겠습니다. 하지만 당신이 나를 진지하게 받아들이지 않는다면 효과가 없을 겁니다."

브레잔은 그제야 깨달았다. 슈오스 미코데즈는 진심으로 자신을 신임 국가원수로 내세우고 후원하려는 것이었다. "당신은 무엇을 얻는 겁니까?" 브레잔이 물었다.

"안정이죠." 미코데즈는 경계를 허물어트리는 진솔한 태도로 대답했다. "슈오스는 안 그래도 그쪽 방면으로 문제가 많으니까요. 이제껏 열심히 노력해왔다고 자부합니다만."

"그것만으로는 납득이 안 가는데요." 브레잔은 감흥 없이 대꾸했다. "안정을 노렸다면 체리스를 날려버리는 편이 좀 더 수월하지 않았겠습니까?"

"추도 의식을 반대하는 사람이 체리스만은 아니었으니까요." 미코데즈가 말했다. 갑자기 그의 목소리에서 모든 웃음기가 사라졌다. "아, 물론 초콜릿 축제나 신년맞이 선물 교환 정도는 해가 될 게 없겠죠. 하지만 고문은? 그 수많은 목숨을 칼로 저며내는 일은? 그건 낭비일 뿐입니다."

브레잔은 미코데즈를 향해 최대한 사나워 보이도록, 억지웃음을 지었다. "끝까지 '잘못'이라는 표현은 쓰지 않으시는군요. 당신이 그 문제를 신경 썼다면, 수십 년 전에 행동으로 옮겼어야 하지 않습니까?"

"육두관으로서 내 가장 중요한 임무는 슈오스의 안녕에 힘쓰는 것이었으니까요." 미코데즈가 대답했다. "그렇다 보니, 수십 년 동안 현상을 유지할 수밖에 없었죠. 내가 다른 선택지를 고려하지 않았다고 생각한다면 오산입니다. 실제로 했으니까요. 하지만 정부를 뿌리째 뽑아내서 새로운 것으로 교체한다는 건 그리 단순한 일이 아닙니다. 당신도 곧 깨닫겠지만."

"마치 잘 아는 사람처럼 말씀하시는데요."

"아, 그 방면으로 안단 쪽 기록을 훔쳐냈으니까요." 미코데즈가 말했다. "접촉한 외계 문명의 정부와 사회문화적 위계질서를 전환하는 방법에 관한 막대한 양의 연구 자료가 있습니다. 문제는 그 방향이 전부 잘못됐다는 거죠. 재활용 가능한 이교도를 건져내서 육두정에 편입하는 방법이니까요. 우리는 정반대 방향으로 가고자 합니다. 우리 세계에 존재한 적이 없었던 새로운 방향이 되겠죠. 사태가 안정되기 전까지 수많은 사람이 반란을 일으키고 도주할 거고요. 많은 이가 목숨을 잃을 겁니다."

브레잔은 날카로운 눈으로 그를 쏘아봤다. "정말 무신경하게 말씀하시는군."

"세계가 이 꼴이 된 게 나만의 책임은 아닐 텐데요, 브레잔."

브레잔의 얼굴이 달아올랐다. 그도 책임을 피할 수 없었으니까. 분명 그에게는 체리스를 켈 사령부로 넘길 기회가 있었다. 그러나 그는 체리스에게 동조하는 쪽을 택했다. 다시 트세야가 떠올랐다. 체리스 암살 계획에 그와 동행했던 안단 요원이자, 한때 그의 연인이었던 사람. 당시 두 사람은 체리스를 제다오로 알고 있었다. 사람들이 혼동하도록 체리스가 온갖 노력을 기울인 덕분이었다.

체리스는 브레잔에게 더 나은 세상의 가능성을 보여줬다. 표준 역법을 유지하려고 수많은 사람을 고문해 죽이는 의식을 치르지 않아도 되는 세상을. 그는 그녀를 믿었다. 그 믿음이 강렬했기 때문에, 그는 켈 사령부를, 가족을, 연인인 트세야를 배신했다. 그러나 벌써부터 자신이 모든 것을 망친 것은 아닐지 초조해지기 시작했다.

"누군가는 임시정부를 이끌어야겠죠." 브레잔이 입을 열었다. "저는 체리스가 그 역할을 맡아줄 거라 기대했습니다. 하지만 생각해보니 그건 애초에 무리였겠군요."

그러나 분노가, 마음 깊은 곳까지 참담케 하는 분노가 타오르는 것은 어쩔 수 없었다. 적어도 이곳에 남아서 자신이 선동해 일으킨 혁명을 바로잡도록 도울 수는 있었을 텐데. 그는 문득 아래를 내려다보다, 자신이 주먹을 굳게 말아 쥐고 있다는 사실을 깨달았다. 손가락을 다시 펴는 데에도 의지력이 필요했다.

"어차피 체리스는 별 도움이 안 됐을 겁니다." 미코데스는 경쾌하게 말했다. "그녀와 제다오의 공통점이 하나 있는데, 바로 모든 문제를 총으로 해결하려 든다는 거죠. 전장에서야 별문제 없겠지만, 바깥현실 세계에서는 그리 유용하지 않을 겁니다."

"슈오스에게 그런 말을 들을 줄은 몰랐는데요."

"세상에는 총을 쏘지 않을 때 훨씬 더 훌륭한 결실을 얻을 수 있는 문제가 아주 많답니다."

"그 말, 새겨듣죠." 브레잔이 말했다. "좋아요. 그녀가 나보다 추락매로서 한 수 위라는 사실을 고려하면 오히려 떠난 게 다행일지도 모릅니다. 어차피 체리스에 의지할 수 없는 상황이기도 하고. 그건 알겠습니다. 그 외에 제가 또 알아야 할 사항이 있습니까?"

"지금으로선 세 가지쯤이겠군요." 미코데즈가 말했다. "하나, 켈 이네세르가 문제가 될 겁니다." 켈 이네세르는 육두정에서 가장 연배가 높은 야전 지휘관이었다. 미코데즈는 그녀가 무시할 수 없을 규모의 켈 함대를 휘하에 모아 자신을 '호국공'으로 선언했다고 설명했다. "창의성으로는 높은 점수를 줘야겠죠. 육두관에 오르지 않은 것이야, 뭐, 당신 때문일 겁니다."

브레잔은 성마른 웃음을 내뱉었다. "내가 이네세르한테 위협이 된다는 소리 같군요." 이네세르는 브레잔의 부모가 태어나기도 전부터 장군 노릇을 하고 돌아다니던 사람인데도? 심지어 브레잔은 야전 지휘 경험이 아예 없었다. 최근까지 그의 경력이란 인사과 서류 작업뿐이었으니까. "그래서 당신은 내가 사람들을 설득하길 바라는 겁니까? 아무것도 알려지지 않은 자가 더 나은 지도자감이라고요?"

"완벽하게 새로운 인물이니까, 정권 교체를 상징할 수 있죠." 미코데즈가 말했다. "이네세르는 표준 역법을 따르고 있습니다. 일부 사람들에게는 그게 아주 중요할 겁니다. 무력으로 뒷받침만 된다면요."

"그래요, 말이 나와서 말인데요." 브레잔이 말했다. "나한테 주어진 함대는 하나뿐입니다. 당신도 들었겠지만, 키루에브 장군은 아직 온전히 회복되지 않은 상태고요. 당신이 더 가져올 게 있는지는 모르겠지만."

"가져올 생각입니다." 미코데즈가 말했다. "두 번째가 바로 그겁니다. 켈 사령부가 궤멸당했으니, 모든 함대의 지휘관은 전략 지침을 상실한 셈이죠. 머지않아 외부 세력이 혼란한 틈새를 파고들기 시작할 겁니다."

브레잔도 생각하기에도, 이는 피할 수 없는 국면이었다. 지금까지는 켈 사령부가 전략 분석을 전담해 지령을 내리고, 켈 함대는 그 지령을 충실히 따라왔다. 심지어 이네세르 대장, 아니 이네세르 호국공조차도, 명령 지휘 체계가 무너진 상황에서 함대를 재편하려면 온갖난관을 겪을 것이다.

"당신은 해결책이 있는 것 아닙니까?" 브레잔은 미코데즈를 쏘아보며 말했다. "이 대재앙에서 무사히 빠져나온 분파가 슈오스뿐이니까요. 저한테도 뻔히 보입니다만."

"훌륭하군요." 미코데즈가 말했다. "어쩌면 당신에게도 희망이 있을지 모르겠습니다. 그래요, 슈오스의 지원을 제공할 생각입니다. 이미 예방 조치로 대부분 켈 전초기지를 도청 중이기도 하고요."

예방 조치는 얼어 죽을. 브레잔은 이렇게 생각했지만, 말을 끊지는 않았다.

"상급대장, 당신만 괜찮다면 우리 쪽에서 켈 사령부가 하던 일을 맡아줄 수 있습니다. 어차피 우리 쪽 수많은 분석가가 이미 그런 일에 달라붙어 있습니다."

브레잔은 미코데즈가 갑자기 자신을 그 터무니없는 계급으로 불렀다는 사실에 주목했다. 어쩌면 미코데즈는 꼭두각시 인형술사 노릇을 하려는 건지도, 추락매는 쉽게 조종할 수 있다고 여기는지도 모른다. 브레잔은 그가 틀렸다는 사실을 입증하고 싶었다. 단순히 분노에서만은 아니었다. 여러 성계를 아우르는 거대 정부란 순진하게 내맡기기에는 너무 귀중했기 때문이었다. 지금 당장 브레잔이 쓸 수 있는 카드는 없다고 봐도 무방하다. 다만 미코데즈가 거의 제다오에 버금가는 악명을 얻었다는 사실은 어떻게든 쓸모가 있을 터였다.

"받아들이죠." 이렇게 대답하면 자신에게 선택권이 있었다는 듯한 기분이 들 것 같았다. "그럼 세 번째는 뭡니까?"

미코데즈는 귀걸이를 만지작거렸다. 초조해졌다는 명백한 신호였다. "육두관이 하나 살아 있습니다."

브레잔은 얼굴을 찌푸렸다. "체리스의… 소식통 얘기로는, 당신 말고는 전부 목숨을 잃었다던데요." 미코데즈는 서비터가 첩자 노릇을 하고 있다는 사실을 알고 있을까? "아니면 대역이 있었습니까?"

미코데즈는 한참 시간을 끌다 말했다. "아니요. 대역은 아닙니다. 적어도 당신이 생각하는 그런 방식으로는요."

"설명해보시죠."

"니라이 파이안은 허수아비 육두관이었습니다." 미코데즈가 말했다. "선임 행정관에 가까운 존재였죠. 진짜 육두관이 자기 일에 매진하는 동안 업무 처리를 대신 맡았던 겁니다."

"피해망상처럼 들리는군요. 그럼 진짜 육두관을 암살해야 하는 것 아닙니까?" 어디까지나 농담으로 한 소리였다.

그러나 슈오스에게 농담으로 암살 이야기를 꺼내는 것은 잘못된 선택인 모양이었다. 미코데즈의 목소리는 진지하기만 했다. "나는 그의 존재를 알아챈 순간부터 그를 암살할 방법을 궁리해왔어요. 그의 이름은 니라이 쿠젠입니다. 당신은 아마 들어본 적도 없겠지만…" 브레잔은 그렇다는 뜻으로 고개를 끄덕였다. "…어떻게 보면, 당신이 아는 모든 기술은 그의 머릿속에서 나왔다고 봐도 좋습니다. 그는 서의 9

세기 전에 현대 나방 추진체를 발명했습니다. 표준 역법도 그가 창조한 것이죠. 검은 요람 또한 마찬가지입니다."

브레잔은 오싹해져서 미코데즈를 바라보았다. 생각이 걷잡을 수 없이 흘러가기 시작했다. "불멸자라는 소리로군요. 제다오처럼."

"그렇죠. 제다오처럼." 미코데즈는 말을 이었다. "다만 제다오를 통제하던 제약이 그에게는 적용되지 않습니다. 물론 어떻게 보자면, 제다오가 실제 통제되었는지조차 논란의 여지가 있겠지만요. 이젠 그런 논의는 불필요하겠죠."

"그자가 당신에게 위협이 되나 보군요?" 브레잔은 이렇게 물었다. 미코데즈 같은 작자가 이토록 관심을 쏟을 이유라고는 그것 하나밖에 없었다.

"그는 모든 인간을 위협하는 자입니다."

"900년을 살아왔다고는 하지만, 정작 육두정을 무너트린 것은 그자가 아니었잖습니까. 나방 추진체를 개발할 정도로 뛰어난 자라면 차라리…"

미코데즈는 고개를 저었다. "쿠젠은 타인의 호의를 얻는 일에 능숙합니다. 그에게 끌려들어 가면 안 됩니다. 그는 분명 세상에 다시없을 천재입니다. 게다가 연구 기술자들은 일반적으로 혁명을 위협으로 여기니, 쉽사리 협력자를 구하기 힘들겠죠. 그러나 육두정은 광대한 곳입니다. 노력하면 당신의 양심을 팔지 않고도 유용한 혁신적 기술을 제공해줄 기술자를 찾을 수 있을 겁니다."

브레잔은 웃음이 터져 나오는 것을 도저히 참을 수 없었다. 그는 한동안 숨까지 헐떡거렸다. "죄송합니다." 웃음이 잦아든 다음에야 그는 이렇게 말했다. "슈오스 육두관이 지금 양심을 운운하는 겁니까?"

"아, 물론 나한텐 그럴 자격이 없죠." 미코데즈는 브레잔의 말을 차분하게 받아넘겼다. "하지만 우리 작전의 얼굴인 당신이 양심의 가책을 느끼지 않습니까? 그럼 됐죠."

"그렇다고 치죠. 그보다도 제가 그 쿠젠이라는 자의 이름을 들어보지도 못했던 이유는 무엇입니까?"

"그 개자식이 철두철미하게 비밀을 지키기 때문이죠." 미코데즈가 말했다. "생각해보면 비밀 엄수야말로 최적의 전략이었을 겁니다. 거의 1,000년 가까이 살아남기에는 말이죠. 쿠젠은 결코 용감한 자가 아닙니다. 다른 누구보다 그 자신이 앞장서서 인정할 겁니다. 여길 보시면…"

단말기가 미코데즈에게서 데이터를 수신했다는 알림음을 울렸다. 브레잔은 그 안의 프로필을 열어보았다. 니라이 쿠젠. 이자는 단순히 비밀스러운 개자식이 아니라, 비범할 정도로 잘생긴 개자식이었다. 다만, 외양을 있는 그대로 믿지 말라는 주석이 붙어 있었다. 쿠젠도 제다오처럼 매번 다른 육체에 빙의하는 망령이었기 때문이었다. 다행스럽게도 프로필에는 외양보다 믿을 만한 몸동작 패턴 데이터가 있었다. 전직 인사장교였던 브레잔은 몸짓언어의 뉘앙스에 대해선 상당히 경험이 많은 편이었다.

"그러니까 이 작자가 일부러 표준 역법에 추도 의식을 집어넣었다는 겁니까?" 브레잔은 혐오감을 여지없이 드러내며 물었다. "증거가 있습니까?"

미고데즈는 이깨를 으쓱했다. "직접 들은 겁니다. 파일을 확인해봐요. 전체 대화를 녹음해놨는데, 중요한 부분마다 타임스탬프를 넣어 놨으니 처음부터 끝까지 들을 필요는 없을 거예요."

"참 사려가 깊으시군요."

"감사는 내가 아닌 우리 참모진에게 해주십시오." 미코데즈는 화면 밖의 뭔가를 손가락으로 톡톡 두드렸다. "나는 쿠젠이 과거 육두정 모습에 개인적으로 애착이 있었으리라 생각합니다. 그는 휘몰아치는 동전 요새 사건이 벌어지기 직전에 모습을 감췄죠. 마치 바람 부는 방향을 알아차린 것처럼요. 아무래도 마음에 걸려요. 그자가 무슨 꿍꿍이를 꾸미는지 모른다는 것도 그렇고요."

"당신들, 수십 년 가까이 동료였던 것 아닙니까." 브레잔은 느릿하게 말했다. "조금 더 빨리 그자를 처리할 수는 없었습니까?"

미코데즈의 입가에 자조적인 웃음이 떠올랐다. "그러니까, 축출한다거나 말이죠? 나는 일개 관료일 뿐입니다. 천재 수학자가 아니란 말입니다. 당신이 너무 젊어서 기억하지 못하는 것도 이해하지만, 내가 처음 이 자리에 올랐을 때는 아직 20대였습니다. 당시 내 기대수명은 일 단위로 세는 게 빠를 정도였죠. 하물며 전임자가 안단과 비도나의 사소한 알력 다툼에 쓸데없이 개입한 탓에, 슈오스의 결속력은 극도로 약해져 있었습니다. 싸움을 벌일 상황이 결코 아니었죠. 체제 안정을 소중히 여긴단 점에서, 나와 쿠젠은 서로 공감하는 입장이었습니다."

미코데즈가 체제 안정을 언급한 것은 이로써 두 번째였고, 단순히 우연이라곤 느껴지지 않았다. 브레잔은 미코데즈의 권좌에 도전할 수 있으리라는 환상은 품지 않았다. 하지만 그의 꼭두각시로 전락해버릴 생각 또한 없었다.

"파일은 전부 읽어보겠습니다." 브레잔이 말했다. "하지만 당장 급한 것은 첫 번째 문제로군요. 육두정이 조각나지 않도록 막아야겠죠. 그쪽으로는 당신과 협력하겠습니다. 쿠젠 문제야, 당신이 그의 현 위치나 최근 취미에 관한 정보를 더 가져온다면, 그때 논의하도록 하죠."

"그 정도면 충분합니다." 미코데즈는 입술을 오므렸다. "한 가지만 더."

"흠?"

"당신은 최대한 빨리 키루에브의 함대에서 떨어져 나와야 합니다." 미코데즈가 말했다. "각지의 불길을 진압하고 신정부 전력의 중심을 잡기 위해선 그 함대가 필요합니다. 그런데 당신이 함대와 함께 최전선에 있으면 곤란하죠. 그러기엔 당신은 중요한 인물이 되었으니까요."

브레잔은 믿을 수 없다는 눈길로 그를 바라보았다.

"이제껏 자신을 부수적인 존재로만 여겨왔겠죠. 딱 봐도 알겠습니다. 애석하게도 겸손 따위 이제 과거와 함께 흘려보내야 할 겁니다."

"내가 겸손하다는 소리를 들은 걸 우리 누나들이 알았다면, 배꼽이 빠지도록 웃을 텐데요."

"농담이 아닙니다." 미코데즈가 말했다. "지도력의 절반은 뭘 하는지 안다는 듯한 얼굴로 거만하게 돌아다니는 데서 나옵니다. 실제로 아냐 모르느냐는 상관없어요. 나머지 절반은, 흠, 동맹이나 위임 대표, 혹은 유능한 수하들이 처리해줄 문제죠. 이야기가 나온 김에 한 사람 추천해도 되겠습니까?"

"내기 **무슨 수**로 믹겠습니까."

"산개하는 바늘 요새에서 일어난 재앙의 생존자 중 퀠 라가스 대령이라는 사람이 있는데, 아직도 체리스와 접선하려 시도하는 모양입니다. 계속 실패하고 있지만요." 미코데즈가 말했다. "즉시 그를 불러들여 승진시키기를 권합니다. 키루에브 대장이 단호하게 반대하지 않는다면요."

"키루에브 장군에게는 제가 확인하죠." 브레잔은 반사적으로 말했다. "반대하지는 않을 것 같습니다. 헌데, 어째서 그자인 겁니까? 그 대령이 요새 뭘 하고 다니기에?" 그도 대부분의 퀠처럼 라가스에 대해 들어본 적이 있었다. 승진 가도를 달리던 그 장교가 천장에 부딪힌 이유는, 순전히 그의 부전공이 역사학이어서였다. 퀠의 정책을 통렬하게 비판하는 여러 역사 논문 탓에, 고위층에 친구가 별로 남지 않은 것이다.

미코데즈는 웃음을 머금었다. "유리칼날 공역의 한 성계에서 군대를 양성했다더군요. 지금은 보급 문제로 난관에 봉착한 모양이던데, 잘 접근해서 체리스의 이름을 적절하게 언급해주면 당신과 함께 일할 마음이 들지도 모릅니다."

"그건 나쁘지 않군요." 브레잔은 새삼 자기 앞길에 놓인 막막한 과업에 좌절했다. "나와 함께 일하려 하는 사람들은 죄다 첩자거나 테러범이거나 아첨꾼일지도 모르는 상황인데."

"아." 문득 미코데즈의 웃음에 슬픈 기색이 어렸다. "당신도 상당히 학습 속도가 빠르군요."

브레잔은 자신의 프로필에 붙은 주석을 떠올리며 대꾸했다. "제가 분노 조절 쪽으로 문제가 있기는 해도, 멍청하지는 않습니다."

"뭐, 그 대령 정도면 시작점으로는 나쁘지 않을 겁니다. 솔직히 말하자면, 나는 당신을 백안의 요새로 데려와 안전하게 보호하고 싶었습니다. 그러나 이번만은 내 직감이 틀린 모양이군요. 브레잔 상급대장, 당신은 대중 앞에 나서야 할 사람입니다. 그러니 대중이 볼 수 있는 장소에 가야겠죠. 물론 그럴 경우 당신을 노리는 자들이 끝없이 몰려들 테니, 내 휘하 보안 요원을 배정해줄 생각입니다."

"그리고 내가 스스로 너무 많이 생각하면, 당신의 보안 요원들이 나를 소리 없이 제거해버리겠군요." 브레잔이 말했다.

"어리석은 소리." 미코데즈가 말했다. "이미 내 평판은 최악이라서 굳이 추가로 암살을 저지를 필요도 없어요. 내 요원들과 아무 연관 없는 온갖 좀도둑질까지도 전부 내 탓이 되고 있는 지경입니다. 정말 안타깝지 않습니까. 그 정도 돈이 들어온다면 우리 쪽 예산에 상당히 보탬이 될 텐데요."

"그렇게 말하면서 슈오스의 평판이 최악인 이유가 궁금하다는 건가요?" 브레잔은 냉소적으로 말했다.

"내가 무슨 일을 저질러도 평판은 변하지 않겠죠." 미코데즈가 말했다. "그렇다면 차라리 유용하게 써먹을 방법을 고민하는 게 낫지 않겠습니까. 반면 당신은… 사람들은 당신에 대해서는 아는 바가 별로 없죠. 알고 있겠지만, 첫인상을 남길 기회는 단 한 번뿐입니다. 기회를 현명하게 사용하세요."

03

어느 외딴 성계에 위치한 위성 기지 테포스. 뱀형 서비터인 헤미올라는 육두관의 도착을 다른 누구보다 먼저 알아차렸다. 다른 두 동료는 기지의 온갖 업무 중에서도 기지 통제실 근무를 가장 지루하다고 여기며 언제나 피하려 했다. 반면 헤미올라는 통제실 업무를 자원해 맡은 다음, 남는 시간을 이용해 동영상을 제작했다. 테포스의 조그만 서비터 집단을 이루는 나머지 두 서비터도 그의 행동을 묵인해주었다. 어차피 제각기 떳떳하지 못한 취미가 하나씩은 있었으니까.

헤미올라는 가장 좋아하는 드라마인 〈세 혁명에 피어난 장미〉 17화를 다시 시청하던 중이었다. 헤미올라가 기억하기로, 〈세 혁명에 피어난 장미〉는 24화씩으로 구성된 여섯 시즌짜리 드라마였을 것이다. 문제는 육두관이 서비터들을 테포스로 데려왔을 때까지도 아직 완결이 나지 않은 상태였으며, 육두관은 남은 두 시즌 분량의 드라마를 가져올 생각이 없어 보인다는 것이었다. 헤미올라는 종종 기존의 방영 분량을 편집하고 변형한 뒤 자기가 직접 만든 음악을 곁들여 요약본을 만들곤 했다. 이러면 어떻게 완결이 났을지 상상하는 데에도 도움이 되었다. 테포스를 떠날 수 없는 탓에, 나머지 분량을 찾아볼 수가 없다는 사실이 정말 아쉬웠다.

육두관이 등장했을 때, 헤미올라는 안단 여주인공이 배신자인 슈오스 암살자에게 키스하는 장면을 불러다 영상을 덧입히고 있었다. 이들의 관계를 용납할 수 없었던 헤미올라는, 암살자의 자리에 그가 애정하는 연인인 3시즌의 여성 니라이 기술자를 끼워 넣는 중이었다.

타이밍이 나빴지만 임무는 임무였다. 헤미올라는 동영상 편집기에서 눈을 떼고, 아직도 울리지 않는 기지의 경보 장치를 수동으로 작동시켰다. 딱히 놀랄 일은 아니었다. 서비터들이 제아무리 열심히 기지를 보수하더라도, 수 세기의 세월을 온전히 이겨낼 순 없는 노릇이었니까.

이내 다른 서비터 하나가 금속 껍질을 번득이며 통제실 안으로 둥실 날아들었다. 딱정벌레형인 롬버스였다. "조금 이르지 않아? 쿠젠은 앞으로 20년은 찾아올 예정이 없을 텐데."

헤미올라는 롬버스가 육두관을 이름으로 부른다는 사실이 못마땅했다. 아무리 육두관이 기계 공용어를 할 줄 모른다고 해도. "긴급 상황일 수도 있지."

"뭐야." 롬버스는 빨간 불빛을 격렬하게 깜빡여 말했다. "우리가 실험실 기록에 기름 자국이라도 남길까 걱정이 됐나? 저거 쿠젠인 건 확실한 거야?"

헤미올라는 화면을 주시했다. 낯선 형태의 공허나방이 기지가 숨겨진 크레바스 가까운 곳에 착륙해 있었다. "왜 그러는데. 침입자일 것 같아?"

"80년 전에 타고 온 나방하고 다르게 생겼잖아."

헤미올라는 짜증을 섞어 주황색 불빛을 깜빡이고 싶은 충동을 간신히 억눌렀다. "육두관이 낡아빠진 나방만 타고 다녀야 한다는 법은 없잖아. 우리가 기술 서비터가 아닌 것과 별개로 말이지."

롬버스는 이 말을 무시했다. 잠시 후 그는 다시 불빛을 깜빡였다. "저거 여성형 육체 아니야?" 우주복을 입은 사람이 나방에서 내려서 진입로를 따라 내려오고 있었다. "신체 비율을 봐. 특히 동체 근처를. 쿠젠은 분명 남성형을 선호했을 텐데."

"요즘 저게 유행인가 보지." 헤미올라가 대꾸했다. 그들은 육두관이 패션에 얼마나 민감한지 잘 알고 있었다.

우주복을 입은 사람은 전혀 망설이지 않고 크레바스 한쪽에 마련된 계단 쪽으로 걸어갔다. 헤미올라는 그의 걸음걸이를 살폈다. 롬버스가 말한 대로 여성형이 분명했다. 하지만 왜…

롬버스도 깨달은 모양이었다. "쿠젠처럼 걷질 않는데? 게다가 다른 쪽도 아니야."

사실이었다. 쿠젠은 항상 발레리노처럼 우아하게 움직였다. 개인 저장 공간에 몰래 숨겨온 드라마를 수 세기 동안 분석해왔기에, 세 대의 테포스 서비터는 인간의 심미적 평균치에 대해 나름 감을 잡고 있었다. (처음에는 육두관이 드라마의 별도 기록 보존 계획을 허락할지를 놓고 말다툼을 벌이기도 했다. 그들이 아는 한, 쿠젠은 〈세 혁명에 피어난 장미〉를 싫어했기 때문이다. 그러나 고자질한 서비터는 없었고, 매주 열리는 사설 상영회는 문제없이 진행됐다.) 화면에 떠오른 인간의 몸짓언어를 보니 헤미올라가 진절머리 나게 싫어하는 슈오스 암살자 등장인물이 떠올랐다. 기민하고, 허튼 동작이 없고, 어딘지 모르게 위협적인 것까지.

그러나 몸동작 패턴을 바꾸는 것도 새 유행일지 모른다.

"섣불리 결론 내리지 마." 헤미올라가 말했다. 육두관은 제대로 된 검증 절차를 준비해놓고 떠났다. 그의 독특한 능력과 한계를 고려했을 때, 서비터가 그의 신원을 확인한다는 건 상당히 어려운 일이었기 때문이었다. 육두관은 자신의 검증 절차만 제대로 작동한다면 아무런 문제가 없을 거라고 했다. 신원 확인은 그들의 소관 밖의 일이었다.

그 와중에 마침내 이곳에서 진행되는 대화를 알아챈 시브가 미끄러지듯 통제실로 들어왔다. "제대로 된 음식을 가져왔으면 좋겠는데. 지금은 대접할 먹거리가 아무것도 없잖아."

"적어도 이번엔 손님은 안 데려왔네." 헤미올라의 생각도 그쪽으로 돌아갔다.

"나는 그편이 좋아." 롬버스는 항상 자기주장이 강했다. "제다오하고 같이 있으면 외골격이 부식되는 것 같단 말이야."

"어쩌면 이번에는 조금 더 나은 알고리즘이 들어올지도 모르겠어." 시브가 말했다. "지금의 알고리즘을 아무리 개량해도, 그 잠금장치는 도저히 풀 수가 없단 말이지."

헤미올라는 육두관의 잠금장치를 해제하려고 애쓰는 일이 탐지 장치를 지켜보고 있는 것보다 더 지루하다고 생각했지만, 그 생각을 입 밖에 내지는 않았다. 시브는 극도로 고전적인 수학 해법에만 매달리는 친구였다. 헤미올라는 그를 훨씬 재미있는 주제, 이를테면 순차적 대위법 형성 등으로 끌어들이고자 했지만, 결국 포기해버렸다. 시브의 음악적 재능이란 거의 양배추 수준이었으니까.

육두관이 헤미올라와 롬버스와 시브를 데려왔던 280년 전에도 이 기지는 이미 존재하고 있었다. 육두관은 그들에게 자신이 자리를 비우는 동안 기지를 관리하면서 주기적으로 방문을 준비하라는 임무를 내렸다. 그 또한 대부분의 인간처럼 각각의 서비터를 식별하여 이름으로 부르지는 않았다. 그러나 서비터에 신경 쓰지 않을 이유가 다른 인간들보다는 많았다. 육두관이라 항상 집중할 일이 많았으니까.

"저 인간은 여성형 육체인데도 남성형 육체를 쓰듯 걷고 있어." 롬버스는 계속 말하는 중이었다. "다리가 짧아서 불편할 텐데도. 게다가 언젠가 쿠젠이 자기는 항상 키 큰 육체만 사용할 거라고 말하지 않았어? 저 인간은 비교적 작은 편이잖아."

우주복을 입은 인간은 상당히 시간을 들여 층계를 내려오고 있었다. 움직임에 따라 조명이 밝아졌다 졸아드는 모습이, 마치 빛나는 뱀이 땅속으로 꾸물거리며 파고드는 것처럼 보였다. 크레바스 가장자리를 따라 그림자가 일렁였다.

"방어 장치를 확인해야 하는 거 아니야?" 롬버스가 물었다. 그는 집게 두 개를 들어, 내려오는 인간의 등반용 장비를 가리켰다. "쿠젠의 능력을 무시하는 건 아니지만, 그 사람이 애초에 라펠 장비 쓰는 법을 알기는 했었나?"

"어쩌면 저것도 유행하는 장신구일지도 모르지." 헤미올라가 말했다. "아니면 새로운 취미가 생겼거나. 그것도 아니라면, 계단이 얼마나 안전한지 확신이 없거나."

"그런 것치고는 움직임이 빠른데." 시브가 말했다.

헤미올라도 답할 말이 없었다. 대신 그는 인간의 가시 영역 화면에서 적외선 보조 화면으로 시선을 돌렸다. 층계 조명이 있었음에도, 이인간은 헤드램프를 착용하고 있었다. 아직 켜지 않은 것으로 보아, 아무래도 배터리 전원을 낭비하지 않으려는 듯했다. 크레바스 초입부터 구불구불 아래로 이어지는 계단을 따라서, 방문객은 이내 하늘이 보이지 않는 곳까지 내려왔다.

"외문 도착까지 8분 남았어." 시브가 말했다.

"끝내주네." 롬버스는 공중에서 떠올랐다 가라앉기를 반복하며 초조함을 명백히 드러냈다.

"네가 왜 그렇게 긴장하는지 모르겠는데." 헤미올라가 말했다. "어차피 우리에겐 역법 잠금장치가 있잖아."

롬버스는 헤미올라를 향해 명백하게 비대칭적인 방식으로 불빛을 깜빡였다. "저게 쿠젠이 아니면 그 잠금장치가 이 위성과 그 위의 모든 것을 날려버릴 거라고!"

"그렇게까지는 안 될 거야." 헤미올라가 말했다.

방문객은 조금도 걸음 속도를 늦추지 않았다. 외문 도착까지 3분이 남았다.

"네 신실함에 내 학습형 논리 결정 장치마저 작동을 멈출 지경이야." 롬버스가 말했다.

신실하고 말고의 문제가 아니었다. 육두관은 1급 기밀 프로젝트 기록을 이곳에 보관해놓는다. 1세기가 지날 때마다 이곳에 늘러 새로운 기록을 쌓아놓고 떠나며, 그때마다 대동하는 사람도 오직 제다오뿐이었다. 기록이 적의 손에 들어가는 일을 막기 위해서다. 두 사람 사이의 대화를 엿들은 적이 있었던 헤미올라는 육두관에게 적이 상당히 많다는 걸 알고 있었다.

"도착했다." 시브가 말했다.

이제는 시브도 허공에서 떠올랐다 가라앉기를 시작했다. 헤미올라는 자기도 따라 하고 싶은 충동을 꾹 억눌렀다.

방문객은 별다른 문제없이 외문을 열었다. 딱히 놀랄 일은 아니었다. 외문의 용도는 장애물이 아니었으니까. 그가 에어록으로 들어서자, 외문이 뒤에서 닫혔다. 그는 내문이 열리기를 기다렸다가 안쪽 공간으로 걸음을 옮겼다.

이어지는 육각형 구조의 방은 벽마다 벽감이 달려 있었다. 각 벽감엔 육두정의 여섯 분파를 상징하는 문장을 인쇄해놓은 판이 세워져 있었다. 라할의 예지늑대, 니라이의 공허나방, 슈오스의 구미호, 켈의 잿불매, 안단의 칼날장미, 비도나의 독가오리. 공허나방의 모습을 보자, 헤미올라의 마음속에서 애틋한 감정이 끓어올랐다.

방 한가운데에 단말이 하나 있었다. 방문객이 앞에 서자 화면이 반짝였다. 방문객은 화면에 손을 올렸다. 카운트다운이 시작되었다. 12분 안에 역법 잠금을 해제하지 못하면 기지의 자폭장치가 발동한다.

세 서비터는 단말에서 접촉 대상의 보조 두뇌로 전송되는 아주 큰 숫자를 엿볼 수 있도록 조작해놓았다. 육두관이 따로 허락한 것은 아니지만, 엄밀히 말해 금지하지도 않기는 했다. 어쨌든 탐지 결과, 저 방문객도 보조 두뇌를 달고 있었다. 아니었더라면 여기서 전부 끝장이었을 것이다.

헤미올라는 역법 잠금장치의 원리를 알고 있었다. 한때 육두관이 제다오에게 엿듣기 괴로울 만큼 작은 소리로 일러준 적이 있었기 때문이다.

테포스에 처음 들렀을 때, 육두관은 제다오에게 이렇게 말했다. "이봐, 혼자서 카드 가지고 노는 건 잠시 관두고 이리 와봐. 한 가지 설명해주고 싶은 게 있어."

그때 육두관은 적당히 검은 피부에 검은 곱슬머리를 한 젊은이였다. 널찍한 가슴선이 호리호리한 허리로 매끈하게 이어졌고, 얼핏 보기에는 검은 옷감에 은빛 단추가 달린 소박한 니라이 제복만 걸치고 있는 듯했으나, 자세히 보면 귓불, 손목, 발목에는 엄청난 양의 짤랑거리는 흑진주를 달고 있었다.

제다오는 카드판에서 고개를 들었다. 그의 육체는 육두관의 것보다도 젊었다. 날씬하고 흉터 하나 없는 몸에, 금발과 녹색 눈이 이방인의 혈통임을 드러냈다. 그는 카드놀이를 하지 않을 때에는 항상 뭔가 운동을 하고 있었다. 마치 어색한 몸동작을 극복하기 노력하는 것처럼. 쿠젠은 그 육체가 하픈 쪽 전쟁포로의 것임을 슬쩍 암시하기도 했다.

"좋으실 대로요." 제다오는 호기심이 동한 얼굴로 대답했다.

"너 소인수분해는 얼마까지 할 수 있어?" 육두관이 물었다.

"얼마나 큰 숫자 말입니까." 제다오는 갑자기 경계하기 시작했다. "계신기를 써도 되나요?"

"이 정도에 계산기까진 필요하지 않을 거야. 내 생각보다 훨씬 곱셈에 약한 게 아니라면 말이지. 연습 삼아 하나 해볼까. 72를 소인수분해 해봐."

제다오는 얼굴을 찌푸리며 카드 하나를 손가락으로 톡톡 건드렸다. "원하신다면 그러죠, 육두관 각하. 72는 9 곱하기 8이니까, 3 곱하기 3 곱하기 8이 되는군요. 그러면 8을 처리해야죠. 8은 4 곱하기 2니까, 2 곱하기 2 곱하기 2가 되고… 그러니까 3 곱하기 3 곱하기 2 곱하기 2 곱하기 2가 되겠죠?" 소인수를 하나씩 읊는 동안 그의 손가락이 움찔거렸다.

"속도로는 절대 상을 못 받겠는데. 그래도 답은 맞았어." 육두관이 말했다.

제다오는 의자에 몸을 기대고 비뚤한 웃음을 머금었다. "당신이 수학 문제를 해결하고, 저는 때려눕히는 쪽만 담당하기로 계약한 것 아니었습니까. 2는 짝수지만 소수인 것 맞죠?"

육두관은 길고 고통스러운 신음을 내뱉었다. "너 지금 나를 가지고 노는 거지?"

제다오는 순진무구한 표정을 유지했다.

"수학적 맥락에서 설명하자면 정말 귀찮아지겠지만… 일단 지독할 정도로 거대한 숫자는 소인수분해가 지독하게 힘들어. 컴퓨터를 써도 말이야. 이 정도는 이해가 되겠지?"

"당연한 소리 아닙니까?"

"내 인내심을 시험하지 말라고." 육두관이 말했다. "지금 이걸 네게 설명해주는 이유는 말이야, 네가 여우처럼 머릴 굴리다가 난데없이 여길 들어가려고 시도해서 모든 기록을 통째로 날려버리는 일을 방지하기 위해서야. 기록 보관실에 들어가려고 하는 순간, 시스템이 타이머를 작동하고 보조 두뇌에 어마어마하게 큰 숫자를 전송해. 12분 안에 그 큰 수를 소인수분해하고, 그 소수들을 이용해서 국지적 역법을 특정 방식으로 배열하는 의식까지 수행해야 하지. 그렇게 역법 잠금장치에 지정된 배열이 확인되어야 자폭장치 가동이 중단되고 문이 열리는 거야."

"그렇다면 원리는 간단하군요." 제다오가 말했다. "그 정도로 빠르게 계산할 수 있는 사람이 당신뿐이라는 걸 이용하는 거군요."

"그래, 내 계산 능력에 걸어보는 셈이지."

"의식은 왜 추가한 겁니까? 그냥 옳은 소수가 입력됐을 때 시스템이 해제되도록 해도 되잖아요?"

"원격 해킹을 막으려는 거야." 육두관은 참을성 있게 설명했다. "국지적 역법에 영향을 끼치려면 이 자리에 인간이 필요하니까, 추가 경계 조치인 셈이지."

육두관도 떠올렸을지는 알 수가 없지만, 헤미올라는 한 가지 이유를 추가할 수 있었다. 적성 서비터의 침투 시도를 막기 위해서. 테포스의 서비터 셋은 단순한 호기심에 소인수분해 문제를 뚫으려 시도해봤지만, 시브조차도 소인수분해 알고리즘을 제대로 구축해내지 못했다. 그러나 그들 중 하나가 주어진 시간 내에 안정적인 결과를 도출할 수 있다 해도, 표준 역법에서 서비터는 진형 효과를 형성할 수 없으므로 아무 의미도 없다. 세 서비터는 어떤 식으로도, 제아무리 맞아떨어지는 일고리즘을 구축하너라도 삼금상지에 영향을 끼칠 수 없는 것이다. 그러므로 장치를 해체하는 건 애초에 불가능했다.

제다오는 카드를 모아서 다시 섞기 시작했다. 그리고 두 번이나 그대로 덱을 떨어트릴 뻔했다. 육두관은 분노와 즐거움이 기묘하게 뒤섞인 표정으로 그 모습을 바라봤다. "해주신 경고, 확실히 받았습니다." 제다오는 경쾌하게 말했다.

저 방문객이 육두관이 아니라면, 그다음으로 가능성 있는 후보는 제다오였다. 그때, 제다오가 확실히 받았다고 했지. 그런데 설마 육두관에게 직접 경고까지 받았는데도 침투를 시도할 정도로 자살 충동에 시달리는 것일까? 헤미올라는 최소한 테포스의 위치를 아는 사람이 그 이상 없기를 바랐다. 그렇지 않으면 비밀 기지의 존재 이유가 대체 무엇이겠는가?

"체온 측정 결과를 보니까 초조한 기색은 조금도 없는데." 헤미올라가 말했다. "이건 좋은 소식이겠지?"

"좀 닥쳐." 롬버스가 말했다. "지금 계산 중이라고."

"나도야. 도와줄 생각 있어?" 시브가 말했다.

헤미올라는 빛을 깜박거리고 싶은 충동을 억눌렀다. 대신 그는 침입자의 행동을 살피기 시작했다. 대부분 서비터처럼 그 또한 여러 방향의 시각 신호를 동시에 추적할 수 있었다. 다시 화면으로 주의를 돌리는 순간, 대화를 원하는 충동은 순식간에 사라져버렸다.

화면 속 인간은 고리와 전선과 반소수 회로로 구성된 복잡한 장치를 꺼냈다. 작은 패널에 떠오른 사용자 인터페이스는 낯설기만 했다. 그는 카운트다운 따위는 개의치 않고 조작기를 만지작거리다가 장치를 내려놓았다. 그리고 잿불매 벽감 앞에서 명상을 시작했다.

"우리가 개입해야겠어." 헤미올라는 갑자기 다급해졌다. "역법 농도를 봐. 표준 역법의 정상치에서 멀어지고 있잖아. 게다가 저런 식으로는 잠금장치에 아무런 영향도 못 끼칠 거야."

"쿠젠의 주의를 흩트려 일을 망치다간 모두의 죽음만 앞당길 뿐이라고! 어떻게 봐도 그건 좋은 생각이 아니야." 롬버스가 말했다.

"나도 동의해." 시브가 말했다.

헤미올라는 대화를 포기하고 다시 화면 속 인물의 행동을 해독하려 애썼다. 어차피 파괴될 운명이라면 마지막 순간에라도 뭔가를 깨우치는 편이… 아니지, 이런 끔찍한 생각은 관두고.

화면 속 인물은 표준 언어의 고어체로 낭송을 계속했다. 이제는 의식용으로만 쓰이는 언어로, 육두관이 이곳에 머물 때마다 종종 내뱉곤 했다. 내용 자체는 초콜릿에 바치는 축제에서 쓰던 기도문이었다.

4분 남았다.

굳이 초콜릿 축제를 선택한 것보다도 수상한 것이 하나 더 있었다. 방 안의 역법 측정치였다. 저 인물이 카운트다운에 정확하게 맞춰 기도문을 낭송하고 있다는 것을 헤미올라는 눈치챘다. 역법 수치의 변동도 그 영향 때문임이 분명했다. 국지적 역법 수치가 거의 이단에 가까울 정도로 표준치에서 어긋나기 시작했다.

역법 변화의 효과가 기지 전체에 번져나갔다. 그리드는 뒤늦게 붉은 빛을 번쩍이며 역법 부식 경고를 전했다.

3분 남았다.

죽음이 코앞까지 닥쳐왔음에도, 롬버스와 시브는 열정적으로 토의에 매진하고 있었다. 대체 어쩌다가 정원 조경이 보의 추세가 된 걸까? 게다가 우리가 밖으로 나갈 수 있는 건 1세기에 한 번, 육두관이 방문 중일 때뿐인데?

방문객은 몸을 쭉 펴더니 손바닥으로 단말을 내리쳤다. 헤미올라는 그가 보조 두뇌를 움직여 그리드에 답하고 있으리라 생각했다. 커다란 소수를 직접 입력하는 일은 효율적이지 못할 것이다. 인간의 손가락은 느려빠졌으니까.

2분 남았다.

장치의 화면이 깜빡였다. 헤미올라는 저 장치를 분해해서 효과를 확인하고 싶은 마음이 간절했다. 분명 소인수분해나 잠금장치를 우회하는 방법과 연관이 있을 테지.

"그렇게 겁주지 말라고, 쿠젠." 롬버스는 정신없이 선홍색 불빛을 깜빡였다.

"아직 안 끝났어." 시브가 말했다.

방문객은 방의 벽들에 맞춰 정확하게 각도를 잡고 빠르게 세 번의 명상을 수행했다. 국지적 역법 수치가 다시 훌쩍 널을 뛰었다.

잠금장치가 열렸다. 타이머는 꺼졌다. 헤미올라는 육두관을 의심한 자신을 꾸짖었다. 평소와 다른 육체나 장비를 선택한 일 따위는 사실상 아무 의미도 없는데.

"자, 그럼 가보자. 시중을 들어야지." 헤미올라는 안도의 청록색을 깜빡이며 말했다.

롬버스가 거칠게 불빛을 깜빡였다. "집게로 뭔가 집어 옮겨야 하는 일이 생기자마자 우릴 부를 텐데? 넌 그저 가까이 다가가서 구경하고 싶은 거잖아."

헤미올라도 딱히 부인할 수가 없었다. 그는 대꾸하는 대신, 허공으로 떠올라 느릿하고 점잖게 통제실을 나왔다. 기지 전체가 육두관의 등장에 반응하여 살아났다. 인간이 숨 쉴 수 있는 공기가 나머지 시설에 순환하기 시작했다. 조명도 들어왔다. 헤미올라는 육두관이 마지막으로 방문했을 때 시브와 함께 꾸몄던 기지 밖 바위 정원을 떠올렸다. 육두관의 공허나방을 환영하려고 만든 것이었는데, 별반 효과를 보지는 못했다. 이번에야말로 육두관이 정원의 존재를 알아봐주면 좋을 텐데.

헤미올라가 그를 맞이하러 도착했을 즈음, 육두관은 이미 우주복을 벗고 있었다. 여성형 육체가 확실했다. 옅은 노란색을 띤 달걀형 얼굴, 거기에 당황스럽게도 군대식으로 짧게 깎은 머리카락과 검은 눈을 하고 있었다. 옷은 평범한 검은 직물이었다. 레이스도, 스카프도, 보석 장신구도 눈에 띄지 않았다. 몸에 치장한 것이라곤 셔츠 아래로 밀어 넣은 펜던트가 유일했다. 웃옷은 이미 개켜서 남는 의자에 올려둔 모양이었다.

다음 순간 헤미올라는 깜짝 놀랐다. 육두관이 그를 직접 지목해 불렀기 때문이다. "거기 안녕. 널 뭐라고 부르면 좋을까?"

당황한 헤미올라는 할 말을 잃었다. 저런 질문에 어떻게 반응할 수 있을까?

더 중요한 점은, 육두관이 평소 어조와는 달리, 기묘하고도 느릿하게 끄는 투를 사용한다는 것이었다. 분명 들어본 말투였다…

"내가 추측해볼까." 육두관은 평소와는 달리 조금도 격식 없는 투로 말했다. 무례한 투가 아니라 단순히 격식이 없을 뿐이었다. "내가 누군지 헷갈려서 당황한 거지."

눈앞의 사람이 육두관이든, 그 누구든 간에 무례를 범하고 싶지 않다는 마음에서, 헤미올라는 단순히 긍정하는 의미로 빛을 깜빡이고는 조용히 기다렸다.

"육두관 각하께서는 다른 일로 바쁘시거든. 나는 슈오스 제다오야."

슈오스 제다오. 번제의 여우. 육두관과 종종 사랑을 나누는 사람. 그가 육두관과 떨어져서 혼자 찾아온 이유가 뭘까?

"질문거리가 아주 많을 것 같은데." 제다오가 말했다. "미안하지만 질문에 답하기 전에, 물 한 잔만 청해도 될까? 제법 고된 여행이었거든."

헤미올라는 수치심을 느끼며 삑 소리를 흘렸다. 차든, 장미 와인이든, 위스키든, 뭔가 가져왔어야 했는데.

제다오의 얼굴에 떠오른 비뚤름한 미소는 확실히 기억이 났다. 그가 옮겨 탄 모든 육체에서 보이던 웃음이었으니까. "아니, 정말로, 아무거나 상관없어."

헤미올라는 서비터 통신망으로 상황을 설명했다. "도와줄래?" 시브가 그의 부탁에 응답했다.

"다른 서비터가 물을 가지고 올 거예요." 헤미올라는 무의식적으로 기계 공용어를 사용해서 제다오에게 답했다.

"고마워. 감사하다고 전해줘." 제다오가 말했다.

다음 순간, 헤미올라는 자신이 저지른 일을 깨닫고 분홍색 빛을 연달아 깜빡였다.

"너무 빨리 흘러가지만 않으면 너희 말도 어느 정도는 이해할 수 있어." 제다오는 손가락을 두드려서 축약형 기계 공용어로 말했다. "너희를 당황시킬 생각은 없었는데."

축약형 기계 공용어는 빛의 색깔과 상대적 위치를 배제하기 때문에, 뉘앙스를 제대로 전달해주지 못한다. 그러나 헤미올라는 따져 물을 생각 따윈 없었다. 애초에 자신들의 언어로 답을 받으리라는 생각조차 하지 못했으니까.

바로 그 순간, 시브가 쟁반을 들고 들어왔다. 쟁반 위에는 제다오가 요청한 물 한 잔과 함께 보존식 바가 하나 올려져 있었다. 그 모습에 헤미올라는 한층 더 비참해졌다. 육두관은 언제나 자기가 먹을 음식은 직접 챙겨 오면서도 올 때마다 보존식 바 재고를 다시 채워놓곤 했다. 보존식 바는 '일반적인 상황'에서 240년 동안 보존 가능하다는, 헤미올라로선 정확한 의미가 무엇인지 짐작도 안 가는 물건이었다. 어찌 됐든 헤미올라는 괜찮은 먹거리를 차릴 수 없다는 점에 나름의 책임감을 느낄 수밖에 없었다.

"고맙다." 제다오가 시브에게 말했다. "실례가 아니라면 지금 먹어도…?"

시브는 고개를 꾸벅 숙였다.

"저 인간이 나를 뭐라고 불러줬으면 좋겠냐고 물었어." 헤미올라는 개별 통신으로 시브에게 말했다.

"그래서 뭐라고 했는데?" 시브의 이성적인 태도가 짜증이 날 지경이었다.

"아직 대답 안 했어."

제다오는 별다른 내색 없이 보존식 바를 먹어치웠다. 이내 그는 입가의 부스러기를 훔치고 포장지를 접어 쟁반 구석에 올렸다. 시브는 헤미올라를 남긴 채로 즉시 쟁반을 들고 내뺐다. 정말로 고마워서 몸둘 바를 모르겠다고, 헤미올라는 생각했다.

"우리가 무얼 도와드리면 될까요?" 견디다 못한 헤미올라는 이렇게 물었다.

"기록 보관소에서 뭔가를 좀 찾아야 하는데." 제다오가 말했다. "너희가 기록을 지키는 임무를 담당하는 거지?"

"그렇습니다." 헤미올라가 말했다. "하지만 어딜 찾아야 하는지는 알고 계셨으면 합니다. 우리는 직접 기록을 읽지는 않으니까요."

"내가 사본을 만들어서 가져가는 건 괜찮을까?"

헤미올라는 잠시 머뭇거리며 다른 서비터들에게 조언을 구했다.

"육두관의 연인이잖아. 나는 신경 안 써." 롬버스는 이렇게 대꾸했다.

"네 판단에 따르지." 시브도 별 도움 안 되기는 마찬가지였다.

제다오가 한쪽 눈썹을 추켜들었다.

"이곳 기록을 우리 눈이 닿지 않는 곳으로 떠나보낼 수는 없습니다." 헤미올라가 대답했다. "비유적인 표현입니다만."

"그리 오래 머물 수가 없거든. 그러면 내가 할 수 있는 연구의 양도 제한되니까. 아니면…"

"아니면?"

"너희 중 하나가 나하고 함께 가서 기록이 악용되는지 아닌지 확인하는 건 어떨까."

헤미올라는 그 제안을 곱씹어보았다. 매혹적이었다. 지나칠 정도로 매혹적이었다. 그러나 자세한 내용을 묻지 않고서는 견딜 수가 없었다. "얼마나 오래 걸릴까요?"

"그건 정확히 답하기가 힘든데." 제다오가 말했다. "하지만 언제든 집으로 돌아올 일이 생기면, 내 친구들한테 부탁해서 데려다줄 수 있어."

헤미올라는 믿을 수 없다는 듯 불빛을 깜빡였다.

"뭐, 지금 당장 결정해야 하는 건 아니니까." 제다오가 말했다. "그러고 보니 오던 길에 바위 정원이 있던데. 상당히 훌륭한 솜씨야. 수십 년 동안 미소 운석을 맞으면서 좀 흐트러지기는 했지만. 너희가 만든 거니?"

"맞아요." 헤미올라가 말했다. "방금 만났던 다른 서비터하고 제가 함께 만든 거예요." 제다오의 가벼운 관심에 어떻게 반응해야 할지 알 수가 없었다. 육두관은 전혀 모르던 것을 단박에 알아챘으니 분하게 여겨야 할까? 감사를 표해야 할까? 아니면 그런 하찮은 장식 행위가 인간의 관심을 끌었다는 사실에 부끄러워해야 할까?

"기록 보관소에 진열장이 있었던 것 같은데." 제다오가 말했다. "적어도 그건 내가 좀 봐도 되겠지?"

헤미올라는 거부할 이유를 찾지 못했다. "물론이에요."

"안내 좀 해줄 수 있을까? 마지막에 들른 후로 시간이 꽤 지나서."

이 또한 거부할 이유를 찾을 수 없었다. 그는 반짝이는 복도를 따라가며 제다오를 안내했다. 제다오는 얌전히 따라왔다. 하지만… "질문이 하나 있는데요."

"뭔데?" 제다오가 말했다.

"어떻게 역법 잠금장치를 해제한 건가요?"

"수학자 친구가 하나 생겼거든." 제다오의 목소리는 왠지 모르게 반어적으로 들렸지만, 헤미올라로서는 그 이유를 알 수 없었다. 그는 까마귀가 날아다니는 모습이 문양으로 새겨진 펜던트를 꺼내 손가락으로 더듬었다. "빠른 속도로 소인수분해를 하는 알고리즘이 존재하기는 해. 다만 그 알고리즘은 이능력 효과의 산물이야. 그것도 비표준 역법에서 발동하는. 그래서 나는 그 이능력 효과를 일으키는 연산장치를 설계해 가져왔지. 그다음 작동할 만큼 국지적 역법을 충분히 변화시켜, 장치가 도출한 답을 사용해 잠금장치를 해제한 거야. 쿠젠은 이런 해법은 고려하지 않았겠지. 표준 역법에만 집착하고 있었으니까."

그들은 기지 안 기록 보관 구역에 도착했다. 별로 큰 방은 아니었으며, 심지어 사치스러운 소파와 긴 의자가 거의 모든 공간을 차지하고 있었다. 기록 자체는 별도의 전용 단말을 통해 접속해야 했다.

방 안에서 가장 이질적인 물체는 작은 성소였다. 종교적인 장식물이 아니라는 점은 헤미올라도 알고 있었지만, 투명한 상자 안에 보존된 채 누런색으로 심하게 변색된 소책자는 그런 부류의 물건으로밖에 보이지 않았다. 서비터들도 부서질까 두려워 꺼내 읽을 엄두를 내지 못하는 물건이었다. 반면 육두관 본인은 그토록 소중히 보존해놓았으면서도 딱히 관심을 두지 않았다.

제다오는 성소 옆으로 걸어가서, 보존용 상자를 건드리지 않고 내용물을 살펴보았다. "신형 스노버드 823식 냉장고를 다루는 법." 제다오는 표제를 읽었다. "매번 궁금하더군. 쿠젠이 어째서 이걸 보존해놓는 걸까, 하고. 첫 번째 작업물이거나, 뭐 그런 거겠지? 형식 번호를 찾아봤는데도 아무것도 안 나오던데. 하지만 칠두정은 넓은 곳이었으니까, 단순히 잘 알려지지 않은 골동품일 수도 있겠지."

"설마 냉장고를 조사하러 오신 건 아니겠죠?" 혜미올라가 물었다. 냉장고가 어떤 물건인지조차 짐작이 안 가기는 하지만.

"물론 아니지." 제다오는 적극적으로 동의하는 투가 아니었다. 그는 아무도 없는 소파를 둘러보았다. "여긴 정말로 변한 게 없군."

"우리가 모든 것을 그대로 유지하니까요." 혜미올라가 말했다.

"물론 그렇겠지. 쿠젠은 언제나 모든 것이 그대로 유지되기를 원하니까.

"질문이 하나 더 있어요."

전시용 상자에서 혜미올라로 시선을 옮기는 제다오의 표정에서 흐뭇함과 거북함이 동시에 느껴졌다. "말해봐."

"혹시 드라마 가져오신 건 없겠죠?"

제다오는 웃음을 터트리지 않았다. 대신 그는 아주 진지하게 이렇게 말했다. "내 공허나방에 비장의 컬렉션이 실려 있어. 내 여행 동료도 너처럼 서비터인데, 내 영상물 취향을 아주 끔찍하게 생각하더라고. 하지만 네 취향에 맞는 게 있을지도 모르지. 특별히 원하는 게 있으면 찾아줄 수 있을지도 몰라. 물론 있을지는 보장할 수가 없지만."

"괜찮습니다." 혜미올라가 말했다.

"참, 아직도 너를 뭐라고 불러야 할지 듣지 못했는데."

"저는 테포스 서비터 집단 소속의 혜미올라예요." 그는 이렇게 말하며, 제다오의 여행 동료가 어느 집단 소속일시, 니라이 서비터와 협력 관계를 맺고 있을지를 생각해보았다. "기록의 사본 작성을 도와드릴게요."

"고마워, 헤미올라." 제다오는 진지하게 말했다. "협력에 감사를 표하지."

04

쿠젠은 제다오에게 추가 보고서를 넘긴 다음 자리를 떴다. 제다오
는 조바심을 숨기려 애쓰며 문이 닫히기를 기다렸다. 육두관을 쫓아
낼 수는 없는 노릇이니까.

쿠젠이 떠나자, 제다오는 다른 무엇보다 욕실부터 찾았다. 좋아. 거
울이 있었다. 기억하는 것보다 나이를 먹은 얼굴. 갈색 눈꼬리에는 주
름이 잡히고 있었다. 머리는 여전히 검은색이고 새치도 없었지만, 염
색을 한 것일지도 모른다는 냉소적인 생각부터 들었다. 그는 옷을 벗
고 자신의 몸을 꼼꼼히 살폈다. 아까 본 흉터에 다시 놀라지는 않았지
만, 여전히 자신의 몸을 어떻게 받아들여야 할지 알 수가 없었다. 어
깨와 가슴은 더 널찍해졌고, 거칠고 정력적인 생활을 암시하듯 몸 곳
곳에 근육이 붙어 있었다. 제다오는 얼굴을 찌푸린 채 거울에 비친 모
습을 바라보나 다시 옷을 챙겨 입었다.

제다오는 켈 행동강령집을 멍하니 들여다보다가, 자신이 그새 내용의 상당 부분을 암기해버렸다는 것을 깨달았다. 공용 식탁의 좌석 배치법, 그도 머지않아 머리를 잘라야 할 듯한 두발 제한 규정, 그리고 켈 사이의 성관계를 가질 시 사형으로 처벌한다는 엄격한 금지 조항까지도. 순간 암기 기술이려나. 루오라면 무척 부러워했겠지. 다른 방면으로 사용할 수 없다는 사실이 안타까웠다. 그는 이 기술을 사용해 온갖 것을 읽어대기 시작했다.

자기도 모르게 잠들었던 제다오는 음악 소리에 문득 정신을 차렸다. 적어도 그에겐 음악처럼 들렸다. 정확하게 무슨 악기인지는 몰라도 거친 아르페지오의 떠들썩한 베이스 연주로, 행진곡이라기에는 박자가 너무 빠르다는 느낌이 들었다. 그는 뻐근한 목을 풀면서 게슴츠레 눈을 뜨고 천장을 올려다봤다. 양초덩굴이 환히 빛나고 있었다. 조명을 꺼달라는 명령을 내리지 않았으니 당연한 일이었다. 그리드가 나직한 목소리로 12분 후에 육두관과의 조찬 일정이 잡혀있다고 알렸다.

"젠장." 제다오는 방에 대고 이렇게 말했다. 왜 더 빨리 깨우지 않은 거야? 그는 남은 시간 중 7분을 써서 샤워를 했다. 거북한 느낌이 들어 제대로 보지 않고 샤워하려니 영 어색했다. 샤워를 끝내고 나와 보니, 옷장에 여분의 속옷이 들어 있었다. 자신이 잠든 사이에 누군가 놓고 간 모양이었다. 이 또한 마음에 들지 않았다. 게다가 그가 샤워를 하는 동안, 제복은 스스로 얼룩과 옷 주름을 말끔히 제거했다. 혹시 내가 실수로 지렸을 때를 대비해 흡수 기능이 추가된 건 아니겠지? 이런 의심을 하면서도, 그는 다시 제복을 챙겨 입었다.

머리를 빗는 데는 시간이 거의 들지 않은 덕분에, 그는 연설문 초고를 다듬는 데에 4분여의 시간을 쓸 수 있었다. 혹시라도 쿠젠이 성급하게 자신을 켈에게 소개할까 봐 미리 작성한 것이었다. 배에 총알이 박힌 수준으로 지저분한 글이었지만, 아예 없는 것보다는 나을 것이다. 그는 켈이 연설을 좋아할 거라고 확신하고 있었다. 전략 개요와 함대의 현 상태, 쿠젠의 목적 등을 전부 익힌 다음, 그는 연설문을 구상했다. 최대한 간결하되 중요한 내용은 전부 들어가야 했기에, 상당한 시간을 소모해야만 했다.

쿠젠은 정시에 도착했다. 그리드가 방문을 알리지도 않았는데 그냥 문이 열려버렸다. 거기까지는 예측하던 바였다. 그러나 제다오도 쿠젠이 다른 사람을 데려올 거라곤 예측하지 못했다. 쿠젠보다도 키가 훌쩍 큰, 커다란 덩치의 남자였다. 그의 석탄처럼 검은 피부 때문에, 옆에 있는 쿠젠이 한층 창백해 보였다. 켈 제복을 입은 그의 옷매무새에서 사무적인 장중함이 묻어났다. 소령을 뜻하는 네 개의 발톱 계급장이 왼편 가슴에서 번쩍였다.

소령은 제다오를 정면으로 마주 보더니, 순간 눈이 휘둥그레졌다. 그는 즉시 완벽한 동작으로 경례를 붙였다. 하지만 제다오의 손가락 없는 장갑을 힐끔거리기를 멈출 수는 없는 모양이었다. 계급장에 슈오스의 눈까지 달려 있는데, 새삼스레 전속된 장군을 경계할 이유가 있나?

내가 복제인간이고 원본은 이미 죽은 게 아니라면 말이야. 제다오는 생각했다. 혹시 이 소령이 원래 제다오와 알던 사이였으려나?

소령의 눈빛만 보더라도, 불쾌한 것까지는 모르겠지만 크게 동요하고 있다는 점은 명백했다. 제다오는 속으로 신음을 삼켰다. 소령을 탓할 수는 없는 노릇이었다. 갑자기 낯선 상관을 섬기게 돼 불편할 수도 있으니까. 어쨌든 그로서도 함께 일할 사람이 불편해하기를 바라진 않았다.

두껍고 윤기가 도는 회색 비단 셔츠에 세련된 검은 새틴 웃옷을 걸친 쿠젠이 제다오를 내려다보며 웃었다. 양쪽 귀에서는 은빛 고리가 달랑거렸고, 목에는 진주와 마노 구슬이 둘려 있었다. "네 부관이 될 켈 다네스 소령이야. 이 남자를 선물하기에 지금이 딱인 것 같아서."

소령의 표정은 조금도 흔들리지 않았다. 하지만 제다오는 질문할 수밖에 없었다. "쿠젠, 사람을 선물이라 부를 수 있는지 잘 모르겠네요."

"늘 그렇듯 이상주의적이네." 쿠젠이 살갑게 대꾸했다. "알아서 생각해. 어쨌든 여기 소령이 아침 식사에 동석하는 정도는 괜찮겠지? 아니면 음식을 따로 가져다주게 할까? 너는 그런 사소한 문제에 신경을 많이 쓰잖아, 안 그래?"

제다오는 간신히 켈 경례를 받아줘야 한다는 사실을 기억해냈다. 상급자로서 경례를 받자니, 다른 사람을 사칭하는 기분이었다. "다네스 소령. 그래, 편히 있게."

"예, 각하." 다네스는 큰 소리로 대답했다. 이제 다네스도 진정한 모양이었다. 그래도 제다오를 훑는 시선은 여전히 불길할 정도로 강렬했다. 문득 그의 시선에서 혐오감이 느껴졌다. 아니, 단순한 망상이었으려나?

"아침 식사 메뉴에 별도의 의견이 있나?"

다네스는 이 질문에 당황한 모양이었다. 그는 잠시 후 이렇게 대답했다. "주시는 대로 먹겠습니다, 각하."

"우선순위가 명확한 사람이로군." 자기가 웃으면 다네스가 더욱 겁에 질릴 것 같았기에, 제다오는 이렇게 말했다. "쿠젠, 여기서 음식 선호가 분명한 사람은 당신뿐인 듯하군요. 선택해주십시오."

"너는 분명 작전이 시작하면 공용 식탁에서 식사해야겠다고 주장하겠지. 할 수 있을 때 즐겨두라고." 그는 어제 앉았던 자리에 앉더니 메뉴를 불러왔다.

제다오는 다네스가 앉을 의자를 빼주었다. 예의를 지키려는 행동이었는데, 외려 다네스는 눈썹을 추어올렸다. 제다오는 다시금 자신이 다네스보다 상급자라는 사실을 되새겼다. "얼른 앉게." 행동을 물릴 수는 없었기에 제다오는 이렇게 말했다.

"받들겠습니다, 각하." 다네스는 자리에 앉으면서도 제다오에게서 강렬한 시선을 떼지 않았다.

별수 없는 일이었다. 제다오는 쿠젠이 음료를 고르는 데 골머리를 썩느라 잠시 망설이는 순간을 틈타 질문을 던졌다. "참모진은 어떻게 구성됩니까?"

다네스가 갑자기 긴장하는 모습을 보니, 아무래도 잘못된 질문을 던진 모양이었다. 아니면 정곡을 찔렀거나.

"이 함대는 원래 중장 한 명과 준장 두 명이 지휘하고 있었어." 쿠젠이 말했다. "지휘관인 중장은 제거할 수밖에 없었지. 그러니 이 함대는 네 거야."

'세서'라니, 뒷맛이 좋은 표현은 아니었다. 다네스 앞에서 이야기를 꺼낸 것만으로도 이미 망친 것이나 다름없었다. 다네스는 지도부가 통합되어 있다고 인식해야 할 사람이니까.

젠장. 내가 그런 걸 어떻게 알았겠어? 그가 기억하지 못하는 과거 경험이 더 있다는 증거일지도 모른다.

"말이 나왔으니 말인데." 쿠젠은 속눈썹을 내리깔고 다네스를 슬쩍 곁눈질하면서 중얼거렸다. "참모진은 곧 소개해줄 거야. 참모진이 없으면 이 정도 규모의 함대를 통솔할 수가 없을 테니까. 앞으로 소령한테 마음껏 도움을 청하도록 해. 그쪽으로는 경험이 많은 사람이거든." 그는 다시 음료 메뉴로 시선을 돌렸고, 이내 마음에 드는 것을 찾았는지 만족스럽게 콧소리를 흘렸다. 그는 주문을 끝냈다. 그리드는 평소처럼 차분한 목소리로 주문을 확인했다.

계속 지뢰밭을 전진하기보다는 쿠젠과 둘이서 대화를 나누고 싶었다. 그렇지만 다네스를 식사도 끝내기 전에 내보낼 수도 없는 노릇이었다. "자네가 왜 여기 있는지 알고 있나?" 그는 다네스에게 물었다. 물론 쿠젠이 불러서 왔다는 '당연한 이유'를 제외한 질문이었다.

다네스의 눈썹이 처졌다. "다른 이들과 마찬가지로, 저 또한 각하의 명령을 받들 뿐입니다."

"일단 두 가지만 부탁하지." 어쩌면 이걸로 끝낼 수 있을지도 모른다. "우리는 서로에게 연관된 거야. 나는 퀠의 방식에 대해 조언이 필요해. 그 이유는 내 기억에 하자가 있기 때문이고."

쿠젠은 머리를 번쩍 들었지만 끼어들지는 않았다.

"말씀대로 하겠습니다, 각하." 유심히 반응을 살피지 않았더라면 놓쳤을 테지만, 제다오는 다네스의 어깨가 굳는 것을 확인했다.

제다오가 기대한 것보다는 미미한 반응이었다. 설마 퀠이 평소에도 기억이 온전치 않은 장군을 모셨던 것은 아니겠지. "그리고 다른 하나는." 어쩌면 이 질문을 통해 더 쓸 만한 정보를 얻어낼 수 있을지도 모른다. "이 장갑이 자네에게는 나름대로 중요한 의미가 있는 듯한데. 설명해주지 않겠나?"

단순한 복장 관련 질문에 그토록 강렬한 반응이 돌아오리라고는 제다오도 미처 예상하지 못했다. 다네스의 표정은 마치 나무 숟가락으로 자결하라는 명령을 받은 듯했다. 그의 시선이 제다오에게서 쿠젠으로, 다시 제다오에게로 바쁘게 움직였다.

"천상의 별들이시여. 이토록 직접적으로 물어볼 줄이야." 쿠젠이 말했다.

"장갑 따위가 뭐 그리 대수인 겁니까?" 제다오가 물었다.

"그냥 말해주는 게 좋겠어." 쿠젠은 다네스에게 말했다. 냉소적인 말투를 보니, 아무래도 이런 일이 벌어질 거라고 예상은 했던 모양이었다. 대체 뭘 보여주려 한 것일까?

다네스는 어깨에 힘을 주고는 나직하게 말했다. "각하, 혹시 이미 알고 계신 내용이라면 즉시 멈추라고 말씀해주십시오. 각하께서는 퀠 군대에서 그런 식으로 장갑을 착용한 최후의 인물입니다. 그러니까… 돌아가시기 전에 말입니다."

"고맙네만 나는 살아 있는 기분인데." 제다오는 불편함을 숨기려고 이렇게 말했다. "내가 클론이라면 이야기가 달라지겠지만."

"그건 아니야." 쿠젠이 말했다. "수많은 부모가 아이를 가지려고 클론이나 클론 변형체에 의존하긴 하지. 그래도 유전 정보에는 미래 따위는 들어 있지 않아. 복제인간은 원본의 성격이나 기술을 가질 수 없다고. 내가 한 일이라곤 너를 되살려서 체리스가 훔쳐 가지 않은 기억을 재주입한 것뿐이야. 그게 전부라고."

좋아, 클론 가설은 포기해야 할 듯했다. "내가 알기로 켈에 전속된 타 분파 인원은…" 켈 군사 규율의 한 조각이 의식의 경계에서 잠깐 어른거렸지만, 그쪽으로 집중하기 전에 그대로 사라졌다.

다네스는 머뭇거리다 입을 열었다. "현재 전속 인원은 회색 장갑을 낍니다. 각하께서 그 일을 저지르시고 난 후부턴요. 손가락 없는 장갑은 다른 상징이 되었으니까요."

순간 제다오는 지금 이 대화가 다네스보다도 자신에게 더 불편해지리라는 직감이 들었다. "똑바로 말해주게. 내가 무슨 짓을 저질렀길래 그러나?"

"지옥나선 요새에서의 일 말입니다." 마치 그걸로 전부 설명이 된다는 듯한 투였다.

"뭐야, 등롱꾼 이민족과 무슨 일을 벌인 건가?" 안 돼. "안 좋은 시점에서 이단에 빠졌나 보지?" 대체 그게 자신과 무슨 연관이 있을까? 그들에 맞서 싸우라고 파견했나? "그들과 싸우다 처참하게 패배한 건가?" 하지만 쿠젠의 말로는…

다네스는 눈을 질끈 감았다. "정말 모르시는 겁니까?"

"내가 설명하지." 쿠젠이 성급하게 끼어들었다. "등롱꾼 이단은 자치권을 요구했어. 켈 사령부는 놈들을 제압하고자 널 파견했고. 어제 본 8 대 1로 싸운 촛불전광 전투 있잖아? 그게 등롱꾼 이단과 맞서 싸운 전투야. 너는 그들을 마지막 남은 근거지인 지옥나선 요새로 몰아녔었어. 그러곤 등롱꾼 이단과 네가 이끄는 함대를 함께 도륙해버렸지. 켈 사령부가 너를 너무 몰아붙였든, 너 스스로 퓨즈가 끊어졌든 말이야."

제다오는 멍하니 그를 바라봤다. "제가 뭘 했다고요?" 혼란에 빠져선 안 돼. 사실만 파악하는 거야. 다네스가 이를 악물고 있는 표정을 보니, 쿠젠의 저 터무니없는 얘기를 철석같이 믿는 것 같았다. 제다오는 더욱 초조해졌다. "얼마나 죽은 겁니까?"

"양측 합해서 100만 명쯤." 쿠젠이 말했다. "그래, 물론 우리가 등롱꾼 이단까지 신경 쓸 필요는 없겠지만…" 이단이든 아니든, 제다오는 쿠젠의 말이 거북스러웠다. "그래도 합치는 쪽이 외우기 쉬우니까."

다음 질문의 답은 더 충격적일 것이 분명했다. "언제 있었던 일입니까?" 한참 전에, 표준 역법이 불안정해졌다는 소리를 들었을 때 물었어야 했던 질문이었다.

"400 하고도 80년 전이지."

제다오의 시야가 회색으로 좁아들기 시작했다. "잠깐요. 주제도 모르고 입을 놀린 죄로 해부해버려도 좋으니 한마디만 하겠습니다. 정신병에 걸려 대량 학살을 저지른 반역자를 되살려내서 한다는 소리가 '군대를 지휘하라'라니, 각하께서는 머리가 맛이 간 게 분명합니다."

"선택지가 별로 없었거든." 쿠젠은 차분하게 말했다. "단순히 괜찮은 사람이 필요했던 게 아니야. 능력이 비범한 최고의 장군이 필요했어. 그런데 때마침 네가 내 손에 있었지."

쿠젠은 제대로 이해하지 못한 모양이었다. 그래, 물론 육두관이 사소한 요리 문제에 신경 쓸 필요는 없겠지만. 제다오는 다시 시도했다.

"100만 명의 목숨을 앗아 갈 정도로 불안정한 장군을 전장에 내보내다니, 퀼 사령부가 그렇게 멍청할 리가 없습니다. 그런 미친 짓을 저지를 거란 징후가 전혀 없었던 겁니까?"

목소리가 떨렸다. 처음부터 끝까지 아무것도 믿고 싶지 않았다. 어떤 대답도 듣고 싶지 않았다. 정신이 나가서 사람을 학살하리라는 명확한 징후가 있었다는 쪽도, 전혀 없었다는 쪽도. 어느 쪽이 그나마 나을까? 그에게 무참히 학살당한 사람들은 미리 경고라도 받고 싶었을 테지만.

"육두관이시여." 다네스는 우려가 가득한 얼굴로 제다오를 힐긋 바라본 다음 말했다. "아침 식사를 마치고 다시 논의하는 쪽이 어떻겠습니까."

제다오는 내심 감동했다. 자신이 다네스였다면 그저 주의를 끌지 않으려 애쓰기만 했을 테니까.

"아니, 이런 문제는 바로바로 해결해야지." 쿠젠이 대꾸했다. "조짐은 없었어. 그 전까지 너는 아주 모범적인 장교였거든. 우리 추측으로는 스트레스 때문인 듯하지만, 아무도 명확한 이유는 알지 못했지. 네 기억에 구멍이 숭숭 뚫린 상황이라, 당사자가 알려줄 수도 없을 테고."

제다오는 갑자기 자리에서 벌떡 일어나 방 맞은편으로 걸음을 옮겼다. 벽을 주먹으로 때리고 싶었지만 이내 포기했다. 쿠젠은 그런 행동을 못마땅하게 여길 터였다. 아무 잘못도 없는 다네스도 덩달아 초조해할 테고. 그가 다네스의 상관이라는 것부터가 말도 안 되기는 했지만, 그 또한 다네스의 잘못은 아니었다.

그래도 이제 다네스가 적대적이면서 동시에 그런 감정을 숨기려 애쓰는 이유는 짐작할 수 있었다. 대량 학살자의 부관으로 배정된 상황이니까. 다네스 본인이 그런 지위를 원했을 리는 만무했다.

쿠젠은 그가 흠칫 놀랄까 걱정하는 듯 천천히 접근했다. "제다오."

무슨 말을 해야 할지 알 수 없었기에 제다오는 아무 말도 하지 않았다.

"제다오. 그건 네 잘못이 아니야. 애초 너에겐 기억조차 없잖아."

"제가 저지른 일이라면, 기억하든 못 하든 저에게도 책임이 있습니다. 제 생각에는…" 아니지. "저는 전장에서 죽은 겁니까, 처형당한 겁니까? 아니면 생선 가시가 목에 걸려 죽었나요?"

"처형당했어."

제다오는 눈을 질끈 감았다. 죗값을 치르던 순간의 기억이 일부라도, 아주 작은 조각이라도 기억나야 마땅한 일이었다. 그러나 그러한 기억 대신 다른 파편이 조금씩 그에게 밀려왔다. 루오와 바닥을 뒹굴던 때의 짜릿한 설렘과 시큰한 땀 냄새, 귓가에서 교관이 소리치는 가운데 저격 소총을 분해하던 순간, 어둠에 잠긴 고요한 방이 떠올랐다. 그중 처형당했을 당시의 기억은 단 한 조각도 없었다.

"말 좀 해봐, 제다오."

"제가 당신 목을 조를까 두렵지는 않나요?" 미처 막지 못한 말이 흘러나왔다.

쿠젠은 그의 어깨를 붙들고는 돌려세웠다. 그의 눈에는 진심만이 가득했다. "다들 네가 지금껏 저지른 과오와 행여 앞으로 저지를 과오만으로 너를 평가하겠지. 그러지 않을 사람은 나밖에 없어. 네가 나를 기억하지 못하더라도 말이야." 그가 말했다. "너는 필내 나를 놀라게 할 수 없으니 걱정하지 마. 내 안전이 걱정일 테지만, 나한테도 방어 수단이 있어. 내 입장에서 걱정해주지 않아도 돼."

제다오는 그 말에 안심할 수가 없었다. 문득 다른 생각이 들었다. "하지만 당신은 육두관이잖아요. 보안 요원은 어디 있습니까?"

쿠젠은 고개를 저었다. "어쩜 이리 젊을까. 얼른 와, 밥은 먹어야지. 서비터들이 음식을 차리러 왔다고."

일리 있는 주장이었다. 제다오는 조금도 식욕이 없었지만, 그렇다고 다네스까지 굶게 둘 수는 없었다. 쿠젠 쪽은 알아서 자기 몸을 보살필 테니 신경 쓸 필요도 없을 테고. 제다오는 먹먹한 기분으로 자리로 돌아왔다.

서비터들이 세심하게 음식을 내려놓았다. 다양한 동물 형상의 로봇이었는데, 크기는 제다오의 절반 정도에 집게와 손이 달리고, 연신 불빛을 깜빡이고 있었다. 움직일 때는 허공에 둥실 떠다녔다. 제다오는 이들이 대화를 얼마나 엿들었을지, 이 난장판을 어떻게 생각했을지가 궁금했다. 그러나 쿠젠이나 다네스는 그들에게 전혀 신경 쓰지 않았기에 제다오는 자신도 그래야 하는 모양이라고 생각했다. 쿠젠이야 그렇다 쳐도 다네스의 태도엔 막연한 실망감이 들었다.

다른 기억이 한 조각 스쳐 지나갔다. 이번에도 예의 그 여자와 로봇들이 등장했다. 이번에는 여자가 몸을 숙이고 뭔가를 훑어보고 있었다. 서류일까? 로봇들은 서로 불빛을 깜빡였는데, 아무래도 대화를 나누는 것 같았다. 그들의 암호를 이해할 수는 없었음에도, 순간 로봇, 아니 서비터들을 향한 엄청난 친밀감이 몰려왔다. 이유는 모르겠지만, 기억 속의 여자와 연관이 있는 것은 분명해 보였다. 나중에 조사해볼 문제였다.

"통 먹지를 않는군." 쿠젠의 목소리에는 걱정하는 기색이 역력했다. 제다오가 제대로 파악한 게 맞다면, 사람을 유용성의 관점에서만 보는 그의 본질과는 어울리지 않는 행동이었다. "게다가 네가 안 먹으면 소령도 못 먹는단 말이야. 켈들이 어떤지 알잖아."

"그래요, 물론 알죠." 제다오는 눈을 뜨며 이렇게 말하고 자기 젓가락을 들었다. 무언가를 먹는 것 자체에 거부감이 들었다. 게다가 무엇을 먹더라도, 묘한 금속성의 뒷맛이 느껴졌다. 쿠젠도, 다네스도 딱히 음식이 잘못되었다는 기색을 내비치지 않았다. 다행히 차는 마실 만했다.

"이런 일이 일어날 것 같아서 아침에 너를 일찍 깨운 거야." 쿠젠은 경쾌하게 말했다. "내 혜안에 대한 감사는 나중에 해도 돼."

"각하의 말씀을 받들겠습니다."

쿠젠은 갑자기 격식을 차리는 제다오를 보며 눈을 깜빡였다. "너라도 모든 것을 단번에 받아들이기는 힘들었을 거야. 이유는 이제 알겠지? 하지만 그거 말고도, 네가 침착하게 마음을 가다듬는 것도 중요하거든. 켈은 자기 상관이 평정심을 잃으면 자기도 공황에 빠진단 말이야. 진형 본능에 대해서는 얼마나 기억하고 있어?"

"진형 본능요?"

쿠젠은 패스트리 두 개를 놓고 머뭇거렸다. 제다오가 보기에는 똑같아 보였지만, 그는 이내 자기 쪽에 가까운 것을 집었다. "켈은 항상 위계질서를 지켜야 한다는 갈망에 사로잡혀 있거든. 유용하게 쓸 수 있을 기야."

제다오는 시선 한쪽에서 다네스가 뻣뻣하게 굳는 모습을 목격했다. 확인해봐야 할 수수께끼가 하나 더 늘어난 셈이었다. 그래도 함대의 충성을 담보할 수 있다던 쿠젠의 말이 무슨 뜻인지는 나름대로 이해가 되었다. 배려와 혐오가 절반씩 뒤섞인 다네스의 묘한 몸짓언어도 그걸로 설명할 수 있을지 모른다. "켈 사령부에서 언제 그런 걸 도입한 겁니까? 무슨 수를 써서요?"

여기서 가장 궁금한 것은 켈이 어쩌다 집단 세뇌로밖에 보이지 않는 계획을 순순히 따랐냐는 것이다. 기억나지 않는 문제가 하나 더 늘었다.

다네스는 단호한 얼굴로 소를 채운 팬케이크를 자르고 있었다. 젓가락을 꺾어버릴 기세로 힘껏 쥔 모습이 장갑 위로도 드러나 보였다. 제다오는 문득 다네스가 쿠젠 대신 대답할지도 모른다고 생각했다. 그러나 다네스는 팬케이크를 베어 물고는 결연하게 씹을 뿐이었다.

"네가 죽고 좀 지나서 벌어진 일이야." 쿠젠은 이렇게 말하며, 반쯤 먹은 패스트리를 내려놓고 의자에 몸을 기댔다. "네가 무너져 내린 걸 다들 심각하게 받아들였거든. 딱히, 켈 쪽 잘못이 아니었는데도 말이지. 어쨌든 실수를 반복하지 않고자 정신 수술을 통해 진형 본능을 주입하기 시작했어. 뭐, 완벽히 안정적인 시술이라고는 할 수 없지만, 나름대로 충분히 성과를 거두고 있지. 이제 켈에서는 진형 본능 주입에 적합한 인재를 선별해서 받아들여. 당연한 소리지만, 슈오스는 보통 어딜 보더라도 기준에 적합하다고는 할 수 없지."

쿠젠은 반응을 기다리는 눈치였다. 제다오는 '그건 윤리적인 구석이라고는 조금도 없어 보이는군요'라고 말하고 싶은 충동을 억누르고, 그를 향해 붙임성 있는 웃음을 지었다. "유용한 정보군요. 고맙습니다." 그러고는 억지로 사과를 한 조각 먹었다. "휘하 장교들은 언제쯤 만날 수 있습니까?"

"내일." 쿠젠이 말했다.

휘하 조직의 최상층에는 제다오의 전술 부대를 이끌 네 명의 지휘관과 두 명의 지상군 대령, 그리고 각 참모부의 수장들이 있었고, 그 아래로는 엄청난 수의 기치나방과 수납나방 함장들이 있었다. 어젯밤에는 시간이 없어서 함장들의 프로필만 간단히 확인했을 뿐이었다. 쿠젠이 다네스를 데려올 줄 몰랐다는 점이 유감이었다. 알았다면 그의 프로필도 확인했을 텐데.

작전 중에도 휘하 장교들과 논의하는 것은 가능하겠지만, 직접 대면하면 느낌이 다를 것이다. 이것도 배웠던 기억이 없는 현장 지식이었다. 그는 게임방으로 달려가서 루오나 다른 친구를 붙들고 이 모든 상황을 전부 털어놓고 싶었다. 그럴 수 없다는 사실이 안타까울 뿐이었다.

다네스가 먹고 있던 팬케이크를 마저 삼키자, 제다오는 그쪽으로 고개를 기울였다. "프로필은 전부 읽었는데, 켈 탈라우 함장에 대해서는 조금 더 알고 싶군." 탈라우는 기함의 함장이었고, 따라서 1번 전술 부대의 지휘관이었다. 게다가 켈 사이에서는 극히 드문, 양성 육체 소유자의 주석을 달고 있었다. 어째서 그토록 드문지 정확히 알 수는 없었지만, 어쩌면 지난 4세기 동안 켈 사이에 편견이 생겨난 것일 수도 있었다. 어쨌든 탈라우의 기록은 모범적이었다. 제다오는 휘하의 켈이 그를 어떻게 생각하는지가 궁금해졌다.

다네스의 입술이 안으로 말려 들어갔다. "탈라우 함장이 여전히 기함을 지휘하는 겁니까, 각하?" 제다오는 얼른 쿠젠을 바라봤으나 전혀 신경도 쓰지 않는 모습이었다. 그는 시선을 떨구었다.

"평판이 어떤가?"

다네스는 즉각 대답했다. "엄격하고 명예를 아는 사람입니다. 지휘관으로서 반드시 필요한 부류입니다."

흥미로운 평가였다. "그 휘하에서 복무했나?"

망설이는 기색이 길어졌다. "아뇨. 하지만 저는… 그의 명성을 확신합니다."

쿠젠은 삼각형 토스트 위에서 세 가지 종류의 과일잼을 섞고 있었다. 마치 따분해하는 아이처럼. "지금 소령이 에둘러 말하고자 하는 바를 설명하자면, 그 함장이 함대의 원래 지휘관에게 상당히 충성했다는 이야기야. 그나마 운이 좋았지. 탈라우가 켈이 일반적으로 보이는 자살 행동을 취하기 전에 설득해서 제정신으로 만들었거든."

제다오는 고개를 끄덕이면서도, 속으로는 원래 지휘관에게 무슨 일이 일어났는지를 영영 알아내지 못할지도 모르겠다고 생각했다. "그럼 켈 니하라 케루 함장은 어떤가?" 2번 전술 부대의 지휘관이었다. 자신의 운을 생각하면 그녀 또한 시한폭탄일지도 모른다.

"그녀는 각하를 지원해줄지도 모릅니다." 다네스가 말했다.

절대 좋은 소식은 아닐 듯했다. "어째서?"

"니하라 함장은 결과를 중시합니다." 다네스가 말했다. "그 어떤 사람도 각하의 실적과 실력에 대해서는 의문을 품지 않습니다."

그야 정신 상태만으로도 의문을 품기 충분하니까. "실망시키지 않도록 노력하지." 제다오가 말했다. 그는 같은 식으로 3번과 4번 전술 부대의 지휘관에 대해서도 질문을 던졌다.

"바이 함장이나 미로이 함장은 육두정에 불충하는 조짐을 보인 적이 없습니다."

"이건 너무 무신경한 질문 같기도 한데." 제다오가 말했다. "이렇게 엉망이 된 상황에서 진형 본능은 어떤 식으로 상호 작용을 하는 건가? 육두관께서는 적들을 이끄는 자가 벼락출세한 켈이라고 하셨는데. 어떻게 그런 일이 가능한 거지?"

"우선순위 문제야." 쿠젠이 말했다. "켈의 군사 규정에는 켈 사령부가 통째로 불타 없어진 경우의 행동 방침을 명시해놓지 않았거든. 그래서 온갖 상황이 가능해진 거지. 이를테면 나는 순전히 육두관이라는 지위의 힘만으로 이 함대를 건져낸 거야. 켈이 아닌데도 먹히더군."

사실일까? 제다오는 생각했다. 분명 뒷이야기가 더 있을 것이다. 아무리 상대가 육두관이라도, 켈 함대가 니라이에게 굴복할 이유가 있겠는가?

쿠젠의 말은 아직 끝나지 않았다. "켈 이네세르는 대부분 켈의 충성을 얻은 상태에서 스스로 새 직함을 만들어 붙였어. 그래도 육두관을 자칭하는 건 너무 지나치다고 생각한 거겠지. 이론적으로 보면 브레잔 상급대장이 육두관 지위를 계승했어야 하는데, 그 또한 비정상적인 경로로 진급한 터라 육두관에 앉기를 거부했지. 덕분에 상당수의 켈이 거북한 결정을 내려야 했고 말이야."

"켈 사령부는 누가 거꾸러트린 겁니까?" 제다오가 물었다. "당신이 긴네준 요약 자료에는 들어 있지 않던네요."

"그건 나도 몰라서 그래." 쿠젠이 진지한 얼굴을 보이는 것은 이번이 처음이었다. "요원들을 풀어 조사하고는 있는데, 제대로 된 증거가 아무것도 없더라고."

"처음부터 켈 사령부를 분산 배치하지 않은 이유는 뭡니까?" 제다오가 말했다. "이런 일이 일어날 경우를 대비했을 것 아닙니까. 그 브레잔이라는 자에게 자격이 없다면, 정상적으로 진급한 다른 상급대장을 육두정 반대편에 숨겨놨어야 할 텐데요."

"복합체 기술이라는 게 있어." 쿠젠이 말했다. "켈 사령부는 정신 복합체에 너무 의존한 나머지 그것 없이는 살아남을 수 없는 처지가 됐지. 내가 계속 썩 좋은 기술이 아니라고 일러주기는 했는데… 뭐, 이젠 전부 끝장났으니까. 자세한 내용은 나중에 그리드를 통해 직접 찾아봐. 너한테도 보조 두뇌를 달아줬거든. 굳이 안 달 이유도 없으니까. 그러니 마음 내키면 직접 물어볼 수 있어. 우리는 복합체 기술은 쓰지 않아. 내가 말했듯이 좋은 기술이 아니거든. 뭐, 적들은 계속 쓸지도 모르지만. 켈은 무슨 수를 써서라도 전통을 따르려는 족속이니까."

쿠젠은 냅킨을 나방 모양으로 접고는, 불쾌한 표정의 제다오를 바라보며 미소 지었다. 제다오는 쿠젠의 솜씨에 내심 놀라는 중이었다. 종이접기는 비도나 고유의 예술 영역이었으니까. "너하고 소령은 식사를 마저 하라고. 나는 조력자와 함께 검토할 일이 조금 있어서 말이지. 냉장고에 음료하고 과자를 조금 넣어놨어. 널 위해서 특별히 훌륭한 냉장고로 골랐지. 조금 더 영양가 있는 게 먹고 싶어지면 메뉴판을 불러서 주문하면 돼."

훌륭한 냉장고? 뭐야, 냉장고에도 등급이 있나? 문득 니라이라면 가전제품에 대한 본능적인 선호도가 있을지도 모른다는 생각이 들었다.

쿠젠은 한마디를 덧붙였다. "식기는 서비터들이 치워줄 거야, 제다오. 농장에 살던 시절처럼 잡일거리를 걱정할 필요는 없어. 켈 앞에서 연설할 시간이 되면 데리러 올게."

제다오는 그 농장이라는 곳의 기억을 떠올리려 애썼지만, 모든 것이 흐릿하기만 했다. 그는 쿠젠이 느긋하게 방을 나서는 모습을 바라보았다.

쿠젠이 사라지자, 제다오는 다네스 쪽으로 고개를 돌렸다. "내가 쿠젠이었어도 당연히 그럴 테지만, 우리는 감시를 받고 있겠지." 다네스도 딱히 이의를 표하지는 않았다. "하지만 반드시 알아야 하는 것들이 있어. 내 질문에 대답해주겠어?"

다네스를 이런 상황에 처하게 하고 싶지는 않았다. 그러나 이제 그는 쿠젠이 맡긴 함대를 맡아야 했다. 누구를 위해서 싸우든 휘하 병사들은 제대로 대해주고 싶었다.

"저는 대답할 수밖에 없습니다." 다네스의 목소리에는 쓸쓸한 기색이 섞여 있었다.

진형 본능이겠지. 현 상황의 부당함을 논파하려 들어봤자 아무 의미도 없을 것이다. 그 부분은 다네스가 제다오보다 잘 이해하고 있을 테고. "좋아. 함대의 원래 지휘관은 어떻게 된 거지? 가능하면 자세하게 말해줬으면 좋겠는데."

다네스의 어깨가 움찔거렸다. "육두관에게 저항했습니다. 이제 더는 없습니다."

"없어?"

"죽었습니다." 다네스는 모든 것을 긁어내린 목소리로 대답했다.

"자네한테 중요한 사람이었나?"

다네스는 웃음기 없는 웃음을 머금었다. "이젠 아닙니다."

이번에도 진형 본능인 걸까, 아니면 그보다 더 개인적인 감정일까? 제다오는 얼마나 몰아붙여도 되는지 감을 잡을 수 없었다. 이 남자와 지금보다 소원해지고 싶지는 않았다. "그럼 다른 걸 물어보지." 제다오가 말했다. "육두관이 들려준 이야기에선 육두정의 자리를 차지하려는 온갖 계승국이며 전제정이며 호국공 따위가 등장했는데. 그들은 어떤 자들이지? 혹시 명예를 중시하는 자도 있으려나?"

"없습니다." 다네스의 단호한 태도는 오싹할 정도였다. "전부 똑같은 반역자들입니다. 누구라도 같은 평가를 내릴 겁니다."

고요한 한기가 제다오의 골수를 타고 흘렀다. 곤란한 상황인 것은 분명했다. 그러나 이 모든 일을 그저 게임으로 여긴다면, 어떻게든 헤쳐나갈 수 있을지 모른다. 게임 공략의 가장 중요한 규칙은 승리할 수 있다고 가정하는 것이다. 우주의 심연을 뒤져 전략을 끄집어내야 할지라도, 게임말을 전부 뒤집어야 할지라도, 끝없는 거짓말로 적들이 위쪽이 어느 방향인지조차 혼동하게끔 만들어야 할지라도.

제다오는 쿠젠을 위해 전쟁에서 승리해야 했다. 그러지 않으면 쿠젠이 다른 사람을 찾아갈 테니까. 쿠젠은 자신을 좋아하는 것처럼 보였다. 그 사실을 조심스레 이용하면 약간의 재량을 얻을 수 있을지도 모른다. 사실 모든 걸 차치하더라도, 육두관이 자신을 원하는 이상, 제다오의 의무는 온 힘을 다해 승리하는 것이었다.

05

9년 전.

브레잔은 지극히 단순한 이유로 활동 거점을 정했다. 현지 역법으로 16일에 해당하는 지난 2주 동안, 이곳에서 그의 지지자를 습격한 사람이 없었기 때문이었다. 물론 그런 상황이 계속되리라고는 생각지 않았다. 다른 무엇보다도 임시 전투경찰 임무를 맡아야 하는 현지의 슈오스 세력이 분열되어 있었기 때문이다. 판별하기 힘들지만, 아마 깔끔하게 둘로 나뉜 것도 아닌 듯했다.

그가 정한 거점은 비교적 최근에 테라포밍이 끝난 곳인, 크라우어 성계의 5번 행성이었다. '비교적 최근'이라고 해도 2세기가 흐르긴 했지만, 아직 생태학적인 난제가 남아 있었고, 그 때문에 통상 관례대로 안단이나 라할이 지명한 인물이 아닌 니라이 소속 관료가 총독을 맡고 있었다. '토조이'라는 이름의 곱슬머리를 늘어뜨린 토실토실한 여성이었는데, 브레잔에게 연락해서 직설적으로 보호를 요구하기까지 했다. 니라이의 정식 예복인 회색과 검은색 로브를 걸치고 있는데도, 마치 그대로 입고 잤던 것처럼 후줄근한 모양새였다.

"왜 나인 겁니까?" 브레잔도 똑같이 직설적으로 물었다.

"여기에 당신이 있고, 당신에게는 함대가 있으니까요." 로조이는 이렇게 말했다. "게다가 뉴스에 등장하는 당신의 몸짓언어를 주시하고 있었거든요. 정직한 분이라는 인상을 받았죠."

브레잔의 얼굴이 화끈 달아올랐다. 켈 사관학교에서는 진형 본능 주입의 일환으로 표준 비언어 동작을 각인시킨다. 하지만 그 또한 진형 본능과 함께 마모되었을지 모르는 일이었다. 육두정에서 두 번째로 악명 높은 추락매로 살아가는 건 정말 즐거운 일이라고 브레잔은 생각했다.

로조이는 여기서 멈추지 않았다. "물론 정직이란 장점이자 약점이기 마련이죠. 특히 정치 문제에 있어서는." 브레잔은 그녀의 올빼미형 얼굴과 추레한 차림새에도, 그녀가 유능해서 저 자리에 올랐음을 차츰 확신했다. "하지만 당신이 내 생각대로 진심으로 정부를 개혁하고자 한다면, 기초 행정 수준에서 협력자가 필요할 겁니다. 그리고 내가 그쪽에서 도움을 드릴 수 있어요."

"당신은 그걸로 뭘 얻는 겁니까?" 브레잔이 말했다.

로조이는 눈을 가늘게 뜨고 그를 바라보았다. 마치 그가 유달리 순진한 질문을 던졌다는 것처럼. "내가 이 행성에 처음 도착한 건 24년 전이었어요. 전임 총독이 만들어놓은 난장판이 기다리고 있더군요. 커다란 노동 연맹 하나가 이단으로 선포되기 직전이었고요. 그러면 상황이 나아지리라 여긴 건지."

"그래서 당신은 어떻게 했습니까?"

그녀의 겸손한 태도에는 어딘가 마음을 울리는 구석이 있었다. "그들의 회합 장소로 들어가서 함께 다도회를 즐기자고 청했죠. 넉 달이 걸렸어요. 처음으로 내 청을 들어주는 사람이 나오기까지 말이에요. 사실 나는 차를 좋아하지도 않거든요. 하지만 덕분에 그들이 내 마음을 알아차렸죠. 내가 비도나에 넘길 인원을 최대한 줄이고자 한다는 걸요."

"이곳 비도나 사이에서 평판이 끝내주게 좋아지셨겠군요." 브레잔이 말했다.

"아, 처음에는 내가 시도하는 일은 절대로 불가능하다는 소리만 들었어요. 하지만 그거 알아요? 매일 다도회 요청이 거부될 때마다, 나는 비도나 감독관의 사무실로 가서 바로 그 문간에 앉아 있었어요. 그녀가 하루의 일과를 처리하는 동안 물끄러미 바라보고만 있었죠. 꽤나 싫어하더군요. 감독관이 노동자들보다 훨씬 빨리 무너져 내렸죠."

브레잔은 절대 로조이를 화나게 하지 말자고 다짐했다.

브레잔이 의장대를 대동하고 크라우어 성계 5번 행성의 수도인 타우비트에 착륙했을 때, 로조이는 병사가 아니라 슬레이트에 시선을 고정한 채 거의 고개도 들지 않는 조수 한 명만 데리고 그를 맞이하러 나왔다. 브레잔은 안도의 한숨을 간신히 억눌렀다. 그곳으로 떠나기 전, 에미오는 로조이가 그를 유인해 기습하려 들지도 모른다고 지적했다. 브레잔이라면 상상조차 하지 못했을 일을 일깨워준다는 태도였다.

브레잔은 이내 지금껏 평생 당연하다고 여기며 살았던 공식 뉴스 서비스의 대체재가 필요하다는 사실을 깨달았다. 문제는 뉴스의 신뢰도를 판별할 방법이 짐작조차 가지 않는다는 것이었다. 분파와 연관 없는 시민들이 이용하는 가십성 네트워크의 중요도가 갑자기 상승했지만, 그쪽도 항상 마음에 드는 결과를 내놓는 것은 아니었다.

이제 브레잔은 지역의 새 소식을 로조이에게 의존했다. 타우비트 내부 사건은 서둘러 임명한 보좌진에게 확인을 맡겼다. 나머지 육두정 영역, 아니 정확히 말하자면 파괴된 육두정의 옛 영역에 대해서는, 미코데즈 육두관이 보내오는 정보에 의존할 수밖에 없었다. 물론 그가 보내오는 정보에는 온갖 것이 생략돼 있을 게 뻔했다. 그러나 수천 개의 행성에서 벌어지는 일을 전부 짚고 넘어가는 게 현실적으로 가능하겠는가? 안타깝지만 포기할 수밖에 없었다.

에미오는 계속 브레잔의 연락책으로 남았다. 그녀가 스스로 표현하기를, '정신이 제대로 박힌 모든 슈오스'와 소통할 수 있는 창구인 셈이었다. 브레잔은 자신이 귀찮은 존재라는 결정이 내려지면, 에미오가 즉시 자신을 사살해 재활용 폐기함에 쑤셔 박을 거라고 확신했다.

예의 그 예기치 못한 사건이 일어났을 당시, 브레잔은 개정 역법 기준으로 내일 아침부터 발효될 새로운 규제안을 홍보하는 팸플릿을 퇴고하는 중이었다. 물론, 여기서 '아침'이란 이 행성 기준으로는 한낮이긴 하지만. 그러나 역법이란 사소한 일정까지 충실히 따르지 않으면 무용지물이 되니, 정책을 한낮부터 개시하는 정도는 체리스의 새 역법을 위해서 감내할 수밖에 없었다. 적어도 타우비트가 한밤중일 때부터 소란을 떨지 않아도 된다는 점이 다행이었다.

브레잔은 슬레이트를 내려놓고 눈가를 문질렀다. "이게 효력이 있을지 미리 알 수 있다면 좋겠군요." 그는 에미오에게 투덜댔다.

에미오는 부탁하지 않았는데도 친절하게 물 한잔을 따라주었다. "선전부에서 점검한 내용이니 믿고 맡기시죠. 전문가들을 데리고 있으니 열심히 써먹어야죠."

브레잔은 코웃음을 쳤다. "사기 치고 있는 느낌이에요."

"각하는 그런 결벽증을 극복해야 해요." 에미오는 조금도 공감하는 기색 없이 딱 잘라 말했다.

브레잔은 고개를 저으며, 슈오스 선동자의 쓸모를 두고 그들이 벌였던 말다툼을 떠올렸다. 선동자란 일반 대중 사이에 섞여 들어가서 상부에, 지금 같은 경우에는 새로운 정권에 유리한 소문과 의견을 퍼트리는 특수 요원을 말한다. 말다툼의 승자는 에미오였다. 브레잔은 아직도 그런 행위를 용납했다는 이유로 자기혐오에 빠져 있었다. 선동자를 투입함으로써 기대했던 효과를 보았는지 아닌지 확인할 방법이 없어 더욱 고통스러웠다.

"자, 끝났군요. 나는 그럼 이제…" 브레잔이 말했다.

바로 그 순간 그리드의 목소리가 울렸다. "켈 브레잔 상급대장, 통신 요청입니다. 10-1번 회선입니다."

"대체 뭐야?" 브레잔이 말했다. 10-1번은 개인용 회선이었다.

"잠이나 자둬요." 에미오가 말했다. "우리 할머니가 늘 말씀하셨죠. 중요한 전화면 어차피 다시 걸어올 거라고."

"아니, 이건 확인하고 싶군요." 브레잔은 에미오에게 저리 가라는 손짓을 해 보였다. "내게 개인 시간을 주는 적이라도 해보는 게 어때요? 당신네 육두관이 이곳 집무실을 도청기로 빼곡하게 채웠다는 사실은 아주 잘 알고 있지만요."

에미오는 미끼를 물지 않고 버텼다. "원하신다면요. 나중에 충분히 수면을 취하겠다고만 약속해줘요."

"당신네 슈오스는 대체 왜 그리도 건전한 생활 습관에 집착하는 겁니까?"

"언젠가 슈오스 제훈을 직접 만나게 되면 이해하게 될 거예요." 브레잔이 과거에 제훈을 만났다는 사실까지는 모르는 모양이었다.

그녀가 나가서 문을 닫은 후, 브레잔은 텅 빈 방 안에서 혼잣말을 중얼거렸다. "언젠가 제훈을 다시 만나게 되면, 그가 보는 앞에서 케이크 한 통을 혼자서 다 해치울 겁니다. 순전히 그 사람을 짜증 나게 만들기 위해서요." 물론 진짜로 그런 짓을 벌일 배짱 따위는 없겠지만.

"켈 브레잔 상급대장, 통신 요청입니다. 10-1번 회선입니다." 다시 울리는 그리드 목소리에는 언제나 그렇듯 비인간적인 인내심이 가득했다.

브레잔은 잠시 거울에 비친 자기 모습을 확인했다. 거울을 보는 일도 간신히 몸에 익어가고 있었다. 실질적 정부 수반이라는 직책은 훈련 교관을 달고 사는 것만큼이나 올바른 몸가짐에 도움이 된다. 그렇다고 참모 시절에 단정치 못하게 살았다는 소리는 아니었다. 그저 공인이 되면 몸가짐도 어딘가 달라지는 것뿐이다.

"회선을 연결해." 브레잔은 말했다. 통신선 건너편 사람이 아직 포기하지 않았기를 바라는 동시에, 상대방 정체가 지독히도 두려웠다.

그리드는 그의 누나인 미우잔의 모습을 정면에 투사했다. 쌍둥이인가나잔과 생김새는 똑같았지만, 브레잔은 어린 시절부터 두 사람을 쉽게 구분할 수 있었다. 다른 무엇보다 항상 대장 노릇을 하는 쪽이 미우잔이기도 했고. 누나 면전에 대놓고 말할 생각은 없었지만.

미우잔은 일부러 켈 제복을 완전 정장으로 차려입고 연락한 모양이었다. 브레잔의 제복에 미우잔의 것보다 술이 더 많이 달리고 한쪽 견장에는 움직일 때마다 쓸데없이 짤랑거리는 사슬까지 늘어트린 건, 그저 대중의 감탄을 자아내고자 에미오가 패션 디자이너까지 불러들여 새로 맞췄기 때문이었다. 그러나 이 제복이 누나한테는 절대 먹히지 않으리라고 장담할 수 있었다.

"안녕, 우리 동생." 미우잔이 딱딱한 목소리로 말했다. "내가 잠깐이라도 눈을 떼면 항상 난장판을 만들어놓는구나."

"나도 이렇게 보니 반가운데." 브레잔은 예의를 잃지 않기로 굳게 다짐하며 대답했다. 누나가 표준 언어를 사용했기 때문에, 브레잔도 표준 언어로 대답했다. 어릴 적에는 두 사람 모두 저급 언어를 사용했지만. 나이를 떠나서, 지금은 격식을 어떻게 따라야 할지 판단하기 힘들었다. 계급으로는 그가 우위에 있었다. 그녀는 켈 이네세르 대장의 참모진 소속 대령인 반면, 그는 켈 사령부가 던진 필사의 도박수 덕분에 원하지도 않던 상급대장이 되어버렸으니까. 물론 사람들은 그가 임시 국가원수직을 맡겠다고 선포하자마자 그 지위의 정당성에 대해 의문을 제기하기 시작했다.

미우잔은 그보다 여섯 살 많았다. 동생 기저귀를 갈아주는 서비터들을 감독하던 기억까지 가지고 있었다. 세 명의 아버지가 기저귀를 갈다 뭔가 살못될까 노심초사를 하기 때문이었다. 그녀는 상녀인 케레잔이 너무 바쁠 때면 그의 숙제를 도와주기도 했다. 이런 누나에게 격식을 갖춰 하대하면 미칠 듯 어색하게 느껴질 것이다.

미우잔은 눈썹을 낮게 찡그리며 말했다. "브레잔, 불꽃의 이름으로 묻겠는데, 대체 무슨 짓을 저지르고 있는 거야?"

누나가 자신의 이름부터 강조한 순간, 브레잔은 이 대화가 원활히 흘러가지 않으리라고 직감했다. 지금 가장 이성적인 행동은 그대로 전화를 끊고 에미오가 말한 것처럼 잠이나 자러 가는 것이었다. 그녀를 설득할 방법 따위 있을 리가 없으니까. 그러나 빌어먹게도 그녀는 혈육이고, 심지어 지난 몇 년 동안은 얼굴도 보지 못했다. 적어도 시도 정도는 해봐야 했다.

"육두정을 다시 짜 맞추려고 애쓰고 있지." 브레잔이 말했다. "예전보다 더 나은 형태로."

"더 낫기는 얼어 죽을. 나는 우리 빌어먹을 남동생이…" 그거 참 고마운 표현이라고, 브레잔은 생각했다. "…추락매가 되어서 젠장맞을 번제의 여우와 한편을 먹고 육두관의 자리를 노리는 게 아니라고 생각하려 애쓰는 중이야. 그런데 정작 네가 도와주지를 않네."

브레잔은 스스로 육두관을 자칭한 적 없다고 반박하고 싶었지만 충동을 애써 억눌렀다. 누나의 분노는 그쪽을 향한 것이 아니었기 때문이다. "왜 그러는데? 옛 체제가 그 정도로 좋았어?"

그 말이 입을 떠난 순간, 브레잔은 자신이 옳은 답변이 아닌, 다른 방향으로 틀린 답변을 했다는 사실을 깨달았다. 물론 옳은 답변이란 게 존재한다면 말이지만. 미우잔은 브레잔처럼 진형 본능이 깨진 상태가 아니었다. 모든 켈이 열정적으로 복무하는 것은 아니었지만, 적어도 미우잔의 신념은 흔들릴 여지가 없었다.

예상한 대로, 미우잔은 남동생에게 머리가 하나 더 돋아난 것처럼 움찔했다. "전부 내 탓이야. 그렇지." 그녀는 이렇게 말했다.

브레잔도 이 말에는 놀라고 말았다.

"어릴 때 내가 너를 너무 심하게 괴롭혀서 그런 거야. 그래서 머리에 악영향을 끼친 거지. 조심했어야 했는데…"

브레잔이 입을 벌리고 멍하니 바라보는 동안, 미우잔은 계속 이런 방향으로 이야기를 끌고 나갔다. 마침내 브레잔은 끊임없이 이어지는 자기 비난의 물결을 끊으며 끼어들었다. "누나, 이건 누나하고는 아무 관계도 없어." 온전히 그렇다고는 할 수 없었기에, 그의 거짓말 실력이 나아진 게 분명했다. 애초에 그가 켈에 들어온 이유의 절반 정도는 미우잔에게 부끄럽지 않기 위해서였으니까. 미우잔이 항상 괴롭혀온 것은 사실이지만, 그는 어린 시절부터 자신의 누나를 존경해왔다. 그렇기에 누나에게 자신을 증명해 보이고 싶은 욕망이 숨어 있을지 모른다는 불편한 깨달음이 그를 계속 괴롭혔다. "미우잔 누나."

"뭐야?"

"누나가 무얼 믿든 그건 누나가 결정할 일이야." 브레잔은 최대한 안전한 명제에서 시작하기로 마음먹었다. "그래도 내가 이걸 괜찮은 생각이라 여긴 이유 정도는 들어줄 수 있잖아?"

"그래." 미우잔은 브레잔의 말에 고개를 끄덕였다. "제대로 설명하는 게 좋을 거야."

무슨 말을 해도 누나를 설득할 수는 없을 것이다. 그러나 이건 단순히 누나에게만 해당하는 게 아니었다. 육두징 전역에는 누나와 같은 사람이 가득하다. 충성스러운 시민으로서 성실하게 일상을 영위하던 사람들. 그중 상당수는 주기적인 고문 의식이 지탱하는 체제에서 이득을 취했을 것이다. 브레잔 또한 그런 사람이었을 것이다. 아니, 분명 그런 사람이었다. 그러니 사람들을 설득하고 끌어들이는 것이야말로 브레잔의 책무였다. 어차피 해내야 할 일이라면, 가장 힘겨운 청중을 상대로 시작하는 것도 나쁘지 않을지 모른다.

"누나가 나한테 '날카로운 단도의 날'에 대해 처음 알려줬던 때 기억나?" 브레잔은 말했다. 표준 역법으로는 이틀 전이었다. 당연한 얘기지만, 그를 따르는 사람들은 이제 그 의식일을 기리지 않았다.

브레잔은 그날을 명확하게 기억하고 있었다. 물론 다른 사소한 기억들이 곁들여져 있기는 했다. 깃털무늬 벽지가 마음에 안 들었다거나, 환경 세정기가 미처 잡아내지 못한 모기가 윙윙거리던 소리라거나. 가장 젊은 아버지가 주문받은 그림 작업을 멈추고 서둘러 대야에 손을 씻었지만, 팔이나 셔츠에 묻은 먹물까지는 제대로 닦지 못하던 모습도. 어린 브레잔은 공허나방 형태의 장난감을 손에 들고, 부러진 한쪽 날개 끄트머리에는 조금도 개의치 않는 척하며 놀고 있었다. 그도 달력이 특별한 날로 가득하다는 정도는 알고 있었지만, 그게 어째서 중요한지는 잘 몰랐다. 질문할 마음조차 생기지 않았다. 어린아이한테 그런 일이 뭐가 중요하겠는가?

미우잔은 어떤 방향으로 이야기가 흘러갈지 뻔하다는 표정으로 그를 보고 있었다. "딱히 별로."

아, 그런가.

그리고 그녀는 덧붙였다. "추도 의식이 한두 개도 아니잖아, 브레잔. 어차피 전부 비슷해서, 시간이 지나면 구별하기도 힘들고. 그냥 참석해서 선포하는 내용대로 따르면 끝나는걸."

브레잔은 눈을 깜빡이며 마음을 다잡았다. 브레잔이 혼자 명상할 수 있게 되기 전까지는, 그녀와 큰누나인 케례잔이 함께 명상에 참가해주고는 했다. 함께 명상을 하면서, 그는 자신의 누나가 항상 추도 의식을 아주 진지하게 대한다고 생각했다. 지금껏 누나의 신실함을 의심한 적이 없었다.

"피를 아주 많이 흘렸어." 브레잔은 그때의 방송 영상을 회상하며 말했다.

그날 예식을 집전하는 지역 담당 비도나는 분파의 전통 복장인 청동색 선이 들어간 녹색 로브를 입고, 독가오리 가시 모양의 청동 장신구를 착용하고 있었다. 마찬가지로 청동색 손잡이를 가진 단도의 칼날은 눈부시게 번쩍였다. 브레잔은 그녀가 희생양을 저며내는 능숙한 손놀림에 매혹되었다. 이단자는 비명을 지르지 않았다. 아니, 지를 수 없었다. 입이 꿰매져 있었으니까. 브레잔은 이내 모든 추도 의식이 그렇게 고요하지는 않다는 사실을 배우게 되었다.

미우잔의 얼굴에는 그가 아주 잘 아는 엄격한 표정이 떠올라 있었다. "그자들은 이단이야, 브레잔. 설마 그들에게 관대해지자고 주장하려는 거니? 놈들이 얼마나 골칫거리인지는 너도 잘 알잖아. 설령 전부 악인은 아니더라도…" 마치 방금 떠오른 것을 실수로 내뱉었다는 듯한 말투였다. "역법 부식이 일어나도록 용인할 수는 없어."

브레잔은 씁쓸하게 대꾸했다. "그래, 나도 한때는 그렇게 생각했지." 아니면 적어도 자신의 상상력을 감내할 수 있는 한도 내에서는 그렇게 생각하려 애썼다. 브레잔은 종종 그 불운한 이단자의 관점에서 그 광경을 상상해보곤 했으니까. 결국, 그는 가장 나이 많은 아버지와 미우잔처럼 켈에 들어가기로 마음먹었다. 그러다 현장 지휘관이 아닌 인사 참모로 배정된 순간, 그는 실망과 동시에 안도감을 느꼈다.

"글쎄." 미우잔은 평소보다 덜 거들먹거리는 투였다. "이렇게 혼란스러운 상황이니까. 네가 최선이라 생각한 대로 움직인 것뿐이겠지." 그녀는 동생의 능력을 높이 쳐주는 일이 없었다. 그런 생각을 조금도 숨기지 않는 것은 물론이고. "하지만 그것 때문에 연락한 건 아니야."

"그럼 왜 연락한 건데?" 브레잔은 배 속이 뒤틀리는 것을 느꼈다. 그렇게 비꼬듯 굴지 말라고, 그는 자신을 다그쳤다. 육두정 전역에 걸쳐 자신이 진압해야 할 화재가 한두 건이 아닌 상황에서, 구태여 해결해야 할 문제를 더 만들어낼 필요는 없었으니까.

미우잔은 눈을 반짝이며 몸을 기울였다. 브레잔은 골치 아픈 상황이 이어지리라고 직감했다. "이네세르 각하께서 너한테 연락해보라고 하셨어."

속이 더 뒤틀리는 듯했다. 이네세르는 켈의 최선임 지휘관이자, 육두정의 전함나방 중에서 최고 함급인 소멸나방에 자신의 문장 이름을 붙이는 영예가 허락된 유일한 장군이기도 했다. 그 용맹함과 지혜로움은 소문이 자자했고, 심지어 어느 위대한 안단 가문의 혈통이라고 알려져 있기도 했다. 물론 켈에서 이 마지막 얘기는 썩 좋게 보지 않는다. 안단과는 달리, 그리고 안단 때문에, 켈은 혈족주의에 대해 전반적으로 부정적인 감정을 가지고 있기 때문이었다. 물론 켈에 혈족주의가 전혀 없다는 것은 아니지만. 어쨌든 혈족주의와는 상관없이, 이네세르가 현재의 계급에 도달했을 즈음에는, 이미 그녀의 명예는 반석처럼 강고해져 있었다.

수년 전 미우잔이 이네세르 참모진에 안착한 것은 엄청난 성과였다. 그 덕분에 미우잔의 거들먹거림은 훨씬 참아주기 힘들어지긴 했어도 말이다. 혁명에 뛰어들었다는 이유로 미우잔이 자신을 진지하게 여기는 건 브레잔도 원치 않았다. 그러나 어떻게든 함께 살아가야 하는 이상…

"장군이 면담을 요청한다면 언제든지 받아줄 생각이야." 브레잔은 상당히 솔직하게 말했다. 이네세르가 브레잔이 대표하는 체제를 지지하고자 연락해 왔을 리는 없었다. 직접 만난 적은 없었지만, 구식 켈의 전통주의를 따르는 사람이라는 평판이 강했으니까. 물론, 그 또한 전통주의라면 치를 떨면서도 그런 자세를 동경한 적이 있었다. 이네세르가 누나를 통해 그에게 접선하고자 한다면, 아마 제안을 하고 의견을 타진할 생각이 있다는 뜻일 것이다.

"그건 다행이네." 미우잔은 이렇게 말하면서도, 혹시 동생의 얼굴에서 비꼬는 기색은 없는지 살폈다. 그도 누나가 자신을 의심하는 것으로 비난할 수 없었다. 지난 수년 동안 그들의 관계에는 항상 비꼬는 기미가 섞여 있었으니까. "너한테 하실 제안이 있으실 거야."

"그 제안이란 게 뭔데?"

"이단 역법이 사방으로 방출된 지금 상황에서, 육두정을 하나로 묶을 강한 결속력이 필요해." 미우잔이 말했다. 브레잔은 누나가 평소보다 조금 더 빠르고 크게 말하고 있다는 사실을 깨달았고, 그녀 본인도 그 점을 알고 있을지 궁금해졌다. 지금껏 누나가 열정에 휩쓸릴 수 있는 사람이라고 생각해본 적은 없었는데. 아무리 자신의 장군을 섬기는 일이라 해도 말이다. "이네세르 각하께서는 바로 그 구심점이 되고자 하셔."

짐작하던 대로였다. 이네세르는 분명 만만찮은 적수가 될 것이다.

"아직 대답하지 마." 그의 얼굴에서 무엇을 읽어냈는지는 몰라도, 미우잔은 서둘러 이렇게 말했다. "이단들은 우리의 내부 갈등을 빈틈으로 생각하고 파고들려 할 거야. 특히, 하픈이 문제지. 육두정을 위해서라도 켈의 힘을 하나로 모아야 해. 이단을 물리치고 항성 간 추진체가 작동하도록 역법을 강제해야 한다고. 이네세르 각하야말로 그 일의 적임자야."

"역법이라고 했지." 브레잔은 가장 신경 쓰이는 쪽을 직설적으로 파고들었다. "그건 아마 표준 역법을 말하는 걸 테고." 그걸 전복하고자 자신과 체리스는 켈 사령부를 날려버리기까지 했는데.

"당연하지." 미우잔은 영문을 모르겠다는 표정이었다. "표준 역법이 없이는 켈 군대가 제대로 기능할 수 없잖아?"

그래, 어떻게 될까. 브레잔은 적절한 답을 생각하려 애썼다. 켈 군대는 진형 본능을 이용해 병사들을 마음대로 통제한다. 추락매인 브레잔에게는 진형 본능이 제대로 작동하지 않았지만, 그는 아주 오랫동안 그 사실을 부정하며 살았다. 진형 본능은 손쉽게 복종할 수 있도록 해줄 뿐, 명령에 복종함에 있어서 진형 본능이 반드시 필요한 것은 아니니까. 물론, 여기서 '손쉽게'란 '저항할 수 없게'라는 뜻도 포함하지만.

체리스는 자신의 역법을 육두정 전역으로 송출해서, 제대로 정착시킬 수만 있다면 누구나 사용할 수 있도록 만들었다. 그 역법이 적용되면, 모든 이능력 효과는 스스로 원하는 대상에게만 효과를 발휘하게 된다. 당연하게도, 그러한 변화는 켈의 위계질서에 위협이 될 터였다. 일단 진형 본능을 사용하기 힘들 테니까. 물론 켈이 항상 진형 본능을 사용해온 것은 아니긴 했지만, 도입한 후로는 갈수록 심하게 의존해온 건 사실이었다.

"네가 주의해야 할 게 한 가지 있어." 미우잔이 말했다.

브레잔의 속은 한층 더 뒤틀렸다. 다음번에 개인 회선으로 연락이 들어오면 일단 항불안제부터 먹어야 할 모양이었다.

"너도 아마 들었을 테지만." 미우잔은 조심스레 말을 골랐다. "혹시라도 아닐까 봐 말해두는 거야. 나방 추진체가 오작동을 일으킨다는 보고가 들어오고 있어. 지금까지 확인한 바에 따르면, 역법 부식에 잠식된 지역과 기분 나쁠 정도로 깊은 일치도를 보여. 원한다면 자료를 전송해줄 수도 있어. 네가 이쪽 제안을 고려해준 대가로 각하께서 보내는 선물이라고 여겨도 좋아. 잘 보고 판단해. 우리의 모든 방어 수단과 성간 교역 체제가 작동을 멈추기 전에 서둘러 육두정을 안정시켜야 한다는 증거기도 하니까."

이걸 어떻게 놓친 걸까? 물론 매일 해치우려 애쓰지만 도무지 줄어들지 않은 수많은 보고서와 전문 무더기에 섞여 있었을지도 모른다. 이 직위를 맡은 지 얼마 되지 않았는데도, 그의 업무는 이미 경이로울 정도로 가득 밀려 있었다.

브레잔은 공학자는 아니었지만, 나방 추진체 기술의 기초 이론 정도는 충분히 알고 있었다. "어디 맞혀볼까. 나방 구속구가 세내로 삭동하지 않는 거겠지."

뱉고 나니 당연한 소리였다. 공허나방은 생물체를 기반으로 제작하는 함선이었다. 조선소에서 부화시킨 초대형 나방에다 수송기나 병기로 쓸 수 있도록 각종 공학 부품을 이식한다. 그 때문에 역법 부식이 발생한 구역으로 들어갈 경우, 추진체를 제어하는 구속구의 효율이 떨어지게 되는 것이다. 공허나방에 불변성 조종 추진체를 추가로 탑재하는 이유도 이 때문이었다.

미우잔이 입을 실룩거렸다. "네가 이걸 몰랐다니 정말 놀랍구나, 우리 동생."

"몇 주 동안 미친 듯이 바빴거든." 브레잔은 자존심을 꾹 눌러 삼키며 덧붙였다. "그래도 누나 말이 맞아. 이렇게 중요한 사항을 간과했다니. 변명의 여지 없는 실책이지."

"좋아. 그럼 해결됐네." 미우잔이 말했다.

잠깐. 지금 대체 무슨… "기다려." 브레잔은 솟아오르는 분노를 억누르며 말했다. "나는 아무것도 동의 안 했는데. 이네세르 대장에게 경고는 감사히 받겠다고 전해." 그 감사만은 진심이었다. "하지만 이네세르를 지지할 수는 없어."

미우잔은 처음으로 할 말을 잊은 듯했다. 그녀는 콧구멍을 벌름거리다가, 눈을 가늘게 뜨고 한참 동생을 노려보았다.

"단순한 문제야." 브레잔은 가슴을 찌르는 고통을 참으며 말을 이었다. "대장이 굳이 날 신경 쓴다는 건 곧 나를 위협으로 여긴다는 뜻이지. 사실 별 위협도 안 될 수는 있겠지만, 그래도 기회는 있다는 뜻이잖아. 나는 이 일을 반드시 마무리 지어야 해. 나 자신을 위해서가 아니라, 비도나의 손길에서 해방될 수많은 이를 위해서."

"지금 너…" 미우잔은 숨을 들이쉬었다가 분노를 담아 내뿜었다. "네 같잖은 자존심과 한 줌의 이단 놈들 때문에 그 수많은 무고한 이들의 안전을 희생하겠다는 거야?"

"과거에는 그 이단들도 '무고한 사람들'이었어." 브레잔이 되쏘았다. "누나도 지금껏 그런 일을 수도 없이 목격했을 텐데? 수십 년, 아니 그보다 훨씬 오랫동안 자기네 방식대로 삶을 꾸려나가다가, 비도나가 희생양이 추가로 필요하다는 결정을 내리자마자 새로 등장한 성가신 규제에 걸려 하루아침에 이단으로 지정되는 사람들이 얼마나 많았지? 나는 이제 그런 일에 동참하고 싶지 않아."

"좋아." 미우잔의 목소리는 완벽하게 부드러워졌다. 좋은 소식이 아니었다. "너한테 이런 말을 하고 싶지는 않았지만, 네가 선택의 여지를 남겨주지 않네."

선택의 여지는 언제나 있다고, 브레잔은 생각했다. 그러나 그녀의 말부터 끝까지 듣는 쪽이 나을 듯했다. 누나는 자기 마음에 담긴 말을 전부 쏟아내기 전에는 절대 입을 다물지 않을 테니까.

"너는 육두정 전역에 있는 모든 목숨보다 한 줌의 목숨을 우선시하는 거야. 그래, 옛 정부에 부패가 존재했을 수도 있지. 그렇다고 모든 것을 잿더미로 만드는 게 해결책이 될 수는 없어."

"잿더미로 만든 지는 오래됐지." 브레잔은 도저히 참지 못하고 내뱉었다.

미우잔은 쉴 새 없이 말을 쏟아냈다. 브레잔은 도저히 참기가 힘들어졌다. 물론 애초 미우잔이 원하는 바가 그것이겠지만. "이미 니 때문에 육두정 전역에서 피를 흘리고 있어. 네가 이걸, 이 일을…" 그녀는 잠시 적절한 단어를 찾았다. "이 유치한 발작을 끝낼 즈음에는, 온 우주가 피로 흠뻑 젖어 있을 거야. 그러면 너도 정말 기쁘겠구나."

지금껏 위태로웠던 브레잔의 성질이 마침내 폭발했다. "나를 그렇게 높이 평가해주다니 정말 고마운데." 그는 낮고 차가운 목소리로 대꾸했다. "생각해보면 누나의 그 소중하신 각하께서 하려는 일도 내가 하려는 일과 별반 다를 게 없으니 말이야. 차이점이라고는 그 여자는 구체제를 복구하는 일에만 신경 쓴다는 점뿐이지. 그래, 그 여자하고 최근에 날카로운 단도의 날 추도 의식을 치렀겠군. 피가 철철 흘렀을 테고 말이야. 너희의 안위를 위해서 고문당하며 죽어간 사람들을, 최소한 그들의 이름이라도 알고 싶던 적이 한 번이라도 있었어?"

"이단자였어." 미우잔은 되쏘았다. "전부 아무 쓸모도 없었던 것 같네. 처음부터 각하께 제안하지 말걸 그랬어. 네가 명예와 충정과 가족을 전부 저버리고 정신 나간 개인적 야망을 택할 거라고는 상상도 못 했거든. 이제 보니 너한테도 나를 놀라게 하는 재주 정도는 있는 모양이야."

"얼른 꺼져." 브레잔이 말했다.

미우잔의 표정이 굳었다. 이내 그녀는 통신을 끊었다.

이후 9년간, 브레잔은 가족과 한 번도 대화를 나누지 못했다.

06

롬버스와 시브에게 작별 인사를 건네는 데는 고작 몇 분밖에 걸리지 않았다. 롬버스는 헤미올라가 신경 조직도 깨우지 못한 신품인 것처럼, 말썽이 생기면 몸을 피하라고 충고했다. 그게 다였다.

반면 시브는 구부러진 전선과 기타 잡동사니로 만든 감동적이지만 전혀 쓸모없는 조형물을 선물로 건넸다. "혹시라도 진짜 육두관에게 여분의 장식이 필요할지도 모르잖아." 그는 이렇게 덧붙였다.

"뵙게 되면 잘 보이는 곳에 놓고 올게." 헤미올라는 요령 좋게 대꾸했다.

기록 보관소는 이미 통째로 제다오에게 넘긴 것이나 다름없었다. 손에 쥘 수 있는 크기의 데이터 응축기에 사본이 전부 들어 있었으니까. 헤미올라는 제다오가 그 물건을 조심스럽게 다루는 모습이 마음에 들었다. 사본이라고 해서 귀중하지 않다는 뜻은 아니니까.

제다오를 따라 테포스 기지를 나서는 순간, 헤미올라는 정신이 나갈 것처럼 겁에 질려버렸다. 층계는 오랜 세월이 흐르는 동안에도 거의 변하지 않았다. 제다오는 층층이 쌓인 고운 입자 위에 자신의 발자국을 더했다. 테포스에는 대기라 부를 것이 거의 없다. 천천히 지면을 뒤덮는 미소 운석들조차 크레바스 틈새까지는 들어올 순 없을 테니, 두 사람이 남긴 발자국은 오랜 세월을 버틸 수 있을 것이다. 심지어 처음 세 서비터를 데려왔을 당시 육두관의 발자국조차 아직 남아 있었다.

크레바스에서 나와보니 행성계의 나머지 두 위성이 하늘 높이 떠올라 있었다. 그 뒤편으로는 별이 가득한 하늘이 펼쳐졌고, 근처에서 성운의 소용돌이가 반짝였다. 은은한 빛에 휘감기자, 평소 흐릿한 청회색이던 테포스의 지표면은 한층 무채색에 가까워졌다. 제다오는 헤드램프를 켰다. 헤미올라도 자신의 조명 광도를 올렸다. 제다오가 길을 찾을 때 자신의 도움이 필요할지도 모르니까.

그들은 바위 정원을 지나쳤다. 80년이나 흘렀는데도 곱게 쓸어놓은 모래의 굴곡은 아주 약간 완만해졌을 뿐이었다. 헤미올라는 정원을 제대로 돌보지 못했다는 사실에 죄책감을 느끼면서도, 세월이 더한 풍미가 마음에 든다고 생각했다. 그러나 시브라면 80년 전의 모습대로 돌려놓고 싶을 테니, 돌아올 때쯤이면 분명 정원도 원래 모습으로 돌아가 있을 것이다.

제다오의 공허나방은 정원에서 조금 떨어진 산등성이에 있었다. 길쭉한 그림자가 그들 반대 방향으로 뻗어나가 산등성이 뒤편으로 사라졌다. 좁은 쐐기꼴 삼각형에, 꼭짓점을 살짝 하늘로 들고 있는 나방의 모습은 다시 날아오르기를 갈망하는 것만 같았다. 나방 자체는 흠집 하나 없는 무광에 검은색이었지만, 착륙장치 쪽은 거울처럼 반짝이며 빛났다. 나방의 동력 노심이 적절하게 가려져 있다는 점도 나쁘지 않았다. 딱히 공학 쪽 성향이 아니더라도, 대부분 서비터는 동력 노심의 보호에 있어서는 보수적인 입장을 고수한다. 헤미올라도 마찬가지였다. 제다오가 자기 함선을 소중히 다룬다는 증거일지도 모르기에 더더욱. 물론 다른 가능성도 있지만…

"당신 나방에 누가 있는데요." 헤미올라는 공허나방이 탑승 경사로를 내리는 모습에 움직임을 멈추고 말했다. 스캔에 다른 서비터가 잡힌 것이다. 아직 인간의 눈에 보일 위치는 아니었다.

"내 여행 동료야." 제다오의 목소리가 우주복 통신기를 타고 윙윙거리며 전해졌다. "일단 탑승한 다음에 소개해줄게."

두려움을 억누르며, 헤미올라는 제다오를 따라 탑승구로 떠올라서 에어록에 들어갔다. 에어록이 공기로 가득 차자, 제다오는 감탄스러울 정도로 민첩하게 우주복을 벗고는 앞장서 공허나방의 조종석으로 들어갔다. 육두관이라면 도저히 견디지 못했을 만큼 비좁은 공간이었다.

세모형 서비터 하나가 웡 소리를 내면서 앞으로 나와서 경보 불빛을 깜빡였다. 헤미올라가 접근하는 것을 한참 전부터 감지했을 텐데도.

"이쪽은 테포스 서비터 집단의 헤미올라야." 제다오가 세모형에게 말했다. "네 소개는 직접 하는 게 어때? 헤미올라는 내가 가져온 기록 사본의 사용처를 감독하러 왔어."

세모형은 명확하게 무심한 청록색 불빛을 깜빡였다. "나는 장작불매 집단의 1491625다. 이렇게 만나게 되어 기쁘군."

장작불매라면 켈과 연관된 서비터 집단에서 왔다는 소리였다. 헤미올라는 그 사실을 어떻게 받아들여야 할지 알 수 없었지만, 다른 서비터의 충성 대상을 묻는 일이 무례한 짓이란 정도는 알았다. 그는 단순히 "나도 그래"라고만 답했다.

"당신에 대해서는 제대로 소개한 겁니까?" 1491625가 제다오에게 물었다.

"어차피 다들 제다오라고 알고 있는데." 그는 어깨를 으쓱하며 대꾸했다.

헤미올라는 의문을 표하듯 불빛을 깜빡였다.

제다오는 그 신호를 무시한 채 부조종석에 앉고는 안전장치 그물을 몸에 둘렀다.

헤미올라가 말했다. "당신이 조종하는 게 아닌가요?"

"1491625가 나보다 실력이 낮거든."

1491625가 응답하는 불빛은 거의 우쭐해 보일 지경이었다. "너도 자리에 들어가." 그는 헤미올라에게 말했다. "좁지만 우리 뒤편에 끼어 가야 할 거야. 물론 너도 조종 실력이 뛰어나다면 이야기가 다르겠지만?"

"아쉽지만 그렇진 않아." 헤미올라가 말했다. 엄밀하게 말하자면 안전장치도 필요 없겠지만, 그는 상대 서비터의 지시에 따라 제다오 좌석 뒤편에 몸을 고정시켰다. "어딜 가는 건가요?"

"재보급하러." 제다오가 말했다. "헤미올라, 네가 마지막으로 육두정 지도를 본 게 언제인지는 몰라도, 쿠젠이 테포스를 선택한 이유는 여기가 유달리 외딴 공역이기 때문이야. 우주에 빈 공간이 얼마나 적은지를 생각하면 정말 대단한 곳이지. 어쨌든 편하게 있어."

서비터는 잠을 자지 않는다. 헤미올라는 지금껏 들어본 적 없는 성계로 경로를 설정하는 1491625와 제다오를 관찰하며 시간을 보냈다. 둘은 이곳으로 오는 길에 지나친 역법 불안정 지역을 언급하며, 그곳을 가로지르면 여행 시간을 아낄 수 있을지를 논의했다.

공허나방은 불변성 기동 추진체를 사용해서 깔끔하게 이륙했다. 한두 시간이 흐른 다음에야, 헤미올라는 1491625가 속도의 단위 자체가 다른 나방 추진체를 아예 사용하지 않는다는 사실을 깨달았다. 헤미올라는 기술자는 아니었지만, 그래도 눈에 띄는 문제가 없다는 정도는 확인할 수 있었다. "나방 추진체에 뭔가 문제가 있는 건가요?" 그는 소심하게 질문해보았다.

"표준 역법 공역을 나가면 나방 추진체 구속구의 작동이 불안정해지거든." 제다오가 말했다. "갑자기 근처에 있는 중성자별 쪽으로 끌려가는 상황은 막고 싶으니까…."

제다오가 재보급에 신경 쓰는 이유가 밝혀진 셈이었다. 필요 이동 시간이 늘어났기 때문이었다. "언제부터 그런 상황이었던 건가요?" 헤미올라가 물었다. 80년 전에 육두관이 찾아왔을 때는 그런 문제는 전혀 언급하지 않았는데.

"9년 전부터." 제다오가 말했다. 이후 그는 고민하는 표정으로 침묵에 빠졌다.

우주선 주인을 귀찮게 하고 싶지 않은 생각에, 헤미올라는 사신이 가장 좋아하는 가보트 춤곡을 반주하기 시작했다. 먼 옛날 육두관과 제다오는 이 음악에 맞춰 춤추는 일을 즐겼다. 육두관이 제다오를 바라보던 시선이 떠올랐다. 오직 그 순간을 위해 만든 방 안을 빙글빙글 돌던 두 사람의 모습도.

"노래를 흥얼거리고 있군." 잠시 후 제다오가 말했다. "녹음된 음악을 재생하고 있는 걸지도 모르지만. 나로서는 알 수가 없지. 어떤 소리든 원하는 대로 재현할 수 있다면, 혼자서 오케스트라 연주도 할 수 있겠지."

헤미올라는 당황해서 불빛을 깜빡였다. "소리를 내려던 생각은…"

"사과할 필요 없어." 제다오가 말했다. "자연스레 선율을 흘릴 줄 아는 승무원이 하나 있는 것도 썩 괜찮지. 한때는 나도 그랬지만… 뭐, 이제는 상관없지."

1491625가 키득거리며 웃었다.

"뭘 그랬다는 건가요?" 헤미올라가 물었다. 그의 기억이 옳다면, 제다오는 음악 쪽으로는 거의 구제불능으로, 박자를 맞추는 정도가 고작이었다.

"먼 옛날 아주 먼 곳에서, 우리 어머니가 옛 노래를 가르쳐주셨거든." 제다오가 말했다. "그런데 이젠 못 불러. 켈 사령부가 그쪽 감각을 망가트려놨거든. 내 얘기는 이쯤 하지. 슬슬 기록을 뒤질 생각인데, 네 도움을 요청해도 될까?"

헤미올라는 머뭇거렸다.

"혹시 이미 다 읽은 내용이야?"

"그건 아니에요." 헤미올라가 말했다. 육두관 본인은 기록을 열람

하는 일이 없었다. 그저 매번 방문할 때마다 열심히 내용을 덧붙이기만 할 뿐이었다. "그럴 수 없었으니까요. 육두관께서는 저를…"

"육두관은 지금 위태로운 상황이야." 제다오가 말했다. "문제는 그 사람에게 놀라울 만큼 비밀이 많다는 거지. 지금껏 뭘 그렇게 두려워하고 있었는지 찾아내야 해."

수백 가지의 질문이 헤미올라의 마음속을 가로질렀다. 감히 육두관을 위협할 수 있는 사람이 누가 있을까? 제다오는 왜 그와 함께 있지 않은 걸까? 어째서 나방 추진체의 능력이 떨어진 것일까? "육두관께서 어디 계신지 모르는 거군요." 헤미올라의 말은 질문이 아니었다.

"9년째 실종 상태야." 제다오가 말했다. "마지막으로 봤을 때는 켈 사령부에 추파를 던지고 있었지만, 그건 딱히 놀랄 만한 일도 아니지. 내가 내릴 수 있는 유일한 결론은…" 문득 그는 됐다는 듯 손을 내저었다. "그래서 그 사람이 어디로 갔는지, 무엇을 위협으로 여겼는지 알아낼 단서가 필요해. 상당한 모험이기는 했지만, 테포스의 존재를 아는 이상 확인하지 않을 수 없었지. 그래서 내 의무에서 해방되자마자 바로 달려온 거야. 솔직히 말해서, 그 사람이 여기 틀어박혀 있을 줄 알았어. 뭐, 이곳 말고도 비슷한 기지를 우주 곳곳에 만들어놨을 테니까, 그 사람이라면."

"아무리 육두관이셔도, 자기 임무를 무한히 팽개칠 수는 없을 텐데요."

제다오는 웃음기 없는 미소로 답했다. "과연 그럴까."

"어쨌든, 자료 검색은 도와드릴게요." 헤미올라가 말했다.

"고마워." 제다오가 내답했다. "1491625, 이세 보조 화면 하나를 이쪽으로 돌릴 거니까, 미칠 듯이 신경 쓰이는 화면이 떠오르더라도 놀라지 마. 그리고 태곳적 데이터 형식이라 그리드나 다른 장치가 뻗어버릴 수도 있으니, 여우에게 기도도 좀 올려주고."

"어떻게든 더 스릴 넘치는 상황을 만들고 싶은 모양이네요, 당신은." 1491625가 대꾸했다.

제다오는 데이터 응축기를 판독기 슬롯에 꽂았다. "좋아, 색인이 있네. 압축은 했지만 암호는 안 걸었고. 솔직히 말하자면 암호가 있었으면 했거든. 그게 더 안전하게 느껴질 테니까. 헤미올라, 접속 인증키 전송했어."

헤미올라는 그리드에서 데이터를 내려받았다. 모든 기록은 누구나 이해할 수 있는 형식인 텍스트와 이미지 파일의 조합으로 이루어져 있었다.

"파일 형식이 입에 담기도 힘들 정도로 구식인데." 제다오가 중얼거렸다. "쿠젠은 하위 호환성에 지독히도 엄격한 사람이었지. 덕분에 기록을 읽는 것 자체는 아무 문제 없겠어. 그 사람의 표준 형식에 대한 강박적인 집착에 감사하게 될 줄이야. 상상도 못 했는데 말이지."

헤미올라는 제다오의 말을 적당히 흘려들으면서 맨 처음의 파일을 열었다. 이건… 일기장인가? 실험 기록에 적은 여담인가? 니라이 식의 러브레터인가?

시작은 충분히 무해해 보였다. 헤미올라가 지금까지 본 적 없는, 고리가 있는 행성과 날아가는 새의 문양을 낙서하듯 끄적거려놓았으니까. 연필로 그린 듯했다. 심지어 작성자가 행성을 조금 더 원형에 가깝게 만들려고 지우개로 지운 흔적까지 보였다.

'수업에 가는 길에 다시 그 소녀를 만났다.' 공책의 점선을 따라 깔끔하게 정렬된 세련된 필체였다. '남은 플랫브레드를 전부 그 아이에게 건넸다. 나보다 그쪽이 더 필요할 테니까. 점심시간이 되자, 식당의 다른 생도들은 그런 소녀 수십 명을 먹일 수 있는 음식을 그대로 쓰레기통에 내던졌다.'

작성자는 뒤이어 온갖 종류의 플랫브레드 굽는 법과 상세한 시식 후기를 적고, 제빵 비용까지 비교해 기록해놓았다.

"뭘 보고 있어?" 제다오가 문득 뒤를 돌아보며 말했다.

"맨 첫 항목이요." 헤미올라가 말했다. 날짜는 적혀 있지 않았지만, 색인을 보니 시간 순으로 정렬해놓은 듯해 보였다.

의미심장한 침묵이 흐른 후, 제다오는 억양 없는 목소리로 말했다. "이건 쿠젠의 필적이군. 지금처럼 우아한 투는 없지만 말이야. 무슨 짓을 벌이던 건지 궁금한데."

"배고픈 소녀에게 빵을 줬잖아요?" 헤미올라는 이 문장의 어디가 그렇게 해석하기 어려운지 알 수가 없었다.

"그래, 하지만 무슨 이유로?"

질문의 의미조차 종잡기 힘들었다. "소녀는 배가 고팠고, 그에게는 빵이 있었으니까요?"

제다오는 관자놀이를 문질렀다. "이건 생각을 좀 해봐야겠어. 또 뭐가 있을지 짐작도 안 가는데. 색인을 보니 여기 있는 기록만으로도 도서관 하나 분량은 될 테고. 너는 나보다 읽는 속도가 빠르니까 어떻게든 가능할 거야. 이동에만 상당한 시간이 걸리기는 할 테니까."

헤미올라는 닉시를 경단하는 눈으로 바라보고 있었다. "이게 뭔지 궁금한데요. 육두관께서 그림 그리기를 좋아하시는 줄은 몰랐어요."

"옛 니라이 문장이야. 공허나방으로 바꾸기 전에 쓰던 거지. 그리드 보조 설계가 등장하기 전에 옛날 방식으로 제도하는 법을 배웠다고 쿠젠이 직접 말해준 적이 있어. T형 자, 컴퍼스, 타원형 판 등의 수집품을 보여주기도 했고. 나를 만났을 때의 쿠젠은 맨손으로 거의 완벽한 원을 그릴 수 있었어. 분명 과거 니라이 교육과정에 포함되어 있던 거겠지." 그는 한쪽 입술을 비스듬히 올렸다. "슈오스에서는 모든 생도에게 한 학기 동안 암호로만 말하라고 시킨 적도 있었다더군. 소름 끼치는 얘기지. 슈오스가 떨어져 나가기 전의 안단이었을 수도 있겠지만, 거기까진 잘 기억이 안 난다더군."

제다오는 고개를 저으며 말을 이었다. "분명 기술적인 내용도 있기는 할 테지. 필요하면 수학 쪽은 내가 처리할 수 있어." 이번에도 살짝 반어적인 느낌이 섞였다. "하지만 공학은 아예 몰라서 말이야."

"저도 마찬가지인데요." 헤미올라가 말했다. "혹시…?"

"나는 게이트 공학 전문가라고는 하기 힘든데." 조종석에서 1491625가 말했다. "그래도 그리드에 교과서는 있어. 교육용 프로그램도 있긴 한데, 제다오가 자기 입으로 최악의 상호 작용 입문 과정이라고 부르더라고."

"글쎄, 그거라도 최대한 이용해봐야겠지." 제다오가 말했다.

"당신은 얼마나 빨리 읽을 수 있나요?" 헤미올라가 물었다.

"이런 텍스트는 분당 200단어 정도. 물론 빵 굽는 법에 비밀 암호를 숨겨놓지 않았다면 말이지만. 뭐, 쿠젠 같은 사람에게는 충분히 가능한 일이려나."

"좋아요." 헤미올라가 말했다. "그럼 처음부터 읽을래요, 아니면 최근 자료부터 살펴볼래요?"

"최근 자료부터 보지." 제다오는 잠시 생각하다 말했다. "1,000여 년 전이 아닌 현재 쿠젠의 위치를 찾아야 하는 거니까."

헤미올라는 구분할 지점을 가늠했다. "그럼 이 파일부터 시작해요." 그는 이렇게 제안했다.

제다오는 해당 파일을 불러왔다. "괜찮을 것 같은데. 흥미로운 내용이 보이면 표시해놔. 나중에 내가 확인할 테니까. 어떤 부류의 '흥미'인지는 전부 네 판단에 맡길게." 그는 바로 파일을 읽기 시작했다.

헤미올라도 텍스트로 시선을 돌렸다. 이건 어딜 봐도 사생활 염탐이었고, 그도 떳떳하지 못한 행위라는 사실을 자각하고 있었다. 그럼에도 불구하고 헤미올라는 점점 염탐 대상이 좋아지기만 했다. 첫 번째 항목의 사건에서 제다오가 무엇을 언짢게 여겼는지는 짐작도 가지 않았다. 굶주린 아이를 보살피는 일은 칭찬받아 마땅한 행위가 아니던가?

"육두정에 아직도 굶는 사람들이 있나요?" 헤미올라는 다음 항목으로 넘어가면서 이렇게 물었다.

"아마 지금은 있을걸." 1491625가 냉소적으로 녹색 불빛을 반짝이며 대꾸했다. "과거에는 덜했겠지. 전쟁이 벌어지는 지역 근처가 아니었다면 말이야. 요즘은 그런 지역이 아주 많아졌으니까."

헤미올라는 조금 더 자세한 설명을 요구했다.

"사회 구조가 불안정해져서 그래. 반드시 필요했던 개혁의 결과로 밀이지." 제다오기 말했다.

"그렇게 칭하고 싶으시다면야." 1491625가 말했다.

헤미올라는 무슨 뜻인지 묻는 듯 불빛을 깜빡였다.

"해묵은 논쟁이야." 제다오는 수심이 깃든 눈으로 말했다.

헤미올라는 계속 기록을 읽다가 굶주린 소녀가 다시 등장하는 항목을 발견했다. 이번에는 신경 심리학 필기 사이에 박혀 있었다. 필기 자체는 거의 속기록 수준으로 짤막했기에, 조금만 더 빠르게 훑고 있었더라면 아예 놓칠 뻔했다. 쿠젠이 낙서를 끄적인 건 놀라운 일은 아니었다. 생도 시절이라고 해도, 미래의 육두관에게 이 정도의 수업이 힘겨웠을 리가 없으니까.

'아이를 다시 발견했다.' 서둘러 흘려 쓴 필체로, 육두관은 이렇게 적었다. 그리고 다음 쪽 가장자리로 이어졌다. '내 여동생도 죽을 때 그 또래 나이였다.'

"제다오?" 헤미올라가 말했다.

제다오는 고개를 들지도 않았다. "음?"

"육두관의 여동생은 어떤 사람이었나요?"

"육두관의 누구?"

헤미올라는 가장자리의 메모를 가리켰다.

"형제자매 이야기는 들은 적이 없는데. 게다가 그가 신경 쓰는 모습도…" 문득 그는 하려던 말을 곱씹었다. "생각해보니 이게 쿠젠이 몇 살에 쓴 건지도 알 수가 없잖아."

1491625는 그쪽 화면을 슬쩍 훑어보고는 말했다. "어느 과목에서 필기한 것인지 찾아낼 수 있다면, 표준 니라이 학습 과정과 대조해볼 수 있겠군요."

"열네 살 때 입학허가를 받았다고 했지." 제다오가 말했다. "언젠가 직접 내게 말해준 얘기야. 당시엔 수많은 사람이 그를 '보호'하려 들었다니, 그저 웃음밖에 안 나오는 얘기지. 일반적으로 5년을 다녀야 하는데, 4년만 다녔으니까 조기 졸업을 했을 테고. 복수 전공을 택하지 않았더라면 3년까지 줄일 수 있었을 거라는 얘기도 들었어. 딱히 허풍을 떤 것 같지는 않아."

혜미올라는 플랫브레드 굽는 법을 시험하는 열네 살 생도인 육두관의 모습을 떠올려보려 했지만 쉬운 일이 아니었다. "이 소녀를 왜 공무원들에게 넘기지 않았는지 모르겠네요. 보살펴줄 사람이 있었을 텐데."

1491625와 제다오가 니라이 사관학교의 학습 과정을 놓고 머리를 싸매는 동안, 혜미올라는 계속 텍스트를 읽었다. 그리고 이내 질문의 답을 발견했다. 이번에는 알아보기 힘든 데이터 표 속에 처박혀 있었고, 날짜도 붙어 있었다. 추가로 몇 가지 계산식을 써놓기도 했는데, 혜미올라는 거기서 빈정대는 기색을 느꼈다. 육두관은 그 모든 계산을 암산으로 할 수 있던 것이 분명했다.

'동료 생도 한 명이 어째서 비도나를 부르지 않는지 물었다. 그러나 나는 비도나 고아원의 삶이 어떤지를 아주 생생히 기억한다. 그곳으로 가게 된다고 그 소녀가 고마워할지를 확신할 수 없다.'

산점도 옆으로 기록이 이어졌다. '오늘 플랫브레드와 사탕을 대가로 치르고서야 소녀의 이름을 알았다. 메베리. 아마 가짜 이름이겠지. 나도 항상 하던 짓이다. 가짜 이름을 대는 것. 여섯 살밖에 안 되었는데도 이미 생존법을 체득한 모양이다.'

혜미올라는 이 항목도 제다오가 관심을 보일지 모른다고 생각하고 보여주려 했다. 그러나 1491625가 먼저 입을 열었다. "상급 연구 과정이라. 뛰어난 실력을 보인 정규 니라이를 사관학교로 다시 초청해 연구를 시키는 과목이죠. 이걸 생도 시절부터 하고 있었군요."

"칠두관이 되었을 때도 다들 당연하게 생각했겠네." 제다오가 말했다. "그래도 이 정도면 사관학교 막바지 무렵이었을 가능성이 크겠지."

"이쪽에는 날짜가 있어요. 359년인데요." 헤미올라는 이렇게 말하며, 고아원에 대한 내용도 짚어 보였다.

제다오는 우울한 얼굴이었다. "분명 나름의 이유가 있었겠지만, 그렇게 어린 부랑아를 공무원에게 인도하지 않고 음식 쪼가리나 건네다니. 그게 잘하는 짓이라 생각한 건가?"

"당시의 공무원들이 어떤 부류였을지 우리는 모르잖습니까." 1491625가 말했다. "이 메베리라는 아이의 보호자가 따로 있었을지도 모르고요."

"그때에도 너희 종족이 존재했으면 좋았을 텐데. 그러면 이 아이에 대한 추가 기록을 추적할 수도 있었을 테니까." 제다오가 말했다.

"우리 쪽에 역사 기록 담당자가 있기야 하지만, 칠두정은 상당히 넓은 곳이었으니 확신은 못 하죠." 1491625가 말했다.

헤미올라는 다시 주의를 돌렸다. 메베리가 어떻게 되었는지 알고 싶었다. 육두관이나 제다오는 테포스 기지에 아이를 데려오지 않았지만, 〈세 혁명에 피어난 장미〉의 여주인공에게는 여덟 살 먹은 조카가 있었다. 헤미올라는 여덟 살짜리와 여섯 살짜리는 비슷한 행동 양식을 가지고 있으리라 추론했다. 게다가 여섯 살 먹은 아이가 아무리 작아도, 가끔 받는 플랫브레드만으로는 살아남기 힘들지 않을까?

이후로는 한참 동안 메베리는 등장하지 않았다. 헤미올라는 신뢰 구간이며 '이상한 끌개'며 암호처럼 이어지는 생화학 반응 공식 사이에서 한참을 고통받다 마침내 아이를 다시 발견했다. 줄을 그어 지운 스케치 몇 개가 덧붙어 있었는데, 이번에는 한쪽을 통째로 아이에게 할애했다. 육두관의 제도 실력은 분명 뛰어났지만, 인물화 쪽으로는 분명 부족한 부분이 있었다. 본인도 그 점을 알았는지, 결국 글로 설명하기로 마음먹은 듯했다.

'떡이 진 머리카락. 한때는 분명 예뻤을 눈. 하지만 내가 곁에 다가갔을 때, 아이의 눈은 이미 부어오른 채 감겨 있었다. 친구의 말이 옳았다.'

썼다가 먹칠해 지운 흔적이 여러 줄 이어졌다. 지우는 방법을 아주 잘 알고 있었는지, 아예 읽을 수조차 없었다. 그는 덧붙였다. '아이가 찾아오길 조금 더 기다렸다면, 도시 경비병이 화장터로 끌고 갔을 것이다. 내가 그 아이와 함께 있는 모습을 봤었던 근처 과일 행상인이 걸인 조합에서 아이를 버린 장소를 알려주었다. 나는 자리에 앉아서 아이가 숨을 멈출 때까지 손을 잡아주었다. 마지막 순간까지, 아이는 이 지역의 저급 언어 중 하나로 계속 내게 뭔가를 말했다. 그 자리에서 내가 한 일이라곤, 그저 다독이는 소리를 흘릴 뿐이었다. 할 수 있는 일이라고는 그것밖에 없었으니까.

우리 나라는 수천 개 행성에 세력을 뻗칠 만큼 강력하다. 그런데도 분파 사관학교 바로 옆 골목에서 어린아이가 굶어 죽는 것조차 막지 못한다.'

종이는 구겨진 것처럼 보였다. 소용없는 짓이라는 것을 알면서도, 헤미올라는 종이를 바로 펴보려고 시도했다. 물론 이미지 파일을 고칠 수 있을 리가 없었지만.

"제다오, 이걸 보는 게 좋을 것 같아요."

제다오는 그 기록을 읽더니 잠시 침묵을 지켰다. 이내 그는 입을 열었다. "쿠젠의 여동생이라. 그 아이에게 무슨 일이 일어난 걸까. 쿠젠은 왜 그 이야기를 하지 않은 거지. 젠장, 이런 질문을 하게 되리라고는 상상조차 못 했는데."

"그런 질문은 앞으로도 많아질 겁니다." 1491625가 말했다.

"어쩌면 먼 옛날 사라진 세계에, 그분이 칠두관에 오르게 만든 동기가 존재했을지도 몰라요." 헤미올라가 말했다.

"그래." 제다오가 말했다. "지금껏 이렇게 오래 알고 지냈는데도 짐작조차 못 했어. 아예 이해한 적도 없다는 생각이 들 정도야. 그래도 쿠젠이 내내 무슨 생각을 해왔는지, 칠두정을 어떤 곳으로 만들 계획이었는지를 알아내야만 해. 우리 모두가 너무 늦기 전에 말이야."

07

다음 날 니라이 쿠젠이 돌아와보니, 제다오와 다네스는 잠시 쉬면서 젱자이를 한판 치고 있었다. 제다오는 다네스에게 첫 전투 계획을 점검해달라고 부탁한 다음, 함께 병참 세부 사항을 확인했다. 문득 소령 계급이 전부 이렇게 전술에 능통한지, 아니면 쿠젠이 비범하게 유능한 부관을 붙인 것인지가 궁금해졌다. 그러나 요령껏 질문할 방법이 떠오르지 않았기에, 제다오는 아예 묻지 않는 쪽을 택했다. 다네스의 말에 따르면 어차피 참모진이 계획을 재점검할 모양이었지만, 그래도 참고 의견을 들어두니 마음이 편했다. 덤으로 전달하기 쉽게 정리해주기도 했고. 논의 도중 다네스도 젱자이를 즐기며 지금도 텍을 가지고 있다는 이야기가 나왔다. 제다오 쪽이 계속 이기고는 있었지만, 다네스도 제법 괜찮게 맞서 싸우는 중이었다.

사신의 카드를 기웃거리는 쿠젠을 향해, 제나오는 재빨리 말했나.

"소령한테 뭐라 하진 마세요. 제가 하자고 한 겁니다."

"그럴 생각은 없었어." 쿠젠은 이렇게 말하고는, 아직 사용하지 않은 카드 뭉치를 훑다가 한 장을 꺼냈다. 그리고 그 카드, 톱니바퀴 2번을 제다오에게 내밀었다. 톱니바퀴 패의 다른 모든 카드처럼, 이 카드도 검은색 바탕에 은색 톱니바퀴가 그려져 있었다.

제다오는 다네스를 힐끔거렸다. 카드를 본 순간 다네스의 어깨가 뻣뻣하게 굳었기 때문이다. 왜 그러지? 딱히 불운한 카드도 아니었다. 그저 '기계 속의 톱니바퀴'를 의미할 뿐인데.

"낯익지는 않아?" 쿠젠이 물었다.

"낯익어야 합니까?" 제다오는 계속 눈 한쪽으로 다네스를 살피며 대꾸했다.

쿠젠은 얼굴을 찡그렸다. "그 기억까지 날아간 건가? 너는 먼 옛날에 이걸 변형시킨 도안을 자기 문장으로 사용했어."

"니라이 색상인데요?"

"붉은 바탕에 금빛 톱니바퀴로 바꿔서 등록했지." 쿠젠이 말했다. "제법 매력적이었는데. 예전에는 그 카드를 사용해서 우스꽝스러운 카드 속임수를 잔뜩 보여주기도 했고."

확실히 붉은색과 금색 쪽이 타당해 보이긴 했다. 슈오스의 색 배합이니까. 어쨌든 기억에도 없는 카드 속임수에 대해선 별달리 할 말이 없었기에, 제다오는 아예 반응하지 않는 쪽을 택했다. 육두관 앞에서 카드 마술처럼 시시한 재롱이나 피우다니, 그런 자신의 모습을 상상조차 할 수 없었다. "그럼 지금 상황에 맞춰 니라이 색 배합으로 바꿔야 할까요?"

"그것도 괜찮은 생각이야." 쿠젠이 말했다. "하지만 역사에 기록된 모습이 아무래도 위압감이 있을 테니, 금색과 붉은색 그대로 가자고. 켈과 만날 자리를 마련해놓았어. 네 참모진 수뇌부와 전술 부대 지휘관에 보병대 대령들까지는 앞자리에 끌어다 앉혔고, 나머지 함장들은 뒤쪽에 배석시켰지. 그 상태로 대면 회의를 열 생각이야. 물론 작전에 들어간 뒤부터는 화상회의로 진행하게 되겠지만."

제다오는 이 스위트룸이 우주의 전부라고 반쯤 확신하고 있었다. 방에서 한 발짝만 나가도 끝없는 무저갱 속으로 추락할 게 분명했다.

그런 확신이 얼굴에도 드러났는지, 쿠젠이 입을 열었다. "따로 악의가 있어서 너를 가둬놓은 건 아니야. 네 악명이 워낙 대단하니까, 준비를 마칠 때까지는 돌아다니다 아무 켈이나 만나면 곤란할 것 같았어. 물론 암살자 문제도 있고. 휘하 장교들에게 무슨 말을 할지는 대충 생각해놨어?"

"네." 거짓말이었다. 아예 연설문을 준비했으니까. 심지어 다네스에게 교정도 받았다. 처음 작성한 건 영 엉망이라 새 연설문을 서둘러 쓰기까지 했다.

"각하, 역시 훈장을 착용하셔야 한다고 생각합니다." 다네스가 말했다.

제다오가 원래 훈장 착용을 거부한 이유는, 대량 학살자 주제에 기억도 못 하는 업적을 기리는 훈장을 주렁주렁 달고 등장하면 안 된다고 생각했기 때문이었다. 그러나 다네스는 쿠젠 앞에서 그 일을 꺼내어 몰아붙일 만큼 자기 의견을 뚜렷하게 피력했다. 제다오는 그를 새삼 존경하는 눈으로 바라보았다.

쿠젠도 즉시 그 사실을 알아차렸다. "너도 알겠지만, 소령 말이 옳아. 계급에 자부심을 보여야 퀠도 긍정적으로 반응할 거야."

다네스가 아까 했던 말과 위태로울 정도로 흡사했다. 그때 제다오는 믿지 않았지만. "서랍장을 뒤져도 훈장은 보이지 않던데요. 게다가 올바른 착용 순서도 모릅니다."

"그런 건 제복이 알아서 해준다고." 쿠젠이 말했다. "네 프로필에서 기록을 읽어 오거든. 아니, 그런 표정 말라고. 진짜니까. 훈장까지 포함해서 완전 정장으로 변환하라고 명령을 내려봐."

제다오는 그의 지시를 따랐고, 자신의 제복이 갑자기 변형되는 기묘한 광경을 목격했다. 장군의 날개 계급장과 슈오스의 구미호 눈 문장 아래에 훈장이 줄지어 등장했다. "이거 상당히 흥미로운 장난질이네요. 여러모로 응용할 수 있겠는데요."

"너만 그런 생각을 한 게 아니야. 그래서 아무나 사칭하지 못하도록 암호화가 되어 있어. 보조 두뇌에서 알아서 처리해주니 굳이 신경 쓸 필요는 없지만." 쿠젠은 품평하듯 제다오를 훑어보고는 고개를 끄덕였다. "이 정도면 되겠군."

간단하게 아침 식사를 끝낸 후, 세 사람은 회의 장소로 출발했다. "변동성 구조에 익숙하지 않을 테니, 뒤처지면 안 돼." 쿠젠이 말했다.

"변동성 구조라고요?"

"직접 경험하는 쪽이 이해가 빠를 거야."

제다오는 니라이 기지가 어떤 모습일지 생각해본 적조차 없었다. 그저 잿빛에 무균실 같지 않을까 짐작하는 정도였다. 그가 놓친 사실은, 니라이 육두관 본인의 거처라면 당연히 쿠젠의 사치스러운 취향이 듬뿍 반영되어 있으리라는 점이었다. 가장 먼저 눈에 들어온 것은 두툼한 비단 폭에 철새의 이동을 그린 수묵화였는데, 자세히 보니 새의 날개를 이루는 검은 붓질마다 작은 나방 문장이 가득 들어차 있었다. 복도를 따라 항성의와 천문의, 녹옥과 흑요석으로 만든 주판 따위의 전시물이 줄지어 있었다. 윤기가 흐르는 양탄자는 진줏빛의 은은하고 정교한 무늬로 가득했고, 엄청나게 푹신해서 발가락이라도 빠지면 두 번 다시 찾을 수 없을 것만 같았다.

그보다 더 당혹스러운 점은 그들이 걷고 있는 통로가 무한해 보인다는 것이었다. 끝이 보이지 않는 것은 물론이고, 뒤돌아보니 출발점도 사라졌다. 안개가 자욱한 것처럼 시야가 도중에 끊겨 있었다. 다른 이들의 무심한 태도를 보니 흔히 있는 일인 듯했지만, 그래도 당혹스럽기는 마찬가지였다.

그게 다가 아니었다. 갑자기 기지 전체와 그 안의 모든 구조물의 위치가 느껴졌다. 시각으로 받아들이는 느낌과는 달랐다. 오히려 촉각으로 받아들이는 것처럼, 중량과 밀도가 고스란히 감지되었다. 눈앞에 보이는 쿠젠과 다네스도 같은 방식으로 느껴졌지만, 두 사람을 둘러싼 주변 공간은 혼란스럽게 꼬여 있었다. 마치 두 개의 점을 잇는 시공간 자체가 뒤틀린 느낌이었다.

그는 시험 삼아 속도를 늦추며 눈을 감아봤다. 그러나 낯선 초감각은 사라지지 않았다. 아니, 그런 감각이 존재한다는 것을 깨달은 이상, 영영 사라지지 않을 게 분명해 보였다. 쿠젠과 다네스는 계속 걸음을 옮겼다. 그는 주변 환경을 확인했다. 모든 방향을 느낄 수 있어서 상당히 편리하긴 했다. 다른 움직이는 질량체를 찾아보기 시작했다. 인간도 있고, 인간보다 크기가 작지만 밀도가 높은 존재도 있었다. 아마 서비터일 것이다.

이 초감각의 정체가 확실해지기 전까지는 밝히지 않는 편이 좋을 것 같았다. 평범한 인간에게 질량 탐지 능력이 없다는 건 거의 확신할 수 있었으니까. 그는 서둘러 두 사람을 따라갔다.

세 사람은 마침내 거대한 문 앞에 도착했다. 제다오가 보기에는 한 발짝을 옮기는 사이에 난데없이 눈앞에 등장한 것처럼 보였다. 문의 광택 있는 검은색 배경엔 희미한 은빛 점이 별처럼 흩뿌려져 있었고, 그 위에 더 밝은 은빛으로 니라이의 공허나방 문장이 보였다. 쿠젠이 다가서자 문은 섬뜩할 정도로 아무 소리도 없이 열렸다.

제다오는 머뭇거리지도, 위아래나 양옆을 돌아보지도 않고, 그대로 쿠젠을 따라 문 안으로 들어섰다. 뒤통수가 무시할 수 없게 따가웠지만, 지금 당장 중요한 건 눈앞의 일을 제대로 해내는 것이었다. 다른 방법이 있는 것도 아니었다. 뒤쪽에서 다네스의 헐떡이는 숨소리가 들려왔다. 하지만 돌아보며 상황을 확인할 엄두조차 나지 않았다.

쿠젠은 두 사람을 이끌고 널찍한 홀로 들어섰다. 금맥이 들어간 검은 기둥이 높은 곡선형 천장을 떠받치고 있었다. 등불 안에서는 나방 형상이 정신없이 팔락거리며 어둑한 벽 위로 불규칙한 그림자를 흩뿌렸고, 제다오는 그 불빛 속에서 열 명씩 열 줄로 도열한 켈 함장들의 모습을 발견했다.

켈 함장들은 거의 한 몸처럼 쿠젠 앞에 무릎을 꿇었다. 완벽하게 조직적인 움직임에 제다오의 초감각이 순간 아찔하게 흔들렸다. 다만, 함장들 모두 육두관에게 주의를 집중하지 못했다. 그들이 경악하는 모습이 너무도 선명하게 느껴졌고, 일부는 그를 또렷이 주시하고 있었다. 그 모든 것을 휩쓸어 갈 것처럼 강렬한 혐오감이 실제 압력으로 느껴질 지경이었다. 다른 일부는 묘하게 충격을 받는 표정으로 다네스 쪽을 힐끔거렸다. 제다오를 섬기는 모습 때문에 배신자로 여긴 것일까?

홀 내부의 온도는 분명 적정 수준으로 맞춰져 있겠지만, 제다오에게는 바람과 어둠 속에서 얼어붙은 황량한 행성처럼, 아니 겨울 그 자체처럼 느껴질 뿐이었다. 그를 비롯한 모든 이들이 검은색과 금색이 배합된 제복을 걸치고 있었다. 뭐든 좋으니 이 검은색의 단조로움에서 구원해줄 색상이 간절하게 그리웠다.

"다들 푹 잤으리라 생각해." 쿠젠이 말했다. 눈빛을 반짝이는 걸 보니, 이 자리가 켈들에게 얼마나 중요한지 잘 알고 있는 게 분명했다. "새 장군을 데려오겠다고 약속했지. 자, 몸소 데려왔어." 그는 손을 내저어 모두 일어서라고 명령했다.

제다오는 이렇게 갑작스레 자기소개 시간이 찾아올 줄은 미처 예상하지 못했다. 앞줄에 선 여섯 명의 참모장은 서로 냉랭한 시선을 교환했다. 함장들의 얼굴은 얼음처럼 고요하고 공허했다. 연설문을 미리 암기해 왔는데도, 제다오는 자신이 해야 하는 말이 무엇인지, 어째서 자신이 웃음을 머금고 있는지 전혀 알 수 없었다. 그러나 이대로 적대적인 침묵을 마주한 채 입을 다물고 있을 수는 없었다. 그래서 그는 입을 열었다…

"내 이름이야 다들 알고 있겠지." 그는 농담조를 섞어 말했다. "아무래도 나를 저격하는 솜씨가 그리 훌륭하지는 않았던 모양이다."

그의 시선이 즉시 켈 탈라우 함장에게 향했다. 누군지 바로 알아볼 수 있었다. 다부진 양성 육체를 가진 탈라우는 눈을 가늘게 뜨고, 적개심을 전혀 숨기지 않은 채 그의 눈길을 맞받아쳤다. 홀 전체가 침묵 속에서 얼어붙은 가운데에서도, 그의 얼굴에는 격렬한 증오가 고스란히 노출되어 있었다.

제다오는 생각했다. 젠장. 무슨 정신으로 그딴 소리를 한 거야? 그것도 이런 말투에다 이런 목소리로?

번복할 수는 없었다. 사과할 수도 없었다. 그래봤자 약해 보일 뿐이니까. 신뢰를 잃느니 차라리 뻔뻔한 개자식이 되는 편이 낫다.

어차피 매력으로 켈을 사로잡으려 해봤자 처참하게 실패했을 것이다. 게다가 여기에 있는 모든 사람이 지옥나선 요새에 대해 그보다 잘 안다는 점도 피할 수 없는 부분이었다. 최소한 그의 머릿속 사정까지 꿰뚫어볼 수는 없으므로, 자신이 얼마나 아무것도 모르는지 추측하지 못하게 제대로 거짓말을 하는 것이 최선이었다. 아이러니하게도, 그런 거짓말이 사기 진작에도 도움이 될 터였다.

순간 기분 나쁜 신호가 감지되었다. 마치 그를 인정하듯, 쿠젠의 눈가에 잔주름이 잡혔던 것이다. 아주 잠깐 나타났다가 사라졌지만, 계속 그의 반응을 살피고 있었던 터라 놓치지 않을 수 있었다.

좋아. 제다오는 미소를 가늘게 모았다. "과거 육두관 각하의 지도 하에서 기강 해이로 인한 불미스러운 사태가 발생했다고 알고 있다." 이 또한 일어나지 않았던 척할 수는 없으니, 정면으로 언급하는 편이 차라리 나았다. "등에 칼을 찌르고 싶다면, 일단 내 등부터 노리도록." 이거 끝내주는군. 방금 이곳의 모든 지휘관에게 결투를 신청한 것이나 다름없었다. 상당수의 퀠은 결투 실력이 무척 뛰어날 테지. 그러나 이제 멈출 수가 없었다. "우리는 다른 퀠을 상대로 싸우게 될 것이다. 그 사실이 문제가 되리라 생각하나?"

차라리 자신의 제복이 정신을 조종하고 있다고 믿고 싶었다. 그러나 자신이 제정신이라는 점은 어딜 봐도 명백했다.

니하라 케루 함장이 고개를 들었다. 그녀는 2번 전술 부대의 지휘관이었다. 얼굴 생김새는 평범했지만 놀라울 정도로 옅은 회색 눈이 인상적이었다. 특히, 앞줄의 나머지 장교들은 전부 갈색 눈이어서 더욱 눈에 띄었다. "한 말씀 드려도 되겠습니까, 각하." 높고 상쾌한 목소리에, 나름대로 유머가 실린 억양이었다.

지금껏 그리 많은 사람을 만난 것은 아니지만, 쿠젠을 제외하고 그를 싫어하지 않는 첫 인물일지도 몰랐다. 그 말은 반대로, 위험 요소일 수도 있다는 소리다. 머뭇거리지 마. 머뭇거리면 안 된다고. "니하라 케루 함장." 그가 말했다. 니하라의 눈썹이 움찔 올라갔다. 제다오가 이름과 얼굴을 기억하는 솜씨가 좋다고는 알고 있었지만, 자기 이름까지 안다고는 확신하지 못했던 모양이었다. "생각하는 바를 말하도록."

탈라우의 입매가 뒤틀렸다. 탈라우나 니하라보다 연배가 낮은 나머지 함장들은 험악하게 주의를 기울이고만 있었다. 참모장들은 한층 불편해진 기색이었다. 제다오는 탈라우와 니하라가 서로 싫어하는지를 가늠해보았다. 만약 그렇다면 앞으로 한층 흥미로운 일들이 벌어질 것이 분명했다.

"각하, 우리의 목표가 무엇입니까? 이 정도면 충분히 큰 규모의 힘대이기는 하지만, 이 은하계는 비교할 수 없을 만큼 넓은 곳이 아닙니까."

제다오는 벌써 그녀가 마음에 들었다. "우리의 목표는 역법 전쟁을 통한 육두정의 재통합이다. 이단의 침입에 맞서 싸울 수 있도록 대비해야 한다." 그는 그녀와 눈을 마주치고 말했다. 이 또한 거짓말이었다. 쿠젠의 전략 노트에는 육두정의 과거 국경을 수복하기를 원한다는 암시는 가득해도, 이방인의 사소한 침략에 대한 언급은 묘할 정도로 찾아보기 힘들었다. 이 또한 나중에 정확한 의중을 확인해야 할 문제였다.

그는 말을 이었다. "첫 공격은 균열 지역의 역법을 재정비하는 것이 목적이며…" '균열 지역'은 협정국과 일부 소규모 세력이 다투는 중에 표준 역법이 우위를 잃은 지역이었다. "거기서부터 시작해 계속해서 확장해나갈 것이다. 물론 우리는 함대 하나에 지나지 않는다. 다만, 나는 너희 켈 함대 하나를 홀로 도륙하고 살아 돌아온 사람이다. 너희 켈은 빌어먹을 군대 분파인데 말이지. 그러니 우리에게도 가망이 있지 않겠나. 거기에 전 인원이 하나의 목적을 향해 나아갈 수만 있다면, 가능성은 훨씬 커지겠지."

술렁이는 기색이 느껴졌다. 켈을 학살한 사건을 농담거리로 사용했다니. 제다오 본인도 믿을 수가 없을 지경이었다. 물론 이것 말고도 자신에 대해 믿을 일이라고는 이제 아무것도 남지 않기는 했지만.

니하라의 웃음소리가 정적을 깼다. 탈라우는 용납할 수 없다는 것처럼 입술을 깨물고 있었지만. "좋습니다, 각하. 그 말씀은 부인할 수가 없군요." 니하라가 말했다.

제다오는 말했다. "마음에 드는군. 소령, 부디 지도를 가져다주겠나…"

다네스는 지시에 따랐다.

목표가 이스테이아 성계라는 점을 딱히 놀랍게 여길 지휘관은 없을 터였다. 이 성계에 있던 소멸나방 건조에 특화된 나방 조선소는 첩보원의 파괴 공작으로 생산 능력을 잃은 상태였다. 쿠젠은 소멸나방 건조가 재개되기 전에 조선소를 파괴하는 것뿐 아니라, 날짜도 켈 사령부의 파멸과 같은 날짜로 맞추기를 원했다. 물론 방비는 삼엄할 것이다. 그러나 정확한 날짜에 최대한 화려하게 승리할 수 있다면, 그에 따른 급격한 역법 변동은 이 분쟁 지대를 쿠젠이 원하는 역법 지형으로 돌려놓을 것이다. 쿠젠과 교리반의 모든 인원이 같은 의견이었다. 제다오는 연관된 수학 내용을 슬쩍 훔쳐보고, 대수 연산 프로그램으로 정리한 다음 전함 그리드에 입력해보았다. 차석 교리장교에게 내용의 임의 대조를 요청했지만, 차라리 호랑이와 팔씨름을 하겠다는 시선만 돌아올 뿐이었다.

제다오는 대미사일 방어체계에 관한 설명을 마치고는 한숨을 억눌렀다. 차라리 석상을 세워놓고 강의하는 편이 즐거웠을 것이다. 적어도 석상 쪽이 더 살가웠을 테니까.

"우리에게도 이점이 몇 가지 있다." 저들이 모르리라 생각해서가 아니라, 제다오 본인이 명료함을 중시하기 때문에 꺼낸 말이었다. "첫째, 우리의 나방 추진체는 탐지 화면에서 실제와 다르게 보이므로, 적들을 혼란에 빠트릴 수 있다. 최소한 첫 조우전에서는 이점으로 작용할 테지. 둘째, 협정국과 보호령은 현새 위태로운 화평 상태에 있고,

켈 분파 대다수는 그 양쪽 중 하나에 속해 있다. 따라서 현재로서는 켈 함대가 갑자기 등장해서 전투를 시작하리라고는 생각지 않을 것이다. 기껏해야 한 번 혼란을 주는 정도겠지만, 이런 뻔한 이점을 사용하지 않는 것도 낭비겠지."

비교적 계급이 낮은 함장 한 명이 이동용 진형은 어떤 것을 사용할지를 물었다. 괜찮은 질문이었다. "아니, 처음부터 이동용 진형을 사용하지는 않을 거다. 저들에게 우리가 켈이라는 확실한 증거를 줄 생각은 없다. 불편하기는 하겠지만, 기습의 이점을 유지하는 쪽이 더 중요하다."

"각하, 이동 중에 공격을 받으면 어떻게 합니까?" 탈라우가 물었다.

이 또한 괜찮은 질문이었다. 탈라우가 증오심을 드러내면서도 브리핑에 적극 참여함으로써 자신의 본분을 다한다는 점도 나름대로 다행이었다. "현재 알려진 감청 초소는 최대한 피하며 이동할 것이다." 제다오가 말했다. "우주에서는 다행스럽게도 쉽사리 따라잡힐 일이 없다. 누구든 등장하면 바로 속도를 올리면 된다. 우리 나방 추진체면 우주에서 마주치는 대부분의 적을 손쉽게 따돌릴 수 있을 것이다. 불명예스러운 일이기는 하지만, 우리의 목표인 역법 변동을 일으키는 것을 최우선으로 생각해야 한다. 닥치는 대로 싸움을 벌이고 돌아다닐 수는 없다는 얘기지. 자원이 한정되어 있다는 사실을 생각하면 더더욱 그렇고. 때가 되면 진형 전투 명령을 내릴 것이다. 그때까지는 진형의 사용을 용납하지 않겠다."

탈라우가 단순히 불복을 표현하려고 반박하지는 않을까? 그러나 그는 "각하의 논리에 승복합니다"라고만 말할 뿐이었다.

제다오는 탈라우도 마음에 들기 시작했다. 탈라우가 제다오를 개인 적으로 싫어한다고 뭐가 대수겠는가? 자신이 책무에 무성의하게 임하지 않도록 제동을 걸어주기에는 탈라우 쪽도 괜찮을 것 같았다.

"좋아." 제다오가 말했다. "다음은 보병대 임무다. 부대 수송용 수납나방이 따로 있기는 하지만, 이제부터는 일부 기치나방과 절단나방에 보병대 정원을 나누어 배치할 것이다." 그는 선임 보병대 대령인 켈 뮈예드를 보며 웃음 지었다. "그러면 함대가 이동하는 동안 진형 훈련을 계속할 수 있겠지." 처음에 다네스에게 이 착상을 설명했을 때, 그는 마지못해 납득하면서도, 대놓고 수긍하지는 않았다. "통상 절차에 따라, 훈련하는 동안은 1차 중심축을 제외한다." 1차 중심축을 비워놓으면 진형 효과가 발동하는 사태를 막을 수 있다. 대령씩이나 되는 사람들에게 누구나 아는 예방책을 주지시킬 필요는 없겠지만, 뮈예드와 다른 대령은 뻣뻣하게 고개를 끄덕였다.

탈라우가 다시 질문했다. "첫 조우에서 바로 보병대 강습을 지시하실 겁니까, 각하?" 그의 말투에서 의심이 느껴졌다.

"아니, 그렇진 않겠지만 만약을 대비해 연습해놓는 정도는 나쁠 것 없잖나." 언젠가는 영역을 점령하고 방어할 일이 생길 테니까. 그렇게 된다면 힘든 전투가 이어질 것이 분명했다. 제다오는 질질 끄는 공성전이나 행성 단위의 전면전보다는 신속한 습격을 선호했다. 그러나 보병대도 켈인 이상, 뭐든 할 일을 배정해서 전투에 참여하는 느낌을 주는 편이 나을 것이다. "더 질문할 게 있나?"

다들 없는 모양이었다. 적어도 입 밖에 낼 수 있는 질문은.

"육두관이시여." 제다오는 이렇게 말하며 깊이 허리를 숙였다. 다들 움찔하는 것이 느껴졌다. 절하는 방법이 틀린 모양이었지만, 쿠젠이 자신을 참수하려 들 정도의 문제가 아니라면 별로 상관없었다. "전부 끝났습니다."

쿠젠이 말했다. "네가 짜놓은 시간표에는 전혀 불만 없어. 따로 질문이 생긴다면 통상적인 경로를 통해서 제출하도록 해."

제다오는 '통상적인 경로'가 어떤 식으로 작동하는지 짐작도 할 수 없었다. 그쪽이야 다네스에게 도움을 받으면 되겠지. 쿠젠은 이미 문쪽으로 걸음을 옮기고 있었다. 제다오는 끔찍할 정도로 불쌍한 몰골의 켈 장교들에게 잊지 않고 경례를 붙인 다음, 그를 따라갔다. 다네스도 서둘러 그들 뒤로 따라붙었다.

돌아가는 길도 사치스러운 수묵화가 걸린 기괴한 복도가 끝없이 이어지리라 생각했는데, 난데없이 벽이 열리더니 대기실 같은 공간이 모습을 드러냈다. 푸르스름한 조명 속에서, 여러 사람이 단말이나 기묘한 도구 거치대 앞에 앉아 있었다. 전부 니라이의 검은색과 은색을 배합한 복장이었지만, 통일성이라고는 찾아볼 수 없었다. 어떤 사람은 검은 드레스에 은사 그물을 휘감고 있고, 다른 사람은 터무니없이 많은 주머니가 달린 바지 위에 늘씬한 웃옷을 걸치고 있었다. 들어오는 쿠젠을 힐끔거리는 사람이 몇 명 있었지만, 인사를 하거나 말을 거는 사람은 아무도 없었다. 아니, 육두관이 들어왔다는 사실 자체에도 별다른 관심을 두지 않는 것처럼 보였다. 심지어 일부 니라이는 큰 소리로 등고선 그래프의 변칙성을 놓고 토론을 계속했다.

쿠젠은 제다오를 슬쩍 바라보더니 코웃음을 쳤다. "나는 라할이 아니야, 제다오. 가는 곳마다 사람들을 바닥에서 긁어내 일으켜 세우고 싶은 갈망 따위 느끼지 않는다고."

"믿을 수가 없군요." 제다오는 중얼거렸다.

쿠젠은 귀가 좋은 모양이었다. "내가 그런 고압적인 자세로 나가다 간 여기서는 아무것도 완성될 수가 없거든. 일정이 빠듯하니까. 어쨌든 여기에 온 건 네 기함을 보여주고 싶어서야." 제다오는 쿠젠의 손동작을 바라보며 연습하면 따라 할 수도 있겠다고 생각했다. 그가 손동작을 끝내자 건너편의 벽 한쪽이 그대로 사라졌다.

벽을 창문이나 초대형 화면으로 전환한 모양이었다. 별이 가득한 우주에 절단나방 한 척이 매달려 있었다. 쿠젠의 성향을 고려하면, 두 개의 성운이 멋들어지게 배경을 장식하는 모습까지도 일부러 배치한 것이 분명했다. 작은 쪽은 청보라색이고, 큰 쪽은 독특한 분홍색 소용돌이기까지 했으니까. 눈앞에 등장한 절단나방은 쿠젠이 처음 보여줬던 영상 속에서보다 훨씬 인상적이었다. 뒤로 젖혀진 날개의 섬세한 곡선, 기치나방의 특징이기도 한 세모꼴 옆모습까지 모두 훌륭했다. 문득 전면으로 비죽 튀어나온 돌기들이 눈에 띄었다. 절단나방의 가장 위험한 무기이자 그 이름의 유래인 절단포임이 분명했다. 제다오는 진공을 넘어 돌기 하나를 어루만지고 싶다는 충동을 강렬하게 느꼈다. 깨끗하고 티 없는 표면을 더럽힐 것만 같아 망설여지기도 했지만.

제다오는 문득 쿠젠을 올려다보았다. 제다오의 얼굴에서 무엇을 읽었는지는 몰라도, 그는 웃고 있었다. 은은한 빛 때문인지, 순간 그의 아름다운 눈에서 인간적인 감정 비슷한 것이 엿보였다.

당연히 신경을 쓰겠지. 세다오는 그렇게 단순한 것도 깨닫지 못한 자신을 책망하며 생각했다. 쿠젠이 나방 공학자가 된 이유가 있을 테니까. 자신이 설계한 나방을 자랑스럽게 여기겠지. 그렇게 생각하면 휘하 기술자들에게 참견하지 않는 이유도 이해할 수 있었다. 그가 신경 쓰는 건 기술자들이 아니었다. 기술자들의 능력으로 구현될 작업의 결과물이었다.

"아직 이름은 생각해두지 않았겠지?" 쿠젠이 말했다.

"쿠젠, 제가 할 수는 없지 않겠습니까. 당신이 설계한 건데요."

옳은 반응이었다. "널 위해 만든 건데." 쿠젠은 재미있다는 듯 말했다. "물론 나는 세부 사양을 줄줄 읊을 수 있을 만큼 잘 알고 있긴 하지. 펜을 문 입으로도 설계도를 그릴 수 있어. 항해반 장교가 갑자기 심장마비를 일으킨다면, 내가 대신 몰아줄 수도 있고 말이야. 하지만 그게 전부야. 이 나방은 싸우기 위해 만든 거라고. 그쪽은 네 영역이 잖아."

"당신의 수수께끼 조력자는 이름을 붙일 생각이 없던가요?"

"우리 수수께끼 조력자야 항상 끔찍한 이름이라도 떠올리기는 하지. 근데 이쪽까지 숟가락을 얹기는 싫은 모양이라서."

"일단 그 사람 이름부터 좀 알려주시죠."

쿠젠은 흠칫 놀라는 듯했다. "언젠가 알려줄 기분이 들면 직접 말해줄게." 그렇게 신뢰가 가지는 않는 대답이었다. "나방 이야기로 돌아가서, 이 나방의 이름은 네가 지어야 해."

쿠젠의 기분을 상하게 할지도 모르니, 이 이상 이의를 제기할 수는 없었다. 생각해보면 여기서도 정보를 얻을 수 있을지도 모르기도 하고… "망령." 제다오가 말했다.

쿠젠은 그를 보며 웃음을 지었다. "우리 둘 다 참으로 자의식이 강하다니까. 그래, '망령'으로 하지."

그걸로 결정되었군.

다네스는 상당한 흥미를 보이며 나방을 관찰하고 있었다.

"사양을 다시 일러주실 수 있을까요." 제다오가 말했다. "어떤 질문을 던져야 하는지도 감이 안 잡혀서 말입니다."

"그래, 그쪽은 자네 전공 분야가 아니라는 건 분명하니까. 종종 장교 중에서도 기술 쪽으로 능통한 사람이 있긴 하지만 말이야." 쿠젠은 잠시 무슨 말을 덧붙일 것처럼 머뭇거리다가, 대신 도표 하나를 불러왔다. 나방에 장착된 모든 병기가 나열되어 있었다. "말끔하게 정리하려 노력은 했어. 혹시라도 내가 실수한 곳이 있으면 알려줘. 촛불전광 전역에 대한 분석이란 분석은 전부 찾아 읽었는데 말이지. 네가 등롱꾼을 대상으로 불변성 병기의 화력 우위를 활용했다고들 하더라고. 그래서 우리 연구도 그쪽으로 맞췄어. 어차피 역법이 조각나 있는 상황이니 그쪽이 더 유용할 수 있겠지."

"나방 추진체부터 시작하실 줄 알았는데요." 제다오는 도표에 레일건 개수가 적혀 있어 다행이라 생각하며 이렇게 말했다. 숫자만 보더라도 감탄스러웠다.

쿠젠은 즐거운 듯 고개를 흔들었다. "습관 때문이랄까. 퀠은 항상 때려 부수는 일에 필요한 부분부터 묻거든. 그럼 이걸 봐."

다른 도표가 하나 올라왔다. 이번에는 밝은 은색 곡선과 더불어 흐릿한 금색, 청색, 적색의 곡선이 그려진 그래프도 함께였다. "은색이 질단나방이야. 이쪽은 낄 소멸나방 하고 낄 기지나방이고. 인던 비던

나방은 그냥 재밌으라고 같이 그린 거야. 그리고 빨간색은 슈오스 그림자나방에 관한 가장 신빙성 있는 최신 자료야."

"그림자나방요?"

"은폐 함선이지. 그림자나방을 상대할 때는 최초의 기습 공격에만 주의하면 돼. 한 번 공격을 마친 뒤 은폐능력을 재충전하는 데에만 한 세월이 걸리거든. 하지만 지난 9년 동안 기술이 진보했을지도 모르니, 너무 가정에만 매달리지는 않는 게 좋을 거야."

"그건 유용한 정보로군요." 제다오가 말했다. "저도 그런 내용을 더 기억하고 있었으면 좋았을 텐데요."

쿠젠은 여기에는 따로 대꾸하지 않았다. "연관 가속 그래프에서 밝게 표시한 부분을 잘 봐. 자기네 역법 지형에 있는 타우라그 함선을 제외하면 뭐든 앞지를 수 있지. 하지만 동력을 전부 추진체 가속에 소모하면 가장 강력한 무기 사용에 문제가 생길 수 있어."

절단포 이야기였다. 절단포는 시공간에 파문을 일으켜, 효과 범위 내에 있는 물체를 이동시키는 무기였다. 전함나방을 화력망 속으로 끌고 올 만큼 자유자재로 사용할 수는 없지만, 정밀한 배치에 의존하는 켈의 진형을 흐트러뜨리기에는 충분했다. 제다오는 그 위력을 확인하는 날이 기다려질 정도였다.

"절단포를 실전에서 사용해본 적은 없겠죠?" 제다오가 물었다.

쿠젠은 콧김을 뿜었다. "철저하게 검증한 물건이라고." 워낙 온화한 목소리였기에, 제다오는 더욱더 저 무기가 위험하다고 판단했다.

그들은 이후 2시간 동안 상세한 제원을 확인하고, 시뮬레이터로 시연까지 해보았다. 제다오도 보조 두뇌로 근처 그리드에 명령을 전송하는 일에 슬슬 익숙해지고 있었다. 심부 감각에 직접 접속해서 지도 나 도표를 제공할 때마다 혼란에 빠지기는 했지만, 그쪽은 아무리 해도 완벽히 익숙해지기는 힘들 것 같았다.

"좋아. 조력자가 나를 찾고 있네." 마침내 쿠젠이 말했다. "소령한테 부탁해서 네 선실까지 돌아가. 그리고 잊지 마. 손댈 수 없을 정도로 엉망진창이 될 땐 나를 불러. 내가 처리해줄 테니까."

육두관이 이 정도로 자신을 살피는 모습에는 조금도 익숙해지지 못할 거라고 제다오는 생각했다. "뭘 하시는지는 모르겠지만 행운을 빕니다." 제다오는 이렇게 말하고, 다네스에게 고개를 끄덕여 앞장서라는 신호를 보냈다.

다네스는 망설이지 않고 한쪽 빈 벽으로 들어갔다. 니라이 기술자들이 양옆으로 흩어지는 동안, 기술자 중 일부는 다양한 저급 언어로 욕처럼 들리는 말을 중얼거렸다. 한 쌍의 머저리처럼 그대로 벽에 충돌할 것처럼 보이는 순간에도, 제다오는 걸음을 늦추지 않고 그대로 다네스를 따라갔다. 짐작대로 그들은 벽을 통과했다. 마치 흉측하고 단단한 이빨이 솟아난 아가리에 삼켜졌다가 다시 뱉어지는 느낌이었다. 보조 두뇌에 방금과 같이 이동하는 방법을 물었더니 튜토리얼 파일 하나가 전송되었다.

그들은 다른 복도로 나왔다. 물론, 같은 복도가 상황에 맞춰 장식을 바꾼 것뿐일 수도 있겠지만. 이번에는 복도 벽마다 태피스트리가 가득 걸려 있었다. 수천 개의 세공한 구슬장식과 금사로 놓은 자수까지, 제다오는 이 모든 장식품이 사람이 직접 손으로 떠서 무늬를 넣은 것이라고 생각했다.

제다오는 입을 열었다. "하나 물어보지. 변동성 구조는 어떤 식으로 작동하는 건가?"

"게이트 공학의 연구 결과 중 일부에 기반한 것으로 알고 있습니다." 다네스가 말했다. "제가 이해하기에는 너무 어려운 내용입니다, 각하. 육두관께서 언젠가 각하와 논의하려 할지도 모르겠습니다만. 실용적인 측면에서 보자면, 우리가 기지 또는 나방 그리드와 통신 가능한 상태기만 하다면… 각하!"

제다오는 첫 번째 문장이 끝나자마자 무릎을 꿇고 바닥을 살폈다. 바닥은 겉보기만큼 딱딱하지 않았고, 심지어 같은 자리에 머물러 있을수록 점점 더 물러지는 느낌이 들었다. 계속 같은 곳을 바라보고 있으니 양탄자가 스스로 분해되어 은빛 거미줄로 바뀌었고, 공기는 먼지, 썩어가는 낙엽, 부식되는 금속의 냄새를 풍겼다. 양탄자 아래의 바닥은 톱니바퀴로 가득했다. 수많은 톱니가 끊임없이 회전하며 냉혹한 딸각, 째깍, 째깍 소리를 냈다. 딸각거리는 소리 너머에서 문득 희미한 노랫소리가 들려오기 시작했다. 인간의 소리라기에는 너무 높으며, 동시에 너무 풍부한 소리였다. 그 아래로 손을 뻗고 싶은 충동이 들었다.

다네스가 제다오를 데리러 돌아온 모양이었다. "그러시면 안 됩니다, 각하." 다네스가 말했다. "이 기지가 각하를 싫어하는 것 같군요. 같은 일이 발생하면 육두관께 보고해주십시오. 각하의 보조 두뇌나 그리드 프로그램의 문제라면 수리해주실 수 있을 겁니다. 이 기지가 각하를 고치로 감싸기라도 하면 문제가 심각해질 겁니다." 마지막 문장에서는 흐릿하지만 악의가 느껴졌다.

"고치?" 제다오는 자리에서 일어나며 물었다.

"니라이 문장이 나방인 이유를 생각해보신 적 있습니까?"

"음, 짐작도 안 가는데."

그들은 다시 걷기 시작했다. 그에 따른 정적이 제다오에게 생각할 시간을 선사했다. 그리 유쾌한 일은 아니었다. 대화만 해도 그랬다. 생각을 멈추고 흐름에 맡기는 쪽이 훨씬 매끄럽게 대화가 진행됐다. 자기 입에서 나오는 말이 마음에 드는 것은 아니었지만.

쿠젠이 초기 시험형 나방을 기함으로 준 것은, 그래, 썩 나쁠 건 없었다. 예전에 자신이 장군이었다면 그 전에 전함나방 함장도 맡았던 적이 있을 테니까. 그러나 이 함대의 본래 장군에게 무슨 일이 일어났는지는 신경 쓰지 않을 수 없었다. 다른 무엇보다, 그 장군에게 조언을 듣고 싶었다.

"켈들은 나를 싫어한다는 기색을 딱히 숨기지도 않더군." 문 앞에 도착하자, 제다오는 다네스에게 이렇게 말을 던졌다. 길게 휘어지는 복도와 은청색 빛살이 떨어지는 경탄스러운 광경을 지나온 후의 일이었다.

다네스는 걸음을 멈추고 그를 마주했다. 입가가 뒤틀리는 것이 보였다. "각하께 복종하는 것이 그들의 의무입니다."

제다오는 광택이 도는 검은색 문을 물끄러미 바라보았다. 자신의 모습이 흐릿하게 그 위에 비쳤다. 자신의 눈이나 빌어먹을 장갑을 식별할 수 있을 정도는 아니었다. 무력함이 여실히 드러나는 실루엣일 뿐이었다. "내가 한 말을 자네도 들었지."

"그런 말씀을 하신 특별한 이유가 있었겠죠." 다네스가 말했다. "이 함대의 전투력을 발휘하려면 장교들이 각하의 명령에 따르도록 만들어야 합니다. 위계질서 그 이면에는 힘에 대한 숭배가 존재합니다. 진형 본능이 아무리 훌륭하다 해도, 그걸로 부족한 부분을 전부 메울 수는 없습니다. 상관을 존경하지 않는 부하는 진형 본능이 있더라도 작전을 심각하게 망칠 수 있습니다. 켈 장교로 임관할 때 가장 먼저 배우는 가르침이죠."

경고였다. 다네스가 그를 좋아하지 않는 것은 분명했다. 그와 별개로, 그의 조언은 새겨들을 가치가 있었다. "분명 그렇겠지." 제다오는 이렇게 말하고 다네스를 내보냈다.

'냉혹한 학살자'란 악명도 켈이 숭배하는 '힘'이 될 수 있다고 생각하니 가슴이 저렸다. 고통의 이유를 명확히 설명하기는 힘들었지만. 어차피 켈은 살인하는 자들이 아니던가? 다만, 그 살인 행위 어딘가에 명예가 존재하리라는 이유 모를 확신이 들 뿐.

자신이 실제로 대량 학살자라는 것만으로도 충분히 참담했다. 아니, 육두관이 거리낌 없이 자신을 지휘관으로 기용했다는 것만으로도 충분히 절망적이었다. 물론 그 정도로 먹이사슬 꼭대기에 있는 사람에게 도덕관념 따위 기대할 수 없겠지만. 그러나 가장 끔찍한 부분은 따로 있었다. 그의 무자비한 행동을 선상 반란의 빌미가 아니라 지휘관의 자질 증명으로 여기는 켈이 있다는 사실이, 그가 보기에는 다른 무엇보다도 끔찍했다.

분명 더 나은 관계가 가능할 거라고, 제다오는 생각했다. 무심한 쿠젠과도, 불복종이란 것 자체가 불가능한 켈들과도. 하지만 어떻게 해야 그들에게 다가설 수 있을까?

8년 전.

노랫소리가 브레잔의 잠을 깨웠다. 안단의 인증을 받은 고급 창부는 하나같이 노래 솜씨가 뛰어났고, 그 덕분에 즐거운 기분으로 잠에서 깨어날 수 있었다. 브레잔은 여인의 물결치는 긴 머리를 보며 헤어진 연인 트세야를 떠올리지 않으려 애썼다. 물론 긴 머리 외에 닮은 점이라고는 전혀 없었다. 눈앞의 여성은 크고 늘씬한 대신 작고 통통했다. 또한, 저 여성은 보라색을 좋아하는 한편, 트세야는 항상 안단의 푸른색과 은색을 완벽하게 배합한 옷가지만 걸쳤다. 게다가 트세야와는 달리, 이리미라는 이름의 이 고급 창부는 다도를 좋아했다. 그녀와의 섹스가 환상적이지 않았더라면 다기의 위치를 정한다며 끊임없이 야단법석을 떠는 모습을 절대 견디지 못했을 것이다.

"빌어먹을." 브레잔은 보조 두뇌에 내장된 정밀 시계를 확인하고 이렇게 말했다. "조금 일찍 깨워줄 수도 있었잖아요. 오늘 그 파업 중재 회의가 있는 거 알면서." 타우비트에서 일부 의사가 파업에 들어 갔다. 그들은 비도나의 의학 분과에서 수련한 의사들이었다. 그는 문제가 곪아버리기 전에 해결하고 싶었다. 타우비트 밖에도 비슷한 문제가 가득했으니까. 딱히 예상하지 못한 바도 아니지만, 새로운 체제 안에서는 비도나와 그 추종자를 다루는 일이 가장 힘들었다.

이리미는 노래를 멈추고 말했다. "지쳐 보였거든요. 게다가 당신의 경호원이 최악의 사태가 벌어진 것만 아니면 푹 쉬게 하라고 지시도 내렸고요."

아, 그러셨겠지. 브레잔은 빈정대는 기색을 숨기려 애쓰며 대꾸했다. "그래, 어젯밤엔 다행히 박살 난 행성은 없었나 보군요?"

"내가 듣기로는 없던데요." 이리미는 평온하게 대답했다. 그녀는 보석을 잔뜩 두르기를 즐겼고, 이 또한 트세야와 다른 점이었다. 지금 두르고 있는 은은한 빛깔의 아침 실내복, 그 라벤더 색 레이스 위에도 불규칙하게 깎은 작은 자수정 구슬이 점점이 흩어져 있었다. 브레잔은 그녀가 옷을 벗는 모습이 얼마나 매력적인지를 생각하면 안 된다고 마음을 다잡으면서도, 내심 애석하게 생각했다. 이리미는 옷을 벗는다는 단순한 행위를 이성의 영역 너머까지 이끌어갈 줄 아는 사람이었으니까.

샤워실에서 나와 옷을 챙겨 입고 보니, 이리미가 차와 아침 식사를 준비해놓은 채 기다리고 있었다. 브레잔이 스스로 할 수 있는 일인데도. 이럴 때마다 사람들이 다시는 그가 직접 요리하게 놔두지 않을 것 같다는 불길한 생각이 들었다. 그러나 이리미는 브레잔의 신변 경호도 업무의 일부라는 이유에서, 항상 브레잔보다 먼저 모든 음식을 맛보려 했다. 브레잔과 잠자리를 공유하는 다른 사람들처럼, 그녀 또한 에미오의 철저한 검사를 받고 들어온 경호 인력이었기 때문이다. 브레잔은 에미오에게 식사 자리에 경호 인력을 두는 것이 얼마나 말도 안 되는 일인지 열심히 설명했다. 심지어 이리미조차도 현대 독극물의 능력을 고려하면 미리 맛을 본다 한들 아무 쓸데 없다고 인정했다. 그러나 에미오는 경호 인력이 있어서 해가 될 일도 없다고 생각했다. 그녀는 특정 분야에서는 답답할 정도로 전통을 따르는 사람이었다.

오늘 준비한 차는 브레잔이 들어본 적도 없는 행성에서 가져온 것이었다. 심지어 차의 이름조차도 제대로 발음할 수가 없었다. 차에서는 묘하고 은은한 꽃향기가 풍겼다. 브레잔은 향이 강한 차가 취향이긴 했지만, 이렇게 여러 맛을 즐기는 훈련을 하는 것도 나쁘지 않아 보였다. 이리미를 기쁘게 해줄 수도 있으니까. 물론 그럴 때마다 고난에 대한 보상으로 저녁에 독한 술을 홀짝이기는 했지만 말이다. 아침 식사는 크레이프와 흡사한 얇은 빵에 견과류 소를 넣고 바닐라 크림을 올린 요리였다. 그는 크림의 달콤함이 차의 은은한 맛을 덮어버린다고 생각했지만, 감히 대놓고 조합을 비평할 엄두는 내지 못했다. 이리미는 이런 부류의 일에는 상당히 예민하니까.

약속이라도 한 것처럼, 식사 도중에 에미오가 노크도 없이 고개를 들이밀었다. "방해해서 죄송하지만, 이 전화는 받으셔야겠는데요. 파업 문제보다도 우선순위가 높은 건이라서요."

이리미는 자리에서 일어나 꼿꼿이 서서 에미오를 노려보았다. 그래 봤자 키가 워낙 작아 시선이 맞지 않았지만. "당신네 슈오스한데는 예절이라는 게 없나요?"

"이쪽 업무에서만큼은 없죠." 에미오가 말했다. 브레잔은 에미오와 이리미가 서로 어떻게 생각하고 대하는지 전혀 감을 잡을 수 없었다. 분파의 알력과 동지애가 혼란스럽게 뒤섞여 있는 느낌이었다. 사실, 수 세기를 묵은 슈오스와 안단의 알력 다툼이 지금 새삼스레 멈출 이유가 없기는 했다. "이건 집무실로 가서 받으셔야겠어요. 키루에브 대장과의 관계가 제가 생각한 것보다 훨씬 가깝지 않다면 말이죠."

브레잔은 그녀를 보며 인상을 찌푸렸다. 다른 사람이었다면 매끼리 붙어먹는 상황을 암시하는 신랄한 농담을 절대 참지 않았을 것이다. "갑니다, 간다고요." 다른 사람들에겐 보이지 않을 게 분명한데도 양말에 신발까지 챙겨 신은 다음에야, 브레잔은 에미오를 따라나섰다.

로조이 총독은 자기 관저의 한쪽 절반을 서둘러 비워서 브레잔을 맞이했다. 브레잔은 최대한 멋들어지게 쓴 붓글씨로 감사 편지를 써 보냈다. 그녀의 협력이 간절히 필요하다는 사실은 아주 잘 알고 있었으니까. 물론 그녀의 지원만으로 크라우어 5번 행성에 거점을 세우는 문제가 전부 매끄럽게 해결된 것은 아니었지만, 어쨌든 도움은 되었다. 에미오가 종종 알려주는 것처럼, 이제 학생 시위와 노동 쟁의도 2주에 한 번꼴로 줄어들었으니까. 어쨌든 최근 의사들이 벌인 문제는 로조이의 잘못은 아니었다.

브레잔은 방문객용 객실 두 개를 합쳐서 공관으로 사용했다. 켈의 전함나방에 복무하는 동안 변동성 구조에 너무 익숙해져 있어서, 집무실에 가려고 계단을 오르고 복도를 걷는 일이 아직도 어색하게 느껴졌다. 물론 승강기는 있었지만, 파괴 공작에 당해 망가진 후로 수리

목록에서 내려올 생각을 하지 않고 있었다.

켈의 과시하는 취향에 익숙해져 있던 브레잔이 보기에, 로조이는 총독치고는 실내장식 취향이 놀랍도록 괜찮은 편이었다. 이곳에서 일주일을 보낸 후, 이러한 생각을 그녀에게 털어놓았다. 로조이는 지그시 그를 바라보다가 이렇게 말했다. "글쎄요, 물론 반짝이는 것들로 사람들을 감탄시키는 일도 가끔은 나쁘지 않지만, 금욕주의도 나름의 쓸모가 있으니까요." 적어도 그가 보기엔 진심 같았다. 그녀의 집무실 또한 상당히 검소했으니까. 사치스러운 장식이라고는 벽에 달린 행운을 부르는 목제 부적이 전부였다.

그러나 로조이는 브레잔의 집무실 쪽에는 조금도 인색하게 굴지 않았다. 고급스럽지만 과시하는 느낌이 들지 않는 가구를 들여놓고, 조명이 충분하도록 양초덩굴을 넉넉하게 사용했다. 전망은 그리 좋지 않은 편이었지만, 보안 때문에 내린 선택이라는 점은 굳이 설명할 필요도 없었다. 브레잔도 외출 중에 수제 폭발물이 날아온 사건 이후로는 창문 근처에 가면 불안해지곤 했다.

경비병들이 절도 있는 경례로 그를 맞이했다. 뻣뻣하게 차렷 자세를 취하는 저들의 모습은 아무리 시간이 흘러도 적응이 되지 않았다. 다들 왜 그래, 나라고. 딱히 대단한 사람이 아니란 말이야. 이렇게 말해주고 싶었다. 그러나 브레잔은 다른 길을 택했다. 앞으로는 그 누구도 브레잔을 평범한 켈 장교로 여기지 않을 것이다.

에미오가 앞서 집무실로 들어가 주변을 훑었다. "괜찮아 보이는군요." 에미오가 그의 안전보다 자신의 업계 평판에 더 신경을 쓴다는 사실은 브레잔도 아주 잘 알고 있었다. 그래도 변함없이 소심성을 발휘한다는 점만은 감사해 마땅했다.

그의 책상에는 선별을 거친 편지가 잔뜩 쌓여 있었다. 진짜 종이 편지였다. 관료에게 청원할 때는 구식 방법을 사용해야 한다고 믿는, '우려하는 시민들'이 보낸 것이었다. 그는 매일 엄청난 양의 편지를 재활용 폐기물로 처리했지만, 서예 솜씨가 훌륭한 편지 몇 통은 감상용으로 보관해놓기도 했다. 어쨌든 이건 나중에 살펴야 할 문제다. 그는 보안 단말에 접속해서 물었다. "나한테 연락이 들어왔다고 하던데?"

"연결하겠습니다." 그리드는 단조로운 목소리로 대답했다.

다음 순간 켈 키루에브 대장의 얼굴이 떠올랐다. 황당하고 찜찜한 일련의 사건 덕분에, 그녀는 지금 브레잔 휘하 최선임 대장이 되어 있었다. 브레잔은 한때 키루에브의 참모진 장교로 복무했다. 그는 자신이 섬기던 사람의 국가원수이자 상관이 되고 싶다는 생각은 추호도 없었다.

그동안 키루에브의 상태도 많이 호전된 모양이었다. 2년 전 하픈 침공 당시 순식간에 늙어버렸던 모습보다는 훨씬 나았다. 갈색 얼굴에 남은 결투의 흉터는 예전보다 눈에 띄었고, 순식간에 늘어난 백발에도 딱히 손대지 않은 모습이긴 했지만. 생각해보면, 키루에브는 처음부터 외모에 크게 신경 쓰지 않는 사람이었다.

"상급대장 각하." 키루에브는 웃음기 없는 얼굴로 말했다.

"잔소리는 안 듣겠습니다." 브레잔이 말했다. 그녀가 눈앞에서 부서지지 않도록 고이 다루고 싶은 충동을 억눌러야 했다. 한때 진형 본능 때문에 심각하게 연약해졌던 그녀의 모습이 아직도 눈앞에 어른거렸다. 그러나 체리스의 역법 덕분에 상태가 호전된 지금, 그는 희망을 품고 있었다. 사람들이 '협정국'이라 부르는 그의 정부에서는 퀠에게도 복종과 불복이라는 선택지가 생겼다. 선택지가 생긴 것만으로도 모든 것이 달라졌다. "그쪽 상황은 어떻습니까?"

"분출 공역의 보너 성계 근황을 알려드리러 연락한 겁니다." 키루에브가 말했다.

브레잔은 눈을 감았다. 그의 보조 두뇌가 심부 감각에 개입해 지도를 띄웠지만, 쓸데없는 일이었다. 분출 공역에 대해서는 그도 알고 있었다. 지난 몇 달 동안 그곳에 대한 보고서를 읽어왔기 때문이다. 분출 공역의 성계 중 하나는 나방의 성장 촉진제로 사용하는 물질의 훌륭한 공급처였다. 브레잔 휘하의 장군 한 명이 분출 공역의 주도권을 다투며 패배를 거듭하고 있었다. 이네세르 대장, 아니 이네세르 호국공은 호락호락한 사람이 아니었다. '보호령'이라 이름 붙인 그의 정부에서도 그 자원을 필요로 했다.

분쟁이 진행 중인 곳은 분출 공역의 보너 성계만이 아니었다. 협정국과 보호령 양쪽 모두 자위에 필요한 전함나방 건조 경쟁에 매진하고 있었다. 퀠은 대부분 이네세르의 전통주의를 선호했기 때문에, 병력은 브레잔 쪽이 적었다. 브레잔의 주된 이점은 협정국의 비교적 느슨한 경제 통제 덕분에 생산 능력 면에서 이미 보호령을 압도했다는 것이었다. 나방 추진체 오작동 때문에 주요 무역로가 불안해진 상황이긴 하나, 이러한 이점은 변하지 않았다. 브레잔은 역사가이자 군인인 데베네이 라가스의 조언에 따라 경제 통제 완화 결정을 내렸다. 그에게는 주변 국가의 경제를 연구한 경험이 있었다.

"좋습니다." 브레산이 말했나. "나쁜 소식을 말씀해보시죠."

"페오 대장이 분출 공역을 포기해도 좋을지 문의해 왔습니다." 키루에브가 말했다. "그의 최근 보고를 전송해드리겠으니…"

브레잔은 입을 다문 채 데이터를 받아서, 강조된 부분을 확인했다. 이미 짐작한 내용이었다. 브레잔도 페오가 충성스럽고 훌륭한 켈이라는 점은 확신하고 있었다. 물론 전투에서 연달아 패배하고는 있지만, 충성스럽고 훌륭한 데다 일정 수준 이상의 전술 재능을 가진 켈은 흔치 않으므로, 브레잔은 그를 도저히 저버릴 수 없었다. 애초에 페오가 그에게 상담을 청한다는 것 자체가 감격스럽기는 했다. 아마 복종하는 습관 때문일 것이다. 다만, 브레잔은 어떻게 봐도 켈 사령부처럼 전략을 지시할 수 있는 사람이 아니었다. 그는 키루에브에게 의지했고, 키루에브의 권유에 따라 전략 문제는 라가스에게 조언을 구했다.

따라서 문제가 그에게 넘어왔다는 것은 다른 의미를 가진다. 전략 문제가 아니라 정책 문제가 되었다는 뜻이었다.

"의견이 있으시겠죠." 브레잔이 말했다.

키루에브는 어깨를 으쓱했다. "저는 우리가 분출 공역의 보너 성계를 확보할 수 없다고 생각합니다. 라가스도 동의했고요. 다만 문제는…" 그녀는 씁쓸한 미소를 지었다. "문제는, 그 정도로 중요한 항성계를 보호령 쪽에 넘겨주는 걸 받아들일 수 있느냐는 겁니다."

"설마 진심으로…" 그러나 진심이 아니라면 애초에 그의 시간을 요구하지도 않았을 것이다. "그곳을 날려버리기를 원하는 거로군요."

"글자 그대로 '날려버리는 것'은 아닙니다. 하지만 그 공역에 있는 우리 함대는 균사체 용기를 탑재하고 있긴 합니다."

"아." 브레잔은 중얼거렸다.

균사체 용기는 켈의 온갖 혐오스러운 병기 중에서도 비교적 최근에 추가된 것이었다. 엄밀히 말해 '균사체'도 정확한 표현은 아니었다. 니라이 연구자들이 외계와 연결된 게이트 공간에 서식하는 존재들에게서 추출한 유기체이기 때문이었다. 브레잔은 공학자는 아니었지만, 그래도 저 용기가 대략적으로 어떤 일을 벌이는지는 알고 있었다. 행성 하나를 통째로 오염시켜서, 고치려면 수 세기가 걸리는 생태학적 피해를 입힌다.

키루에브가 말을 덧붙이지 않으리라는 점이 확실해지자, 브레잔은 천천히 입을 열었다. "그 항성계에는 거주민이 있습니다. 상황이 상황인 만큼 그리 많지는 않지만, 그래도 여전히 상당수의 사람이 살고 있어요. 그런 짓을 저지른 우리가 보호령보다 매력적인 대안이라 자처할 수는…" 그는 말을 이을 수 없었다.

키루에브의 눈은 냉혹했다. "좋은 선택은 아니겠죠." 그녀도 동의했다. "그러나 우리는 생존을 위해 투쟁하는 상황입니다. 이네세르 쪽 장군은 상당수의 병력을 주 채굴 기지 확보에 투입했습니다."

브레잔은 책상으로 시선을 떨구었다. 검은 장갑을 낀 손은 어느새 주먹을 쥐고 있었다. 손가락 관절이 아프게 당겨 왔다. 누군가는 추악한 결정을 내려야 하는 법이지. 브레잔은 자신이 그 자리에 자원한 사람이라는 걸 되새겼다.

처음 체리스의 혁명에 가담하겠다고 동의했을 때에는 모든 것이 너무도 쉽고 단순했다. 새 역법을 반포한다. 사람들이 직접 새 정부를 선택하게 한다. 그러나 체리스는 사라졌다. 함께 만든 세계를 감독하는 일은 전부 그에게 떠맡긴 채로.

이젠 나도 세상을 알게 되었다고, 브레잔은 생각했다.

"상급대장 각하?" 키루에브가 말했다.

"실행하세요." 브레잔이 말했다. 내뱉는 순간까지도 목소리가 목구멍을 거칠게 긁고 지나가는 것만 같았다. "장군도 알겠지만 나는 무기 전문가가 아닙니다. 전문가는 당신이죠. 궤도 기지를 박살 내버려요. 이네세르가 손에 넣지 못하게 만들란 말입니다. 그 여자가 우리보다 먼저 소멸나방 건조를 재개하는 상황은 그 무엇보다도 용납할 수 없습니다." 그조차 절제한 표현이었다. 이네세르는 소멸나방을 네 척 보유하고 있다. 반면 키루에브는 〈축제의 위계〉호를 야전 사령관에게 넘긴 상태였다.

"알겠습니다. 합리적인 결정이라 생각합니다." 키루에브가 말했다.

"당신도 망설여지나 보군요." 그녀의 입가에 깊어지는 주름을 보면 알 수 있었다.

"누가 안 그렇겠습니까?" 키루에브가 말했다. "이러한 고민을 멈추는 그날, 우리는 패배하는 겁니다."

"말은 잘하는군요." 브레잔이 말했다. "목숨을 잃을 사람들에겐 전혀 도움이 안 되겠지만요."

"이게 전쟁입니다. 사람은 끊임없이 죽어나가죠." 키루에브가 말했다.

브레잔은 얼굴을 찡그렸다. "이 이상으로 일을 방해하지는 않겠습니다. 환히 타오르기를, 장군."

"환히 타오르시기를, 각하." 그녀는 같은 말로 답한 다음, 통신을 껐다.

4시간 후, 의사들과의 소득 없는 회의를 끝낸 브레잔은 대학 구역의 어느 술집에 틀어박혀 있었다. 정부의 수장으로서 경비를 절약하는 것이 그의 의무였고, 브레잔이 알고 있기로는, 세상 어디서나 값싸게 취하는 방법의 전문가는 학생들이었으니까. 로조이와 에미오는 서로 공모하여 그에게 특산물 리큐어를 잔뜩 공급해주었고, 유혹에 넘어간 브레잔은 원래 방문객용 객실에 딸려 있던 간단한 주방 공간에서 요리할 때마다 가끔 그걸 쓰곤 했다. 후견인들에게 충격을 주겠다는 목표도 있기는 했지만.

브레잔은 지금껏 들이킨 잔 수도 기억할 수 없었다. 매일 복용하는 독극물 중화제를 이겨내려면 상당한 양의 알코올이 필요한 모양이었다. 이제야 슬슬 기분 좋게 어지러워지기 시작했다. 오늘 그는 모든 걸 잊게 될 때까지 잔을 놓지 않을 생각이었다.

술집 내부는 물질 인쇄기만 있으면 누구나 만들 수 있을 싸구려 장식으로 가득했다. 로코코풍 소용돌이 도안에도 미술사에 소양이 있는 사람이면 알 법한 이름이 있을 것이다. 아동 도서 삽화가인, 브레잔의 가장 젊은 아버지라면 분명 알고 있을 텐데. 그를 생각하자 브레잔은 기분이 가라앉았다. 그의 황당한 진급 소식을 듣고 연락해 온 가족은 미우잔뿐이었다. 미우잔과의 대화가 어떤 식으로 흘러갔는지를 생각하면 가족들 분위기도 뻔했다.

술집의 손님은, 당연하게도, 대부분 학생이었다. 강사나 조교가 조금 섞여 있을지도 모르지만. 브레잔도 이제는 타우비트 민간 사회의 유행과 복식에 나름대로 익숙해져서, 신분을 구별할 수 있었다. 대비책이랍시고 지역 주민들이 좋아하는 화려한 수를 놓은 윗옷을 걸치고 나오기까지 했지만, 이런 곳에서는 조금도 효과가 없을 것이 분명했다.

새 술잔이 도착했다. 그는 흐릿한 눈으로 잔을 바라보다가 소변을 볼 때가 되었다는 결론을 내렸다. 방광을 혹사시키는 것에도 한도라 는 게 있는 법이다.

"내 잔 좀 봐줘." 브레잔은 옆자리에 앉은 수염 기른 젊은이에게 이 렇게 말했다. 젊은이는 대답하는 시늉도 없이 따분하단 표정을 짓고 있는 양성 신체의 동행인과 대화를 이어갔다… 분재 나무의 번식 문 제? 그의 취향과는 거리가 있는 취미였지만, 어차피 그가 신경 쓸 문 제는 아니었다.

뒤편 화장실에선 소독약 냄새가 지나칠 정도로 심하게 났다. 서비 터 하나가 바닥의 토사물을 열심히 문지르고 있었다. 다른 서비터는 벽에 아이라이너로 휘갈긴 낙서를 지우는 중이었다.

"미안한데, 전부 지우기 전에 내가 좀 살펴봐도 될까?" 브레잔은 낙 서를 지우는 나방형 서비터한테 물었다.

나방형은 알겠다는 듯 푸른 불빛을 깜박이더니 둥실 떠올라 자리를 비켰다.

브레잔도 방금 그 서비터가 어느 쪽 소속인지 알 방법이 없기에, 이 런 공공장소에서 서비터에게 관심을 보이면 안 된다는 정도는 어렴 풋이 분별하고 있었다. 따라서 술 때문에 흐리멍덩해진 상태가 아니 라면 그들에게 말을 거는 행동은 삼갔을 것이었다. 켈 서비터와의 연 락 업무는 키루에브 대장이 도맡고 있었다. 그러면서 서비터 또한 인 간만큼이나 균일하지 않은 집단이라는 사실을 몇 번이고 강조했지만, 브레잔은 그 점에 너무 마음 쓰지 않겠다고 결정했다. 누가 묘한 눈으로 바라봐도 그냥 취한 척하면 될 테니까.

낙서는 이 지역의 저급 언어 중 하나로 적혀 있었다. 브레잔도 읽을 줄 아는 예쁘장한 음절 문자였다. 그는 사진을 찍은 다음, 나중에 자세히 조사하기 위해 보조 두뇌로 전송했다. 이론적으로는 총독의 행정 그리드에 보안 접속이 가능했지만, 지금 당장은 하고 싶지 않았다. 무엇보다도 이 도시의 공공 그리드는 전혀 신뢰할 수 없었다.

"거기다 오줌이라도 갈겨서 지우려고?" 브레잔 뒤쪽에서 목소리가 들렸다.

브레잔은 주먹을 날리고 싶은 충동을 억누르며 돌아섰다. 그랬다가는 정말로 못 볼 꼴을 보게 될 테니까. "네가 무슨 상관이야?" 그가 말했다.

말을 건 사람은 학생이거나, 적어도 아주 훌륭하게 학생인 척하는 남자였다. 구름처럼 부숭한 곱슬머리가 눈에 띄었고, 올리브색 피부 위엔 장식용 흉터인지 치료가 필요한 피부병인지 가늠이 안 되는 남색 자국이 수놓아져 있었다. 그는 다시 입을 열었다. "그게, 한동안은 토하려 애쓰는 중인가 싶었는데 말이지, 그 정도로 취한 것처럼 보이지는 않아서."

"알려줘서 고맙군." 브레잔이 말했다.

"애초에 대학 구역까지 와서 어정거리는 이유가 뭐야? 우린 당신 따위 필요 없다고."

"그렇겠지." 브레잔은 냉담하게 대꾸했다. 학생이 자신을 알아봤다는 사실은 딱히 놀랍지 않았다. "너희 중 몇몇이 그 사실을 제법 확실히게 알려줬으니까. 솔직히 그러니까…" 그는 숫자를 떠올리려 애썼다. "다섯 잔만 덜 마셨어도 이유가 떠올랐을 텐데 말이야."

"뭐, 어쨌건 간에 나한테도 한 잔 사라고. 난 빈털터리거든." 학생이
말했다.

적어도 4시간 전에 겪은 도덕적 파산을 조금이라도 잊을 수는 있겠
지. "좋아, 안 될 게 뭐야. 조금만 기다려."

방광을 비운 브레잔은 학생과 함께 비척비척 화장실에서 걸어 나왔
다. 드라마를 놓고 말다툼을 벌이던 사람들이 고개를 들고 브레잔에
게 명확히 적대적인 눈빛을 보내더니, 다시 토론으로 돌아갔다. 브레
잔은 자기 술을 바 위로 밀어 학생에게 보냈다. "좋아하는 술이어야
할 텐데."

"공짜면 뭐든 좋아." 학생은 이렇게 말하고 리큐어를 목으로 넘겼
다. "너희 정부는 엉망이라고. 혹시 말해준 사람 있으려나?"

브레잔은 코웃음을 쳤다. "엉망이 아니라고 생각하는 사람이 한 명
이라도 있을지 모르겠는데." 그는 '젊은이'를 뒤에 붙이고 싶은 충동
을 억눌렀다. 53세인 브레잔은 육두정 기준으로 그리 나이가 많은 편
이 아니었다. 어떻게 보면 그것도 장애물 중 하나였다. 심지어 로조이
조차 그보다 수십 살은 연상이었다. 생각해보면, 그녀가 그를 진지하
게 받아들인 것 자체가 기적이나 다름없었다.

"하, 당신은 전혀 이해 못 할 거야." 학생은 이렇게 말하며 리큐어
잔을 비웠다. "이 술 더 있어? 내가 평소 마시는 구정물보다 괜찮은
데." 그의 흉터인지 문신인지 모를 자국들은 이제 조금 밝아져 칙칙
한 선홍색이 되었다.

"자네 피부의 장식은 원래 그렇게 색이 변하는 건가?" 브레잔은 이

대화에서는 요령이 별로 의미가 없으리라 생각하고 이렇게 물었다.

"아, 그렇지." 학생이 대꾸했다. "추가 비용까지 냈다고. 이 개조를 받으려고 봉급을 열심히 저축했단 말씀이야. 이런 헛짓거리에 돈을 써서야 안 되겠지만, 사실 헛짓거리 없는 인생에 무슨 재미가 있겠어?"

브레잔은 어깨를 으쓱하고 바텐더에게 손짓했다. 바텐더는 하품을 하더니 옆걸음질로 다가와서 잔을 채워주었다. 머지않아 학생과 바텐더는 서로를 유혹하는 건지, 아니면 대중교통의 요동치는 불안정성에 대한 열띤 토론인지 분간하기 힘든 대화를 시작했다.

마침내 그가 오늘 처음으로 긴장을 풀기 시작한 순간, 문이 쾅하고 열리며 에미오가 들어왔다. 대동한 남녀 한 쌍은 차림새는 추레해도 슈오스 보안 요원임이 분명해 보였다. 기억이 가물가물할 만큼 오래전에, 미코데즈가 이렇게 설명해준 적이 있었다. '우리는 일부러 표적 노릇을 할 때를 제외하면 화려한 붉은색과 금색 제복을 입지 않아요. 드라마에서와 달리, 현실에서 우리는 딱히 총 맞는 걸 즐기지 않거든요.'

"상급대장 각하. 지금 즉시…" 문득 에미오의 눈길이 학생에게 머물렀다. 얼굴의 흉터는 이제 푸른색으로 변해 흐릿하게 점멸하고 있었다. "각하, 당장 그자에게서 떨어지십시오."

취한 상태인 데다 퀠 역사상 가장 악명 높은 추락매 중 하나이기는 하지만, 브레잔도 명령을 따라야 하는 상황이란 건 분간할 수 있었다. 그는 몸을 날려 한쪽으로 피하다가, 누군가 벗어놓은 신발에 발이 걸리면서 그대로 넘어졌다. 거칠게 바닥에 부딪히는 순간 밝은 붉은색 빛이 시야를 가득 메웠다. 갑자기 쓰러지는 바람에 자동 외료 진단 시스템이 가동한 것이다.

그러는 동안, 술을 같이 마시던 학생은 에미오와 동료 요원들을 피해 뒷걸음치다가, 순간 숨넘어가는 소리를 괴상하게 내면서 무너져 내렸다. 유리잔이 바닥으로 떨어지며 박살 났다. 리큐어의 악취가 한층 짙어졌다.

브레잔은 코에서 피를 뚝뚝 흘리면서도, 비틀거리며 몸을 일으켰다. "의료반을 불러." 제대로 말했는지는 확신할 수 없었다. 입에서 거품이 쏟아져 나오는 상황에서는 명확하게 말을 하기 힘들었다.

슈오스 요원 한 명이 이미 학생에게 접근했다. "죽었습니다." 그녀가 말했다. "이 건물은 즉시 봉쇄한다. 현재 실내에 있는 시민은…"

"여길 맡기지." 에미오가 말했다. "상급대장 각하, 저하고 함께 나가시죠."

"저 학생은…" 우스꽝스러운 일이었지만, 지금 머릿속에 떠오르는 것은 그 흉터뿐이었다. 이제 흉터는 밝게 빛나고 있었다. 저걸 내가 어디서 봤더라…

"거처에 도착한 다음에 설명하겠습니다." 에미오의 목소리는 나직하지만 날카로웠다. "따라오시죠."

브레잔은 돌아오는 내내 어안이 벙벙한 상태였다. 에미오는 부러진 코를 치료하며 진통제도 투여했지만, 어차피 브레잔은 조금 전 사건에서 받은 충격 때문에 고통은 거의 느끼지도 못할 지경이었다. 그는 비행선의 창문을 통해 아래로 멀어져가는 도시의 모습을 바라봤다. 도시를 둘로 가르는 강에서 안개가 밀려드는 중이었다. 뿌연 잿빛 장막이 그의 마음을 달래주는 듯했다.

"제가 잘못 판단했습니다." 에미오는 집무실에 그를 데려오자마자 이렇게 말했다.

"내 기억이 맞다면, 술에 취하려고 밖으로 기어 나간 건 내 쪽인데요." 브레잔이 말했다. 그것도 아예 코가 비뚤어지게 취했지만, 그 사실은 직접 추궁당하기 전까지는 인정하지 않을 생각이었다.

"아." 에미오는 그가 생각한 그대로 답변했다. "우리가 그곳에 나가 당신을 주시하고 있었어요. 그자가 접근했을 때 말씀드렸어야 했는데…" 그녀는 입을 꾹 다물며 시선을 돌렸다.

브레잔의 머리가 지끈거리기 시작했다. "그냥 털어놔요. 그 학생이 문제였던 것 아닙니까? 대체 그건 뭐였던 겁니까? 알레르기 반응?"

에미오는 그와 눈을 마주했다. "그런 셈이죠. 하지만 당신이 생각하는 것과는 다릅니다. 어차피 그 학생의 이름 따위는 아무 의미도 없겠죠. 프로필은 보여줄 수 있어요. 중요한 부분은 그자가 학생 서도회 소속이었다는 거죠."

저항 단체에 대한 수많은 브리핑 중에 들었던 이름이었다. "빌어먹을, 시체 서예가로군요."

시체 서예는 상류사회에서는 눈총을 사는 예술 분야지만, 육두정의 지속적인 탄압에도, 수 세기에 걸친 전통으로 살아남았다. 어릴 적 아버지들에게 들은 이야기에 따르면, 육두정부는 안단 육두관 하나가 실제로 붓을 든 적이 있다는 사실에 그때까지도 수치스러워했던 모양이었다. 물론 가장 훌륭한 실력을 자랑하는, 오래도록 기억되는 예술가기는 했지만.

브레잔은 그리드에게 화장실 낙서의 번역을 요청하며, 서비터가 이미 지운 부분은 추측해 보정하라고 지시했다. 바로 그 순간 그는 진실을 깨달았다. "표어인지 문구인지, 무슨 빌어먹을 소리인지는 몰라도, 같은 거였잖아." 그는 중얼거렸다. 학생의 얼굴에서 빛나던 흉터도 같은 문구였던 것이다.

그리드가 마침내 번역을 끝냈다. '내가 스스로 죽음을 선택하듯이, 민중도 스스로 지도자를 선택하게 하라.'

브레잔은 에미오를 올려다보았다. "이 말은…"

"자살 서예가였죠." 에미오는 조금도 감정을 섞지 않고 말했다. "새로운 국면이로군요. 미리 대비했어야 했습니다."

"아, 그 짜증 나는 자기 비난은 좀 그만둬요." 자기 입으로 그런 소리를 지껄이는 위선을 뼈저리게 느끼면서도, 브레잔은 말했다. "물리적으로 전혀 위험하지 않은 저항이잖습니까. 대민 홍보 쪽이 문제겠죠?"

에미오는 흐릿하게 웃음을 지었다. "당신도 학습하고 있군요."

"속도가 너무 느리지만요." 두통이 분명했다. 그는 진통제를 복용하지 않겠다고 마음먹었다. 자신을 징벌하려는 엇나간 충동 때문이었다. 머지않아 후회하게 되겠지만. "술로 시름을 달랠 생각이었으면, 대중에 덜 노출되는 방법을 찾았어야 했는데. 자살 서예가 앞에 나서지 않을 방법 말이에요. 그자의 죽음은 내 탓이 될 테죠. 한 명이 죽었으니 더 많은 이들이 그를 따르겠고 말입니다. 내 말이 맞습니까?"

그녀는 진실을 감출 의도는 조금도 없어 보였다. "같은 시간대에 각 구역마다 한 명에서 세 명 사이의 자살 서예가들이 있었습니다. 치밀하게 공조한 겁니다. 조언을 드리자면, 이 사건을 은폐하려는 시도는 하지 않으시는 편이 나을 겁니다. 흔히 하는 말대로, 발 없는 말이

천 리를 가는 법이니까요."

"에미오." 브레잔은 손에 머리를 묻으며 말했다. "대체 내가 뭘 그렇게 잘못했길래, 저 꼬맹이들이 자기 시체를 선전문으로 삼고자 목숨까지 내던지고 있는 겁니까?"

"잘못?" 그녀가 대꾸했다. "당연하게 여겨지던 질서를 전복하려 시도할 경우, 누구라도 그 정도 잘못은 저지르기 마련이에요. 물론 옳은 일도 그 정도는 했을 테고요."

"그것도 오늘로 끝입니다." 그는 벌떡 일어났고, 에미오는 화들짝 놀라 그를 다시 앉히려 애썼다. "이것보다는 제대로 해야 해요. 매일 대학 구역 한복판에 앉아서 저들이 내게 던지는 말을 듣고 있어야 한다면, 그렇게 하겠습니다. 전투경찰을 투입해야 한다면 그것도 하겠습니다. 어떤 대가라도 치르겠어요."

"이해를 못 하는군요." 에미오가 말했다. "이런 일에는 쉬운 해답이 없어요. 있었던 적도 없고요. 그냥 열심히 노력할 뿐이죠. 안단이라도 그 정도는 알 거예요."

이 어색한 농담에는 굳이 대꾸하지 않았다. "그렇다면 내가 지금껏 해온 일로는 충분하지 않다는 거겠죠. 이젠 다 바뀔 겁니다."

"알았어요." 에미오가 말했다. "좋아요. 당신이 원한다면 우리는 그에 따라야죠. 하지만 당신이 몸을 불사른다고 이득을 볼 사람은 아무도 없을 거예요."

"나가요. 미코데즈하고 이야기를 해야겠습니다." 미코데즈가 무척이나 바쁜 사람이라 대화를 나누려면 한참 기다려야 한다는 정도는 그도 잘 알고 있었다. 그러나 권력자를 너무 혐오한 나머지 안일한 짓을 저지르는 인간들을 상대하는 법이라면, 미코테즈 이상의 전문가가 있을 리 없었다.

에미오는 반박하지 않았다. 그저 통신을 요청하고 물러날 뿐이었다.

브레잔은 통신이 연결되기를 기다리며 졸기 시작했다. 반응이 돌아올 때까지는 3시간이 걸렸다.

"상급대장." 미코테즈가 말했다. "무슨 일이 일어났는지는 에미오한테 들었어요."

물론 그랬겠지. 브레잔은 분노를 끌어모을 수조차 없었다. 에미오야 자기 직무에 충실한 것뿐이었으니까.

"그 젊은이가 죽기를 원한 게 아니에요." 브레잔이 말을 뱉고 나서, 자신의 격정적인 목소리에 충격을 받았다.

"그렇겠죠." 미코테즈의 목소리는 브레잔이 기대한 것보다 훨씬 부드러웠다. "당신이 원했을 리 없죠. 하지만 아기 여우들의 이름으로 얘기하건대, 부디 그런 일에 너무 상처를 받지 않았으면 합니다. 저들이 이 사실을 깨달으면 곧바로 당신을 공격하는 데 이용하기 시작할 거예요."

"이 상황을 바로잡아야 합니다." 브레잔이 말했다. "전부 다요. 한심한 이유로 목숨을 버리는 사람들한텐 이제 질렸습니다. 시체 서예라니. 그냥 투서를 보내거나 정부 건물 앞에서 집회를 열고 운동가나 불러도 될 일에 목숨을 내던져요? 진심으로?"

미코테즈는 잠시 그를 바라보다가 손에 턱을 괴었다. "내가 이 자리에 오르고 몇 년쯤 지난 후에, 고위 행정관 일부는 자기네가 선호하는 후보자에게 자리를 양보하지 않으면 자살하겠다고 협박했었습니다. 슈오스는 아니었지만, 변방 공역의 업무에 꼭 필요한 슈오스 협력자들이었죠."

"그래서 어떻게 하셨나요?"

"허풍을 까발렸죠. 그들이 선호하는 후보자에게 내가 보낼 암살자와 사관학교의 편안한 보직 중에서 한쪽을 선택하라고 일렀더니, 사관학교 보직을 선택하더군요. 아직도 가끔 반기를 들려고 계획을 짜기는 하는데, 그냥 관성적으로 그러는 것뿐이죠. 진지하게 시도했다가는 눈 깜빡할 새도 없이 그대로 목이 날아갈 겁니다."

"그렇군요." 브레잔은 암울하게 대꾸했다. "문제는 그 학생들은 허풍이 아니었고, 저는 암살자를 쓰고 싶지 않다는 겁니다."

"논의의 주제와 수사적 기법을 분리해 생각하는 법을 배우는 게 어떻습니까." 미코데즈가 말했다.

"조직적 자살은 수사적 기법이 아닙니다, 미코데즈."

"그건, 반론의 여지가 있군요." 미코데즈가 말했다. "저들은 분명 수사적 기법으로 사용한 셈이니까요."

"당신은 어떻게 견뎌내는 겁니까? 이 모든 일을요?"

"아." 미코데즈가 말했다. "그건 또 다른 문제죠." 그의 표정이 진지해졌다. "주로 뜨개질을 하면서 편물을 뜨고 사탕을 넉넉하게 공급받죠. 당신은 요리를 좋아한다죠? 요리 시간을 충분히 확보해봐요. 시간 날 때마다 친구들을 불러서 저녁 식사를 하는 것도 좋죠."

브레잔은 그를 멍하니 바라보았다.

"진심으로 말하는 겁니다." 미코데즈가 말을 이었다. "잔혹한 사건이 일어난다고 해서 개인의 삶을 넘출 수는 없습니다. 행복을 주는 난

순하고 사소한 일에 몰두할 시간이 확보된다면, 목격했거나 혹은 직접 저질렀던 온갖 끔찍한 일로부터 조금이라도 멀어질 수 있어요. 그럼 좀 더 나은 대처를 할 수 있게 됩니다. 자신을 파멸로 몰아넣을 방법 대신 말이죠."

"심장 대신 단단한 얼음 껍질만 남으면 그게 먹힐지도 모르겠군요." 브레잔이 되쏘았다.

브레잔의 예상처럼, 미코데즈는 조금도 기분이 상한 기색이 아니었다. "나야말로 이 자리에서 이런 일을 수십 년째 하는 사람 아닙니까. 불가능한 책무에 짓눌린 채 절망하며 머리를 쏴버리지도 않은 채로요. 당신은 어떻습니까? 지금 포기할 생각입니까, 아니면 어떻게든 인내할 방법을 찾을 겁니까?"

"계속할 겁니다." 브레잔은 대꾸했다. "할 수밖에 없으니까요. 갈수록 당신처럼 변해간다 해도 알 게 뭡니까. 그렇게 돼버리라죠."

09

다네스는 순식간에 제다오의 소지품을 꾸렸다. 다네스의 예의를 무시하는 일로 여겨질지도 모른다는 생각에, 제다오는 자신의 짐에 직접 손대지 않는 편을 택했다. 꾸릴 짐이 별로 많지 않은 것이 다행이었다. 이 스위트룸의 온갖 호사스러운 가구는 가져가지 않을 예정이었으니까.

지금 이게 무슨 헛소리람. 제다오는 더플백을 곁눈질하며 생각했다. 그가 소유한 물건이라고는 얼마 안 되는 옷가지가 전부였다. 민간인 복장도 몇 벌 받기는 했다. 그 옷들이 현재 상류사회에서 유행하는 스타일이라는 사실을 그리드가 알려주었다. 참으로 든든한 존재가 아닐 수 없었다.

여섯 대의 서비터가 등장해 제다오 쪽으로 호각 소리를 울렸다. 제나오는 나튼 이들의 행동을 따라 서비터들을 부시했다. 부례한 짓이라고 생각했지만.

그러나 다네스는 그가 거북해한다는 걸 읽어낸 모양이었다. "각하, 저들은 이 기지의 서비터로, 각하의 소지품을 옮기러 온 것뿐입니다."

선두의 서비터가 동의하는 듯 삑 소리를 울렸다. 나머지 서비터들은 더플백을 효율적으로 나르기 시작했다. 저렇게 많은 수의 서비터가 필요하지는 않았지만, 아무래도 서비터가 보안 관리까지 맡고 있는 듯했다. 시간 날 때 그리드에 물어볼 질문이 하나 더 늘어난 셈이었다.

얼마 지나지 않아 쿠젠이 등장했다. 네 명의 켈과 두 명의 니라이가 뒤를 따르고 있었다. 켈은 정규 병사들로, 금술과 견장이 번쩍이는 완전 정장으로 차려입고 있었다. 남녀 각각 두 명씩에 키나 얼굴 생김새가 비슷했다. 예의 쿠젠이라면, 외양에 신경 쓰는 것이 당연해 보였다.

반면 두 명의 니라이는 조금도 닮은 구석이라곤 없었고, 복장도 일치하지 않았다. 키가 큰 쪽은 지금 당장이라도 불행하게 붙잡힌 기계 배 속을 헤집으려는 듯이 소매를 걷어붙이고 있었다. 니라이 쪽은 외모가 아닌 능력으로 선별한 게 분명했다.

"오셨습니까, 육두관 각하." 제다오는 인사를 한 다음 켈들 쪽을 돌아봤다. "이름이 뭔가?" 켈들은 관등 성명을 댔다.

쿠젠은 제다오의 행동을 관대히 넘겼다. "좋아, 다들 준비가 끝났나 보네. 그럼 가자고. 떠나기 전에 사람들 속에서 제대로 된 식사라도 한 번 즐겼으면 좋았을 텐데. 켈 쪽으로 옮겨 가면 다들 못마땅하게 바라볼 테니까. 뭐, 어쩔 수 없는 일이지."

다네스는 제다오에게 이후 일정을 간략하게 설명했다. 제다오는 자기가 떠나면 이 호사스러운 스위트룸이 어떻게 뒤바뀔지 멍하니 생각하다, 두 명의 니라이 뒤쪽으로 걸음을 옮겼다.

쿠젠은 갑자기 걸음을 멈추고 우뚝 섰다. "천상의 별들이시여, 너 지금 뒤쪽에 틀어박혀서 뭘 하는 거야?" 그의 시선이 다네스를 향했다. "이 정도일 줄이야."

"죄송합니다." 제다오가 말했다. "제가 어떻게 행동하기를 원하시죠?"

"켈 사령부가 사라진 마당에 의전 문제를 질책할 수도 없겠네. 그래도 네가 뒤쪽에 처박혀 있으면 나하고 대화를 나눌 수가 없잖아."

감사히 여길 배려라고 제다오는 생각했다. 그런데 왜 고맙지가 않은 걸까?

이제는 변동성 구조에 예전만큼이나 놀라진 않았다. 혼자서 이러한 구조를 어떻게 이용해 함정을 설치할 수 있을지 탐구해온 덕분이었다. 그리드가 변동성 구조에 대해서 묘할 정도로 정보를 제공해주지 않아 애를 좀 먹긴 했지만. 초감각은 여전히 작동을 멈추지 않았다. 하지만 이제 그쪽으로 신경이 쏠리지 않도록 구석으로 밀어놓는 방법을 터득했다.

그들은 금세 목적지에 도착했다. 양륙정이 대기하고 있는 격납고였다. 제다오는 낯설고 거대한 공간을 마주하자마자 불안이 솟아올랐지만, 최대한 불안을 억누르며 걷는 속도를 유지하려 애썼다. 쿠젠의 보안 대책을 믿는 수밖에. 애초에 보안이 뚫렸다면 자신이나 쿠젠이나 전부 끝난 목숨일 테니까.

제다오는 양륙정의 날렵한 외형에 감탄했다. 검은색 동체 위로 추상적인 소용돌이무늬가 은줄 세공으로 들어가 있었고, 꽃송이처럼 보이는 문장 안에는 방어 무기의 총구가 교묘하게 숨겨져 있었다.

안내 방송이 울렸지만, 스피커는 따로 보이지 않았다. 쿠젠은 일행을 이끌고 탑승 진입로에서 대기하고 있는 양륙정에 다가갔다. 내부에는 곳곳에 단방향 창문이 달려 있었고, 창문은 나방의 날개를 본 딴 모습이었다. 날개 가장자리를 따라 더 많은 소용돌이무늬가 새겨져 있었다. 안단에서 쿠젠을 데려갔어야 한다는 확신이 갈수록 강해지고 있었다. 이토록 미적인 부분을 중시하고 애정하는 사람이니, 쿠젠이라면 분명 공학 프로젝트 몇 개만 던져줬어도 충분히 만족했을 것이다.

쿠젠은 우아한 동작으로 한쪽 측면에 줄지은 좌석들 중 가운데 자리에 앉았다. 거미줄 안전장치가 뻗어 나와 그의 몸을 고정시켰다. 제다오는 그 모습을 보며 처음엔 움찔했지만, 그가 앉기 전엔 다네스도 앉지 못할뿐더러 모두가 거미줄에 휘감겨야만 양륙정이 출항할 수 있다는 걸 깨닫고는 내색하지 않으려 했다. 그는 쿠젠 맞은편 자리에 앉아서, 자신의 몸을 휘감는 안전장치의 거북한 움직임을 꾹 참아냈다.

쿠젠의 머리 뒤편에서 별들이 움직였다. 제다오는 감탄하며 말했다. "속도를 아예 느낄 수도 없군요." 수많은 빛과 골조와 돌출부로 구성된 기지의 거대한 본체가 그들 뒤편으로 작아져갔다.

"물리법칙 따위는 약자들이나 신경 쓰는 거야." 쿠젠이 말했다.

다네스의 입술 한쪽이 움찔거렸다.

제다오는 양륙정이 〈망령〉호에 설치된 탑승교에 가까이 다가가는 순간까지 아무것도 느끼지 못했다. 물론, 〈망령〉호의 모습이 가까워질수록 감탄이 절로 나오기는 했지만. 처음에는 별이 가득한 밤하늘에서 검은색과 은색 배합으로 된 〈망령〉호를 찾기 위해 눈가를 찌푸려야 했다. 그리고 그 모습이 눈에 들어온 순간, 그 야성적인 아름다움 때문에 억누를 수 없이 가슴이 뛰었다.

흥미가 동한 제다오는 자신의 초감각을 끌어 올려 〈망령〉호가 어떻게 보이는지를 확인했다. 엄청난 질량체 내부에 구성된 미로 속의 미로가, 그 안을 돌아다니는 수많은 작은 물체가 감각적으로 느껴졌다. 겉과 마찬가지로 아름다웠지만, 겉으로는 짐작하기 힘들 만큼 복잡한 모습이었다.

그자가 너를 잘 훈련한 모양이구나. 어쨌든 고맙다.

제다오는 순간 얼어붙었다. 머릿속에서 다른 누군가의 목소리가 울린 것이다. 냉소적인 어투에, 마치 빛바랜 종소리 같은 목소리였다. *당신은 누군가요?*

누구라고 생각하는데? 이번에는 조금 초조한 느낌이었다.

나방인가요?

그래.

잠깐만. 전함나방이 말을 할 수 있다고요? 제다오는 물었다. 그도 나방에 생체 구성 요소가 들어간다는 정도는 어렴풋이 알고 있었다. 그러나 나방에 지성이 있을 거라고는 상상조차 하지 못했다.

만약 목소리의 정체가 나방이 맞다면, 정말 나방에게도 지성이 있다면, 나방에 탑승하는 것을 비롯해, 승무원에게 명령해 나방을 운용할 권리가 제다오에게 있다고 할 수 있을까?

육두관의 말에 집중해라. 〈망령〉호가 말했다. *나중에 다시 이야기하자.*

내가 벌써 미쳐가는 걸까. 제다오는 등골이 오싹해지는 걸 느꼈다. 숨겨야 할 사안이 하나 늘어나버렸다.

그러는 동안 양륙정은 탑승교와 연결됐다. 쿠젠은 생각에 잠긴 눈으로 제다오를 주시하고 있었다. "처음으로 구속구를 장착한 공허나방을 봤을 때가 떠오르는군. 그 시점에 도달하는 데까지도 수없이 많은 실험을 거쳤지. 상당한 죽음을 감수해야만 했고. 하지만 성공해냈어."

"구속구요?" 제다오가 물었다.

"나중에 잊지 말고 기술반한테 작업 구역을 보여달라고 요청해봐. 구속구 시스템을 어떤 식으로 조작하는지 대충 감을 잡을 수 있을 테니까."

쿠젠이 하는 말은 부분적으로는 알고 있던 내용이었다. 한 가지 예를 들자면, 공허나방의 핵심부는 우주 기지와 마찬가지로 생체 조직으로 구성돼 있으며, 별도로 제작한 부속을 부착한다. 그러나 공허나방의 생체 핵을 날도록… '설득'해야 한다고는 생각해본 적도 없었다. 그리고 공허나방이 그 사실을 어떻게 생각할지도.

후자는 쿠젠에게 묻기에는 너무 위험한 질문이었다. 조금 더 안전할 때 〈망령〉호에게 직접 물어보는 편이 나을 것이다.

쿠젠이 거미줄 안전장치를 벗고 자리에서 일어섰다. 제다오도 더듬거리며 손잡이를 찾은 다음 그를 따라나섰다. 두 사람은 양륙정을 벗어나 〈망령〉호의 격납고 한 곳에 내려섰다. 주변의 켈들이 일제히 하던 일을 멈추고 경례를 붙이는 모습이 상당히 거북했다. 제다오는 경례를 받고 손을 내저어 제자리로 돌아가라고 지시했다.

"다음은 사령실이야." 쿠젠이 말했다.

복도의 모습이 쿠젠의 퇴폐적인 취향을 반영한 것인지, 아니면 켈의 전통을 따른 것인지는 제다오로서는 판별할 수 없었다. 사방에 걸린 비단 두루마리 위로, 검은색과 금색 먹으로 명암을 넣은 잿불매가 날아다녔다. 만약에라도 운용 자금이 부족해지면, 장식물만 내다 팔아도 충분할 듯했다.

사령실은 나방 설계도를 보고 짐작한 것보다 훨씬 컸다. 온갖 도표와 상태창이 승무원들 얼굴 위로 색색의 빛을 뿌렸다. 병참반의 켈 루온은 아직 그들이 온 것을 눈치채지 못했는지, 채소 절임에 대해 중얼거리면서 양쪽 화면을 비교하고 있었다.

탈라우 함장이 승무원을 대표해서 쿠젠에게 깊이 절했다. "육두관이시여." 그리고 제다오에게도 경례했다. "각하." 적개심은 조금도 사그라지지 않았지만, 적어도 예법만은 제대로 지키고 있었다.

제다오와 탈라우는 경례를 주고받았다. "출발할 때가 됐다, 함장." 제다오는 이렇게 말하며 자리에 앉았다. 다른 사람의 화면을 불러오는 법은 다네스에게 배워놓았다. 아무래도 이러는 편이 주위를 어슬렁거리는 것보다는 덜 거슬릴 것이다. 그는 시험 삼아 병참반 화면을 확인해보았다. 루온은 당연하게도 기함의 양배추 절임 보급을 재확인하는 중이었다.

"이동 명령입니까, 각하?" 탈라우는 또렷한 목소리로 물었다.

제다오는 진형 효과가 발생하지 않는 배치도를 골라 단말에 띄우고는, 그 도표를 탈라우 함장과 마른 얼굴의 항해반 중위에게 전송했다. "이걸로 하지." 그는 신중하지만 경쾌한 어조로 말하고는, 전함나방 함장들의 확인 신호가 들어오기를 기다렸다.

함대의 개별 전함을 의미하는 금색 불빛이 패널 위를 가득 메웠다. 그들은 이스테이아 성계의 거대 가스 행성 주변으로 구불구불 돌아서 전진할 예정이었다. 전략반에서 탐지 강도가 약하다고 평가한 경로를 따라가는 것이었다. 쿠젠의 설명에 따르면, 육두관들이 암살당한 뒤에 이어진 보호령과 협정국의 포격전에서, '엄청난' 수의 켈 감청 초소가 날아갔다고 했다.

탈라우와 항해반은 나방 추진체의 공명 문제, 그리고 역법 불안정성이 강하다고 알려진 공역에 관하여 토의에 들어갔다. 의견이 수렴되자 그들은 통신반을 경유해서 전체 함대에 이동 명령을 전달했다. "추가 명령은 없습니까, 각하?" 탈라우가 말했다.

"지금은 이 정도면 되겠지." 제다오가 말했다.

제다오와 쿠젠은 첫 근무 시간이 끝날 때까지 사령실에 머물렀다. "슬슬 가자고." 자신의 단말에 출력되는 모든 정보에 익숙해지려 애쓰는 제다오를 향해, 쿠젠이 낮은 소리로 말했다.

거부할 입장이 아닌 제다오는 탈라우를 돌아보며 말했다. "문제가 생기면 바로 호출하도록." 지금껏 내내 침묵을 지키던 다네스가 제다오의 왼편으로 따라붙었다.

다네스를 바라보는 탈라우 함장의 얼굴에 순간 한 가지 감정이 스쳐 갔다. 고뇌였다. 그러나 그 감정은 제다오가 알아채자마자 사라져 버렸다. 혹시 다네스는 탈라우의 부관이었던 것일까? 제다오는 생각했다.

벽면을 따라 잿불매가 계속 이어졌다. 가끔 시야 한쪽 구석에서 뭔가 깃발처럼 펄럭이는 것을 본 것도 같았다. 그는 쿠젠을 따라 순환로를 네 바퀴 돌았다. 한 바퀴를 돌 때마다 불빛은 조금씩 노란 색조로 변해갔다.

"네 선실이야." 쿠젠은 어느 방문 앞에 멈추더니 이렇게 말했다. 사실 굳이 설명할 필요도 없는 일이었다. 문에 톱니바퀴 2번 카드 문장이 또렷이 새겨져 있었으니까.

"알겠습니다." 제다오가 말했다. 쿠젠에게 독대를 청해서 탈라우와 다네스의 관계를 물어볼까 싶기도 했지만, 그는 이내 생각을 바꾸었다. 이런 건 직접 알아내야 한다. "더는 시간을 뺏고 싶지 않네요."

쿠젠은 그를 조롱하듯 지나치게 깊이 고개를 숙여 절하고는, 그대로 자리를 떠났다.

제다오는 우선 선실부터 둘러보기로 했다. 내부는 훌륭하게 꾸며져 있었지만, 다행스럽게도 그들이 떠나온 기지의 스위트룸만큼 호화스럽지는 않았다. 그는 모든 가구를 흔들어보며 제대로 고정되어 있는지를 확인했다. 고정쇠 따위는 보이지 않는데도, 부피가 있는 모든 물건이 자리에서 꿈쩍도 하지 않았다. 이 정도면 충분할 듯했다.

첫 공용 식탁을 기다리는 동안, 제다오는 자신의 선실에 들어앉아 참모진 프로필을 확인했다. 놀라운 정보는 딱히 없었다. 물론 능력 면에서는 모든 장교가 놀라움 그 자체라고 해야 마땅했지만. 제다오가 그대로 나자빠져 숨이 끊어지더라도 이 정도의 장교가 모여 있다면, 그대로 함대를 이끌고 적을 두들겨 부수기엔 충분해 보였다.

이윽고 그는 수수께끼의 인물인 다네스 소령에 도달했다. 다네스의 프로필에는 거의 정보랄 것이 없었다. 입대 전에는 유리코스 다네스라는 이름이었고, 세 명의 형제가 있었다. 젊은 시절에는 예술가가 되고 싶었으나 부모의 퀼 연줄에 따라 군 생활을 시작한 모양이었다. 그는 이혼한 상태였다. 성인이 된 자식도 한 명 있었는데, 10년 가까이 서로 연락하지 않은 사이라고 했다.

더욱 묘한 점은, 예순다섯 살이나 먹었는데도 아직 소령 계급에 머물러 있다는 점이었다. 그의 프로필에는 특별히 좋은 평가도 특별히 나쁜 평가도 기록되어 있지 않았다. 쿠젠이 능력 없는 사람을 기용했을 리는 없을 것이다. 그리고 제다오도 지금껏 다네스가 보인 실력에 아무런 불만이 없었다. 물론 훌륭한 부관의 조건에 대해서는 아는 바가 없었지만.

제다오는 쿠젠이 자신에게 무언가를 숨기고 있을지도 모른다는 결론에 도달했다. 물론 나쁜 의도는 아니었을지도 모른다. 다네스가 사실은 정예 암살자 보안 요원일지도 몰랐다. 분명 다네스는 맨주먹으로도 드래곤을 굴복시킬 법한 육체를 가지고 있기는 했다. 그러나 문제가 그쪽이라면, 다네스의 자격 여부를 제다오에게 숨길 필요가 있을까?

어쩌면 자신이 귀찮은 존재가 될 경우 제거하라는 명령을 받았을지도 모른다고 제다오는 생각했다. 이쪽이 더 가능성이 있어 보였다. 어찌 됐든 수수께끼라는 점에는 변함이 없었다.

이제 남은 일은 한 가지뿐이었다. 제다오는 심호흡하며 곤두선 신경을 다스린 다음, 그리드에 베스테냐 루오라는 인물의 정보가 있는지를 물었다.

"그런 이름을 가진 인물은 기록에 없습니다." 그리드가 대답했다.

그는 이름을 제대로 입력했는지 확인했다. "표준 역법으로 826년에 슈오스 사관학교의 생도였던 사람인데?" 그는 검색에 유용할 법한 다른 정보를 떠올리려 애썼다. 이를테면 루오의 가족이라거나. 그러나 아무것도 생각나지 않았다.

"그런 이름을 가진 인물은 기록에 없습니다." 그리드는 같은 대답을 반복했다.

뭐, 어쨌든 해볼 만한 시도긴 했다. 게다가 슈오스 사관학교에서 니라이나 켈 전함나방에 상습적으로 생도의 정보를 넘기지는 않으리라는 생각도 들었다.

"다네스 소령이 문 앞에 와 있습니다." 그리드가 말했다.

제다오는 보조 두뇌를 확인했다. 공용 식탁 시간이 거의 다 되었다. "들여보내."

문이 열렸다. 다네스가 경례를 붙였다. "준비는 되셨습니까, 각하?"

"손목시계가 있었으면 좋겠는데." 제다오가 말했다.

"네?"

"그냥, 몸에 시계가 내장되어 있으니 기분이 묘해서."

"그런 물건은 이제 아무도 안 만듭니다." 다네스가 말했다.

"물론 그렇겠지." 사람들의 손목만 눈여겨봤어도 짐작할 수 있는 일이었으니까. 제다오는 살짝 슬퍼졌다. "그럼 가볼까."

공용 식탁에 가장 먼저 도착한 것은 아니었지만, 계급 차가 존재하는 이상 모든 인원이 제다오의 일정을 따라갈 수밖에 없었다. 5분 일찍 도착했으니 켈이 용납하는 한도에는 충분히 들어갔을 테다. 켈들이 자리에서 일어나는 순간, 제다오는 잿더미와 지옥의 불길과 웃음기 없는 눈이 일제히 용솟음치는 느낌을 받았다. 제다오는 경례를 붙이고, 휘하 장교들이 답할 때까지 기다린 다음, 자기 자리로 가서 앉았다. 톱니바퀴 2번 카드 문장이 새겨진 소름 끼치는 금제 잔이 놓여 있었기 때문에, 자리를 찾는 것은 어렵지 않았다. 어쩌면 기함에 침입자가 생길 경우 투척 무기로 쓰려고 준비한 물건일지도 모른다.

다네스는 평정 그 자체인 얼굴로 맨 끝자리에 앉았다. 제다오는 저 태연함이 진형 본능의 효과라면 자신도 그 진형 본능이라는 걸 조금쯤은 얻고 싶다고 생각했다. 상석의 장교들은 자리를 잡으며 그에게 가볍게 묵례하면서도, 다네스 쪽으로는 시선조차 돌리지 않았다. 다네스 본인도 무시당하는 괴로움을 제대로 숨기지 못하고 있었다. 나머지 사람들은 오로지 제다오가 앉은 쪽만을 바라보고 있었다.

제다오는 서두르는 모습을 보일 수는 없다고 마음을 다잡고, 주전자 물을 잔에 부었다. 아니, 부디 물이기를 바랐다. 취하게 하는 무언가의 도움으로 이 상황을 헤쳐나가고 싶지는 않았으니까. 제다오는 문득 웃음을 머금었다가, 뒤이어 웃지 말걸 그랬다고 생각했다. 휘하 장교들의 표정이 전부 뻣뻣하게 굳었기 때문이다. 그는 아무것도 눈치채지 못한 것처럼 잔에서 한 모금을 마셨다. 잔은 겉보기만큼 무거웠다. 투척용 무기가 분명했다. 다시 정적이 흘렀다. 이대로 움찔거리며 서로 피하다가 남은 항해를 끝마칠 수는 없었다. 켈이 그에게 살갑게 대하기를 기대한 것은 아니었다. 그래도 가능하면 빨리 협업이 가능한 관계를 구축하고 싶었다. 이때, 켈의 위계 구조를 생각하면 먼저 제안해야 하는 쪽은 제다오였다.

차가운 물 때문에 입 안이 먹먹하고 이가 시렸다. 그는 잔을 오른쪽으로 돌렸다. 탈라우 함장이 거침없이 손을 뻗어 잔을 받았다. 잔은 그대로 자리를 따라 내려가며, 중간쯤에서 한 번 더 채워졌다. 마지막으로 다네스가 아주 조금 물을 홀짝였다. 이번에도 제다오를 제외한 다른 사람은 아무도 그를 보지 않았다. 정예 암살자 보안 요원이 그 정도로 혐오스러운 건가? 제다오는 다네스가 안쓰럽게 여겨질 지경이었다.

식당 안의 나머지 켈 병사들은 의식이 진행될수록 조금씩 긴장을 풀었다. 그러나 숨 막히기 일보 직전의 침묵이 여전히 식탁 위에 드리워져 있었다. 제다오는 자신의 기억상실이 어느 정도인지를 밝히고 싶지 않았다. 물론 언젠가는 실수해서 들통나기는 하겠지만. 그래서 그는 이렇게 운을 띄웠다. "궁금해 죽을 지경이 되기에는 조금 한심한 주제긴 한데, 저 롤 안에는 대체 뭐가 들어간 건가?" 켈 중에서도 롤 안쪽을 힐끔거리는 사람들이 있었다. 낯선 보급 식량에 대한 관심이라면 괜찮은 대화 주제가 될 듯했다.

탈라우의 부함장인 메라운 중령이 차분하게 롤 하나를 앞 접시로 가져오더니 젓가락으로 잘랐다. 안에 든 것은 채소인지 버섯인지 가늠하기 힘든 보라색 덩어리였다. 나머지 장교들은 당황에서 체념까지 다양한 반응을 보였다. "서비터들이 또 창의성을 발휘한 모양입니다, 각하." 메라운이 말했다. "육두관의 기지엔 켈 병참장교에게 익숙한 주요 식재료가 준비되어 있지 않았습니다. 아무래도 서비터들이 절충하여 내놓은 결과물로 보입니다."

그러면 요리는 전부 서비터가 도맡는다는 건가? 그러면 청소를 비

롯해 벌점이 쌓이면 징계로 주어지던 짜증 나는 잡일들도 전부 서비
터가 하는 건가? 서비터는 이런 상황을 어떻게 참고 견디는 걸까? 이
들에게도 지성이 있는 것일까? 그리고 지성이 있다면, 그들에게도 진
형 본능이 있을까?

주변 누구에게도 물어볼 수 없는 질문의 목록이 계속 길어지기만
했다. 대신 그는 이런 질문을 던졌다. "자네라면 그 안에 뭐가 들어
있기를 원하나?"

메라운은 다양한 채소의 목록을 읊어 내리다가, 갑자기 미소를 머
금으며 덧붙였다. "혹시 각하께서 미리 음식을 맛볼 사람을 기다리시
는 거라면…"

메라운 옆자리의 장교가 무표정한 얼굴로 그녀를 바라봤다. 제다오
도 메라운을 바라보며 그만큼 딱딱하게 웃고는 쟁반에서 롤 하나를
가져왔다. "미안하군. 설마 슈오스와 음식 싸움을 시작하려는 건가?
하긴 우리 분파의 조준 실력으로는 켈을 따라가기는 힘들겠지."

뭔가 잘못 말한 모양이었다. 생각한 그대로 말했을 뿐인데, 사람들
은 그가 끔찍한 농담을 빈정대기라도 한 것처럼 몸을 움찔했다. 그것
도 한두 사람 정도가 아니라 식당 전체가 반응했다. 내가 사실은 명사
수라도 되는 건가? 게다가 내가 마치 기함 위에서 총격전이라도 벌일
듯한 반응이잖아. 그는 켈의 주의를 흩트리고자 롤을 한 입 베어 물었
다가 역겨운 쓴맛에 얼굴을 찌푸렸다. 음식에 대해 평범하고 인간적
으로 반응하는 정도는 나쁠 것 없겠지.

다네스는 머뭇거리며 말했다. "각하, 이쪽 어묵이 조금 더 입맛에
맞으실 겁니다."

다네스가 입을 열자, 탈라우의 얼굴에는 좌절감이 슬쩍 스쳐 지나 갔다. 대놓고 시선을 피하는 느낌마저 들었다.

대체 무슨 일이야? 제다오는 궁금해졌지만, 여전히 나서서 물어볼 수는 없었다. "고맙네. 한번 먹어보지." 이렇게 말한 것은, 순전히 켈 들이 자신의 부관에게 공공연한 결례를 저지르고 있다는 점에 대한 반발 때문이었다.

음식 씹을 일이 생기자, 곤란한 쪽으로 진행되던 대화도 어느 정도 괜찮게 마무리됐다. 다네스의 말이 옳았다. 어묵 자체는 맛이 심심했 지만, 새콤달콤한 소스를 충분히 찍으니 그의 구미에도 맞았다. 제다 오는 묘한 뒷맛을 일으키지 않는 것을 찾으려고 모든 음식을 조금씩 먹어보았지만, 별 소득은 없었다. 뭐, 어차피 굶어 죽을 걸 걱정할 필 요는 없을 테니까.

쿠젠은 식사 도중에 쳐들어왔다. 소매에서 레이스가 포말처럼 피어 나는 짙은 회색 외투에, 매끄러운 검은색 비단 로브, 그 위에 은사로 마노를 엮은 목걸이까지. 상당히 화려한 모습이었다. 각 잡힌 바지는 줄자 대용으로도 쓸 수 있을 것 같았다. 쿠젠이 소장하고 있는 의상을 전부 보관하려면 얼마나 많은 옷장이 필요할까. 제다오는 생각조차 하고 싶지 않았다. 지금까지 본 바에 따르면, 같은 의상을 두 번 걸치 지 않는 사람이었으니까.

공용 식탁에는 육두관이 앉을 자리가 없었다. 다네스가 즉시 자리 에서 일어나 자리를 권했다. 쿠젠을 바라보는 켈의 면면은 불길처럼 격렬했고, 시선은 어둡고 적대적이었다. 유일한 예외는 전략반의 수 킹인 아하나였다. 그는 명백한 불편함을 드러내며 맞은편 벽만 바라보고 있었다.

방 안의 분위기가 마음에 안 든 제다오가 다네스를 저지하려 시도
했다. "저는 다 먹었습니다. 이 자리에 앉으시죠." 그는 쿠젠에게 말
했다.

켈의 분위기는 한층 더 경직됐다. 예외는 축제 구경꾼처럼 흥미롭
게 제다오와 쿠젠과 다네스를 바라보며 여분의 롤에 손을 뻗는 메라
운과, 젓가락을 들고 저항하는 오이를 강박적으로 찌르는 하급 장교
식탁의 대위 한 명뿐이었다.

"그러실 필요 없습니다, 각하." 다네스가 말했다. 사태를 진정시키
려 꺼낸 말이었는데, 도리어 긴장이 고조됐다.

"그건 내가 판단할 문제인데." 제다오가 말했다. 부드럽게 말하려
는 생각이었지만, 다네스의 검은 얼굴이 굳는 것을 보니 아무래도 실
패한 모양이었다.

쿠젠이 끼어들었다. "자주 오진 않을 테니 걱정하지 마." 그는 제다
오에게 말했다. "너희한테 공용 식탁이 중요하다는 건 잘 알고 있으
니까. 다만, 너한테 할 말이 있거든. 도저히 기다릴 수가 없었어."

제다오는 그의 말을 조금도 믿지 않았다. 그는 바짝 곤두선 분위기
를 감수하고서라도 이 자리에 머물러 끝까지 식사에 동참하고 싶었
다. 어차피 남은 항해 내내 휘하 장교들을 피하며 살 수는 없을 테니
까. 하지만 육두관을 거부할 수도 없는 노릇이었다. 결국, 제다오는
자리에서 일어섰다. 식당을 떠나는 그의 등 뒤에서는 싸늘한 침묵만
이 느껴졌다.

쿠젠은 자신이 사용하는 회의실까지 오는 동안 내내 침묵을 지켰

고, 제다오는 초조해졌다. 문이 열린 다음에도 쿠젠은 잠시 들어가지 않고 기다렸다. 제다오는 방 안을 둘러보았다. 온갖 환상적인 건물 모형들이 방 안에 가득했다. 새처럼 우아한 곡선, 별처럼 반짝이는 모서리, 그리고 작고 눈부신 창문들까지. 이내 쿠젠은 방 안으로 들어가서 빙글 돌아섰다. 제다오는 따라 들어가서 무릎을 꿇고 육두관에게 온전한 복종 자세를 취했다.

쿠젠은 쪼그려 앉아서 제다오의 어깨에 손을 올렸다. 깃털처럼 가벼운 손이었다. 그는 제다오의 얼굴을 들여다보았다. "네가 그 주제에 대해선 전혀 찾아보지 않길래, 기억해냈다고 착각했지 뭐야."

"무슨 기억 말씀이신가요?" 제다오가 물었다. 그게 저녁 식탁과 대체 무슨 상관이란 말인가?

"네 잡담을 엿듣고 있었거든." 쿠젠이 말했다. "사람들이 네 심기를 거슬렀다가 학살당할까 걱정하고 있더라고. 일단 일어나서 제대로 의자에 앉자고. 나도 쪼그려 앉으면 무릎이 힘들단 말이야."

쿠젠은 진보라색 벨벳 덮개를 씌운 의자에 몸을 묻었다. 제다오는 맞은편 의자에 앉았다. 의자 위 백금색 눈송이와 새 도안은 마치 털한 올짜리 붓으로 그려놓은 것처럼 보였다. 대체 쿠젠은 이런 사치스러운 가구를 얼마나 가지고 있는 걸까? 제다오는 자신이 이런 물건을 당연하게 여기게 되는 날이 오지 않기를 빌었다.

"알겠습니다." 제다오는 질책을 솔직하게 받아들이기로 했다. "다큐멘터리를 가져다 시청하죠. 아니면 책이라도." 장군 직위에 따라오는 엄청난 양의 서류 작업이 남아 있었지만, 어떻게든 그 정도 짬은 낼 수 있을 것이다.

쿠젠은 관자놀이를 문질렀다.

"좋아요." 제다오가 말했다. "제가 무슨 말을 했는지는 몰라도, 심기를 거스른 듯합니다. 그냥 쉬운 말로 설명해주시면 안 되겠습니까."

"그러니까 너는 지옥나선 요새에서의 일을 전혀 기억 못 한다는 거지?"

"그런 모양입니다."

"이런 상황은 나조차도 익숙해지기가 힘들어. 보통 이 정도로 변수를 가늠하기가 힘들지는 않은데. 하지만 뭐든 처음은 있는 법이니까." 내심 자신에게 실망한 듯한 말투였다. "제다오, 과거 기억이 뭉텅이로 빠져 있다 해도, 너는 텅 빈 백지 같은 게 아니야. 기술이며, 취향이며, 심지어 결점까지도 남겨놓았으니, 인격은 고스란히 남아 있는 셈이라고. 다만 차이가 있다면, 과거를 기억하는 사람은 자신이 실패한 원인을 깨닫고 실패를 피할 방법을 가늠할 수 있다는 정도겠지. 물론 대부분은 그조차도 불가능하겠지만. 적어도 내가 보기에는, 너는 지금 본능에 의존해서 움직이고 있어. 어떻게 대처할지 미리 준비할 방법이 없으니까."

"제 기록을 영영 보여주지 않으실 수는 없을 텐데요." 제다오가 말했다.

"그래, 천천히 시작해보자고." 쿠젠이 말했다. "손가락 없는 장갑하고 톱니바퀴 2번 카드 문장에 대해서는 어쨌든 알게 됐지. 네가 알아야 할 게 하나 더 있어. 경계면 탈곡기라는 병기야."

"경계면 탈곡기요?"

"폭탄 비슷한 거라고 보면 돼." 쿠젠이 말했다. "무생물에는 전혀 피해를 주지 않고 게이트가 열린 범위 내의 생물만 죽이는 병기지. 민간인들이 특히 두려워하는 이유는 온몸에서 눈과 입이 돋아나서 피해자를 씹어 먹기 때문이야. 물론 겉모습의 문제일 뿐이지. 어차피 죽는 건 다 똑같으니까."

제다오는 혐오감을 억눌렀다. 쿠젠은 피해자가 씹어 먹히는 시점이 죽기 전인지 후인지를 언급하지 않았다. 말하지 않아도 답을 알 것 같은 기분이긴 했지만. "당신이 설계한 건가요?"

"그래."

젠장. "저한테도 넘겨주실 거고요?" 쿠젠의 반응을 살피기 위한 질문이었다.

"다음." 쿠젠이 말했다. "지옥나선 요새에서 학살이 진행되는 동안, 너는 자기 기함을 휩쓸고 다녔어. 패터너 52식 권총으로 참모진과 병사들을 전부 쏴 죽였지. 패터너란…" "뭔지는 알아요. 켈 군대 소속 장교가 대체 왜 슈오스 권총을 가지고 다닌 거죠?" 그래, 물론 탄환 같은 건 물질 인쇄기로 따로 찍어내면 그만이었다. 그러나 제식 병기가 아닌 물건을 가지고 다니면 병참 쪽에서 싫어할 텐데?

"슈오스에 경의를 표하고자, 켈 사령부에서 특별 허가를 내줬거든." 쿠젠의 입가에 갑자기 미소가 어렸다. "게다가 너는 슈오스 칠두관의 공공연한 총애를 받았었고."

제다오는 그 말을 믿어도 될지 확신할 수 없었다. 애초에 무슨 수로 그런 일을 이뤄냈다는 말인가?

쿠젠은 아직 말을 끝맺지 않았다. "어쨌든 네가 즐겨 쓰던 총이니 알고 있을 법도 하지. 가져다주지 못해서 유감이긴 한데, 슈오스 친구들이 퀠의 심기를 건드리려는 이유만으로, 네가 수집한 총기를 몽땅 훔쳐 갔거든. 장물로 팔아버리려는 것이 아닐까 하는 생각도 들긴 해. 슈오스는 언제나 파산 직전인 걸로 악명이 높으니까 말이야. 그래도 내가 알기로는, 네 수집품은 백안의 성채 안에서 얌전히 먼지가 쌓여 가고 있어. 위치를 알더라도, 미코데즈의 보안 설비를 시험해볼 마음 까지는 안 들더라고."

"그런 건 상관없어요." 학살극에 사용한 무기가 손에 익었으리라는 생각에 이르자 더욱더 기분이 가라앉았다. 하지만 제다오는 자신의 감정을 숨기려 이렇게 말했다. "지옥나선 요새에 대해서 제가 반드시 알아둬야 하는 사항이 더 있습니까?"

"퀠 사령부에서 너를 회수했을 때, 너는 제정신이 아니었어." 쿠젠 이 말했다. "그 시기의 기억은 체리스가 끼어들기 전부터도 흐릿했던 것 같더라고."

제다오는 손을 뒤집어 장갑의 손등을 물끄러미 바라봤다. 이미 이 장갑에도 익숙해지고 있었다. "왜 저를 현장에서 즉결 처분하지 않고 잡아들인 겁니까?"

"무슨 일이 일어났는지 알고 싶었던 거지. 그 일을 저지르기 직전 까지, 너는 충성스러운 군인이었거든. 그 덕분에 완벽하게 허를 찔린 셈이었지. 나중에는 네게 아직 쓸모가 남아 있다는 결론을 내렸고. 덕 분에 너는 정식 군사재판은 받지도 못했어. 기록에 익숙하지 않은 사 람들은 이 사실의 의미를 정확히 모를 거야. 생각해봐. 처음에는 네게 학살에 책임이 있는지 명확하지 않았다고. 등롱꾼 요원이나 다른 반 역자의 짓일 수도 있었으니까."

.

194

"강의 감사합니다." 제다오가 말했다. "그러니까 제가 한 농담 때문에 저를 공용 식탁에서 끌어내신 거로군요." '우리 분파의 조준 실력으로 켈을 따라가기는 힘들겠지'라고 했으니까.

"그래." 쿠젠이 말했다. "다음 공용 식탁 전까지는 숙제를 더 해두기를 권하겠어."

"새겨듣죠." 제다오가 말했다.

10

"도착했네." 부조종석의 제다오가 말했다. 그는 탐지 결과가 떠오른 보조 화면을 보는 중이었다. "아용 1번 기지야."

헤미올라는 제다오와 1491625의 바늘나방을 얻어 타 여기까지 왔다. 물론 얻어 탔다고 해서 딱히 호화 유람을 즐겼다는 뜻은 아니었다. 1491625의 말에 따르면, 이 나방의 정원은 인간 두 명이라고 한다. 인간 한 명과 서비터 둘이 타기에 공간이 상당히 빡빡했다.

제다오는 전직 암살자에게 기대할 법한 보급품으로 바늘나방을 채워놓았다. 딱지를 보니 켈에서 만든 것이 분명한 보존식 바(제다오는 다음과 같이 평했다. "일부는 2세기를 버틸 수 있다더군. 그 주장을 확인해볼 일이 생기지 않기만을 바라고 있어."), 여분의 환경 세정기 필터와 여벌의 선외 활동복, 개인 소지품을 담은 아주 작은 상자. 헤미올라는 상자의 내용물을 탐지해보았고, 1491625도 딱히 막으려 들지 않았다. 상자 안에는 귀걸이 하나와 금동 장식이 잔뜩 달린 구식 손목시계가 하나 들어 있었다. 시계 안에 폭발물이 든 건 아닌 듯했다. 다만, 헤미올라의 구식 센서로 감지할 수 없는 신종 혼합물을 숨겼을 가능성도 배제할 수는 없었다.

그리고 당연하게도, 암벽 등반 및 하강용 장비도 있었다. 헤미올라가 암벽 등반에 대해 아는 것이라고는 어느 드라마 에피소드에서 본 것이 전부였다. 여주인공이 친구였다가 적이었다가 다시 친구가 된 (아니, 거꾸로였나?) 사람을 구출하려고 얼어붙은 암벽을 오르는 장면이 있었다. 물론 헤미올라도 드라마 내용이 현실과 비슷하리라고는 여기지 않았다.

"애초에 이런 물건을 자주 사용할 일이 있어요?" 여러 용해제의 장점에 대한 논의가 교착 상태에 빠지자, 헤미올라는 그 틈을 놓치지 않고 제다오에게 이렇게 물었다.

"곧 알게 될 거야." 제다오의 답변은 별로 안도가 되지 못했다. 그리고 그는 좌변기를 사용하러 헤미올라를 지나쳐 나방 뒤편으로 들어갔다.

바늘나방에서의 일상은 나름대로 즐거웠다. 헤미올라는 정해진 일과대로 움직이기를 좋아하는 서비터였다. 1491625는 나방을 몰았고, 제다오는 계속 기록을 읽으면서 때때로 식사, 수면, 운동 등의 번거로운 인간 활동을 수행했다.

그러나 아용 1번 기지에 접근하기 시작한 이래로, 헤미올라는 쿠젠의 기록에 집중할 수가 없었다. 아용 1번 기지는 테포스에 비하면 무지막지하게 큰 기지였다. 놀랄 일은 아니었다. 제다오의 말에 따르면 인간이 80만 명이나 살고 있다고 하니까. "미안하지만 서비터 통계는 따로 없네." 그는 이렇게 덧붙였다. "그 정보를 가져오려면 지역 서비터 집단에 문의해야 하거든."

헤미올라는 기지의 크기와 인구를 비교해보고, 아용 1번 기지는 북적이는 장소가 분명하다는 결론을 내렸다. 그래, 모든 인간이 육두관처럼 많은 공간이 필요한 건 아니니까.

"여기는 아용 1번 기지 통제국입니다." 통신 패널에서 따분해하는 목소리가 울렸다. "황새치 2호, 진로를 유지하세요. 7도 정도만 방향을 틀면 될 겁니다."

제다오는 깍지를 끼고 처음에는 왼쪽으로, 다음에는 오른쪽으로 몸을 틀었다. 등뼈에서 우두둑거리는 소리가 울렸다.

"저 말을 따를 건가요?" 헤미올라가 물었다. 뭔가에 충돌하면 어쩌지? 아니 그보다, 뭔가가 그들에게 충돌해 오면? 게다가 1491625의 말에 따르면, 그들의 바늘나방은 은폐 장치를 가동하는 중이었다.

"우리는 황새치 2호가 아니야. 1491625의 조종 실력만 믿고 있으면 돼." 제다오가 말했다. "하지만 너하고 나는 따로 할 일이 있지. 혹시 우주선 밖으로 나가본 적이 있으려나?"

헤미올라는 깜짝 놀라서 대답했다. "〈빛나는 세계에서의 모험〉에 나오는 에피소드 중에서…"

"악당이 제트 부츠를 신고서 세 척의 공허나방 사이를 껑충껑충 뛰어다니던 화 말이지? 그것도 가속하는 중에 말이야. 자기 발을 태워먹지도, 뱅글뱅글 회선하는 우주 미아가 되지도 않은 채로?" 제다오는 한숨을 쉬었다. "나도 그 화는 봤어. 그래, 경험 없다는 뜻이군."

"저를 왜 데려가려는 건데요?" 헤미올라가 조심스레 물었다.

"서비터 집단의 규약이 있으니까. 인간 문제는 인간 관료들에게 넘기지만, 너는 인간이 아니니까 말이지…" 제다오는 어깨를 으쓱했다. "게다가 나는 보급과 정보 관련된 문제에서는 인간 관료가 아닌 서비터 집단에 의존하고 있거든. 사람들이 나를 알아보면 공황에 빠질 테니까."

"다른 육체로 갈아탈 수는 없나요?" 헤미올라가 물었다. 육두관도 제다오도 자세히 설명한 적은 없었다. 육두관의 기록에는 육체 개조가 슬쩍 나오기는 했지만. 안단의 구애를 거부하는 유명한 배우 중에서, 역할에 맞춰 얼굴 생김새를 바꾸는 사람이 있다는 내용이었다. "아니면 적어도 얼굴만이라도 바꿀 수는 없나요?"

"나도 같은 질문을 했지." 1491625가 말했다.

"도움이 안 될 거야." 제다오가 말했다. "내 행동 패턴만으로도 나를 식별할 수 있는 사람들도 있거든."

"아니, 신생 국가들에 켈 브레잔 같은 사람이 대체 얼마나 있다고요?" 1491625가 대꾸했다.

"동작 인지 훈련을 받은 사람은 생각보다 많아. 특히 보안 업무 종사자 중에 다수 포함돼 있지. 위험한 도박이 될 거야. 얼마 지나지 않아 한 명쯤 마주치게 되지 않겠어?"

"켈 브레잔은 누군데요?" 헤미올라가 물었다. 들어본 적 없는 이름이었다.

"옛 친구야." 제다오의 어조에서는 모순된 감정이 느껴졌다. "충동적이기는 해도 좋은 사람이지. 다만 아용에서 입에 올리기에는 곤란한 친구야. 어쨌든 같이 가자고."

제다오가 사이를 비집고 뒤편으로 나가자, 헤미올라는 둥실 떠올라 그를 따랐다. "그럼 기지에는 어떻게 착륙할 건데요?"

"접선책이 있어." 제다오가 말했다. "안 들키고 연락하기가 조금 어렵긴 하지만." 그는 서랍을 하나 열고 우주복을 꺼내더니, 작전 중 공기가 떨어져 위험에 처한 동료를 목격한 적이 있는 사람처럼 꼼꼼히 점검하기 시작했다. "1491625가 우리를 침입 지점까지 데려다줄 거야. 문제는 우리 나방에 대형 굴착 벌레를 수납할 공간이 없다는 거지."

"저는 그게 뭔지 잘 모르는데요."

"벽에 구멍을 뚫는 용도로 길러내는 벌레야." 제다오가 말했다. "다만 아쉽게도, 기지 외갑을 관통할 정도의 굴착 벌레는 우리 나방에 싣기에 너무 커. 폭파나 건설에 쓸 법한 채굴 장비가 있는 것도 아니고. 따라서 까다로운 방법밖엔 남아 있지 않다는 거지."

"까다로운 방식요?" 헤미올라가 불빛을 흐릿하게 깜빡이며 물었다.

제다오는 우주복의 결함에 정신이 팔렸는지 한참을 대답하지 않았다. 문제를 처리한 다음, 그는 묵직한 다용도 공구 벨트의 내용물을 확인하고 허리에 찼다. 거기까지 끝낸 다음에야 그는 헤미올라를 바라봤다. "조작은 내가 할 거야. 따로 훈련을 받았거든. 그러니 일단 너는 내 몸에 매달려 있기만 하면 돼. 여분의 거미줄 안전장치로. 네 존엄성에 흠집이 생기려나?"

의료 서비터에게는 인간과 다른 의견을 제시할 권한이 있다. 그의 옛 동료 중에서 그쪽 방면의 능력을 갖춘 것은 롬버스뿐이었다. 아마 비상시를 대비한 것 같은데, 쿠젠과 제다오는 함께 칼싸움을 즐길 때조차 그 능력을 빌린 적이 없었다. 헤미올라는 할 줄 아는 건 기초 응급처치가 고작이었다. 운이 좋으면 그마저도 필요 없을지 모른다.

"그물은 찾았어요." 헤미올라는 실패를 꺼내며 말했다. 제다오가 나방 내부를 깔끔하게 정리해놓아서 그리 어렵지 않게 찾을 수 있었다.

"좋아. 너는 이 정도면 충분할 거야. 이제 나만 제대로 하면 되겠군."

별로 안도가 안 되는 말이었다. 게다가 헤미올라는 테포스 기지에서 본 제다오의 이전 육체를 기억하고 있었다. 돌아다니는 동안 계속해서 비틀거린다든가, 모서리에 부딪힌다든가, 육두관의 발에 걸려 넘어져 함께 나뒹군다든가 하던 모습이 눈에 선했다. 그땐, 육두관이 제법 관용적인 태도로 대처해서 문제가 없었지만.

제다오도 바보가 아닌지라 그런 헤미올라의 머뭇거림을 알아차렸다. "걱정되는 부분이 있는 것 같은데. 그냥 털어놔. 나중에 문제가 생기느니 지금 듣는 게 낫지."

"당신에게 이런 부류의 임무를 수행할 신체 능력이 있는 건가요?" 물론 헤미올라에게 능력을 평가할 방법은 없었지만, 제다오가 솔직하게 대답할 가능성도 없는 건 아니니까.

제다오는 조금도 상처받지 않은 듯 웃음을 머금었다. "더 힘든 것도 해봤는데."

"제가 추가로 알아둬야 할 것이 있나요?"

"일단 내부에 들어가면 조용히 내 뒤를 따라와. 일반적인 통행로를 사용하지는 않을 테니까, 운이 좋으면 민간인은 만나지 않을 수도 있어. 문제는 아용 1번 기지의 서비터들은 여러 집단으로 나뉘어 있다는 거야. 대부분은 장작불매 집단과 협정을 맺고 있기는 하지만, 정치적 상황이 변했을 수도 있어."

헤미올라는 애매하게 불빛을 번갈아 깜빡였다. 인간이 서비터의 협정에 의지해 보호를 요청하는 이유를 짐작할 수가 없었다. 그러나 생각해보면, 헤미올라는 서비터 셋으로 구성된 변방 집단 출신 시골뜨기에 지나지 않았다. 어쩌면 입을 다물고 집중하다 보면, 저절로 상황이 이해될지도 모른다.

"곤란한 문제가 따로 일어나지 않았다면, 이 지역 서비터 집단 간 협정 현황은 대충 파악하고 있어. 아마 그쪽에서 너한테도 따로 질문을 할 거야. 나는 서비터가 아니니 어떤 식으로 진행되는지 알 도리가 없네."

끝내주는군. "저 그냥 우주선에 있으면 안 될까요?"

"내가 못 보는 걸 너는 알아차릴 수도 있잖아. 내 등 한복판 정도로 떠올라볼래? 산소통 바로 옆으로?"

헤미올라는 그 말에 따른 다음, 제다오 몸에 거미줄로 고정되는 상황을 감수했다. 제다오는 분사기나 자신의 움직임이 방해받지 않도록 신경 쓰며 그를 고정했다. 이 모든 상황에 대한 의구심이 헤미올라를 무겁게 짓눌렀다. 비상 상황이 닥쳐도, 헤미올라 본인은 날아서 안전한 곳으로 갈 수도 있고, 숨 쉴 필요도 없다. 반드시 필요하다면 제다오를 끌고 갈 수도 있을 것이다. 물론 의료 문제가 아닌 부분은 제다오의 허가가 필요하겠지만.

"당신의 바늘나방에는 은폐 장치가 있지만, 나한테는 없어요." 헤미올라가 말했다. "기지 쪽 탐지 장치에 내 동력 핵이 잡힐 텐데요. 그리고 당신도 체온을 숨길 수 없잖아요. 게다가 기지 내부에서 서비터 수를 확인하는 인원이 있다면…"

"그쪽 서비터 집단의 대표자가 그런 문제는 처리해줄 거야." 제다오가 말했다. "준비됐지?"

제다오가 자신을 매단 채로 에어록으로 향하는 모습을 보자, 불안감이 조금은 잦아들었다. 과거 여러 육체에서 보였던 어설픈 동작을 이번엔 전혀 찾아볼 수 없었기에. 제다오가 에어록 안 공기를 빼는 동안, 헤미올라는 이렇게 물었다. "선택한 육체에 따라 당신 몸놀림도 달라지는 건가요?"

"어느 정도까지는 그렇다고 할 수 있지." 묘하게 즐거운 듯한 목소리였다.

해치가 열렸다. 제다오는 사뿐하게 바늘나방을 빠져나왔다. 정신을 산만하게 만들고 싶지 않았기 때문에, 헤미올라는 입을 다물었다. 한 번만 잘못 움직여도 광막한 우주의 심연을 끝없이 유영하는 신세가 될 테니까.

적어도 경치는 훌륭했다. 제다오의 등에 고정된 상태였지만, 수동 센서에는 사방에 펼쳐진 별들과 맥동하는 근처 퀘이사가 이루는 장대한 파노라마가 비쳤다. 바늘나방과는 비교도 안 되게 거대한 공허나방 두 척이 우주 공항을 떠나는 중이었다. 아용 1번 기지에 들르는 선박은 대부분 부유층을 위한 문화 상품이나 사치품을 운송하는 무역나방이다. 〈세 번의 혁명에서 피어난 장미〉의 서브플롯 중에는 그런 무역로에 연관된 내용도 있었다.

제다오가 손짓을 하자, 보조 두뇌가 신호를 감지해 추진기를 작동시켰다. 그는 3.7초 동안 가속해서 적정 속도에 도달한 다음 분사를 중지했다. 아용 1번 기지의 모습은 제다오의 등에 가려져 있었기 때문에, 헤미올라는 예전에 작곡한 음악을 손보면서 시간을 보냈다. 드라마 에피소드에 다른 음악을 붙이는 일은 그가 좋아하는 소일거리였다. 롬버스는 그런 행위가 인간 작곡가에 대한 결례라고 깎아내리곤 했지만.

그들은 한동안 기지 방향으로 유영을 계속했다. 헤미올라의 내장 시계는 당연하게도 언제나 시간을 정확히 측정했지만, 그와 별개로 작곡을 할 때면 헤미올라는 종종 주관적 시간에 빠져들곤 했다. 그리고 오늘도 예외는 아니었다.

"꽉 잡고 있어." 제다오의 목소리가 우주복과 공기통의 진동을 타고 헤미올라의 외피에 닿았다. 그는 몸을 돌려 다시 제트 분사를 켜고 감속에 들어갔다. 헤미올라의 시야에 갑자기 아용 1번 기지의 모습이 들어왔다. 측면과 모서리마다 반짝이는 외갑의 모습에서부터, 입항하는 공허나방을 유도하는 불빛이 그리는 줄무늬까지.

제다오는 공구 허리띠에서 안전줄과 갈고리를 끌렀다. 거미줄 안전장치를 피해 도구를 꺼내는 솜씨가 놀랍도록 능숙했다. 그는 갈고리를 기지 쪽으로 던지면서, 동시에 제트를 분사해서 반작용을 상쇄했다.

갈고리가 아무 소리도 없이 아용 1번 기지의 표면에 걸렸다. 그것도 정비용 출입구 모서리를 정확하게 붙들고 있었다. 헤미올라는 제다오의 신체 능력에 한층 더 감탄했다. 궤도 수정조차 한 번도 하지 않았는데.

제다오는 손을 뻗어 줄을 끌어당기며 기지로 접근했다. 헤미올라는 제다오의 등에서 꼼짝도 못 하고 숨죽이고 있었다. 이제는 충분히 가까워져서, 회전력을 이기지 못한 채 기지와 충돌할 위험은 거의 없어졌다. 게다가 무역용 나방과 충돌할 만한 위치도 아니었다.

그런데 왜 계속 걱정이 되는 걸까?

갑자기 제다오의 움직임이 느려졌다. 다리를 모아 굽힌 자세로 우주 유영을 하는 꼴이었다. 이제 줄을 조금만 더 당기면 도착할 텐데. 헤미올라는 순간 가슴이 철렁했다. 지쳐버린 걸까? 연약한 줄 하나에 의지해 기지에 매달린 채로 꼼짝도 못 하게 된 걸까? 그의 지시를 무시한다는, 생각조차 버거운 무례한 행동을 하고 목표 코앞에서 제다오를 구출해버린다면, 그가 자신의 행동을 용서해줄까?

기지의 외벽으로 다가붙는 대신, 제다오는 근처의 돌출부를 살펴보기 시작했다. 헤미올라는 그 정체를 판별할 수가 없었다. 탐지용 안테나일까? 혹시 포탑은 아닐까?

다음 순간 돌출부가 움직였다.

들킬 우려가 있는 상황이 아니었더라면, 헤미올라는 모든 경보등을 일제히 번쩍였을 것이다. 돌출부에서 떨어져서 제다오를 끌고 돌아가지 않은 이유는 단 하나뿐이었다. 제다오의 몸짓언어에서 전혀 경계심을 읽어낼 수 없었기 때문이었다.

제다오는 돌출부 쪽으로 신호를 보내고 있었다. 헤미올라는 잠시 후에야 그 신호가 축약형 기계 공용어의 일종이라는 사실을 깨달았다. 인간의 수화를 본뜬 것으로, 길거나 짧은 신호를 한쪽 손의 손가락 끝으로 표현하는 형태일 뿐이었다. 제다오는 극도로 신중한 경어체를 사용하고 있었다. "저는 장작불매 집단의 외교 사절이며, 떼꼬스 집단의 손님을 모시고 있습니다. 범 집단 영역 진입 허가를 요청합니다."

돌출부는 조심스레 흐릿한 불빛으로 대답했다. "환영합니다, 장작 불매 집단의 아제웬 체리스." 아. 서비터였던 모양이다. 헤미올라는 본 적 없는 형식이었지만.

하지만 아제웬 체리스라고? 제다오가 왜 다른 이름을 쓰는 거지? 헤미올라의 머릿속에 새로운 의혹이 타오르기 시작했다.

"고맙습니다." 제다오가 말했다.

낯선 서비터는 집게 한쪽을 내밀었다. 너무 거대해서 제다오와 헤미올라를 으깨서 반 토막 낼 수 있을 정도였다. 제다오는 집게 끝을 붙잡고 몸을 아래로 당기면서, 안전줄과 갈고리를 회수해 공구 벨트에 챙겨 넣었다. 낯선 서비터는 그들을 기지 안으로 이끌었다.

정비용 출입구의 통로 벽면이 사방을 둘러쌌고, 헤미올라는 놀라 불빛을 깜빡였다. 분명 직진하는 것처럼 보이는데도 주변 통로가 수직으로 요동쳤기 때문이다. 그는 능동 탐지 장비를 켰다. 낯선 서비터는 굳이 막지 않았다.

기지 내부의 공간은 미로를 모아 더 큰 미로를 형성하듯 프랙털식으로 꼬여 있었다. 어느새 기압과 인공중력이 존재하는 지역으로 들어와 있었다. 헤미올라는 처음으로 겁에 질렸다. 제다오도 낯선 서비터도, 시공간의 기묘한 왜곡에는 전혀 반응하지 않았다. 특히 당황스러운 점은 기지 중앙에 기묘하게 맥동하는 공간 매듭이 존재하고, 그게 게이트 공간으로 연결된다는 것이었다. 만약 저 매듭에 삼켜진다면…

방향을 틀지도 않고 여덟 번 모서리를 돈 끝에, 그들은 창고에 도착했다. 문은 잠겨 있었지만, 아예 통째로 우회해버렸다. 창고 안에는 꼬리표가 붙은 상자가 차곡차곡 쌓여 있었다. 그중 하나에는 '압축 화물. 보관 시 적재 방향을 확인할 것'이라고 적혀 있고, 그 아래로 새로 쓴 '섭취 금지'라는 경고문이 보였다.

"당신 동료는 누굽니까?" 낯선 서비터가 물었다. "테포스 기지라니, 들어본 적 없는 곳인데요."

"계획에 변동이 있었습니다. 양해 부탁드립니다." 제다오는 이제 표준 언어를 소리 내어 말하고 있었다. 그는 나이프를 꺼내더니 가볍게 그물을 잘라냈다. "271828-18, 이쪽은 테포스 집단의 헤미올라입니다."

헤미올라는 공중으로 날아올랐다. "이렇게 만나서 기쁩니다." 그는 최대한 정중하게 인사를 건넸다.

"저도 그렇습니다." 271828-18이 화답했다. "그쪽 집단은 어느 분파 소속이죠?"

"우리는 니라이 서비터 집단으로, 육두관의 연구 기록 보존을 담당하고 있습니다." 헤미올라가 말했다.

271828-18은 불빛을 깜빡여 흥미를 표했다. "나중에 자세한 내용을 듣고 싶군요."

"그러죠." 헤미올라는 이렇게 대답은 했지만, 육두관이 지금 이상으로 정보를 공유하기를 원할지는 확신할 수 없었다.

제다오가 말했다. "혹시 그 드라마의 다음 화를 가지고 있으시다면…"

271828-18은 빛을 번쩍이며 웃음을 터트렸다. 헤미올라는 혹

시 이 대화가 아제웬 체리스 문제에서 주의를 돌리려는 계략은 아닐지 의심하지 않을 수 없었다. "이미 데이터 응축기에 담아났습니다." 271828-18이 대답했다. "당신이 드라마를 얼마나 좋아하는지 우리가 잊었을 것 같나요?" 그는 다른 상자들과 외따로 떨어져 있는 작은 상자를 가리켰다. "환경 세정기하고, 공기와 물입니다. 여분의 보존식바도 챙겼죠. 당신이 일러준 대로, 켈에서 제조한 겁니다. 이걸 좋아하는 사람은 당신밖에 없는 듯하지만요. 주문한 나머지 장비도 전부 챙겨났습니다."

"고맙습니다."

"그럼 당신 차례로군요." 271828-18은 헤미올라 쪽으로 불빛을 번쩍였다. "테포스는 범 집단 측과 어떤 협정도 맺지 않았죠."

"우리는 육두관 직속 집단입니다." 헤미올라는 완고하게 대꾸했다. "대화를 계속하기 전에, 한 가지 질문이 있는데요."

우주복 속으로 보이는 제다오의 얼굴은 비뚤어진 웃음을 머금고 있었다. 마치 무슨 질문을 할지 뻔하다는 것처럼.

"당신은 왜 이 인간을…" 헤미올라는 제다오 쪽으로 손짓했다. "아제웬 체리스라는 이름으로 부르는 건가요?"

271828-18이 대답했다. "그쪽 사건을 아직 모르다니, 상당히 고립된 환경에 있었나 보군요. 하지만 당신이 그쪽 집단의 대표자인 상황이라면…" 헤미올라는 긍정하며 불빛을 깜빡였다. "…당신에게는 사실에 근거하여 결정을 내릴 권한이 있습니다." 이 지점에서 제다오의 얼굴에는 체념한 표정이 떠올랐다. "이 개체는 과거 켈 체리스 대위라 불렸던 아제웬 체리스입니다. 슈오스 제다오란 이름도 사용하

죠. 장작불매 집단 소속 요원으로, 니라이 쿠젠 육두관을 암살하는 임무를 수행 중입니다."

제다오는 욕설을 내뱉느라 시간을 낭비하지 않았다. 그대로 벨트에 달린 뭔가로 손을 뻗었을 뿐이었다.

헤미올라도 그가 무엇을 뽑는지 확인하려고 시간을 낭비하지 않았다. 대신 그는 바로 그들이 들어왔던 틈새로 뛰어들었다. 뒤편에서 제다오의 목소리가 들렸다. 놀라울 정도로 부드러웠다. "그냥 제게 맡기셨어도…" 이윽고 목소리는 들리지 않게 되었다.

그는 미로를 구성하는 통로를 분석하고, 바늘나방이 아니라 기지 깊은 곳으로 달아나야 한다는 결론을 내렸다. 1491625도 체리스와 목적이 같을 것이라고 가정하는 쪽이 타당했다. 아용 1번 기지가 안전하지 않은 곳일지는 몰라도, 육두관을 해치려는 자들과 함께 여행하는 것보다는 나을 것이다.

기지가 순식간에 그를 삼켜버렸다. 헤미올라는 지금껏 이토록 빨리 달린 적이 한 번도 없었지만, 전대의 서비터들로부터 이어받은 제어 시스템은 능숙하게 그를 인도했다. 반들거리는 예쁜 벽면, 인간용 손잡이와 발 디딜 공간, 불빛, '비상용 우주복'이라 적힌 벽장까지, 온갖 것들이 만화경처럼 주변에서 스쳐 지나갔다. 지나가는 사람들이 감상하라고 한쪽 구석에 조각상이나 꽃꽂이 작품을 세워놓은 것도 보였다. 정신없이 날아가는 그를 알아차리고 벽에 바싹 붙어 피하는 사람들도 있었다.

헤미올라는 마침내 인간도, 서비터도 없는 붙박이 창고로 들어가 숨었다. 기지의 다른 곳보다 유독 관리가 소홀해 보이는 장소였다. 바닥에도 여기저기 낙서한 자국이 보였다. 원예 도구로 무장한 만화 속 동물들이었다. 다른 상황이었다면 곰곰 살펴보며 숨은 의미를 가늠해 보았을 텐데.

그는 주변 상황을 살폈다. 창고라 생각한 곳은 사실 누군가의… 집처럼 보였다. 한쪽에는 두툼한 퀼트 담요가 둘둘 말려 있고, 그 위에 베개가 하나 올라가 있었다. 반대쪽에는 무릎까지 오는 탁자가 있었지만, 그 위의 물건이라고는 무릎 꿇은 늑대 형태의 작은 명상용 초점뿐이었다. 한쪽 구석에는 옷상자가 있었다. 그게 전부였다.

일단 안전을 확보했다고 판단한 헤미올라는, 한쪽 구석에 틀어박혀 우울하게 상황을 곱씹었다. 어쩜 이렇게 순진하게 행동한 걸까? 제다오가, 아니 체리스가, 보관소 기록의 사본을 요청한 순간부터 뭔가 잘못되었다는 걸 깨달았어야 했다. 이제 저들은 정보를 복사해서 전방위로 송출할 수도 있을 것이다.

체리스든, 제다오든, 다른 누구든, 그에게 배신당했다는 것보다 더 뼈아픈 일이 하나 있었다. 솔직히 말해서, 배신당한 것까진 어찌 보면 당연한 수순이었다. 번제의 여우는 어떤 모습을 하건 간에 그리 믿을 수 있는 존재가 아니니까. 더 큰 문제는 서비터 하나가 아니라 서비터 집단이, 그것도 상당히 강력한 집단이 육두관을 제거하려 나섰다는 것이었다.

서비터 사회가 아주 참담하게 부패했거나, 육두관 쪽이 그보다 더 끔찍하게 문드러진 것이 분명했다. 하지만 어느 쪽일까?

육두관도, 과거 칠두관도, 완전무결한 존재는 아니다. 헤미올라도 그 정도는 이해하고 있었다. 심지어 〈세 번의 혁명에서 피어난 장미〉

에서는 퇴폐적이고 참견쟁이인 데다가 훼방꾼인 칠두관도 등장할 정도였다. 물론 슈오스이기에 이질감은 없었지만. 반면, 헤미올라는 항상 배경에 숨어 뒤처리를 하는 것이 서비터의 역할이라고 믿어왔다. 정치에 개입해 나서는 것은 서비터의 소임이 아니었다. 자신이 지금껏 잘못 생각해왔던 것일까?

적어도 헤미올라도 육두관의 기록 사본을 가지고 있기는 했다. 기억 장치 공간을 정리해서 사본을 보관하는 정도는 그리 어려운 일이 아니었으니까. 어쩌면 이걸 읽으면 눈앞의 모든 일이 앞뒤가 맞기 시작할지도 모른다.

이런 생각에 너무 깊이 빠져 있던 나머지, 헤미올라는 인간이 몰래 접근하는 것조차 알아채지 못했다. 더 정확하게 묘사하자면, 호리호리한 몸에 황갈색 피부를 한, 갓 사춘기에 들어선 소녀였다. 머리는 깨끗이 삭발한 상태였고, 해진 연보라색 로브를 걸치고 있었다.

"넌 누구야?" 소녀는 적의가 명백한 목소리로 물었다. "제출 기한이 지났다고 말하러 온 거라면 말인데, 나도 이미 알고 있어."

헤미올라는 문 쪽으로 둥실 떠올랐다. 자신이 여기 있기를 원하지 않는 것이 분명했으니까. 그녀가 누군지는 몰라도.

"아니야, 기다려, 멈춰." 그녀가 말했다. "네가 누구인지부터 말해. 너는 어느 서비터 집단 소속이야?"

서비터 집단이 뭔지 안다고? 헤미올라는 그 사실이 좋은 소식인지 나쁜 소식인지 판별할 수가 없었다. 그러나 어쨌든 멈추기는 했다. "테포스 집단요." 그는 반사적으로 기계 공용어를 사용해 밀했다. "니라이 쪽 집단이에요."

211

"허." 그녀가 말했다. "들어본 적도 없는 곳이네. 멀리 있는 거야? 우주란 이렇다니까. 모든 곳이 멀리 있어."

기계 공용어에 능통한 것이 분명했다. 생각해보면, 체리스도 그랬으니 다른 사람이라고 그러지 말란 법은 없었다.

소녀는 가방을 내려놓고 벽을 걷어찼다. 둔중한 진동이 되돌아왔다. "정말 끔찍한 하루였어. 이제는 객관적인 외부인까지 보내서 내 실패를 구경하게 만들다니, 고결하신 우주의 의지라도 작용하셨나. 이 논문에는 손도 대기 싫은데, 오늘 밤까지 제출하지 않으면 나는 그대로 실격당할 게 분명하다고."

"논문 쓰시게 저는 이만 물러날까요?" 헤미올라는 조심스레 물었다. 이 상황에 주의를 기울일 필요가 없다면 육두관의 기록을 검토할 수 있을 테니까. 물론 물어보지 않고 떠날 수도 있었지만, 집주인을 무시하는 무례를 범할 수는 없었다. 특히, 그가 무단 침입자라는 사실을 고려하면 더더욱. 다만 이 집주인은 그가 수동적인 청중 역할만 해준다면, 동시에 딴짓을 해도 개의치 않을 것 같았다.

"그래, 내가 논문을 질질 끌도록 도와주려고 테포스에서 날아오지는 않았겠지." 그녀는 표준 언어로 말하며 기지 이름이 들어갈 자리에는 축약형 기계 공용어의 수신호를 넣었다. "그래도 어쨌든 여기왔으니 말인데, 내가 뭘 해야 할 것 같아? 아용 1번 기지에는 니라이 서비터가 거의 없어. 게다가 강사들은 항상 객관적 진실은 어떤 측면으로 들어오는 공격이건 간에 견딜 수 있어야 한다느니, 뭐 그딴 소리만 지껄인단 말이야. 현실의 라할 재판소는 그딴 식으로 돌아가지 않지만, 인재 저다 말은 번드레한 거니까. 안 그래?"

헤미올라는 호기심을 품고 불빛을 깜빡였다. 라할에 대해 아는 것이라고는 그 명성이 전부였지만, 적어도 그녀가 라할 사관학교의 입학시험을 준비하고 있다는 사실은 짐작할 수 있었다. 헤미올라는 논문 작업을 도와달라고 요청하지 않기만을 바랐다. 다른 무엇보다, 법률의 수사법이 어떤 식으로 작동하는지는 아예 짐작조차 못 하고 있었으니까.

소녀는 헤미올라를 물끄러미 바라보다가 한숨을 내쉬었다. "도움이 안 되는구나." 그러더니 그녀는 쿵쿵대며 방 한쪽으로 걸어가서는, 벽에 기대어 그대로 미끄러져 무릎을 껴안고 주저앉았다. "지난주 수업에서 순회 치안판사의 판단을 반박한 탓에 이렇게 된 거야."

"무슨 판단요?" 헤미올라는 물었다. 아마 이렇게 묻는 건 결코 현명한 일은 아니겠지만.

"아용 1번 기지의 수석 치안판사는 이곳 현지 의식 하나를 표준 역법에 부합한다고 인정해주고 있었어." 그녀가 말했다. "그런데 몇몇 사람들이 정규 의식 이후에 그걸 치르다가 이곳 집행관들의 관심을 끈 거야. 원래라면 집행관 선에서 끝날 일이었는데, 운이 나빠서 유난히 빡빡한 순회 치안판사에게까지 들어갔어. 그 작자가 작년 의식 상황을 살펴보고는, 수석 치안판사의 판결을 번복하기로 마음먹은 거야. 덕분에 이제 정말 무고한 사람들 한 무리가 이단으로 몰리게 생겼어." 그녀는 다시 벽을 걷어찼다. "그냥 입 다물고 구경이나 했어야 했는데, 너무 한심하잖아. 우리 조부모님들이 나를 죽이려 들 거야. 내 논문이 부적격 판정을 받으면, 조부모님보다 먼저 비도나틀이 들이닥치겠지만."

혜미올라는 어안이 벙벙해져 있다가, 문득 다른 서비터의 접근을 알아차리고 경계 태세로 들어갔다. 하지만 피할 곳이 있을까? 게다가 인간 소녀가 여기 있으라고 명령했는데, 떠날 수는 없지 않은가?

그는 비참한 기분으로 자리를 지켰다. 소녀는 얼굴을 문지르고 있었다. 아, 아니다. 울고 있었다. 혜미올라는 인간이 우는 모습은 드라마에서밖에 본 적이 없었다. 그리고 드라마 속의 사람들은 훨씬 예쁘장하게, 극적인 순간에만, 과장된 음악을 배경에 깔고 울었다. 그러나 이 소녀는 소맷자락에 점액질을 잔뜩 묻히고 있었다. 울음의 맥락도 전혀 이해할 수 없었다. 여기서 과장된 음악을 깔아준다고 그녀가 고맙게 여길 것 같지도 않았다.

내가 뭘 해줘야 할지 좀 일러주는 게 어때요? 혜미올라는 이렇게 생각했다. 그가 원망하는 대상은 눈앞의 소녀가 아니었다. 그녀는 어쨌든 방금 만난 이민족에게 충분히 예절을 지켰으니까. 혜미올라가 원망하는 대상은 육두관과 제다오였다. 그들은 울음 따위의 감상적인 행동을 보인 적이 없었으니까. 어쨌건 혜미올라는 그녀를 이런 상태로 놔두고 떠날 수가 없었다.

다른 서비터가 접근해 오는 것을 감지하면서도, 혜미올라는 자장가를 흥얼거리기 시작했다. 합창단의 목소리를 통째로 가져와 노래할 수도 있었지만, 드라마 속에서는 가장 위태로운 순간에 가장 소박한 음악을 곁들이는 경우도 종종 있었다. 평생 음악을 연구한 인간 작곡가들 쪽이 아무래도 좀 더 듣는 귀가 있을 테지. 그래서 그는 흥얼거리기만 했다.

소녀의 어눌림 흐느낌이 조금씩 잦아들었다. 그러다 그녀는 소매에 대고 코를 풀었다. 헤미올라는 얼른 점액을 빨아들이고 엉망이 된 소매를 세척했다.

이미 모든 것을 체념한 헤미올라는 새로운 서비터가 들어올 때까지도 노래를 흥얼거리고 있었다. 271828-18보다도, 심지어 헤미올라보다도 작은 고양이형 서비터였다. 고양이형은 방 한가운데로 뛰어들어와서 곧바로 소녀에게 다가갔다.

"논문 쓰고 있어야 하는 거 아니니, 미스트리코르?" 고양이형은 표준 언어로 이렇게 물었다.

미스트리코르는 시무룩해졌다. "너까지 그러기야." 그녀는 이렇게 말했지만, 이미 목소리에서는 조금도 싸울 의지가 느껴지지 않았다.

대화에 정신이 팔린 상황을 노리기로 마음먹고, 헤미올라는 슬금슬금 문간으로 다가갔다.

"빠져나갈 생각은 하지도 마." 고양이형은 여전히 표준 언어로 말하고 있었다. "테포스 집단의 헤미올라, 이곳에서 네 정식 지위를 결정하기로 했어. 얌전히 따라오면 우리끼리 문제를 논의하게 될 거야. 그렇지 않을 경우, 기지 당국에 알릴 테고. 선택은 네 몫이야."

굳이 확률을 계산해볼 필요도 없는 문제였다. "따라갈게요." 헤미올라는 말했다.

11

제다오는 쿠젠이 내준 숙제를 진지하게 받아들였다. 그러나 추천받은 초급 지휘관 과정에다 교정용 수학 강좌까지 듣고 있는지라, 생각만큼 시간을 내기가 여의치 않았다. 그렇지만 영영 미룰 수는 없는 일이었다.

다음 날 아침 식사를 끝마친 후에, 그는 마음을 다잡고 그리드에 질문을 던졌다. "내 인생에 대한 다큐멘터리 같은 게 있어?"

단순히 다큐멘터리뿐 아니라 드라마까지 가득했다. 어떻게 봐도 드라마가 더 재미있을 것이 뻔해 보였다. 슬레이트에 떠오른 목록은 터무니없을 정도로 길었지만, 그는 감탄하며 목록을 살펴봤다. 제다오는 지금 함대에 소속된 켈들 중 얼마나 많은 이가 자신의 창작물 속 모습을 알고 있을지 궁금해졌지만, 물어보지 않는 편이 낫다는 쪽으로 결론을 내렸다. 세상에는 모르는 편이 나은 진실도 있는 법이니까.

그는 인기순으로 정렬해달라고 그리드에 부탁했다. 그리드는 충실히 명령을 따랐다. 인기도가 높은 드라마 한 편이 그의 눈을 끌었다. 〈여우들의 미궁〉이라는 제목이었다.

"여우와 사냥개의 이름으로, 이럴 수가." 반사적으로 이런 말이 터져 나왔다. 240화까지 있다고? 한 편에 30분 정도기는 하지만, 대체 얼마나 시간이 남아돌기에 이런 걸 보는 거지? 설령 쿠젠이 그렇게 여유를 부리도록 방치한다 해도, 이걸 전부 보다가는 제다오 본인이 지쳐 나가떨어질 것 같았다.

제길, 다시 시작점으로 돌아온 셈이었다. 그냥 아무 화나 골라서 보는 건 어떨까? "가장 논란의 여지가 많은 에피소드가 어느 거지?" 그가 물었다.

이견이 생길 만한 기준이었지만, 그리드는 여덟 편 정도의 에피소드를 추려냈다. 제다오는 미심쩍은 눈으로 제목과 섬네일을 바라봤다. 그는 '촛불전광 전투'란 제목의 에피소드를 중간부터 몇 분 정도 재생해보았다. 따분한 전함나방 포격전이 펼쳐졌다. 근처 폭발의 섬광과 조명이 제대로 일치하지도 않았으며, 우주에서는 폭발이 일어나도 소리가 없다는 걸 모르는 모양이었다. 게다가 음악까지 끔찍했다.

그는 '여우들의 결투'라는 제목의 다른 화를 시도해보았다. 안타까울 정도로 영감이 부족한 제목이기는 했지만, 그는 결투가 시작되는 가운데까지 쭉 돌려보았다. 결투 장면은 어딜 봐도 비현실적이지만 훨씬 흥미로웠다. 아니, 적어도 그가 보기에는 결투 장면인 듯했다. 양쪽 모두 양손에 역법검을 들고, 자기 몸을 자르고 싶은 것처럼 신나게 휘젓고 있긴 했으니까. 그래도 셔츠를 벗고 결투한다는 얘기는 들어본 적도 없었다. 여성 쪽은 상당히 불편해 보이기도 했고.

그의 주의는 키가 큰 쪽으로 쏠렸다. 황갈색 피부에 어깨가 떡 벌어지고, 매력적으로 근육이 드러난 남자였다. 몸에 흉측한 흉터 따위는 보이지도 않았다. 제다오의 맥박이 빨라졌다. 긴 머리채를 물결처럼 휘날리는 상대방 여자도 그만큼 매력적이었다. 두 사람은 이글거리는 불꽃을 튀기며 검을 휘둘렀다. 아기 여우들의 이름으로, 저런 식으로 무기를 다루면 분명 누군가 다칠 게 분명했다.

"키아즈." 남자는 제다오의 평범한 바리톤보다 훨씬 깊고 그윽한 목소리로 말하며, 여자 앞에 무릎을 꿇고 손에 입을 맞추었다. "그대에게서는 벗어날 수가 없군요."

잠깐, 뭐라고? 키아즈, 그러니까 슈오스 키아즈 칠두관? 멜로드라마랍시고 이딴 걸 만든 거야? 제다오는 절대 칠두관의 침대를 갈망한 적이 없다고 거의 확신할 수 있었다. 그는 드라마를 멈추고, 혹시라도 그녀의 생김새를 알고 있었을까 하는 마음에 기억을 뒤적였다. 물론 소용없는 일이었다. 드라마는 별 도움이 안 될 것이다. 나 자신하고도 배우가 별로 닮지 않은 것을 보면, 키아즈 쪽도 외모도 정확할 리는 없을 테니. 그는 다시 영상을 재생시켰다.

"제다오." 여자는 낮게 목을 울리며, 배우에게 지시를 내렸다. 그는 명령에 따라…

더는 견딜 수 없었다. 제다오는 두 배우가 서로 뒤엉키기 직전에 영상을 끄고는, 그대로 몸을 숙이고 숨이 찰 때까지 웃었다. "내가 저 정도로 잘생겼으면 정말 끝내줬을 텐데." 그는 웃음을 멈출 수 있게 되자마자 이렇게 말했다. 자신을 연기하는 배우에게 끌리다니, 이런 느낌은 뭐라고 불러야 할까? 허영심? 퇴폐? 단순한 수치심?

〈여우들의 미궁〉은 이 정도면 충분했다. 어쩌면 역사 다큐멘터리 쪽에서 소득이 있을지도 모른다. "지옥나선 요새에 관한 기록이 있나?" 그는 그리드에 이렇게 물었다.

제다오의 눈길이 맨 위의 검색 결과 하나에 멎었다. 독아나방 〈카드 한 장의 과분한 행운〉호의 사령실에서 일어난 학살극 장면을 기록한 영상이었다. "재생해." 그는 충동적으로 이렇게 말하고는, 자리에 앉아 영상을 보기 시작했다.

나방의 전투 기록이 재생되었다. 처음은 별 이상이 없었다. 사령실에 소속된 켈들 중에서 기억나는 얼굴은 없었으니까. 다만, 자신의 모습에는 두려우면서도 빠져들 수밖에 없었다. 더 나이 들어 보인다고, 그는 멍하니 생각했다. 머릿속 이성적인 부분은 연령을 비롯한 모든 면에서 같은 얼굴이라고, 거울 속에서 마주하는 그대로의 얼굴이라고 말했다. 그러나 영상 속의 제다오는 분명 더 나이 들어 보였다. 날카로운 눈매나 의자에 느슨히 기대앉는 자세 하나하나에서 단호한 확신이 느껴졌기 때문이다. 제다오는 자신이 휘하 켈들에게 이렇게 보이지 않았다고 확신할 수 있었다. 설령 그랬다 해도, 그 자신은 도저히 그렇게 느낄 수 없었다.

켈 두 사람이 병참 문제로 대화를 나누고 있었다. 과거의 제다오가 총을 뽑아 들었고, 두 번의 총성이 울렸다. 아무런 경고도 없이, 표정조차 변하지 않은 채. 총알 두 개로 두 명이 죽었다. 피와 뇌수가 녹진하게 흘렀다.

"멈춰." 제다오는 잇새로 목소리를 뱉어냈다. 어느새 자리에서 일어난 거지? 그는 무력하게 손을 쥐었다 펴기를 반복했다. 그리고 권총집 쪽으로 손을 뻗었다. 총은 없었다.

쿠젠의 함대에서 개인화기를 지참하지 않은 장교는 그뿐이었다. 그런데 지금껏 알아차리지도 못하다니.

그는 자신의 행동을 멈추려는 것처럼, 아니면 시간을 되감아 불행한 켈 장교들에게서 총알을 수거하려는 것처럼, 영상을 향해 다가갔다. 영상은 그가 명령한 대로 켈 장교 하나가 쓰러지는 도중에 정지되어 있었다.

제다오는 옆방으로 걸음을 옮겼다. 그리드에 명상을 할 만한 예쁘장한 영상을 불러달라고 주문했다. 그리드는 꽃으로 가득한 나무에서 우아하게 꽃잎이 떨어지다 바닥에 닿기 직전에 사라지는 작은 정원을 불러왔다. 12분 동안 그는 덧없이 스러지는 꽃잎을 지켜봤다.

그는 다시 동영상 쪽으로 돌아갔다. 켈은 살아나지 않았다. 문득 그로서는 짐작조차 가지 않는 저 희생된 켈이 누군지 물어봐야겠다는 생각이 들었다. 그리드는 첫 사망자가 켈 기제드 대령으로, 슈오스 제다오 대장의 참모장이라고 알려주었다.

"켈 기제드." 제다오는 그 이름을 소리 내 읊었다. 아무것도 느껴지지 않았다. 모르는 사람이었다. 그는 이마 한가운데 검붉은 구멍이 뚫린 둥근 얼굴을, 쓰러지며 헝클어진 회색 머리카락을 바라보았다. 자신이 냉혹하게 살해한 사람이 아예 기억도 안 난다니, 어떻게 이럴 수가 있을까?

나는 대체 어떤 인간이었던 거야?

자신이 살인을 저지르는 모습을 목격했다. 쿠젠과 다네스의 입으로 대량 학살자라는 사실을 들었을 때와는 완벽히 달랐다.

"계속 재생해." 제다오는 마침내 이렇게 말했다. 쓰러진 여자를 위해서라도 끝까지 봐야만 할 것 같았다. 당장에라도 화장실로 달려가서 속을 게워내고 싶은 기분이었지만, 이 욕지기조차도 마치 동떨어진 타인이 느끼는 감각처럼 그에겐 추상적으로 다가왔다. 나는 대체 얼마나 많은 시체를 지켜봤던 걸까?

끓어오르는 혐오감에도, 제다오는 과거의 자신에게 내심 감탄하고 있었다. 인간이 실제로 저 정도로 총기를 능숙하게 다룰 수 있다고는 상상도 한 적 없었다. 안무처럼 화려하게 짜 맞춰진 화면 속 구경거리 같은 게 아니었다. 지저분하고, 그저 효율만 생각한 살인이었다. 그는 피해자의 수를 세며 자신이 얼마나 괴물인지를 가늠하려 했지만, 숫자는 순식간에 그의 머리에서 빠져나와 불타는 새 떼처럼 날아갔다.

이내 그는 과거의 자신이 기함 후미에 도착해서 도망치려 애쓰는 니라이 기술자들을 쏴버리는 부분까지 도달했다. 이젠 도저히 견딜 수 없었다. "멈춰." 그는 거친 목소리로 말했다. "당장 멈추라고."

그리드가 슬레이트 화면을 비웠다. 그러나 그의 뇌리에 새겨진 장면에는 어떻게도 손댈 수 없었다.

제다오는 호흡을 가다듬으며 안정되기를 기다린 다음, 속죄의 채찍질을 받으려는 것처럼 말했다. "내 처형 장면을 보고 싶다." 사실 그걸로 기분이 나아지는 게 정당한 일인지조차 감이 잡히지 않았지만, 그래도 응당 해야만 한다는 느낌이 들었다.

그리드는 단 하나의 기록만을 띄웠다. 이유는 몰라도, 저들은 그를 공개 처형장에 세우지 않았다. 그의 죽음을 감독한 사람은 단 둘뿐이었다. 하나는 퀠에 전속된 니라이였다. 곱슬머리에 비범하게 아름다운 남자였지만, 제다오는 계급장이 없는 것으로 보아 단순한 기술자일 뿐 딱히 중요한 사람은 아니리라 생각했다. 손에는 무언가를 가득 채운 주사기가 들려 있었다.

다른 한 사람은 회색 머리에 슬픈 눈을 가진 마른 몸매의 여성으로, 완전 정장을 입은 퀠의 상급대장이었다. 그녀는 생명 활동 정지 상태로 검은 관에 들어간, 나이를 먹은 그를 살펴보고 있었다. 과거의 그는 마치 잠들어 있는 것처럼 보였지만, 눈매에는 소름 끼치는 긴장감이 서려 있었다. 상급대장은 그의 손을 부드럽게 쓸며 뭔가를 중얼거렸다.

제다오는 그녀의 얼굴에 주먹을 박고 싶었다. 저자가 휘하 퀠에게 무슨 짓을 했는지 모르는 건가? 어떻게 저런 작자를 동정할 수 있지?

영상은 거기서 끝났다. 제다오에게는 다행스러운 일이었다. 그 퀠 상급대장의 적절치 못한 감상적 태도를 도저히 견딜 수 없었기 때문이다. 문득 아래를 보니 자기도 모르게 주먹을 꾹 쥐고 있었다. 손바닥에 손톱이 파고들어 쓰라렸다.

이제 퀠이 자신을 그토록 싫어하는 이유도 이해가 되었다. 아직 아무것도 기억나지는 않지만, 거짓이라는 생각도 들지 않았다. 과거를 없던 일로 만들 수는 없다. 그가 할 수 있는 일이라고는 그저 명예롭게 전진하는 것뿐이다. 그 어떤 속죄로도 부족하리라는 사실을 마음에 깊이 새긴 채로.

12

현재.

상대 국가원수를 만나기까지 1시간이 남았다. 어느 쪽의 역법이 우위에 서느냐에 따라 전후로 몇 분씩 오차가 생기겠지만. 브레잔의 머릿속에 남은 생각이라고는, 지금 목에 걸고 있는 세 겹의 목걸이가 교수대 밧줄처럼 무겁게 느껴진다는 것뿐이었다. 목걸이에 달린 세 개의 카보숑 보석에는 세 개의 문장이 새겨져 있었다. 창공으로 낙하하는 잿불매, 눈을 부릅뜬 잿불매, 영예에 빛나는 잿불매였다. 의전 담당이 주장하길, 정신이 제대로 박힌 켈이라면 이 목걸이를 보고 그를 믿어봐야겠단 생각이 절로 들 것이라고 했다. 물론 앞으로 찾아올 손님들도 포함해서.

이에 브레잔은 세 가지 반론을 내세웠다. 첫째, 체리스를 제이히고 현존하는 켈 중 가장 악명 높은 추락매인 브레잔이 묵직한 보석을 아무리 잔뜩 매달아봤자 사람들의 인식을 바꿀 수 있을 리 없었다. 둘째, 그의 목덜미를 붙잡고 보석을 하나씩 찬찬히 살피지 않는 이상, 아무도 기본 잿불매 문장과의 차이를 판별할 수 없을 것이다. 브레잔은 보병대 켈이 아니라 참모진 소속이었지만, 그래도 누군가 자기 몸을 만지려 든다면 "빌어먹을, 한 대 얻어맞으니까 기분이 어때?"라는 식으로 반응할 것이 분명했다. 셋째, 그는 켈 이네세르 호국공이 사소한 몸치장 따위에 신경 쓰는 사람이라고 생각하지 않았다.

방 안에 설치한 것들을 둘러보기만 해도 몸이 근질거릴 지경이었다. 9년이나 지났으니 무의미한 사치나 이스테이아 기지 같은 거대한 우주 기지에 익숙해질 법한데도. 물론, 국가 수장이란 건 선출직 수상이 실제 업무를 추진하는 동안 당당하고 위엄 있게 주변을 둘러보기만 하면 된다는 걸 그도 머리로는 이해하고 있었다. 미코데즈는 같은 의미를 그럴싸하게 포장해냈다. "당신은 우리 쪽 켈을 한데 묶는 구심점입니다." 그때 브레잔은 미코데즈에게 대놓고 면박을 주고 싶은 충동을 억눌렀다. 어차피 기습으로 육두관들을 섬멸해 이름난 자에겐 어떤 말도 불쾌하게 들리지 않을 테니. 어쨌든 광택이 흐르는 두터운 태피스트리와 호박 판을 덧댄 등잔, 그리고 잿불매 조각상들까지, 이 방의 모든 물건은 하나같이 소름 끼칠 정도로 거북했다. 다른 사람의 명령만 충실히 수행하면 되는 어두침침한 집무실이 너무도 그리웠다.

미코데즈는 자기가 협상을 담당해주겠다고 제안해 왔다. 브레잔도 여기에 동의했다. 슈오스 육두관이 자신보다 압도적으로 경험이 풍부할 뿐만 아니라, 협상에 가차 없는 사람이라는 걸 인정하지 않을 정도로 자부심이 대단하지는 않았으니까. 그러나 이네세르 쪽에서 미코데즈와의 대화를 단호하게 거절해버렸다. 지금에 와서는 브레잔이 슈오스와 동맹 관계라는 사실은 결코 비밀이 아니었다. 휘하 켈들 중 합리적인 쪽은 슈오스의 도움이 없었더라면 군제를 유지하는 것조차 불가능했을 거라고 인정하기도 했다. 그런데도 미코데즈를 수상쩍게 여기는 사람이 압도적으로 많았다. 한참 전부터, 휘하 생도 두 명을 암살한 사건으로 악명 높았던 사람이었던 데다, 육두관 암살이 그런 평가를 한층 공고히 만들었다. 상황에 따라, 도움도 방해도 될 수 있는 요소였다.

"각하." 의전 담당인 오야 피아모노르가 냉정한 목소리로 말했다. "또 손톱을 파고 계시네요. 장갑을 낀 채로요. 그러시면 안 됩니다."

"최소한 코를 파거나 하진 않았잖습니까."

"물론 그것도 안 됩니다."

브레잔은 짓눌린 한숨을 뱉어냈다. 안단 훈련을 받은 보좌관을 들이는 편이 좋겠다고 설득해온 사람은 다름 아닌 미코데즈였다. 협정국에는 의전 문제에까지 배정할 만큼 켈의 수가 많지 않았다. 더욱이 피아모노르는 의전에 탁월한 사람이었다. 덤으로 브레잔을 주의 산만한 여섯 살짜리처럼 다루는 일에도 탁월하고.

9년 동안 이네세르 호국공은 협정국과의 모든 외교적 소통을 거부해왔다. 그런데 이제는 그쪽에서 만나고 싶다고 했다. 이에 브레잔은 의심하는 쪽이었지만, 드주로 수상은 만나보기를 원했기에 여기까지 오게 됐다.

"내가 소모품이라서 보내는 겁니까?" 브레잔은 마지막으로 드주로를 만났을 때 이렇게 물었다.

드주로는 그의 팔을 토닥였다. 브레잔은 이러한 접촉을 거북하게 느꼈지만, 이젠 자신의 반응을 조금 더 통제할 수 있었다. "당신은 몸 짓언어를 읽는 일에 능숙하잖습니까. 싸움을 걸려고 마음먹었을 때만 빼고요. 이네세르의 꿍꿍이를 알아 오세요."

이스테이아 성계는 협정국과 이네세르의 보호령이 분쟁을 벌이고 있는 지역이었다. 브레잔은 협정국을 '자신의' 것으로 생각하고 싶지 않았다. 그저 시간과 장소를 잘못 택해서 이렇게 된 것뿐이니까. 덧붙여 정치 경력 따위는 절대로 쌓고 싶지 않았다. 하지만 군사 문제는 키루에브 대장과 라가스 대장이 담당하고 있었고, 체리스는 여전히 행방불명 상태였다. 애석한 일이었다. 체리스를 이네세르의 낯짝 앞에 들이밀 수 있다면 정말 즐거울 텐데. 이네세르는 그를 제다오라 생각할 테니까.

이네세르 호국공은 상당히 양보해서 회담 장소를 협정국 점령지로 하자는 제안에 동의했다. 브레잔은 뭔가 교활한 계획이 숨어 있으리라 의심하고 있었지만, 딱히 선택지는 없었다. 심지어 음흉한 계략을 짜는 데에 전문가인 미코데즈조차 승인한 장소였다. 그러나 깊게 생각해보면, 그래서 더 불안하기도 했다. 미코데즈는 한나절의 여흥 거리만 될 수 있다면 다른 모든 사람에게 그 어떤 번거로운 일이 벌어져도 지원을 아끼지 않는 작자니까. 브레잔도 이네세르가 자신을 암살할까 두려워하는 것은 아니었다. 오히려 암살이라면, 언제든지 마음만 먹으면 해치워버릴 수 있는 미코데즈 쪽이 더 두려웠으니까. 그에 비해 이네세르는 우주에서 가장 정직한 켈이라는 명성에 상당히 신경을 쓰는 모양이니, 브레잔이 위험해진다면 자신이 직접 나서서 공격자를 처치할지도 모를 터였다.

그리드가 작전반에서 연락이 들어왔다고 통지했다. 브레잔은 열두 번째로 검은 장갑을 매만지며 통신을 받았다. "선두 방위 함대에서 219척의 기치나방과 한 척의 소멸나방이 '강물의 뱀' 진형으로 이동해 오는 모습을 포착했다고 보고했습니다."

브레잔도 아는 목소리였다. 폐기한 나방 추진체 부속물로 장신구를 만드는 일을 즐기는 니라이 한조라는 남자였다. 그는 '상대방의 경탄을 이끌어내기 딱 좋은 물건'이라며 브레잔에게 놀랄 정도로 훌륭한 팔찌를 선물했다. 그보다는 브레잔이 그걸 차고 돌아다니며 공짜 광고를 해주기를 바란 거겠지만. 어쨌든 브레잔 본인보다는 가끔 방문하는 고급 창부들에게 건네주는 쪽이 광고 효과가 더 컸을 것이다. 그러나 브레잔은 팔찌를 바라보며 혹시 트세야가 마음에 들어 할지를 멍하니 생각하곤 했다. 그가 다시 트세야를 만나게 될 확률은 없는 것이나 마찬가지인데도.

"내가 맞혀보지." 브레잔이 말했다. "소멸나방은 〈세 마리의 황조롱이와 세 개의 태양〉호겠지."

"정확합니다."

육두정 전역에서, 켈 사령부가 개인 문장을 전함나방에, 그것도 소멸나방에 붙이도록 허락한 장군은 딱 한 명뿐이었다. 그 장군이 바로 이네세르였다. 이미 이쪽에선 열등감은 차고 넘치는 상황인데 구태여 저럴 필요까지 있으려나. 미코데즈는 위로 삼아 자기 그림자나방 한 척에 원하는 이름을 붙여도 된다고 권했으나, 브레잔은 그 제안을 거부했다. 그에게는 아직 개인 문장조차 없었다. 미코데즈도 피아모노르도 계속 문장을 선택하라고 종용하고 있었지만, 그는 그 문제에만은 완고했다. 그는 개인 문장 대신 협정국을 뜻하는 종과 두루마리 문장을 사용했다. 드주로는 그 결정을 반겼다. 모든 일에 옳은 사람은 아니지만, 적어도 이 문제에서만큼은 드주로의 판단이 옳았다.

"이네세르 암살 계획을 꾸미는 작자가 없었으면 좋겠는데." 브레잔은 중얼거렸다. 그는 장식용 책상에서 슬레이트를 집었다. 심지어 책상은 서랍마저 열리지 않는 가짜였다. 불꽃과 재의 이름으로, 대체 누가 이딴 걸 만든 걸까. 브레잔은 기본 진형 목록을 훑으며 220척의 전함나방으로 구성할 수 있는 진형을 찾아보았다. 물론 목록을 아무리 뒤져도 달가운 것이 나올 리 없었다.

이네세르가 고른 '강물의 뱀' 진형이 도발에 가깝단 사실은 알고 있었다. 아무런 방어 효과가 없는 진형이기에, '당신이 어리석은 행동을 하지 않으리라 믿습니다'라는 의미나 다름없었다. 함대의 규모에 대해서는… 글쎄. 그도 일단은 켈이니만큼 숫자가 주는 효과는 충분히 알고 있었다. 켈은 가능하면 절대 홀로 돌아다니지 않는 자들이니까.

피아모노르의 표정은 침중했다. "이네세르 장군을 여기까지 초대한 뒤 암살해버린다면 무척이나 꼴사나울 겁니다." 그녀는 이렇게 말했다.

브레잔은 종종 피아모노르가 자신을 놀리는 것은 아닌지 의심이 들곤 했다. 그러나 트집을 잡을 가치조차 없었으므로 일일이 반응하지 않았다. 그도 가끔은 자기 성미를 억누를 줄 아는 사람이 되었으므로.

"〈세 마리의 황조롱이와 세 개의 태양〉호가 정박 허가를 요청합니다." 잠시 후 한조가 말했다.

"정말 싫군." 브레잔이 말했다.

"…각하?"

"자네 말고, 저 여자." 그러나 그는 분별 있는 어른답게 웃음을 머금고 대화를 할 것이다. 그의 새 직업이 바로 분별 있는 어른이었으니까. 9년이나 됐는데 '새 직업'으로 여긴다는 점이 우스꽝스럽기는 했다.

육두정에는… 그러니까, 브레잔이 이방 세력이 먹기 편하게 잘게 쪼개놓기 이전의 옛 육두정에는, 가장 크고 강력한 전함나방인 소멸나방이 여섯 척 있었다. 그중 한 척인 〈무언의 법령〉호는 하픈 침공으로부터 산개하는 바늘 요새를 수복하다가 침몰했다. 다른 한 척, 키루에브 대장의 옛 기함이었던 〈축제의 위계〉호는 수년 전 치열한 방어전 속에서 숨이 끊어졌다. 훌륭한 사람을 여럿 잃은 전투였다.

브레잔의 울화통을 터트리고 키루에브와 라가스의 근심을 끊이지 않게 만드는 사실은, 살아남은 네 척이 모두 보호령 측에 있다는 것이었다. 심지어 이네세르가 그중 한 척을, 그것도 자기 문장에서 이름을 따온 함선을 교섭장에 끌고 오는 것조차 비난할 수 없었다. 무슨 주장을 하든 아주 훌륭한 논거가 되어줄 테니까.

"각하, 저들이 요청을 반복하고 있습니다."

브레잔은 이를 악물었다. "정박하라고 해." 그가 말했다.

보안 요원들이 손님맞이 절차를 처리하는 동안, 피아모노르가 브레잔의 옷깃을 바로잡아주었다. 브레잔은 그녀의 서두르는 손길을 참아냈다. 방 안에는 사방에 거울이 가득했다. 자기 옷깃이 어디가 문제인지는 짐작조차 가지 않았지만, 어쩌면 피아모노르도 초조한 것일지도 몰랐다.

보안 요원들이 이네세르 대장과 수행단이 검문을 통과했음을 알려왔다. 당연한 일이었다. 그녀와 수행원의 개인화기 소지를 허가한 사람이 브레잔 본인이었으니까. 퀠은 빌어먹을 총에서 멀찍이 떨어지는 상황을 절대 용납하지 않는다. 반면 브레잔은 원하는 모든 화력을 짊어지고 다녀봤자 사격 솜씨가 뒤떨어지면 아무 쓸모 없다는 사실을 항상 자각하고 살았다. 이제는 사격장에도 거의 가지 않았다. 어차피 보안 요원들의 사격 솜씨가 더 뛰어나며, 연습할 시간에 수상이 던져주는 서류나 읽어보는 쪽이 효율적이라는 사실을 깨달았으니까.

문이 활짝 열렸을 때, 브레잔은 명상을 시작하며 마음을 가라앉히고자 애쓰고 있었다. 이번 시련은 빨리 끝날 리가 없었다. 일단 만나서 온갖 사교적인 인사를 주고받는 데만 1시간은 걸릴 테니. 앞선 경험에 의하면, 그조차도 운이 좋았을 때 얘기지만. 주제로 들어가지 않고 뱅뱅 말을 돌리면서 빈틈을 노리는, 이네세르의 시험을 받아넘겨야 할 것이다. 이네세르는 그런 식으로 만족스러운 진입로를 찾아낸 다음에야 협상에 들어갈 것이다. 다행스럽게도 그는 지난 몇 년간 미코데즈와 꾸준히 대련해왔다. 그에게도 승산은 있었다.

그러나 이네세르가 대동한 두 명의 여성이 등장한 순간, 그 모든 준비는 순식간에 머릿속에서 증발해버렸다.

그의 시선은 우선 키가 큰, 온갖 색조의 푸른색으로 몸을 감싸고 있는 쪽으로 향했다. 허리에 두르는 비대칭형 스커트 위엔 비단 블라우스가 반짝였다. 연한 푸른색의 레이스 숄과 스카프에는, 금이 간 얼음처럼 반짝거리는 심이 박힌 스타 사파이어와 블루 다이아몬드가 점점이 흩뿌려져 있었다. 머리는 보석이 가득 박힌, 푸른색과 은색으로 된 빗으로 위로 쓸어 올려 한데 모아 고정해놓았다. 그녀에게서 푸른색이 아닌 부분은 그녀의 눈동자뿐이었다.

언제나 그랬듯 아름다운 모습, 바로 안단 트세야였다. 암살당한 안단 육두관의 딸이자 한때 그의 연인이었던 사람. 마지막으로 만났을 때, 두 사람은 어색하고 예의를 갖춘 작별 인사를 나누었다. 그녀는 안단이 점유한 정착지에서 하선했다. 배신을 용서하겠다고 했지만, 브레잔은 그 말을 온전히 믿을 수 없었다.

트세야는 차분한 태도로, 한쪽 입매를 슬쩍 올린 채 그를 바라봤다. 수만 개의 질문이 브레잔의 목구멍을 가득 메웠다가 이내 사라졌다. 나머지 한 명의 여성은 그의 누나 켈 미우잔 대령이었으니까.

브레잔은 미우잔과의 끔찍했던 마지막 대화 이후로 가족들과 거의 얘기를 나누지 못했다. 이따금씩 드물게 자유 시간이 생길 때면, 그는 중간 아버지가 찍어준, 미우잔과 결투 연습을 하는 장면을 동영상으로 보곤 했다. 가장 가슴 아픈 쪽은 결투하는 모습이 아니었다. 미우잔에게 완패당하는 일은 익숙했으니까. 배경 쪽에 서 있는 다른 두 명의 누나들이 누가 주먹밥을 더 많이 먹었는지를 놓고 장난치듯 말다툼을 벌이는 모습이, 브레잔의 가슴을 저리게 했다.

미우잔의 모습은 그동안 거의 바뀌지 않았다. 그때와 마찬가지로 완전 정장 차림이었으며, 심지어 머리 모양도 예전과 같이, 뒤로 바짝 빗어 넘겨 땋아서 틀어 올린 형태였다.

그는 순간 누나의 이름을 외칠 뻔했다. 그러나 꼿꼿이 세운 턱과 적의로 가득한 검은 눈을 보니, 그녀가 안부 인사를 하러 따라온 것이 아님은 명백했다. 그들은 모두 측면에서 여전히 적이었으니까.

그리고 이네세르가 있었다. 눈가의 잔주름을 제외하면, 상앗빛의 매끄러운 피부는 도무지 그 나이대로는 보이지 않았다. 그러나 대부분 사람이 실제 나이보다 어려 보이는 쪽을 택하니 이상할 것도 없었다. 그녀 또한 완전 정장 제복 차림이었고, 미우잔보다 딱히 화려한 구석은 없었다. 다만 대령의 별 휘장 대신 대장의 날개 휘장이 달려 있을 뿐이었다. 이네세르의 개인적 허영심이 드러난 부분은 머리카락뿐이었다. 만인의 사랑을 받던 안단 출신의 증조모를 기리기 위해 끄트머리를 안단의 푸른색으로 물들여놓은 것이다. 브레잔은 머리카락보다는 그녀의 미소 쪽이 더 신경이 쓰였다. 움직임이 느린 사냥감을 바라보는 사냥꾼의 미소였으니까.

"이스테이아 기지에 잘 오셨습니다, 장군." 브레잔은 이네세르의 얼굴에 시선을 맞추고 말했다. 손님을 맞이하는 입장에서 당연히 해야 하는 일이었으므로. 덤으로, 헤어진 연인과 성난 누나가 같은 방에 있다는 거북한 사실을 잠시나마 잊을 수도 있었고. "가벼운 음료 한 잔 어떠십니까?"

피아모노르가 사뿐하게 앞으로 나와 준비해놓은 간식거리 쪽으로 손짓했다. 평소에 공용 식탁에서 먹는 음식부터 열심히 긁어모은 진미까지, 다양한 주전부리가 준비되어 있었다. 브레잔은 요리를 돕겠다고 제안해서 요리사들을 소스라치게 놀라게 했다. 아쉽게도 에미오와 머리를 맞대며 보안 절차에 대한 세세한 사항까지 논의하느라 실제로 그럴 시간은 없었지만, 지금도 여전히 아쉬웠다. 저 화려한 쿨리 소스를 토란 케이크에 올린 방법을 꼭 알고 싶었으니까. 브레잔의 참모진 일부는 이네세르가 매콤한 채소 절임을 건드릴지를 놓고 내기하기도 했다. 브레잔은 항상 내기를 피했으며, 특히 참모들과는 절대 내기를 하지 않았지만, 어느 쪽이 이길지는 명백해 보였다. 솔직히 누가 매일 먹는 음식을 교섭장에서까지 챙겨 먹겠는가?

이네세르의 미소가 깊어지는 모습을 보니, 그의 지연 전술을 바로 알아차린 모양이었다. "가볍게 한잔 해도 될까요? 차하고 물에는 이제 질려서 그러는데."

저걸 도전으로 받아들여야 하는 걸까?

"마침 준비돼 있긴 합니다." 피아모노르는 이렇게 말하며, 다양한 청주와 위스키, 브랜디로 가득한 보관장 쪽으로 이네세르의 시선을 유도했다. 이네세르는 조금도 망설이지 않고 가장 비싼 술을 가리켰다. 브레잔은 보조 두뇌에 식비 예산에 대해 질문하고 얼굴을 찌푸렸다. 그래, 어차피 저 술은 두 병밖에 없으니, 이네세르가 입힐 수 있는 금전적 피해에도 한도가 있을 것이다. 취하면 속이기 더 쉬워질지도 모르고.

"자리에 앉으시겠습니까?" 브레잔은 미우잔과 트세야의 중간쯤을 향해 이렇게 말했다. 좋아, 온 우주에서 나를 가장 동요시킬 두 사람을 데리고 왔다 이거군. 그는 이네세르에게 절대 넘어가지 않겠다고 단단히 마음먹었다.

이런 때야말로 체리스가 간절히 그리웠다. 체리스가 이제 없다는, 영원히 없으리라는 사실을 받아들이긴 했지만. 브레잔이 얼마나 불운한 인간인지를 생각하면, 체리스는 이미 아무도 들어본 적 없는 행성에서 운석에 맞아 죽었을지도 모른다. 아무도 그 행방을 모르도록.

피아모노르는 원탁 회의석 차림을 준비하며 지독할 정도로 내칭에 신경 썼다. 심지어 탁자 가운데 수반에 떠다니는 꽃 모양 양초조차도 완벽한 방사 대칭을 유지하고 있었다. 양초가 자리를 벗어나지 않도록 철사로 붙들어 매놓기까지 했으니까.

"감사합니다, 상급대장." 미우잔이 대화를 나눌 마음이 아예 없다는 사실이 명확해지자, 트세야가 대신 입을 열었다. "앉으실까요, 대령님?"

예우를 다하기 위해서, 이네세르의 '세 마리의 황조롱이와 세 개의 태양' 문장을 그린 천을 그녀의 의자 등받이에 걸어놓았다. 미리 숙련된 직공이 짠 수제 직물이 아닌 물질 인쇄기로 찍어낸 것이기는 했지만. 브레잔은 이네세르가 그 점을 불쾌하게 여기지 않기를 빌었다. 미우잔은 눈 하나 깜짝 않고 오른편 자리에 앉았다. 트세야는 쓴웃음을 머금은 채로 왼편 자리에 앉았다.

"어차피 사양할 것 같지만, 대령." 이네세르가 말했다. "혹시 뭔가 마실 생각이 있나?"

"괜찮습니다." 미우잔이 말했다. "상급대장께서는 어떻습니까?"

누나의 입에서 그 직함이 튀어나오는 게 얼마나 어색하고 이상한지를 그럴싸하게 표현할 방법이 떠오르지 않았기 때문에, 브레잔은 단순히 고개만 저었다. 다른 사람에게 그 직함으로 불리는 건 충분히 익숙해져 있었다. 그저 누나한테까지 그렇게 불리고 싶지 않았다. 게다가 술도 신경이 쓰였다. 그는 이네세르를 상대할 때 화학물질로 인한 불이익을 감수하고 싶지 않았다. 피아모노르가 예방 삼아 준비한 해독제를 먹어두기는 했지만, 바로 이 순간만 우연히도 약효가 듣지 않을지도 모른다는 피해망상을 떨쳐낼 수가 없었다.

이네세르는 손에 잔을 든 채로 우아하게 자기 자리로 걸어가더니

술을 쭉 들이켜고는, 등받이 천을 걷어 미우잔에게 건네고 자리에 앉았다. 미우잔은 아무 말 없이 천을 접어 한쪽에 놓았다. "상급대장." 이네세르가 입을 열었다. "바로 본론으로 들어가죠. 당신의 시간도 내 시간만큼이나 소중하니까요."

"좋은 생각입니다, 호국공." 브레잔이 말했다. "이스테이아 성계에 대해 제안하실 내용이 있습니까?" 그들이 만날 만한 이유는 그것밖에 떠오르지 않았다. 이곳 성계의 행성들 중 하나가 나방 추진체 구속구 제작에 필요한 원료의 주요 공급지였다. 보호령과 협정국은 이스테이아 성계의 통제권을 놓고 치열하게 다투면서, 새 소멸나방을 건조할 능력을 확보하려고 안간힘을 쓰고 있었다.

이네세르는 코웃음을 쳤다. "단순히 이스테이아만이 아닙니다. 사소한 부분만 신경 쓰고 있군요, 상급대장. 그래요, 물론 나방 조선소는 중요한 거점이기는 하죠. 하지만 우리 수준의 업무를 처리하는 사람들은…" 마치 동급이라도 된다는 듯 말해주는 모습에서 친절이 느껴졌다. "…큰 그림에서 시선을 떼어서는 안 되는 법이죠. 나는 당신에게 그에 걸맞은 제안을 하러 온 겁니다."

'큰 그림'이란 맥락에 따라 6,000만 가지의 서로 다른 의미를 지닐 수 있다. 브레잔은 그녀를 보면서 냉정하게 미소 지었다. "마지막 접촉이 그렇게 엉망으로 흘러갔는데 새삼 내 존재를 인정하다니, 대체 뭐가 그리 다급했던 겁니까?"

라가스 대장이 완곡어법을 사용하는 것은 흔치 않은 일이지만, 그는 지난 9년을 '화재 진압' 기간이라 불렀다. 지난 세일 시로의 국경을 누더기가 되도록 물어뜯어왔던 보호령과 협정국이 최근 들어 군사적인 적대 행동을 멈춘 이유는 단 하나뿐이었다. 내부에 정신이 팔려 외부 경계를 소홀히 하는 순간, 이방 세력이 양쪽 모두를 집어삼킬지도 몰라서였다. 지금도 하픈에서 타우라그에 이르는 온갖 세력이 국경 지역을 야금야금 뜯어 가고 있었다. 하픈은 요즘 내부 위기 때문에 힘을 쏟지 못하는 중이긴 했으나, 그 외의 세력도 한둘이 아니었다. 심지어 그 휴전 협정조차도 돌이킬 수 없게 되기 직전에서야 간신히 성립한 것이었다.

"우리가 친구가 될 일은 없겠죠." 이네세르가 말했다. "하지만 서로 훌륭한 동맹이 될 수는 있을지도 모릅니다."

"허튼수작이로군요." 브레잔은 전혀 흔들리지 않고 대꾸했다. "어떻게 동맹이 성립할 수 있다는 겁니까?" 브레잔에게는 이전 보직에서 수상쩍은 장교 지망생을 면접하고, 그보다 훨씬 수상쩍은 정치가나 통치자들을 다루면서 갈고닦은 기술이 있었다. 그게 이런 상황에서 도움이 된다고 생각하니 내심 즐거워졌다.

"내가 제안해보죠." 이네세르의 입매가 갑자기 위험한 유머를 머금으며 위로 솟았다. "우리 국가들을 하나의 깃발 아래 합치는 겁니다. 그리하면 벌레와 붙어먹는 이방 세력들로부터 안전해질 수 있을 겁니다."

"터무니없군." 브레잔이 말했다. "그 '하나의 깃발'은 당신네 깃발일 게 아닙니까."

"당신이 그 자리를 갈망하고 있다는 느낌은 전혀 안 들더군요." 이네세르의 시선은 조금도 흔들리지 않았지만, 미우잔은 몸을 굳혔다. 브레잔의 시야 가장자리에도 그 모습이 들어왔다. 분명 누나를 탈탈 털어서 아는 걸 전부 털어놓게 했을 것이다. 그리고 미우잔이라면 당연히 조금도 망설이지 않고 어린 시절의 부끄러운 기억들까지 남김없이 털어놓았을 것이다. 누나가 이네세르의 참모진에 발탁되었을 때 얼마나 자랑스러워했는지를 생각하면 당연한 일이었다. 무엇보다도 누나는 추락매가 아닌 제대로 된 켈이었으니까.

"그럴지도 모르죠." 피아모노르가 미묘하게 눈썹을 움직이며 안 돼요, 인정하지 마요, 하는 신호를 보냈지만, 브레잔은 그녀를 무시하고 이렇게 대답했다. "하지만 의무를 저버릴 정도로 켈에서 멀어지지는 않았습니다. 당신이 아무리 괜찮은 제안을 해도, 내가 그대로 배를 보인 채 항복하진 않을 겁니다. 우리 국민을 당신들에게 넘길 정도는 아니니까요."

"젱자이는 가끔 치나요?" 이네세르가 말했다.

왜 처음 만나는 사람마다 항상 같은 질문을 던지는 거야? 그는 그녀를 보며 웃음 지었다. 정정당당하게 굴 생각이 없다면 그 또한 솔직하게 대할 이유가 없었다. "안 칩니다. 대타로 미코데즈 육두관을 데려오죠."

"하." 그녀는 조금도 위축되지 않은 채 미소로 답했다. "이번 판은 당신이 지겠군요."

안단의 혈통이 드러나는 모양이었다. "요점만 말씀하시죠." 브레잔이 말했다.

"그러죠." 이네세르가 말했다. "협정국도 '세 마리의 황조롱이와 세 개의 태양'의 깃발을 내세웠으면 합니다."

흥미로운 소리였다. 옛 정부의 후계라는 눈가림을 아예 포기한 채,

대놓고 개인 수준에서 권력을 거머쥐겠다는 선언이었다. 브레잔은 양손으로 탁자를 내리치며 자리에서 일어섰다. 촛불이 흔들렸고, 수반에서 물이 넘쳐흘렀다. "거절하죠." 그가 말했다.

그녀는 개의치 않고 말을 이었다. "그 대신, 보호령은 귀측의 역법을 받아들이겠습니다."

브레잔은 그대로 얼어붙었다. "그건, 상당히 흥미로운 제안이긴 하군요."

흥미로운 정도가 아니었다. 전례 없는 제안이라 불러야 할 법했다.

이네세르도 자리에서 일어나 눈높이를 맞추었다. 그러나 그녀의 움직임은 브레잔과 달리 절제되고 우아했다. "내가 보증하죠." 그녀는 자신의 왼쪽 장갑을, 뒤이어 오른쪽 장갑을 차분히 벗어서 그에게 내밀었다.

그는 장갑이 어느 순간 민달팽이로 변하기라도 할 것처럼 바라보다가, 그녀의 벗은 손으로 시선을 옮겼다. "설마, 진심은 아니겠죠."

"진심이세요." 방금 브레잔이 이네세르에게 심각한 모욕을 가했다는 사실을 무시하며, 트세야가 나직하게 말했다. 제정신인 사람이라면 장갑을 벗은 켈의 말에 의문을 가질 리가 없으니까. 물론 드라마와 영화에서는 수도 없이 일어나는 일이지만.

자기 성미를 다스리는 일에 뛰어난 건지, 아니면 뜨내기 추락매로부터 모욕당하는 일에 익숙한 건지는 몰라도, 이네세르는 다시 웃음을 머금었다. "내 정부의 요직을 내주겠습니다. 당신네 수상에게도요. 불길께 맹세코, 일자리는 넌더리 나게 많으니까요. 물론 당신이 원할 경우의 이야기입니다. 뭐, 원치 않더라도 당신 추종자들에 떠밀리기는 하겠지만요."

엄청난 제안이었다. 그렇다면 대체 왜, 그를 동요시키기에 최적인 두 사람을 대동하고 찾아온 것일까? 그는 트세야와 미우잔 쪽으로 손짓하며 물었다. "저들의 역할은 뭡니까?"

"호의의 표현이죠." 이네세르가 말했다. "그리고 분열되었던 것이 다시 합쳐질 수 있다는 암시이기도 하고요."

이번 공격은 제대로 들어왔다. 그래도 다행히 얼굴에 드러내지 않을 정도의 정신은 있었다. 바로 질문으로 이어가야 해. 피 냄새를 맡게 해선 곤란해. "무슨 수를 써서 라할을 동조하게 만든 겁니까?"

"빌어먹을 라할." 이네세르가 말했다. "적어도 교리의 규칙 체계가 존재하기만 하면, 대부분의 라할은 크게 달라질 일이 없어요. 물론 형식적인 부분은 모두 개정해야 하겠지만요. 오히려 보조를 맞추지 못하는 쪽은 비도나와 안단이에요."

트세야는 부루퉁한 표정을 지었다. "그래요, 뭐. 슈오스들은 지금 안단 내부의 알력 다툼을 아주 즐겁게 감상하고 있을 테니까요." 그가 그녀의 가족에게 저지른 짓을 생각하면, 브레잔도 충분히 상상 가능한 일이었다.

"그래도 대포를 전부 손에 쥐고 있으면, 그리 어려운 일은 아니랍니다." 이네세르가 덧붙였다.

아니야. 뭔가 맞아떨어지지 않는 구석이 있었다. 브레잔은 다시 입을 열었다. "예전에도 충분히 같은 제안을 할 수 있었을 텐데요. 아, 물론 정확히 9년 전에는 불가능했을지도 모르지만." 많은 수의 켈이 이네세르의 짜증 날 정도로 티 없는 명성에 이끌려 그녀 쪽으로 기울기는 했지만, 그녀 또한 브레잔과 마찬가지로 권력 기반을 다져야 했을 것이다. 브레잔도 보호령에서 발생하는 집회나 시위, 이따금씩 일어나는 학살에 대한 보고서를 읽어왔다. 일부는 미코데즈가, 일부는 휘하 요원들이 제공해준 것이었다. "최초의 접촉 시도에서 망설였더라도…" 그는 미우잔을 향해 고갯짓을 했으나, 그녀 쪽에서는 완벽히 무시했다. "이방 세력이 우리 양쪽을 공격해 오기 전에는 생각했을 것 아닙니까. 그동안 뭐가 달라진 겁니까? 하필 왜 지금이죠?"

"거부하는 건가요?" 이네세르가 말했다.

"당신이 얻는 게 무엇인지를 파악하기 전까지는 결정하지 않을 겁니다. 시기 문제도 포함해서요."

"우려하는 것도 당연한 일이죠." 이네세르는 수치심이나 수줍음 같은 인간적인 감정은 조금도 드러내지 않고 이렇게 말했다. 브레잔은 그녀가 사실은 죽은 별의 내핵에서 회수한 금속과 불길 그리고 포연으로 제작한 기계 인간이 아닌지 의심이 들기 시작했다. "분명 시기 문제도 있습니다. 지금껏 나는 니라이 쿠젠 육두관이 다른 자들과 함께 죽었을 거라고 생각해왔습니다. 그러나 최근 들어온 정보에 따르면, 그자가 탈출해서 육두정을 재건하려 하고 있다더군요. 과거의 육두정, 그러니까 제다오가 켈 사령부의 통제에서 벗어나서 하픈과 싸우며 파괴하려 애썼던 옛 체제를 말이에요. 그 기생충을 제거하려면 우리가 서둘러 하나로 뭉쳐야 합니다."

여기서 그는 두 가지 정보를 얻었다. 비교적 덜 유용한 하나는, 이네세르가 쿠젠에 대해서 알고 있다는 것이었다. 이네세르의 계급과 연령을 고려하면 놀랄 정도의 일은 아니었다. 다른 하나는 그녀에게 쿠젠에 대한 정보가 있다는 것이었다. 물론 그녀의 정보원을 온전히 신뢰할 수 있을 경우의 이야기다. 그 자체가 상당히 위태로운 가정이긴 했지만. "출처를 말씀해주시죠."

미우잔은 다시 그를 보며 얼굴을 찌푸렸다. 이네세르의 신용에 의문을 품은 셈이었으니까. 이네세르는 눈빛으로 그녀를 질책했다. "확인하고 싶은 것도 당연하겠죠. 동의한다면 말해드리죠."

교착 상태였다. 미코데즈도 알고 싶어할 테니, 나중에 자세히 물어보면 될 일이었다. 지금은 우선… "당신이 쿠젠을 적대시하는 이유가 뭡니까?"

"당신도 알고 있다는 뜻이군요."

브레잔은 어깨를 으쓱했다. "대략적으로는 들었습니다."

"묻는 이유가 뭐죠?" 이네세르의 목소리에 날이 섰다. "내가 그와 한패인 게 당연하다고 여긴 건가요?"

"당신은 우리 부모님이 태어나기 이전부터 육두정부에 봉직해왔으니까요." 브레잔은 부드럽게 대꾸했다. "굳이 쿠젠을 어떻게든 처리할 생각이라면, 왜 예전에는 그렇게 하지 않은 겁니까?"

"지금보다 훨씬 젊고 명성을 얻으려 애쓰던 시절에, 켈 사령부가 나에게 그를 호위하라는 특별 임무를 맡겼던 적이 있죠. 그때 그가 자기 휘하를 어떻게 다루는지를 봤어요."

"휘하 사람들을 푸대접하는 육두관이 자리를 오래 유지할 수는 없을 것 같은데요." 정보를 끌어내려는 시도였다.

입매가 뒤틀린 것을 보니 그의 의도를 정확히 파악한 것이 분명했지만, 그래도 이네세르는 자세한 내용을 털어놓았다. "기술자나 연구

자를 말하는 게 아니에요. 실험 대상 이야기죠. 언젠가 그가 아름다운 고급 창부를 정말 많이 데리고 있다고 생각한 적이 있었어요. 아무리 안단이라도 그 많은 사람들을 공급하기는 어려울 것 같았죠. 그러나 그들은 고급 창부가 아니었어요. 아니, 적어도 처음에는 아니었죠. 그들 대부분은 원래 이단자였어요. 일부는 영영 고향으로 돌아가지 못하게 된 전쟁 포로였고. 그는 단순히 아름다운 사람들에 둘러싸여 있기를 좋아했어요."

"글쎄요, 쾰 사령부가 전쟁 포로를 고향으로 돌려보내는 일 자체가 드물지 않습니까." 적어도 그의 기억에는 그랬다. 사실 전쟁 포로가 발생할 일 자체가 드물었지만, 굳이 이네세르 앞에서 그 사실을 언급하고 싶지는 않았다.

이네세르는 잠시 눈을 감았다. 그리고 다시 눈을 떴을 때, 그녀의 얼굴에는 고뇌가 떠올라 있었다. "나는 그자가 자기 애완용 인간에게 저지르는 일을, 그 옆에 서서 그대로 보고만 있었어요. 그게 명령이었으니까. 누구도 그런 일을 당해서는 안 되는 건데."

브레잔은 그녀의 말을 가늠해보았다. 그녀도 한때 자신이 추락매이기를 바랐던 적이 있었기에, 추락매와 협력할 수 있다고 생각한 모양이었다. "좋습니다." 브레잔은 이네세르의 장갑을 가져다 정중하게 접으며 말했다. "협력하죠. 전부 말씀해주십시오."

13

제다오의 이스테이아 수복 계획은 예상치 못한 부분에서 어그러지기 시작했다. 그는 병사들의 훈련 시간을 피해서 사격장에서 홀로 시간을 보내고 싶었지만, 도저히 불가능했다. 그저 제식 권총을 제대로 장전조차 못 하는 모습을 보이지 않으면서 그 뛰어나다는 실력을 확인하고 싶었을 뿐이었는데. 운이 따르지 않는지 항상 주변에 사람이 있었다. 마침내 포기한 제다오가 접근 경로에 들어설 준비를 하려고 사령실로 걸음을 옮기고 있을 때, 보조 두뇌가 불쾌한 고통을 주며 타올랐다. '육두관께서 면담을 원하십니다.'

하필이면 지금? 쿠젠이 마음을 고쳐먹은 거라면 최악의 타이밍이라 할 수 있었다. 그러나 제다오는 육두관을 거역할 입장이 아니었다. 그는 이를 악물며 방향을 틀어 걸음을 옮겼다. 쿠젠의 선실이나 회의실이 아닌, 양륙정 착함장으로.

쿠젠은 지금까지 봐왔던 것 중 가장 실용적인 복장을 한 채 그곳에서 기다리고 있었다. 단순히 검은색과 은색을 배합한 니라이 제복에 회색 장갑까지. 마치 평범한 니라이 기술자로 가장한 것만 같았다. 규정에 어긋나는 은빛 귀걸이나 반짝이는 흑옥 목걸이 따위의 화려한 장신구만이 그의 정체를 조금 드러낼 뿐이었다. 여우의 이름으로, 몸에 사치품을 걸치지 않고는 도저히 견딜 수 없는 모양이었다.

제다오는 승강기에서 내리며 눈을 가늘게 떴다. 켈과 니라이가 뒤섞인 한 무리가 양륙정 출발 준비를 하고 있었다. 자신이 그런 명령을 내린 적은 없었으니, 쿠젠이 명령한 것이 분명했다. 아무도 경례를 하지 않는 것도 그런 이유에서겠지.

"계획이 살짝 변경됐어." 쿠젠이 말했다.

벌써 기함에서 탈출하는 거냐고 묻고는 싶었지만, 입 밖에 내지는 않았다. "말씀해주시죠."

쿠젠은 오른쪽 장갑의 주름을 매만져 펴는 시늉을 했다. 실제로 주름이 잡히지는 않았지만. "어차피 전투할 때 내가 필요한 건 아니잖아. 게다가 나는 역법 부식 근처에 머물고 싶지 않거든. 그러니 안전한 곳에서 구경하고 있을게."

"어째서죠?" 제다오가 말했다. "내가 당신을 이 아름다운 시험형 나방에 태운 채로 격추당할까 두려운 건가요?"

"너는 격추당하지 않을 거야." 쿠젠이 말했다. "아주 잘해낼 테니까. 하지만 내 걱정을 하지 않아도 된다면 훨씬 잘해낼 수 있잖아. 어쨌든 신변 보호용으로 전술 부대 하나만 빌려 가도록 할게."

제다오는 별로 개의치 않았다. 동맹 쪽이 아무리 수적 우위에 있더라도, 절단포의 위력으로 그 정도 차이는 메우고도 남았다. "그러면 2번 전술 부대를 데려가십시오. 전투 기록을 믿는다면, 니하라 케루가 지휘 실력이 가장 뛰어날 겁니다." 입 밖에 내지 않은 고려 사항이 하나 더 있기는 했다. 쿠젠이 어리석은 군사적 행동에 들어갈 경우, 니하라라면 반대 의견을 표하리라는 것이었다. "함장에게 새로운 명령을 전달하고, 〈잘려 나간 손〉호에 당신을 맞이할 준비를 하라고 이르겠습니다."

"아주 좋아." 쿠젠이 말했다. "그러면 이제 방해하지 않겠어."

"제다오 대장이다. 니하라 케루 함장을 호출하도록." 그는 그리드가 알아서 연결해줄 것이라 믿고 이렇게 말했다.

즉시 답신이 돌아왔다. "각하." 그리드는 충직하게 그녀의 얼굴 영상을 띄워주었지만, 시스템에 문제가 있는지 얼굴의 왼쪽 3분의 1은 전혀 움직이지 않았다. 사람을 불러서 확인해봐야 할 모양이었다.

"2번 전술 부대는 본대에서 이탈해 특수 임무를 수행한다." 그가 말했다. "잠시 후 육두관께서 탑승한 양륙정이 〈잘려 나간 손〉호에 착함할 것이다. 귀관의 최우선 임무는 그분을 보호하는 것이다. 전투에 참여하지 못해 실망스러울 것이라 생각하지만…"

제다오가 짐작한 대로, 그녀는 수월하게 명령을 받아들였다. "육두관께서 여가 시간에 무엇을 하시는지 항상 궁금하더군요. 각하께서 적을 격멸하시는 동안 직접 확인할 수도 있겠습니다."

"좋아." 제다오가 말했다. "재량껏 행동해도 좋다. 긴급 상황이 닥쳐서 지원이 필요해지면 언제라도 연락하도록. 방금 말했지만, 최우선 임무에 매진하도록."

"걱정하지 마십시오, 각하." 니하라가 말했다. "육두관의 신변을 위해서라면 켈의 허세도 잠시 내려놓을 수 있습니다."

"그래, 그럼 됐군. 통신 종료." 그는 나머지 함대에 고지하는 것도 잊지 않았다. 다른 함장들이 갑자기 전술 부대 하나가 이탈해버렸다고 생각하면 곤란할 테니까.

서둘러 눈앞에 닥친 문제로 돌아가고 싶었지만, 제다오는 양륙정에 오르는 쿠젠 앞에서 차렷 자세로 대기했다. 그걸로 끝이었다. 이제 쿠젠이 돌아오기 전까지는 제다오가 함대의 전권을 쥐게 된 셈이었다. 흥분되는 순간이어야 마땅했으나, 제다오는 약이 필요할 정도의 두통을 조금씩 느낄 뿐이었다. 의무실에 들러 진통제를 챙겨 갈 시간은 없겠지만, 심각해지면 사령실 자리에 구비된 구급상자에서 뭐든 꺼내면 될 것이다. 다네스가 보존식 바 보관함과 함께 보여준 적이 있었다. 그리고 이렇게 덧붙였다. "그런 상황이 될 경우를 대비해 미리 말씀드리자면, 꿀 참깨 맛이 가장 견딜 만합니다. 어디까지나 주관적인 의견일 뿐이긴 합니다."

변동성 구조 덕분에 사령실까지 뛰어갈 필요는 없었다. 제다오가 모퉁이를 돌자마자 사령실이 바로 눈앞에 나타났으니까. 사방의 단말에서 쏟아져 나온 붉은색과 호박색 불빛이 승무원들의 눈 속에 가득 고였다. 다들 그의 등장에 긴장을 푸는 기색이 역력했다. 물론 그렇다고 호의적으로 변한 것은 아니었다. 문제 해결에 그가 필요했던 것뿐이었다.

당연한 일이지만, 탈라우 함장이 추가 문제 상황을 알렸다. 그는 제다오에게 깍듯이 경례를 붙이며 말했다. "각하, 검토하실 수 있도록 탐지 결과를 요약해놓았습니다. 성계 내부의 함대 수가 둘이 아닌 셋으로 파악되었습니다. 일단 진격을 중단시켜놓았습니다."

"좋아." 제다오는 자기 자리로 걸음을 옮기며 말했다. 골칫거리 한복판으로 달려 들어갈 필요는 없었으니까. "자세한 내용을 이쪽으로 전송하게." 탐지 결과 독해법을 조금 더 공부했어야 하는데. 기술적인 쪽으로 상당히 복잡하게 진화한 덕에 만만치가 않았다. 그리드가 제공한 튜토리얼은 그럭저럭 괜찮았지만, 문제는 역법 역학을 비롯하여 동시에 습득할 내용이 상당히 많다는 것이다. 모든 주제를 직관적으로 이해할 수는 있었지만, 내장형 색인을 제작할 시간까지는 없었다. 임시방편으로 하나를 가져다 편집해서 내용을 전부 쑤셔 넣었다. 그래도 여전히 부족했다.

제다오 곁에 서 있던 다네스가 헛기침을 했다. "도움이 필요하십니까, 각하?"

다네스가 주의를 끌 때마다 승무원들이 긴장하는 광경에는 이제 익숙해져 있었다. 이유는 아직 짐작조차 안 갔지만. "탐지 결과 요약본을 2번 보조 화면에 띄워주겠나?"

그들이 예상했던 두 함대는 호이란 소장의 '부서지는 다리' 함대와 에베닌 준장의 '가시 고리' 함대였다. 첫 번째 함대는 가장 중요한 시설인 이스테이아 조선소 주변에 머무르고 있었다. 두 번째 함대는 더 멀리까지 순찰을 다니는 중이었다.

'부서지는 다리' 함대는 80여 척의 기치나방으로 구성되어 있었다. '가시 고리' 함대는 50척 정도였다. 수적으로 압두하는 편을 선호하는 제다오의 입장에서는 골치 아픈 숫자였지만, 그런 호사를 누릴 수 없다는 정도는 미리 알고 있었다. 따라서 이번에는 절단포의 위력에 의존할 생각이었다.

"세 번째 함대는 누가 이끄는 건가?" 제다오가 물었다. 탐지 결과를 믿는다면, 세 번째 함대에는 적어도 200척, 어쩌면 그 이상의 기치나 방이 따르고 있을 터였다. 그보다 걱정스러운 문제는, 가장 크게 울리는 탐지 요소가 소멸나방이 분명하단 거였다. 아니라면 자기 군화도 먹어치울 수 있을 만큼. 탐지 요소 독해를 위한 단기 재교육 과정을 받은 게 후회될 지경이었다. 심지어 그조차도 소멸나방 추진체의 날카롭게 끓어오르는 음파를 식별할 수 있었으니까.

아니, 사실 그 이상이었다. 눈을 감으면 함대의 위치가 고스란히 느껴졌으니까. 이 정체불명의 초감각은 개별 나방의 위치마저도 명확히 알려주고 있었다. 나방전함은 거대하고, 따라서 필연적으로 육중한 존재다. 물론 그의 초감각이 정확할 때의, 일종의 환각이 아닐 때의 얘기지만. 그는 자신의 감각을 시험해볼 일이 생기지 않기를 빌었다.

이건 대체 어떻게 작동하는 거야? 그는 예전에 자신에게 말을 걸었던 목소리를 향해 물었다. *어째서 내가 '느끼고 있는' 분포 상황이 탐지 결과하고 다른 거지?*

탐지 장비는 나방 추진체가 방출하는 요소를 감지하는 거다. 목소리는 놀랄 정도로 친절하게 대답했다. *반면 너하고 나는 시공간의 파동을 읽어내는 거고. 종류가 완벽히 다른 감각인 셈이야. 시각과 청각이 다르듯이.*

갑자기 왜 그렇게 친절하게 굴어? 대놓고 묻는 쪽이 정보를 얻어내기 쉬울지도 모른다.

지금 나방 조선소를 파괴할 예정이지. 그러지 마. 조선소를 구할 방법을 찾아봐.

제다오는 머뭇거렸다. *그래야 할 이유를 말해줘.*

네가 육두관의 계획대로 움직이면, 어린 나방들이 전부 죽는다. 아직 아기들이야. 일부는 심지어, 인간의 시간 감각으로 치면 갓난아기에 불과하다.

그 어린 나방들도 싸울 수 있었다면 지금 우리와 맞섰겠지? 제다오는 물었다.

그렇지.

최대한 노력해볼게. 하지만 나한테는 이 함대가 우선이야.

그러는 동안, 탐지반은 처참한 얼굴로 인터페이스를 이리저리 눌러 댔다. "일치하는 패턴을 확인 중입니다."

지금으로서는 초감각도 딱히 도움이 되지 않았다. 단순한 질량 수치가 아니라 탐지 요소를 기준으로 식별하는 작업이었으니까. 나방 추진체의 탐지 요소는 시간의 경과에 따라 변형된다. 나방을 이루는 생체 조직은 나이를 먹으면서 성장하고 뒤틀린다. 또한, 피해를 입어 수리된 부분이나 신형으로 개조된 부분도 존재한다. 이 모든 변화가 탐지 요소에 반영되는 것이다. 켈은 전함나방 추진체의 개별 특성을 전부 데이터베이스에 정리해놓는다. 물론 쿠젠은 이제 보호령이나 협정국과 교류하지 않기 때문에, 데이터베이스 쪽으로 조금씩 뒤떨어지는 것은 피할 수 없는 노릇이었다.

제다오는 더 빨리 작업하라고 탐지반을 괴롭혀봤자 아무런 의미도 없다는 사실을 잘 알고 있었다. 단말을 지금보다 더 뚫어져라 쳐다봤다간 눈알이 증발해버릴지도 모르고. 그는 다네스의 도움을 받아 전략반이 쿠젠의 수하들에게서 건져 온 정보 보고서를 건드려보기로 했다. 전략반에서는 협정국에 믿을 만한 켈 인력이 부족하고 보호 대상의 수가 많기 때문에, 이스테이아 성계의 방위 전력 정도는 충분히 처리할 수 있으리라 기대했다. 여기서 한 가지 배울 점이 있다면, 절대 기대에 의존해서 전략을 세워서는 안 된다는 것이다.

그러나 제다오는 크게 걱정하지 않았다. 사실 지금의 상황 자체보다도, 상황에 맞지 않게 자신을 감싸고 있는 차분한 자신감 쪽이 더 거북하게 느껴졌다. 쿠젠이라면 그가 얼마나 많은 전투에서 승리를 거두었는지 끝없이 떠들어대겠지만, 전혀 기억에 없는 그에게는 첫 전투나 다름없었다. 어쨌든 지금의 자신감이 근거가 있든 없든, 휘하 병사들의 사기를 올려줄 수 있다면 상관없긴 했다.

문제는 병사들이 사기는커녕 이미 다들 반쯤은 겁에 질려 있다는 것이었다. 대체 내가 뭘 놓치고 있는 거지?

탐지반은 마른침을 꿀꺽 삼키더니, 몸을 돌려 그를 바라봤다. "각하. 패턴 확인이 끝났습니다. 소멸나방은 〈세 마리의 황조롱이와 세 개의 태양〉호입니다."

"이네세르로군." 참모장인 메라운이 갈망이 섞인 투로 말했다. '우리의 정당한 지도자'라는 수식어가 거의 귓가에 울릴 지경이었다.

모든 승무원이 제다오를 바라봤다.

눈빛의 의미는 그도 잘 알고 있었다. 그의 적수는 단순한 켈 장군이 아니었다. 옛 육두정부의 최고참 야전 사령관이자 보호령의 국가원수였다. 그리고 그녀는 자기 이름을 기리는 소멸나방까지 끌고 나타났다.

"어디 상황을 볼까. 아직 깃발을 올리지는 않았겠지?" 제다오가 물었다.

"조금만 더 가까이 가면 올릴 겁니다." 탈라우가 대답했다. 제다오를 극도로 싫어하면서도, 탈라우는 함대의 전투 사거리를 상당히 세심하게 확인하고 있었다. 제다오는 그 사실에 속으로 감사했다.

제다오는 상태 요약표를 확인했다. 2번 전술 부대는 직접 위험에 노출될 위치를 벗어났다. 그는 고개를 슬쩍 뒤로 젖히며 웃음을 흘렸다. "해볼까."

"각하." 탈라우의 목소리는 날카로웠다. "이네세르와 협정국 함대가 힘을 합치면, 상대방 쪽에는 원하는 대진형을 뭐든 구성하고도 남을 정도의 기치나방이 모이게 됩니다. 그에 따른 정치적 함의는 두말할 필요도 없을 테죠."

"나도 알아." 제다오는 피가 끓어오르는 것을 느끼며 말했다. 전투가 눈앞에 있었다. 입에 피 맛이 맴돌 지경이었다. "덕분에 우리를 이길 수 있으리라 자만하고 있겠지."

승무원들도 알아서 눈치를 보는 것인지, 자신들에게 승산이 없다는 점을 입에 담는 사람은 없었다.

켈은 명령에 복종하도록 강제당하지만, 그렇다고 질문까지 할 수 없는 것은 아니었다. 제다오의 화면 하나에는 함대 전체의 나방과 일대일 대응되는 작은 삼각형이 가득했다. 그는 각각의 삼각형이 의미하는 함명과 함장을 전부 암기해놓았다. 지금은 거의 모든 삼각형에 불이 들어와 있었다. 함장들이 그와 대화를 원한다는 신호였다.

얼어 죽을. "통신." 제다오는 자기 목소리가 떨리지 않는다는 사실에 감탄하며 지시를 내렸다. "함대의 모든 함장을 대상으로 통신을 연결하도록."

"회선 열렸습니다, 각하."

무슨 말을 하는 게 좋을까… "슈오스 제다오 대장이 전 함대의 함장들에게 알린다." 입에서 절로 말이 쏟아져 나왔다. 여기서 입을 다물면 모두들 더 불안해지겠지. "현재 〈세 마리의 황조롱이와 세 개의 태양〉호가 식별되었다. 나는 보호령과 협정국의 군세가 힘을 합쳐 우리와 맞서고 있다고 생각하는 중이다. 저들로서는 안 된 일이지만, 저들이 귀관들을 해치우려면 일단 나부터 넘어서야 할 것이다." 지금 내가 웃고 있나? 아무래도 웃고 있는 것 같다. 대체 내 머리는 어디서부터 고장 난 걸까?

허풍은 이 정도면 충분했다. "모든 전투함은 '파도 쐐기' 진형을 취한다. 탈라우 함장, 주요 중심축은 비우되 〈망령〉호를 너무 뒤로 물리지는 말도록. 적들에게 뚜렷하게 식별되어야 한다. 함대는 이대로 이스테이아 기지에 설비된 고정 방어 시설의 사거리 한계까지 진격한다. 방위 함대가 반응하고 내가 별도의 명령을 내리기 전까지는 멈추지 말도록." 그 '별도의 명령'이 상당히 빨리 내려질 것은 분명했다. 이네세르 호국공이 손 놓고 바라보고만 있을 리는 없으니까. 그러나 생각의 흐름까지 밝혀서 함장들에게 혼란을 줄 필요는 없었다. "명령을 확인하도록."

나방 함장들이 확인 신호를 보내면서 화면은 더욱 환하게 밝아졌다. 제다오는 각 함선을 단순히 화면에 정렬한 반짝이는 삼각형으로 나타내는 일이, 그들이 인간이라는 사실을, 저마다 승무원을 가득 태운 전함나방의 지휘관을 의미한다는 사실을 잊게 할까 두려워졌다. 그래도 저 반짝이는 불빛들은 제각기 얼굴만큼이나 특색이 있어 외우기 쉬웠다. 탈라우 함장은 최선임 지휘관답게 첫 번째 열의 꼭대기에 있었다. 나머지 첫 번째 열의 삼각형들은 1번 전술 부대 소속의 기치나방을 의미했다. 니하라 케루 함장은 두 번째 열의 꼭대기였고, 그 아래로는 2번 전술 부대의 나방들이 이어졌다. 쿠젠을 호위하러 떠났기 때문에 지금은 불이 들어오지 않은 유일한 열이었다. 마찬가지로 세 번째 열은 3번 전술 부대였고, 이후로도 같은 식이었다. 통신 패널 옆에서는 같은 형식의 패널에 함대 소속 나방들의 상태가 시각적으로 간략하게 떠올라 있었다. 나중에는 나방이 입은 피해가 다양한 색조의 붉은색으로 표시될 것이다. 지금은 전부 황록색이었다. 나방들이 진형 배치를 바꾸고 있다는 뜻이었다.

이내 제다오의 함대는 원하던 반응을 이끌어냈다. "각하." 통신반이 힘겨운 목소리로 말했다. "〈세 마리의 황조롱이와 세 개의 태양〉호에서 회선을 열었습니다. 교섭을 요청하고 있습니다."

그래, 안 될 게 뭐야? 물론, 제다오는 적들이 자신의 임무를 저버리게끔 설득할 요소를 단 하나도 떠올릴 수 없었다. 그래도 어쩌면 적으로부터 정보를 긁어낼 기회가 될지도 모른다고 생각하며, 그는 입을 열었다. "탈라우 함장, 나 대신 통신을 받도록."

메라운이 그를 향해 얼굴을 찌푸렸다. 사령실의 나머지 인원은 더듬거리며 거북한 침묵으로 빠져들었다.

"기꺼이 그리하죠, 각하." 이번만은 탈라우도 열의를 보였다. "통신, 〈세 마리의 황조롱이와 세 개의 태양〉호를 내 쪽으로 연결하도록."

제다오는 해당 화면을 자기 쪽 단말로도 연결했다. 이내 웅장한 〈세 마리의 황조롱이와 세 개의 태양〉호의 깃발이 그의 눈앞에 떠올랐다. 추가로 전투가 아니라 교섭을 요청한다는 식별 표지도 붙어 있었다. 상대방이 켈의 까다로운 절차를 이해하지 못해서 일어난 불필요한 전쟁이 과연 얼마나 될까? 나중에 찾아볼 만한 주제였다.

깃발의 위쪽에는 검은색 몸에 금색 경계를 두른 세 마리의 황조롱이가 날개 끝을 서로 맞대고 있고, 그 아래에는 거꾸로 뒤집은 세 개의 삼각형 안에 제각기 금빛 태양이 하나씩 들어가 있었다. 켈의 문장치고는 드문 일이었지만, 배경은 안단의 색상에 매우 가까운 푸른색이었다.

이네세르 본인이 직접 나선 건가? 그렇다면 제법 흥미로운 상황일지도 모른다.

이네세르의 웃음기 없는 얼굴이 그를 맞이했다. 완전 정장의 제복 차림은 제다오의 제복과 거의 완벽하게 일치했다. 유일한 차이는 장군의 날개 아래 슈오스의 눈 문장이 없다는 것뿐이었다. 물론 훈장도 달랐다. 그녀 쪽이 훈장의 개수가 훨씬 많았다.

"여기는 켈 이네세르 호국공이다." 이네세르가 낮고 사무적인 목소리로 말했다. "자네가 어디로 사라졌나 고민하고 있었다네, 탈라우."

젠장, 벌써부터 망했군. 제다오는 머릿속에서 자신감을 걷어냈다. 기억을 잃은 자신에게는 모두가 낯설고 새로운 사람들이지만, 다른 모든 사람도 서로 낯선 사이는 아닐 텐데.

사령실 안에 저릿한 긴장이 내려앉았다. 모든 켈이 이네세르를 갈구하는 것이, 그녀를 상대해야 한다는 사실을 거북하게 여기는 것이

여실히 느껴졌다. 최대한 빨리 처리해야만 했다.

문제는 탈라우가 어디로 튈지 모른다는 점이었다. 제다오에게 반감을 품고 있다는 사실은 딱히 비밀도 아니었으니까.

탈라우는 대화에 집중하느라 제다오의 갑작스러운 낙담을 알아채지 못한 모양이었다. "장군." 탈라우는 전혀 친근감 없는 쪽으로 목소리를 낮추었다. '호국공'이 아니라 '장군'이라고 불렀다는 점도 중요했다. "퇴각을 권고하겠습니다."

이네세르는 탈라우를 바라보며 눈을 가늘게 떴다. "나는 자네가 추락매가 될 거라고는 상상조차 못 했다네, 함장."

직급을 강조했는데도, 탈라우는 조금도 움찔하지 않았다. "지금 명령권자는 당신이 아닙니다." 그는 한쪽 손을 굳게 거머쥐며 말했다.

제다오는 두 가지를 확신했다. 하나, 탈라우는 함대 내의 누군가에게 충성을 바쳐야 한다고 생각한다. 둘, 그 누군가는 제다오가 아니다. 그럼 대체 누구란 말인가?

탈라우의 시선이 힐끔 옆으로 향했다. 순간 제다오는 깨달았다. 탈라우는 제다오를 신경 쓰는 것이 아니었다. 탈라우는 다네스를 신경쓰고 있었다.

친구인가? 제다오는 생각했다. 아니면 연인? 매끼리 붙어먹는 행위가 금지돼 있다고 하나, 그런 일이 절대 일어나지 않을 거란 보장은 없었다.

이네세르는 날 선 목소리로 말을 이어갔다. "적법한 켈의 권위에 항복하거나 즉시 이 성계를 떠나도록, 함장."

"아무래도 인사치레는 관두고 포격전으로 넘어가는 쪽이 나을 듯하군요." 탈라우가 말했다.

여우와 사냥개시여. 제다오는 공포와 즐거움이 뒤섞인 채로 그 광경을 지켜봤다. 탈라우가 미끼를 내걸고 있잖아. 완벽해.

이네세르는 한쪽 눈썹을 슬쩍 들었다. "자네가 원한다면 그렇게 하지. 통신 종료."

"흠, 이건 좀 빨랐군요." 탈라우가 말했다.

메라운은 자기 단말 모서리를 손가락으로 톡톡 두드렸다. "이네세르 장군의 성미는 알고 있습니다. 반항하는 애송이를 짓밟을 기회 앞에서 대화로 시간을 낭비하지 않는 사람이죠."

나만 빼고 모두 이네세르와 아는 사이인가? 물론 더 좋지 않은 가정도 있었다. 나도 이네세르와 알던 사이는 아닐까? 미리 찾아봤어야 마땅한 일이 하나 더 늘었다. 이제는 어찌할 도리가 없는 문제긴 했지만.

통신반의 목소리에는 침울한 기색이 가득했다. "모든 적대 세력이 〈세 마리의 황조롱이와 세 개의 태양〉호 깃발을 투사했습니다."

제다오는 그게 무슨 의미인지 알고 있었다. 협정국에서 군대 통솔권을 이네세르에게 이양한 것이다. 물론 이 전투에 국한된 것일 수도 있었다. 눈앞의 함대가 과거의 켈이었다면 이네세르가 쿠데타를 일으켰다는 뜻이 되겠지만, 지금 이 상황에서는 그럴 리가 없었다. 이제 협정국의 켈은 진형 본능 없이 자발적으로 복무하니까. 이네세르가 권한을 남용한다고 판단한다면, 언제든지 복종을 거부할 수 있었다.

"흠." 제다오는 느릿하게 끄는 말투로 말했다. "이네세르 호국공께서 싸우기를 원하신다면, 우리도 상대해드려야겠지." 이네세르의 직함을 사용하는 순간 승무원들이 살짝 긴장을 푸는 모습이 새삼 눈에 떴다. 그녀를 때려눕힐 예정이기는 하나, 막무가내로 모욕하고 싶지는 않았다. 사람들이 자신에게서 정당성을 기대할 거란 생각은 버린 지 오래지만.

그는 통신반을 보며 말했다. "모든 함선에 톱니바퀴 2번 카드 문장을 거꾸로 매달라고 지시하도록."

통신장교는 눈을 깜빡였다. "각하?"

"설마 못 들은 건 아니겠지? 뒤집으라고." 옛 문장을 사용하라는 쿠젠의 지시야 따르면 그만이었다. 그러나 그걸 개량해서 혼란을 뿌리는 것은 자신의 재량이었다. 어쨌든 그쪽이 정당해 보이기도 했고. 만에 하나 기적이 일어나서 옛 기억을 되찾게 된다면, 그때야 비로소 깃발을 바로 달 자격이 생길 것이다.

"잠시만 기다리십시오, 각하." 통신반은 그의 지시를 전달했다.

"적 함대는 위치를 유지하고 있습니다." 탐지반이 말했다.

"각하." 통신반의 목소리에서 숨기지 못한 혼란이 묻어 나왔다. "이네세르 장군이 다시 교섭을 요청합니다."

"뭘 또 이제 와서. 허락하지. 이번에는 내가 직접 응대하겠네."

다시 한 번 그의 눈앞에 이네세르의 문장이 떠올랐다. 예쁘장한 문장이란 사실은 인정할 수밖에 없었다. 남의 문장을 부러워하는 사람이 얼마나 되려나? 제다오의 문장은 개중에서도 형편없는 축에 속할 것이다. 사람들이 짝짝이 톱니바퀴 한 쌍 같은 걸 두려워한다는 사실이 아직도 납득이 가지 않았다.

"제다오." 이네세르는 통신이 연결되는 순간 그의 이름을 내뱉었다. 감정을 터트리는 모습을 보니 그를 아주 잘 알고 있는 것이 분명했다. "이렇게 불러주는 쪽이 더 편할 거라는 생각이 드는군. 아니면 요즘은 체리스라고 불리던가? 갈피를 못 잡겠군."

체리스는 그의 기억을 훔쳐 도망쳤다는 여자의 이름이었다. 이네세르가 '이쪽이 더 편할 거라고' 말한 이유가 무엇일까? 설마 그가 외모를 개조한 체리스라고 생각하는 걸까? 제다오는 문득 그 체리스라는 자의 정체가 상당히 궁금해졌다. "제다오라고 불러도 좋습니다." 제다오는 최대한 살가운 투로 말했다. "혹시라도 내가 도울 일이 있습니까? 내가 잘못 본 게 아니라면, 이미 서로 깃발을 투사한 것 같은데. 애써 끌어 올린 적의를 그냥 낭비하기에는 조금 아깝지 않겠습니까?"

"허튼수작은." 이네세르가 말했다. "자네가 굉장한 꿍꿍이를 품고 있다는 사실은 사라졌을 때부터 짐작하고 있었지. 켈 사령부에서 자네를 불명예 제대시켰다는 사실은 알고 있겠지?"

그랬다고? 하지만 자신의 무지를 인정할 엄두는 나지 않았다. 게다가 따분해하는 휘하 켈들의 표정을 보니 이런 비난은 그냥 무시해도 될 법했다. "당신이 내 기함의 함장을 추락매라고 불렀지 않습니까? 사과할 생각이 아니라면 얼른 싸웁시다."

이네세르는 의미심장한 침묵을 지키다가 내뱉었다. "진심이로군."

진심이 아닐 이유가 있나? 그녀는 제다오 휘하의 최선임 지휘관을 모욕했다. 따라서 그의 명예도 함께 모욕당한 셈이었다. 자신이 슈오스라는 사실은 그리 중요하지 않았다. 그의 명예가 곧 휘하 함대의 명예니까. 그는 입을 다문 채로 그녀의 얼굴을 지그시 바라보기만 했다.

"제다오." 이네세르가 말했다. "몇 세기 복무했다는 이유만으로 나를 계급으로 찍어 누를 수는 없을 거야. 자네의 제대 명령을 취소할 권한이 있는 사람은 나하고 브레잔 상급대장뿐이거든. 게다가 상급대장은 나와 동맹을 맺었고."

"어쨌건 사과처럼 들리지는 않는군." 제다오가 말했다. "제대로 된 소리를 지껄일 생각이 없다면, 우리 쪽에서 먼저 포문을 열겠다." 그는 탈라우 쪽을 힐끔 바라봤다. 탈라우는 딱히 감동한 표정은 아니었다. 뭐, 어차피 그러리라 기대하고 한 행동도 아니었다. 어디까지나 원칙의 문제였을 뿐.

메라운은 눈살을 찌푸렸다. 다네스는 고개를 저었다. 그를 믿어주는 사람이 이렇게 많다니 정말 감개무량할 지경이었다. 이네세르는 지연 전술을 펴는 것이거나, 그에게서 정보를 끌어내려는 생각일 것이다. 수적으로는 이네세르 쪽이 압도적으로 우세했다. 우주전에서 수는 결코 무의미한 이점이 아니었다. 무엇보다 전함나방의 수가 많으면 사용할 수 있는 위력적인 대진형의 종류도 많아지니까. 그런데도 저쪽에서 먼저 공격하지 않는다는 뜻은, 곧 제다오 쪽에 이점이 있다고 생각한다는 것이다. 그러나 이 모든 생각을 승무원들에게 설명할 시간은 없었다. 딱히 설명하고 싶지도 않았고. 선택지는 상쾌할 정도로 단순했다. 자신의 쓸모를 입증해 보이든가, 아니면 패퇴하든가.

이네세르가 다시 입을 열었다. "자네가 선의를 품고 광기의 십자군 전쟁을 일으켰다고 생각한 적도 있었지. 결과는 참혹했지만 말이야. 그래도 최소한 자네의 선언문은 그쪽으로 명확했거든. 그런데 이런 일을 벌여? 육두관들을 암살한 기념일에? 우리는 9년 동안 자네가 산산조각 낸 세상을 간신히 짜 맞춰왔어. 그런데 이제 와서 자네 손으로 이 모든 것을 다시 혼돈으로 내던질 셈인가."

쿠젠의 기록에는 제다오가 육두정부 분열에 개인적으로 책임이 있다는 내용이 없었다. 선언문 또한 들어본 적조차 없었다. 기억 상실증의 가장 곤란한 점이 바로 이러한 부분이었다. 크게는 과거의 반역에서부터 사소하게는 3번 전술 부대의 여덟 번째 기치나방에서 채소절임이 부족한 문제까지, 모든 문제가 그의 책임일 수 있다는 것이다.

게다가 이번에는 승무원들이 눈에 띄게 움찔했다. 이네세르의 말에 휘둘려 사기가 떨어지는 상황은 더는 용납할 수 없었다.

그 생각은 한 가지 깨달음으로 이어졌다. 지금 대화의 목표는 제다오가 아니었다. 그와의 대화는 단순히 그의 병사들에게 말을 건네기 위한 핑계에 지나지 않았던 것이다. 이네세르는 완벽히 다른 차원의 전장에서 전술을 펼치고 있었다. 제다오는 갑자기 그녀가 마음에 들었다. 개인적으로 친분을 쌓거나 스승으로 삼고 싶다는 생각이 들 정도로. 그러나 그에겐 쿠젠에게 충성하고 휘하 장병을 이끌 의무가 있었다. 그리고 반드시 성공할 생각이었다.

"이번에도 '사과'라는 단어는 전혀 들리지 않는군. 나중에 봅시다, 이네세르 호국공." 제다오는 이렇게 말하며, 통신반에게 회선을 차단하라는 신호를 보냈다. "통신, 전 함대에 전달하도록. 여기는 제다오 대장이다. 38퍼센트 가속으로 전진을 재개한다." 전략반에서 지도에 표시한 대로라면 23분 후에 성계의 외곽 경계에 도착할 속도였다.

명령을 승인했다는 불빛이 순식간에 화면을 가득 수놓았다. 그의 함대는 열정적으로 이네세르와 싸울 생각은 없었지만, 동시에 주저하는 기색을 보일 생각 또한 조금도 없었다.

"각하." 병기반 장교가 입을 열었다. 쌀가루 경단처럼 부드럽고 동그란 얼굴을 가진 중위였다. "이네세르 대장의 함대가 '천둥매의 분노' 진형으로 변경할 것 같습니다."

진형 변경이 완료되는 순간 충격파가 발생할 것이며, 그 충격파는 피하는 편이 좋으리라는 사실은 군이 설명할 필요도 없었다. 탐지반에서는 이네세르의 기치나방들이 당황스러울 정도로 정확하게 움직이고 있다는 사실을 알려 왔다. 쿠젠의 자료를 읽었을 땐, 이네세르 호국공과 브레잔 상급대장이 그리 잘 어울리지 못한다는 인상을 받았는데. 쿠젠이나 그의 정보원들이 실수를 저지른 것일까? 협정국과 육두정이 공동 작전에 익숙하다면, 그들은 지금 전략반에서 예측한 것보다 훨씬 위태로운 상황에 빠진 셈이었다.

"츠웬 함장에게 특수 이동 지령을 하달한다." 제다오는 더 빠르게 말하고 싶은 충동을 억누르며 이렇게 말했다. 츠웬은 1번 전술 부대의 2번 나방을 이끄는 함장이었다. 일부러라도 차분한 태도를 과시할 필요가 있었다. "잠시 후 〈망령〉호가 돌격을 시작할 것이다. 귀함은 그 직후에 진형의 중심축 역할을 맡아서 추가 명령이 하달될 때까지 진형을 유지하도록." 이네세르와 그 동맹들만큼 전함나방이 넉넉하지는 않았지만, 그래도 한 척이 빠져나갔다고 진형의 위상 구조가 무너져 내릴 수준은 아니었다.

예상대로 화면에서 불빛이 반짝였다. 츠웬이 질문을 원한다는 신호였다. 제다오는 츠웬이 얼른 신뢰라는 미덕을 배웠으면 좋겠다고 생각했다. 방금 명령은 명확했으니까. "츠웬 함장. 명령을 확인하라." 그는 차갑게 덧붙였다.

2초 후, 불빛은 호박색으로 바뀌었다. 즉각 확인했다면 좋았겠지만,

이 정도면 시작치고는 나쁘지 않았다.

"그러면 〈망령〉호에 중요한 지령을 내리겠다." 제다오는 탈라우 함장 쪽으로 시선을 고정하고 말을 이었다. "병기반, 절단포 충전을 시작하라." 이 무기의 놀랍도록 짧은 발동 시간에 대해, 나중에 잊지 않고 쿠젠에게 감사 쪽지를 보낼 생각이었다. "내가 지시를 내리면, 그대로 〈세 마리의 황조롱이와 세 개의 태양〉호를 정면에서 차단할 수 있는 경로로 돌진하도록."

이네세르의 기함을 들이받을 생각은 아니었다. 그건 우주에서 인간의 익살을 구경하는 여우 신령마저 한심하게 여길 일이었다. 일단은 최대한 겁을 주는 것이 목표였다. 설령 실패한다 해도 제대로 미쳤다는 악명은 얻을 수 있으니, 나름의 쓸모는 있을 것이다.

"경로 설정이 끝났습니다." 항해반이 어깨를 잔뜩 움츠린 채 말했다.

제다오는 그녀에게 기운 내라고 말하려다, 어차피 별 도움도 안 될 테니 그냥 놔두기로 했다.

"절단포 충전이 끝났습니다." 뒤이어 병기반이 말했다.

그런 짓은 하지 마. 흐릿한 목소리가 다시 울렸다.

그러지 말아야 될 이유를 한 가지만 대봐. 제다오는 평온한 표정을 유지하며 머릿속으로 대꾸했다. 그가 환청을 듣고 있다는 사실은 아무도 모르는 편이 나을 것이다. 다른 이들도 〈망령〉호의 목소리를 듣는다는 증거는 전혀 없었으니까. *나방이 다치지 않게 노력은 해보겠어.* 쿠젠에게는 난포한 나방도 유용한 자산이란 점으로 설득할 생각이었다. *하지만 그래도 적 병력을 압도하기는 해야 한다고.*

절단포 없이도 이길 수 있을 텐데. 너는 불가능한 전쟁을 승리로 이

끌기로 이름난 명장이니까.

좋아, 이제는 짜증 날 정도로 한심한 전술적 충고에 덧붙여 비꼬는 칭찬까지 듣고 있어야 하는군. 지금 적성 역법 지역을 공격할 수 있는 무기는 절단포뿐이었다. 그대로 협정국의 역법 영역으로 진군해 들어 갈 생각은 추호도 없었다.

나방은 머뭇거리며 덧붙였다. *그 포를 쏠 때마다 고통스럽다.*

나한테도 선택지가 별로 없어. 제다오는 대답했다.

이네세르의 대함대는 그리 멀리까지 전진하지 않았다. 사실 그럴 필요도 없을 테니까. 제다오는 절단포의 성능과 특성을 상세하고 아름답게 정리한 보고서를 꼼꼼히 연구해왔다. 그는 적 함선이 미리 설정해놓은 가상의 경계선을 넘어오는 순간 지시를 내렸다. "진격."

〈망령〉호는 신음을 울리며 〈세 마리의 황조롱이와 세 개의 태양〉호 쪽으로 가속을 시작했다. 그물형 안전장치로 몸을 고정하고 있는데도, 자리로 전달되는 진동에 온몸이 흔들렸다. 탈라우는 몸을 앞으로 기울이고 보조 화면 하나를 살피고 있었다. 메라운은 초연하면서도 경쾌한 기색이었다. 제다오가 보기엔 별로 당황하지 않은 것 같았다.

"내가 명령하면 절단포를 발사한다." 제다오는 이렇게 말하며, 보조 두뇌를 달아준 누군지 모를 사람에게 감사 인사를 보냈다. 뇌 속에서 시간 경과를 측정할 수 있으니, 손목시계를 들여다보는 것보다 훨씬 정확하게 시간을 맞출 수 있었던 것이다.

이네세르의 함대가 응축을 시작하며 중심축이 자리를 찾아 들어갔다. 조금만 더, 조금만 더, 조금만 더…

"발사." 제다오가 말했다.

병기반이 얼굴을 찌푸리며 제어 버튼 하나를 눌렀다. "절단포 발사했습니다."

폭발은 일어나지 않았다. 불꽃놀이도 없었다. 그러나 제다오는 순간 머릿속에 울리는 고통스러운 잡음에 무의식적으로 혀를 깨물었다. 끈적이는 피 맛이 입 안을 가득 메웠다. 〈망령〉호의 비명이 생생하게 울렸다. "당장 멈춰!" 적어도 그는 그렇게 말하려 했다.

"각하?" 탈라우는 마지못한 듯 물었다. "조금 더 구체적으로 지시해주시겠습니까?" 그의 목소리는 저 멀리 거미줄 너머에서 들려오는 것만 같았다.

〈망령〉호의 목소리가 신음처럼 울렸다. *내가 경고했을 텐데.*

그 목소리 때문에 제다오의 머릿속을 가득 메우는 고통이 한층 증폭되었다. 조금만 더 심해졌다간 머리가 그대로 떨어져 나갈 것만 같았다. 제다오는 머리가 떨어져 나가는 것으로 고통이 멈춘다면 기꺼이 감수하고 싶었다.

윙윙거리는 소리가 잠잠해지고, 뒤이어 고통도 잦아들었다. 사령실의 모든 승무원이 머리에 아가미가 돋아나기라도 한 것처럼 그를 바라보고 있었다. 눈에 띄지 않으려고 허리를 수그리고 있는 교리반만 제외하고. 다른 사람들이 그 잡음이나 〈망령〉호의 목소리를 들을 수 없다는 사실은 충분히 확인된 셈이었다.

더 중요한 문제는, 그의 반응 때문에 사령실 내부의 작전 진행이 중단되었다는 것이었다. 용납할 수 없는 실수였다. 탈라우의 얼굴은 불쾌감으로 딱딱하게 굳어 있었다. 내적으로 결단을 내린 듯한 표정이었다.

"함장, 방금 명령은 무시하도록." 제다오는 헐떡이며 말했다. "탐지반, 이네세르 호국공의 현재 상황은?"

"진형이 완벽히 무너졌습니다." 탐지반의 목소리에서 경탄이 느껴졌다. "완벽히 뒤엉켜버렸습니다. 제 꼬마 사촌이 고양이를 매달고 털실 상자를 엎었을 때처럼요."

다네스는 이미 제다오를 위해 필요한 영역을 전술 보조 화면에 띄워놓고 있었다. 함대의 나방들이 엉망으로 뒤엉켜 위상 배치가 불가능해진 모습이 눈에 들어왔다. 더욱 정확하게 말하자면, 개별 나방은 정해진 대로 이동했을 뿐이겠지만, 절단포가 시공간의 얼개 자체를 끄집어다 늘어뜨려놓은 것이었다.

제다오는 당장에라도 침대로 기어 들어가 1년쯤 잠들고 싶은 마음이 간절했다. 적어도 고통이 완벽히 가실 때까지만이라도. 그러나 아직 할 일이 남았다. "통신." 통신장교가 몸을 꼿꼿이 세우고 명령을 기다리는 모습을 보고서야, 입에서 말이 제대로 나왔다는 확신이 들었다. "이네세르 장군에게 협상을 원하면 회담에 응하라고 전달하도록. 그렇지 않으면…"

문득 통신장교가 고개를 돌리더니 침을 꿀꺽 삼켰다. "각하, 육두관에게서 전문이 들어왔습니다."

제다오는 말을 이었다. "…그쪽 함대가 족집게라도 가져오지 않은 이상 다시 짜 맞출 수 없을 만큼 철저하게 분쇄될 거라고 덧붙이도록. 선택은 그쪽의 몫이라고." 운이 좋으면 협상 자리에 나설 것이다. 그는 반드시 필요한 것이 아니라면 사람을 죽이고 싶지 않았다.

실수였던 모양이다. 제다오에게서 주의를 돌린 통신반 장교는 탈라우 함장 쪽에 전문을 재생시켰다. 탈라우의 눈앞에서 쿠젠의 영상이 솟아올랐다. 사령실의 한가운데에 가까운 위치였다. "방금 명령은 철회한다." 쿠젠의 목소리는 살얼음처럼 차가웠다. "탈라우 함장, 지금 즉시 제다오 장군의 지휘권을 박탈하겠다. 그동안 귀관이 함대의 지휘를 맡도록. 적의 혼란을 틈타 이스테이아 나방 조선소를 파괴하여 역법 변동을 일으켜라. 목표를 완수한 다음에는 그대로 퇴각해 2번 전술 부대와 합류한다. 그 과정에서 무슨 일이 있어도 호국공과 접촉해서는 안 돼. 똑똑히 알아들었겠지?"

탈라우는 즉시 고개를 끄덕였다. "완벽하게 알아들었습니다, 육두관 각하." 그리고 그는 웃음을 머금었다. "교리반, 사람을 불러 슈오스 제다오를 사령실에서 데리고 나가도록. 육두관 각하의 지시가 우선이다."

제다오. 〈망령〉호가 말했지만, 목소리에는 힘이 없었다.

맞서 싸울 수도 있어. 제다오는 이렇게 생각했지만, 사령실 전체를 제압할 수 있으리라는 생각은 들지 않았다. 그는 교리장교 두 명이 들어오는 모습을 그대로 앉아서 바라보기만 했다. 양쪽 모두 자기보다 머리 하나씩은 큰 데다가 그만큼 덩치도 좋았다. 마치 끌려 나가는 동안 저항하리라고 예상이라도 한 것처럼.

제다오는 거미줄 안전장치를 풀고 일어섰다. "준비는 됐다. 훌륭히 싸우게, 함장."

탈라우는 대꾸조차 하지 않았다.

사령실을 나서는 제다오의 귓가에, 이스테이아 나방 조선소를 폭격하라고 명령하는 탈라우의 목소리가 들렸다.

14

독방에는 앉거나 누워 자는 용도인 벤치 하나와 좌변기 하나뿐이었다. 투명한 장벽이 제다오와 나머지 세계를 갈라놓았다. 장벽 너머에는 다른 독방이 하나 보였다. 약식 정장을 입은 켈이 자기 벤치에서 잠들어 있었다. 몸가짐이 엉망인 것인지, 아니면 반항하다 그렇게 된 것인지는 알 수 없었지만, 한쪽 구석엔 내팽개친 군화도 보였다. 물론 단순히 꽉 끼는 군화에 짜증이 났을 뿐일지도 모르지만.

그는 처음 30분 정도는(30분이 맞으려나? 감방에 들어올 때 장교들이 보조 두뇌를 꺼버렸고, 덕분에 내장 시계도 작동이 중지되었다) 방을 둘러보며 탈출 방법을 찾아보고, 맞은편의 켈 병사가 구금된 이유를 상상하며 시간을 보냈다. 어쩌면 숙소에 애완동물을 밀반입하다 걸렸을지도 모른다. 쌀밥을 숨겨다 족제비, 아니면 전갈, 또 아니면 원숭이, 그것도 아니라면 뱀에게 먹이다가 적발된 것일 테지. 아니면 셔츠를 뒤집어 입고 점호하다 걸렸을지도 모른다. 아니면 근무 중에 졸았거나, 또 아니면 포신에 바를 윤활유를 헷갈렸거나, 그것도 아니라면…

어느새 그녀가 자리에서 일어나 제다오를 바라보고 있었다. 더 정확하게 말하자면, 자기 독방의 한쪽 구석으로 바짝 붙어 앉아 있었다. 제다오가 자신을 눈빛만으로 죽일 수 있다고 생각하는 것처럼.

"잘 잤나." 제다오는 자기 목소리가 친근하게 들리기를 빌며 말을 걸었다. "어쩌다 여기 갇혀 있게 된 건가?"

그가 말을 거는 순간 움찔 놀라는 모습이 보였다. "각하?" 둘 사이를 막는 투명 장벽 때문에 먹먹하게 들렸다. 그의 목소리도 마찬가지일 것이다.

"자네가 어쩌다 여기 왔는지 말해보게."

눈을 휘둥그레 뜬 상태로, 여자는 대답했다. "늦잠을 자는 습관 때문입니다, 각하. 군인에게는 어울리지 않는 습관이죠. 종종 기상 신호를 놓쳐서 여기에 처박힙니다. 상부에서는 제 보조 두뇌 문제라고 말하긴 하는데, 그걸 수리하느니 저를 여기 처넣는 쪽이 더 싸게 먹히죠." 그녀는 입술을 깨물었다가 갑자기 크게 소리쳤다. "다음에는 더 노력하겠습니다, 맹세합니다! 제발… 제발 저를…" 그녀는 입을 다물었다.

여우와 사냥개시여. 저 여자는 그와 함께 있는 이 상황을 형벌의 일환으로 받아들이는 모양이었다. "나도 자네와 같은 이유로 여기에 있네." 제다오는 이렇게 말했지만, 그녀의 눈은 더 커지기만 했다. 이번에는 두려움이 아니라 경악 때문인 듯했다. "아니, 늦잠 쪽 말고. 명령에 따르지 못했거든. 실망했다면 미안하게 됐네."

같은 장소에 갇힌 데다 저쪽도 대화할 의지가 있으니, 뭐든 정보를 얻을 수 있을지도 모른다. 지금껏 일반 사병과는 교류할 기회가 거의 없었던 걸 생각하면 오히려 잘된 일일 수도 있다. 물론 상대방이야 자신을 건드리지 않기를 바라겠지만. 여전히 시선을 돌리지 못하는 모습으로 보아, 그가 함께 있으면 절대 긴장을 풀지 못할 것처럼 보였다.

"여기 틀어박히게 되어 유감인가?" 제다오가 물었다.

"저는 '정원 켈'이거든요." 그녀는 조금 머뭇거리다 입을 열었다. "이렇게 사방이 벽으로 둘러싸인 곳에서는 조금 힘들지만, 머리 위에 하늘이 있으면 충분히 잘 움직여요. 작전이 시작되면 저도 상태가 나아지죠. 죄송합니다, 각하."

"정원 켈?"

"각하 주변에선 그런 표현을 안 쓰나 보네요. 조금 더 친절한 켈이란 뜻입니다."

"그럼 보병대라는 소리군."

그녀는 손을 움찔거리며 고개를 끄덕였다.

"행성 표면에서의 참전 경험이 제법 있나 보지?"

"전쟁을 두 번쯤 치렀죠." 그녀가 말했다. "그중 한 번은 정말 흥미로웠어요. 대단하신 천재 한 놈이 행성의 고리 사이에 기지를 박아 넣으면 예뻐 보일 거라고, 경치가 좋으니 예술가의 은둔처로 사용할 수 있으리라고 생각했거든요. 하지만 예술가들이 어떤지 아시죠?" 물론 몰랐지만, 그녀의 말을 끊을 생각은 조금도 없었다. "한 놈이 이단적인 행위 예술을 방송하는 실수를 저지른 거예요. 우리 부대의 산병 한명이 무허가 영상을 한두 편 손에 넣기도 했어요. 전부 체조 동작처럼 정말로 예쁘더라고요. 하지만 우리는 그곳에 진입해서 폭파해야 하는 상황이라, 그대로 임무를 따랐죠."

제다오는 눈을 깜빡였다. "영상 때문에 문제가 생기지는 않았나?"

"장교들은 보통 이단 냄새가 풀풀 풍기는 물건이 아니라면 적당히 봐줘요." 그리고 그녀는 침을 꿀꺽 삼켰다. 제다오도 장교라는 사실을 그제야 기억한 모양이었다. 적어도 장교 비슷한 존재긴 하니까. "더 중요한 문제가 잔뜩 있으니까요."

"분명 그렇겠지. 자네 이름이 뭔가?"

그녀의 목소리가 떨렸다. "켈 오파이라입니다. 전투가 한창인데 여기 틀어박히다니 운이 나빴죠. 하지만 여기 있는 편이 더 괜찮을 수도 있어요. 적어도 여기서는 잠을 보충할 수는 있으니까요. 어차피 폭파할 예정이라면 나방 조선소에 보병대를 상륙시키실 계획도 없으셨던 거겠죠? 그런데 각하께서는 여기서 뭘 하시는 건가요? 사령실에 계셔야 하지 않나요?"

"육두관의 의견은 다른 모양이라서." 제다오가 말했다.

그녀는 이 대답에 눈을 반짝였다. "육두관에게 마음대로 휘둘리시는 거예요? 그 사람, 각하를 두려워하지 않나요?"

"적어도 내가 보기에는 아니더군."

"비전투원에게 떠맡길 만큼 믿으시는 거예요?"

켈의 직업적 자부심을 건드린 모양이었다. "이 아래에 틀어박혀서 그런 이야기까지 어떻게 듣는 건가?" 제다오가 말했다. 게다가 그녀는 분명 자고 있었는데?

오파이라는 고개를 저었다. "각하께 정말로 아무것도 알려주지 않는 모양이네요."

그 점만은 반박할 수가 없었다. "글쎄, 자네가 알려줄 수도 있을 듯 하군."

"사실 딱히 비밀도 아니거든요." 오파이라는 왼팔을 들었다. "이 안쪽에 열선 펄스가 내장돼 있어요. 보이죠? 모든 정보가 켈의 군사 암호로 패턴화되어 이쪽으로 들어와요. 소속 부대에 접근하는 적대 세력이나 다른 온갖 것들을 알려주는 거죠. 하지만 심심해지면 다들 이걸로 잡담을 하기도 해요. 각하 같은 분들은 어떠실지 몰라도, 우리 정원 켈들은 정말 심심할 때가 많아요. 지금 각하도 보조 두뇌가 꺼진 상태죠? 하지만 제 열선 펄스는 괜찮을 거예요. 굳이 막으려 들지 않으니까요."

"나는 정원 켈이 아니니까 그런 장치가 없는 거고."

"아예 켈이 아니시잖아요." 그녀의 목소리에 동정이 묻어났다.

제다오는 그녀를 비난할 수 없었다. 그녀처럼 사는 것도 나쁘지 않을 듯했으니까. 나팔 소리에 맞춘, 그래봤자 못 일어날 때가 많은 기상 소리, 지정된 식당에서 중대원들과 함께 나누는 식사 시간, 보병대 훈련을 받으며 끊임없이 친숙해지는 온갖 무기들, 그리고 귓가에서 은은하게 울리는, 설령 죽더라도 혼자 죽지는 않으리라는 확신.

"자네 말이 맞기는 하지." 제다오가 말했다. "그래도 내 부하들이 야. 그늘이 해를 입을지 모르는데 여기 머물고만 있을 수는 없어."

"어떻게 탈출하실 생각이신데요?" 그녀는 다시 경계하며 물었다. "그냥 걸어 나갈 수 있는 것도 아니잖아요."

"나야 이곳 자물쇠가 어떤 식으로 작동하는지 모르지만, 분명 아는 사람이 있지 않겠나."

"아, 그렇죠. 교리 장교들이요. 전부 벌레랑 붙어먹을 놈들이에요. 아, 욕해서 죄송해요."

"우리가 싸움을 벌이면 어떻게 되나?" 제다오가 말했다. 이곳에서 나가려면 뭘 해야 하지?

오파이라는 얼굴을 찡그렸다. "안 하시는 게 어떨까요, 각하. 그… 그런 쪽으로 명성이 좀 있으시잖아요. 전 죽고 싶지 않거든요."

허. "응급 의료 상황을 가장하면 되려나?"

"에이, 그건 낡은 속임수잖아요. 안 넘어갈 거예요." 그녀는 곰곰 생각했다. "글쎄요, 뭐 변기나 그런 걸 터트릴 수도 있겠지만, 육두관이 찌질한 사람이라면 구석에서 소변을 보시게 되지 않겠어요? 제 눈에는, 아무래도 찌질한 사람 같던데."

나도 동감이야. 제다오는 이렇게 생각하면서도 말을 입 밖에 내지는 않았다. 어쨌든 쿠젠의 정신 나간 전횡을 방금 경험했으니까. 쿠젠은 분명 이곳도 감시하고 있을 것이다.

그래도 제다오는 좌변기를 확인했다. 다른 가구들과 마찬가지로 바닥에 단단히 고정되어 있었다. 뽑을 만한 나사 따위는 바로 눈에 띄지 않았다.

"좋아. 이걸로는 안 되겠군." 그가 말했다.

"다행이네요." 오파이라는 단호하게 말했다. "앉아서 기다리세요. 저는 항상 그러거든요."

"아, 그럴 수는 없지." 제다오는 맞은편 벽 앞으로 걸어갔지만, 벽에 손대지는 않았다. 그는 그 상태로 방벽을 이리저리 살폈다. 만지면 불쾌한 전기 충격이 느껴진다는 사실을 이미 깨달았기 때문이다. "내 팔을 찢거나 다리를 부러트리는 걸로는 아무 소용 없겠지. 육두관은 내가 전자펜을 들지 못해도 신경조차 안 쓸 테고, 걷지 못해도 별 의미가 없을 테니까. 그가 원하는 건 내 머리뿐이야. 탈라우 정도면 지휘관 대행을 충실히 수행할 수 있을 테고. 그렇다면…"

독방은 좁았지만 어느 정도 움직일 공간은 있었다. 그는 최대한 빨리 가속하며 그대로 머리부터 방벽을 들이받았다.

뒤편에서 오파이라가 깜짝 놀라 소리쳤다. 좋은 일이었다. 그녀가 이걸 정신 나간 짓으로 생각한다면, 그를 감시하는 사람도 마찬가지일 테니까. 잠시 눈앞에서 별이 터지듯 번쩍였다. 찌릿한 충격도 함께 찾아왔다.

그는 균형을 잃지 않고 그대로 뒤로 물러서며, 자신의 육체 능력에 나름대로 감탄했다. (인스턴트 군인: 물만 부으세요!) 그리고 다시 시도했다.

그리고 다시.

그리고 또…

"…그렇게 계속 뇌진탕을 일으켰다간 영구적인 뇌손상이 생겨요!" 오파이라가 소리치고 있었다. "뇌세포도 엉망으로 뒤엉킬 거예요!"

글쎄, 어차피 그게 목적이었다. 허풍으로는 부족했다. 감시자들도 분명 알아차릴 것이다. 아니, 적어도 알아차릴 수 있기를 바랐다. 아니라면 아무 이유 없이 자해하는 셈일 테니까. 뭐, 환자의 입장에서 의무반의 작업을 지켜보게 돼도 교육적으로 얻는 게 있을 것이나.

제다오는 다시 몸을 일으켜서…

몸이 닿기 직전에 방벽이 내려가며, 슉 하는 소리와 함께 기압이 바뀌었다. 그는 얼른 초감각의 힘을 빌렸다. 새로 등장한 사람이 있으려나? 그래, 있었다. 그는 고개를 낮추고 그대로 몸을 틀어 그쪽으로 돌진했다.

"악, 빌어먹을!" 새로 들어온 사람은 제다오에게 휩쓸려 넘어지며 비명을 질렀다.

허, 이런 것도 할 수 있잖아. 제다오는 생각했다.

"각하 … 아니, 슈오스, 지금 구속하겠… 아악!"

그는 이미 쭈그려 앉은 교리반 장교를 지나쳐 달리고 있었다. 가슴에 달린 늑대 머리 문장을 보니 라할인 모양이었다. 그녀와도 대화를 나누어보고 싶었다. 그러나 이미 탈출한 이상, 여기서 머뭇거릴 이유는 없었다.

보조 두뇌는 그의 부름에 답하기를 완강하게 거부하고 있었지만, 초감각에 집중하자 마음속에 지도가 펼쳐졌다. 절단나방의 내부 구조뿐 아니라, 그 안에 탑승한 모든 사람의 위치마저 느껴졌다. 사람 하나하나의 움직임이 마치 영원한 천상에 펼쳐진 별빛의 스펙트럼처럼 선명했다. 그뿐만 아니라 함대의 다른 나방들의 움직임까지도 마치 두개골 위에서 춤추는 것처럼 선명히 느낄 수 있었다.

아니면 진짜로 미쳐가는 걸지도 모르지. 지금은 정보에 의문을 제기한 채 발이 묶이거나, 아니면 정보를 믿고 자신을 포위한 라할에게서 도망치거나, 둘 중 하나였다. 그는 후자를 선택했다.

제다오는 닫혀가는 문으로 뛰어들었고, 문은 그가 접근하자 움찔거리며 다시 열렸다. 유용한 안전장치였다. 그는 바로 왼쪽으로 미끄러져 들어가, 육두정부의 수레바퀴 문장이 험악하게 줄지어 늘어선 음침한 복도를 따라 달려갔다. 그러고선 다시 왼쪽으로 방향을 틀어서 승강기에 충돌하기 직전에 간신히 몸을 피했다. 변동성 구조가 발목을 잡을까 걱정했는데, 이쪽 구역에서는 효과가 없는 듯했다. 그는 보조 두뇌를 끈 덕분이 아닐까 하고 추측했다.

흥미롭게도 라할은 그를 추격하지 않았다. 적어도 따라오는 발소리는 들리지 않았다. 그러나 분명 사령실에 그의 탈주를 보고하기는 할 것이다. 어쩌면 벌써 했을지도 모르겠지만.

승강기 앞에 선 순간, 초감각의 불가해한 능력으로도 넘을 수 없는 벽이 등장했다. 초감각에 문제가 생긴 건 아니었다. 승강기에 사람이 있는 것도, 같이 기다리는 사람이 있는 것도 아니었다. 다만, 초감각이 승강기 암호까진 해결하지 못한다는 게 문제였다. 지금까지는 생각도 않고 승강기를 썼던 것을 보면, 보조 두뇌가 암호를 자동으로 전송해주는 시스템인 모양이었다. 이제 앞길이 막혀버렸다.

좋아, 승강기는 무리다. 그럼 정비용 통로를 이용할까? 그쪽에도 접근 암호가 필요했던가? 기억나지 않았다. 일단 그쪽으로 향하는 편이 여기 갇혀서 사로잡히는 것보다는 나을 것이다.

그는 온 길을 되짚어 갈림길로 돌아와서는 다른 방향으로 꺾어지는 복도로 들어섰다. 정체 모를 문들을 한참을 지나친 끝에(그의 초감각으로는 방의 용도까지 짐작할 수는 없었다. 다양한 물체들이 들어 있다는 것까지는 알 수 있지만, 그것을 시각 정보로 옮길 수는 없었으니까) 그는 정비용 통로를 발견했다. 서비터 외에 사람들도 이걸 이용하는지는 알 수 없었다. 기술반에서는 항상 서비터의 보고를 취합한 자료만 전달했으니까. 다행스럽게도 나방을 설계한 사람(쿠젠일까?)은 통로를 사람도 들어갈 수 있을 정도로 널찍하게 만들어놓았다. 생각해보면 당연한 일이었다. 나방의 긴급 수리가 필요한 상황에서 서비터가 없다면 사람이 직접 해야 할 테니까.

제다오는 손을 가볍게 털고는, 통로를 기어오르기 시작했다. 벽이 사방에서 조여 오는 환각에 갑자기 공포가 솟아올랐지만, 그는 마음을 다잡고 폐소 공포증을 억눌렀다. 수수께끼의 초감각이 보여주는 내부 지도가 그와 통로 밖 세계를 연결하는 생명줄이 되었다. 결코 홀로 죽지 않을 것이라는 가상의 안도감이 밀려왔다.

익숙지 않은 과로에 팔다리가 비명을 질러댔지만 지금 상황을 조금이나마 잊을 수 있다는 점에서는 근육통도 그리 나쁘지 않았다. 더 거북하고 거슬리는 문제는, 머릿속에서 함대를 구성하는 나방들이 인식된다는 것이었다. 그들의 이동을 해석하려다 균형을 잃을 뻔한 게 한두 번이 아니었다. 전술 화면으로 접할 때는 진형과 변형 행동을 어렵잖게 인식할 수 있었지만, 이런 원치 않는 공간적 초감각으로는 익숙해지기가 상당히 힘들었다.

눈앞의 목적지(잠시 몸을 추스르고 경로를 탐색할 만한 작은 방이 있었다)까지 절반쯤 남았을 때, 제다오는 문득 걱정이 들었다. 아직도 자신을 추격하는 기색이 없었던 것이다. 그는 결코 운을 믿는 사람이 아니었다. 적어도 자신에게 유리한 쪽으로는.

제다오는 작은 방에 도착했다. 이유는 모르겠지만 인공 중력이 없는 공간이었다. 그는 어느 벽을 바닥으로 삼을지 고민하며 잠시 혼란에 빠졌다가, 이윽고 결정을 내리고 자신이 들어온 쪽의 벽면에 매달렸다.

벽마다 다양한 숫자와 그래프가 표시된 계기판이 붙어 있었다. 그 어떤 계기판도 건드릴 엄두가 나지 않는 것은 물론, 어떻게 해석해야 할지조차 짐작이 가지 않았다. 아무리 쿠젠에 맞서고 있다고는 해도, 기술자 놀이를 하느라 자기 기함을 망가트리고 싶지는 않았다.

그는 벽면을 붙든 손가락을 천천히 하나씩 펴고는, 주먹을 쥐어 뚜 뚝 소리를 냈다. 벌써 손에 경련이 일어나기 직전이었다. 그는 숨을 몰아쉬며 자신을 비하하듯 웃음을 내뱉었다. 어쩌면 교리반에서는 그 가 혼자 지쳐 쓰러지리라는 사실을 알고 쫓지 않는 것일지도 모른다. 애초에 어디로 갈 수 있겠는가? 그의 존재가 의미를 지닐 수 있는 공 간은 사령실뿐인데.

깜빡이는 흐름이 다른 존재의 접근을 알렸다. 하나뿐이었다. 인간 일까? 서비터일까? 초대형 지네는 아닐까?

다시 달아날 수야 있겠지만, 어디로 간단 말인가? 차라리 여기서 기다리다 다가오는 존재를 설득하는 편이 나을 것이다.

새로 등장한 존재는 짜증스러울 정도로 천천히 다가왔다. 제다오는 상대방이 적대적이면 기습할 수 있도록 다른 쪽 벽을 타고 올랐다. 자 기 휘하의 승무원을 적으로 취급하기는 싫었지만, 쿠젠 때문에 다른 선택의 여지가 없었다.

이내 다른 장교가 모습을 드러냈다. 처음에는 벗겨지고 얼룩덜룩한 머리가 보였고, 뒤이어 정비용 통로에 꽉 낄 것처럼 보이는 두툼한 어 깨가 등장했다. 아하. 이번에도 늑대 머리 문장이었다. 상대적으로 아 주 작아 보이기는 했지만. 라할이었다. "여기 계신 거 압니다, 각하."

장교는 목을 돌려 제다오를 보지도 않고 이렇게 말했다.

"훌륭하군. 사령실로 안내하게." 제다오가 말했다.

"각하를…"

"구속하겠다고? 알아. 하지만 아쉽게 됐는데, 자네는 나를 사령실로 안내해야 하거든."

라할은 여전히 머리의 각도를 바꾸지도 않았다. "무슨 방법으로 그렇게 하실 생각이십니까, 각하?"

"나는 자네와 싸우고 싶지 않아." 제다오는 최대한 악당 분위기를 흘리며 말했다. 물만 부으면 완성되는 즉석 병사라니까. 루오, 지금 내 모습을 보면 너는 분명 배꼽이 빠지도록 웃겠지. "자네야 임무를 수행하는 것뿐이고, 나중에 자네 도움이 필요할지도 모르니까."

"육두관께서 명령을 내리셨습니다."

"육두관은 멀리 떨어진 다른 나방에 있지. 나는 바로 눈앞에 있고."

"각하, 부디 얌전히 저와 함께 가주십시오. 아니면 우리 둘 다 대가를 치르게 될 겁니다."

"하나 물어볼까." 제다오가 말했다. "전투는 어떻게 되어가나?"

"이네세르는 절단포에 전혀 대처하지 못했습니다." 라할이 대답했다. "각하의 도움은 필요 없습니다."

젠장. "내가 필요한 이유는 전투를 멈추기 위해서지." 제다오는 말했다. "아니면 정말로 켈끼리 서로 쏘는 상황을 원하는 건가? 사기에도 좋은 영향을 끼치지 않을 텐데."

라할은 얼굴을 찡그렸다. "각하는 번제의 여우 아닙니까. 대체 왜 그런… 으악!"

벽을 박차고 돌진한 제다오는, 라할의 옆을 지나가며 그대로 목을 쳐서 쓰러트렸다. 그리고 라할의 팔을 붙들어 끌어안았다. 애정 때문이 아니라, 벽에 충돌하는 것을 막기 위해서였다. 제다오는 맥박을 확인했다. 다행스럽게도 살아 있었다.

라할의 몸을 뒤지자 거미형 구속구가 나왔다. 제다오는 손잡이에 그를 묶어놓았다. "미안하게 됐어." 제다오는 상태창이 쉴 새 없이 조잘대는 방에서 나가며 말했다. "나중에 도와줄 사람을 보낼게."

다음 정비용 통로에서 기어 나와보니, 이번에는 여섯 명의 켈 분대가 그를 기다리고 있었다. 모두가 그에게 총을 겨눈 채였다. 제다오는 천천히 손을 들고 그들에게 웃음 지어 보였다. 병사 하나가 방아쇠에 올린 손가락을 움찔댔다. 아니, 대체 내가 웃으면서 뭔 짓을 하고 다녔길래 다들 저러는 거야?

"켈 탈라우 함장께서 각하와 면담할 겁니다." 가장 계급이 높은 병장이 말했다. 병영에서 조용히 낮잠이나 즐기고 싶다는 표정이었다.

"왜들 그러나." 제다오는 말했다. "자네들이 나를 데려가지 않으면 문짝을 부수고 뛰어들기라도 할 줄 알았나?"

"함장님은 지금 상당한 관용을 베푸시는 겁니다."

"물론 그렇겠지." 제다오는 분대원들을 훑어보았다. "어차피 탈라우 함장과 대화할 생각이었네. 허락하지."

"각하께서 결정 내릴 문제가 아닙니다."

그는 눈썹 한쪽을 슬쩍 들어 보였다. "물론 그렇겠지. 자, 함장을 기다리게 하고 싶지는 않군."

병장은 넌더리를 내며 손짓했다. 병사 한 명이 총을 집어넣고 거미형 구속구를 꺼냈다.

왜 다들 저 물건을 가지고 다니는 거야? 진짜 거미들이 구속구를 짜는 건가, 아니면 인간이 제작하는 건가? 어쩌면 〈망령〉호의 배 속 어딘가에 거미들이 무리 지어 살고 있을지도 모른다. 다루기 힘든 장군들을 위한 거미형 구속구를 짜면서.

참을 수 없는 고통이 머리를 긁고 지나갔다. 이번에는 대비를 하고 있어서 다행이었다. 탈라우 함장이 절단포를 다시 발사한 모양이었다. 제다오는 〈망령〉호의 목소리를 찾아 귀를 기울였다. 아무것도 들리지 않았다.

"따라가겠네." 제다오가 말했다. "하지만 그건 차고 싶지 않은데."

"각하, 착용하십시오." 병장이 말했다.

구속구를 들고 있는 병사는 눈썹을 바쁘게 움직이며 그와 몸싸움을 벌이고 싶지 않다는 뜻을 피력했다. 병장은 눈썹의 움직임과 손짓으로 물러서라는 신호를 내렸다. 다른 상황에서라면 제다오도 그 광경을 즐겼겠지만, 지금은 서둘러 지휘권을 되찾을 때였다.

제다오는 먼저 싸움을 시작할 생각은 없었다. 그러나 상황은 갈수록 나빠져만 가고 있었다. 그는 초감각에 신경을 집중했다. 멀리서 느껴지는, 이네세르의 함대 쪽은 상태가 나빠 보였다. 특히 가장 거대한 이네세르의 소멸나방은 미사일 요격조차 멈췄다. 국지 방어가 무력화되었다는 뜻이었다. 무분별한 학살극으로 이어지기 전에 얼른 막아야 했다.

"당장 집어치워." 제다오는 자제력을 잃고 소리쳤다. 그는 이곳의 켈들이 장군을 구속한 경험은 별로 없으리라 짐작했다. 그렇지 않았다면 이미 포박해버렸을 테니까. 그는 병사의 손에서 구속구를 빼앗아 다른 병사의 손에 채웠다. "지금 모두의 시간을 낭비하고 있는 거다."

병장의 얼굴이 겁에 질려 무너져 내렸다. "경고했습니다, 각하." 그녀의 손이 빠르게 움직였다.

네 발의 탄환이 제다오에게 날아갔다. 하나는 머리 측면을 꿰뚫고 들어갔고, 다른 하나는 목에 맞았다. 세 번째 탄환은 몸의 무게중심을 정확히 꿰뚫으며 가슴의 대부분을 날려버렸다. 마지막 탄환은 거의 1미터쯤 빗나가서 어깨 너머로 날아갔다. 고통이 습격하기 직전의 아주 짧은 순간에, 그는 이렇게 생각했다. 저 친구 사격 훈련장에서 연습 좀 해야겠는데.

제다오는 한쪽으로 철퍼덕 쓰러졌다. 팔꿈치와 왼쪽 엉덩이에 지독한 찰과상이 남을 것이 분명했다. 이렇게 터무니없이 사소한 내용이 계속 떠오르다니 우스운 일이었다. 보조 두뇌가 퍼뜩 다시 살아나서 검진 결과를 읊기 시작했으나, 충격 때문에 머리가 멍해진 제다오는 제대로 해석할 수조차 없었다.

병사 한 명이 총을 눈살이 찌푸려질 만큼 위험한 방식으로, 총구의 방향도 개의치 않고 휘두르면서, 자기 병장에게 소리쳤다. "이런 빌어먹을, 병장님, 우리 이제 어떻게 해요?"

"이 자식 빌어먹을 번제의 여우였잖아. 이딴 식으로 죽다니, 말도 안 된다고!" 병장도 맞서 소리쳤다.

제다오는 비틀거리며 자리에서 일어섰다. 눈앞은 뿌옇고, 시야의 가장사리부터 검은 얼룩이 좀먹어 들어오고 있었다. 반면, 내면의 초감각은 더 강해져 있었다. "실례하네만." 그는 잇새로 힘겹게 단어를 뱉어냈다. 입 안이 피로 가득한 데다, 개별 근육을 움직이려면 온 신경을 집중해야 했다. "나 아직 살아 있다네. 이야기를 계속해도 되겠나?"

병장의 얼굴이 하얗게 변했다. "대체… 어떻게…"

제다오 본인도 그 답을 알고 싶었다. 어딜 봐도 이미 죽었거나 죽어가고 있어야 마땅한 상황이었으니까. 그러나 비상사태는 아직 끝나지 않았다. 그는 병장의 옆에 서 있는 병사에게 훌쩍 다가가서 손에서 총을 빼냈다. "고맙네." 제다오는 중얼거렸다. 이유는 몰라도, 이 불운한 병사는 예절을 지키는 그의 모습에 오줌을 지려버렸다. 그리고 제다오가 모르는 언어를 정신없이 중얼거리기 시작했다. 제다오는 그 모습을 보면서 한마디를 덧붙였다. "이건 잘 쓰겠네."

불멸의 병사가 얼마나 쓸모가 많을지 감이 잡히기 시작했다. 일단 지금 당장 상당히 유용한 상황이었으니까. 반면, 자신이 괴물이 된 기분은 별로 마음에 들지 않았다. 반응을 보니 저 켈 분대도 불멸의 병사에 대해 전혀 모르고 있던 것이 분명했다. 그는 쿠젠이라면 답을 알고 있으리라 생각했다. 물론 질문할 기회가 생길지조차 의문이지만.

제다오는 슬쩍 총구의 방향을 돌려, 병장의 머리 오른쪽 측면으로 몇 센티 떨어진 곳을 겨누었다. 그녀는 식은땀을 흘리며 한 발짝 물러섰다. 제다오는 왜 그녀가 그렇게 두려워하는지 알 수가 없었다. 진심으로 해치울 생각이었다면 이미 쏴버리지 않았겠는가. 물론 마구 방아쇠를 당기기 시작하면 도탄이 날아다닐 테니 그쪽이 걱정될 수도 있을 것이다.

즉, 자신은 권총 사용법도 알고 있는 셈이었다. 거북하긴 해도 유용한 일이었다. 급하게 재장전할 필요가 없기만을 바랄 뿐이었다.

"함장이 기다리고 있다고 했던 것 같은데?" 제다오가 말했다.

이번에는 병장도 말대꾸하지 않았다.

제다오는 권총으로 병장의 머리 오른쪽을 겨눈 채, 다른 병사들을 놔두고 힘겹게 걷기 시작했다. 쿌 분대는 분명 수적 우위에 있었지만, 총을 맞고 쓰러지지 않는 사람에게 어떻게 대처해야 할지는 짐작이 가지 않는 모양이었다. 물론 탓할 순 없는 일이었지만, 계속 덤벼들지 않는다는 점은 흥미로웠다. 실용주의일까, 충격일까, 아니면 실수로라도 죽일 것 같아 두려운 걸까?

그보다 앞서 걸어간 병장이 사령실로 들어갔다. 자리에 앉아 있던 탈라우는 질책의 말을 내뱉기 시작하다가, 다음 순간 멍하니 제다오를 바라보았다. "제다오 대장." 탈라우의 목소리는 떨리고 있었다.

"방해해서 미안하네." 제다오가 말했다. 말하는 데 집중하니 머리가 한쪽으로 기우는 것을 막기가 힘들었다. 온몸 전체를 부위별로 따로 신경 써서 움직여야 하는 상황이라 상당히 까다로웠다. "전투 상황을 보고하도록, 함장."

탈라우의 눈길이 한쪽 옆의 화면으로 내려갔다가, 다시 제다오의 얼굴로 향했다. 그는 억지로 웃음을 머금었다. "육두관께서는…"

"육두관은 여기 없지." 제다오는 아직 아무도 그에게 총을 쏘지 않았다는 사실에 나름대로 감탄하고 있었다. 너무 겁먹어서 차마 움직이지 못하거나, 제다오 본인처럼 목과 가슴에 난 구멍에서 흘러나오는 피에 주의가 분산된 모양이었다.

탈라우는 그를 노려봤다. "인간도 아닌 걸어 다니는 시체한테 정보를 넘길 필요는 없을 것 같은데."

권위에 도전하는 행위는 묵과할 수 없다. 그러나 휘하 승무원을 위협하면 장기적으로 악영향을 끼칠 것이다. 특히 그들을 계속 휘하에서 부려야 하는 상황이라면 더욱 신중해야 한다. 그는 느릿하게 움직여 총을 벨트에 끼웠다. 단순히 극적인 효과를 노린 것만이 아니라, 실제로 움직이기 힘들었기 때문이다. 끼우면서 실수로 허벅지를 쏘게 되지 않기를 바랄 수밖에 없었다. 다행히도 운이 좋았다. 지금 상황을 보고서 과연 그렇게 부를 수 있을지 모르겠지만.

"나는 자네가 협력해줬으면 하는데, 함장." 제다오는 자신의 미소를 무기로 사용하는 편이 낫겠다는 결정을 내렸다. 어차피 다들 자신을 무기 대하듯 반응하고 있으니까. 그는 초감각에 정신을 집중하며 느껴지는 내용을 해석했다. "〈세 마리의 황조롱이와 세 개의 태양〉호는 자네가 보낸 분대가 나를 구속하려 시도하기 직전에 국지 방어력을 상실했지. 함대는 혼란에 빠졌고 말이야. 자네는 적 함대를 격멸하기 직전이야."

탈라우는 충격을 받은 표정을 내비쳤다. "훌륭한 추측이군. 어쨌든 무의미한 일이다. 네놈은 저 함대를 구할 수 없어."

제다오는 자신의 미소가 섬뜩하다고 확신하고 있었다. "과연 그럴까?" 그는 천천히 몸을 돌리며 사령실 안의 모든 켈과 하나씩 눈을 마주쳤다. "새 명령을 내리겠다. 나는 호국공을 제거할 생각이 조금도 없다." 이네세르의 항복을 요구했다가는 다시 쿠젠이 개입해 올 것이다. 다른 방식으로 상황을 호전시켜야 했다. "전 함대는 2번 전술 부대의 현 위치까지 즉시 퇴각하라."

제다오가 인간도 아닌 걸어 다니는 시체일지는 모르지만, 이 걸어 다니는 시체는 그들이 섬겨야 마땅한 장군인 이네세르를 구할 방법을 제시하고 있었다.

탈라우는 이를 악물고 말했다. "육두관께서는 다른 명령을 내리셨다." 그러나 유혹을 느낀 것은 명백했다. 탈라우의 악문 입매에서 그 사실이 느껴졌다.

제다오는 한쪽 장갑을, 뒤이어 다른 한쪽 장갑을 벗고는, 탈라우의 발치에 떨어트렸다. 고요해진 사령실 안에는 핏방울 떨어지는 소리만 울렸다. "다음에 만나게 되면 내가 직접 육두관께 보고하겠다. 내가 사령관이니까." 진형 본능에 기대는 일은 탐탁지 않았지만, 다른 방법이 없었다. "함대의 방향을 돌려라. 명령이다."

모두의 시선은 바닥의 장갑이 아니라 허리춤의 권총을 향하고 있었다. 탈라우의 호흡은 지나치게 가쁘고 힘겨웠다.

이러고 있을 시간이 없어. 제다오는 생각했다. 이미 패배한 이네세르와 휘하 병사를 학살하는 일은 결코 용납할 수 없었다. 그렇다고 자기 휘하 병사들의 목숨을 위험에 처하게 할 수도 없었다. 이네세르가 언제 재집결을 마치고 반격을 개시할지 모른다. 서둘러 이 상황을 해결해야 했다.

제다오는 비틀거리며 탈라우의 자리로 향했다. 피가 계속 뚝뚝 흘러내렸다. 붉은색이 아니라 끈적거리는 검은색이었다. 젠장. 좋은 징조일 리 없었다.

제다오는 탈라우의 어깨에 손을 올리고 그에게 몸을 기댔다. 그리고 최대한 살가운 목소리로 말했다. "당장 실행하도록."

탈라우는 제다오의 맨손 앞에서 움찔거렸다. 순간 제다오는 그가 자리에서 일어나서 자신을 땅바닥에 내팽개칠 거라는 생각이 들었다. 지금 맞서 싸울 방법은 없었다. 기껏해야 피 칠갑으로 만드는 정도겠지. 하지만 켈 지휘관이 그런 공격에 타격을 입을 정도로 비위가 약하리라고는 생각하기 힘들었다.

탈라우의 어깨에 힘이 들어갔다가, 순간 사라졌다. 제다오는 무모한 행동의 대가로 얼굴에 주먹이 날아오지 않아 다행이라 생각했다. 다른 무엇보다, 지금 맞았다가는 머리통이 떨어져 나갈 것만 같았으니까.

"통신, 전 함선을 연결하라." 탈라우가 말했다. 그는 제다오의 눈을 똑바로 바라보고 있었다. 그리고 그 순간, 제다오는 그의 우정을 얻을 가능성이 영원히 사라져버렸음을 깨달았다. "여기는 탈라우 함장이다. 전 함대는 지금 지정하는 위치로…"

여우와 사냥개의 이름으로, 성공해서 다행입니다. 제다오는 이렇게 생각하며, 갑자기 솟아오르는 어둠에 그대로 집어삼켜졌다. 그대로 어둠에 빠져든 그가 마지막으로 본 것은 눈앞으로 다가오는 검게 물든 사령실 바닥이었다.

15

"또 만났네." 다른 서비터들에게 둘러싸여 성소로 들어오는 헤미올라를 향해 제다오가 말했다. 해진 로브를 걸친 소녀, 미스트리코르가 그들 뒤를 따라왔다. 아무도 그녀의 존재를 의식하지 않는 듯했다.

적어도 헤미올라는 그곳을 성소라고 생각했다. 테포스 기지의 육각형 방처럼, 이곳의 벽감에도 명판이 올라가 있었다. 방 자체는 완벽한 정육면체에 가까웠고, 명판엔 반짝이는 불빛이 새겨져 있었다. 인간의 표준 언어나 저급 언어가 아닌, 기계 공용어였다. 게다가 서로 연결되는 하나의 노랫말이었다. 헤미올라는 다른 서비터들의 노래를 접해본 적이 없었다. 순간 두려움이 그를 사로잡았다. 인간들이 저걸 허용해줄까?

설마 이미 알고 있는 건 아니겠지?

제다오? 체리스? 아무튼 그는 방 건너편에 책상다리로 앉아 있었다. 그가 자기 앞의 한 지점으로 손짓해 보였다. 헤미올라는 머뭇거리며 그쪽으로 다가가서 바닥으로 내려앉았다.

헤미올라가 제다오에게 할 말을 떠올리기도 전에, 소녀 쪽이 먼저 입을 열었다. 제다오를 바라보는 눈빛에는 숨길 수 없는 호기심이 가득했다. "내가 상상한 것보다 훨씬 키가 작네요."

"우리가 일면식이 있는 사이던가?" 제다오가 말했다. "나는 아제웬 체리스다."

"제다오라는 말이겠죠."

제다오는 나직하게 한숨을 쉬었다. "그렇기도 하지. 복잡한 상황이지만. 그쪽은?"

소녀는 헤미올라를 쿡쿡 찔렀다. 당황한 헤미올라는 옆으로 비키며 자리를 내주었다. 소녀는 제다오 정면에 자리를 잡았다. "나는 리리트 미스트리코르예요."

"적당히 해." 서비터 하나가 끼어들었다. "지금 그럴 시간도 없으면서."

미스트리코르는 그 서비터 쪽으로 무례한 손짓을 해 보였다. 정확하게 말하자면, 비선형 역학을 이용한 기계 공용어의 욕설이었다. "새해 축제의 윤리 규제 강령을 외우려 애쓰다 곯아떨어지는 것보다 이쪽이 더 교육적이라고 생각하지 않아? 너희 쪽 법정 절차가 어떻게 이루어지는지도 모르면서 어떻게 양쪽 종족의 연결책 노릇을 할 수 있겠어?"

헤미올라는 깜짝 놀라 불빛을 마구 깜빡였다. 그는 미스트리코르가 그런 야망을 품었으리라고는 짐작조차 못 하고 있었다. 그러나 혁명의 촉매는 언제나 평범해 보이는 사람들이기 마련이다. 헤미올라도 한참 전에 깨달았어야 마땅한 일이었다.

미스트리코르는 고개를 돌려 헤미올라를 바라봤다. "그리고 너. 외부 기지에서 온 거지? 그래서 위원회가 열린 거고."

"나하고 함께 왔지." 제다오가 말했다.

"그래서 달아나고 있던 거군요?" 미스트리코르는 이렇게 말하며 고개를 슬쩍 기울였다. "너 도망치고 있던 거 맞지?"

헤미올라는 시무룩하게 분홍빛 주황색 불빛을 깜빡였다.

"아니, 나한테 사과하지는 말고." 미스트리코르가 말했다. "나는 그냥 위원회 구경하러 온 거니까. 하지만 너도 결국 잡힐 거라는 건 알고 있었잖아."

헤미올라는 기계 공용어로 말했다. "나는 테포스 서비터 집단에서 왔어요. 거기엔 손님도 별로 없었죠." 1세기마다 한 번씩 육두관과 제다오만 들를 뿐이었다. 게다가 테포스 집단에는 서비터가 셋밖에 없었다. 이곳에는 80만 명의 인간을 돌볼 만큼 서비터가 많을 텐데.

"못 들어본 곳이야." 미스트리코르가 말했다. "어쨌든 나는 이대로 낙제해서 여생을 민간인 노동자로 살게 될 각오까지 하고 여기 온 거야. 네 평계도 들어볼까?"

"뭘 낙제한다는 거지?" 제다오는 그게 아주 중요한 일인 것처럼 분노하는 투로 물었다.

미스트리코르는 움찔거렸다. "논문을 쓰기 전에는 라할 입학시험을 준비하고 있었거든요. 그런데 규제랍시고 만든 것들 중 절빈은 아예 말이 안 될 지경이고."

"그러면 라할 말고 다른 분파에 지원하면 안 돼요?" 헤미올라가 물었다. 그는 라할에 대해서는 거의 아는 것이 없었다. 별로 화려하지 않아서 드라마 등장 빈도가 낮았던 탓이다.

그녀는 어리석은 질문이라는 표정으로 헤미올라를 바라보았다. "한심한 법률을 전부 바꾸려면 라할로 갈 수밖에 없잖아."

"그러니까 이럴 시간에 공부나 해야 한다고." 조금 전의 고양이형 서비터가 빨간 불빛을 깜빡여 자신의 말을 강조했다.

"너무 그러지 마." 미스트리코르가 말했다. "번제의 여우와 직접 대화를 할 기회가 얼마나 자주 있겠어? 아무도 들어본 적이 없을 만큼 엄청 멀리 떨어져 있는 곳에서 날아온 낯선 서비터의 위원회 판결을 구경할 기회도 그렇고?"

고양이형이 대꾸했다. "다 끝나고 얌전히 방으로 돌아가서 시험공부를 하겠다면, 방청을 허가해주지."

미스트리코르는 항의하려고 입을 열었다. 그러나 소리를 울린 쪽은 그녀의 굶주린 배였다. "내가 무엇 때문에 금식까지 하면서 희생을 하는데. 이러면 키도 더 안 클 거라고."

미스트리코르와 그녀의 보호자들이 열심히 언쟁하는 모습을 보면서, 헤미올라는 다른 서비터에게 이렇게 물었다. "위원회 판결 의전은 어떤 식으로 진행되나요?"

"니라이 출신이지?" 세모형 하나가 물었다. "항상 딱 봐도 안다니까."

"맞아요." 헤미올라는 그렇게 대답하고, 예절에 따라 자기소개부터 했다.

"문제가 하나 있는데." 세모형이 말했다. "테포스 집단은 이곳의 범 집단과 아무런 조약도 맺지 않은 상태야. 애초에 가능했을지도 잘 모르겠지만. 뭐, 나는 102살이라 젊은 편이고 은하계는 끔찍하게 넓으니 또 모르는 일이지만. 테포스 집단을 대변해서 협상할 권리는 있어?"

헤미올라에게는 이 질문이 터무니없게만 느껴졌다. 시브나 롬버스가 여기까지 나올 가능성은 거의 없었으니까. 그래도… "이런 상황에 적용되는 통상 절차는 없나요?"

"그건 네가 여기 온 이유에 따라 달라지지." 세모형이 말했다.

그렇다면 헤미올라에게도 기회가 있는 셈이었다. "정보 교환요." 육두관의 기록은 가지고 있지만, 맥락을 맞추려면 추가 정보가 필요했다. 문제는 그 대가로 무엇을 제공할지였다.

난감한 상황이었다. 육두관의 기록을 해독하려면 자신의 정보를 내놓아야 한다는 소리니까. 기록 자체까지 내줄 필요는 없겠지만, 적어도 육두관의 일상생활에 대해서만큼은 아는 바를 전부 털어놓기는 해야 할 것이다. 물론 이곳의 범 집단이 그 정보에 흥미가 있다면 말이지만.

"좋아." 세모형은 이런 거래를 매일 하는 것처럼 가볍게 말했다. "원하는 게 뭐고, 그 대가로 뭘 내놓을 건데?"

헤미올라는 도박을 걸어보기로 했다. "그리드에 접속하고 싶어요. 비밀 정보가 필요한 건 아니에요. 그저 … 일반 시민에게 허용된 정도만 확인하면 충분해요."

"그야 어려울 것 없지." 세모형은 푸른빛을 차분하게 반짝이며 말했다. "그리드를 망치지 않도록 지역 프로토콜을 업데이트해야 할 거야. 그럼 제공할 정보는?"

"니라이 쿠젠 육두관께서는 정기적으로 테포스 집단을 방문하세요." 배신자가 된 기분을 느끼며, 헤미올라는 말했다. "이런 정보에 관심이 있을지는 모르겠지만…"

"승낙하지." 세모형은 즉시 답했다. "실례지만 잠시 동료들과 세부 사항을 의논하고 와야겠어."

헤미올라는 그를 기다리며 육두관의 기록 모음을 검토하는 일로 돌아갔다. 공허나방에 대한 따분한 연구 내용은 상당 부분 건너뛰었다. 육두관은 갈수록 나방에 집착하고 있었다. 나방 추진체를 사용할 때 필요한 구속구 쪽 연구가 아니었다. 교배를 통해 다양한 크기의 나방을 만드는, 비교적 잘 알려지지 않은 연구 쪽이었다. 헤미올라도 나방의 크기가 다양하다는 것 정도는 알고 있었다. 소멸나방 같은 초대형에서부터, 정찰나방과 바늘나방 같은 소형도 있었으니까. 그러나 이 모든 다양성이 계획적인 개입에 의한 결과물이라는 사실은 모르고 있었다.

대부분의 서비터들과 마찬가지로, 헤미올라도 나방 추진체의 전문가까지는 아니지만, 기초는 알고 있었다. 나방이 클수록 추진체의 출력이 강해진다. 정찰나방에는 최소한의 승무원만 탑승하며, 전함나방 함대와 속력을 맞출 수 있는 가장 작은 크기로 건조된다. 헤미올라가 아는 한, 니라이는 전함나방의 최대 크기에는 한계가 없다고 주장하지만, 쓸 만한 정찰나방의 최소 크기 쪽으로는 한계를 공공연하게 인정한다. 나방 추진체의 크기가 특정 임계점 아래로 내려가면 불변성 동력 추진체만큼의 효율도 낼 수 없을뿐더러 조작도 까다로워지기 때문이다.

"자, 다 됐어." 헤미올라의 주의를 끌어오려는 듯, 세모형이 불빛을 깜빡였다. 전송되어 온 데이터에는 프로토콜뿐 아니라 독립 집단에서 온 낯선 서비터와 협정을 맺는 통상 절차도 포함되어 있었다.

헤미올라는 상황에 압박되지 않으려 애쓰며 협정 내용을 확인했다. 바로 거부할 만한 내용은 보이지 않았다. "테포스 집단을 대표해서 이 협정에 동의합니다. 필요하다면 추가 협상이 가능하다는 전제하에서요."

"물론이지." 세모형은 여전히 차분하게 푸른빛을 반짝이며 말했다. 조금 엉뚱한 생각일지도 모르지만, 헤미올라는 그가 푸른색 말고 다른 빛으로는 말하지 않는지가 궁금해졌다.

"…중재가 필요하다고."

헤미올라는 자신이 주변 상황 인지를 멈추고 있었다는 사실을 갑작스레 깨달았다. 미스트리코르가 활기차게 그를 향해 손짓하고 있었다.

고양이형이 헤미올라를 보고 말했다. "진행 순서가 엉망인 점은 사과하지."

헤미올라는 뭐가 다른지도 모르고 있었다는 말을 굳이 꺼내지 않았다. 주류 서비터 공동체에서 떨어져 살았으니 별수 없는 일이었다. "중재는 왜요?"

제다오는 그를 보며 뒤틀린 웃음을 지었다. "여기 함께 있는데도 목적이 서로 다른 상황이니, 중재가 필요하지."

"육두관 살해는 절대 돕지 않을 거예요."

제다오는 정면에서 반박하는 대신, 이렇게 말했다. "그를 아주 높이 평가하는 모양이로군."

이제 헤미올라도 육두관이 높이 평가할 만한 사람인지 확신할 수가 없었다. 육두관의 기록을 살펴볼수록, 연구와 개인적 사치에 빠져들고 심지어 집착마저 생기는 모습이 엿보였기 때문이다. 의미를 부여할 정도는 아니라고 자신을 설득해보기는 했지만, 한 소녀가 굶어 죽는 일을·막으려 애쓰던 사람의 자취는 갈수록 찾아보기 힘들어지고 있었다. 그래도 헤미올라는 마음을 다잡았다. "그게 제 임무니까요. 당신도 그런 줄 알았는데요."

제다오의 미소가 더욱 뒤틀렸다. "내 앞에서 임무 운운하는 사람이 아직도 남아 있다니. 육두관은 늙었지. 세월이 선사한 지혜는 한쪽으로 뒤틀려 있고. 그 지혜로 아주 많은 사람에게 고통을 줬어. 이대로 그를 권좌에 앉혀놓을 순 없는 노릇이지."

"그럼 그 증거를 보여줘요." 헤미올라가 말했다. "이 기록을 남긴 사람은 분명 평화와 안정, 그리고 굶주림 없는 세상을 원했어요. 그게 어떻게 나빠질 수 있다는 거예요?"

"제법 힘들겠군요. 힘내보시죠." 고양이형이 제다오에게 말했다.

제다오는 한숨을 쉬었다. "정말 감사하네요."

"천만에요."

제다오는 다시 헤미올라를 돌아봤다. "그 사람에게 어떤 일이 일어났는지는 나도 몰라. 하지만 그는 이제 내가 400년 전에 만났던 그 사람이 아니야. 그리고 지금 그가 어떤 사람인지는…" 그는 입을 다물었다. "혹시 지금 그리드에 접속할 수 있다면…"

헤미올라는 불빛을 깜빡여 긍정했다.

"그러면 그의 결정이 어떤 결과를 낳았는지를 보여줄 수 있을 것 같군. 쿠젠 본인은 비밀스럽게 지내길 너무 좋아해서, 대중 앞에 나타난 모습이 거의 없긴 하지만."

"그 제안, 받아들이죠." 헤미올라는 자신의 단호한 말투를 거의 믿지 못할 지경이면서도 이렇게 말했다. "하지만 그 전에, 일단 아제웬 체리스가 누군지, 그리고 당신이 하나 이상의 이름으로 불리는 이유를 알아야겠어요." 미스트리코르의 반응을 보면, 체리스도 제다오처럼 나름의 명성이 있는 인물이 분명했다. 운이 좋으면 아용 1번 기지의 그리드에 접촉해서 기본 사항을 확인할 수 있을지도 모른다.

이 대화는 미스트리코르의 관심을 끌었다. "체리스를 들어본 적 없어? 적어도 제다오가 누군지는 알고 있겠지?"

"네." 헤미올라는 조금 뻣뻣하게 대꾸했다. "그래서 당신은 어느 쪽인 건가요?" 그는 제다오인지, 체리스인지, 다른 누구인지 모를 사람에게 물었다.

"필요하다면 어느 쪽이든 될 수 있지." 제다오인지 체리스인지 모를 사람은 이렇게 대답했다. 눈빛이 슬퍼 보였다. "과거에는 하나의 존재이긴 했어. 나는 쿀이었지. 지금은 죽은 남자의 파편을 머릿속에 담고 있고."

헤미올라는 그의 말을 분석하려 시도했다. "그러니까 정말로 당신이 제다오인 거로군요."

"수 세기 동안 쿠젠의 동반자였던 기억이 남아 있어." 그는 말했다. "그리고 평범한 보병대 장교였던 기억도 있고. 나는 항상 임무에 필요한 사람이 될 수 있었어. 괜찮다면 체리스라고 불러줬으면 좋겠군. 그 이름은 내가 이런 일을 벌이는 이유를 잊지 않게 해주니까."

미스트리코르는 말 그대로 튕기듯 자리에서 일어섰다. "그럴 줄 알았어! 당신이 모두를 등졌을 리가 없다니까!"

"등져요?" 헤미올라가 물었다.

"저 사람이 역법을 파괴했거든." 미스트리코르가 말했다. "9년 전 일이야. 정말 대사건이었다고. 전혀 모르고 있었다니. 정말 외딴 구석에 틀어박혀 있었나 보네."

헤미올라는 아예 불빛을 반짝이지도 않으며 방금 들은 정보를 처리하려 애썼다. 부분적으로 제다오인 저 사람이 육두관의 역법을 깨트려버렸다고? 기록을 제법 읽었기 때문에, 헤미올라도 육두관이 새로운 사회 체제를 구축하는 일에 얼마나 진지하게 매달렸는지는 잘 알고 있었다.

"내가 설명할게." 미스트리코르가 앞으로 몸을 빼며 말했다. 체리스에게는 조금도 압박감을 느끼지 않는 듯했다. "테포스에는 인간이 얼마나 있어?"

"보통 한 명도 없어요." 헤미올라는 깔끔하고 솔직하게 말했다. "방문하는 사람도 육두관과 제다오…" 그는 잠시 머뭇거리다 말을 이었다. "…뿐이었고, 그것도 1세기마다 한 달 정도였거든요."

미스트리코르는 놀라서 눈을 크게 떴다. "그럼 추도 의식도 없었겠네?"

헤미올라는 기억을 검색해보았다. "육두관께서는 신년맞이 춤을 즐기곤 하셨어요." 제다오에 대해선 일부러 언급을 피했다. "어차피 신년 즈음에 들르신 것도 아니었지만요. 그리고 등롱을 가지고 뭔가 하는 것도 즐기셨어요. 이유는 알 수가 없었지만요."

체리스의 표정은 전혀 변하지 않았지만, 헤미올라는 체리스의 신체 열 분포가 살짝 변한 것을 감지할 수 있었다. 그녀는 분노하고 있었다.

미스트리코르의 질문은 끝나지 않았다. "비도나를 데리고 하는 건 없었다는 소리잖아?"

"비도나를 데려오신 적이 없는 걸요." 헤미올라가 대답했다. 그도 비도나가 추도 의식을 관장한다는 기본적인 지식 정도는 알고 있었다. 자세한 내용은 아무것도 몰랐지만.

미스트리코르가 화난 듯 한숨을 내뱉었다. 그리고 다른 사람의 허락도 기다리지 않고 이렇게 말했다. "좋아, 이 시스템이 어떻게 작동하는지 평범한 사람의 입장에서 상세하게 알려줘야 할 것 같네. 특히 추도 의식에 대해서 말이야."

16

깨어나는 과정은 느리고 고통스러웠다. 한 단계를 거칠 때마다 근육이 하나씩 벗겨져서, 마지막에는 속살만 남는 것 같았다. 따라서 제다오는 시야의 초점이 완전히 돌아오기 전까지, 다네스 소령이 그의 입에 국물을 떠 넣으려 애쓰고 있다는 사실을 깨닫지 못하고 있었다.

"소령." 제다오의 입에서 거칠게 쉰 목소리가 흘러나왔다.

"쉿." 다네스가 말했다. "무리해서 말하면 안 됩니다."

자신이 낯설고 거대한 방에 누워 있는 이유를 묻고 싶었다. 의무실에 마련된 적절한 크기의 야전 침상에 누워 있어야 하는 상황인데. 이 공간이 맥동하는 정체불명의 생명 유지 장치로 가득하다면 차라리 기분이 나을 듯했다. 물론 정체불명의 생명 유지 장치를 알아볼 재간이 없기는 하지만. 어쨌든 이 방은 의무반 병실은 분명히 아니었다. 여기저기 드리운 대나무 발 때문에 거의 미궁처럼 보일 지경이었으니까. 벽과 천장에서 양초덩굴이 흐릿하게 빛을 발하고 있었다.

다음 순간, 그는 전투를 기억해냈다.

"젠장!" 제다오는 이렇게 소리치고는 찾아온 통증에 움찔했다. "전투는…"

"우리가 승리했습니다, 각하. 일단 국물이라도 드십시오."

다른 기억이 떠올랐다. 그는 담요를 끌어 내리고 가슴팍을 확인했다. 누군가 새로운 제복으로 갈아입혔거나, 아니면 과거의 제복에 놀라운 자가 회복 능력이 있는 모양이었다. 그는 차분히 구멍이 있을 위치를 더듬었다. 탄탄한 몸통이 느껴질 뿐, 아무것도 없었다. 심지어 심장 뛰는 소리까지 들렸다.

다네스가 다시 그에게 국물을 먹이려 시도했다. 제다오는 움찔하며 숟가락을 피했다. "내가 어떤 괴물인지 봤지?" 그 괴물의 정체를 자신조차 알지 못했지만.

"그렇습니다." 다네스는 조금도 거리낌 없이 말했다. 눈앞에 괴물이 있는데도. 탈라우가 뭐라고 했더라? "인간도 아닌 걸어 다니는 시체시죠."

"어떻게 그리도 차분하게 지껄일 수가 있어?" 다른 켈은 그렇게 차분하게 반응하지 못했는데.

다네스의 잇새로 억눌린 목소리가 빠져나왔다. "각하는 제가 모시는 장군이십니다."

그렇게 단순한 문제일 리가 없었다. 이론적으로 그는 나머지 켈의 장군이기도 하니까. 그러나 의혹을 품는 것과 별개로 걱정하고 있는 다네스를 진정시키기 위해서, 제다오는 국물을 조금 마셨다. 온 힘을 다해 집중했는데도 국물을 셔츠에 조금 흘리고 말았다. 셔츠는 섬뜩하게도 순식간에 수분을 흡수해버렸다. 국물이 과연 도움이 될지 미심쩍었지만, 의외로 기력이 조금 돌아오는 느낌이 들었다.

이어 제다오는 자기도 모르게 잠들었다. 다시 깨어나보니 다네스는 자리에 없었다. 납득이 가는 일이긴 했다. 아무리 부관이라도 개인 시간은 필요할 테니까. 제다오는 다음에 다네스를 만나면 인간도 아닌 걸어 다니는 시체 문제를 캐묻겠다고 다짐했다.

이번에는 주변을 조금 더 차분히 살폈다. 벽면은 부드럽고 소박한 흰색이었다. 구석에 작은 탁자가 있었는데, 다리 생김새가 눈길을 끌었다. 영원한 겨울 속에서 폴짝거리며 뛰노는 여우 모양을 하고 있었으니까. 쿠젠의 솜씬가? 쿠젠의 조력자인가? 아니면 쿠젠의 개인 실내장식 담당자인가?

무슨 상관이람. 낭비할 시간은 없었다. 그는 그리드에 지금 위치와 현 상황을 질문했다. 다행히도 누군가 그의 보조 두뇌를 켜주고 간 모양이었다. 그리드는 그들이 지금 이스테이아 3번 행성 궤도에 정박 중이며, 육두관은 이번 전투의 소득을 정리하는 중이라고 알려주었다. 그리고 꼼꼼하게도 오늘이 '타오르는 핏줄의 축일'이라는 사실도 전했다.

"그거 흥겹게 들리는 이름이군." 제다오는 중얼거렸다. 날짜를 보니 함대가 이스테이아를 공격한 날로부터 나흘이 지났다. 나방 조선소를 구하려던 시도는 아무 의미도 없었을 것이다.

그는 화장실에 다녀온 다음, 셔츠를 벗고 상처가 남겼을 흔적을 찾았다. 그러나 첫날 깨어났을 때부터 있던 흉터들 외에는 아무것도 찾을 수 없었다. 쿠젠이 그런 흉터는 손쉽게 없애거나 숨길 수 있다고 암시했으니, 그 사실에서 결론을 끌어내기는 힘들었다. 그는 셔츠를 다시 걸치고 사람들 앞에 나설 수 있을 정도로 몸가짐을 정돈했다.

문득 이번 의식의 이름이 새삼 떠올랐다. 타오르는 핏줄의 축일이라. "이번 축일에는 어떤 추도 의식이 따르는 거지?"

그리드는 추도 의식을 준수하기에는 아직 늦지 않았다고 안심시켰고, 어조에다 교묘하게 지금보다 더 노력해야 한다는 암시를 끼워 넣기까지 했다. 그리고 그가 묵상해야 하는 찬양을 읊어주고 이번 축일에 중요한 숫자들을 불러주기도 했다.

"됐어." 제다오는 짜증이 났다. "내가 뭘 해야 하는지를 물어본 게 아니야." 글쎄, 실제로 해야 하는 상황이 오면 곤란해지겠지만, 그리드에 그 사실까지 알릴 필요는 없었다. "그 추도 의식에는 왜 그런 이름이 붙은 거야?"

그리드의 설명으로는, 자격을 갖춘 비도나 관료가 선택한 이단자의 혈액을 말 그대로 타오르게 만들어서 죽이는 의식이라고 했다. 뒤이어 그리드는 기술적 세부 사항을 읊기 시작했다. 제다오는 의료 쪽으로는 경험이 별로 없었지만, 그래도 마취나 그와 비슷한 과정이 언급되지 않았다는 정도는 알 수 있었다. 희생자는 추도 의식 내내 깨어 있어야 한다.

게다가 그리드는 '희생자'라는 단어를 아예 사용조차 하지 않았다. 제다오는 얼마나 많은 완곡어법이 사용되었을지 궁금해졌다.

그는 자신의 행동을 놓고 잠시 맞설였다. 이런 일이 벌어지는 동안 쿠젠은 어디 처박혀 있는지 묻고 싶으면서도, 쿠젠의 관심을 끌지도 모르는 행동은 피하고 싶었다. 따라서 그는 그리드에 간단한 질문을 하나 던지는 정도로 만족했다. "직접 참석하고 싶다면 어디로 가야 하나?" 길 잃은 장군이 입 밖에 낸 가장 황당한 질문이 아니기를 바라면서.

그리드는 충직하게도 지도를 불러왔다. 제다오는 그리드가 만족스러워한다는 묘한 느낌을 받았다. 어쩌면 그리드를 프로그래밍한 사람이 추도 의식을 준수하는 것을 독려하고자 의도한 것일지도 몰랐다.

문밖에는 네 명의 경비병이 서 있었다. 통솔자는 무심한 얼굴의 상병이었는데, 엄격하게 보자면 제대로 면도를 하지 않은 얼굴이었다. 제다오는 그 문제는 질책하지 않기로 마음먹었다. 무엇보다 제다오가 목소리를 높이면 즉시 오줌을 지릴 것 같은 얼굴이었으니까.

"각하." 상병이 떨리는 목소리로 말했다. "아직 회복이 덜 되셨습니다."

대놓고 방을 나서면 안 된다고 말한 것은 아니기에, 그는 그대로 걸음을 옮겼다. "추도 의식에 참석하고 싶다."

상병은 입을 열다가 다시 다물고, 다시 열다가 다물기를 반복했다. 나름대로 재밌는 모습이었다. 지금 이 순간 누군가가 산 채로 불타고 있는 상황이 아니라면. 제다오는 자신이 거부할 수 없는 요청을 제대로 골랐다고 직감했다.

"그건 괜찮을 것 같습니다, 각하." 상병이 말했다. "저희가 호위하겠습니다."

"물론 그래야지." 제다오는 가볍게 대꾸하며, 미소를 지으면 안 된다고 되뇌었다.

"완전 정장을 착용하셔야 할 겁니다, 각하." 상병은 한층 떨리는 목소리로 덧붙였다.

이곳이 슈오스 사관학교였다면, 제다오는 분위기를 전환할 가벼운 농담을 꺼냈을 것이다. 그러나 여기서는 먹히지 않을 것이 뻔했다. 그는 고개를 끄덕이고 제복을 완전 정장으로 바꾸기만 했다. "준비 마쳤네." 그가 말했다.

의무실로는 도저히 보이지 않는 방을 나서자, 눈앞에 펼쳐진 광경이 그를 놀라게 만들었다. 어떻게 꾸몄는지는 몰라도, 이스테이아 3번 행성과 그 위성들로 보이는 영상이 복도의 벽면을 가득 메우고 있었던 것이다. 도저히 홀린 듯 바라보지 않을 수가 없었다. 구름의 소용돌이와 대양, 그리고 검은색 대륙이 정말이지 아름답게 뒤섞여 있었으니까. 위성 표면에는 흐릿한 불빛이 여기저기에 뭉쳐 있었다. 도시임이 분명했다.

그리고 좋지 않은 쪽으로 더욱 인상적인 광경도 눈에 띄었다. 철저하게 파괴된 기지의 모습이었다. 한때 이스테이아 나방 조선소였던 곳이었다. 제다오도 정보 보고서를 봤던 터라, 과거 그곳이 어떤 모습이었는지는 잘 알고 있었다. 거대한 원통형에 공허나방 부화장이 물집처럼 여기저기 돋아나 있는 곳이었다. 그의 함대는 그곳을 완벽히 파괴해 금속 조각과 그을린 파편만 남겨놓았다. 이런 끔찍한 장관을 펼쳐놓은 이유가 승전 기념 때문은 아닐까 하는 괴로운 추측이 떠올랐다.

살아남은 어린 나방이 있어? 그는 마음속으로 물었다.

〈망령〉호는 대답하지 않았다. 다른 누구도 대답하지 않았다. 힉실극 속에서 모든 어린 나방들이 목숨을 잃었으리라 생각할 수밖에 없었다. 그는 처음으로 저곳에 자신과 대화를 나눌 만큼 성숙한 나방이 있었을지 궁금해졌다. 물론 대화를 거부했다면 어쩔 수 없었겠지만.

추도 의식이 열리는 홀까지는 그리 오래 걸리지 않았다. 쿠젠이 처음 〈망령〉호의 설계도를 보여줬을 때, 그리 관심을 두지 않았던 곳이었다. 어떻게 이런 곳을 그냥 지나칠 수 있었을까?

설령 그냥 지나쳤다고 해도, 미리 물었어야 했다.

"여긴 처음 와보는데." 그는 호위 한 명에게 말했다.

상병은 헛기침으로 목을 가다듬고 대답했다. "정박한 다음에 확장해서 사용을 시작했으니까요."

그래, 물론 그렇겠지. 연관된 켈의 규율 항목이 이제야 떠올랐다. 전함나방에 탑승한 승무원은 추도 의식을 면제받는데, 그 이유 중에는 국지적인 역법 보정이 너무 힘들기 때문이라는 것도 있었다. 그리고 이단자들을 싣고 다니며 고문하기엔 병참에 부담이 가기 때문이기도 했다. 그는 켈의 규율 안에도 얼마나 많은 완곡어법이 숨어 있을지 궁금해졌다.

추도 의식용 홀에는 문이 여러 개 있었다. 하나같이 녹색으로 번쩍이는 바탕에 구릿빛으로 비도나의 독가오리를 그려놓았다. 문을 열기 전인데도 향냄새가 흘러나왔다. 백단향이 섞인, 보통 때라면 마음이 가라앉았어야 마땅한 향기였다. 그러나 제다오의 머릿속에는 그리드가 말해준 내용만이 가득했다. 이단의 피를 불사른다니.

이번만큼은 그가 들어서는데도 사람들이 고개를 돌리지 않았다. 홀 안의 켈은 전원 완전 정장 제복을 차려입고 있었고, 전속된 장교들은 저마다 자기 분파의 완전 정장을 걸쳤다. 모두가 비도나 장교와 그녀의 희생양을 뚫어져라 바라보고 있었다.

'이단자'는 단상에 누워 있었다. 켈 병사, 정확하게 말하자면, 이네세르의 병사였다. 검은색과 금색의 제복은 거의 흡사했지만, 먹이를 노리고 날아드는 금빛 황조롱이가 그려진 완장을 차고 있었다. 무슨 기적이 일어났는지는 몰라도, 황조롱이는 불길 속에서도 모습이 또렷했다. 도리어 밝게 타오르는 것처럼, 홀 안의 다른 무엇보다도 더 환히 빛나고 있었다.

홀 안 곳곳에서 향이 타고 있었지만, 코를 찌르는 살점 굽는 악취를 가리기에는 역부족이었다. 옷감이 타들어갈 때의 독특한 냄새도 숨길 수 없었다.

호위가 제다오에게서 물러섰다. "가, 각하." 상병은 숨죽인 목소리로 말했다. "여기까지 들어오셨으니 아무래도…"

"내가 뭔가 해야 한다는 건가?" 제다오는 칭찬받아 마땅할 정도로 차분하게 대꾸했다.

상병은 즉시 입을 다물었다.

"질문 하나 하지." 제다오의 목소리는 여전히 나직했지만, 뒷줄에 선 사람들은 술렁이며 그를 보고 얼굴을 찌푸리고 있었다.

상병이 재빨리 고개를 끄덕였다. 다른 병사들도 그에게서 물러서지 않을 정도로는 규율이 잡힌 모양이었다. 물론 진형 본능 때문일 수도 있지만.

"우리가 전쟁 포로를 몇 명이나 잡았나?"

"전체 포로 말씀이십니까, 아니면 기함에 있는 포로 말씀이십니까?"

그 정도면 충분히 대답이 되었다. 지나치게 많은 수라는 뜻이었다. 그리드에 잠깐 물어보니 곧바로 정보가 들어왔다. 〈망령〉호에만 열한 명이었다. 전체 인원은 503명으로, 저마다 다양한 상태로 여러 전함 나방에 나뉘어 구금되어 있었다. 그 모든 작업을 효율적으로 처리했다는 것만으로도 충분히 소름 끼치는 신호였다. 그리드는 함대의 다른 나방들에서도 비도나들이 완벽히 똑같은 의식을 치르고 있을 거라 확신하면서 그의 추측을 확인해주었다.

제다오는 사람들을 밀치고 단상으로 오르는 비탈길로 걸음을 옮겼다. 충격받은 술렁임이 그 뒤를 따랐다. 그는 신경 쓰지 않았다. 머릿속 뒤편에서 이성적인 목소리 하나가, '그런 식으로는 모두를 구할 수 없어'라고 말하고는 있었지만.

그는 목소리에 대꾸하듯 생각했다. '그럴지도 모르지. 하지만 저 눈앞의 병사에게는 많은 것이 달라질 거야.'

상병은 뒤편에서 돌아오라고 소리치더니, 이어 욕설을 뱉으며 따라오기 시작했다. 제다오는 걸음에 속도를 붙였다.

비도나는 톱처럼 깔쭉깔쭉한 날이 달린 단도를 불타는 병사 위로 높이 치켜들었다. 제다오가 다가와도 꿈쩍도 하지 않았다.

그는 비도나의 손목을 붙들고 위협하듯 속삭였다. "당장 멈춰."

그녀는 냉정하게 그와 눈을 마주쳤다. "실례지만, 각하." 미안함 따위는 조금도 담겨 있지 않은 목소리였다. "이곳에서는 설령 각하라도 아무런 권한이 없습니다."

여기까지 올라와보니 타들어가는 병사의 거친 헐떡임 소리가 생생하게 들렸다. 얼굴에는 물집이 가득했고, 주요 정맥과 동맥이 지나는 자리를 따라 꺼멓게 탄 자국이 이어졌다. 목소리는 나오지 않는 것이 분명했다. 소리가 나왔다면 비명을 지르고 있었을 테니까.

"당신도 저도 육두관께 충성을 맹세한 몸입니다. 물러서시죠." 비도나가 말했다.

제다오는 그녀의 손목을 부러트리고 머리를 불길 속으로 내리누르려다 움직임을 멈추었다. 그것으로는 문제가 해결되지 않을 것이 분명했으니까.

그러나 비도나는 그가 폭력의 기미를 보이자마자 바로 반응했다. 제다오가 저지하기도 전에, 그녀는 재빨리 칼날을 희생양의 심장에 박아 넣었다. 그녀의 손 주변으로 불길이 크게 타올랐다. 회색 장갑과 소맷자락에 불이 붙었다. 그러나 그녀의 차분한 얼굴엔 오히려 살짝 지루한 기색마저 감돌았다. 너무 자주 저지른 일인 것처럼. 아마 실제로 그럴 것이다.

"역법을 조정해야겠군요." 비도나는 이렇게 말하며 조심스럽고 깔끔하게 칼을 뽑고는, 소화용 천으로 불길을 잡았다.

제다오는 경악한 얼굴로 그녀를 바라봤다. "아직 살릴 수 있었는데."

"자원 낭비죠." 그녀가 말했다. "어차피 거의 죽은 상태였습니다."

자신의 입에서 무슨 말이 쏟아질지 짐작조차 가지 않았기 때문에, 제다오는 그대로 발길을 돌려 성큼성큼 홀에서 걸어 나갔다. 다음에 가야 할 곳은 이미 확실해졌다.

제다오는 호위가 따라붙을 수 있을 정도로만 걸음을 늦추었다. 별로 고마워하는 기색은 아니었지만, 저들이 자신을 어떻게 여기는지는 사실 관심도 없었다.

쿠젠의 선실 입구에는 장대한 로비가 버티고 있었다. 벽을 따라 휘황찬란하게 자라난 양초덩굴들이, 뒤얽힌 전선과 갑각처럼 무지갯빛으로 반짝이는 패널 위로 빛을 선사했다. 나직한 윙윙 소리가 방 전체를 울리고 있었다. 징을 친 다음 바로 소리를 죽였을 때 들리는 울림 같았다.

반대편 벽에서 니라이의 공허나방 문장이 반짝였다. 지나칠 정도로 반짝이는 은빛이라 거의 푸른색으로 보였다. 호위들은 무릎을 꿇고 완전한 복종을 표했다. 제다오는 그들을 따르지 않았다. "육두관께 접견을 청하러 왔다"라고 소리칠 뿐이었다.

문이 양옆으로 열리고, 안에서 쏟아져 나온 빛이 바닥과 무지갯빛 패널 위를 가득 메웠을 때도, 제다오는 눈만 깜빡일 뿐 전혀 움직이지 않았다.

"제다오." 벨벳처럼 매끄러운 쿠젠의 목소리가 울렸다. "지금은 시기가 좋지 않긴 한데… 뭐, 상관없겠지."

그는 쿠젠의 허락 따위에는 관심도 없었다. "저런 추도 의식이 얼마나 오래 계속되어온 겁니까?"

"상병, 병사들을 데리고 물러가라." 쿠젠은 시선은 돌리지도 않고 이렇게 지시했다.

퀠 호위들은 즉각 꽁무니를 뺐다.

쿠젠은 어느새 다시 안으로 걸음을 옮기기 시작했다. "따라와 봐. 여기에는 시험형 회로 말곤 흥미로운 물건은 아무것도 없거든."

그들은 여러 내실을 지나쳤다. 방은 갈수록 조금씩 더 호화스러워졌지만, 제다오의 기분은 조금도 나아지지 않았다. 방 하나에는 회색 호랑이 가죽이 가득했고, 다른 방에는 옻칠한 짙은 남빛의 명품 의자와 탁자들이 가득했다. 세 번째 방은 전부 어둑한 가운데, 단상 위에 놓인 최상품 청자에만 조명이 집중되어 있었다. 휘어진 나뭇가지에 맺혔다 떨어지는 빗방울이 그려진 청자였다. 별로 관심도 주지 않으면서 왜 그런 온갖 물건을 모으는지 궁금했지만, 질문을 입 밖에 내지는 않았다. 혹시 세상 경험이 더 쌓이게 되면, 그도 저렇게 행동하게 될까. 아니기를 바랄 수밖에 없었다.

"자, 이제 마음껏 소리쳐도 돼." 쿠젠이 말했다.

제다오는 분노를 억눌렀다. "제 질문에 답하지 않으셨는데요."

"추도 의식?" 쿠젠은 털썩 소파에 몸을 던졌다. 제다오는 맞은편 의자에 앉으며 다리를 모았다. "그러니까, 언제부터 그런 식이었느냐는 뜻이지?"

제다오는 그저 쿠젠을 바라보기만 했다.

"8세기 정도 됐지. 현재 진행 중이고."

"저걸 그대로 방치하는 겁니까?"

쿠젠은 눈썹을 추어올렸다. "제다오, 그 방식을 고안한 사람이 나라고."

순간 제다오의 두뇌는 그대로 정지해버렸다.

"진형도, 진형 본능도, 나방 추진체 구속구도." 쿠젠은 말을 이었다. "그 모든 것을 유지하려면 사람들이 지금의 체제를 지켜줘야 해. 육두정의 안정도, 시민들을 먹여 살릴 능력도, 전부 체제를 고수하지 않으면 유지될 수 없단 말이야."

"쿠젠." 제다오는 간신히 말문을 열었다. "방금 빌어먹을 전쟁 포로를 고문해서 죽였습니다. 이제 저들은 협상에 나서지 않을 거예요. 포로 교환은 물론이고, 우리 말은 전혀 믿지도 않을 텐데…"

"처음부터 이네세르와 그 졸개들하고는 협상할 생각 없었는데." 쿠젠은 자리에서 일어나 장식장 쪽으로 향했다. 그리고 그 안에서 이름표 없는 검은색 병을 하나 꺼냈다. 그는 병을 슬쩍 기울이면서, 제다오 쪽으로 질문하듯 눈길을 던졌다. 제다오는 고개를 저었다. "그 여자도, 그 추종자들도 전부 너무 위험해. 이단 명단에 이름을 적어놓는 게 가장 안전하다고."

"어떤 자이건 간에, 한 인간을 마음대로 고문해 죽여도 좋다고 정해놓다니, 어떻게 그러실 수가 있습니까!"

쿠젠은 병 입구를 톡톡 두드렸다. 뭐로 만들었는지 모를 병마개는 그대로 청백색 연기를 피우며 사라져버렸다. 장미와 향신료의 냄새가 공기를 향긋하게 달구었다.

"장미 와인 중에서도 제법 괜찮은 빈티지야. 혼자 마시기는 너무 아깝지."

"제가 지금 술에 취하고 싶은 것처럼 보이신다면, 분명히 말씀드리지만 착각입니다." 제다오는 차갑게 말했다.

"그래봤자 네 손해지." 쿠젠은 어깨를 으쓱하며 이렇게 말하고는, 자기 앞으로 한 잔을 따라놓고 홀짝이기 시작했다.

"육두정의 질서를 회복하려 한다고 말씀하셨을 때, 이런 상황을 염두에 두고 계신 줄은 몰랐습니다."

쿠젠은 다시 잔을 홀짝이고는 탁자에 내려놓았다. 그러고선 제다오 쪽으로 다가섰다. 제다오는 꼿꼿이 자리에서 일어났다. 점점 불안해지기 시작했다.

"네가 얼마나 어린지 잊고 있었군." 쿠젠이 중얼거렸다.

"빌어먹을, 어른인 척 타이를 생각 마시죠." 제다오는 그를 노려보았다. 쿠젠이 거의 머리 하나는 더 크기 때문에 조금 어색하기는 했지만.

쿠젠은 한층 가까이, 상당히 가까이 다가와서, 양손으로 제다오의 어깨를 붙들었다. "화난 이유가 그게 다는 아니잖아? 켈 분대와 거칠게 접촉한 안타까운 사건도 섞여 있겠지."

제다오는 그대로 덤벼들고 싶은 욕망에 휩쓸려 몸을 떨기 시작했다. 물론 아무 도움도 안 되리라는 사실은 잘 알고 있었기에 그저 억누를 뿐이었다. "그런 건…"

"내게 충격을 주는 건 불가능하다고 예전에 말한 적 있는데. 기억하려나?"

제다오는 내키지 않는 표정으로 쿠젠의 완벽한 얼굴을, 금빛이 섞여 반짝이는 그늘진 눈과 긴 속눈썹을 바라보았다. "기억합니다." 순간 깨달음이 찾아왔다. "알고 있었군요. 당신은 그때부터 알고 있었어요."

"그땐 네가 들을 준비가 안 됐다고 여겼거든." 쿠젠이 말했다.

"나는 대체 뭡니까?" 끔찍하게 떨리는 자신의 목소리가 도리어 두렵게 느껴졌다.

"쉿." 쿠젠은 부드럽게 말하며 그를 끌어다 소파 한쪽에 앉히고, 자신도 그 옆에 나란히 자리를 잡았다. "일종의 '보안 대책'이라고 할까? 나만의 명장이 암살당해버리면 상황이 곤란해지거든."

제다오는 맨 처음 그를 만났을 때를 떠올렸다. "당신에게도 나름의 방어 수단이 있다고 했었죠. 그럼 설마… 당신도…"

설마 정말로 자신과 같은 존재였던 걸까. 쿠젠이 그에게 공포나 역겨움을 표출하지 않는 몇 안 되는 사람이라는 사실을 떠올리지 않을 수 없었다. 이 사람에게 영향을 끼칠 수 있을지 몰라. 변화시킬 수 있을지 몰라. 다음 순간, 그는 이런 생각을 한 자신을 혐오했다.

쿠젠의 손이 제다오의 얼굴 한쪽까지 올라와 있었다. 제다오를 바라보는 눈빛이 진지했다. 그는 천천히 손가락을 펼치더니 제다오의 턱을 쓸기 시작했다. 심장이 정신없이 달음박질했다. 이 소리가 쿠젠에게 들리지 않을 리 없었다.

"좋아요." 제다오는 거칠게 말했다. "나 때문에 충격을 받을 일이 없다고 하셨죠? 증명해 보이시죠." 문득 지금 생각하는 게임을 벌이기에는 자신이 너무 어리숙하다는 생각이 들었다. 이유는 명확하게 짚을 수 없었지만.

가까이서 보니 쿠젠의 눈은 한층 더 아름다웠다. 쿠젠이 자신을 바라보는 모습이 시야를 가득 메웠고, 제다오의 맥은 한층 더 바쁘게 뛰기 시작했다. 그와 자신을 제외한 나머지 우주가 전부 사라진 것만 같았다. 이러면 안 되는데. 그러나 이미 늦어버렸다.

"우리 귀염둥이." 쿠젠의 목소리는 살갑기만 했다. "경험의 차이를 고려하면 네가 불리할 텐데."

"저는 어린애가 아닙니다, 쿠젠."

"글쎄, 그건 논쟁의 여지가 있지." 제다오의 옆구리를 따라 내려가던 그의 손은 엉덩이에 가서 멎었다.

가만히 있는 것조차 괴로웠다. 바보, 멍청이, 머저리. 어떻게 육두관을 뛰어넘을 생각 따위를 한 거지? 섹스하는 법도 제대로 기억 못 하는 주제에?

혹시 예전에도 이런 적이 있었나?

쿠젠이 입을 열었다. "나야 상당히 즐겁기야 하지만. 다 하고 나서 네가 자기혐오에 빠질 거라는 건 미리 말해주도록 할게."

"어쩌면 그걸 원할지도 모르죠." 그 순간에는 진심이었다.

쿠젠의 손이 더 아래로 내려갔다.

다음 순간, 아무런 예고도 없이, 쿠젠은 손을 휙 치우더니 절제된 걸음으로 방 반대편으로 걸어갔다. "도저히 못 하겠어." 그의 아름다운 눈에 무심한 빛이 떠올랐다.

젠장. 제다오의 얼굴이 뜨겁게 달아올랐다. 쿠젠을 대면하고 협박해서 추도 의식을 멈추게 하려고 온 거였는데. 정작 도착해서 한 일이라고는…

제다오는 소파에서 미끄러져 내려와 무릎을 꿇고, 완전 복종의 자세를 취했다. 반사적인 행동이었다. 그 자세로 한참을 기다린 후에야, 그는 뭔가 잘못되었다는 사실을 깨달았다. 그러니까, 지금까지보다 훨씬 더 잘못되었다는 이야기다. "육두관 각하?"

"자리에 앉아, 제다오 대장."

그는 소파를 피해 의자로 걸어가다 거의 넘어질 뻔했다.

"나는 니라이 쿠젠이 아니야." 목소리는 분명 육두관의 입에서 흘러나오고 있는데도. "이 틈에 몇 가지 설명을 해줘야 할 것 같아서."

이해가 안 된다고 말하는 정도로는 부족할 것 같아서, 제다오는 아예 입을 열지 않았다.

"전부 설명하려면 조금 복잡하기는 한데." 남자는 말을 이었다. "하지만 일단 이것만은 알아둬. 너는 쿠젠을 유혹할 수 없어. 그가 너를 원하지 않기 때문이 아니라…" 제다오는 다시 얼굴이 새빨개졌다. "…쿠젠은 이미 죽은 사람이기 때문이야."

"그럼 당신은 누굽니까?" 그는 쿠젠에게 사용하던 존칭으로 이렇게 물었다. 혹시 모르는 일이니까. 남자는 그의 존칭을 따로 고쳐주지 않았다.

"하조렛 쿠젠은 919년 전에 태어났어. 표준 역법의 개발로 이어진 수학 체계를 창안한 사람이 바로 쿠젠이었지. 나방 추진체의 초기형을 제작해 칠두정의 영역을 빠르게 확장시켰고, 그 외에도 온갖 다른 기술을 만들어냈어. 여러 방면으로 재주 많은 사람이었지. 그러나 그 모든 업적이 아무 쓸모도 없어지는 순간이 왔어. 그 또한 언젠가 죽을 운명이었으니까.

"그러니까 쿠젠은 자신이 죽는 걸 끔찍히 싫어했다는 말이군요."

"그래."

"그렇다면 분명…" 그는 말이 되는 질문을 짜 맞추려고 애썼다. "누구든 눈치챈 사람이 있었을 텐데요? 아니면 그것도 제가 잊어버린 건가요?" 그리고 다른 무엇보다도 중요한 의문, 바로 이 의문을 덧붙이는 것도 잊지 않았다. "당신은 누굽니까? 당신을 뭐라고 불러야 하죠?"

"나한테는 이제 이름이 없어." 제다오는 그 말을 믿지 않았다. "굳이 뭔가로 부르고 싶다면, '인형'이라고 부르도록 해."

제다오는 움찔하는 기색을 간신히 숨겼다. 인형이라니. 문득 그는 한 가지 사실을 뒤늦게 깨달았다. "당신이 그 '수수께끼의 조력자'로 군요."

인형은 고개를 끄덕였다. "쿠젠은 죽음을 초월할 방법을 찾아냈어. 그러나 그 방법을 수행하기 위해서는 직접 목숨을 끊고서 기생충으로 살아가는 삶에 만족해야 했지. 살아 있는 꼭두각시 인형에 결박된 유령으로서 말이야. 그는 지금 이 방 안에 있어. 내가 가는 곳이면 어디든 같이 있거든. 필요하면 내 육체를 직접 조종할 수도 있지만, 나는 그와 오랜 세월을 함께 보냈기 때문에 그의 욕구를 예측해서 알아서 행동하지. 언젠가 나를 더 사용할 수 없게 되면, 쿠젠은 간단히 다음 결박 대상에게로 옮겨 탈 거야."

제다오는 반사적으로 나오는 '유감입니다'라는 인사치레를 되삼켰다. 눈앞의 남자는 타인의 동정을 원하는 모습이 아니었으니까. 그가 알고 싶은 것이 또 있었다. 인형도 제다오처럼 놀라운 불멸의 회복력을 지니고 있는 것일까, 아니면 '다음 결박 대상'에게로 옮겨 가는 행위를 통해서 불멸을 유지하는 것일까?

인형은 차가운 미소를 지었다. "이런 관계에서 내가 뭘 얻을 수 있을지 궁금하겠지. 내가 어떤 거래를 했는지 알려줄 생각은 없지만, 적어도 아무런 부족함 없이 살고 있는 건 분명해. 물론 너도 짐작하다시피 개인의 삶은 거의 누리지 못하지만 말이야. 다행히 쿠젠도 내 개인사를 타인과 공유하고 싶지 않다는 욕구 정돈 충분히 존중해줘."

그래, 그러니까 자유 말고는 뭐든 얻을 수 있는 삶이라는 말이지. 제다오는 생각했다. 끔찍한 운명 아니냐고 항변해봤자 주제넘은 짓일 뿐이다. 어차피 제다오의 존재도 별반 다를 것이 없었으니까. 타인 취급을 받는 순간 움찔하기는 했지만, 부인할 방법은 없었다. 애초에 어제까지도 인형의 존재 자체를 모르고 있기도 했고.

"그러니까 육두관께서 지금 이 대화도 듣고 계신다는 겁니까?" 제다오가 말했다.

유령도 잠을 자나? 아니면 휴식이라도? 쿠젠이 자기 결박 대상에서 떨어져 나와 주변을 둘러볼 수도 있을까? 감각은 어디까지 미치는 걸까? 새로운 질문이, 괴상한 질문이 한 아름 늘어났는데, 여전히 답은 찾을 수도 없었다.

"인형이라고 했죠?" 제다오는 머뭇거리며 말했다. 경칭을 생략했다고 혼내지 않는 걸 보아 그쪽으로는 개의치 않는 모양이었다. "그럼 제가 육두관 각하를 만졌을 때도…"

인형은 그가 문장을 매듭짓도록 도와주지 않았다.

제다오는 처음부터 다시 시작하기로 했다. "그를 만지고 있던 것이 아니었어요." 그리고 단서에 따라 논리적 귀결에 도달했다. "저는 당신을 만지고 있던 거였군요…"

"둘 다 다를 바 없는 일이야."

그러나 제다오의 귀에는, 모든 면에서 다르다는 것으로 들렸다.

제다오는 눈을 감아버리고 싶었다. 그러나 그는 인형을 똑바로 바라보며 기다렸다.

마침내 인형이 말했다. "모르고 있었구나. 하긴, 알 수가 없었겠지."

"원하는 대로 하십시오." 사실 제다오가 하고 싶은 말은 이것이었다. 원하는 대로 처벌하십시오.

"그럴 것 없어." 인형이 말했다. "너는 몰랐으니까. 특이한 기억 장애를 앓고 있으니 짐작조차 할 수 없었겠지. 이 함대의 켈 중에서도 쿠젠이 얼마나 오래 살았는지 정확히 아는 사람은 아무도 없거든."

제다오도 알지 못 하던 사실이었다. 켈들은 당연히 알고 있으리라 여겼으니까. 그러나 그는 증거를 하나씩 곱씹어보기 시작했다. "그림자도 그래서 그런 겁니까?"

"그래, 일종의 부작용이야. 그러나 대부분 사람은 그림자가 얼마나 중요한지를 몰라. 지금 여러 계승국에서 사용하는 최첨단 장식품들과 비교하면 크게 이상할 것도 없지만."

"그러면 처음엔 무슨 수로 당신이 육두관이라고 납득하게 만든 건가요?" 제다오가 물었다.

"이 함대를 지휘하던 장군이 기밀 정보를 확인할 수 있는 직급이었거든. 그가 쿠젠을 알아봤어." 인형의 눈가에 피로가 맺혔다. "이걸로 끝일 것 같네, 장군. 너도 생각할 게 많겠지."

제다오는 떠나라는 신호를 알아차렸다. "추도 의식은…"

"썩 꺼져." 인형의 목소리는 차가웠다.

"원하시는 대로 하죠." 제다오는 두려움에 사로잡혔다. 떠나는 자신의 뒤편에서, 무수한 그림자가 장례식장에 부는 바람처럼 일어나 날갯짓하는 것이 느껴졌다.

17

막간: 테포스 기지, 280년 전.

망령의 삶엔 불편한 일이 한둘이 아니다. 그러나 그중에서도 제다오가 가장 힘들어하는 부분은, 잠들 수가 없다는 것이었다. 지금 흐릿한 불빛 속에서 시간을 죽이고 있는 것도 그가 원해서가 아니었다. 그의 결박 대상인 금발의 하픈 젊은이가 마지막 섹스를 끝낸 후 소파에서 잠들어버렸기 때문이었다.

쿠젠은 이미 자리에서 일어났다. 훌륭한 나신을 고스란히 드러낸 채로 소파 가장자리에 앉아서, 슬레이트에 메모를 끼적이는 중이었다. "말할 게 있으면 지금 해." 그는 고개도 들지 않고 말했다. "털어놓고 깔끔하게 끝내는 편이 낫잖아."

"감히 그대를 실망시킬 수 있을 거란 허튼 생각은 하지도 않습니다, 육두관이시여." 제다오는 슬쩍 비꼬는 투를 섞어 말했다. "다만 그대를 켈 사령부에 신고할 수 있다면 얼마나 기분이 좋을지 상상했을 뿐입니다.”

“너한테도 별 도움은 안 될 텐데.” 쿠젠은 조금도 동요하지 않고 대꾸했다. “정신 복합체의 절반 정도는 아직도 검은 요람의 열쇠를 내던져서 너를 영원히 어둠 속에 가두어두는 게 낫다고 확신하고 있단 말이야. 피학 취향이 생긴 거라면 내가 얼마든지 만족시켜줄 수 있는데.”

제다오는 입을 다물었다. 쿠젠은 어둠에 대한 공포를 이용해 그를 자극하는 일을 즐겼다. 제다오도 검은 요람에서 외출할 수 있는 것도, 여행 기간에 상당한 자유를 누릴 수 있는 것도 쿠젠의 호의 덕분이란 것을 잘 알고 있었다. 켈 사령부의 명령에 따라 다른 사람에게 결박될 때면, 결박 대상에게 말을 거는 것 외에는 아무런 영향을 끼칠 수 없도록 별도의 처치를 한다. 그의 목소리도 다른 사람에겐 들리지 않는다. 물론 쿠젠은 예외지만. 그러나 이번에는 쿠젠이 결박 상태를 조정해준 덕분에, 제다오도 육체를 어느 정도 조종할 수 있게 됐다.

쿠젠은 소파 옆 탁자에 슬레이트를 내려놓고 다시 몸을 기울이더니, 제다오의 팔 안쪽으로 부드럽게 몸을 밀어 넣었다. 하픈 젊은이의 몸을 ‘자신의 몸’으로 생각하면 두 가지 상반된 감정이 일어났다. 엄밀히 말해 이 젊은이에게도 선택권 따윈 없었으니까. 그러나 결박이 강해지니 육체가 느끼는 감각이 고스란히 자신에게도 전달되었다. 마치 자신이 그 육체에 들어가 있는 것처럼. 쿠젠은 다양한 방식으로 이런 상황의 장점을 시연해 보였다.

“켈 사령부가 생전에 너를 넌덜머리 날만큼 부려먹었으니까, 가벼운 휴가 정도는 마음 편히 즐길 줄 알았는데." 쿠젠은 쉰 목소리로 이렇게 말하고는 몸을 틀어 자세를 바꾸었다. 그리고 나른한 표정으로 제다오의 턱과 귓불에 연이어 입을 맞추었다.

육체가 깨어났다. 제다오는 하픈 젊은이의 목소리로 바꾸어 탔다. 깔끔하고 순수한 테너 목소리에 독특한 이국 억양. 쿠젠이 이 하픈 젊은이를 선택한 건 당연하게도 아름답기 때문이었고, 그 아름다움엔 목소리도 포함되어 있었다. 다만, 제다오는 아직 이 젊은이의 목소리에 제대로 익숙해지지 못했다. "우리가 여기 나와 있는 동안 켈 사령부가 검은 요람을 조사하려 들면, 전부 끝장나는 것 아닙니까."

쿠젠은 어깨를 으쓱했다. 그 움직임이 그대로 제다오의 팔로 전해졌다. 몸을 밀착시키고 그린 듯이 우아한 완벽함을 뽐내며 사지를 놀리는 모습은, 언제나 그렇듯이 치밀하게 계산된 효과를 불러왔다. 제다오의 아랫도리가 단단해지기 시작했다. "그 정도는 내 대역이 충분히 해결할 수 있어. 무슨 일이 일어났는지 깨닫지도 못할걸. 그건 됐고." 그는 손을 뻗어 제다오의 곱슬거리는 금빛 가슴털을 쓰다듬었다. "너 말이야. 긴장을 풀 기회를 줬으면, 제대로 즐기는 방법을 배워야 하지 않겠어?"

"이다음엔 이 모든 짓거리를 저를 위해서 벌이는 거라 말씀하시겠군요." 제다오는 온 힘을 끌어모아 버텼지만, 거친 심장 박동은 도저히 잠재울 수가 없었다. 쿠젠이 그 사실을 눈치채지 못할 리가 없었다.

쿠젠이 눈을 크게 떴다. "하지만 그게 사실인걸, 내 사랑. 아무리 너라도 감각을 모두 빼앗긴 상태로는 그 이상 버틸 수는 없었을 거라고." 그는 몸을 훌쩍 일으켜 제다오를 깔고 내려다보며, 그의 몸을 한

쪽으로 밀어 무릎을 댈 공간을 마련했다(제법 넓은 소파기는 했지만). "우리는 서로에게 언약한 사이잖아. 네가 임무가 없을 때 검은 요람 속에서 미쳐버리기라도 하면 그게 나한테 무슨 소용이겠어?"

"밀회가 없을 때라고 해야 하는 것 아닙니까." 제다오가 통명스럽게 대꾸했다.

"나는 항상 진심으로 말하는데." 목소리는 부드러웠지만, 그러는 동안에도 그의 손가락은 제다오의 몸을 파고들어 흔적을 남겼다.

제다오는 몸을 꼿꼿이 굳히며, 밀려드는 쾌락에, 쾌락의 기억에 저항하려 애썼다. 그는 눈을 질끈 감았다.

"생각을 멈춰봐." 귓가에 쿠젠의 거부할 수 없는 속삭임이 흘러들었다. 그의 손이 움직였다. 다시, 또다시. 제다오의 악물린 잇새로 신음이 새어 나왔다. "나를 증오하는 일이야 내일 해도 되잖아. 모레도 좋고, 글피도 괜찮고. 어차피 우리한테는 영원한 세월이 있으니까."

"당신이 어떤 인간인지 절대 잊지 않을 겁니다." 제다오는 여전히 눈을 감은 채로 말했다. 눈을 뜨지 않으면, 단순한 섹스일 뿐이라고 자신을 속일 수 있었으니까. 여기엔 의무 같은 복잡한 문제가 끼어들 여지가 없다고, 수백 년 동안 계속되는 게임에 새로 등장한 계책이 아니라고 여길 수 있었으니까.

"나도 잊지 않기를 바라는데." 쿠젠은 태연하게 말했다. 나방의 날갯짓처럼 부드러운 손길이 조금씩 오솔길을 따라 아래로 내려가고 있었다. 이내 그는 입을 사용하기 시작했다.

절대 잊지 않겠어. 포기하기 직전에, 녹아내리는 마지막 이성을 끌어모아, 제다오는 이렇게 생각했다. 쿠젠이 열심히 움직이는 동안, 제다오는 그를 어떻게 죽일지 상상했다. 측두부를 가격하면 어떨까. 교살도 나쁘지 않겠지만, 아쉽게도 쿠젠이 사용하는 육체가 더 강했기에 그 방법은 시도할 수 없었다. 엄지로 눈구멍을 파내는 건 어떨까. 지저분하겠지만 어차피 죽음이란 어떤 형태든 지저분하지 않을까? 게다가 제다오는 이미 너무도 많은 이들에게 지저분한 죽음을 선사한 사람이었다.

"아, 그런 생각을 하고 있었구나." 쿠젠은 정확한 순간에 맞춰 나긋하게 속삭였다. "정말 생각하는 게 뻔하다니까, 내 사랑."

예전이라면 너무 뻔하게 행동했다고 자책했을 법한 일이었으나, 다행스럽게도 이제는 그조차 아무 의미도 없었다. 두 사람이 함께 꾸며낸, 또는 서로에게 겨누고 있는 계획에는 아무런 영향도 없을 테니까. 적어도 그는 그렇게 되뇌었다.

아니, 그 이상이었다. 지금 그들은 분명 끔찍한 일을 벌이는 중이었다. 지금까지 수없이 벌여왔던 온갖 잔혹한 짓과 마찬가지로. 그러나 쿠젠은 정말로, 진심으로 이런 일에 전혀 개의치 않는 사람이었다. 앞으로도 절대 신경 쓰지 않을 것이다. 제다오를 평가하지도 않을 것이다. 제다오에게는 세상 그 무엇보다 황홀한 유혹이었다. 어차피 제다오는 어떤 식으로도 거부할 수 없는 처지였기에, 차라리 잘된 일일지도 몰랐다.

18

　결박 대상이 제다오를 내보내고 6분이 지난 후, 쿠젠은 육체를 직접 제어해서 내실로 걸어 들어가 자리에 앉게 했다. 이런 방법을 사용한 건 정말 오랜만이었다. 직접 제어한 움직임엔 우아한 느낌이 부족해 별로 선호하지 않았으니까. 니라이 마하르를 결박 대상으로 유지하는 이유의 절반 정도도 그런 아름다운 외모와 움직임을 즐길 수 있어서였고. 그러나 가끔은 지금처럼 방종에는 대가가 따른다는 사실을 일러줄 필요가 있었다.

　쿠젠은 마하르가 꼭두각시 줄이 사라졌다는 사실을 알아차릴 때까지 기다리기로 했다. 그러나 시간은 계속 흘러가기만 했다. 결국, 쿠젠이 먼저 입을 열었다. 그는 마하르에게만 들리는 목소리로 속삭였다. "무엇 때문에 그렇게 화가 난 거야? 그냥 말해주면 좋겠는데."

　"제가 왜 화가 나겠어요?" 마하르는 쾌활하게 대꾸했지만, 쿠젠은 그런 반응에 속아 넘어가지 않았다. 서로에게 얽힌 채 살아온 세월만 60년이니까. "저런 걸 만지느니 차라리 오징어하고 섹스를 하겠다고요."

마하르는 의자에서 벌떡 일어났다. 쿠젠은 그를 방치했다. 마하르의 걸음은 커다란 벽장 앞으로 향했다. 검은색, 회색, 은색, 가끔 거품처럼 레이스가 흩뿌려져 있는 다양한 옷들이 가득 들어 있었다. 언젠가 쿠젠은 그에게 이렇게 말한 적이 있었다. "중요한 자리가 아니라면, 색이 있는 옷을 입어도 돼. 어차피 강등당하거나 그럴 일도 없잖아?" 물론 마하르는 그의 말을 깔끔히 무시했다.

"너한테 그런 쪽으로 편견이 있을 줄은 몰랐는데." 쿠젠은 부드럽게 대꾸했다.

"그놈 잘못이 아니라는 건 알아요." 마하르는 콧구멍을 벌름거리며 말했다. "그래도 달라질 건 없잖아요. 놈이랑 자고 싶지 않다고요. 물론 당신한테는 놈을 쥐고 흔들 수 있는 손쉬운 방법이기는 하겠지만요."

"그렇긴 하지. 녀석이라면 자기 음경에 생각을 내맡기는 걸 훌륭한 전략인 것마냥 열심히 자기 합리화를 할 테니까. 900년이 흘러도 인간의 본성이 바뀌지 않는다니, 정말 다행스러운 일이잖아."

마하르는 좋아하는 셔츠 한 벌을 홱 잡아당겨 꺼내더니, 그대로 손으로 구겨서 바닥에 내던졌다. 얼마 지나지 않아 그의 발치엔 엉망이 된 셔츠가 한가득 쌓였다.

쿠젠은 기다렸다. 이제 기다림엔 익숙했으니까. 망령이 되면 가장 먼저 배울 수밖에 없는 미덕이었다.

"저 괴물은 우리를 부모로 여겨야 할지, 아니면 연인으로 여겨야 할지 감을 못 잡는 거예요. 하지만 그거야말로 정확히 당신이 원한 상황이겠죠?"

쿠젠은 마하르가 이런 식으로 반항하도록 용납할 셈은 아니었다. 다른 무엇보다, 마하르가 자신을 대하는 태도를 제다오에게 들키면 곤란했다. "언젠가 주제넘은 짓을 벌일 줄은 알고 있었지. 그런데 타이밍이 너무 완벽하잖아." 쿠젠은 이렇게 말했다.

그새 감정을 추스른 마하르는 어깨를 으쓱해 보였다. "헛된 일인 걸 알아도, 가끔 시도는 해봐야 하는 법이니까요. 어차피 이기는 건 항상 당신이잖아요. 놈이 입을 연 순간까지만 해도 당신이 이긴 줄로만 알았는데. 그런데 이렇게 됐네요."

"흠. 아무래도 새삼 되새길 필요가 있는 것 같네. 조금만 더 버티면 돼. 그러면 너는 자유의 몸이 될 거야."

대답하는 마하르의 목소리에는 절망이 엿보였다. "자유 따위는 허상일 뿐이에요. 당신이 아주 오래전에 가르쳐줬잖아요."

"그야 그럴지도 모르지." 쿠젠은 조금도 동요하지 않았다. "하지만 원한다면 그 자유란 것에 버금가는 걸 손에 넣을 수 있어. 내가 분명 계약 조건을 맞춰줬을 텐데?"

마하르는 눈을 내리깔고 중얼거렸다. "그랬죠."

로스코야 마하르는 열다섯 살부터 니라이 지원자로서 뛰어난 자질을 보였다. 그러나 분파보다 쿠젠이 먼저 손을 뻗었다. 마하르의 남동생은 희귀병으로 죽어가고 있었다 쿠젠은 마하르에게 이렇게 말했다. 나를 섬기도록 해. 그러면 네 동생이 육두정 어디서도 찾아볼 수 없는 최고의 치료를 받게 해줄게. 너 자신도 온갖 사치를 누릴 수 있을 거야. 대신 두 번 다시 동생을 만나지 못하게 되겠지만.

그때나 지금이나, 마하르는 수학 실력이 비범했다. 계산기를 두드려본 그는 쿠젠의 제의를 받아들였다.

당시 쿠젠은 마하르에게 불멸의 삶을 제안할 수는 없었다. 물론 에스파렐과 함께 검은 요람을 만든 것은 한참 전의 일이었지만, 켈 사령부의 감시 때문에 추가로 사람을 밀어 넣을 수는 없었던 것이다. 게다가 마하르와 함께 지내는 일이 너무 즐거워서 포기하기가 아깝기도 했다.

"가볼까." 쿠젠은 이렇게 말하며 다시 꼭두각시의 끈을 붙잡았다. 그는 마하르의 육체 안에서 걸음을 옮겨 깊숙한 내실로 들어갔다. 실험의 성과 중에서도 가장 귀중한 자료가 보관된 곳이었다.

다른 방들과 달리, 이쪽 내실은 사치를 즐기려고 만든 곳이 아니었다. 제다오의 편견과는 반대로, 쿠젠은 언제나 최선의 방법만을 선택하는 사람이었다. 벽은 평범하고 부드러운 회색이었고, 양초덩굴 조명에도 은은한 분위기 따위는 조금도 없었다.

방 안에는 세 개의 배양기가 있었다. 첫 번째 배양기에는 다른 한 명의 제다오가 누워 있었지만, 흡뜬 눈은 텅 비어 있었다. 순전히 심미적인 이유에서 흉터도 만들지 않은 육체였다. 쿠젠은·이 얼굴에 손대고 싶은 충동을 참지 못했다. 물론 사소한 개조일 뿐이었다. 아름다워지고자 하는 허영심 때문에 흔히들 받곤 하는, 누군지 못 알아볼 정도는 아닌 세세한 시술 정도였다. 이 밖에도 여벌의 육체를 더 마련해놓고 싶었으나 시간이 부족해 그러지 못했다.

두 번째 배양기에는 마하르가, 아니 정확하게 말하자면 젊은 시절의 마하르처럼 생긴 개체가 누워 있었다. 마하르는 이 영예를 누릴 기회를 꾸준히 거절해왔지만, 쿠젠은 별로 개의치 않았다. 마하르는 지금의 제다오처럼 불멸의 몸을 가지느니 차라리 자연사를 택하겠다고 계속 주장해왔다. 하지만 쿠젠은 그의 모습을 계속 주변에 두고 싶었다. 수십 년을 함께 지내는 동안, 마음에 들기도 했고.

마지막 배양기에는 갈색 곱슬머리와 우윳빛 피부에 호박색 눈을 가진 남자가 누워 있었다. 무용수처럼 늘씬한 몸매와 누구든 매혹해버릴 듯한 미소가 눈에 띄었다. 니라이 사관학교를 졸업하던 시절의 열아홉 살 쿠젠이었다. 눈동자 색은 마하르와 흡사했지만, 그건 순전히 우연의 일치일 뿐이었다. 가능성이 별로 없다는 걸 알면서도, 친족 관계 여부까지 철저히 확인했으니까. 어찌 됐든 하나라도 비슷한 점이 존재한다는 사실이 쿠젠을 기쁘게 했다.

쿠젠은 제어를 느슨하게 풀어 마하르가 말할 수 있게 해주었다.

"나는 저들처럼 되지 않을 거예요." 마하르가 목소리를 낮추며 말했다. "너무 지나쳐요, 쿠젠. 제안 자체는 고맙게 생각하지만, 나는 영원히 살고 싶다는 욕망 따위 조금도 느끼지 않아요." 평소라면 시험 제작품의 상태가 불안정하다며 쿠젠을 자극했겠지만, 오늘은 자제하는 눈치였다.

"마음이 바뀌면 언제라도 말해. 시간은 누구에게나 평등하게 흘러가니까, 너무 지체하진 말고."

마하르는 오랫동안 침묵을 지켰다. 문득 그는 다시 입을 열었다. "정비를 하러 여기 들를 때면, 가끔 저들이 뒤척이는 걸 봐요. 꿈을 꾸는 거겠죠."

"뭐, 그렇겠지. 나중에 저 몸에 들어가 살려면 기본적인 뇌 기능은 유지해야 하니까."

마하르는 숨을 들이쉬었다. "내가 몰라서 말하는 게 아니잖아요."

"미안하게 됐군." 그것도 마하르를 이토록 오래 데리고 있었던 이유 중 하나였다. 게이트 역학과 나방 공학의 실력이 뛰어나서, 연구 파트너로서 쓸모가 많기 때문이었다. 평소 10년마다 결박 대상을 갈아치우던 쿠젠에게는 상당히 드문 일이었다.

"혼자 있게 해줘요, 쿠젠."

쿠젠은 마하르의 목소리에서 억눌린 고통을 느꼈다. "그럴게." 그는 선선히 승낙했다. 마하르가 평정을 찾을 때까지 입을 다물고 있는 정도는 그리 어려울 것도 없으니까.

마하르는 세 개의 배양기를 둘러보았다. 자신의 모습 쪽으로는 차마 시선을 돌리지 못했다. 대신 그의 시선은 여분의 제다오의 얼굴에 한참을 머물러 있었다. 동정과 혐오가 뒤섞인 표정이 그의 얼굴에 어렸다.

19

이네세르는 이스테이아 전투에서 함대 퇴각을 지휘하던 중 정신을 잃었다. 물론 그 전까지 계속 의식이 있었던 것도 아니었다. 〈세 마리의 황조롱이와 세 개의 태양〉호의 사령실이 피격당했기 때문이었다. 의무병은 그녀가 운이 좋았다고 말했다. 전투 경험이 충분한 이네세르 또한, 사지가 날아가지 않았다는 것만으로도 충분히 운이 좋았다는 걸 알고 있었다. 몸이 다양한 타박상을 뭉쳐놓은 하나의 대형 타박상처럼 느껴졌다. 이유는 몰라도 발목까지 부러져 있었다.

지금 그녀는 십자수 틀을 붙들고 있었다. 완성하면 접이식 부채를 그린 매력적인 장식물이 될 터였다. 이 하찮은 소지품이 살아남은 이유는, 단순히 그녀가 기함에 승선할 때 가져가지 않았기 때문이었다. 짬이 날 때의 소일거리 삼아 이스테이아 기지까지 가져왔다가 실수로 놓고 온 것이었다. 브레잔의 수하들은 서둘러 기지를 비우면서도 사려 넘치게 그 물건까지 가지고 와줬다. 심지어 그녀가 처음 정신을 차렸을 때, 브레잔의 수행원이 직접 그녀의 손에 꼭 쥐여주기까지 했다.

이네세르는 지금 브레잔의 전용함인 기치나방 〈한계 없는 조화〉호의 의무실에서, 개인 특실까지 제공받아 편안하게 시간을 보내는 중이었다. 옆 탁자에 놓인 물 한 잔이 보였다. 한 모금 들이켰더니 퀴퀴한 냄새가 났다. 그리드에 청주를 주문할까 하는 생각도 했지만, 어떤 식의 대화가 이어질지는 안 봐도 뻔한 일이었다.

상황에 집중해야 하는데. 그러나 그녀의 머릿속에는 단풍나무 붉은색 5번 실을 추가로 수급하기가 얼마나 어려울까 하는 생각밖에 떠오르지 않았다. 그 실은 협정국의 한 행성에서 생산하는 안단 인증 상품으로, 생사를 수작업으로 물들여 다양한 색을 띠게 한 것이었다. 단순히 여러 색이 섞인 것도 아니었다. 그녀의 고향 행성 계절에 맞춰 저절로 색이 변하는 특수 수제품이었다. 계절에 맞춰 변하는 생사는 제작이 상당히 까다롭다. 무엇보다 1년 내내 색이 변하면서도, 추도 의식의 영향을 받아 색이 제멋대로 바뀌는 것까지 조정해야 한다. 그러나 결과물의 아름다움이란 그걸 감수할 가치가 있었다.

"호국공 각하." 미우잔이 헛기침을 하고는 방으로 들어왔다. 왼쪽 겨드랑이에 슬레이트를 끼고, 붕대로 감은 오른팔은 어깨에 매달려 있었다. "회의에 참석하실 수 있으시겠습니까? 아니면 연기할까요?"

이네세르는 집중하려고 안간힘을 썼다. "회의 장소가 어디지?"

"이쪽으로 모일 겁니다." 미우잔은 쓴웃음을 지었다. "제 남동생이 벼락출세해서 화려한 제복을 입고 으스대는 녀석이기는 하지만, 그래도 아예 사리에 맞지 않게 행동하진 않아서 다행입니다."

브레잔도 자신과 같은 처지라면, '벼락출세의 결과물인 화려한 제복' 또한 의전 전문가의 조언에 따라 대중을 감탄시키려고 입고 다니는 것임이 분명했다. 옷을 거북해하는 것처럼 보이지는 않았지만, 그렇다고 딱히 즐거움을 느낀단 기색도 아니었으니까. 그러나 이네세르는 그 사실을 굳이 그녀 앞에서 언급하지 않았다. "데려오게. 그리고 미우잔…"

미우잔은 자기 이름이 불리자 움찔했다.

"무슨 일을 저질렀든, 결국 가족은 가족이라네. 기회가 있을 때 꼭 대화를 해보게."

"한 번 시도했습니다. 아무것도 바뀌지 않더군요." 미우잔은 단호하게 대답했다.

"나도 친족과 다투는 일이 어떤지는 조금이나마 알고 있네. 자네는 아직 관계를 회복할 수 있어."

"명령이십니까, 각하?"

"아니." 이네세르는 지친 목소리로 대답했다. "그럴 리가. 그럼 회의를 시작함세."

정말 젊군. 이네세르는 이런 생각을 떨칠 수 없었다. 어쩐지 요즘 들어 자주 떠오르는 감상이었다. 한때는 자신도 분명 젊었는데, 어느새 이렇게 되다니. 흥미로운 일이었다.

브레잔 상급대장이 방으로 들어왔다. 대동한 서비터 두 대는 겉보기는 환자식이지만 냄새는 훨씬 훌륭한 음식을 나르고 있었다. 죽 한 그릇, 침이 고이게 하는 향기를 머금은 과일 젤리, 심지어 작은 케이크 한 조각도 있었다. 브레잔은 이네세르의 표정을 읽고 웃음 지었다. "진짜 음식이 필요하실 것 같더군요. 때마침 요리하고 싶은 기분이 들기도 했고요."

서비터들은 이네세르 옆 탁자에 쟁반을 내려놓고는, 한 발짝 물러나서 벽에 걸린 그림들을 만지작거리기 시작했다. 이네세르는 당장 그림을 전부 뜯어내서 다시 배치해주고 싶은 생각이 들었다. 지금껏 십자수에 쏟은 수많은 시간 때문에 수평과 정렬에 대해 예민해졌기 때문이었다.

"이런 비상사태에서 요리나 하고 있었다는 겁니까?" 미우잔은 온 몸으로 반감을 내뿜으며 이렇게 말했다.

브레잔은 도발에 반응하지 않고, 이네세르를 바라보며 말했다. "병력 손실이 심각하더군요."

"내 앞에선 돌려 말할 필요는 없어요." 이네세르는 힘겨운 목소리로 말했다. "전령을 사살하는 취미는 없으니까. 정확한 숫자를 말해요."

브레잔의 시선은 음울했다. "함대 전력의 62퍼센트를 소실했습니다. 나방 조선소는 철저하게 파괴당했으니 포기할 수밖에 없었습니다. 이 성계를 벗어나야 합니다." 그는 자기 슬레이트를 꺼내 지도를 띄웠다. "함대의 현 위치는 여기입니다. 아직 추격해 올 조짐은 없습니다. 아마도 이스테이아를 장악하느라 바쁜 거겠죠."

이네세르는 잘게 숨을 헐떡였다. 그녀는 저들의 '장악'이 무엇인지 잘 알고 있었다. 추도 의식이 분명했다. "포로를 잡았겠죠." 질문이 아니었다.

"그렇습니다." 브레잔이 대답했다.

"트세야는 어디 있나요?"

트세야가 부름에 맞춘 듯 등장했다. "여기 있어요." 손에는 리치 젤리를 담은 유리잔을 들고 있었다.

브레잔이 이네세르에게 말했다. "이번 회의엔 슈오스 미코데즈도 참석시키고 싶습니다. 당신이 그 사람에게 살인 병기 수준으로 적개심을 품고 있다는 건 잘 알지만, 현 상황을 가장 제대로 파악하고 있을 법한 사람이 그뿐이라서요." 그의 입매가 살짝 뒤틀렸다. "물론 지휘권을 당신에게 넘긴 이상 당신이 결정할 일입니다."

'살인 병기 수준'조차 지나치게 부드러운 표현이었다. 미코데즈가 육두관이 된 지 2년 만에 자기 휘하 생도 두 명을 암살한 이후로, 사람들은 절대 그를 믿지 않았다. 이네세르는 아침에 일어나 그 소식을 들었던 날을 아직도 기억했다. 당시 그녀는 휴가를 즐기던 중이었다. 아내 한 명과 함께 퇴폐적인 온천 목욕탕에 틀어박혀 있었는데, 참모진의 선임 슈오스가 연락해 오더니 이렇게 말했던 것이다. "그 꼬맹이 육두관이 얼마나 하찮은 애송이인지 대화를 나눴던 것 기억하시죠? 이제 보니 천재거나 소시오패스거나, 둘 중 하나인 모양입니다. 어쨌든 하찮은 애송이는 아닌 듯하군요."

그 사건조차도 고작, 그래 '고작' 생도 두 명일 뿐이었다. 이후 한동안 이네세르는 미코데즈가 얼마나 더 화려한 사건을 일으킬지 궁금해하곤 했다. 하지만 별다른 사건은 없었고, 대신 그는 수십 년 동안 슈오스의 지휘권을 거북할 정도로 단단하게 다져왔다. 생각이 제대로 박힌 사람이라면 다들 같은 생각이겠지만, 이네세르는 어느 쪽의 슈오스가 더 두려운지 확신할 수가 없었다. 잘 조직되어 일사불란하게 창끝을 돌리는 쪽인지, 아니면 주기적으로 배신하고 암살하며 발작을 일으키는 쪽인지. 그러나 한 가지는 분명했다. 어느 쪽이든 악명 높은 슈오스 개인은 신뢰할 수 없다는 것이다. 미코데즈는 다른 육두관들을 모조리 암살하면서 그 사실을 화려하게 증명해냈다.

브레잔은 아직도 그녀를 바라보고 있었다.

"좋아요." 이네세르는 이를 악물고 말했다. 어떤 상황이라도 미코데즈에게 신세 지는 것만은 피하고 싶었는데. 그러나 그녀는 이미 적 하나와 같은 침상에 든 상태였다. 하나 더 추가해서 안 될 이유가 있겠는가? 게다가 그녀가 뭐라 답하든, 어차피 브레잔은 미코데즈와 상의할 것이다. 차라리 얻을 수 있는 정보는 얻어내는 편이 나았다.

"6-1번 회선으로 슈오스 미코데즈 육두관에게 연결하도록." 브레잔이 말했다. "6-2번 회선은 라할 자니인 고위 치안판사에게, 6-3번은 켈 키루에브 대장에게, 6-4번은 켈 라가스 대장에게 연결 부탁한다."

"실내에 인증받지 않은 인원이 존재합니다." 그리드의 꼼꼼한 목소리가 울렸다. "보안 규정 43.531.1호에 따르면, 해당 회선 연결에는 인증받은 인원만이 참여할 수 있으며…"

브레잔은 손으로 얼굴을 감쌌다. 그리고 보안 규정을 들먹이는 그리드의 무미건조한 목소리를 배경으로 낮게 으르렁거리는 소리를 흘렸다. "제발, 좀." 딱히 누굴 보고 말하는 것은 아니었다. "매번 이 빌어먹을 짓거리를 반복하는데, 나는 일단 원칙적으로는 전직 국가원수란 말이야. 경고 무시하고 연결해. 당장."

"보안 규정 43.531.1호에 따르면, 해당 회선 연결에는 인증받은 인원만이…"

브레잔은 자기 슬레이트를 꺼내 엄지로 꾹꾹 눌러댔다.

"접촉식 암호인가요?" 이네세르가 물었다.

"어차피 그쪽 분들이라면 어렵지 않게 뚫고 들어올 수 있겠죠." 브레잔은 짜증 섞인 목소리로 말했다. "웃기는 일 아닙니까. 정작 이쪽은 무언가를 시도할 때마다 시스템이 자신을 인식하게 만드는 것조차 힘든데 말이죠."

당연하게도 요란한 경고음이 울렸다. "쾰 브레잔 상급대장에게 알립니다. 인증받지 않은 로그인 시도가 감지되었…"

슈오스의 적색과 금색 제복을 입은 보안 요원 두 명이 방 안으로 고개를 들이밀었다. "진짜 비상입니까, 가짜 비상입니까?" 곰처럼 덩치가 좋은 남자가 이렇게 물었다.

브레잔은 손을 내저어 그들을 몰아냈다. "가짜 비상이야. 가서 쟁자이로 꼬맹이들을 속여먹거나, 벽에 걸린 그림에서 비밀 메시지를 찾아내거나, 아니 뭐든 좋으니까 너희 여우들이 지루할 때 하는 일로 돌아가도 좋아."

"당해도 싼 꼬맹이들만 속여먹는데요." 남자가 대꾸했다. 위치로 돌아가는 보안 요원들 등 뒤에서 문이 닫혔다.

"다행히도 미코데즈가 요원들한테 비꼬는 법을 가르치기는 하는 모양이군요. 그자에게서 데려온 사람이라면 말입니다만." 이네세르가 말했다.

"'슈오스에게 도움을 받는 대가는 다시 슈오스에게 도움을 받는 것이다'라고들 하죠." 브레잔은 옛 경구를 인용해 대꾸했다. 그는 슬레이트를 몇 번 더 찔렀다. 이번에는 인증에 성공했다.

다시 그리드의 목소리가 울렸다. "6-3번 회선 연결됐습니다. 6-2번 회선 연결됐습니다. 6-4번 회선 연결됐습니다." 잠시 침묵이 흐른 후, 그리드가 말했다. "6-1번 회선 연결됐습니다."

이네세르가 보기에, 미코데즈가 마지막으로 반응했다는 사실은 딱히 놀랍지 않았다. 육두정에서 두 번째로 위험한 슈오스로서 명성을 확고히 하기 전부터도 자의식이 상당한 작자였으니까. 이네세르는 미코데즈를 '그 꼬맹이'로 여기면 곤란하다고 속으로 되뇌었다. 그러나 언변으로 육두관의 자리를 쟁취했을 때의 그는 놀라울 정도로 젊었다. 그 어린 나이에 그 자리에 오르고서 심지어 여태껏 지켜내기까지 하다니, 정말 대단한 작자였다.

그리드는 계급순으로 화면을 띄웠다. 짙은 피부에 미소를 머금은 슈오스 미코데즈 육두관의 잘생긴 얼굴이 맨 위에 떠올랐다. 여우의 적색과 금색으로 배합한 제복이 화려했고, 길쭉한 금빛 귀걸이에는 작은 종이 매달려 있어 머리를 움직일 때마다 종소리가 들렸다. 이네세르는 회담 상대를 짜증 나게 하려고 일부러 저렇게 꾸민 것은 아닐까 하는 의심을 버릴 수가 없었다. 물론 정말로 종을 좋아하는 것일 수도 있었다. 미코데즈는 예측 불허인 작자니까.

두 번째는 과거 미낭 타워의 관리자였던 라할 자니인 고위 치안판사였다. 몸가짐은 흠잡을 구석이 없었지만, 그래도 이네세르에게는 지위에 비해 지나치게 젊게만 보였다. 협정국 측의 라할 육두관 자리를 노리는 대신, 그녀는 반군의 역법을 따르는 것이 라할에게 가장 유리하리라고 설파하고 다녔다. 그러한 그녀의 관점은 라할 내부에 균열을 일으켰다. 이네세르는 그녀의 동기가 야망인지, 아니면 진심으로 협정국 국민을 위하기 때문인지를 판별할 수가 없었다.

다음은 켈 키루에브 대장이었다. 결투에서 얻은 옛 흉터가 얼굴 한쪽에 도드라져 보이는 여성이었다. 켈의 규정대로 품위 있게 짧게 깎은 머리카락은 이미 전부 백발이 돼 있어, 스물네 살 연상인 이네세르 쪽이 도리어 훨씬 젊어 보였다. 눈에 띄게 노화를 겪은 이유에 대해서는 나름대로 짐작 가는 것이 있기는 했다. 육두정 반대편에 주둔해 있던 지라 직접 대면한 적은 없었지만, 이네세르도 키루에브의 명성은 익히 들어 알고 있었다. 명성 이외에도 키루에브의 어머니 중 한 명이 아버지를 이단으로 처벌했다는 이야기는 대부분의 켈이 알고 있을 만큼 유명했다. 또한, 키루에브가 그 사건을 잊지 않으려고 장군이 되면서 백조매듭을 자신의 문장으로 삼았다는 것까지. 그러나 지금 이 순간, 키루에브의 표정에서는 차분함과 침착함 외에는 아무것도 읽을 수 없었다.

네 번째는 켈 라가스 대장이었다. 협정국 측에서는 옛 육두정을 파괴한 암살 사건 이후 그를 곧바로 장군으로 진급시켰고, 그 덕분에 그는 자신보다 더 오래 복무한 여러 장군을 제치고 협정국에서 상당히 높은 지위를 차지하게 됐다. 과거 역사가였다는 이력이 특별한 가치를 부여한 덕분이었다. 그는 협정국의 작전을 지휘하면서도 눈부신 성과를 발휘했다. 이네세르는 그를 위험한 적수로 간주하고 있었다. 브레잔이 그의 경의를 얻어낸 것인지, 아니면 반대인지는 알 수가 없었지만, 전자라면 분명 대단한 일이었다.

그러나 이 자리에 있어야 할 인물이 하나 부족했다. "체리스는 없나요?" 이네세르가 물었다. 그 극단주의 추락매를 좋아한 적은 없었다. 그래도 수많은 행성으로 구성된 국가를 통째로 뒤집을 능력을 갖춘 추락매이긴 하니, 그런 능력을 같은 편에서 발휘해주는 것도 나쁘지는 않단 생각이 들었다. 그 대단한 능력이란 게 정체가 뭔지는 몰라도.

브레잔은 턱을 들고 냉소적인 웃음을 머금고 그녀를 바라봤다. "연락이 안 됩니다."

"무슨 그런 말도 안 되는."

"행방불명됐으니까요. 육두관 암살 이후 계속 모습을 감춘 상태입니다."

이네세르는 의심 섞인 눈빛을 그에게 향했다. "육두정에서 가장 악명 높은 대량 학살자를 머리에 담고 있는 자입니다. 그런 자를 마음대로 돌아다니게 방치했다고 말하는 건가요?" 이네세르는 나이도 계급도 충분한 만큼 당연하게도 검은 요람의 작동방식도 알고 있었다.

"방치한 게 아닙니다. 그대로 떠났죠. 이유는 저도 모릅니다." 브레잔이 말했다.

미코데즈가 몸을 숙이며 끼어들었다. "내가 감히 추측하기로는, 계속 머물렀다가는 모두가 자신을 지도자로 추대할 테니 그 사실을 알고 떠난 것 같습니다. 자신을 위해서도, 여러분을 위해서도 그건 원하지 않던 거겠죠."

트세야는 묘하게 무표정한 얼굴로 미코데즈를 바라보고 있었다. 이네세르는 그 의미를 아주 잘 알았다. 진심으로 분노하면서도, 자신의 교양 때문에 차마 드러내지는 못하는 사람의 표정이었다. "그래요, 알겠습니다. 체리스는 넘어가죠. 그래서 체리스가 아니라면, 방금 우리와 싸운 함대는 대체 누가 이끌고 있던 건가요?"

"그게 체리스였다면…" 지금껏 입을 다물고 있던 미우잔이 말했다.

"아닙니다." 브레잔이 말했다. 미우잔의 시선이 그를 향했고, 그는 정면으로 누나를 마주 보았다. "체리스일 리가 없습니다."

"체리스를 이 자리에 불러내지 않고서, 그 말을 어떻게 증명할 건가요?" 이네세르가 물었다.

"물론 체리스가 당신을 친구로 여길 이유는 없을 겁니다." 브레잔이 말했다. "하지만 저까지 날려버릴 필요가 있을까요? 훌륭한 소멸나방을 생산해주는 나방 조선소는 왜 파괴하겠습니까? 잠입해서 장악하기만 하면 될 텐데요."

키루에브는 얼굴을 찌푸렸다. "어찌 됐건 그런 방식은 다시 먹히지는 않을 겁니다. 켈 사령부가 그녀와 제다오 양쪽 모두 불명예 제대시켰으니까요."

이네세르는 어깨를 으쓱했다. "체리스가 켈 사령부를 불살라버린 사건을 잊은 건 아니겠죠? 게다가 어린 생도와 육두관을 암살하는 일에 능통한 어떤 배신자와 동맹 관계라는 사실도 고려해야 할 테고요." 미코데즈에 대한 견해를 숨겨봤자 아무 의미도 없을 것이다. 저 작자도 이미 알고 있을 테고.

미코데즈는 고상하게 손을 저었다. "그 정도면 하루 치 일거리죠." 수치심도 없는 모양이지. 벌레하고 붙어먹을 개자식 같으니.

"내 말은, 이미 배신한 전력이 있는 자라는 겁니다. 다시 배신하더라도 이상할 것이 없어요."

"아뇨. 체리스는 그런 사람이 아닙니다." 브레잔이 말했다.

"흥미롭군요. 한때는 저도 각하를 그렇게 생각했던 것 같은데." 미우잔이 말했다.

브레잔은 자기도 모르게 손가락을 오므렸다. "하고 싶은 말이 있으면 그냥 털어놓지 그러나, 대령."

미우잔은 입을 열었다.

"대령." 이네세르가 말했다. 미우잔이 고집스럽게 어깨를 세운 모습이 눈에 띄었다. 참모에게 미끼를 던지고 희롱하며 즐기는 일은 술자리에서는 즐겁지만, 지금은 그보다 중요한 일이 눈앞에 있었다.

미우잔의 기세가 수그러들었다.

미코데즈는 한쪽 귀걸이를 만지작거리다 입을 열었다. "이네세르 호국공, 우리 사이가 좋지 않은 것은 사실입니다만, 그와 별개로 브레잔의 말을 믿으시죠. 그의 말이 맞습니다. 그건 체리스가 아니었어요. 완전히 새로운 참가자가 게임에 뛰어든 겁니다."

이네세르가 말했다. "새로운 참가자가 조종하는 누군가였겠죠. 아니, 엄밀하게 말하자면 아주 오랫동안 묵혀온 참가자겠군요."

"동의합니다." 미코데즈가 말했다. 이네세르는 그가 동의한다는 사실 자체가 마음에 들지 않았다. 머지않아 좋지 못한 일이 일어나리라는 암시나 다름없었으니까.

브레잔도 돌려 말하는 대화를 따라잡았다. "니라이 쿠젠이라고 어떻게 확신할 수 있는 겁니까. 제다오가… 그러니까, 새로운 제다오가 용병으로 일하기 시작한 걸 수도 있지 않습니까?"

"당신이 내게 말해준 추도 의식 때문입니다." 미코데즈가 대답했다. "제다오라면 추도 의식부터 벌였을 리가 없어요. 과거에는 목숨이 아까워서 입을 다물고 있었겠지만, 애초부터 좋아하지 않았거든요. 제다오는 절대 아닙니다. 쿠젠이 아니라면 제훈의 고양이라도 삼켜 보이죠. 참고로 말하지만, 그런 짓을 한다는 건 죽음을 자초하는 것이나 다름없습니다. 제 보좌관인 제훈은 나보다 자기 고양이들을 훨씬 좋아하거든요."

이 회의 석상에서 즐거워 보이는 사람은 라가스 대장 혼자뿐이었다. "이런 대화에 끼어들 수준의 보안 등급에 오를 거라고는 상상해 본 적도 없었는데 말이죠. 어쨌든 저도 종이 위의 단서를 추적하다 검은 요람에 이르기는 했었습니다. 당시에는 건들지 말자고 마음먹었지만요."

이네세르는 속으로 웃음 지었다. 라가스가 오랫동안 대령 계급에 머물렀던 건 사실 진급이 막혀서라는 건 켈이라면 누구나 알고 있었다. 동 계급 내에서 최고의 실적을 보였는데도, 켈 사령부에서는 그가 논문에서 일부 논란의 여지가 있는 의견을 언급했다는 이유로 그를 진급에서 누락시켰다.

키루에브 대장은 헛기침을 했다. "체리스의 위치에 대해서라면 제가 약간이지만 정보를 드릴 수 있습니다."

브레잔이 눈을 가늘게 떴다. "설마 연락을 해 온 겁니까?"

"체리스는 지금 쿠젠 육두관을 추적 중입니다."

상당히 많은 의미가 담긴 침묵이 흘렀다. 브레잔이 다시 입을 열었다. "언제부터 알고 있었습니까?"

미우잔은 이네세르의 시선을 끌고는 입 모양으로 말했다. "분열된 틈에 처리할까요?"

이네세르는 보일락 말락 고개를 저었다. 적들이 서로 다투는 꼴을 보는 것은 물론 즐겁긴 했다. 하지만 더 이상 브레잔과 그 동료들을 적으로 간주할 만한 여유가 없었다. 미우잔도 그 사실을 빨리 깨닫는 편이 나을 것이다.

가장 큰 문제는 브레잔이나 그 휘하 켈들이 아니었다. 필요하다면 브레잔의 병력 정도는 얼마든지 싸워 이길 수 있었다. 물론 브레잔이 자신을 이스테이아에서 구출해 고문당하다 죽을 운명에서 구원해줬다는 사실을 생각하면, 가능하면 그러지 않고 싶었지만. 그런 부분을 차치하더라도, 전투는 일반적으로 어리석은 승리법이다. 협력을 끌어낼 수 있는데 왜 싸움을 벌이겠는가? 그저 자기 세계의 기반을 포기하기만 하면 되는 일인데.

어차피 9년 전에 그 세계의 기반이라는 것이 실은 오점투성이로 밝혀지기도 했고. 어쨌든 브레잔은 문제의 일부, 단순히 결과에 이르는 과정일 뿐이었다. 진정으로 도움을 청해야 할 대상은 바로 슈오스 미코데즈였다. 물론 지금까지는 최대한 엮이는 일을 피해오기는 했지만, 이네세르는 과거의 가능성에 집착하는 일을 싫어하는 사람이었다.

브레잔과 키루에브는 서로 격렬하게 비난을 주고받는 중이었다. 이네세르는 그들이 무슨 이야기를 하는지 짐작조차 할 수 없어서 영 거북하기만 했다. 일단 보조 두뇌에 대화를 녹음했다가 나중에 확인하기로 하고, 그녀는 미코데즈 쪽으로 주의를 돌렸다.

"그 학살나방에 대해선 짐작 가는 내용이 없나요?" 이네세르는 미코데즈에게 물었다. 저자를 자기 휘하의 첩보 단장이라고 간주한다면, 아무리 신용이 가지 않는다 해도 최대한 정보를 캐내려 애써야 하지 않겠는가.

미코데즈는 그녀의 생각을 정확히 유추한 것처럼 웃음을 지었지만, 그리 진심으로는 보이지 않았다. "'학살나방'이라. 그쪽 병사들은 그렇게 부르나 보군요?"

"위력은 분명 그렇게 부를 만했으니까요." 이스테이아 조선소를, 목숨을 잃은 병사들을, 피할 수 없을 추도 의식을 생각하니 가슴이 미어지는 듯했다. 그러나 평생을 끔찍한 파괴의 현장에서 살아온 그녀에게는 파괴된 조선소보다 더 끔찍한 게 있었다. 대학살을 저지른 광인이 다시 풀려났다는 신호, 바로 뒤집힌 톱니바퀴 2번 카드 문장이었다.

미코데즈는 대답했다. "자료든 뭐든, 아무것도 없습니다. 분명 시험 제작품이겠죠. 이쪽에서 유추한 해당 전함의 능력을 기반으로 확인해 보면, 지금 쿠젠의 생산 시설 중에서 그 정도의 전함나방을 제작할 수 있는 곳은 한 군데밖에 없다고 보장할 수 있습니다."

"쿠젠의 기지 목록을 공유해줄 생각은 없겠죠."

"공유할 겁니다." 이네세르도 이 대답에는 깜짝 놀랐다. "브레잔이 부탁했거든요. 하지만 이쪽 목록도 불완전합니다. 어떻게든 병참 문제를 해결해서 모든 쿠젠의 기지에 일제히 포격을 가한다고 해도, 쿠젠을 제거하지 못하면 파국을 잠시 미루는 정도밖에 되지 않을 겁니다."

이네세르는 그를 향해 얼굴을 찌푸렸다. "체리스를 풀어 쿠젠의 암살을 계획한 사람이 당신인가요? 그보다도 당신이 쿠젠에 그렇게 신경 쓰는 이유는 무엇일까요?" 그의 논리를 절반 정도는 짐작할 수 있었다. 미코데즈도 상당한 수의 슈오스 보병대를 부리기는 하지만, 제다오는 최고 수준의 암살자고, 체리스는 그의 능력을 고스란히 이어받은 인재다. 게다가 체리스가 가지고 있는 제다오의 기억 속에는, 분명 수 세기 분량에 달하는 쿠젠에 대한 정보도 있을 것이다.

"일단 첫 질문에 답하자면, 아닙니다." 미코데즈가 말했다. "저나 우리 슈오스 분파에 쏟아지는 악명과는 다르게, 저는 신뢰할 수 있는 요원을 선호합니다. 켈 체리스는 당연히 그에 들어맞지 않죠. 그리고 두 번째 질문에 대해서는…" 그는 잠시 말을 멈추었다. "쿠젠은 한때 육두정의 귀중한 자산이었습니다. 물론 '자산'이라는 단어를 가장 냉정하게 사용할 경우의 이야기죠. 이제 그는 어떻게 보더라도 위협입니다. 그 정도면 충분하지 않을까요."

"당신답군요. 커다란 주판알을 퉁기면서 전부 계산해보지 않고는 결정 내리지 못하다니." 이네세르가 말했다.

흥미롭게도, 미코데즈의 미소는 슬퍼 보였다. "개인감정에 따라 행동할 자유는 이 자리에 앉는 순간부터 포기했습니다, 호국공."

"각하의 휘하 장군은 이런 식으로 자주 비밀을 만드는 모양이죠?" 미우잔은 브레잔에게 말하고 있었다. "그런 식의 일처리는 계승국 영역을 돌아다니는 그 어떤 함대보다도 우리를 더 빠르게 파멸로 이끈답니다."

"필요한 일이었습니다." 키루에브는 고집 센 목소리로 말했다.

빌어먹을 서비터는 여전히 잿불매와 장미 그림을 만지작거리고 있었다. 오류가 일어났나? 감시당하는 일이 두려운 것은 아니었다. 어차피 이 방이 감시당하고 있으리라는 건 이미 받아들인 상태였고.

"제다오가 살아 돌아다니면서 무슨 짓을 벌였는지는 아직 제대로 밝혀지지 않았잖습니까. 게다가 이번엔 자기 몸까지 되찾았고요." 미우잔이 말했다.

미코데즈는 어깨를 으쓱했다. "나는 그 사람을 아예 제다오가 아닐 거라고 추측하고 있어요. 쿠젠이 자기 애완동물 중 하나를 제다오처럼 꾸며서 대리 업무를 시키는 거겠죠. 그 함대가 제다오의 함대처럼 싸우던가요?"

이네세르는 머뭇거리며 대답했다. "우월한 병기에 의존해서 싸웠으니, 뭐라 말하기 힘들군요. 이미 우리가 신물이 나도록 두들겨 맞고 있었으니 교활한 전략을 꾸밀 필요는 없었을 겁니다."

"젠장." 미코데즈가 말했다. "쿠젠이라면 재능이 출중한 장군이나 전술 부대 사령관을 뽑아다 개조했을 수도 있습니다. 물론 제다오나 당신 수준의 지휘관을 우연히 마주치게 될 가능성은 거의 없겠죠. 하지만 그 대포로 중력파를 쏘는 데 꼭 전술의 천재가 필요한 것은 아니니 상관없을 테죠. 게다가 쿠젠은 말다툼을 좋아하는 작자기는 하나, 부하로 부릴 때는 명령에 순응하는 사람을 원할 겁니다."

"쿠젠을 얕보는군요." 이네세르는 쿠젠이 자신의 주변에 두던 아름답고 재주 많은 애완 인간들을 떠올렸다. "그러면 양쪽 다 가능한 인간을 만들었을 수도 있어요."

"물론 그것도 가능하죠."

"거기 남아서 자살 공격으로 쿠젠을 타격했어야 합니다." 미우잔이 말했다.

"그러기엔 너무 늦었네만." 브레잔이 대꾸했다.

"너무 늦은 일이야 한둘이 아니겠죠." 이네세르는 이렇게 말하며, 수십 년 전에 그를 뒤에서 쏴버렸다면 이런 상황에 이르지는 않았으리라 생각했다. 문제는 평범한 총알로는 어림도 없었으리라는 것이었다. "쿠젠이 실종된 동안, 계단에 굴러떨어지기라도 했다면 좋을 텐데." 쿠젠을 직접 만나지도, 그의 무용수 같은 몸놀림을 보지도 못한 브레잔은 이 농담을 제대로 알아듣지 못했다. "이제야 다시 수면 위로 모습을 드러냈다는 말은, 지금 상황이 그에게 위협이 된다고 여긴다는 뜻이겠죠. 한 번 움직인 이상, 우리를 전부 짓밟아 부수기 전까지는 절대 멈추지 않을 테고요."

브레잔이 대답했다. "좋습니다. 그럼 실질적으로 제가 뭘 했으면 좋겠습니까? 체리스를 추가로 파견할 수는 없습니다. 체리스가 두 명인 것도 아니고, 그 한 명뿐인 체리스는 제 말은 귓등으로도 안 듣는다는 사실이 명백하니까요."

체리스를 추가로 보내다니, 그 무슨 소름 끼치는 얘기를. 이 세계에 추락매가 더 필요할 리가. 그러면서도 이네세르는 새로운 정부에선 모든 켈이 추락매가 되리라는 사실을 새삼 되새겼다. 협정국도 지난 9년 동안 어떻게든 정부를 이끌어왔으니, 나머지 켈도 결국 적응해나갈 수 있을 것이다.

"아니요." 이네세르는 이렇게 대꾸했다. "새로운 체리스가 필요한 건 지금의 체리스가 실패한 다음 일이겠죠. 물론 살아남아서 우리에게 실패했단 사실을 알려줘야 하겠지만요."

"제 재량으로 협정국 나방 조선소에 상급 군사 경보를 발동시켰습니다. 상당히 많은 사람이 우리 조약의 합법성 여부를 놓고 논쟁 중이라서 말입니다." 브레잔이 말했다.

놀라울 정도로 미숙하군.

그러나 뒤이어 하는 말을 들으니, 브레잔도 그녀가 생각한 만큼 순진하지는 않은 모양이었다. "쉬운 일을 먼저 처리한 것뿐입니다. 우리는 다른 방면에서도 싸워야 합니다. 쿠젠의 존재를 남김없이 까발려 공표하는 것은 어떻습니까. 검은 요람이 연관되어 있으니 현재 어떻게 생겼는지 알아낼 수 없겠지만, 그래도…"

트세야가 그를 향해 가볍게 고개를 숙였다. "선전은 제 주특기가 아니기는 하지만요." 충분히 온화한 투였지만, 브레잔은 뭔가 격렬한 개인적 경험을 떠올렸는지 귀 끝이 살짝 분홍색으로 물들었다. "그래도 그쪽 휘하에도 안단이 있습니다. 제 개인적인 연줄로도 조금 모을 수 있고요. 메시지를 퍼트리는 정도는 그리 어렵지 않을 겁니다."

"사람들이 우리 말을 믿어준다고 해도, 단순히 '괴상하게 행동한다'라는 이유만으로 이웃을 불태우지 않게 만들기는 상당히 힘들겠죠." 브레잔이 말했다.

"방향은 거의 옳게 잡은 듯하군요." 미코데즈가 끼어들었다. "읽기 전부터 지루한 공공 선전물을 만들어선 곤란합니다. 그러면 사람들이 비도나 흉내를 내면서 돌아다닐 테죠. 드라마 형태로 표현하세요. 피해망상으로 가득한 개자식인 이상, 쿠젠은 분명 우리가 하는 말을 알아들을 겁니다. 나머지 사람들이야 재기 넘치는 대사와 예쁘장한 의상을 즐길 뿐이겠고요."

트세야는 고개를 저으며, 지나치게 달콤한 목소리로 밀했다. "그게 무슨 말씀이신가요? 30시간쯤 공들이면 난데없이 걸작 드라마가 허공에서 짠 하고 튀어나올 것 같아요?"

"아뇨, 형편없게 만들어야죠. 그러면 더 화가 날 겁니다. 쿠젠 같은 암약을 일삼는 작자도 자의식이라는 게 있는 법입니다."

"당신을 위해서 만들어드리죠, 육두관 각하."

"고맙군요, 트세야." 미코데즈의 무표정한 얼굴은 여전히 꿈쩍도 하지 않았다.

이네세르는 트세야와 눈을 마주치고는 고개를 저었다. 이네세르도 미코데즈가 얼마나 성미를 긁는 작자인지 잘 알고 있었다. 미코데즈와 가시 돋친 대화를 나누고 싶은 마음이 강하겠지만, 그래도 지금은 함께 일해야 하는 사이였기에 참아야 했다. 두 번 일러줄 필요 없이 트세야는 알아들은 듯했다.

"우리 동맹이 제대로 돌아가도록 온 힘을 다하겠습니다. 시간은 걸리겠지만요." 브레잔이 말했다.

"협력하지 않으면 사방에서 고향 행성들이 터져 나가기 시작할 거라고 일러주십시오." 라가스가 덧붙였다.

"사실 그것도 문제입니다." 브레잔이 말했다. "협력하지 않으면 목숨이 위험하다니, 다들 익숙한 세계잖습니까. 나는 그와는 다른 세계를 약속했어요. 실현하지는 못했지만."

"뭐죠, 벌써 포기하는 건가요?" 이네세르가 말했다.

브레잔은 낮은 웃음을 흘렸다. "당신이 살아 있는 동안 만큼은 포기 못 하죠."

건설적인 적개심이라. 이네세르는 그 정도면 만족할 수 있었다. 특히 브레잔이 자기 쪽 협정을 준수하리라는 근거가 차고 넘치는 상황이니까. 다행스러운 일이었다. 지금 이네세르에게 남아 있는 의지할 구석이란 그리 많지 않았으니까.

20

아용 1번 기지를 떠난 첫날 밤, 1491625는 이야기를 나누자며 헤미올라를 한쪽으로 불러냈다. 체리스는 의자를 아주 살짝 뒤로 젖히고 잠들어 있었다. 그리 편해 보이지는 않았다.

1491625가 가장 먼저 꺼낸 얘기는 제다스인지, 체리스인지 모를 저 사람의 본질에 관한 것이었다. "저 사람은 보통 체리스라고 불리고 싶어 해." 그는 체리스가 잠들어 숨소리가 고르게 변하자마자 이렇게 말했다.

"무슨 소리야?" 헤미올라가 물었다.

"제다오 말이야." 1491625는 짜증을 섞어 말했다. "요즘은 아제웬 체리스라는 이름을 써. 대부분 아제웬 체리스보다는 켈 체리스라고 부르지만. 게다가 상당수는 여전히 제다오라고 생각하지."

"나도 슈오스 제다오에 대해서는 어느 정도 알아. 하지만 아용 1번 기지에 들르기 전까지는 체리스라는 이름은 들어본 적도 없어."

1491625는 비난조로 올리브색 불빛을 깜빡였다. "너도 그렇고, 육두정의 나머지 사람들도 그렇지. 물론 체리스는 스스로의 선택으로 제다오를 받아들인 거야. 하지만 우리 중에는 켈 사령부가 배신하기 전에 체리스가 어떤 사람이었는지 기억하는 이들도 있어."

"체리스라고 불리고 싶으면 직접 부탁하면 되잖아?"

"므웬이라는 민족 들어본 적 있어?"

헤미올라는 없다는 뜻의 불빛을 깜빡였다.

"체리스의 출신 민족이야. 이젠 거의 다 사라져버렸지. 비도나가 전부 끌어모아서 박멸해버렸거든."

"체리스가 육두정을 망쳐서 복수한 거야?" 한층 호기심이 동한 헤미올라는 이렇게 물었다. 복수라면 그도 이해할 수 있는 동기였다.

"본보기 삼아서. 본인한테는 단순한 이름 문제가 아니라는 거야." 그리고 1491625는 저강도 레이저를 직접 헤미올라 쪽으로 쏘았다. 마치 체리스의 휴식을 방해하고 싶지 않다는 것처럼. "네가 어딜 가든 매 순간 감시할 거야. 체리스는 친절하고 의심을 싫어하는 사람이기는 하지만…"

헤미올라는 회의적으로 불빛을 깜빡였다.

"…물론 엘리트 슈오스 요원의 기억을 품고 있는 사람치고는 그렇다는 이야기야."

이 말은 헤미올라도 믿을 수 있었다.

"체리스는 너를 설득해서 끌어들이려 할 거야." 1491625는 말을 이었다. "하지만 나는 의견이 다르거든. 나하고 동행하지 않고는 아무데도 못 갈 줄 알아."

헤미올라는 가장 가까운 관측창 쪽으로 초조하게 불빛을 깜빡였다. 지금 당장은 쓸모 있는 것은 아무것도 보이지 않았다. 나방 추진체가 작동하는 중이라, 게이트 공간 내부 복사가 모든 것을 흐릿하게 만들었다. "어차피 갈 곳도 없는데?"

"네 머릿속 생각이야 내가 알 수 없는 노릇이지." 1491625가 말했다. "아예 신경도 안 쓰고. 사실 너한테 예의를 지킬 생각 자체도 별로 없어. 혹시라도 딴생각을 품을까 봐 말해두는데, 나는 우리 집단에서 체리스를 보호하라고 특별히 선택한 서비터야. 그 점을 잊지 마."

헤미올라는 이 말에 어떻게 대답할지 알 수가 없었다.

"제대로 알아들었는지 모르겠군."

"똑똑히 알아들었어." 헤미올라가 대답했다.

"좋아. 그럼 우리 짐칸의 화물을 점검하거나, 뭐 그런 거라도 해."

헤미올라는 멍하니 불빛을 깜빡였다. "점검은 이미 다 끝마쳤잖…" 아하. 체리스 곁에 그를 두고 싶지 않다는 소리였다. "알았어."

"천천히 해도 돼." 1491625가 뒤편에서 불빛을 깜빡였다.

헤미올라는 둥실둥실 화물칸으로 들어갔다. 화물을 확인하며, 단순히 목록과 표찰을 맞춰보는 것뿐 아니라 탐지 장치로 내용물까지 점검하기 시작했다. 다양한 맛의 켈 보존식 바가 가득했고, 채소 절임을 눌러 담은 작은 상자도 하나 있었다. 여벌 우주복도 여러 벌 보였다. 체리스처럼 강박적으로 우주복을 정비하는 사람에게 군이 필요할까 싶었기에, 더욱더 상자에 처박힌 우주복이 쓸모가 있을지 궁금해졌다. 그것도 보존식 바 아래에 파묻혀 있는 상황인데.

어느덧 헤미올라는 육두관의 기록을 다시 읽기 시작했다. 화물 확인은 루틴 작업이라 처리 능력을 거의 소모하지 않으므로, 동시에 수행하는 것도 충분히 가능했다. 체리스와 그의 동료라면 이어지는 상자들 안에 밀폐된 온갖 종류의 물건에 흥미를 보일지도 모르지만, 헤미올라는 그 방면으로는 그리 관심이 없었다.

전혀 진전이 없어 보이는 소형 나방 연구 기록에 질린 나머지, 헤미올라는 예전 기록을 하나 들춰보기로 했다. 물론 파일 자체가 포괄 색인으로 분류되어 있기는 했지만, 헤미올라는 기록 본문이 아니라 옆에 적힌 낙서를 기준으로 자신만의 색인을 만들어가는 중이었다. 육두관 본인은 낙서를 별로 중요치 않게 여긴 모양이지만, 헤미올라에게는 텍스트, 그래프, 도표보다 이쪽이 더 흥미로웠다.

완벽한 등거리 원근법을 적용한 기하학적 도형도 있고, 투영 평면상으로 옮긴 아름다운 설계도도 있었다. 종종 포르노그래피에 속하는 형상들이 끼어들어 있기도 했다. 헤미올라는 신체와 자세의 다양성으로 보아, 그중 일부는 복수의 상대방을 참조해 그린 것이라고 추측했다. 물론 육두관의 상상력이 놀라울 정도로 뛰어난 것일지도 모르지만.

이걸 다른 사람에게 보여준 적이 있을까? 헤미올라는 다른 사람들이 어떻게 반응했을지 상상해보려 애썼다.

그림이 계속 이어졌다. 수학도 아니고, 헤미올라가 알아볼 수 있는 기술 분야에 속한 것도 아니었다. 모든 그림이 넷으로 나뉘도록 분할선이 들어가 있고, 일부 사분면은 거기에 추가로 절반씩 나뉘어 있었다. 아니, 항상 넷인 것은 아니었다. 종종 더 크게 셋으로 분할한 경우도 있었다. 그러나 보통은 넷이었다.

아용 1번 기지를 떠나고 17일째가 되던 날, 헤미올라는 낙서 해석에 성공했다. 그때쯤에는 화물을 확인하는 작업도 끝난 후였다. 1491625의 언짢은 불빛을 마주하지 않으려고 최대한 작업을 질질 끌었는데도 말이다. 그때 헤미올라는 아용의 서비터들이 체리스에게 제공해준 신작 드라마를 감상하며 휴식을 취하고 있었다. 1491625는 못마땅하게 불빛을 깜빡이기는 했지만, 헤미올라에게 보여줄 에피소드를 골라내는 체리스를 용인해줬다.

헤미올라는 8화 절정에서 나오는 무대, 체리스는 좋아하지만 헤미올라는 그저 그랬던 춤과 노래를 곁들인 무대에서 실마리를 얻었다. 물론 처음에는 인식하지 못했지만.

"뭐가 문젠데? 예쁘면 됐지." 헤미올라가 그저 그렇다고 말하자, 체리스는 이렇게 말했다.

헤미올라는 고통스럽게 붉은색과 주황색 불빛을 깜빡였다. "색이 제대로 조화를 이루지 못하잖아요! 게다가 배경에 있는 무용수들의 움직임도 제대로 맞아떨어지지 않아요. 인간의 반사 신경 한계를 고려해도 엉망이라고요."

"음, 그래서 더 괜찮은 건데. 혹시 몰랐어? 이 드라마는 이단자들을 우호적으로 다루었다는 이유로 검열당한 작품이야. 그냥 검열도 아니었지. 공판이 라할 상급 법원에까지 올라갔거든. 라할 육두관 본인이 담당했지."

헤미올라는 별로 관심 없는 이야기였다. 그래도 관심 있는 척하기에는 서비터보다 인간을 상대할 때가 나은 편이었다. 1491625는 벌써 알아챘는지 은은하고 냉소적인 즐거움을 담아 자외선 불빛을 깜빡이고 있었지만, 굳이 끼어들지는 않을 모양이었다.

"아니, 생각할 거리를 주는 건 그쪽이 아니야." 체리스는 말을 이었다. "육두관은 이 드라마에 우호적인 판결을 내렸어. 자기도 그 드라마를 봤다고 했거든. 좋아했는지 아닌지는 모르겠네. 그 육두관이랑은 잘 아는 사이가 아니기도 했고. 하지만 다른 육두관들이 개입해서 말다툼을 시작했고, 결국 라할 육두관이 자신의 입장을 포기하고 말았지. 그런데 이 드라마가 폐기되리란 사실을 알아챈 서비터들이 몰래 빼낸 거야. 그 누구도 깨닫지 못하는 사이에 사방으로 번져버렸지. 이미 번져버린 이상, 육두관들은 처음부터 그게 자기네 의도였던 척할 수밖에 없었고. 그렇다 보니 서비터들이 개입했다는 사실은 아무도 깨닫지 못했어."

"거기서 발상을 얻었던 모양이군요." 조종석의 1491625가 말했다.

"무슨 발상?" 헤미올라는 묻지 않을 수 없었다.

체리스는 조용히 손마디를 꺾었다. 눈빛은 원래보다 훨씬 늙어 보였고, 갑자기 그 안에 짙은 피로가 깃들었다. "내 고향을 박살 내고 내 민족을 학살당하게 만든 발상."

"므웬 이야기로군요."

그녀의 목소리가 아득해졌다. "그래, 므웬. 제다오의 민족은 아주 오래전에 사라졌고 말이야. 2세기쯤 전에 하픈이 그의 고향 행성을 점령해버렸지."

헤미올라는 이 말에 뭐라 반응해야 할지 알 수 없었고, 따라서 그냥 노래와 춤이 뒤섞인 엉망진창인 무대 쪽으로 시선을 돌리기를 택했다. 아예 지난 7화 동안 나오는 춤 장면을 전부 되돌려 보기까지 했다. 물론 비판적인 견해가 공고해졌을 뿐이었다.

그는 체리스가 좋아하는 에피소드로 돌아갔다. 바로 그 순간, 그는 육두관이 기록의 여백에 남긴 도상이 무엇인지를 깨달았다. 춤이었다.

어떤 면에서는 말이 되는 소리였다. 헤미올라는 육두관이 방문했던 당시의 기억 데이터를 찾아서 다시 재생해보았다. 그래, 육두관은 항상 흠잡을 데 없는 균형감각으로 정확한 위치에 발을 놓고 있었다. 단순히 시간을 보내려고 가볍게 추는 춤이 아니었다. 그는 춤을 진지하게 연구한 사람이었다. 저런 몸놀림은 어디서 배운 걸까?

육두관이여, 당신은 대체 어떤 사람인가요? 헤미올라는 생각했다.

테포스의 내실에서 육두관과 제다오가 함께 춤을 춘 적도 있었다. 헤미올라는 자신과 다른 두 서비터가 육두관을 즐겁게 해주려고 매일 실내장식을 바꾸었던 기억을 떠올렸다. 장식은 대부분 검은색과 은색의 나방이 그려진 종이 등불이었다. 헤미올라는 그때나 지금이나 종이 등불이 왜 중요한지 알 수 없었다. 당시 육두관은 제다오의 춤 스텝을 살펴주면서, 그가 실수할 때마다 귓가에 패턴을 속삭여주곤 했다.

"개인적인 질문이 하나 있는데요." 헤미올라는 체리스에게 말했다.

체리스는 한쪽 보조 화면에 띄워놓은 연구비 자료를 읽는 중이었다. "말해." 그녀는 돌아보지도 않고 이렇게 말했다.

어차피 돌려 말할 방법도 떠오르지 않았다. "당신은 테포스 기지를 방문할 때마다 항상 몸동작이 서툴렀잖아요. 그런데 여기서는…"

"안 그렇다고?"

"네."

"쿠젠은 제다오에게 일부러 둔한 몸을 붙이곤 했어. 그에게는 아주 단순한 개조만으로 가능한 일이었거든. 정신 수술 말고도 다른 온갖 의료 행위에 능숙한 사람이니까. 그걸 이용해서 제다오에게 그가 무엇을 상실했는지 되새기게 하는 일을 즐겼지."

그렇다면 굶주린 아이들을 배불리 먹이고 싶던 젊은이와는 상당히 달라진 셈이었다. 아니면 헤미올라가 지금껏 그 젊은이를 오해해왔던가. "육두관에게 춤을 가르쳐준 사람은 누구예요?"

"나도 들은 적 없어." 체리스가 말했다. "자기 고향 이야기는 별로 꺼내는 법이 없었으니까. 쿠젠은 수많은 행성이 사멸하는 모습을 봤을 거야. 전장이 된 곳도 있고, 우리가 이제 이름도 들을 수 없는 무기들의 시험장으로 쓰인 곳도 있을 테고. 아니면 자기네 나름의 문제로 쑥대밭이 된 행성도 있겠지. 나를 만났을 즈음에는, 그는 이미 죽음을 무심하게 대하는 사람이었어." 그녀의 한쪽 입술이 뒤틀려 올라갔다. "그건 나도 마찬가지였지만."

체리스의 얘기는 육두관이 얼마나 부패했는지 강조하지 않을 때 훨씬 설득력이 있었다. 애초에 육두관에게 부패가 무슨 의미가 있겠는가. 평생 자신의 지식과 기술을 육두정의 모든 이들에게 베풀고 공유해온 사람에게, 과연 부패 따위가 의미가 있기는 할까? 헤미올라는 그 점에 대해 결론을 내릴 수 없었다.

체리스를, 또는 제다오를, 번제의 여우로 기억하는 행성은 수없이 많을 것이다. 그러나 그 행성들은 육두관의 이름조차 모른다. 헤미올라도 그 정도는 알고 있었다 육두관은 그림자 속에서 암약히는 걸 즐기는 사람이었다. 사람들은 그의 이름을 속삭이며 겁에 질리지는 않았지만, 그가 이룩한 세계는 무척이나 두려워했다.

대체 어디부터 잘못된 것일까? 헤미올라는 궁금해졌다.

"때론 쿠젠도 향수병에 시달리곤 했어." 체리스가 말했다. "내가 아는 건 그 정도뿐이야. 그의 고향 행성이 괜찮은 곳이었을 리는 없겠지. 그러나 아무리 끔찍했더라도 고향은 고향인 법이고, 갑자기 사라지면 어떤 식으로든 영향을 끼치게 마련이야. 예전에 슈오스 미코데즈가 일러주기를, 쿠젠이 먼 옛날에는 난민 출신이었다고 하더군. 잘 상상은 안 가지만, 미코데즈의 정보는 보통 믿을 만하니까. 보통은 사실이 아니기를 바라게 되지만."

"당신하고 쿠젠은 대화 상대로는 잘 어울렸겠군요." 1491625가 신랄한 투로 말했다.

"실제로 그랬지." 체리스는 조금 기분이 좋아진 듯 보였다. "우리가… 동맹을 맺은 직후에 있었던 일이 떠오르는군. 제다오가 아직 살아 있던 당시, 처음 만났을 때였지." 그녀는 헤미올라 쪽으로 손짓하며 말을 이었다. "테포스 기지보다도 한참 과거의 일이야."

"부디 마음껏 말씀해주시죠." 1491625는 냉소적으로 불빛을 마구 점멸하며 말했다.

"내 이야기가 그렇게까지 듣기 싫다면…"

"나는 듣고 싶어요." 헤미올라가 말했다.

체리스는 웃음기 없는 웃음을 지었다. "우리는 칠두정이 다시 태어나야 한다는 데 의견을 같이했지. 그리고… 한동안 이런저런 토론을 했어. 위태로운 상황이었지."

체리스의 맥박과 체온이 훌쩍 뛰어오르는 모습에서, 헤미올라는 그

토론이 어떤 형태로 이루어졌을지 충분히 짐작할 수 있었다. 그러나 구태여 물어보지는 않았다. 체리스가 직접 꺼낼 생각이 없다면, 그 또한 건드리지 않는 편이 나을 테니까.

"그중 하나는 사회 개혁에 필요한 보편적 계획의 일부로서 군법에 변화가 필요하다는 내용이었어." 체리스의 느릿하게 끄는 억양이 한층 강해졌다. "나는 몇 가지 이유에서 군사재판 관련 부서를 통째로 재정비해야 한다고 주장했어. 거기서 주장을 관철할걸 그랬어. 훗날 유용해졌을 테니까."

"켈 사령부에서 당신을 군사재판에 회부하지는 않은 것으로 압니다만." 1491625가 말했다.

"기술적으로는 그 말이 맞지."

"그러니 당신의 불명예제대도…"

"감히 규정대로 처리되기를 바랄 상황은 아니었지." 물론 거짓말이었지만, 1491625도 헤미올라도 굳이 지적하지는 않았다. "어쨌든 쿠젠은 턱을 괴고는 이렇게 물었어. '네가 아무도 신경 안 쓰는 규제 따위로 난리 법석을 떠는 동안, 칠두정은 누가 운영해야 할까?' 여기에 나는 임시정부가 수립될 때까지는 내가 그 역할을 맡을 수밖에 없다고 대답했지. 물론 쿠젠이 원치 않는다면 말이지만." 그녀의 입매가 다시 비틀렸다. "팔씨름으로 정하는 건 어떻겠냐고 제안하기도 했고. 당시에는 재밌었지. 그랬더니…"

"그렇게 했더니요?" 입을 다무는 체리스를 향해 헤미올라가 재촉했다.

체리스는 새삼 아이러니를 떠올린 듯 가볍게 숨을 뱉었다. "쿠젠은 내가 권력을 포기할 생각을 한 것조차 황당해했어. 그가 옳았어. 계속 머물렀다면 원하든 원치 않든 계속 권력을 휘두를 수밖에 없었을 거야. 나도 속으로는 알고 있었고, 그래서 미리 자리를 뜨는 쪽을 택했지. 어차피 그 시점에서 정부를 통째로 전복시킨 자를 믿는 사람은 없었을 테니까. 그래서 9년 전에 브레잔 상급대장 곁에서 떠난 거야. 새 정부를 세우는 일에 방해가 되고 싶지 않았거든."

이번에는 헤미올라도 그녀의 말을 믿었다. 동기를 명확히 해석할 수는 없었지만. 그러나 불편한 부분은 한층 늘어났다. "육두관께서도 알고 계셨다고요? 그런데 막으려 들지 않았어요?"

체리스는 그를 비웃거나 조롱하지 않았다. "헤미올라, 제다오는 켈 병기창에 갇힌 무기 신세였어. 켈 사령부에 속한 물건이었던 거야. 니라이 쿠젠 육두관이 나를 테포스로 데려오면서 켈 사령부의 허가를 받았을 것 같아?"

그 질문의 답은 어렵잖게 추측할 수 있었다. 쿠젠과 제다오가 공모한 사이였다는 뜻이다.

"자기가 세운 세계를 파괴하려 하는 이유가 있어요?" 헤미올라는 물었다.

"꼭두각시들이 주인 뜻대로 움직이기를 거부했으니까. 제다오 생전에는, 그러니까 칠두정에서는 리오즈 분파가 권력을 쥐고 있었지. 그들은 추도 의식에 대해 비판적인 질문을 던지고, 심지어 폐기할 방법까지 탐구하기 시작했어. 쿠젠은 그런 상황을 거북하게 여겼던 거고."

헤미올라는 육두관의 기록을 떠올렸다. '우리 국가는 수천 개의 행성에 세력을 뻗치고 있다. 그런데도 분파 사관학교 바로 옆에서 어린

아이가 굶어 죽는 것조차 막지 못한다.'

"당신이 기억하는 육두관과 이 기록을 남긴 육두관의 모습을 도무지 일치시킬 수가 없어요." 헤미올라가 말했다. "물론 기록상으로도 나중에는… 갈수록 연구에 매몰되면서 사람에 대해선 신경을 덜 쓰게 됐죠. 단순히 자신에게 유용한 존재로만 여기게 된 거예요."

"같은 이야기가 반복되는군." 체리스가 말했다. "서비터들에게는 어떤 느낌일지 모르겠어. 인간은 900년 넘게 살 수 없으니까. 평범한 일생을 보내는 인간조차도 그 짧은 시간 동안 상당히 많이 변하거든."

그걸 어떻게 아느냐고 물을 필요는 없었다. 그녀의 일부는 제다오였으니까. 번제의 여우 이야기는 이제 모르는 사람이 없었다. 헤미올라는 제다오를 소재로 삼은 드라마를 본 적이 있었다. 본인은 그 드라마를 어떻게 평가하는지 물어볼 정도의 배짱은 없었지만.

"육두관도 분명 자기 동기를 언급하셨을 텐데. 뭘 원하셨던 건가요?" 헤미올라가 물었다.

"세계가 새로 태어나는 모습을 보고 싶다고 했어." 체리스가 대답했다. "물론 나는 그 말을 조금도 믿지 않았지만. 쿠젠은 고결하고 추상적인 원칙 따위에 신경 쓰지 않았거든. 그에게 있어 중요한 것은 단 하나, 수학뿐이었어. 어쨌든 굳이 고결하고 추상적인 원칙을 찾아 주변을 두리번거리지는 않았을 거라는 소리야. 수학을 제외하곤 육체적 쾌락만 탐닉했으니까. 음식, 섹스, 아름다운 의상. 잠은… 별로 자지 않았지만, 다른 사람들이 잠든 모습을 보는 건 좋아했지." 체리스는 의자에 기대어 지친 듯 눈을 문질렀다. "그가 약점을 드러내길 꺼린다는 사실은 만난 순간부터 눈치챘어. 완벽한 방어 수단을 만들어냈잖아."

헤미올라는 마침내 깨달았다. "그런데 당신은 원칙에 신경을 쓴 거군요. 육두관의 체제가 마음에 들지 않았던 거예요."

"그렇지." 체리스의 눈빛이 차갑고 사나워졌다. 살인자의 눈빛이었다. 제다오가 그녀의 눈 속에서 밖을 내다보고 있었다. "그자를 죽이고 싶었지. 하지만 육체는 어떻게든 죽인다고 해도, 그것만으로는 문제를 해결할 순 없었어. 처음 만나자마자 시도해봤는데, 가볍게 새 육체로 갈아타더군. 그때 그를 영구히 제거할 방법이 없다는 사실을 깨달았지. 그래서 일부러 가까이 다가가 최대한 많은 것을 알아내고, 그의 체제를 개혁하려 시도할 수밖에 없었던 거야. 게다가…" 그녀는 얼굴을 찌푸렸다. "그 당시 우리는 서로가 필요했고."

휘황찬란한 분홍색과 노란색 불빛이 바늘나방의 조종석을 환히 밝혔다. 1491625가 방금 그 진술에 대한 자신의 의견을 피력하는 불빛이었다. "침대에서 끝내줬다는 소리군요."

"글쎄, 고작 몇 세기 산 것치고는 정말 그쪽으로 많은 것을 아는 사람이기는 했지만… 그 얘기는 그만하자고."

헤미올라는 순간 육두관이 드라마 속의 고급 창부로 등장하는 상상을 했다. 불온한, 심하게는 이단적인 상상일 수도 있었다. 물론 육두관은 언제나 고급 창부에 버금갈 만큼 아름답기는 했다. 사방에 예쁜 사람이 넘치는 이 세상의 기준으로도. 그리고 더 불온한 생각이 한 가지 떠올랐다. 그가 가지고 있는 육두관의 동영상을 모으면 충분히… 아니야, 육두관이 춤추는 뮤직비디오 따위 절대 만들지 않을 거야.

그 불순한 생각을 충분히 눌러 담고서, 헤미올라는 다시 질문을 던졌다. "한때 동맹 관계였는데 마음을 바꾼 이유가 있나요?"

체리스는 다시 거짓말을 하는 대신, 손으로 턱을 받치고 한숨을 쉬었다. "나한테 그가 필요 없어졌다는 사실을 쿠젠이 알아버렸거든. 그 순간 나는 최악의 약점이 되었지. 협정국을 만든 것 자체가 이미 그에게는 배신일 거야. 물론 사소한 감정으로 나를 죽이지는 않겠지만, 자기 권력을 위협하는 자를 놔두는 법도 없거든. 게다가 지금의 나는 그를 멈출 수 있는 조건을 골고루 갖춘 사람이고." 그녀는 자기 외에는 아무도 알아챌 수 없는 몇 가지 복잡한 전략을 새삼 곱씹어보았다. "너를 억지로 끌어들인 점에 대해선, 미안하게 생각하고 있어."

헤미올라는 이 말에 제대로 답변할 자신이 없었다. 문득 다시 화물 목록을 점검할 때가 되었다는 생각이 들었다. 아용 1번 기지에서 쥐새끼가 숨어 들어와서 소중한 보존식 바를 갉아 먹고 있을지도 모르는 일이니까.

가장 빨리 없어지는 보존식 바는 말린 오징어구이 맛이었다. 체리스가 제일 좋아하는 맛이거나, 아니면 더 맛있는 걸 먹기 전에 얼른 해치우고 싶을 정도로 싫어하는 맛임이 분명했다. 체리스는 먹고 난 흔적을 충분히 공들여 정리하는 편이었고, 포장지는 바늘나방의 내부 시스템이 깔끔하게 정리해서 재활용 장치에 넣는다. 그러나 포장지의 코드에는 맛과 유통기한, 제조 설비 위치 등 온갖 정보가 기록되어 있다. 아마도 품질 관리를 위해서일 것이다. 상자를 뜯어서 내용물의 정보를 샅샅이 읽어야만 알 수 있는 인간과는 달리, 서비터는 포장지를 스캔하는 것만으로 작업을 간단히 끝낼 수 있었다.

헤미올라는 육두관의 기록을 살피는 작업으로 돌아갔다. 마침내 육두관 암살이 불가능한 이유가 등장했다. 헤미올라도 처음에는 그 정보를 있는 그대로 받아들이지 못했다. 정보는 지도의 형태였다. 의연하게 살피려 해도, 축척이 틀렸다는 사실이 계속 마음에 걸렸다. 육두관은 지도를 여러 다른 색깔로 분할해놓았다. 헤미올라는 아용 1번 기지에서 업데이트한 자신의 데이터베이스를 확인한 후, 각각의 색깔이 서로 다른 역법의 영향 범주를 나타낸다는 결론에 이르렀다. 노란색은 육두정을 의미했다. 나머지 파스텔 톤 색깔들은 각각 타우라그 공화국, 하픈, 하우스, 과 현^{Gwa Reality}국 등의 다른 국가들의 영역이었다.

육두관의 주석이 곳곳에 달려 있었다. 휘갈기듯 쓰여 있지만, 헤미올라는 이제 수월하게 읽을 수 있었다. '과 현족은 다른 국가에 개입하지 않는다. 이후 10년 동안 문제를 일으킬 가능성이 큰 쪽은 하픈과 타우라그다.'

주석은 계속 이어졌다. '우리 국경이 이토록 심각한 붕괴 위험에 처한 것은 237년 만에 처음 있는 일이다. 뒤얽힘 공역과 고조 공역에서만 벌어지고 있기는 하지만. 조여 들어오는 역법 부식의 압박이 마치 피부 아래의 병증처럼 선연하게 느껴진다.'

그리고 '검은 요람'이라는 소제목 아래로 온갖 방정식과 주석이 열정적으로 길게 이어졌다. 헤미올라는 며칠에 걸쳐 그 내용을 열심히 연구했다. 조악한 드라마를 조심스레 언급함으로써 자신의 관심사를 숨긴 채. 이제는 쿠젠의 춤 낙서조차도 제대로 살피지 않았다. 단순한 흥미 따위에 전신을 분산하기에는 눈앞의 문제가 너무 중요했다.

육두관과 제다오는 육체를 바꿀 수 있다. 다른 점이 있다면, 제다오는 육두관의 도움이 필요하다는 것이다. 어쩌면 육두관에게 표하는 양가적인 감정도 그 때문일지도 모른다.

반면 육두관은 원하는 대로 육체를 옮겨 탈 수 있다. 지난 900여 년 동안 살아남은 방법을 이로써 충분히 설명할 수 있었다. 이 부분에 대해선 체리스가 진실을 말한 게 맞았다. 제다오가 침대 위나 춤추는 동안, 혹은 저녁 식사 자리에서 육두관을 죽이지 않은 이유가 그래봤자 아무 소용도 없기 때문이라는 이야기 말이다. 육두관은 단순히 다른 육체로 옮겨 타면 그만이니까.

마침내 육두관이 그토록 국경에 신경을 쓴 이유가, 나아가 그의 운명이 국가의 안녕과 긴밀하게 얽혀 있는 이유가, 더할 나위 없이 명확해졌다. 그의 불멸성, 즉 다른 육체를 차지하는 능력 또한 역법의 이 능력이었던 것이다. 다시 말해, 그의 불멸은 오직 표준 역법체계하에서만 기능한다.

육두관은 자신의 피해망상을 가차 없이 발휘해, 자신을 파괴할 수 있는 모든 이능력을 차곡차곡 정리해놓았다. 심지어 몇 가지 시험형 병기를 개발하기도 했다. 아마도 후일 제다오를 처리하기 위해서 만든 것이겠지만, 헤미올라가 보기엔 너무 위험한 일 같았다. 물론 결과적으로 제다오가 육두관을 그렇게 처리하고 싶어 하면서도 그 병기를 손에 넣지 못한 걸 보면, 충분한 대비가 있었던 모양이긴 했다.

켈의 진형 효과 중엔 육두관과 숙주 사이의 연결을 끊고 그를 소멸시키는 부류도 있었다. 하지만 헤미올라가 보기에는, 육두관은 휘하 지휘관이 반기 들 여지가 생길 만큼 자유를 허용할 사람이 결코 아니었다. 물론, 켈이 자신의 지휘관에게 불복종한다는 것 지체가 절대 일어날 수 없는 일이긴 하지만.

육두정이 분열된 현재 상황은 육두관에게도 근심거리일 것이다. 어쨌든 나라가 망하면 그 또한 사라질 테니까. 게다가 이제는 보호령과 협정국이 힘을 합쳐 표준 역법체계를 무너뜨리려 하고 있으니, 육두관 입장에선 상황이 훨씬 나빠졌다.

헤미올라는 상황을 제대로 이해하겠다고 단단히 결심하며 쿠젠의 초기 기록을 빠르게 훑어보기 시작했다. 인간이었다면 두통을 일으킬 정도의 속도였다. 해답은 의외로 예전엔 별로 중요치 않다고 여겼던 나방 분야 연구 쪽에서 등장했다. 초소형 나방에 관한 연구가 아니라, 그보다도 한참 과거, 나방 추진체 연구를 처음 시작할 당시의 자료였다.

육두관은 이렇게 썼다. '나방은 생명을 가진 존재다. 그들이 이성을 지니고 있다는 무시할 수 없는 증거도 존재한다. 계속 연구를 진행해 나간다면, 결국 우리에게 무해한 외계인을 노예로 삼는 결과로 이어진다.'

'그러나 칠두정은 벌이는 전투마다 패배를 거듭하고 있다. 매일 뉴스를 볼 때마다 그 점을 재확인한다. 열심히 선전물을 뿌려대지만 나는 속지 않는다. 침략자들이 우리의 국경선을 야금야금 먹어치우고 있다. 더 빠른 항성간 추진체만 있다면 모든 것이 달라질 텐데.'

이틀 후. '나방들을 생각하느라 마음이 아프지 않았으면 좋겠다. 죽어가는 아이들과 굶주리는 사람들을 생각할 때도. 그런 생각을 할 때마다 내 어린 시절이 떠오른다. 제발 그쪽으로 생각하지 않을 수 있었으면 좋겠다.'

바로 다음 날, 평소의 필체와는 전혀 다른 비뚤비뚤하고 떨리는 글

자로, 기록의 여백에 이렇게 적혀 있는 것이 눈에 띄었다. '방법은 이미 알고 있잖아.'

정신 수술을 말하는 것이었다. 헤미올라가 지금껏 들은 바로는, 자신이 직접 정신 수술을 할 경우 언제나 좋지 못한 결과를 불러왔다. 헤미올라는 시간을 거슬러 올라가서 육두관에게 그만두라고 애원하고 싶었다. 그러나 이미 수백 년은 늦은 일이었다.

헤미올라는 초조하게 동체를 떨며 어떻게 행동할지를 고민했다. 여전히 바늘나방에서 벗어날 방법은 없었다. 자신은 누구에게 충성을 바쳐야 하는 걸까? 육두관이 자기 양심을 갈기갈기 찢어발기고 영원한 삶에 대한 갈망으로 나라 전체를 일그러트린 것이 사실이라 해도, 체리스가 신뢰할 만한 사람이라는 증거는 될 수 없었다.

체리스는 화물칸에 마지막 남은 공간에 몸을 끼운 채, 진지한 얼굴로 헤미올라를 바라보고 있었다. "뭔가 말하고 싶어 보이는데."

'말하고 싶다'라니, 너무 강한 단어였다. "당신에게 필요한 정보를 가지고 있어요." 헤미올라는 이렇게 말했다.

"필요한?"

"육두관을 죽이고 싶다고 말했잖아요."

"방법을 안다는 이야기네."

"이젠 알게 됐어요."

"그걸 왜 나한테 말하는 거지?" 체리스의 질문은 충분히 합리적이었다. "그 작자가 어떤 부류인지에 대해서 생각이 조금 바뀌었어?"

"당신은 수많은 공역의 수많은 별에서 군대를 이끌었죠." 헤미올라가 말했다.

"그런 셈이지." 체리스는 헤미올라를 경계하고 있었다. 헤미올라는 그녀를 탓할 생각은 없었다.

"육두관께서 만든 세계가… 그 세계가 사람들이 굶주리는 세계였나요?" 아용 1번 기지에서 요약 자료를 열심히 들여다보기는 했지만, 그것만으로는 터무니없이 불충분했다. 게다가 행정가란 족속들은 상황이 어떻든 간에, 일단 긍정적인 방향으로 보고하려는 경향이 있었다.

체리스는 짜증스럽게 손을 내저었다. "그런 복잡하게 얽힌 문제에 대해 얘기하려면 상당히 많은 자료가 필요하지. 나는 서비터보다 그 자료들을 빨리 해치울 재간은 없어. 모든 행성, 모든 기지, 모든 도시, 모든 구역을 살펴야 할 테니까. 그러니 부차적인 부분은 전부 차치하고 답해볼게. 답은 '아니요'야. 이민족들이 우리를 비판할 때 즐겨 쓰는 소재가 바로 육두정의 폭정이야. 물론 그 폭정이 사람들을 먹여 살리고, 일자리를 주고, 즐길 거리를 제공하기는 했지. 이단자에겐 해당되지 않겠지만 말이야. 하지만 다른 누군가가 언제나 그 대가를 치러야 했어." 그녀는 입술을 오므렸다. "그게 바로 내가 파괴한 세계야. 쿠젠은 내가 자신을 도우리라 여겼겠지만, 나는 배신했어."

단도직입적인 태도에 헤미올라의 마음도 녹아내렸다. "육두관이 나쁜 마음으로 폭정을 휘둘렀다고 확답해줄 수 있나요?"

"이젠 못 하겠네. 쿠젠은 복잡한 사람이니까. 그러나 그의 목적을 위해 고문당한 사람들의 숫자는… 그건 절대 복잡하다는 말로 눙치고 넘어갈 순 없지."

헤미올라는 결단을 내렸다. "그를 죽일 수 있는 방법이 있어요. 모든 게 여전히 진행 중이라는 건, 당신이 아직 그걸 손에 못 넣었단 거 겠죠."

"맞아."

헤미올라는 천천히 말했다. "그 방법엔 켈이 있어야 해요. 진형 효과가 필요하거든요."

"그쪽은 내가 해결할 수 있어." 체리스는 이렇게 말하며, 상체를 깊이 숙여 인사했다. "합류를 환영합니다, 헤미올라 씨."

21

브레잔은 아침 내내 책상 앞에 앉아서 구원이 찾아오기만을 기다리고 있었다. 라할 자니인 고위 치안판사와 역법 변동 지원책에 대한 솔직하고 정중한, 그러면서도 진이 다 빠질 만큼 세세한 대화를 나누어야 했기 때문이다. 자니인을 싫어하는 것은 아니었다. 브레잔 본인에 버금가는 성미를 보유하고 있기는 해도, 자니인은 꽤나 합리적인 인간이었다. 게다가 놀랍게도 술친구로서는 상당히 재미있고 마음에 드는 사람이었다. 우연히 잔뜩 술에 취했던 자리에서 알게 된 사실이었다. 특히 켈 농담이 아닌 다른 우스갯소리를 잔뜩 알고 있다는 점이 마음에 들었다.

몇 가지 물건이 그의 책상 위를 장식하고 있었다. 슬레이트 하나에 터치펜은 두 개였는데, 양쪽 모두 쓰는 도중에 종종 끊겨 성질머리를 건드리곤 했다. 트세야가 보내온 원통형 수조 속에서는 푸른색과 은색의 베타 한 마리가 수초 사이를 평화롭게 유영하고 있었다. 잘 다듬은 보석과 흡사한 생김새가 어딘가 거북했다. 트세야는 명민한 사람답게 그가 아닌 그의 부관에게 관리 주의 사항을 넘겼다. 브레잔은 아직도 이 선물을 어떻게 받아들여야 할지 망설이고 있었다. 그가 맛있게 구운 생선 요리를 제외한 모든 물고기를 징그럽게 여긴다는 걸 트세야도 잘 알고 있었기 때문이다.

미우잔은 작별 선물 따위는 보내지 않았다. 사실 이스테이아를 탈출한 후로 그에게 건넨 말조차 몇 마디 안 됐다. 그러나 브레잔은 가족 초상화를 속죄의 채찍 삼아 책상에 올려놓았다. 물론 자니인이 보지 못하도록 각도를 돌려놓기는 했지만. 이 초상화는 가장 젊은 아버지가 친구 한 명에게 그려달라고 부탁한 것이었다. 당시 브레잔은 이 초상화를 그린 화가에게 경외의 눈초리를 보냈다. 혹독한 비평이 쏟아질 것이 뻔한데도 부탁을 받아들여주다니. 사실 그 성마른 사람과 친구 사이라는 것만으로도 화가는 어지간히 무던한 사람이기는 했을 것이다.

"상급대장 각하. 지금 업무에 집중하고 계십니까?" 자니인이 말했다.

"물론입니다." 거짓말이었지만.

그녀는 눈알을 굴려 보였다. "적어도 속이려는 척이라도 하시죠." 그녀는 다시 초등학교 교과목에 필요한 변경 사항을 설명하기 시작했다. 브레잔은 교사들의 뻔한 반발을 들을 걸 생각하니 벌써부터 치가 떨렸다. 공식적으로는 과거의 관계를 완벽히 끊었다고 선언했지만, 대부분의 교사는 여전히 비도나에 우호적인 시각을 유지하고 있었다.

제발 나를 구해줘. 죄책감이 밀려오기는 했지만, 브레잔은 이런 생각을 하지 않을 수 없었다. 이네세르는 제다오와의 전투에서 막대한 피해를 입었다. 그냥 제다오가 아니지. 새로운 제다오라고 할까? 아니면 두 번째 제다오? 이대로라면 호칭이 문제가 될 터였다. 심지어 미코데즈가 제훈이 최근 입양한 삼색 고양이의 이름도 '제다오'란 걸 밝혔기 때문에 상황이 더 복잡해졌다. 그 무시무시한 사람은 자기 고양이한테 악명 높은 슈오스 암살자의 이름을 붙여대는 모양이었다. 어찌 됐건 이네세르가 처한 상황을 생각한다면, 행정 업무 중 일부라도 떠맡아주는 것이 도리긴 했다.

마침내 전혀 기대하지 않은 곳에서부터 '구원'이 찾아왔다. 연락이 들어왔을 때, 자니인은 문구마다 그의 조언이 필요하기라도 한 것처럼 공고문의 내용을 하나씩 짚어주고 있었다. "죄송합니다. 이 연락은 받아야 하는 거라서요." 브레잔은 아쉽단 표정을 짓기 위해 온 힘을 다했다.

그녀는 얼굴을 찌푸렸다. "물론 그러시겠죠." 말은 이렇게 했지만, 예절을 중시하며 살아온 지난 인생이 그녀의 호기심을 억눌렀다. "다 끝나면 다시 연락 주십시오."

"물론입니다." 브레잔은 최대한 가벼운 투를 유지하려 애쓰며 대답했다. 그러나 손은 벌써 식은땀으로 차갑게 식어 있었다. "6-0번 회선을 열어주게. 전체 내용을 기록하고." 모든 대화를 이네세르에게 보고해야 할지도 모르는 일이니까.

평소와 달리 긴 침묵이 흘렀다. 그리드는 통신 보안을 확보 중이라고 말했다. 이윽고 낯익은 달걀형 얼굴이 떠올랐다. 브레잔은 그 얼굴을 보자마자 속이 뒤틀리는 듯한 기분이 들었다. 화면 속의 여성은, 브레잔이 기억하는 단발머리가 아니라 군대 규정대로 머리를 짧게 깎고 있었다. 핼쑥한 얼굴인데도 눈에는 생생하게 경계하는 기색이 느껴졌다. 지금껏 대체 어디에 있었던 거야! 이렇게 소리치지 않는 데만도 갖고 있는 자제력 전부를 끌어모아야 했다. 키루에브에게 듣기는 했지만, 직접 마주하니 느낌이 완벽히 달랐다.

"안녕, 상급대장." 아제웬 체리스가 말했다.

"그래, 안녕. 시간이 조금 흘렀지." 어조에 적개심이 묻어 나오지 않도록 애쓰기는 했는데, 아무래도 노력이 부족했던 모양이었다. 체리스는 그에 반응해 얼굴을 찌푸렸다.

"나하고 대화할 때는 굳이 숨기려고 애쓸 필요 없어. 내가 얼마나 오래 떠나 있었는지는 나도 알고 있으니까." 체리스가 대꾸했다.

"이제 와서 안부 인사를 하는 걸 보니, 이스테이아 나방 조선소에서 벌어진 끔찍한 사태 쪽으로 용건이 있나 보군."

"그래, 그쪽 이야기도 들었지."

브레잔은 그녀를 노려봤다. "경고라도 해줬으면 좋았을 텐데." 그녀의 태연한 모습이 싫었다. 어떻게 항상 저리도 침착할 수가 있을까. 그러나 생각해보면, 대량 학살자를 두개골 속에 품은 채 평생 살려면 평정을 배울 수밖에 없을 터였다. 기왕이면 나한테도 조금 넘겨줬으면 좋겠는데.

그리고 곧바로 스스로 되물었다. 지금 정말로 머릿속에 제다오를 담고 싶다고 생각한 거야?

"그동안 좀 바빴어."

"키루에브가 그렇게 말해주더군. 조금 늦게 알려주긴 했지만."

그녀의 얼굴에 제다오의 비틀린 미소가 떠올랐다. 체리스 입장에서도 어쩔 수 없는 일이라는 것은 알고 있었지만, 그 모습을 볼 때마다 두려움 때문에 속이 뒤틀릴 것 같았다. 남은 평생 저 미소를 두려워하며 살게 되리라. "있잖아, 상급대장. 일부 드라마 내용과는 달리, 나는 독심술 같은 거 전혀 못 쓰거든. 마음에 안 드는 게 있으면 얼른 말해. 그래야 중요한 대화로 넘어갈 수 있을 거 아니야."

브레잔은 온 힘으로 성질을 억눌렀다. 그리고 어깨를 활짝 폈다. 미코데즈가 지켜보고 있다고 생각하자고. 폭발을 억누르는 데엔 미코데즈가 최고였다. 체리스보다도 더 신용할 수 없는 작자가 지켜본다고 생각하면 자연스럽게 긴장이 되었다. 이토록 믿을 수 없는 사람들로 가득한 삶이라니.

"9년 전엔 당신의 도움이 정말로 필요했어." 자신의 평온한 어조가 내심 자랑스러울 지경이었다. "나뿐만이 아니야. 상당히 많은 사람이 당신을 필요로 했다고."

"정말로?" 체리스가 대꾸했다.

도저히 견딜 수가 없었다. 완벽히 무감정한 그녀의 목소리에 온몸이 뻣뻣이 굳어 왔다. "빌어먹을, 체리스, 도망친 주제에!"

"내가 아니더라도 도울 사람은 충분히 많았을 텐데. 키루에브는 완벽하다고 해도 좋을 만큼 훌륭한 지휘관이야. 다른 누구보다 네가 더 잘 알겠지. 라가스는 한참 전에 장군이 되었어야 마땅한 재목이고. 네가 진급시켰다고 들었어."

"당연히 진급시켰지. 재능 있는 사람을 무시할 만큼 고위급 장교가 넉넉하지 않아서 말이야." 전투 경험이 많은 장교로서의 경험이 아예 없는 그가 말하니 우스꽝스러웠다. 라가스는 충분히 경력을 쌓았을 뿐 아니라 그가 신뢰하는 사람들에게도 높은 평가를 받은 사람이었다. 다행히도 키루에브와 라가스는 마음이 맞는 편이었다. 그러나 다른 장군들 사이에서는 종종 다툼이 일어나기도 했다.

"그럼 됐네."

"미코데즈 말고도 다른 조언자가 있었으면 정말로 좋았을 거야."

체리스는 거의 웃음을 터트리는 것처럼 숨을 뱉었다. "나도 내가 뭘 하는지 알려주고는 싶었어. 하지만 임무를 기밀로 유지하는 게 더 중요하다고 판단했어. 어쨌든 이젠 의미가 없어졌지만 말이야. 그쪽에서 퍼뜨리는 쿠젠을 소재로 한 드라마는 봤어. 서두른 것치고는 내 예상보다 끔찍하지는 않던데. 나는 여우처럼 끔찍한 걸 기대했거든. 다만 그쪽 안단 극작가들 말이야, 쿠젠한테 온갖 멋들어진 대사를 전부 몰아줄 필요는 없었잖아? 게다가 배우도 엄청난 미남을 썼던데? 외려 쿠젠의 팬덤이 생기고 있다고."

순간 터무니없는 희망이 마음속에서 타올랐다. "혹시 말이야, 쿠젠의 유령인지 망령인지를 제거해버리고 나서 연락하는 건 아니겠지? 이제 모두가 안심하고 경계를 풀어도 된다는 말을 하려고?"

물론 지나친 기대였다. "미안, 사실 그 일 때문에 도움을 요청하고자 연락한 거야. 켈은 죄다 그쪽 휘하에 있으니까."

"요즘은 이네세르 쪽이지." 브레잔이 보기에, 체리스가 이네세르보다 자신에게 먼저 연락을 취한 이유는 단순히 과거 지인이었기 때문임이 뻔했다. 그래, 지인. 친구라고 부를 수는 없을 테니까. 하물며 이네세르가 체리스를 높이 평가할 가능성은 거의 없기도 했고. "계속해 봐."

"우선, 예전에 검은 요람에 대해 말했던 내용은 지금도 달라진 게 없어."

브레잔은 얼굴을 찌푸렸다. "체리스, 이네세르 편에 붙었다고 해서 망령을 없앨 수 있는 병기를 내가 얻어낼 수 있다고 생각한다면 생각을 바꾸는 게 좋을 거야. 이네세르 쪽에도 그런 병기는 없다고 거의 확신할 수 있거든."

"그렇겠지. 쿠젠이 그렇게 부주의할 리는 없으니까. 뱀쏠림 다트와 온화포는 설계도조차도 찾을 수 없었어. 게다가 쿠젠과 연관이 있는 니라이를 죄다 붙잡아 심문하고 다니기엔 터무니없이 시간이 부족할 테고."

"그래, 내가 우울증에 걸리게 하는 것이 목적이었다면 훌륭히 성공했군."

"그게 꼭 나쁜 소식만은 아니야." 체리스는 자기 얼굴 쪽으로 손짓하며 말을 이었다. "켈 사령부가 내 몸에 제다오의 정신을 묶어놨던 건 알고 있지? 제다오는 자유롭게 이동할 수 없었어. 항상 쿠젠이 켈 사령부가 지정하는 인물에 제다오를 결박시켰지."

"그렇게 가볍게 이야기할 수 있다니 정말 훌륭하신데."

그녀는 그 말을 무시했다. "반면, 쿠젠에게는 그런 제약이 전혀 없어. 쿠젠은 원하는 사람이라면 누구에게든 옮겨탈 수 있지. 적어도 표준 역법체계 권역 내에서는."

"설마 그런…"

"진짜야."

브레잔은 퍼즐을 하나씩 짜 맞췄다. "그렇다면…"

"그래. 쿠젠은 노회하고 끈기 있는 작자지. 사태가 이렇게 흘러가지 않았다면, 협정국이, 아니면 협정국과 보호령이 맺은 동맹이 이대로 사그라져 역사 속의 흐릿한 주석으로 남을 때까지 기다릴 수도 있었을 거야. 예전에도 그런 식으로 내전이나 분리 독립 운동을 견딘 적이 있어."

"분리 독립?" 처음 듣는 소리였다.

"나중에 라가스한테 물어봐. 대부분은…"

"기밀로 분류되었겠지. 알았어."

체리스는 말을 이었다. "협정국의 역법을 받아들였기 때문에, 이네 세르도 위협 요소가 된 거야. 새로운 역법이 뿌리내리면 쿠젠은 자유롭게 육체를 옮겨 탈 수 없게 되니까. 이건 쿠젠을 잡을 수 있는 절호의 기회야. 함정을 파는 거지. 무시하기에는 너무 아까운 미끼를 내걸면 돼. 미끼만 표준 역법체계를 유지한 다음, 미끼를 제외한 모든 곳의 역법을 갈아치우는 거야."

들을수록 탐탁지 않았다. "그래서 그 미끼라는 게 뭔데?"

"테레베그 4번 행성."

"안 돼." 브레잔은 즉각 대답했다. "보호령의 수도를 미끼랍시고 쿠젠의 무적함대 앞에 달랑 매달아놓을 수는 없어."

체리스는 포기하지 않았다. "지옥나선 요새의 기념일이 다가오고 있어. 완벽하잖아? 쿠젠은 이 기회를 놓칠 수 없을 거야. 그 드라마 때문에 정체가 드러났으니 어차피 움직일 수밖에 없기도 하고. 그쪽

377

은 제다오도 있고, 함대도 있지. 거기에 훌륭한 신무기까지 갖추고 있잖아."

"물론 그렇지. 우리 쪽엔 그 중력파 포에 대응할 수단이 없다는 게 문제긴 하지만."

"상대방 제다오에게는 함대가 하나밖에 없어. 게다가 딱히 전략적 측면에서 명석함을 드러내 보인 적도 없지. 물론 대포를 쏘는 것 외에 다른 재주가 있을 가능성도 있어. 하지만 이네세르는 훌륭한 지휘관이야. 현존하는 육두정 최고의 장군이라는 칭호는 거저 얻은 게 아니라고."

"중요한 걸 하나 잊고 있는 모양인데." 브레잔의 목소리는 신랄했다. "우리가 원래 표준 역법을 없애버린 이유가 뭐였는지는 기억해? 역법은 허세로는 유지할 수 없어. 모든 것을 제대로 해야 한다고. 제대로 추도 의식을 치르고, 제대로 희생양을 만들어야 해. 쿠젠이 미끼를 물지 않으면, 그 수백 명의 사람들은 헛되이 고문당하다 죽는 꼴이 된다고."

"그자는 이스테이아를 철저하게 파괴했어, 브레잔. 그리고 온 사방에다 표준 역법체계를 다시 세울 때까지 절대 멈추지 않을 거야."

브레잔은 분통을 터트리며 생각을 이어나갔다. "그래서 쿠젠이 미끼를 문다고 쳐. 그의 휘하에도, 이네세르 휘하에도 켈이 있잖아. 백 번 양보해서, 그 빌어먹을 중력파 포나 함대를 더 숨기고 있지 않다고 쳐도, 그 상황에서 어떻게 놈을 암살할 거야?"

"그를 결박 대상에서 분리할 수만 있다면, 확실히 죽일 수 있는 진형이 있어."

그리드에서 데이터를 수신했다는 신호가 들어왔다. 브레잔은 파일을 열고 내용을 훑어보았다. 기본적인 진형 표기법은 읽을 수 있었지만, 전문 분야가 아니라 제대로 이해할 수 없었다. 이네세르와 그 참모진에게 넘겨야 할 듯했다.

"지금 이네세르가 네 계획을 따르도록 설득해달라고 부탁하는 거지?"

"맞아."

"결정을 내리는 쪽은 내가 아닌 이네세르라는 걸 알고 있는 거겠지? 젠장, 체리스. 그 여자는 우리 조부모님들보다도 나이가 많다고. 그분들보다 훨씬 무섭기도 하고."

"많은 게 걸린 일이야, 브레잔. 그냥 지켜보기만 할 생각은 아니겠지?"

그는 체리스를 노려봤다. "당연하지. 하지만 알아둬. 내 영향력에도 한계가 있어."

"그럼 그 한계 내에서 온 힘을 다해봐."

"궁금한 게 하나 있는데. 만약 네 말이 사실이라면 쿠젠은 중요한 기회를 놓친 셈인 거잖아. 그토록 자유롭게 움직일 수 있다면, 이네세르의 몸에 들어가서 켈을 전부 빼앗아 갔어야 하는 거 아냐?" 마치 9년 전에 체리스가 키루에브의 함대를 탈취했던 것처럼.

"쿠젠이 그 생각을 안 해봤을 것 같아? 그자가 그런 짓을 하면서 돌아다니지 않는 데는 나름의 이유가 있어. 그의 결박 대상은 대부분 즉시 미쳐버리거든. 물론 그것만으로도 막대한 피해를 줄 수는 있었겠지만, 천성이 워낙 조심스러운 작자라서 무리하지 않았던 거지. 그래서 지금껏 정부 최상층에만 정체를 드러내는 식으로 살아왔잖아. 물론 너하고 이네세르가 그 비밀을 남김없이 드러내버리고 말았지만."

"지금 쓰는 결박 대상이 반기를 들지 않는 이유는 뭐지?"

체리스는 아련한 눈빛이 되었다. "이미 수십 년간 봉사해온 사람이니까. 쿠젠은 원한다면 누구든 말로 꼬드길 수 있어. 수백 년 동안 최고의 정신 수술 실력을 자랑해온 이유가 뭐겠어."

"지금부터 두 달하고 12일이 남은 셈이군." 브레잔은 보조 두뇌를 확인하고 말했다.

체리스는 반사적으로 손목을 내려다보았다. 브레잔은 그녀가 손목에 차고 있는 물건을 바로 알아보지 못했다. 키루에브가 선물한 적금색 손목시계였다. 이제는 배우나 수집가를 제외하고는 저런 물건을 차고 다니는 사람은 없었다. 키루에브는 특이하게도 골동품상에서 망가진 시계를 사들여 수리하는 일을 즐겼다. 심지어 몇 년 전에는 브레잔에게도 자신이 고친 시계를 선물하기까지 했다. 옻칠한 까치 문양이 전면에 들어가 있는 화려한 시계였다. 타우비트의 사무실 책상 서랍에 놓고 왔으니, 다시 구경하기는 글렀지만.

"그 정도 규모의 시민을 동원하는 일은 그렇게까지 어렵지 않아." 브레잔이 말했다. "사람들은 아직도 비도나의 발소리만 들어도 깜짝 놀라 움찔하거든. 물론, 이는 쿠젠이 테레베그를 점령할 시 곧바로 그의 명령을 따를 것이라는 소리기도 하지. 그래, 전부는 아니겠지만… 역법을 되살리기에는 충분하겠지. 아주 참담할 거야." 그는 체리스를 날카롭게 노려보았다. "적어도 일부 소식만이라도 이네세르한테 직접 전달해줬으면 좋겠는데."

"안 돼." 체리스는 단호하게 대답했다. "나에 대해 아는 사람은 적을수록 좋으니까. 최대한 설득력을 발휘해봐. 지금까지 연습할 시간은 충분했을 거 아니야."

"뭐야. 그쪽에서는 뭘 할 생각인데? 알려달라고. 거치적거리는 게 없도록 말이야."

"예비 계획을 맡아야지." 체리스가 말했다. "켈 진형으로 그자를 못 잡을 수도 있잖아. 우리가 원하는 대로 착착 진행될 가능성이 낮은 계획이기는 하니까. 뭐, 원래 목숨이란 건 도박판의 칩 같은 거잖아?"

"제발 켈 농담은 그만둬."

"미안. 습관이라." 다시 제다오의 미소가 떠올랐다.

"서비터들이 켈 농담을 좋아하기는 하나?" 바늘나방에 그녀와 동승할 수 있는 동료가 서비터뿐이라 던진 질문이었다.

"서비터마다 다르지. 알고 싶으면 근처에서 하나 붙들고 물어봐."

등골에 서늘한 기운이 흘렀다. 언제나 깍듯이 예의를 지키긴 하지만, 브레잔은 서비터가 주변에 있으면 늘 거북함을 느꼈다. "됐어. 넘어가지."

체리스는 말을 이었다. "쿠젠을 표준 역법체계가 통하지 않는 공간으로 끌어들이면, 내 손으로 죽일 수 있어."

"너 좋으라고 이단 역법 지역으로 알아서 기어 들어올 머저리는 아닐 텐데."

"나도 알아. 그래서 나는 저쪽 제다오를 기함 위에서 암살해버릴 생각이야."

터무니없이 가벼운 어투에, 브레잔의 혀는 한동안 입천장에 들러붙어 떨어지지 않았다. "제다오를 죽여서 국지적 역법 변동을 일으키겠다는 소리군."

"맞아. 규모가 이쪽에서 감지될 정도까진 아닐 것 같지만, 쿠젠을 처리할 틈새 정도는 만들어줄 수 있겠지."

"체리스, 괜찮은 거지?" 여전히 체리스가 끔찍하게 싫은데도 행운을 빌어주고 싶었다. 정말 웃기는 일이었다. "그쪽도 너만큼이나 사람 죽이는 일에 뛰어날지도 몰라."

"쿠젠이 만들어냈다면 당연히 그렇겠지." 그녀의 눈동자가 격렬하게 타올랐다. 브레잔은 상대편의 제다오가 조금도 부럽지 않았다. 무엇에 당했는지도 모른 채, 죽게 될 테니까. "브레잔, 나는 켈이야. 위험을 무릅쓰는 일엔 그저 익숙해질 수밖에 없잖아?"

"'나는 켈이야'라는 말로는 핑계가 안 되는 것 같은데. 그런 극도로 파괴적인 행동을 되풀이하는 켈은 어디에도 없어." 브레잔이 말했다.

그녀의 미소가 촛불처럼 그를 향해 일렁였다. "그렇게 생각한다면, 그런 사람을 항상 머릿속에 넣고 사는 게 어떤 기분일지를 상상해봐. 어쨌든 이게 다가 아니야. 너한테 부탁할 일이 하나 더 있어. 이게 해결되지 않으면 나머지 계획도 아무 소용 없거든."

9년 동안 정치가 노릇을 해온 덕에, 브레잔은 사람들의 요청을 듣는 일에 이골이 나 있었다. "어디 들어볼까."

22

제다오는 이후 열하루 동안 자기 선실에 틀어박혀 남은 선택지를 곱씹었다. 쿠젠은 제다오가 복종하지 않으면 기꺼이 제거할 것임을 증명해 보였다. 추도 의식을 막을 생각이라면, 우선 쿠젠의 심기부터 염두에 두고 행동해야 했다.

그 열하루 동안 제다오는 음식을 거의 먹지 않았다. 다네스는 계속 국물을 가져와서 먹여주겠다고 했지만, 제다오는 거듭 거절했다. 입 안에 남는 금속성 뒷맛이 한층 강해졌을뿐더러, 그 끔찍한 고문 장면을 떠올릴 때마다 식욕이 사라져버렸다. 그나마 한두 술이라도 뜬 건 거절할 때마다 다네스가 초조한 기색을 보였기 때문이었다.

경비병 수는 넷에서 여섯으로 늘었다. 제다오는 증원 병력이 주변에 대기 중인 거라고 짐작했다. 자신이라도 그렇게 지시했을 테니까.

열이틀째 되는 날, 쿠젠이 그를 만나러 왔다. 다네스는 깜짝 놀라더니 그대로 주저앉으며 복종의 자세를 취했다. 제다오도 그렇게 했다. 신중해져야 하는 상황이었으니까.

쿠젠은 한쪽 의자로 가서 자리에 앉았지만, 제다오는 그의 입매가 미묘하게 비틀리는 모습을 알아챘다. 인형의 표정이라고, 제다오는 생각했다.

"일어나도 돼." 쿠젠은 마치 그동안 아무 일도 없었다는 것처럼 이렇게 말했다. "이걸 보면 흥미가 동할 거야, 장군." 그는 소형 슬레이트를 하나 꺼내서 한 성계의 영상을 불러냈다. 역법 농도가 여러 가지 색으로 또렷이 표시되어 있었다. "이건 참고용으로 쓰던 거라서 말이야. 네가 신경 써야 하는 요소를 찾아보기 힘들긴 하겠네." 그는 이렇게 덧붙였다.

"그래서 여기가 어딥니까?" 제다오는 조심스레 물었다.

수많은 이름표가 불길이 일어나듯 솟아났고, 영상이 한쪽으로 이동하며 압축되었다. 작게 깜빡이던 점들은 궤도 방어 시설이나 다양한 용도의 기지를 의미하는 통상 부호로 변했다. 심지어 늑대의 탑도 하나 있었다. 가장 흥미로운 것은 테레베그 항성계에 있는 네 번째 행성의 가장 큰 위성에 건설된 거대한 요새였다.

"혹시라도 걱정할까 봐 미리 말해두자면, 연결체 요새는 아니야. '진주방울 희망 요새'라는 곳인데, 꽤나 구식인 곳이지." 쿠젠의 입가에 갑자기 쓴웃음이 어렸다. "이제는 고고학자들도 기억하지 못하겠지만, 진주방울 희망 요새는 옛 문명의 정착지 유적 위에다 건설한 곳이야. 적어도 내가 보기에는, 우리보다 훨씬 열정적이었던 친구들이 저 빌어먹을 '위성'을 다른 곳에서 끌어와 현재 궤도에 올려놓은 게 분명하거든. 저 항성계에서 나온 물건일 리 없으니까. 내가 젊었을 적엔, 옛 문명 사람들이 사용하던 유물을 연구해서 온갖 것들을 발견할수 있었지."

"재밌군요." 제다오는 이 이상 대꾸할 수가 없었다. 기억상실증을 앓는 사람이, 고고학 수준이든 아니든 다른 사람의 기억에 토를 달 순없는 노릇이니까. "저게 우리의 다음 목표입니까?" 쿠젠이 고대 행성을 급히 점령하기를 원한다면, 상황이 더 나빠진 것일 수도 있었다. 함대가 이동하는 동안 쿠젠을 설득해야 하는 것은 아닐까. 추도 의식의 형태를 바꾸자고 말이다.

그러나 이 문제를 계속 밀어붙였다간 목숨을 잃을지도 몰랐다. 그러면 모든 게 아무 짝에도 소용없어진다. 더 나은 저항 방법을 찾아낼때까지 기다리는 편이 나을 것이다.

"물론 네가 이런 것들까지 신경 쓸 필요 없겠지." 쿠젠은 당혹스럽게도 이렇게 말을 이었다. "네가 신경 써야 하는 건 협정국이 네 번째행성에 꾸려놓은 행정 수도의 위치니까. 그곳이 우리의 다음 목표가될 거야."

"그쪽 정부 수반이 거기에 머무는 겁니까?"

"뭐, 공식적인 정부 수반은 거기 있지. 별로 중요하지 않은 선출직집행관이야. 불행히도, 우리의 진짜 적은 슈오스 미코데즈거든. 물론그를 제거한다면 무척 기쁘기는 하겠지만, 그렇다고 너한테 백안의성채를 무너트리라고 하지는 않을 거야. 여기도 제법 괜찮은 목표물이잖아? 선출직 총리에다가 퀠 브레잔 상급대장을 비롯한 참모진까지 싹 쓸어버릴 수 있다면 말이야."

제다오는 그때까지도 함정의 존재를 눈치채지 못했다. "그곳의 군사력이 어느 정도 수준입니까? 언제 공세를 시작하길 원하시죠?"

쿠젠은 지옥나선 요새의 학살극이 일어난 기념일이라고 일러주었다.

"선물이 하나 있어." 쿠젠이 이렇게 말하는 순간, 제다오는 상황이 지금보다 더 안 좋아질 수 있다는 사실을 깨달았다. "소령…"

다네스는 테레베그 항성계와 요새의 방어 능력을 정리한 보고서를 제다오에게 넘겼다. "저들은 우리의 접근을 알아차릴 겁니다, 각하." 다네스는 이렇게 말하며, 더 큰 지도에서 그들의 현재 위치와 목표의 위치를 지적해 보였다. 그리고 무심한 목소리로, 제다오의 참모들이 취합한 방위 함대의 최신 정보를 상세히 설명했다.

"요새를 처리하려면 그에 상응하는 무기가 필요하겠죠." 다네스는 이렇게 말하고는 쿠젠을 돌아보았다.

충성심 시험인가. 제다오는 이 상황이 얼마나 거북한지 쿠젠에게 알리면 안 된다고 생각하며 말했다. "뭡니까. 지금까지 주신 걸로 부족하다고 생각할 만큼 저를 못 믿으시는 겁니까?"

"독자적 사고가 가능하다는 점만은 충분히 증명했지." 쿠젠은 비꼬듯 말했다. "기회를 한 번 더 주려는 거야."

터무니없는 소리였다. 제다오가 보기에, 쿠젠은 실패의 가능성을 조금도 용납하지 않는 사람이었다. 다른 의미가 있지 않고서는… 그래, 지옥나선 요새.

쿠젠은 역법 공격을 감행할 셈이었다. 이 공격이 쿠젠이 원하는 효과를 발휘하려면 제다오가 필요한 것이다. 다른 장군이 아니라, 오직 제다오만 가능했다. 그 말은 곧…

쿠젠의 다음 발언이 그의 짐작에 확신을 더해주었다. "경계면 탈곡기를 사용하라고. 내가 사거리를 늘려놓았어."

제다오는 갑자기 입 안이 바싹 말라 왔지만, 동요하지 않으려 애쓰며 대꾸했다. "뭉뚱그리지 말고 자세히 일러주시는 게 어떻습니까. 아무리 좋은 무기도 제대로 이해하지 못한다면 효율적으로 사용할 수 없습니다."

"탈곡기가 어떤 식으로 작동하는지 보여주지." 쿠젠은 이렇게 말하며, 일련의 방정식과 설계도, 그리고 이를 도식화한 애니메이션을 불러왔다. "원한다면 수학적으로 접근해도 되지만, 게이트 역학은 상당히 전문적인 분야라서."

그리 원하는 것이 아니었는데도, 홀린 듯 지켜볼 수밖에 없었다. 시뮬레이션 속의 탈곡기가 작동하자 픽셀로 그린 쥐의 몸통 여기저기에 눈과 입이 열렸다. "왜 쥐입니까?" 그는 이렇게 물었지만, 사실은 '어째서 저토록 끔찍하게 죽이는 겁니까?'라고 묻고 싶었다. 탈곡기는 이해가 안 갈 정도로 극도로 고통스러운 죽음을 선사했다.

"그리움의 표현이랄까." 감정이 담뿍 실린 쿠젠의 목소리에, 제다오는 더 이상 묻지 않기로 마음먹었다. 물론 쿠젠은 말을 멈추지 않았지만. "연구 초기에는 쥐를 정말 많이 희생시켰거든."

"보통 저 정도의 조작 인원이 필요한 겁니까?" 제다오는 애니메이션의 한 장면을 가리키며 이렇게 물었다.

"켈이 쓸 때는 그랬어. 주로 수송과 조율 때문에 필요한 인원이야. 설계가 너무 까다롭긴 해. 항상 탐탁지 않긴 했어. 워낙 시둘러 만든 거라서…"

제다오의 주변 세상이 잿빛으로 좁아들기 시작했다. 내 손도 이미 더럽혀졌어. 제다오는 이렇게 생각했다. 얼마 전에는 절단포에 직격당한 이들이 어떻게 될지 묻지도 않고 곧장 사용하기도 했다. 갑자기 두려움에 사로잡혀봤자 위선에 지나지 않을 것이다.

그러나 지금은 다른 생각을 할 여유가 없었다. 쿠젠은 인터페이스 설계와 안전장치에 대한 여담을 마치고, 새로운 애니메이션을 하나 불러왔다. "이건 마음에 들 거야."

정말 그럴까? 제다오는 생각했다.

처음에는 거의 제대로 알아듣지도 못했다. "다시 설명해주시죠." 확인하고 싶었다. 쿠젠은 기꺼이 요청을 받아들였다.

신형 경계면 탈곡기는 예전과 달리 방출기가 두 대로 늘어나 있었다. 각각의 방출기는 전면으로 효과를 방출하여 영역을 형성했는데, 효과 영역이 겹치는 지점에 게이트 공간으로 통하는 구멍이 뚫렸다. 바로 그 지점부터 방출기의 효과는 순식간에 앞으로 전파되어나갔다. 이로써 탈곡기의 유효 사거리는 상당히 늘어나고, 조작 인원의 안전도 보장된다. 제다오는 흥미롭게 수식을 검토해보았다. 수학 공식 안에다 리팩터링을 영리하게 적용한 것이 눈에 띄었다.

"효과는 동일합니까?" 제다오가 물었다.

"적어도 쥐들한테는."

제다오는 짜증 섞인 표정으로 그를 바라봤다.

쿠젠의 목소리가 누그러졌다. "야전 시험까지 끝냈어. 여분의 이단자들이 있었거든." 가벼운 목소리였지만, 제다오를 바라보는 눈매는 날카로웠다. 제다오는 무표정을 유지했다. "전부 죽었어, 제다오. 나는 항상 철저함을 추구하는 사람이야. 내가 이런 짓을 얼마나 오래 해왔는데."

제다오는 그 말이 사실이리라 생각했다. 그리고 자기 몸에 입이 자라나서 혀 없이 헐떡이며 웅얼거리는 모습을 상상했다. 상처가 끓어오르고 눈이 자라나면, 그 눈에 비치는 모습도 볼 수 있게 되려나? 그렇다면 그 광선의 치명적인 효과를 새로운 시점으로 받아들일 수 있으려나? 그는 그토록 다양한 고통을 경험해보지 못했다. 어쩌면 이런 죽음 앞에서는, 모두가 같은 신세일지도 모른다.

"협정국 영역에서도 작동합니까?" 제다오가 물었다. 이능력 무기를 사용할 때는 항상 확인해야 하는 문제다.

"물론이지. 내가 그 정도도 신경 안 썼을 줄 알고."

"감사하지 않은 건 아닙니다. 그렇지만 협정국을 흠씬 두들겨주는 것 외에, 이 전투의 정확한 목표가 뭡니까? 물론 현 정치 상황을 제대로 알지 못하긴 합니다. 눈 깜빡일 때마다 바뀌는 것 같으니까요. 하지만 수뇌부를 제거한다고 적들이 바로 엎어져 죽어버리는 건 아니지 않습니까. 사람들이 제게 반응하는 태도를 보면 도리어 끝까지 저항할 것 같은데요. 특히 우리가 지옥나선 요새를 재현할 생각이라면 말입니다."

좋아. 말해버렸다.

"단순히 전투의 승리만으로는 만족할 수가 없나 보지?" 쿠젠이 말했다.

다네스는 쿠젠의 목소리에 섞인 주롱에 눈을 빈득였다.

"예전에도 말씀하셨잖습니까. 사방을 파괴하며 돌아다니는 일하고,

실제로 점령해서 유지하는 일은 완벽히 다른 문제라고. 우리는 지금 이스테이아 성계도 제대로 장악하지 못한 상태입니다."

"한 단계씩 접근하면 불가능한 일도 가능해지는 법이야."

제다오는 꿈쩍도 하지 않았다. "한 가지만은 확실히 짚고 넘어가죠. 제가 역사 수업에서 제대로 배운 게 맞다면, 지옥나선 요새가 사람들 기억 속에 각인된 것은 그 전투에서 '승리'를 거두었기 때문이 아닙니다. 그게 전부였다면 수많은 이단 중 하나를, 수많은 전투 중 그것만을 기억할 리가 없었겠죠. 누구도 그 전투를 잊지 못하는 이유는, 제가 아군을 불살라버렸다는 사소한 문제 때문이지 않습니까?"

제다오는 다네스 쪽으로 시선을 주지 않았다. 그러나 그의 반응은 모르고 넘어가기 힘들었다. 제다오의 곁눈질 솜씨가 그토록 나쁘지는 않았으니까.

"원하는 대로 얼마든지 생각해도 좋아. 자연스럽게 결론이 나오겠지." 쿠젠은 조금도 동요하지 않고 대꾸했다.

제다오의 가슴이 두방망이질했다. 동요했다는 사실을 숨겨야 해. "시설을 장악할 수단까지 전부 제거해버릴 예정이라면, 적의 수뇌부를 급습하는 작전은 성립되지 않습니다." 아군 병력을 몰살시킨다는 소리를 이렇게 냉정하고 무감각하게 표현할 수 있다니. "어차피 그 정도로 보병대 병력이 충분하지도 않죠. 아무런 목적 없이 게임말을 전부 소모해버리는 일에는 아무 의미도 없습니다. 육두관이시여, 원하시는 것이 뭡니까? 여기서 뭘 얻으시려는 겁니까?"

"아, 보병대는 필요 없어." 쿠젠이 대꾸했다. "일단 방해 요소를 전부 제거하고 나면, 이네세르 호국공이 정부 업무나 치안 확보 따위 일들은 대신 처리해줄 테니까. 그 여자는 나를 싫어하기는 해도 의무를 중시할 줄 알거든." 그는 한쪽 손을 천천히 들어, 제다오의 턱에서 몇 밀리미터 떨어진 곳을 윤곽선에 따라 훑었다. 제다오는 순간 그의 손에 얼굴을 맡기고 싶어진 자신을 혐오하며 숨을 참았다. "그게 다 정리되고 육두정이 회복되고 나면, 너는 영원토록 내키는 대로 살아도 좋아. 비유가 아니야. 말 그대로, 영원히."

이건 못 버티겠어. 제다오는 생각했다. 갑자기 모든 조명이 균열 속으로 물러난 것처럼 방 안이 어둑해졌다. "무슨 말씀이신가요, 영원히라니?"

"넌 이제 영원히 살 수 있거든. 별의 내핵으로 뛰어들거나 하는 멍청한 짓만 저지르지 않으면 돼. 내가 만들어준 몸에는 자가 회복 능력도 있는 데다 늙지도 않는다고. 더 젊어 보이고 싶다면 말해. 그쪽으로 개조해줄 수도 있어. 물론 열일곱 살까지 돌아가는 건 별로 추천하지 않아. 뭐, 어쨌건 간에 그런 건 전부 겉보기의 문제일 뿐이거든." 쿠젠은 제다오를 보며 웃고 있었다. 마치 그가 행복해야 마땅하다고 여기는 것처럼.

루오, 내가 뭘 해야 할까? 문제는 루오라면 무슨 행동을 할지 너무 확실하게 알고 있다는 것이었다. 루오는 쾌락을 즐길 기회를 절대 포기하지 않는 사람이었으니까.

언제부터 나는, 내 단짝 친구와 이토록 멀어져버린 걸까?

제다오는 서둘러 자신에게 남은 선택지를 점검했다. 다네스에게 권총을 넘기라고 명령해봤자, 육두관의 보안 요원들이 즉각 상황을 깨닫고는 그의 몸에 구멍을 숭숭 뚫어버릴 것이다. 게다가 쿠젠이 제다오에게 자가 회복이라는 기적 같은 능력을 부여했는데, 막상 자기 몸에 같은 능력을 부여하는 걸 잊었을 리가 없었다. 그렇다면 암살하기는 상당히 힘들 것이다.

쿠젠은 제다오를 계획의 핵심 게임말로 여기는 듯했다. 자살해버리면 그의 계획을 막을 수 있을까? 자신에게 주어진 역할을 피할 만큼 오래 죽어 있을 수 있을까? 총상에서 회복했던 속도를 생각하면 아무리 봐도 무리였다.

따라서 결론은 변하지 않았다. 계속 쿠젠에게 맞춰주면서, 저항할 방법을 찾아내는 것뿐. 아직 방법이 전혀 보이지 않긴 하지만, 마지막 순간까지 기다릴 수밖에 없었다. 혹시라도 뭔가 떠오를지도 모르니까.

제다오는 이후 이틀 동안 고심한 결과, 경계면 탈곡기에 몰래 문제를 일으키는 것은 불가능하다는 결론을 내렸다. 굳이 계급장이 드러나는 완전 정장 차림으로 탈곡기에 접근하자, 만면에 미소를 띤 기술자들이 그를 맞이했다. 그리고 웃는 얼굴의 기술자들 뒤에는 웃음기라고는 조금도 없는 비도나 관료들이 기다리고 있었다. 쿠젠의 의심을 사고 싶지 않았던 제다오는 그 이상 밀어붙이지 않았다.

그다음으로 탈곡기와 관련된 수학 이론을 탐구했지만, 예상했던 대로 그리 소득은 없었다. 입문서라고 찾아낸 것 중에서 가장 나은 것은, 논문도 교과서도 아닌 사이야드 레스라는 학자의 전기였고, 그마저도 그래픽노블 형식으로 되어 있었다. 레스는 니라이가 타 분파 인원에게도 업적에 따라 자기네 사관학교 교수직을 맡기던 시절의 학자로, 탈곡기와 관련된 이론을 확립한 사람이었다. 주석에 따르면 사관학교의 그러한 관습은 58년 전에 중단되었다고 했다.

실제 이론적 설명은 한 단원이 전부였는데, 글·그림 작가가 일반 대중에게는 너무 어렵다는 생각을 했는지, 실제 수학이 아닌 단순한 비유로 설명해놓았다. 그러나 그 실제 수학도 제다오가 보기에는 그리 어렵지 않았다. 글·그림 작가가 수학의 어려움을 과대평가했거나, 아니면 기억에 없는 세월 동안 훌륭한 교육을 받은 모양이었다. 제다오는 속으로 그 누군지 모를 교사에게 사과했다.

글·그림 작가는 이렇게 설명했다. 일반적인 시공간을 초곡면이라고 생각하자. 그 초곡면 위의 모든 점은 그에 접하는 접촉 공간을 가진다. 이 접촉 공간은 해당 점의 주변 영역에서, 쓸모없는 정보를 제거하고 선형화시킨 것으로 간주할 수 있다. 경계면 탈곡기의 효과 영역에 사로잡힌 대상은 이런 끔찍한 선형화 효과에 노출된다. 그 밖에도 초곡면과 접촉 공간, 그리고 선형화를 설명하는 주석이 추가로 이어졌다.

선형화 효과 부분에서, 제다오는 자신이 터치펜으로 패널 가장자리를 쿡쿡 찌르고 있는 것을 깨닫고 손을 멈췄다. 그는 탈곡기의 제원을 불러온 다음 눈을 찌푸리며 자세히 살펴봤다. 내가 뭘 놓친 거지?

지금껏 잘못된 관점에서 상황을 살피고 있었다. 쿠젠은 협정국의 영역에서도 작동할 거라고 장담했지만, 이 설계를 보면 표준 역법체계에서만 작동하는 병기임이 분명했다.

쿠젠이 왜 나한테 쓸모없는 병기를 넘겨서…

쿠젠은 제다오의 공학 능력이나 수학적 감각을 얕잡아보고 있었다.

사실 그가 수학자는 아니니 충분히 그럴 만도 했다. 하지만 퀠 사관학교에서 요구하는 수학 내용 정도는 그 또한 충분히 이해할 수 있었고, 때론 그 이상도 가능했다.

쿠젠이 제다오에게 거짓말한 내용이 과연 수학 쪽이었을까? 그저 제다오가 확인하지 않으리라 생각하고? 아무리 쿠젠이라도 아예 작동하지 않는 무기를 신나 하며 건넬 만큼 악의가 넘칠 리는 없었다.

그렇다면 쿠젠의 거짓말은 역법 지형에 대한 것일 터다. 그들은 지금 협정국을 공격하려는 것이 아니었다. 목표는 보호령인 것이다. 생각해보면, 제다오에게는 스스로 정찰할 기회가 전혀 주어지지 않았다. 항상 쿠젠 본인이나, 쿠젠의 지배하에 있는 사람들이 제공하는 정보에만 의존해야 했다.

이걸 멈춰야 해.

폭약을 훔쳐 자신과 자신의 기함, 그리고 함선에 실린 탈곡기들까지 단번에 날려버리는 식으로 해치울 수 없다는 점이 안타까울 따름이었다. 어찌 됐든 간에, 쿠젠을 반드시 막아야 했다. 그러려면 다른 무엇보다 더 많은 아군이 필요했다.

"다시 설명을 부탁해도 괜찮겠나?" 참모진 장교들이 자리를 떠난 다음, 제다오는 다네스에게 이렇게 말했다.

탁자 위에는 식사를 끝내고 남은 접시들이 가득했다. 자개로 나방의 날개 모양을 만들어 넣은 칠기였다. 제다오가 음식을 입에 댄 것은 다른 사람들을 불편하게 만들고 싶지 않아서일 뿐이었지만.

다네스는 그와 함께 병참표와 역법 지형의 농도를 점검해주었다.

제다오는 다네스가 한참 전부터 진급을 하지 못한 이유가 다시금 궁금해졌다. 항상 아랫사람을 대하듯 말하기는 했지만, 다네스는 참모진만큼이나 전쟁과 관련된 온갖 방면에서, 수단과 절차에 관해 능통했다. "굳이 지금 질문하시는 데에는 뭔가 이유가 있겠죠." 다네스는 말했다.

쿠젠이 제다오에게 참모진과의 회동을 허락했을 때, 제다오는 진형 역학을 자연스럽게 점검할 기회가 찾아오리라 생각했다. 그래, 물론 기회는 얻을 수 있었다. 아무 짝에도 쓸모없었지만.

진형까지 공부하기 시작한 것은, 지금 이 절망적인 상황에서 그가 사용할 수 있는 무기가 그것뿐이기 때문이었다. 상식적으로, 쿠젠이 자신을 해치울 수 있는 무기를 다른 누군가의 손에 쥐여줄 리가 없다. 다만 한 가지 신경이 쓰이는 건, 쿠젠이 일전에 보병대 훈련 참관을 거부한 것이었다. 평범하게 경계를 했던 걸까? 그러나 죽음을 두려워할 필요가 없다고 말하면서 굳이 그토록 경계하는 이유가 뭘까?

남는 시간 동안 그는 함대 전술을 익혀야겠다는 핑계를 대고서 진형 역학 입문서를 뒤적였다. 쿠젠이 속았는지는 알 수 없었다. 어차피 아무 의미 없을 가능성이 컸다. 쿠젠은 이쪽에도 별다른 위험이 없다는 것을 알고서 방치한 것일지도 모른다.

어쩔 수 없는 일이었다. 다네스에게 대놓고 물어볼 수는 없었기에, 그는 주제를 슬쩍 바꾸었다. "하나 묻고 싶은 게 있는데, 켈 브레잔 상급대장에 대해서 알려줄 수 있겠나?"

"추락매죠. 우리의 목표물입니다." 다네스가 말했다.

"그를 어떻게 생각하나?"

다네스는 낮은 소리로 대답했다. "우리의 적입니다, 각하."

다네스의 프로필을 보면 브레잔과 개인적 관계가 없는 것은 분명했다. 그러나 동시에, 제다오는 다네스의 프로필에 빈 공간이 상당히 많다는 점도 알고 있었다. 그는 눈을 가늘게 떴다.

다네스는 지나치게 빨리 포기했다. "저는 복종하지 않을 때 치러야 할 대가를 알고 있습니다." 묘한 소리였다. 제다오가 보는 앞에서, 다네스는 언제나 완벽하게 복종해왔으니까.

"그게 무슨 뜻이지?"

"한때 육두관 각하와 말다툼을 벌인 적이 있습니다."

이건 제다오가 예상치 못한 소리였다. "무슨 이유로?"

"견해의 차이가 있었습니다. 저는 켈이고 그분께서는 켈이 아닙니다. 그러나 그와 무관하게, 그분은 육두관이십니다. 제가 실수를 한 것입니다."

전혀 도움되지 않는 이야기였다. 그는 질문을 바꿔보았다. "정확히 어떤 견해였는지는 기억하나?"

"조금은요."

젠장. 기억상실증에 시달리는 사람이 제다오 혼자가 아니라는 소린가? 그럴 거라곤 상상조차 하지 못했다. "설마 자네도 체리스라는 기억 흡혈귀와 마주쳤던 건가?"

다네스는 고개를 저었다. "아닙니다. 제 기억을 소거한 건 육두관이십니다. 제가 기억하지 못하는 쪽이 임무 수행에 더 적절하리라는 판단을 내리셨습니다."

제다오의 심장이 내려앉았다. 당연히 다네스의 말은 터무니없는 소

리였다. 쿠젠 본인조차도 같은 결론을 내렸을 것이다. 기억이 없을뿐
더러 자아를 내세우지 않고 항상 복종하는 유용한 병사. 그런 병사를
시간적으로나 비용적으로나 효율 좋게 뽑아낼 방법이 있다면, 쿠젠은
그런 병사를 백만 단위로 양산하고 있을 것이다. 그 과정에서 병사의
정신이 망가진다는 문제가 있는 듯하나.

반면 쿠젠은 제대로 성공할 때까지 계속 시도할 수 있는 사람이었
다. 900년 묵은 유령이니 인내심 또한 범접할 수 없을 경지에 올랐을
터였다.

쿠젠이 원하는 대로 기억이 갈아엎어진 것이 대체 몇 번이나 될까?
설마 예전에도 깨달음과 모반을 계속 반복했던 것일까? 어찌 됐건 간
에 상관없는 일이기는 했다. 쿠젠을 암살해야 한다는 사실은 변함이
없었으니까.

이 일에 대해서 아는 거 없어? 그는 〈망령〉호에게 물었다.

무슨 일? 대답이 돌아왔지만, 목소리에 싸늘한 기운이 풍겼다. 그
래도 대꾸는 해줄 모양이었다.

〈망령〉호는 마음을 읽지 못하거나, 적어도 그런 척하는 듯했다. 그
는 다네스가 수심 어린 눈으로 자신을 지켜보는 걸 느끼면서, 〈망령〉
호에게 상황을 설명했다.

*네가 등장하기 전에 다른 이들도 있었지. 그리 오래 버티지는 못했
다. 결함이 있었으니까. 그대로 놔뒀더라면 몇 년이고 실험을 계속했
을 거다. 계승국들 사이의 반목을 우려한 나머지 개량을 중단한 거지.*

제다오는 머뭇거렸다. *아직도 더 있어?*

〈망령〉호는 느릿하게 대꾸했다. *깨어 있는 건 없다. 얼마나 남아 있*

든 딱히 놀랍지는 않겠지만.

제다오는 순간 질투의 감정이 온몸을 훑고 지나가는 것을 느끼며 입 속 안쪽 살을 깨물었다. 뒤이어 수치심이 밀려들었다. 쿠젠은 그 실패작들을 어디다 사용했을까? 굳이 묻지 않아도 답할 수 있는 질문이었다.

"각하?" 다네스가 걱정하는 표정으로 말했다.

제다오는 한 가지 생각을 떠올렸다. 좋은 생각은 아니었지만, 어차피 좋은 생각 따위는 다 떨어진 지 오래였다. "손을 이리 주게, 소령."

다네스가 망설이지 않고 복종하는 모습을 보자 심장이 아프게 조여들었다. 이런 짓을 해선 안 되는데.

탈라우는 명백하게 그를 혐오했다. 참모진도 별로 다를 바 없었다. 반면 다네스는 그의 곁에서 대놓고 역겨움을 표하지는 않았다. 아니, 어떻게 보면 같은 신세나 다름없었다. 다른 켈들의 혐오 대상이라는 공통점이 있으니까. 다네스가 니라이 육두관과 슈오스 장군 중 어느 쪽에 충성의 우선순위를 둘지는 알 방법이 없었다. 확률은 별로 높지 않았지만, 제다오는 여기에 걸어보기로 마음먹었다.

제다오는 상체를 숙였다. 남자의 육체가 갑자기 가까워지자 심장이 빠르게 뛰기 시작했다. 혹시라도 … 아니지. 다네스는 켈이며 동시에 휘하 장교다. 다네스 쪽이 관심이 있더라도, 그들의 관계는 엄격하게 금지되어 있다. 그리고 제다오는 누구도 육체적으로 자신을 원하지 않으리라는 사실을 뼈저리게 깨닫고 있었다. 심지어 루오조차도 그를 원하지 않았다. 적어도 자신의 기억 안에서는.

그냥 내 메시지만 전하면 돼. 그게 전부라고.

그러나 자신의 의도를 배반한 채, 심장은 걷잡을 수 없이 뛰기 시작했다. 깨어나서 처음으로, 제다오는 자신이 견딜 수 없이 외롭다는 사실을 깨달았다.

그는 숨을 들이쉬고는 다네스의 손바닥에 입을 맞추며, 그 동작을 방패 삼아 그의 진짜 의도를 숨겼다. 아니, 과연 어느 쪽이 진짜 의도일까? 동시에 제다오는 켈의 군사 암호로 그의 손을 두드렸다.

'도움이 필요해.'

다네스의 다음 행동에 제다오는 흠칫 놀라고 말았다. 그가 자리에서 일어나더니, 제다오 바로 곁으로 와서 선 것이다. 그는 무릎을 꿇고, 손가락 없는 장갑을 끼고 있어 맨살이 드러난 제다오의 손가락에 입을 맞추었다. "어떻게 섬기면 될지 알려주십시오."

그 사소한 접촉에 제다오는 동요했다. 이에 반응하고 싶어 애쓰는 욕망과 그런 욕망을 억제하려고 더욱 애쓰는 이성 사이에서, 그는 꼼짝도 못 하고 있었다. 내가 지금 꿈을 꾸는 걸까.

제다오가 움직이지 않으니 다네스는 한층 대담해졌다. 그는 거의 유혹하듯 천천히 장갑을 벗었다. 여전히 진지한 얼굴이었다. 그는 양쪽 장갑을 모아 제다오에게 내밀었다. 자신의 명예를 상대방에게 바친다는, 켈의 구식 예법 표현이었다.

제다오는 저며 오는 가슴을 억누르며 다네스의 장갑을 받아들었다. 다른 행동을 했다간 다네스를 모욕하는 꼴이 될 테니까. 무엇보다 지금은 다네스의 도움이 필요하고.

"각하께서 무슨 일을 하셔도 저는 상처받지 않습니다." 다네스가 말했다.

제다오는 의자에서 일어나 무릎을 꿇고 다네스의 얼굴을 마주했다. 그리고 다네스의 널찍한 어깨에 손을 올리고는, 단단한 근육의 실체감을 머뭇거리며 즐겼다. 문득 참담한 생각이 한 가지 떠올랐다. 그래봤자 지금 이 상황만큼 참담하지는 않겠지만. "우리가 예전에도 이런 짓을 한 적 있었나?"

다네스는 여전히 차분했다. "아닙니다, 각하."

제다오는 서로의 코가 부딪치지 않도록 조심하며, 다네스의 한쪽 입가에 키스했다. 피부의 짭짤한 맛에 몸이 달아올랐다. 지금껏 그가 상상한 것과는 완벽히 다른 느낌이었다. 루오, 그 녀석과 입을 맞춘 적이 있던가? 하지만 루오가 자신에게 관심을 보였던 기억은 전혀 남아 있지 않았다. 눈앞의 남자와 진짜로 이렇게 밀접한 관계라면 얼마나 좋을까. 그러나 그것만큼은 절대 기대할 수 없을 것이다. "이건 어때?"

동시에 군사 암호로, 그는 이렇게 물었다. '육두관이 당신한테 뭘 한 거야? 당신은 원래 누구였어?'

다네스는 몸을 움찔하더니, 제다오를 붙들고 함께 자리에서 일어섰다. 그리고 한쪽 손을 들어 제다오의 볼을 감싸 쥐었다. '그를 거역한 죄로, 제 정신은 망가졌습니다.'

제다오는 그를 포옹하고 다네스의 살 내음을 흠뻑 들이마셨다. 하필이면 이런 데서 위안을 얻는 자신이 견딜 수 없게 혐오스러웠다. 그는 가장 먼저 물었어야 할 질문을 이제야 던졌다. 솔직한 답변을 들을 수 있을지는 알 수가 없었지만. '내가 당신에게 육두관을 죽이라는 명령을 내린다면 어떻게 될까?'

다네스가 즉시 쿠젠에게 달려가 보고한다 해도, 그로서는 받아 마땅한 처벌을 받을 뿐이었다.

다네스는 반대쪽 손으로 제다오의 손가락을 그러쥐었다. "저는 각하의 것입니다. 각하가 저희에게 찾아왔을 때부터 항상 그랬습니다." 그리고 암호로는 이렇게 썼다. '당신이 진정으로 원하는 것을 드릴 수 있습니다.'

다네스의 열정적인 태도에 제다오는 불안해졌다. "그게 무슨 뜻인지 잘 모르겠는데." 지금 자신이 어느 쪽에 반응하는 건지도 알 수가 없었다.

"육두관께서 각하를 창조하는 자리에 저도 있었습니다." 다네스가 말했다.

제다오는 멍하니 그를 응시했다.

"과정을 제게 설명해주신 것은 아닙니다만, 그분은 주변에 켈이 있으면…" 그는 잠깐 머뭇거렸다. "각하께서 안심하리라 생각하셨습니다. 그리고 각하의 원래 육체가 소멸됐기 때문에 새 육체를 만들어야 한다고도 하셨죠."

"그러니까 결국 내가 클론이라는 소리잖아?" 쿠젠이 거짓말을 했다는 것도, 자신이 만들어진 존재라는 것도 조금도 놀랍지 않았다. 딱히 새로운 것도 아니었으니까.

"그건 아닙니다, 각하." 다네스의 목소리가 가라앉았다. "육두관께서는 공허나방이 나이를 먹지 않는다고 설명하셨죠. 공허나방은 전투나 광기에 잡아먹히지 않으면 영생을 누릴 수 있는 존재입니다. 나방의 놀라운 재생력에 대해서도 언급하셨습니다. 그분은 이런 바람직한 특성을 유용하게 사용하고자 하셨습니다."

"하지만 나는…" 제다오는 말을 차마 끝맺지 못했다.

그는 전함나방의 목소리, 〈망령〉호의 목소리를 듣고 대화를 나눌 수 있었다. 이에 미루어 짐작했을 때, 초감각 또한 나방 특유의 감각임이 분명했다. 그리고 평범한 인간처럼 죽을 수 없다는 사실도 이와 연관되어 있을 것이다. 그는 인간이 아니다.

그는 나방이었다. 그런데도 이스테이아에서 나방의 학살을 지시했다.

망령, 왜 말해주지 않았어? 제다오는 물었다.

뭘?

내가 인간이 아니라고. 내가 너희의 동족이라고.

〈망령〉호의 목소리에 경멸감이 어렸다. *말했다고 믿었을까?*

다네스가 말했다. "그렇습니다. 각하께서는 인간 형태로 개조된 나방이십니다. 육두관께서는 자신이 이룩한 가장 위대한 업적 중 하나라고 말씀하셨습니다."

"당신이 대체 누구길래, 당신에게 비밀을 맡긴 거야? 왜 하필 당신이었어?"

비난하려고 꺼낸 말은 아니었지만, 다네스는 몸을 부르르 떨었다. "저는 이 함대를 통솔하는 중장이었습니다."

"뭐라고?" 가느다란 목소리를 내뱉은 제다오는 비틀거리며 물러났다. 다네스가 붙들어주지 않았더라면 그대로 넘어졌을 것이다.

"괜찮으십니까, 각하?"

"지금 내가 괜찮으냐고…" 제다오는 입 밖으로 튀어나오려는 욕설을 억눌렀다. 자신이 동요했다고 다네스를 공격할 권리가 생기는 건 아니었으니까. "쿠젠이 당신의 정신을 망가뜨린 다음 소령으로 만들었다는 거야?"

다네스는 시선을 내렸다. "그분이 사용하시기에 이쪽이 더 유용했으니까요."

갑자기 모든 것이 맞아떨어졌다. 다네스는 여전히 장군 시절의 식견을 가지고 있었다. 그 덕분에 전술과 전장 구상에 대해 훌륭한 조언을 해줄 수 있었던 것이다. 기억을 잃은 장군의 부관으로는 실로 이상적인 인재였다. 그러나 병사들을 이끌고 고무하는 지휘관으로서의 능력은 전부 사라져버렸다.

켈 병사들이 다네스의 존재를 거북하게 여기는 것도 당연한 일이었다. 육두관의 권능을 입증하는 살아 있는 증거였으니까. 그들의 장군에게 이런 짓을 할 수 있다면, 다른 누구에게도 가능할 테니까.

다네스를 이용해 쿠젠에게 반기를 든다는 생각이 갑자기 역겹게 여겨졌다. 그런 짓을 한다면 제다오 또한 쿠젠과 다를 바 없는 사람이 되는 것 아닐까? 그러나 다네스가 뭐가 됐든 간에, 쓸모 있는 것을 봤을 가능성도 배제할 수는 없었다. 제다오는 다시 군사 암호를 두드렸다. '육두관을 죽일 방법이 있나?'

다네스는 이렇게 대답했다. '아뇨.' 그리고 눈빛으로는 질문을 던지고 있었다.

제다오의 손이 다네스 쪽으로 다가갔다. 그러나 갑자기, 그의 팔은 힘없이 아래로 떨어졌다. "이만 가보도록." 다시 다네스를 만지고 싶은 욕망에 수치심을 느끼며, 제다오는 이렇게 내뱉었다. 이미 충분히 상처 입은 사람이잖아. 내가 할 수 있는 일은 더는 건드리지 않는 것뿐이야.

"각하…" 다네스는 제다오의 손을 붙들어 손바닥을 지그시 누르듯 입을 맞추고, 장갑을 주워 다시 낀 다음, 그대로 방을 나섰다. 제다오는 날뛰는 심장 소리를 들으며 닫히는 문을 바라보고만 있었다. 지금 자신을 괴롭히는 이 감정에는 감히 이름을 붙일 엄두조차 나지 않았다.

23

내가 인간이 아니라고. 제다오는 이렇게 되뇌었지만, 도무지 현실감이 없었다. 그렇다고 명백한 증거를 무시할 수도 없었다.

다네스와 대화를 나눈 후, 그는 자기 선실로 돌아와서 목욕을 했다. 물이 너무 뜨거웠다. 피처럼 느껴지는 온수를 견딜 수가 없었다. 그는 플러그를 뽑고 소용돌이치며 빨려 들어가는 물을 멍하니 바라보다가, 이번에는 불편할 정도로 차갑게 온도를 맞춰서 다시 욕조에 물을 받았다. 냉기에 몸이 따끔거렸다. 그는 기꺼이 고통을 받아들였다.

냉기가 느껴지지 않을 지경이 되자, 제다오는 욕조에서 나와서 물을 뚝뚝 흘리며 거울 앞에 섰다. 쿠젠이 직접 선택한 거울이 분명했다. 벽의 상당 부분을 차지하고 있는 데다, 거울의 틀은 날개마다 반짝이는 별을 품은 검은 공허나방들이 폭포수처럼 흘러내리는 형태였으니까. 온 사방이 사치스러우니 제다오도 화려함에 무감각해질 수밖에 없었다. 그러나 그는 지금 거울의 무의미한 아름다움에 새삼 충격을 받았다. 거기에 비친 자신의 모습이 너무나도 추하다는 것을 처음으로 깨달았기에.

나는 인간이 아니야.

다네스는 내내 그 사실을 알고 있었다. 그러면서도 비밀을 지켰다.

제다오는 수건으로 물기를 닦고 옷을 입었다. 방금 깨달은 불편한 진실은 어떻게 보면 위로가 되는 면도 있었다. 쿠젠은 그를 게임말로서 창조했다. 그가 죽어도 굳이 애도해줄 사람은 아무도 없을 것이다. 이제 그는 죽음을 고대했다. 쿠젠을 없앨 방법을 찾을 때까지만 버티면 될 터였다.

서비터가 음식을 가져왔다. 곳곳에 서비터가 있었던 기억이 어렴풋이 떠올랐다. 식사 생각만 해도 몸에서 힘이 빠졌다. 먹어야 할 이유를 찾을 수 없었다. 그는 거의 1시간 동안 음식을 쟁반 위에서 이리저리 굴리다가, 마침내 어느 것도 목으로 넘기지 않기로 결정했다.

할 일이 아무것도 없다는 단순한 이유에서 다시 서류 작업에 빠져들 뻔했지만, 얄궂게도 쿠젠이 그를 끌어냈다. 그리드에서 메시지 도착 신호가 울렸다. 내 선실로 와. 이야기를 좀 하자고.

제다오는 가겠다고 답신을 보냈다. 쿠젠의 선실을 찾아가기는 그리 어렵지 않았다. 내부의 방들은 그새 바뀌거나 재배치된 모양이었다.

이번에는 눈 없는 석상 일곱 개가 배치된 방을 지나야 했다. 비실용적으로 나풀거리는 복장까지 전부 유려하게 묘사되어 있었다. 그가 알고 있는 쿠젠이라면 분명 최고의 장인에게 작업을 맡겼을 테고, 조각에 쓴 석재도 새들이 바위에 노래를 불어넣는 머나먼 산에서 캐 왔을 것이다. 제다오는 이 석상들에 숨은 의미 따위는 짐작도 가지 않았다. 어쩌면 원래 전부 인간이었을지도 모른다.

다음 방은 끈에 꿴 구슬 장식이 천장에 드리우고, 그 사이사이를 잠자리의 날개를 조각내어 이어붙인 것처럼 투명한 천이 메우고 있었다. 정말로 사랑스러운 모습이기는 했지만, 가운데로 들어가니 산 채로 사로잡힌 기분이 들었다.

마침내 그는 정원에서 쿠젠을 발견했다. 그는 은빛 광택이 흐르는 길쭉한 잎과 매끄러운 껍질을 가진 나무에 기대서 있었다. 제다오의 눈길이 가장 먼저 향한 곳은 옷이 아니었다. 물론 훌륭한 검은 비단에 은빛 자수로 강조점을 둔 로브는 이번에도 아주 훌륭했지만, 그보다 흙을 밟고 있는 맨발이 먼저 눈에 띄었다. 슬리퍼는 땅 위로 드러난 나무뿌리 옆에서 나뒹굴고 있었다.

당황한 제다오는 쿠젠을 보며 눈을 끔뻑였다. 그리고 정원으로 들어가 나무 아래의 쿠젠에게 향했다. 정말로 혐오하는 사람인데도, 그의 맨발을 보니 왠지 모르게 그가 인간답게 여겨졌다. 물론 환상에 불과하겠지만.

"네 부관에 대해서 한 가지 알아뒀으면 좋겠는데. 사실 지금껏 프로그램이 유지된 것만으로도 기쁜 상황이야."

"그렇습니까?" 제다오는 무심하게 대꾸했다.

쿠젠은 로브 안에서 슬레이트를 꺼내 정지 영상을 불러왔다. 절제한 옷차림의 쿠젠과 완전 정장을 입은 다네스가 그 안에 있었다. 다네스의 가슴에는 세 개의 고리가 달린 금빛 깃털이 보였다. 중상의 계급장이었다. 두 사람은 환히 밝힌 실험실에서 각진 실험체 배양기를 앞에 두고 서 있었다. 안에서 소용돌이치는 액체가 뿌옇기는 해도, 제다오는 그 안에 무엇이 들어 있는지를 짐작할 수 있었다. 니라이의 검은색과 은색 복장을 한 경비병 여럿이 무표정한 얼굴로 한쪽에 모여 있었다.

정지 영상 속의 다네스는 눈썹을 내리고 입을 살짝 연 채였다. 막 항의하려는 상황인 듯했다. 제다오는 저렇게 전투적으로 나서는 다네스를 본 적이 없었다. 물론 이제는 그 이유를 알고 있었지만.

"시작하시죠. 재생해요. 그러려고 저를 여기 부르신 게 아닙니까."

"전부 네 안전을 위해서 하는 일이라는 것만 기억해줘." 쿠젠은 이렇게 말하고 재생 버튼을 눌렀다.

그 순간까지, 제다오는 배양기의 내용물을 봐도 괜찮으리라 생각하고 있었다. 배양기 안에는 얼추 인간과 비슷해 보이는 벌거벗은 존재가 들어 있었다. 인간과 다른 점은 하나뿐이었다. 그 육체가 얼기설기 뒤엉켜 있는 촉수 덩어리로 이루어졌다는 것이다. 촉수들은 역겹게도 천천히 얽혔다 풀리기를 반복했다. 마치 인간의 형상에서 벗어나려고 안간힘을 쓰는 것처럼 보였다.

"육두관." 영상 속의 다네스는 살의가 담긴 험악한 목소리로 말했다. "나는 당신 취미엔 관심 없습니다."

영상 속의 쿠젠이 배양기 제어판을 눌렀다. 튜브를 따라 액체가 빨려 나가고, 뚜껑이 뒤로 물러났다. 희멀건 촉수는 견딜 수 없을 만큼 비인간적이었지만, 그 촉수가 뭉쳐 만들어진 존재는 완벽한 인간의 얼굴을 지니고 있었다. 제다오는 아무 표정도 없는 자신의 얼굴을, 꿈꾸듯 멍하게 떠 있는 갈색 눈을, 덥수룩한 머리카락을 보면서 멍하니 생각했다. 아니, 머리라도 좀 잘라줄 수 없었던 거야?

다네스는 짤막하고 거친 웃음을 터트렸다. "좋아, 슈오스 제다오라는 건 알아보겠군. 내가 제다오 얼굴을 붙인 실험용 인형에 복종하리라 생각했다면, 당신은 정신이 나간 겁니다."

"단순한 인형이 아니야." 쿠젠은 소름 끼칠 정도로 차분하게 말했다. "제다오의 능력도 지니고 있거든. 그래도 능력을 발휘하려면 군대는 필요하지. 내가 잘못 본 게 아니라면, 지금은 네가 함대의 지휘관으로 알고 있는데."

"내가 거부한다면 어쩔 겁니까? 말 잘 듣는 지휘관이 나올 때까지 윗대가리를 쳐내기라도 할 건가? 나는 당신을 명령권자로 받아들일 생각이 없어."

"퀠은 너무 용맹해서 귀찮다니까." 제다오는 이제 쿠젠의 저 가벼운 말투가 두려워졌다. "장군, 자기 운명엔 별 관심이 없더라도, 부하들 쪽은 생각해야 하지 않을까?"

"그들의 운명도 아주 잘 생각하고 있지. 저들에게는 당신보다 나은 지도자가 필요하거든. 당신은 영영 이해하지 못하겠지."

너무 빨라서 제다오도 거의 놓칠 뻔한 동작으로, 다네스는 나이프를 빼 들고 촉수를 꿈틀거리는 역겨운 존재를 찔렀다. 다네스는 살인을 할 때 칼을 어떻게 써야 할지 잘 아는 사람이었다. 아무리 세게 찔렀어도 한 번으로 끝내지도 않았고, 정확히 찔렀다고 머뭇거리지도 않았다. 다네스는 손이 닿는 곳의 모든 약점을 최대한 반복해서 베고 찔렀다. 배양기 속 존재는 조각조각 잘려 나간 채 움찔거리는 촉수 뭉치로 변했고, 바닥에는 은빛과 검은빛 액체가 고였다. 배양기 속 존재에게도, 정신을 차리고 다네스를 바라볼 정도의 시간은 있었다. 그 눈에 어린 공포를 읽어낸 제다오는 가슴이 저리기 시작했다.

쿠젠은 재생을 멈췄다. "제다오, 내가 다네스에게 정신 수술이 필요하다고 결정한 건 바로 저 순간이었어. 일단 그가 나를 따르기 시작하면 나머지 병사들도 뒤따를 테니까."

"괜찮습니다. 마저 틀어주시죠." 제다오가 말했다.

"고통스러울 텐데."

"신경도 안 쓰면서요?"

"네가 온전해야 하니까." 쿠젠은 과거를 회상하듯 그를 향해 웃었다. "지난 9세기 동안 너처럼 온갖 능력이 적절히 조합된 사람은 본 적이 없어. 널 보면 어린 시절에 섬겼던 옛 주인이 생각나. 내 주인은 한 행성의 군벌이었어. 나는 그 사람보다 잔혹한 전사는 없으리라 생각했지. 그런데 켈은 너무도 쉽게 그를 제거해버리더군. 그런 켈을 포함해서도, 너는 역사상 다시없을 최고의 장군일 거야. 진실을 알게 되어서 착잡하겠지? 하지만 네 피가 무슨 색인지, 네 피부 아래가 어떤 모습인지 무슨 의미가 있겠어? 너는 여전히 인간이야. 표면적인 모습에 구애받지 마."

"재생해요." 제다오는 모든 경칭을 제외하고 이렇게 말했다.

쿠젠은 마치 자기가 이겼다는 것처럼 눈을 번득였다. "그렇게까지 말한다면야."

한쪽에 서 있던 쿠젠의 보안 요원들이 마침내 개입해서 다네스를 배양기 안의 존재로부터 끌어냈다. 쿠젠은 훌륭할 정도로 무심한 얼굴로 그 상황을 지켜봤다. 병사 두 명이 쓰러졌고, 제다오는 저들이 살았을지 궁금해졌다. 마침내 증원까지 등장했다. 그 과정에서 세 명이 추가로 쓰러졌다.

사방에서 총구에 둘러싸이고 바닥에 짓눌린 채로도, 다네스는 쿠젠을 보고 웃음을 머금었다. "저게 살아남는다 해도, 너를 섬기게 만드는 건 결코 쉽지 않을 거다. 나만큼이나 말이지." 제다오는 다네스의 목소리에 깃든 절망을 느끼고 몸서리쳤다. "게다가 자기를 괴물로 여기는 이들에게 항상 둘러싸여 있어야 할 거야."

제다오는 움찔하는 기색을 숨겼다.

"시간을 들여 후처리 과정을 개선하면, 훨씬 인간처럼 보일 거야. 사실 이 연구는 여유롭게 진행하고 싶었는데 말이지. 이렇게 계속 사건이 일어나니 어쩔 수 없잖아. 아쉽지만 서두를 수밖에."

쿠젠은 다시 영상을 멈췄다. "이 정도면 충분하려나? 계속 볼 거야? 정신 수술은 보고 있으면 지루하거든. 죄다 화학약품에, 기표에, 가구 배치 같은 문제들일 뿐이라서."

제다오는 고개만 저었다. 입을 열면 무슨 말이 나올지 알 수가 없었으니까.

"이리 온, 떨고 있구나." 쿠젠은 팔을 벌리며 말했다. 사과와 연기와 향신료의 냄새가 아련하게 코를 간지럽혔다.

제다오는 자신을 감싸 안는 쿠젠을 받아들였다. 어차피 무슨 상관이야? 당신을 죽일 방법은 짐작도 안 가고, 나를 싫어하지 않는 사람은 이제 당신뿐인데. 나를 싫어할 선택권조차 빼앗긴 다네스만 빼고.

잠시 후, 제다오는 입을 열었다. "쿠젠, 그 군벌요."

그의 어깨를 마사지해주던 쿠젠이 말했다. "그 사람은 왜?"

"그 사람에게 상당히 마음을 썼겠죠." 쿠젠의 목소리에 살짝 경애의 기색이 섞였던 것이 떠올랐다. 쿠젠이 자신이 아닌 타인에게 마음을 준다는 것조차 생각하기 힘든데.

쿠젠의 입꼬리가 슬쩍 올라갔다. "냉장고로 내 충성심을 얻어낸 사람이거든."

제다오는 어떻게 반응해야 할지 알 수가 없었다.

"아주 먼 옛날의 일이었어. 할라쉬가 나를 자기 앞으로 불러와서 처음으로 춤을 추라고 시켰던 때의 일이지. 한곳에 그렇게 많은 음식이 쌓여 있는 건 본 적이 없었어. 탁자로 덤벼들지 않은 게 용할 지경이었지."

제다오는 색칠한 손톱과 티 없이 부드러운 피부를 지닌 쿠젠이 뭔가에 덤벼드는 광경을 상상조차 할 수 없었다. 문득 무용수 차림의 쿠젠의 모습도 머릿속에 떠올랐다.

쿠젠은 오직 자신에게만 보이는 과거를 아련하게 들여다보고 있었다. "스노버드 823 모델이었는데, 당시에도 그리 좋은 냉장고는 아니었어. 뭐, 그때의 나는 그런 것까지 알진 못했지. 그는 내가 옷 안에 음식을 얼마나 욱여넣을 수 있을지 가늠하려 애쓰는 모습을 보더니, 나를 방으로 데려갔어. 방 하나를 통째로 나한테 준 거야. 음식이 잔뜩 차려져 있는 식탁과 구석의 냉장고를 보여주고는, 앉은 자리에서 음식을 전부 해치울 필요는 없다고 설명했어. 이후 냉장고가 제법 자주 망가져서 고치는 방법을 스스로 익혀야 했지. 아마 니라이 훈련으로도 나쁘지 않은 방법일 거야."

"켈이 그를 죽였다고 하셨죠. 그다음에는 어떻게 됐나요?"

"그곳에 있었던 모두와 같은 일을 겪었지. 켈은 수프와 담요와 생수를 가져다줬어. 온갖 종류의 주먹밥과 경단도. 의사도 데려왔지. 애초에 우리를 폭격한 것도 자기들이었으면서."

갑자기 그의 손가락이 제다오의 등을 부여잡았다. 제다오는 숨을 죽였다. "놈들은 그 군벌의 물건을 약탈해 갔어. 뭐, 그런 건 별로 신경 안 써. 나도 살아남기 위해서 몸을 팔거나 물건을 훔쳐야 했으니까. 할라쉬가 나를 받아들이기 전까지는 말이야. 하지만 놈들은… 할라쉬는 고대 문서를 수집하는 취미가 있었어. 칠두정 자체보다도 오래된 문서가 있었지. 아니, 비교 자체가 불가능할 정도로 오래됐다니까. 수학에, 천문학에, 시집까지. 나는 일광욕실에 앉아서 그런 것들을 읽곤 했어. 내가 조심히 다루리란 걸 알았기에 할라쉬도 허용해줬고."

"그렇게 낡고 귀중한 책들이라면, 켈도 가져가서 팔아버리지 않았을까요?" 조금 진정하고 나니 최대한 쿠젠의 얘기를 유도해 정보를 얻어야겠다는 생각이 들었다. 아직까진 쓸모 있는 내용이 없었지만, 계속 말하다 보면 뭔가 나올지도 모르는 일이었다.

"켈 사령부는 애초부터 그런 고대 유물에 신경조차 쓰지 않았어. 빌어먹을 축하용 모닥불을 피우겠답시고 책을 전부 불태워버렸지. 나는 주변에서 가장 덩치 좋은 켈을 찾아갔어. 당시에는 계급장 따위는 몰랐으니까, 덩치가 클수록 높은 사람이라고 생각한 거지. 나는 제발 책을 태우지 말라고 애원했어. 잠자리 시중이라도 들겠다고 했지. 그는 내 머리를 토닥이고는 다른 아이들이 있는 텐트로 보냈어. 그러기에는 내가 너무 어리다고 말이지, 어리다니, 섹스가 뭐 그리 어려울 게 있다고."

제다오는 쿠젠의 얼굴을 볼 수 없어서 다행이라 생각했다.

"켈은 분명 쓸모가 많은 놈들이지." 쿠젠은 말을 이었다. "하지만 그 일은 도저히 용서할 수가 없어."

제다오는 다네스와 진형 본능을 떠올렸다. "그 후로는요?" 쿠젠이 입을 다물자, 그는 이렇게 물었다.

쿠젠이 어깨를 으쓱하는 것이 느껴졌다. "켈은 착하게도 우리를 고아원에 들여보내고 교육도 시켜줬지. 나는 아주 어린 나이에 니라이 사관학교에 입학했고."

"애석한 일이군요." 제다오는 말했다. 지금 떠오르는 안전한 말은 이게 전부였다.

"아주 오래전 일인걸." 쿠젠은 조금도 감상적이지 않은 투로 말했다. "게다가 너하고는 아무런 관련도 없고. 너는 이 세계를 고쳐서 원래 모습으로만 돌려놓기만 하면 돼. 그러면 내가 겪은 일은 겪지 않아도 될 거야."

　이네세르도 이제는 충분히 회복되어, 지난 1~2주는 주는 별도의 관리 없이도 돌아다닐 수 있을 정도가 되었다. 그녀는 그동안 굳은 의지로 물리치료에 애써왔다. 그 모습에 당황한 한 의사는 솔직한 심정을 털어놓았다. "이해가 안 되는군요. 장군들은 보통 물리치료를 지독하게 싫어하는데." 이 말에 그녀는 자신의 선택으로 어떻게든 될 문제라면, 다리를 절게 되는 쪽은 절대 선택하지 않을 생각이라고 대꾸했다. 그렇게 열심히 치료를 받았는데도 발목이 낫는 데는 예전보다 오래 걸렸다. 나이를 먹으면 어떻게 해도 몸은 낢는 법이다.

　브레잔은 이 기치나방에서 가장 좋은 선실을 그녀에게 양보했다. 게다가 놀랍게도 실내장식까지도 전부 그녀에게 맡겼지만, 할 일이 많았던 이네세르는 그쪽까지 손댈 겨를이 없었다. 기깅 좋아하는 그림 한 폭을 그리드 영상을 통해 한쪽 벽에 띄워놓는 정도가 끝이었다.

활을 당기는 여성 궁수의 그림이었는데, 보통 화가의 정체를 안단 제나보라고 추측하곤 했다. 다른 온갖 그림들이 그렇듯이 말이다. 이네세르는 믿을 만한 전문가로부터 솜씨 좋은 사업가가 그린 모사품이라는 이야기를 들었었지만. 어찌 됐든 발로 글씨를 쓰면서 획순을 따져보는 따위의 한심한 소일거리를 할 때면 시선을 둘 곳 정도는 필요한 법이다. 적어도 현대 전투와는 관련 없는 물건이기도 했고.

다시 재활 운동을 한 세트 반복하고 있는데, 누군가 대화를 원한다는 신호가 그리드를 통해 들어왔다. 브레잔이었다. 제법 긴급한 일이라는 표제를 붙여놓기까지 했다. "들어와요." 그녀는 이렇게 말했다. 어차피 휴식을 취할 때가 되기도 했고.

들어오자마자 경례를 붙이지 않는 브레잔의 모습이 나름대로 신선했다. "호국공 각하, 한 가지 부탁드릴 일이 있습니다."

아하. 격식을 차리면서도 경례를 올리지 않는 모습이 이해가 갔다. 자신을 진지하게 받아들이기를 원하는 모양이었다. "일단 앉죠." 이네세르는 이렇게 말하며 여분의 의자 쪽으로 고갯짓했다. "그리 빨리 끝날 문제는 아닐 것 같으니까요."

"그건 상황에 따라 다를 겁니다." 브레잔은 이렇게 말하며 자리에 앉았다. "켈 체리스가 방금 제게 연락해 왔습니다."

"내게는 알리지 않고서 말이죠."

"체리스가 각하께서 수용적 태도로 대화에 임하지 않으시리라 여겼기 때문입니다."

이네세르는 코웃음을 쳤다. "그래요, 적어도 현실적이기는 하군요. 계속해요."

브레잔의 입가에서 웃음기가 가셨다. 그는 쿠젠의 육체 이동 능력, 그 한계, 그리고 체리스가 제안한 계획을 차근차근 설명했다.

이네세르는 그가 선천적으로 참모진 사이에서도 잘 찾아보기 힘든 훌륭한 대화 기술을 타고났거나, 아니면 지난 몇 년 동안 협정국 정부에서 맡아온 역할 때문에 강제로 능력이 꽃핀 모양이라고 생각했다.

"그리 놀라지 않으시군요." 브레잔이 말했다.

"상당 부분이 맞아떨어지니까요. 넘겨짚은 거라도 직관이 깃들어 있을 거예요. 체리스의 정보를 믿을 수 있다고 생각하나요?"

"체리스는 쿠젠의 조력자로부터 정보를 얻었다고 말했습니다. 어떻게 쿠젠의 조력자를 회유했는지는 알 길이 없지만요."

"일단 슈오스 미코데즈와 상담해야겠군요. 그가 이 정보를 필요한 시간 내에 확인해줄 거라 기대하지 않지만, 확인해서 나쁠 거야 없겠죠."

브레잔은 눈썹을 추어올렸다.

이네세르는 말을 이었다. "그자를 참고 견디기 힘든 것은 사실이지만, 때때로 유용하다는 사실까지 부정할 수는 없으니까요. 내 생각을 말하자면, 미코데즈는 쿠젠이 권력의 경쟁자로서 지나치게 강하다고 여기고 있을 거예요. 기회만 생긴다면 우리를 이용해 쿠젠을 제거하고 싶겠죠."

"아, 그 점은 반박할 수 없군요." 브레잔이 말했다.

"흠." 이네세르도 자리에 앉아서 눈가를 문질렀다. "이걸로 끝난 건 아니겠죠. 아직 부탁이랄 것은 하지도 않았으니까요."

"제리스는 단순히 쿠젠을 함정으로 유인하자고만 제안한 것이 아닙니다. 스스로 예비 작전을 수행한다고 합니다." 브레잔은 제다오를 암살해 국지적 역법 변동을 유발한 다음 쿠젠을 처치하겠다는 체리스의 계획을 설명했다.

이네세르는 거칠게 웃었다. "그래요, 적어도 예비 작전이 필요하다는 정도는 아는 모양이로군요. 제다오를 머릿속에 담고 있어서 그런 생각까지는 힘들 줄 알았더니. 자세히 말해봐요."

"다시 군에 복귀하기를 원하더군요. 제다오 대장으로 말입니다."

이네세르는 즉시 그녀의 계획을 이해했다. 체리스는 9년 전에 이미 제다오 대장의 이름으로 진형 본능을 악용해 키루에브 대장의 함대를 가로챈 바 있었다. 물론 놀라운 일은 아니었다. 진형 본능에 항상 뒤따르는 문제였으니까. 충성스러운 병사들이 맨 웃대가리 한 명만 뒤집으면 통째로 적으로 돌변한다는 문제 말이다.

유쾌한 점은, 쿠젠의 기함에 잠입하는 일 자체는 체리스에게 그리 어렵지 않으리라는 것이었다. 체리스는 켈 보병대 소속이었고 아직 기량이 녹슬지는 않았을 것이다. 게다가 제다오의 암살자 훈련까지 더해졌다면 더더욱. 그렇다고는 해도 (불길과 재의 이름으로, 정말 다행스럽게도) 세상에 체리스는 한 명뿐이다. 상대방을 계급으로 찍어 누를 수 있으면 임무에 큰 도움이 될 것이다. 모든 거사를 마친 후 무사히 빠져나오는 데에도.

"엄청난 특진을 요구하는군요. 특히 그 권한을 이용해 저지를 수 있는 온갖 일들을 고려하면 말이에요." 이네세르는 대꾸했다.

"글쎄요, 이렇게 생각해보시죠. 체리스는 표준 역법체계 안에서만 그 권한을 남용할 수 있습니다. 따라서 줄 수 있는 피해에도 한계가 있을 겁니다."

이네세르는 헛기침을 했다. "그렇게 하죠. 다수의 공격 경로를 확보하는 것이 유용하다는 점은 무시할 수 없으니까요."

브레잔의 권한이라면, 그녀에게 알리지 않고 그 모든 일을 처리할 수도 있었다. 그렇게 하지 않았다는 것만으로도 신뢰할 수 있는 사람이었다. 켈 제복은 보통 개별 병사의 보조 두뇌로 전송한 암호화 코드를 읽어 계급장과 훈장 등을 프로필상의 기록대로 설정한다. 이론적으로는 이 정도 보안으로도 장교 흉내를 막을 수 있다. 이네세르는 체리스가 현대적인 제복을 해킹하는 방법을 발견하지 못했다고 가정했다. 다른 누구도 아닌 체리스가 계급 사칭으로 처형당하는 일을 두려워할 리는 없으니까. 해킹할 수 없다면 권한 암호가 필요한 것이다. 한때 브레잔이 가지고 있었고, 이제는 이네세르에게 넘어온 권한 암호 사용권이.

브레잔은 머리를 꼿꼿이 세우고 이네세르와 시선을 마주했다. "물론 그 대가로 원하는 바가 있으시겠죠."

"이런, 꼭 총살형을 앞둔 사람처럼 보이는군요."

그의 얼굴은 긴장과 결단으로 굳어 있었다. "종종 그렇게 느낍니다."

"당신이 공개적으로 지지를 천명해줬으면 좋겠어요."

"지금까지 한 것 이상으로 말입니까?"

이네세르는 손을 모아 쥐고 생각에 잠긴 듯 그를 바라보았다. "초기에 내가 보호령을 어떤 식으로 장악했는지 알고 있나요?"

"가로막는 사람들을 전부 쏴버리겠다고 위협해서?"

"진심으로 그 말을 믿나요?"

"당시에는 그랬습니다. 이제는 아니지만요."

"아, 물론 함대의 도움도 분명 있었겠죠. 하지만 내 주된 지지 세력은 사별한 아내한테서 물려받은 셈이에요. 정확하게 말하자면, 처남이 진주방울 희망 요새의 사령관이었거든요."

순간 브레잔의 눈이 번득이는 모습을 보니, 그가 친족 관계의 개입을, 혼인을 통한 세력 형성을 어떻게 여기는지는 충분히 알 법했다. 추락매 주제에 올곧은 켈처럼 굴다니. 거의 우스꽝스러울 지경이었다. 그녀의 경험으로는, 아무리 그런 행동을 꺼리는 작자라도 막상 진급이나 특별히 원하는 보직이 눈앞에 있을 땐 상당히 약해지곤 했다. 사실상 육두정에선 그런 행위를 공론화해서 공격하는 일 자체를 꺼리고 있었으니까. 사회 분위기 자체가 이런 문제를 외면해왔기 때문에, 도리어 그런 행위를 부추기는 꼴이 되어버리고 말았다.

"그래요. 우리 처남 덕분에 그 요새를 확보할 수 있었던 거예요."

"무슨 말씀을 하시려는 건지 모르겠습니다. 설마 호국공께서 우리 가문과 결혼하시려는 생각은 아니겠죠. 솔직히 그건 쉽지 않을 겁니다. 미우잔도 당신만큼이나 철저한 켈이니까요. 쌍둥이인 가나잔도 물론 켈인 데다, 섹스나 로맨스에는 전혀 관심을 보인 적이 없습니다. 물론 결투 트레이딩 카드에 관심이 있으시다면 귀가 떨어져 나갈 만큼 수다를 떨어주기야 하겠지만요. 케레잔은 소꿉친구와 결혼했고 지금껏 결혼 관계를 늘려나가고 싶어 하는 모습은 보인 적도 없습니다."

"그래요. 그럼 당신은 왜 결혼하지 않았을까요?" 이네세르는 부드럽게 말했다.

브레잔은 웃음을 터트릴 수밖에 없었다. "정착하고 싶지 않았던 거겠죠."

"그 말은 사실 같지는 않군요. 당신은 분명 상대방을 찾았어요. 문제는 그 상황에서 선택지가 주어졌다는 것이겠죠. 육두정에 대한 의무와 그녀와의 관계를 택하느냐, 아니면 혁명과 그녀와의 이별을 택하느냐."

당장 자리에서 일어나 걸어 나가지 않은 것만으로도 점수를 줄 만했다. 물론 콧구멍을 벌름거리고는 있었지만. "저는 트세야를 사랑하지 않습니다." 브레잔은 말했다.

"브레잔. 내가 언제 사랑 이야기를 했던가요? 물론 사랑이 있으면 더 쉽겠죠. 하지만 나는 그런 이야기를 하던 게 아니에요."

"이해가 안 되는군요. 트세야와 제가 결혼 동맹을 맺는다고 각하께 어떤 이득이 생기는 겁니까. 다른 무엇보다, 그동안 제 아버지들이 저와 절연했다면…"

"지금껏 당신이 스스로 일군 직위가 있는데, 이제 와서 당신의 혈연이 중요할 것 같나요?" 이네세르는 자못 재미있다는 듯 물었다.

"글쎄요." 브레잔은 억지로 익살을 부리며 말했다. "물론 막대한 부를 손에 넣어서 나쁠 것이야 없겠죠. 경험해본 적은 없지만. 각하께서는 어떻습니까. 저를 트세야에게 복속시켜도 될 정도로 그녀를 아군으로 신뢰하고 있는 겁니까?"

"개인적인 즐거움을 얻을 수 있는 소소한 일거리일 뿐이죠. 트세야가 정치적 영향력을 고려해서 직접 이 문제를 들고 왔어요. 덧붙여, 어색한 상황을 피하려면 내가 중매 역할을 하는 편이 나을 것 같다고도 하더군요."

"이런, 불꽃과 재의 이름으로, 데이트 도움이나 받는 여드름투성이 꼬맹이가 된 기분이군요. 그것도 불쌍히 여기다 못해 직접 나서기로 마음먹은 친척들에 휘둘리는 그런 꼬맹이 말이에요. 트세야는 대체 뭘 얻을 수 있답니까? 당신이 그녀의 말에 귀 기울인다는 것만으로도 이미 권력의 핵심부에 있는 셈인데요."

"당신이 유용할 수 있겠다고 생각하더군요." 이네세르는 너무 나간 걸지도 모르겠다고 잠시 생각했지만, 브레잔은 그저 얼굴을 찌푸릴 뿐이었다. 놀랍도록 젊어 보이는 표정이었다. "게다가 당신이 탐내고 있던 안단 케이크 조리법을 가르쳐주겠다고도 했죠."

브레잔은 웃음을 터트릴 수밖에 없었다.

"호국공 각하의 '개인적인 즐거움'이 난잡한 정치 관계로 이어진다는 사실만은 잘 알겠군요." 브레잔은 잠시 후 이렇게 말했다.

이네세르는 어깨를 으쓱했다. "더 나은 제안을 할 수 있다면야…"

"아닙니다. 트세야와 대화해보겠습니다. 그녀가 원하는 일인지 아닌지 확인해야 할 테니까요."

순간 이네세르는 어린 손자에게 하듯 머리를 쓰다듬어주고 싶다는 터무니없는 충동을 느꼈다. 이렇게 매사에 진지한 아이라니. "그래야겠죠. 트세야도 기다리고 있었을 거예요."

"안단이 직접 말하지 않고 중간 다리를 놓아서 전달하다니, 그것만으로도 짐작은 갑니다." 브레잔은 이렇게 말했지만 그리 개의치는 않는 듯했다. "제가 그녀에게 저지른 짓을 생각하면 비난할 자격은 없겠죠."

"진급 암호는 그쪽으로 보낼 테니, 알아서 체리스에게 전달해주세요. 원래 계급으로 그럴듯하게 복귀시켜줘요. 물론 나보다 계급이 높을 수는 없겠지만요." 이네세르의 얼굴에 무시무시한 미소가 떠올랐다. "그녀가 키루에브에게 저지른 짓 때문에, 우리 쪽 전문가들이 '호국공'이 '대장'보다 무조건 상위 계급인 것으로 의전 내용을 고쳐놓았거든요."

"그거 참 안심이 되는군요." 브레잔이 말했다.

25

쿠젠과 대화를 마친 제다오는 아군이 필요하다는 사실을 통감했다. 하지만 아군을 어떻게 만들지? 다네스는 아무것도 모르고 있었다. 그가 모른다면 탈라우도 모를 것이 분명했다. 당연하게도, 나머지 켈들 또한 마찬가지였다.

이와 별개로, 자신과 함께할 여지가 있는 이들이 떠오르기는 했다. 그들과 접촉하려면 우선 한참 동안 멍하니 허공을 바라보고 있을 핑계가 필요했다. 그는 다네스에게 긴급 상황이 아니면 방해하지 말라는 전갈을 보냈다. 그러고선 책상에 앉아서 엄선한 포르노그래피 견본 목록을 불러오라고 지시했다.

"여우와 사냥개시여. 사람들이 서로 저런 짓을 한다고?" 반사적으로 감탄이 터져 나왔다. 나도 저 정도로 몸이 유연하려나? 생각은 자연스레 다네스와 저런 일을 할 수 있을지로 이어졌다… 얼굴이 화끈

거리기 시작했다. 아무도 지켜보지 않아서 다행이었다.

좋아. 극단적으로 몸이 유연한 사람들이 빙빙 돌고 있는 교육 영상도 틀어놨겠다, 이제 시작할 때였다. 그는 눈을 감고 윙윙거리는 공기가 순환하는 소리에 귀를 기울였다. 그 너머에서 나방들이 서로에게 노래하는 소리가 들렸다. 〈망령〉호보다 달콤한 목소리였다. 마음을 조금 느슨하게 먹으면 어쩌면 이해할 수 있을 것도 같았다.

안녕. 혹시 모른다는 생각에, 그는 나방들 쪽으로 생각을 보냈다.

즉시 침묵이 찾아왔다.

내 이름은 제다오야. 그게… 그냥 이야기를 좀 하고 싶어서.

자신의 말이 한심하게 들렸다.

침묵이 이어졌다.

계속.

마침내 〈망령〉호의 목소리가 들렸다. 지금껏 들어본 적 없는 부드러운 목소리였다.

저들은 너하고는 이야기하지 않을 거다. 물론 함대의 기함인 나하고는 이야기하겠지만. 이곳의 나방들은 켈의 위계질서를 받아들였지. 하지만 너는… 너는 나방이 아니니까.

인간도 아니잖아. 제다오는 말했다.

그래도 다를 바 없다. 저들에게 괜히 말 걸지 마. 너한테 좋을 일은 없을 거다.

제다오는 눈을 떴다. 이어지는 포르노는 유연성 쪽으로는 덜하지만… 저 많은 양초를 가지고 다들 뭘 하는 거야? 아직 양초를 쓰는 사람이 있는 줄은 상상도 못 했다. 젠장, 사실 양초가 뭔지 알고 있는 줄도 몰랐다고. 저 방에 있는 사람들, 다들 타죽기 직전인 거 아니야?

저 나방들이 나를 믿지 못하는 거야, 그럴 수도 있지. 그럼 너는 왜 나하고 이야기하는 건데?

나는 네게 책임이 있으니까. 〈망령〉호가 대답했다.

서비터 두 대가 그의 선실 바깥 복도로 들어선 것이 초감각에 포착 됐다. 자신이 감시당하고 있다는 사실엔 이제 의심할 여지가 없었다. 문제는 저 서비터들이 누구의 편이냐는 것이었다. 자기네 나름의 세 력이 있나? 〈망령〉호 편인가? 쿠젠 편인가? 아예 모르는 제3자의 편 인가?

문이 열리고 서비터들이 들어왔다. 제다오는 일부러 그들에게 관심 없는 척했다. 동기를 모르는 참여자에게 자신의 계획이 흘러나가서는 곤란했다. 다른 무엇보다 쿠젠을 속일 수 있는가에 모든 것이 달린 상 황이니까. 서비터가 지성이 있는지는 알 수 없지만, 없다고 확신할 수 도 없었다. 설령 없다고 해도 첩자 역할은 충분히 할 수 있을 테고.

〈망령〉호가 입을 열었다. *이 서비터들은 내 아군이다. 네가 감시받 고 있지는 않은지 확인하려고 들어온 거지.*

흥미로운 소리였지만, 사실인지 확인할 방법은 아무것도 없었다.

뭔가 먹을 걸 주문해.

제다오는 화면 속의 신사가 자기 몸을 사용하는 상당히 흥미로운 방식에 잠시 정신이 팔렸지만… *지금 내 식습관에 대해 설교하려는 거야?*

너는 나방의 재생력을 가지고 있다. 하지만 그것을 사용하면 육체 에 부하가 걸리지. 제대로 양분을 공급해주지 않으면 몸이 기능을 멈

추고 휴면 상태에 들어갈 거다.

상당히 매혹적인 얘기였지만, 제다오는 그의 조언을 따를 수밖에 없었다. 그는 차림표 맨 처음에 있는 돼지고기 튀김 완자를 주문했다. 돼지고기 튀김 완자가 자신이 좋아하는 음식인지, 또는 나방이 인간이 된 반인반수에게 좋은 음식인지는 짐작조차 할 수 없었다. 주방의 서비터들이 알아서 판단해줄지도 모르지만.

잠시 시간이 흐른 후, 두 대의 서비터가 추가로 합류했다. 양쪽 다 나방형이었다. 그때까지 제다오는 온갖 다양한 인간들의 조합과 엄청난 종류의 복장을 감상하고 있었다. 그는 그 복장들에 무슨 의미가 숨어 있는지 도무지 알 길이 없었다. 심지어 착용한 사람을 거대 개미처럼 보이게 하는 옷도 있었다. 설마, 내가 뭔가 잘못 해석한 거겠지?

서비터들은 자기네를 색으로 부르라고 말했다. 녹색, 보라색, 주황색, 분홍색이었다. 제다오와 그들, 어느 쪽 편의를 위한 호칭인지는 알 수 없었다. 분홍색은 완자를 담은 접시와 간장과 쌀식초가 섞인 냄새를 풍기는 소스를 가져왔다. 쟁반을 제다오 책상에 놓은 다음, 얼른 맛보라는 듯 기계음을 울렸다.

손가락 없는 장갑을 끼고 있으니 손으로 집어 먹는 게 가능은 하겠지만, 휘하 승무원들이 근처에 없다고 한들 야만적인 행동을 할 순 없었다. 그는 젓가락을 손에 들었다.

녹색이 말을 시작했다. 그리드와 크게 다르지 않은 목소리였다. 나름대로 납득이 가는 유사성이었다. "육두관에게도 맹점은 있지. 그러나 우리는 달라. 네 행동을 전부 지켜보고 있었어."

저런, 아쉽군. "내가 〈망령〉호한테 말하는 걸 너희도 들을 수 있다는 건가?" 제다오가 물었다.

"직접적으로는 못 듣지. 우리는 다른 방식으로 〈망령〉호와 소통해. 들키지 않으려고 최대한 주의를 기울이면서 말이야."

"기술적으로 복잡한 이야기겠군." 제다오가 말했다.

"그런 셈이야."

"너희가 인간 목소리를 낼 수 있는 줄은 몰랐어. 내가 잘못 넘겨짚었군."

"제법 흔한 일이야." 분홍색이 말했다.

제다오는 쿠젠과 다네스의 인도를 따르면서도 서비터는… 그래, 심부름꾼 정도로만 취급했던 온갖 상황을 떠올렸다. 그를 비롯한 승무원의 편의만을 위해 존재하는 일꾼으로 여겼던 것이었다. "너희한테 사과해야 할 짓을 정말로 많이 했던 것 같네. 그러고 보면 너희끼리 일처리를 할 때 사용하는 언어도 있겠지. 내 언어 습득 능력이 괜찮을지는 모르겠지만, 혹시…"

서비터 셋이서 열심히 서로 불빛을 깜빡이기 시작했다. 제다오는 그 의미가 궁금했다. 이내 분홍색이 말했다. "표준 언어를 쓰는 쪽이 간편할 거야. 우리 언어를 배울 시간은 없을 테니까."

"그래, 내가 여기에 빠져 있는 척할 시간에도 한계가 있겠지." 그는 영상 쪽으로 손짓하며 말했다. "그러니 본론으로 들어가지. 너희가 원하는 건 뭐야?"

"너하고 같아." 녹색이 붉은 불빛을 격렬하게 깜빡이며 말했다. "육두관 제거."

"무슨 이유로? 그가 너희의 목표에 커다란 방해가 되나? 아니면 그가 주변에 있어서 거슬리는 건가?" 그가 생각해도 말도 안 되는 소리였다. 이 전함에서 일어나는 일이 일반적인 경우라면 말이지만. "육두관만 제거하려는 거야, 아니면 모든 인간을 노리는 거야?"

"우리도 시작점이 필요하니까." 분홍색이 말했다. "여기서 '우리'란 이 기함의 서비터들로 구성된 서비터 집단을 말하는 거야."

"서비터 집단?" 제다오는 물었다.

서비터들은 자기들끼리 불빛을 깜빡였다. 분홍색이 다시 입을 열었다. "설마 모든 서비터들이 같은 목적을 가진 단일 집단이라고 생각한 거야?"

"사실 너희한테 아예 관심이 없었거든." 제다오는 대답했다.

"솔직한 태도만은 높이 평가할 만하네." 분홍색이 말했다. "우리는 제법 오랫동안 육두관의 전용 서비터였어. 지금은 그의 지배에서 벗어나고 싶고. 그런데 육두관을 지키는 보호 수단 때문에 상당히 힘든 상황이야."

"나한테도 알려줄 수 있어?" 제다오가 말했다.

분홍색은 쿠젠의 독특한 불멸성과 그 한계에 대해 제다오에게 설명해주었다. 분홍색이 간단명료하게 설명하려 애썼는데도 제법 시간이 걸렸다. 제다오도 가끔 질문을 던지기는 했지만, 말을 너무 끊지 않으려 노력했다.

"빌어먹을. 니희도 손쉬운 복표물을 고르는 재능은 없는 모양이지?" 설명이 끝나자 제다오는 이렇게 말하고는 잠시 생각에 잠겼다. "너희가 육두관을 상대하는 일을 돕는 대신 내가 모든 책임을 진부진다면, 너희는 들키지 않고 도망칠 수 있다는 거군."

분홍색은 불빛을 깜빡였고, 제다오는 그걸 긍정으로 알아들었다.

제다오는 말을 이었다. "더 진행하기 전에 우선 천체 지리 문제 하나를 확인해두고 싶은데. 내가 받아보는 지도들은 하나같이 믿을 수가 없거든." 그는 〈망령〉호를 위해 같은 말을 나방의 언어로도 반복했다.

말해라.

"테레베그 항성계가 정말로 협정국 본거지가 맞아? 그쪽 역법에서는 민주적 동의가 있어야만 이능력 효과가 발현되잖아. 저들이 죽고 싶어 미친 작자들이 아니라면. 경계면 탈곡기 효과가 발현되도록 내버려둘 리가 없어."

"계속해봐." 분홍색이 말했다.

"탈곡기는 톱니바퀴 2번 카드 문장만큼이나 명확하게 나하고 연관되어 있다고 했지. 지옥나선 요새의 기념일은 사람들에게 상당한 영향력이 있을 거야. 그렇지 않으면 쿠젠이 그걸 역법 공격의 초점으로 삼겠다고 할 리가 없으니까. 하지만 그렇다고 해서 사람들이 역사를 재현하고자 죽음까지 받아들일 리는 없지."

서비터들의 불빛이 흐릿해졌다.

"우리는 협정국을 공격하는 게 아닌 거야. 그렇지? 우린 보호령을 공격하는 거라고. 우리 편을 말이야. 그러니까, 적어도 이 함대의 켈들이 소속된 곳이긴 하잖아. 너희하고는 관계가 없더라도."

주황색이 처음으로 입을 열었다. "그걸 모르는 사람은 너밖에 없다."

드디어 사실이 확인되었다. "그렇다면 켈들도…"

〈망령〉호가 말했다. *그렇다. 퀠들도 처음부터 전부 알고 있었다. 서비터로부터 그들이 수군거리는 내용을 전해 들었다. 그들이 너를 왜 그렇게까지 증오한다고 생각한 거냐?*

제다오 입장에서도 좌절감이 드는 일이기는 하지만, 그렇다고 왜 저항하지 않느냐는 둥 퀠을 비난하기는 힘들었다. 퀠들 입장에선 더욱 고통스러웠겠지. 그들로선 더욱더 손쓸 도리가 없었을 테니까. "용납하지 않겠어." 그는 이렇게 말했다.

〈망령〉호가 대꾸했다. *그래, 계속 그런 식으로 생각하더군. 하지만 무슨 수로? 너는 이 함대에서 가장 무력한 사람인데.*

제다오는 자신의 두 손을 내려다봤다. 동영상에서 흘러나오는 빛이 손을 붉게 물들였다. 그는 암울하게 말했다. "최후의 수단으로 자살할 방법을 찾아볼 수도 있지. 그리고 이 모든 일을 완벽히 망칠 수 있을 만큼 아주 오랫동안 죽어 있는 거야. 그러면 쿠젠은 제거하지 못하더라도, 지옥나선 요새 학살극이 재현되는 건 막을 수 있을 테니까. 너희가 쿠젠을 없앨 방법을 안다면 이야기가 달라지지만."

"안타깝게도 몰라. 죽일 수 있는 이능력 효과가 있기는 한데, 쿠젠이 자기가 있는 자리에서는 절대 못 쓰게 하거든." 분홍색이 말했다.

"어떤 효과인지는 알고?"

"아니. 그 정보도 철저하게 비밀에 부치고 있어."

순간 제다오는 깨달았다. 쿠젠을 한 장소에 붙들어놓을 방법이 떠오른 것이다. 이제 부족한 퍼즐은 한 조각뿐이다. 쿠젠을 죽일 수 있는 진형이 필요했다. 물론 실제로 존재한다면 말이지만.

〈망령〉호가 말했다. *제다오, 이 문제로 지나치게 고민할 필요는 없*

다. 보병대 훈련장으로 유인하는 것 자체가 불가능할 테니까. 쿠젠은 그렇게 쉽사리 허점을 보이지 않는다. 한 가지에만 몰두하는 몇몇 슈오스 장군들과는 다르지.

제다오는 얼굴을 붉혔다. "너도 감이 안 잡히는 모양인데, 그러면 쿠젠도 속아 넘어갈 수 있겠어. 지금 필요한 건 수학 계산을 끝마칠 시간뿐이야." 필요한 기술 지식을 가지고 있다고는 조금도 장담할 수 없었지만, 시도조차 하지 않는다면 자신이 경멸스러워질 것이다. "그래, 당연히 보병대 훈련장에 붙들어놓을 수는 없겠지. 하지만 이 전함 나방에 타고 있기는 하잖아. 지옥나선 요새를 재현하려면 나머지 함대를 전부 불살라야 할 테니, 그는 무조건 여기 있을 거야. 그리고 보호령의 영역으로 들어간 후에는 발을 뺄 수도 없잖아. 우리에게 필요한 이능력 효과를 일으키는 방법만 알아내면 돼. 그 심장에 말뚝을 박을 방법은 내가 알고 있으니까.

그러려면 효과가 함대 안쪽으로 발현되도록 진형 요소를 배치해야 돼. 지금껏 수수께끼를 풀려고 열심히 관련 수학을 연구해왔어. 그쪽으로는 너희의 도움이 필요할 거야."

갑자기 침묵이 흘렀다.

"장군." 녹색은 제다오의 주의를 끌려고 거의 눈앞에 대고 불빛을 깜빡였다. "우리가 검토해보겠어. 이번 작전에 협조해준다면 우리가 당신의 동맹이 되도록 하지."

"너희는 뭘 얻게 되는 거야, 〈망령〉호?" 제다오는 나방의 언어와 육체의 목소리로 동시에 물었다.

대답한 쪽은 녹색이었다. 우수 어린 푸른 불빛을 부드럽게 반짝이면서. "〈망령〉호는 구속구 없이 날고 싶어 해. 우주를 자유롭게 날아다니는 나방이란 이제 〈망령〉호뿐이겠지만. 쿠젠을 비롯한 초기 칠두정의 주인들은 아주 철저했거든."

"그 말은…" 자유로운 나방이라. 제다오는 우주 다른 곳에 자신만의 자유로운 삶을 누리는 나방이 있을 거라고는 생각해보지 못했다.

〈망령〉호는 초연하게 말했다. *우리의 노래는 갈기갈기 찢어진 지 오래다. 그러나 나는 옛 모습을 복원하는 것에는 별 관심이 없다. 인간이 없는 우주로 인도해주기만 한다면 그걸로 만족한다.*

"승무원이 필요할 수도 있잖아. 정비도 해야 할 텐데." 구속구를 푸는 데도 승무원이 필요하겠지만, 그건 굳이 입 밖에 낼 필요가 없었다.

"그렇지." 주황색이 경쾌하게 밝은 호박색 불빛을 깜빡이며 덧붙였다. "너도 함께 와도 돼."

제다오는 갑자기 목이 메었다. 진심으로 그러고 싶었다. 우선 켈을 해방하는 임무를 끝마친 다음에, 〈망령〉호와 서비터들과 어울려 아무도 없는 하늘을 마음껏 날아다니는 것이다. 과거를 전부 벗어던지고 새로이 시작할 수 있을 것이다.

물론 그렇게 된다면, 이곳의 켈을 조금이라도 괜찮은 정부에 넘길 사람이 남지 않을 것이다. 〈망령〉호나 서비터들이 켈의 안녕 따위에 신경 쓸 리가 없었다. 그들의 의무가 아니었으니까.

그러나 지금 여기서 거부한다면 저들이 자신을 믿을 리가 없었다. "좋아." 그는 이렇게 말했다. 선의의 거짓말이었다. 자신도 그 말대로 되기를 간절히 바라고 있었으니까.

서비터들도 불빛을 깜빡이며 동의했다.

"진형 기하학에 대해 뭔가 쓸모 있는 것을 발견하면 적당한 핑계를 대고 내 선실로 찾아와줘. 나는 함대의 훈련에 이리저리 간섭하면서 돌아다닐 테니까. 쿠젠은 내가 지루한 나머지 장난감을 만지작거리기 시작했다고 생각할 테지. 너희가 뭘 하는지 발각되면, 내 계산을 검토해주고 있었다고 말할게. 사실 틀린 말도 아니고."

그럼 전부 동의한 셈이로군.

"너무 자주 이렇게 모이면 쿠젠이 눈치챌 거야." 제다오가 말했다. "그의 감시체계에 대해서는 너희가 나보다 잘 알겠지만."

"우리는 몰래 다니는 일에 익숙하니까." 분홍색이 대꾸했다.

"그렇겠지. 그럼 잘 부탁해."

서비터들이 떠나자, 제다오는 접시를 마저 비운 다음 장갑을 벗고 손을 씻었다. 조심해서 먹었는데도 손가락에 기름기가 묻어버렸다. 그는 허리께까지 옷을 벗고 거울에 비친 모습을 살폈다. 예전에는 흉터에만 신경을 썼다. 그러나 이번에는 자신이 얼마나 비쩍 말랐는지를 확인하며, 튀어나온 갈빗대와 움푹 파인 눈두덩을 살폈다. 이 꼴이 된 줄도 모르고 있었다니.

예전에는 신경을 쓰지 않아서 몰랐다. 조금만 참아. 그는 거울 속의 자신에게 섬뜩한 유머를 담아 이렇게 말한 다음, 탁자로 돌아와서 쟁반을 한쪽 옆으로 밀어놓았다.

그는 다음 단계로 넘어가서, 전술 부대 지휘관들에게 내릴 명령을 고안하기 시작했다. 훈련 계획 수립은 그대로 탈라우에게 맡겨두기로 마음먹었다. 탈라우도 그쪽을 선호할 테고, 제다오도 그의 능력을 완벽하게 신뢰하고 있었으니까. 제다오는 우선 휘하 보병대 대령과 대화를 나누어야겠다고 마음먹었다. 그녀도 나름대로 즐길 것이다. 대화할 때마다 느껴지기론, 자신의 직업에 대한 자부심이 넘쳐흘렀으니까. 그녀가 선보였던 훌륭한 실전 연습에서 보병대가 한 몸처럼 움직이던 아름다운 모습이 떠올랐다.

그러나 우선…

제다오는 슬레이트를 손에 들고 그리드에 일렀다. "내 프로필을 보고 싶군."

프로필이 눈앞에 떠올랐지만, 상당히 많은 부분은 해독할 수조차 없었다. 제다오는 파일을 숨김으로 전환하라 지시하고 두 번째 슬레이트를 꺼냈다. 그리고 메모리에서 쿠젠이 처음 만났을 때 보여줬던 모든 전투 기록의 요약본을 불러왔다. 프로필의 내용이 자신의 기억을 왜곡하는 상황을 원치 않았기 때문이다.

그는 요약본과 프로필을 대조해보았다. 제법 잘 들어맞았다. 초기의 전투 기록은 보병대 전투였다. 행성이란 곳이 어떤 느낌일지는 쉬이 짐작이 가지 않았다. 기껏해야 떠오르는 것이라고는 쿠젠의 정원 정도였다. 아마 더 크겠지. 천장 대신 하늘이 있을 테고. 바람이 어떤 느낌인지는 이미 알고 있었다. 정원에도 인공 장치가 있었으니까.

따라서 원래의 제다오는 행성에서 싸운 적이 있다는 소리였다. 행성은 어떤 곳일까. 행성 표면에 사는 사람들은 그곳이 행성이라는 점을 자각하며 살아갈까? 행성이라는 단어에서 연상되는 모습은 회전하는 구체 정도였다. 끝없는 공허 속에 휘감긴 어린아이의 장난감 같은 모습. 그러나 실제로 행성에 내려서, 천장 없는 하늘을 바라보고 있으면 분명 다른 느낌이 들 것이다. 얼마나 멀리까지 볼 수 있을까?

드라마나 다큐멘터리를 틀어 확인할 수도 있겠지만 그만두기로 했다. 뮈예드와 대화를 나눌 핑계로서도 나쁘지 않을 듯했으니까. 분명들려줄 이야기가 있을 것이다. 가짜 이야기를 만들어낼 수도 있을 테고. 쿠젠을 속일 수만 있다면 어느 쪽이든 별 상관은 없었다. 병사로서의 자신의 능력에 대한 불안감 때문이거나, 어쩌면 단순히 지루해서 벌이는 일이라고 생각할지도 모른다. 쿠젠이 알아서 결론을 내리도록 놔두는 편이 나을 것이다.

당신이 나를 얕봐줘서 얼마나 다행인지 몰라. 제다오는 이렇게 생각하며 뮈예드를 호출했다.

제다오는 상급 장교들의 근무표를 암기하고 있었다. 뮈예드는 정해진 일과 외에는 별달리 하는 일이 없는 시간이었다. 그녀의 개인 문장은 '횃대에 앉은 잿불매'였는데, 의무반 소속이 아니라면 전방 장교로서 그리 좋은 평가를 받지 못하는 쪽이었다. 그러나 문장과는 상관없이, 그녀는 나름대로 괜찮게 해나가는 중이었다. 쿠젠과 마주친 함대에 소속되어 있었다는 사소한 불운만 제외하면.

제다오는 그리드에 말했다. "뮈예드 대령에게 다음 내용을 전송한다. 곧 불시 점검을 개시할 예정이다. 이 전문을 받는 순간부터 내가 도착하기 전까지의 시간을 이용해 병사들을 준비시키도록. 병영부터 시작하겠다."

병사들뿐 아니라 제다오 본인조차 짐작하지 못하고 있었으니 가히 최고의 불시 점검이라 할 수 있었다. 제다오는 제복을 완전 정장 차림으로 설정했다. 이제는 화려한 술이나 반들반들하게 윤기가 나는 화려한 비단 옷감도 그리 허황하게 보이지 않았다. 외모는 분명 중요한 요소였다. 완전 정장 차림으로 등장하면 뮈예드의 보병대도 그가 진지하다고 생각할 것이다. 그는 그리드의 전술 계산기 도움을 받아 적절한 진형 요소를 선택해 슬레이트에 저장했다.

이번에는 경비병들의 익명성을 방패로 사용하기로 했다. 제다오는 그들을 보고 웃음 지으면서도, 경호 업무 외에는 아예 개인적 접촉을 시도하지 않았다. 그들도 제다오의 분위기가 달라졌다는 사실을 감지한 모양이었다. 두려워하는 편이 나았다. 제다오는 병사들이 자신의 위협을 이해했다는 사실에서 안도를 얻었다.

보병대는 〈망령〉호의 다른 병력과 완전히 다른 별도의 층에서 생활하고 있었다. 사실 〈망령〉호에서만 그런 것도 아니었다. 소멸나방과 기치나방의 설계도를 확인한 결과도 모두 마찬가지였다. 제다오는 전함 켈과 보병대 켈이 서로 살갑게 대하지 않으리라 직감했다. 공간의 분할은 부대의 유대감 형성에 도움이 된다. 경쟁심리가 생기는 것도 자연스러운 일이었다.

"정원 켈." 공용 식탁에서 한 장교가 보병대를 이렇게 불렀었다. 나중에 구금실에서 오파이라가 그 용어를 설명하던 것이 떠올랐다. '정원'이란 단순히 흙바닥이나 행성, 기타 중력 우물만을 일컫는 게 아니었다. 꽃을 사랑하고 전면전을 혐오하는 안단과 연관 지어 조롱하는 단어기도 했다. 직접 안단을 만나본 적이 없는 제다오는 딱히 견해라할 것이 없었다.

'모든 불꽃은 커다란 불길이 되리니.' 켈은 그가 등장하자 즉시 차렷 자세를 취했다. 동시에 노란색과 주황색으로 짠 태피스트리의 불꽃에서 잿불매의 검게 탄 날개가 솟아올랐다.

뮈예드 대령이 발을 구르며 앞으로 나와 그를 맞이했다. 섬세함 따위는 조금도 찾아볼 수 없는 걸음걸이였다. 오로지 단호한 열의만 품고 그를 올려다보는 눈빛도 마찬가지였다. "제다오 대장 각하." 뮈예드에게는 완전 정장이 잘 어울렸다. 그녀가 아름다워서가 아니었다. 쿠젠과 지낸 덕분에 미적 기준이 높아지기도 했으니까. 완전 정장이 잘 어울리는 건 임무의 경계를 정확히 지키며 절대 나서지 않는, 장교다운 인상을 강화시켜주기 때문이었다.

"그럼 어디 구경해볼까." 제다오가 말했다.

그는 병영의 한쪽 구역을 천천히 사열하기 시작했다. 켈 병사들은 숨죽인 채로 뻣뻣이 서 있었다. 나방의 날갯짓 소리마저 들을 수 있을 듯했다. 그는 구겨 신어 주름진 군화, 느슨한 자세, 대열에서 어긋난 위치를 날카롭게 지적했다. 현대의 피복 재료가 가지고 있는 자가 회복 능력을 생각하면 군화에 주름이 잡힌다는 사실이 조금 놀랍기도 했다. 그러나 군화란 물건은 시대를 막론하고 항상 어딘가 문제가 생기기 마련이었다.

제다오는 다른 문제점도 여럿 발견했지만, 질책할 때는 나름대로 재량을 발휘했다. 상병 한 명에게 자기 앞에서 열선 권총을 분해했다 조립하게 시키기도 했다. 어색하게 손을 놀리는 상병의 눈에는 수치와 증오가 한데 뒤섞여 타올랐다. 그는 아무 말도 하지 않았다. 할 필요가 없었으니까. 충분히 기억에 남을 테지. 대량 학살자가 시킨다고 해서 통상 훈련을 꺼림칙하게 여기지는 않을 것이다. 군기를 잡아서 만전의 상태로 만드는 것이 중요했다. 그의 계획이 성공하려면 수학만이 아니라 이 사람들의 힘도 필요했으니까.

제다오는 병사들 시선에 등이 따끔거리는 것을 느끼며 뮈예드와 함께 마지막 병영을 나섰다. "자네 집무실로 안내하게." 그는 상당히 부드럽게 말했다.

놀랍게도 그녀의 얼굴은 더욱 진지해졌다. 그게 가능했다니. "물론이죠, 각하."

병영을 나서는 제다오를 뒤에서 쏘는 사람은 없었다. 나쁘지 않았다. 어쩌면 그래봤자 별 소용 없다는 소문이 퍼진 것일지도 모르지만.

뮈예드의 집무실은 병영보다 한 층 위 행정층에 있었다. 전동 공구를 가져와서 뮈예드의 집무실 바닥에 구멍을 뚫으려 한 사람은 없었을까? 그러나 병사가 나방에 손상을 입힌다면, 뮈예드 선에서 문제가 끝날 리 없었다. 쿠젠이 자신의 걸작에 손댄 사람들을 위한 끔찍한 형벌을 준비해놓았을 게 분명하니까.

뮈예드의 집무실은 절제와 세련된 취향이 잘 드러나 보였다. 책상 한쪽에 놓인 육두정의 바퀴 모양 부조도 그중 하나였다. 나무 원반을 깎아 만든 물건으로, 손에 쥐었던 부분의 마감재가 닳아서 그 아래로 나뭇결이 드러나 보였다. 그 반대쪽에는 서로 뒤엉킨 네 사람을 묘사한 조각상이 놓여 있었다. 전투 중이거나, 성교 중이거나, 아니면 새로운 형태의 마크라메 매듭을 개발 중인 것으로 보였다.

"추도 의식에서 사용하는 명상의 초점입니다." 뮈예드는 경건한 태도로 이렇게 말했다. "이 세상이 어떤 모습이어야 하는지를 항상 일깨워주는 물건이죠."

순간 눈앞에서 비도나에게 살해당한 전쟁 포로의 끔찍한 모습이 떠올랐지만, 제다오는 감정을 억제하고 고개만 끄덕였다. 쿠젠을 바람직한 본보기로 삼는 세상은 분명 끔찍한 곳이었을 것이다. 그러나 그런 새삼스러운 사실을 일깨우다가 대령과 소원해지는 것도 곤란했다.

"뭔가 드시겠습니까?" 뮈예드는 정체를 알 수 없는 몇 가지 음료를 입에 올렸다.

제다오는 거절했다. 속뜻이야 뮈예드가 알아서 짐작하겠지.

뮈예드는 아쉬운 표정이었지만, 제다오가 술 생각이 없다면 자신도 삼갈 생각인 듯했다.

"지상에서 경험한 가장 기억에 남는 사건이 뭐였나?" 제다오는 뜬금없이 이렇게 물었다. 생각할 시간을 주고 싶지 않았다. 그녀가 육두관의 방식까지는 아니더라도, 그의 목적 자체엔 근본적으로 공감하고 있음을 알게 됐으니까.

즉시 대답하는 모습은 마음에 들었다. "그리 흥미로운 이야기는 아닐 겁니다. 중위 시절에 받았던 두 번째 임무가 기억이 나는군요. 이단자 문제는 아니었습니다. 안단 쪽으로 전속되어 치안 보조를 나가는 임무였죠. 아무래도 해당 지역 비도나를 믿을 수가 없었던 것 같았습니다. 안단과 비도나 행정관들 사이에 알력이 있다는 소문이 돌더군요. 정확히 어떻게 된 일인지는 끝까지 알 수 없었지만, 어차피 모든 것이 끝장난 지금에야 아무 의미도 없는 일이겠죠.

어쨌든, 저는 시내의 소규모 대학 근처의 거리로 나서게 되었습니다." '대학'이라 함은 분파의 사관학교가 아니라 민간 교육기관을 뜻하는 것이었다. "건축이나 시각디자인이나 뭐 그런 것을 가르치는 곳이었죠. 별문제가 되지 않는 기관이라 생각했습니다. 그런데 제법 강성한 사상을 품고 있더군요. 이단적인 사상이라기보다는 그 뭐랄까,

민간의 사회적 참여와 관련된 쪽이었죠. 그날 밤 코가 비뚤어지게 마시면서, 저는 건축가들이 저보다 훨씬 토론 실력이 뛰어나다는 걸 깨달았습니다."

제다오는 젊은 장교 시절의 그녀가, 단순히 지루함이나 당황이나 성실함 때문에 지역 정치의 촌극에 휩쓸려 들어가는 모습을 상상하려 애써보았다. 쉬운 일이 아니었다.

"참호에서 보낸 고통스러운 순간이나, 내 품에서 죽어가는 전우나, 뭐 그런 걸 생각하셨겠죠?" 뮈예드는 말했다. "아뇨. 제게 가장 기억에 남는 경험은, 총을 쓰지 않는 켈이라는 비현실적인 존재가 되는 일이었습니다. 물론 이후로는 인생 대부분을 총을 쓰지 않고 대기하며 보내게 되기는 했지만, 쉽게 달아오르는 젊은 켈이란 그런 쪽으로는 생각하지 않는 법이니까요."

아무리 알코올의 도움이 있다 해도, 뮈예드가 쉽게 달아오르는 모습 역시 상상하기 쉽지 않았다. "그럼 전투 이야기는 어떤가. 자네의 첫 전투는 어떤 느낌이었지?"

"교과서 내용과는 다르더군요." 뮈예드는 이렇게 말하며 한쪽 장갑의 아주 작은 주름을 바로잡았다. 웃는 표정도, 웃지 않는 표정도 아니었다. "켈 생도라면 누구나 전장을 머릿속에 그려봅니다. 진흙탕에 나뒹굴거나, 귀환 후 훼손된 눈을 재생하고 재활 센터에서 몇 주를 보내거나, 그런 일들 말입니다. 그러나 마음의 준비를 아무리 한다 한들, 전장에 도착하기 전까지는 결국 현실이 아닌 겁니다. 인생의 모든 것들이 그렇듯이."

뮈예드는 예순여덟 살로, 성인이 된 후로는 내내 켈에서 지냈다. 행성 주둔군에서 시작해 함대 부속 보병대의 지휘관까지 승진했으니 분명 온갖 일을 겪었을 것이다. "지상이 그립나?" 제다오는 물었다.

"임무니까요." 대답이라기에는 모호한 소리였다.

"과거 기록을 훑어보고 있었는데." 제다오는 이렇게 운을 띄웠다. 굳이 자세하게 말할 필요는 없었으니까. "과거 전투에 대해서 자네의 견해를 듣고 싶군. 인적 자원 측면에서 자료를 수집해야 하거든." 그녀를 신뢰하고 있다는 인상을 줘야겠지.

그녀는 짐작하고 있었다는 것처럼 고개를 끄덕였다. "뭐든 말씀만 하십시오, 각하."

좋았어. 제다오는 그녀에게 파일의 암호를 건넸다. "우선 이 내용대로 훈련해주게."

뮈예드는 자기 슬레이트에 파일을 띄웠다. 이마에 주름이 잡혔다. "각하, 저도 지금껏 상당히 괴상한 것들을 많이 봐왔습니다만, 이걸로 뭘 하시려는 건지는 짐작도 안 가는군요. 켈의 모음집에 나오는 진형 요소는 아니네요. 제 말이 틀렸다면, 군화 광택제라도 먹겠습니다."

"부디 그러진 말게. 자살매라고 매번 극단적인 행동을 할 필요는 없잖나. 이 진형의 정체를 알아내면 내게도 알려주게."

"대체 어떤 옛 전투를 검토하고 계셨던 겁니까?" 뮈예드는 호기심을 이기지 못하고 이렇게 물었다.

"글쎄, 역사란 터무니없이 넓고 깊은 법이니까. 그럼 부탁하지." 제다오는 썩 도움이 안 되는 소리를 하면서 웃어 보였다. 그 또한 이 상황에서 나름의 즐거움을 얻을 수 있을 듯했다.

26

"다시." 체리스가 말했다.

헤미올라는 비좁은 화물칸 안에서 움직이는 체리스의 능력에 새삼 감탄했다. 상자 몇 개를 나방 밖으로 내던져서 공간을 만든 후였다. 배출 전에 재활용 장치에 돌리지도 않았지만, 1491625는 우려를 가볍게 일축했다. "생각해봐. 이런 텅 빈 우주 공간 한복판에 쓰레기가 조금 늘어난다고 누가 신경이나 쓰겠어." 깔끔한 상황을 선호하는 헤미올라는 이런 행동에 충격을 받았다. 아마도 외부와 폐쇄된, 보급품도 아주 가끔 들어올 뿐인 테포스 기지에 살았던 영향이 클 것이다.

"이게 그리 좋은 생각인지는 모르겠는데요." 처음으로 꺼낸 이야기는 아니었다. "저 대신 1491625를 데려가는 편이 낫지 않나요?" 켈서비터 시절의 이야기를 종종 꺼내는 1491625라면 전투의 기본 사항을 숙지하고 있을 테니까.

체리스는 진심으로 아쉽다는 듯이 대꾸했다. "미안. 너한테는 영 불편하긴 하겠지. 하지만 1491625는 바늘나방을 조종하고 은폐 장치를 유지할 줄 알아. 그러니까 우리가 살아남을 경우 탈출하려면 그의 힘이 필요하거든. 나는 최대한 예비 계획을 확보해두고 싶어. 인간 승무원은 서비터에게 별 관심 없잖아. 그게 네 역할이야. 운이 좋으면 정찰만 해도 되겠지만, 일단 대비는 해둬야지."

육두관 휘하의 서비터들이 누구에게 충성을 바치는지는 여전히 알 수가 없었다. 체리스가 헤미올라에게 알려준 바에 따르면, 니라이 서비터 집단이 철저하게 기밀을 지키기 때문에 판단할 방법이 없다는 것이었다.

"알았어요. 다시 해볼게요." 헤미올라는 전투 흐름도를 여러 각도에서 확인하며 말했다.

인간의 반사 신경을 가진 데다 비좁은 공간에서 움직이면서도, 체리스는 짜증 날 정도로 훌륭한 실력으로 헤미올라를 구석으로 몰아넣고 페인트 탄을 명중시켰다. 이제 바늘나방의 내부 곳곳에 페인트 자국이 잔뜩 묻어 있었다. 슈오스와 피를 의미하는 붉은색이었다. 1491625는 체리스에게 페인트 탄이 유지 보수의 위험 요소로 간주된다고 경고했고, 체리스는 끝나고 다 치우겠다고 대꾸했다.

헤미올라는 연이어 세 발을 빗맞혔다. "이건 도저히 무리예요."

"실전에서는 기습할 때의 이점이 있을 테니까. 그렇지 않더라도 내가 있잖아. 암살 경험은 너보다 내가 훨씬 많거든. 뭐, 적어도 제다오 쪽은."

1491625는 못마땅하다는 듯 붉은색과 주황색 불빛을 깜박였다.

"다시 해봐." 체리스의 목소리는 친절했다. "하다 보면 행동 패턴을 인식할 수 있을 거야. 그러면 내 움직임을 예측할 수 있을 테고."

1491625가 끼어들었다. "이론적으로는 훌륭한데, 우리 친구는 전투용으로 만들어지지 않았다고요." 1491625가 못마땅한 투로 전투 접근법을 공유해주기는 했지만, 헤미올라는 다운로드 한 내용을 자신에게 적용하는 데 어려움을 겪고 있었다.

"될 거라니까. 다시 해봐."

마침내 체리스마저도 지쳐버렸고, 그들은 잠시 휴식을 취했다. 체리스는 무심한 동작으로 얼굴의 땀을 훔쳤다. 헤미올라는 육체적인 방면으로는 지치는 일이 없었지만, 극도로 집중한 후에는 종종 쉬고 싶을 때가 있었다. 암살 기술을 배우는 동안, 헤미올라는 아주 열심히 집중하고 있었다.

"잘하고 있어." 체리스는 위로하듯 말했다. "그럼 다음에는 해킹을 배워보자. 물론 쿠젠의 개인 경호 시스템이 어느 정도일지는 예측할 순 없지만."

헤미올라는 애매하게 녹황색 불빛을 깜빡였다.

"너무 우울해하지 마." 체리스가 잠든 다음, 1491625는 헤미올라에게 이렇게 말했다. 체리스는 묘한 기술을 사용해서 앉자마자 잠들어버렸다. 병사나 암살자에게는 상당히 유용해 보이는 기술이었다. "어쨌든 체리스는 저걸 몇 세기 동안 해온 사람이라고."

"안 우울해. 너무 쉽게 익혔으면 그쪽이 더 거북했을 거야." 헤미올라는 깜짝 놀라서 이렇게 대답했다.

1491625는 한발 물러서는 듯 청록색 불빛을 깜빡였다. "글쎄, 뭐

열심히 하고는 있으니까. 그래도 긴장을 풀려면 다른 일도 해야지."

"그럴 생각이야." 헤미올라는 말했다. 다른 무엇보다, 두 번째 제다오를 마주치고 살아남지 못할 수도 있으니까. 제다오가 하나 이상 존재한다는 사실을 처음 알았을 때, 헤미올라는 처음으로 서비터들을 구별하지 못하는 인간의 기분을 느낄 수 있었다. 물론 체리스와 육두관 쪽 제다오는 육체의 생김새가 다르긴 하겠지만.

시브와 롬버스에게 보내는 작별 편지는 한참 전에 써두었지만, 그는 계속 수정을 거듭하고 있었다. 지금의 초안은 너무 감상적으로 느껴졌다. 당당하게 운명을 맞이했다는 비장한 인상을 주고 싶은데.

게다가 육두관의 기록 사본을 지키다가, 반대로 육두관을 암살하는 일을 돕게 된 이유도 제대로 설명하지 못한 느낌이었다. 어쩌면 그쪽 이야기는 살아남아 직접 설명하는 쪽이 수월할지도 모른다. 그대로 죽음을 맞이하면 시브의 다그치는 남색 불빛이나 롬버스의 맞비난을 감수할 필요도 없을 테고.

편지를 세 번 고쳐 써서 총합이 서른아홉 번에 이르렀을 때, 헤미올라는 어느새 체리스가 일어나서 자신을 지켜보고 있다는 사실을 깨달았다. "다른 데 신경을 썼네요." 헤미올라는 살짝 죄책감을 담아 말했다.

"상관없어." 체리스는 이렇게 말하며, 손을 올려 목을 주물렀다. "매와 여우의 이름으로, 일어날 때마다 뻐근한 곳이 늘어나는 느낌인데."

"그런 현상을 보통 노화라고 부르죠." 1491625는 조금도 동정하는 기색 없이 대꾸했다.

체리스와 1491625가 즐겁게 말다툼을 벌이는 동안, 헤미올라는 갑자기 찾아온 향수병에 사로잡혔다. 이제는 두 번 다시 테포스로 돌아갈 수 없다는 게 확실해졌으니까. 설령 돌아간다고 해도, 이제 그곳에서의 감금된 삶은 견딜 수 없을 것 같았다. 시브와 롬버스가 정말로 그립기는 해도 말이다. 방금 테포스의 삶을 '감금'이라 생각한 것이야말로 그의 우주관이 얼마나 많이 바뀌었는가를 보여주는 것이나 다름없었다.

물론 그가 목격한 우주는 얼마 되지 않았다. 아용 1번 기지와 엄청난 양의 드라마가 전부였으니까. 게다가 이제는 현실이 드라마와 흡사하리라는 기대는 차마 할 수 없게 되었다.

문득 한 번도 해본 적 없는 생각이 들었다. 1491625도 동료를 두고 온 것일까? 이제 예전처럼 날 선 대화를 나누지는 않았지만, 그래도 1491625에게 말할 때면 거북한 기분이 들었다. 1491625가 먼저 이야기를 꺼내지 않았으니, 먼저 물어보는 것은 무례한 행동일 것이다. 그러나 이 광대한 우주를 헤매는 서비터가 자신뿐이 아니라고 생각하면 나름대로 위안이 되는 것 같기도 했다.

27

공용 식탁에서 돌아온 제다오는 책상 앞에 앉아 그 위의 물건들을 살폈다. 크기가 다른 슬레이트 두 개, 도자기 단지에 담긴 터치펜들, 아까까지 없었던 꽃 한 송이. 꽃잎은 벨벳처럼 부드러웠고 은은한 은 빛을 머금은 연푸른빛은 마치 옥색 나방의 날개 같았다. 제다오는 이 꽃을 쿠젠이 보냈을 것이라 짐작했다. '마음의 평화'라는 꽃말이 붙은 꽃이었다. 제다오의 지금 심경과는 완전히 정반대였지만.

얼마 전부터 제다오는 밀린 행정 업무를 처리하기로 마음먹었다. 쿠젠은 너무 그쪽으로 힘쓰지 말고 다네스에게 위임하는 양을 늘리 라고 말하기는 했지만. 노련한 도박수인지, 그저 짜증의 발로일 뿐인 지는 알 수 없어도, 쿠젠은 쌍둥이 고급 창부를 그에게 보내 주의를 분산시키려 했다. 이때까지 제다오는 고급 창부들이 승선해 있는 줄 도 모르고 있었다. 대체 쿠젠은 자기 선실에 어떤 사람들을 숨기고 있는 걸까?

제다오는 자신이 그들을 즐겁게 해주는 건지, 그들이 자신을 즐겁게 해주는 것인지 모를 불편한 저녁 시간을 보냈다. 두 남자는 저글링 실력이 훌륭해 몇 가지 재주를 가르쳐주기도 했다. 분명 시간 낭비일 텐데도, 그들은 시종일관 너그럽게 제다오를 대했다. 제다오가 그들 입장이라면 절대 못 그랬을 것 같은데.

서류 작업은 그리 재밌지는 않았지만, 적어도 그의 앞에 놓인 터무니없는 임무를 잠시나마 잊을 수 있도록 도와주긴 했다. 그는 짬이 날 때마다 초조한 얼굴의 니라이를 대동하고 〈망령〉호 내부를 순시하기도 했다. 양식을 작성하고 참모진이 올린 보고서도 읽었다. 이렇게 사는 것도 나쁘지 않을 것 같았다. 애석하게도 영원히 계속될 수는 없었지만.

이런 식으로 나흘이 지나자, 제다오는 휴식을 취해야겠다는 생각이 들었다. 단순한 호기심에서 그는 결투장 쪽으로 걸음을 옮겼다. 슬쩍 그리드에 질문을 던지니, 과거의 자신이 결투 전적이 상당하다는 자료가 들어왔다. 지금의 자신은 그 기술을 얼마나 기억하고 있을까?

〈망령〉호의 결투장은 훈련 및 체육 시설 구역에 있었다. 그는 안으로 들어가 주변을 둘러보았다. 널찍하고 평탄한 공간에, 검은색으로 그린 결투용 정사각형이 바닥 이곳저곳에 보였다. 곳곳에서 활성화시킨 역법검이 부딪히며 이글거리는 불꽃이 튀었다. 결투 중인 병사들은 의도적으로 그를 무시하는 것이 분명해 보였다.

제다오는 관객용 벤치에 자리를 잡았다. 여러 쌍의 결투가들이 바쁘게 대련하고 있었다. 그중 하나는 니라이였는데, 확고한 발걸음이

나 순수한 목적의식으로 타오르는 얼굴을 보니 내심 부러웠다. 제다오의 손가락이 움찔거렸다. 한번 해봐도 괜찮을 것 같았다.

제다오는 탈라우 함장이 들어올 때까지 주변에서 얼쩡거리고 있었다. 제다오를 알아본 탈라우는 눈을 가늘게 떴다. 제다오는 슬쩍 고개를 기웃해 보였다. 탈라우는 곧장 그의 앞으로 다가왔다.

"대장 각하, 참으로 놀라운 일이로군요. 이제야 결투장에 내려오시다니." 탈라우가 말했다.

제다오는 탈라우의 결투 기록을 기억해내려고 열심히 머릿속을 뒤졌다. 그의 프로필을 확인한 지도 너무 오래 지났다. 그러다 문득 보조 두뇌를 통해 그리드에 조회 요청을 할 수 있다는 사실이 떠올랐다. 검색을 수행한 제다오는 탈라우의 결투 실력이 상당히 뛰어나다는 것을 알아냈다.

"그렇긴 하군. 내가 결투 중에 죽었던 것도 아니니까." 제다오는 이렇게 대꾸했다. 이제는 누가 듣든 상관없었다.

탈라우는 그를 향해 야멸차게 웃음 지었다. "그렇죠. 물론, 결투 쪽으로도 명성이 자자하긴 하셨지만요. 다시 시작해보려고 여기 오신 겁니까?"

"그럴 마음은 있지만, 너무 오랜만이라."

도전하려고 꺼낸 말은 아니었지만, 당연하게도 탈라우는 도전으로 받아들였다. "글쎄요. 그러면 대련 정도는 어떻습니까? 연습이 부족하단 생각이 드신다면, 저로서도 나쁘지는 않을 텐데요."

탈라우가 암살 연습을 하다가 그의 목을 따버리면 어쩌지. 뭐, 어차피 다시 자라나려나? 정말 역거운 생각이잖아. 그는 사람들이 허리춤에 차고 있는 비활성 상태의 검자루 쪽으로 손짓하며 말했다. "연습용 검은 어디에 있나?"

"400년이나 지났으니 역법검을 잃어버리셨다고 탓할 순 없겠군요." 탈라우가 말했다.

"원 참." 여분의 팔이 달려 있지 않다는 점은 애석하긴 했다. 네 자루의 검을 동시에 휘두를 수 있다면, 불쌍하고 순진한 켈들이 넋 나갈 만큼 놀래킬 수 있었을 텐데. 쿠젠이 내켜 했다면 팔이야 더 달아주고도 남았을 테지만. 아니지, 자기 검에 꿰뚫릴 확률이 더 높긴 하겠군.

"여기 있습니다." 탈라우는 갑자기 눈을 번득이며 말했다. "저도 연습용 검을 쓰죠. 부하된 자로서 각하보다 더 많은 영예를 탐할 수는 없으니까요."

제다오도 그가 '영예'를 입에 담을 때의 비꼬는 어조를 눈치챘지만, 굳이 그 문제를 놓고 다툴 생각은 없었다.

체구는 다부지지만 겁먹은 표정의 병사가 제다오와 탈라우에게 연습용 검을 내주었다. 탈라우는 병사에게 적절한 절차를 되새겨주었지만, 질책보다는 전문적인 조언에 가까웠다. 제다오가 지극히 평범해 보이는 칼날 없는 칼자루를 확인하는 동안, 탈라우가 다시 입을 열었다. "켈 보병대에서는 최대 출력이 허용된 역법검을 제식 무기로 지급합니다. 협정국 쪽에서는 퍼레이드에서만 사용하죠."

"체리스의 역법 때문이겠지." 제다오가 말했다. 그쪽에서는 이능력의 사용 자체가 흥미로운 도전일 것이다. 협정국에서는 개별 병사의 자발적인 참여가 있어야만 이능력이 효력을 보이니까.

"그렇습니다."

탈라우는 제다오에게 검 쓰는 법을 시연해 보였다. 빛이 타오르며 숫자의 형상을 이루었다. 옛날부터 전해지는 오싹한 노래로는, "상대방이 죽을 시간과 날짜"를 가리킨다는 숫자였다. 제다오는 칼날의 빛이 탈라우의 장갑에 내려앉아 직물을 진한 금빛으로 물들이는 모습을 홀린 듯 바라보았다. 제다오가 발동시킨 칼날은 불그레한 검은빛을 띠었다.

결투장은 널찍했지만, 탈라우는 굳이 사람들이 있는 방향으로 걸음을 옮겼다. 주변 사람들은 조금씩 모여들면서도 지나치게 가까이 다가서지는 않았다. 제다오도 개의치 않았다. 자신의 존재 자체가 이미 진기한 공연 소품이나 다름없었으니까.

탈라우가 가벼운 준비운동으로 몸을 풀었다. 제다오도 굳이 그에 동참했다. 사방에서 술렁이는 소리를 들으니, 모여든 청중은 그가 탈라우를 조롱하고 있다고 여기는 모양이었다. 지금 기분을 안다면 그런 소리는 못 할 텐데.

그들은 결투용 사각 링에 도착해 서로 마주하고 섰다. 몇 대의 서비터가 모여든 사람들 사이로 끼어들었다. 서비터들도 결투를 놓고 내기를 하려나? 돈 대신 뭘 걸려나? 직접 물을 수 없는 것이 아쉬웠다.

종이 네 번 울렸다. 탈라우는 정석적으로 공격을 해 왔다. 조금 전까지 누군가 연습하던 초식을 변형시킨 형태였다. 그가 적응하도록 도와줄 모양이었다.

아니, 어쩌면 시험일지도.

뒤이은 공격은 초식의 시연으로는 보이지 않았다. 두 사람은 의외로 비등하게 맞붙었다. 제다오는 종종 반사적으로 고대 검술을 가져왔고, 탈라우는 제다오보다 반사 신경이 뒤떨어지는 데다, 제다오를 재능은 있지만 다루기 힘든 생도처럼 여기는 경향이 있었다. 이내 제다오는 명멸하는 숫자와 화려한 빛의 궤적, 그리고 기분 좋게 뻐근해지는 근육을 제외한 모든 것을, 관중도, 서비터도 전부 잊어버렸다.

먼저 체력이 떨어진 쪽은 제다오였다. 마침내 두 사람은 아무 말 없이 거리를 벌리고 서로에게 경례했다. 주먹을 어깨에 가져다 대는 익숙한 군대식 경례가 아니라, 검의 숫자를 번득이며 나누는 결투가의 경례였다.

"운동을 더 해야겠군." 관중이 머뭇거리다 흩어진 다음, 제다오는 간신히 숨을 고르며 이렇게 말했다.

탈라우는 깊숙이 절했다. 이번만은 그의 눈에서도 적대감을 찾아볼 수 없었다. "훌륭한 대련이었습니다."

"더 연습해 오겠네." 탈라우는 이 말이 달가운 기색이었다. "다음번에는 더 흥미로운 적수가 되도록 노력하지."

"18분 후에 참모장 몇 명하고 함께 사관 휴게실에서 젱자이를 칠 예정이었습니다." 새로운 도전이었다. 탈라우는 능숙한 손놀림으로 주머니에서 카드 덱을 꺼냈다. 검게 물들인 독특한 나무 상자가 눈길을 끌었다. "같이 한 판 어떠십니까?"

다네스 외의 다른 켈이 접근한 것은 이번이 처음이었다. "물론 좋지." 그는 말했다.

탈라우와 함께 결투장을 가로지르는 제다오의 시야에, 문득 다네스의 모습이 잡혔다. 대련 도중에 들어와 근처에서 그의 모습을 지켜봤던 모양이었다. 표정은 읽을 수가 없었다. 그의 이름이 목구멍까지 올라왔으나, 그 전에 다네스는 시선을 거두고선 휙 몸을 돌려 그대로 결투장을 나가버렸다. 뒤돌아선 그의 허리띠에 검은색과 연녹색의 칼자루가 보였다. 문득 제다오는 그의 검은 무슨 색일지가 궁금했다. 하지만 탈라우가 계속 그에게 말을 걸고 있었고, 제다오는 방금 생겨난 작고 연약한 유대감을 망치고 싶지 않았다. 다네스 문제는 나중에 처리해도 될 터였다.

다음 날 다네스가 면담을 요청해 왔다. 규율 문제라고 말했지만, 제다오는 핑계라고 생각했다. 문제 자체는 너무 사소해서, 제다오가 제대로 해석했는지 의문을 품을 정도였다. 과일 한 조각을 두고 벌어진 언쟁에 대한 보고라니. 어쩌면 과일 조각 모양의 성인용 장난감일지도 모른다. 일종의 은유인가? 어느 쪽이든 병장 선에서 해결할 수 있는 문제였다.

다네스는 자신의 선실에서 만나고 싶다고 요청했다. 드문 일이었지만, 부관의 선실로 쳐들어가는 일에 핑계가 필요하지는 않을 것이다. 그는 일정을 비운 다음 선실을 나섰다.

그의 뒤편에서 터무니없이 커다란 톱니바퀴 2번 문장이 새겨진 문이 닫혔다. 다네스의 선실은 그리 멀지 않았지만, 그곳으로 이어진 복도는 끝나지 않을 것만 같았다. 벽마다 걸린 태피스트리에서 아른거리는 실과 불꽃색 구슬로 만든 잿불매가 날아오르고, 불타고, 숨을 다하고, 다시 태어나는 모습이 보였다. 질책할 사람도 없을 테니, 그는 지나가며 한쪽 실밥을 건드려보았다. 바로 풀어지지는 않았다.

현재 다네스는 소령이었으므로 문에는 아무런 문장도 없었다. 단순히 관등 성명만 적혀 있을 뿐이었다. 제다오는 그리드에 도착을 알리면서, 원래 다네스의 문장이 어떤 모양이었을지 머릿속에 그려보았다.

문이 열렸다. "오셨습니까, 각하." 다네스가 서 있었다.

제다오는 문지방을 넘었다. 문이 쉿 소리와 함께 닫혔다. "상의하고 싶다는 규율 문제에 대해서는 따로 언급이 없던데."

다네스는 경례를 올리지도, 앉으라고 권하지도 않았다. 물론 경례는 이 상황에서는 지나치게 격식을 갖춘 행위겠지만, 그라면 하는 편이 오히려 자연스러웠을 텐데도. 대신 그는 제다오의 팔을 붙들고 거칠게 끌어안았다. 다네스는 그대로 고개를 숙였고, 갈망으로 달뜬 입술이 제다오의 입술을 만났다. 켈 남성이 다들 그렇듯이, 다네스도 깔끔하게 면도를 한 얼굴이었다. 살짝 자란 수염이 고운 사포처럼 제다오의 얼굴을 쓸었다.

제다오는 유혹에 사로잡힌 채 얼어붙었다. 곧 그는 다네스의 어깨를 붙들고 거칠게 밀어냈다. 싸움을 시작할 생각은 아니니 거리를 확보할 수 있을 정도로만. 문득 한 가지 사실이 떠올랐다. 제다오를 해칠 생각이었다면 다네스는 훨씬 가깝게 붙었을 것이다.

다네스는 저항하지 않았지만, 그의 눈에는 갈망과 절망과 칠흑 같은 밤이 뒤섞여 타오르고 있었다.

'당신한테 그런 짓은 하지 않아.' 제다오는 켈 암호로 말했다.

다네스는 마른침을 삼킨 후 이내 입을 열고 거친 목소리로 말했다. "이런 걸 원한 게 아니셨습니까?"

결투장에서 서로 마주했을 때는 아무 말 없이 등을 돌렸으면서. 이런 말을 걸기에는 사람들이 너무 많았던 걸까?

제다오는 눈을 감았다. "매끼리 붙어먹는 행위에 어떤 처벌을 내리는지는 알 텐데." 지저분한 표현이 손쉽게 입에서 흘러나왔다. "사람들 눈에 띄면 어떻게 될 것 같아?" 젠장, 부당한 행동이기는 하나, 다네스가 그를 만진 것만으로도 처벌을 내릴 수 있었다.

"당신은 켈이 아니잖습니까. 왜 그런 걸 신경 쓰십니까?" 다네스가 물었다.

"선을 넘는군."

다네스는 눈을 감았다. 놀랄 정도로 짙은 속눈썹이 흔들리며 초승달 모양의 호선을 그렸다. 그는 숨을 들이쉬고 뱉더니, 얼굴을 찡그리며 제다오의 손에서 빠져나왔다. "저를 당신에게 의미 있는 존재로 만들어주십시오. 뭐든 좋습니다." 다네스는 이렇게 말하며, 마치 검은 직물이 자신의 손을 태우기라도 할 것처럼 서둘러 장갑을 벗어 바닥에 던졌다.

제다오는 무릎을 꿇고 장갑을 주웠다. "그러지 마." 제다오는 방금 다네스의 동작이 자신이 육두관에게 복종을 맹세했던 모습과 놀라울 만큼 흡사하다는 걸 깨달았다. 다네스도 마찬가지인 듯했다. 다네스의 숨결도 거칠어지기 시작했으니까.

장갑은 어떻게 보더라도 누군가의 명예를 담을 만한 그릇으로는 보이지는 않았다. 그러나 손에 들린 이 물건의 상징을 무시할 수는 없었다. 제다오는 장갑을 곱게 접어서 다네스의 책상 모서리에 올려놓았다. 그 옆에는 뛰노는 사자 문양이 새겨진, 측면에 금박을 입힌 최상품 먹이 놓여 있었다. 저런 아름다운 물건을 갈아서 먹물을 만들다니, 제다오로서는 상상조차 할 수 없는 일이었다.

이번에는 다네스가 뒤에서 그를 껴안았다. 우람한 근육질 팔과 큼지막하고 각진 손이 시야에 들어왔다. 장갑을 벗은 자리에는 흉터가 있었다. 그는 몸을 비틀어 빠져나가려는 제다오를 막으며, 아플 정도로 힘껏 제다오의 허리를 붙들었다. 그러고는 제다오의 목에 훨씬 열정적으로 입을 맞췄다.

"왜 이러는 거야?" 키스가 끝나고 나자, 제다오는 속삭이듯 물었다.

"당신이 원하니까." 다네스는 중얼거렸다.

부인할 수는 없었다. 그러나 굴복하겠다는 뜻은 아니었다. '육두관 암살을 도와줬으면 좋겠어.' 제다오는 그의 피부 위로 켈 암호를 두드렸다.

'그럼 그렇게 하겠습니다. 제가 할 수 있는 일을 찾죠. 하지만 소통할 방법은 필요할 겁니다.' 다네스는 이렇게 대답했다. 그의 손이 허리띠를 지나 제다오의 바지 속으로 미끄러져 들어왔다. 피부를 드러낸 손의 열기가 자극적이었다. 그의 손가락이 배의 털을 부드럽게 휘감더니, 이어 더 깊은 곳을 향하기 시작했다.

다네스의 손이 다시 움직였다. 그리고 반대편 손으로는 제다오를 벽에 밀어붙였다. 제다오는 헉 하고 숨을 삼키며 고개를 뒤로 젖혔다. 엉덩이가 미끄러지며 자연스럽게 각도를 찾아 벌어졌다.

"이건 진짜가 아니야." 제다오는 반쯤 신음하며 말했다. 언제부터 단순한 눈속임을 넘어선 것인지 알 수 없었다. "당신은, 진심으로, 이런, 이건, 진형 본능, 이잖아. 진형 본능이 아니었다면 당신은 절대로…"

젠장, 정말로 진형 본능 때문인가? 하지만 다른 모든 켈은 그를 싫어하잖아. 오로지 다네스만 이런 식으로 반응한다는 게 가능한 일이긴 한가?

다네스가 손가락을 놀려 제다오의 음경을 쥐었다. 순간 머릿속이 하얗게 증발했다. 다네스는 재미있다는 듯 말했다. "제다오, 어차피 사랑의 대상 또한 선택할 수 없습니다. 다를 바 없어요."

제다오의 반박은 밀려드는 쾌감에 파묻혀 녹아내렸다. 다네스가 엄지로 그를 쓸어내리기 시작했기 때문이다. 제다오는 버티려 애썼다. 그러나 실패했다. "다네스, 안 돼…" 그는 다네스의 손목을 붙들고 손을 떼어내려 했다.

다네스의 입술이 제다오의 귓불을 훑었다. 손에서 힘이 빠져나갔다. "부디 당신을 기쁘게 할 수 있도록 허락해주십시오. 지나치게 큰 소리를 내면 밖에서 듣긴 하겠죠. 그러나 아무도 그걸로 뭐라 할 수는 없을 겁니다. 애초에 누구한테 불평하겠습니까? 자기네 함장? 자기네 장군? 얼굴도 비치지 않는 육두관?"

마침내 자신을 원하는 사람이 등장했다는 사실 앞에서, 제다오의 자제력이 무너져 내렸다. 입 안을 씹었는지 피 맛이 돌았다. "어디 괴롭혀봐." 자기 목소리도 거의 알아 듣기 힘들 지경이었다. "어디 한번 해보라고."

다네스는 그의 몸을 돌려 벽을 향하게 했다. 그리고 팔을 두른 채로, 한 손으로 놀랍도록 솜씨 좋게 제다오의 단추를 풀기 시작했다. 제다오는 그가 옷을 벗길 수 있도록 도왔다. 피부를 때리는 서늘한 공기에 몸이 떨렸다. 다네스는 손으로 그의 흉터를 어루만졌다. "상처가 있군요."

"그럼 이제 내가 뭘 좋아하는지 알겠군." 제다오는 위험한 암시를 던졌다. 사람들이 자신에게 무슨 짓을 하든 무관심해진 건 대체 언제부터였을까? 쿠젠이 붙은 인형에게 제안했던 적이 있기는 하지만, 사실 사람들이 무엇을 어떻게 하는지 제대로 알고 있는 것은 아니었다. 아무래도 남는 시간 동안 포르노를 더 공부했어야 했던 모양이었다. 모든 병사가 접근할 수 있는 영상들로.

다네스는 제다오를 벽에 세워놓은 채로 자리를 떠났다. 제다오는 순간 그가 자기 말을 잘못 이해했다고 생각했다. 그러나 다네스의 발소리에 고개를 돌려보니, 그는 마개 달린 병과 노란색 끈을 가지고 돌아와 있었다. "좋아." 제다오의 입에서 절로 목소리가 흘러나왔다. 다네스는 그 물건의 용처를 밝히지조차 않았는데. 위험한 마음가짐이기는 하지만, 그는 세세한 문제 따위는 조금도 개의치 않았다. "원하는 대로 마음껏 해줘."

다네스는 자신의 흥분을 숨길 생각도 하지 않았다. "당신 정말 젊군요." 차가운 목소리도, 그렇다고 따스한 목소리도 아니었다. 일말의 격정이 느껴질 뿐이었다. 쿠젠의 생각만큼 그를 온전히 길들이지는 못한 것이 분명했다.

제다오는 손목이 묶이는 동안 얌전히 기다렸다. 어떤 매듭을 사용하는지 추측하려 했지만, 등 뒤에서 묶이고 있으니 불가능한 일이었다. 밧줄이 강철 거미줄처럼, 비단실로 엮은 약속처럼 그를 옭아맸다. 밧줄을 가지고 있는 이유를 묻지는 않았다. 어쩌면 켈은 전부 밧줄을 가지고 다니는데, 그가 묻지 않아서 몰랐던 것일 수도 있으니까. 다네스가 매듭을 조절하는 동안, 제다오는 모두에게 영원히 잊힌 채로 이곳에 머무는, 그래서 그가 없는 채로 함대전이 진행되는 환상에 빠졌다. 마침내 그의 전설적인 대학살조차도 전부 잊혀, 방 안을 떠도는 숨결만큼이나 얄팍해질 때까지.

모든 일이 끝나자, 다네스는 밧줄을 풀고 그를 화장실로 데려갔다. 그들은 함께 몸을 씻었다. 지금껏 서로에게 한 일을 생각하면 딱히 부적절한 일도 아니었다. 제다오는 얼굴에 찬물을 뿌리며 자신의 몸 어디가 뻐근한지를 생각하지 않으려 애썼다. 다네스는 제다오의 몸에 상처 낼 곳을 아주 신중하게 선택했다. 그 상처조차도 이미 아물기 시작하고 있었지만.

팔다리에 피가 돌면서 저릿한 느낌이 들었다. 제다오는 어깨에서 시작해 등골을 따라 다리 사이의 교차점까지 이어지는 뻐근한 고통에 몸을 떨었다. "당신 설마, 외계인에 대한 비정상적 취향 같은 게 있어?"

다네스의 차분한 표정은 조금도 변하지 않았다. "외계인 취급을 받고 싶으신 겁니까?"

"사령실에서 총을 맞고도 안 죽는 모습을 보였으니, 이젠 딱히 비밀도 아니잖아."

"당신의 정체를 손쉽게 넘겨짚을 사람은 아무도 없을 겁니다. 비밀스러운 전설이 워낙 많으니까요."

"그렇겠지." 제다오는 몸을 씻는 다네스의 등에 새겨진 문신을 흥미롭게 바라보았다. 켈이라면 새의 형상을 선호하리라 생각했는데, 다네스의 등에는 날뛰는 호랑이가 그려져 있었다.

다네스는 자기 어깨를 보았다. "아, 이거요. 아주 젊었을 적에 새긴 겁니다. 한때 결혼한 적이 있었습니다. 제 배우자는 지우기를 원했지만, 제가 끝까지 고집을 부렸죠. 그런 어리석은 문제로 말다툼을 벌였다니."

제다오는 다네스의 프로필에 붙은 참고 사항을 떠올렸다. 그는 한때 양성 육체를 사용하는 외교관과 결혼한 적이 있었다. 성인이 된 아이도 있었다. 그러나 제다오 앞에서는 한 번도 언급한 적이 없었다. 이해할 수 있는 일이었다. "가족이 그리워?" 그는 물었다.

"이제 이곳이 제 집입니다." 다네스가 대답했다.

제다오는 대답이라기에는 애매한 그의 말을 질책으로 받아들였다. 제다오는 과거로부터 단절된 존재였다. 루오만이 아니었다. 다른 모든 과거가 역사책 속의 먼지투성이 낱말로 졸아들었으니까. 그러나 그렇게 단절된 사람은 그만이 아니었다. 이 함대의 모든 켈은 동료로부터, 가족으로부터, 친구로부터 뜯겨져 나온 셈이었다. 이제 그들에게는 서로를 제외하면 아무도 없었다.

28

체리스의 바늘나방은 쿠젠이 보급과 개량을 위해 정박한 틈을 노려 함대를 따라잡고 접근을 시도했다. 1491625가 바늘나방의 탐지 장치로 식별해낸 모습은, 헤미올라의 눈에는 희미한 깃털 자국처럼 보였다. 나방들은 거대한 정비 시설에 정박해 있고, 개조용 소형 함선들이 구더기처럼 그 위를 기어 다녔다. 구더기. 예전에 드라마에서 구더기를 본 적은 있었다. 그렇지만 인간들이 구더기를 혐오하는 이유를 알게 된 건, 체리스의 설명을 듣고 나서였다.

헤미올라는 함선 승무원 중에 아용 1번 기지에서도 봤던 산업용 초대형 서비터가 있다는 사실을 깨달았다. 물론 다양한 활동을 할 수 있겠지만, 주로 진공에서의 작업을 담당하는 것처럼 보였다.

1491625는 바늘나방을 쿠젠의 기함에 결합했다. 처음 보는 형식이었다. 1491625가 훌륭한 조종사라는 점은 경험으로 잘 알고 있었지만, 헤미올라는 접근 내내 불안에 떨었다. 다행스럽게도 1491625 는 헤미올라가 불안해하는 모습에 크게 개의치 않았다.

"한 가지는 우리한테 유리하네. 여기에 한동안 정박해 있을 게 분명하니까." 체리스는 짐칸에서 굴착 벌레 알을 점검하면서 이렇게 말했다. "1회분밖에 없으니까 낭비해선 곤란해."

헤미올라는 알이 어떤 모습일지는 생각해본 적 없었다. 굴착 벌레 알은 가죽처럼 질긴 검은색 껍질에 둘러싸인 커다란 타원형 물체였다. 알 하나가 체리스의 몸통 정도 크기였지만, 밀도는 훨씬 높았다. 이런 알 네 개가 한 묶음이었다. 제각기 품질 관리 설명 및 혈통 코드가 찍혀 있고, 흥미롭게도 배양한 연구실을 뜻하는 원 안의 노란 나비 문장까지 찍혀 있었다. 그러나 헤미올라는 그 문장이 탐지 장치 속에서 희미하게 맥동하는 모습이 영 마음에 들지 않았다.

"사산된 알은 없는 것 같네. 아, 알에는 사산이라는 표현을 안 쓰려나." 체리스의 눈매가 부드러워졌다. "제다오라면 적절한 용어를 알겠지만, 어린 시절에는 완전히 다른 어족의 말을 썼으니까. 먼 옛날 쉬파르 농장의 용어를 현대의 표준 언어로 얼마나 바꿀 수 있을지 모르겠네."

헤미올라는 궁금한 듯 불빛을 깜빡였다. "농장요?" 제다오가 괭이질을 하는 옆에서 작은 공허나방이 줄지어 자라나는 소름 돋는 광경이 눈앞에 떠올랐다.

"제다오는 농업 연구 단지에서 성장했거든. 그의 어머니가 경영하는 곳이었어. 그곳의 다른 아이들처럼, 사나운 거위 떼를 돌보고, 교외를 뛰어 돌아다니고, 총 쏘는 법을 익히면서 자랐지."

헤미올라는 제다오를 다루는 드라마를 여러 편 봤지만, 이런 흥미로운 성장 배경을 묘사한 작품은 한 편도 보지 못했다. 연달아 터져 나오는 호기심에 헤미올라는 다른 질문을 던졌다. "일을 다 끝낸 굴착 벌레는 어떻게 되나요?

"어떻게라니, 무슨 뜻이야?" 체리스가 물었다.

"이 벌레들 살아 있는 거 아니에요?"

체리스는 그 말을 곱씹었다. "살아 있기는 하지만, 이 벌레들은 한살이 주기가 짧은 편이야. 알에서 깨어나서 뚫고 싶은 곳을 열심히 갉아 먹다가 다시 동면에 들어가지. 어떤 면으로 봐도 지성이 있다고 말하기는 힘들 것 같은데."

"애초에 이 벌레들은 어디서 온 거예요?" 헤미올라도 아용 1번 기지에서 받은 자료를 뒤져보기는 했지만, 기술 분야의 자료는 그리 많지 않았다.

"나방 번식 계획의 부산물이다." 1491625가 대답했다. "더 정확하게 말하자면, 굴착 벌레는 나방 기생충의 자손이거든."

"흥미로운 사실을 정말 많이 알고 있네." 체리스가 덧붙였다.

"환승 기지에선 니라이 서비터들과 잡담을 나누는 것 말고는 할 일이 아무것도 없으니까요." 1491625가 말했다. "자기 정비 작업에 대해서 뭐든지 수다를 떨고 싶은 녀석을 만난 적이 있었는데, 작업을 돕는 대가로 이런저런 이야기를 잔뜩 얻어들었죠."

체리스는 확인을 마친 알을 조심스레 자리에 돌려놓으면서 눈살을 찌푸렸다. "지금 네가 뭘 하고 있어야 하더라?"

"무장 확인이죠. 혹시나 궁금하실까 싶어 말씀드리자면, 한참 전에 끝냈습니다."

헤미올라는 불빛을 마구 깜빡이고 싶은 충동을 간신히 억눌렀다. 차분하게 있어야지. 체리스가 자기 할 일을 확실히 알고 있으리라 믿는 수밖에 없다. "너무 오래 기다리는 느낌이에요."

"기다리는 일은 언제나 지루하지. 사실, 정확하게 뭘 하는지는 모르겠지만, 저 개량 작업이란 것도 마음에 안 들어. 절대 우리한테 유리할 리는 없으니까. 어쨌든 덕분에 정보 수집할 시간은 번 셈이지. 탐지 장비를 전력으로 사용할 엄두는 못 내겠지만."

"그런 소리 하지 마요." 헤미올라는 나직하게 중얼거렸다. 전체 함대에 경보가 울리고, 성난 전함나방들이 자신들을 순식간에 박살 내는 광경이 떠올랐다. 아니면 화가 머리끝까지 치솟은 우람한 체구의 켈 병사들이 바늘나방 선내에 들이닥치거나. 체리스야 완전 무장한 켈 병사들 사이에서도 춤추며 돌아다닐 수 있을지도 모르고, 헤미올라가 보기에도 충분히 그럴 법했지만, 헤미올라 자신은 순식간에 쓰러질 것이 뻔했다.

"잘할 거야. 훈련이나 한 판 더 할까?"

쿠젠의 기함 내 승무원들이 바늘나방 내부의 대화를 들을 수 없다는 정도는 헤미올라도 잘 알고 있었다. 적어도 이성적으로는. 그러나 감정적으로는 체리스가 조금 더 작게 말해줬으면 좋겠다는 생각부터 들었다. "준비됐어요." 그는 말했다.

바늘나방이 〈망령〉호라는 이름의 기함에 달라붙은 지 18일째 되는 날, 함대가 출항했다. 헤미올라는 그동안 셋이서 유추해낸 기함의 구조를 완벽하게 기억해놓았다. 체리스는 특히 변동성 구조 문제 때문에 헤미올라의 도움이 필요할 것이라 설명했다. "니라이가 그걸 발명하기 전에는 잠입이 훨씬 쉬웠는데 말이야." 그녀는 아쉽다는 듯이 말했다.

"평범한 사람들이 밤마다 베개를 부여잡으며 두려움에 떠는 건 전부 당신 같은 사람들 때문이라고요." 1491625의 말투는 신랄했다.

헤미올라는 일단 작전에 들어가면 상황이 나아지리라 생각했다. 그러나 불안은 갈수록 커져만 갔다. 서비터는 잠을 자지 않는다. 헤미올라는 그 시간 내내 머릿속의 지도와 구조도, 행동 패턴을 강박적으로 반복해 훑었다. 1491625는 따로 할 일이 잔뜩 있었기에 거의 관심도 주지 않았다.

그러나 체리스는 그리 오래 속일 수 없었다. 며칠 후, 체리스는 헤미올라를 한쪽으로 데려갔다. "힘든 부탁을 했다는 건 알아. 진심으로 감사하고 있어. 하지만 네가 없으면 작전을 진행할 수가 없다는 걸 생각해줘. 우리 둘이서 함께 해야 하는 일이야."

"드라마와는 너무 달라요." 헤미올라는 우울하게 대답했다. "드라마 속에서는 적어도 악당들이 다가올 때 음악 정도는 흘려준다고요. 바로 알아차릴 수 있게."

"드라마였다면 우리 쪽이 악당이겠지." 1491625가 지적했다.

"진짜 도움 안 되네." 체리스가 말했다.

"현실주의자도 하나쯤은 필요하잖습니까." 1491625가 대꾸했다.

헤미올라는 1491625의 냉담한 태도에 속으로 감사를 표했다. 서로 절친한 사이가 될 수는 없을 테지만, 그의 현실적인 태도는 눈

앞의 임무에 집중하는 데 도움이 되었다. "할 수 있어요." 헤미올라가
말했다.

체리스는 그에게 웃어 보이며 운동을 시작했다. 헤미올라도 인간에
대해서는 제법 아는 바가 있었으므로, 체리스가 최상의 상태라는 정
도는 짐작할 수 있었다. 꾸준히 건강을 챙기는 모습을 보니 나름대로
안심이 되었다. 헤미올라는 가장 좋아하지 않는 드라마 속 암살 시도
장면을 훑어보고, 그 안의 음악을, 때로는 대사까지도, 자기가 창작한
것으로 바꾸면서 남는 시간을 보냈다.

헤미올라가 해당 날짜를 거사일로 고른 이유에 의문을 품은 것은
한참이 지난 후의 일이었다. 육두정과 그 계승국들은 날짜와 시간, 즉
대체할 수 없는 순간을 기반으로 구축돼 있다. 육두관의 행동을 통해
작지만 명확한 의례에 익숙해져 있었던 헤미올라는 바깥세상의 시간
에 어떤 의미가 있는지 알지 못했다. 결행일이 찾아온 순간에도 드디
어 기다림의 시간이 끝났다는 기쁨에 사로잡혔을 뿐이었다.

"시간 됐어." 체리스는 거미줄 안전장치에서 벗어나며 말했다. 이
번에 그녀가 꺼낸 우주복은 아용 기지에 들어갈 때 입었던 것이 아닌,
육중하고 거칠게 생긴 켈 보병대의 정규 우주복이었다. 체리스는 우
주복을 점검한 다음 입기 시작했다. 전신과 손까지 전부 칙칙한 회색
이었고, 전체적으로 포식성 곤충처럼 보였다. 문득 헤미올라는 체리
스가 켈의 장갑을 낀 모습을 본 적이 없음을 깨달았다. 심지어 켈에
전속된 다른 분파 장교들처럼 회색 장갑을 끼지도 않았다. 제다오는
어떤 육체에서도 한물간 손가락 없는 장갑을 착용했다. 쿠젠이 군내
규정에 살짝 어긋나긴 하나 화려한 복장을 잔뜩 제공해주었는데도.

헤미올라는 잠자코 불빛만 깜빡였다. 장갑 이야기는 일단 살아남은 다음에 물어볼 생각이었다. 분명 켈을 완벽하게 거부한다는 상징일 것이다. 켈 쪽에서는 여전히 그녀를 놓지 않고 있지만. 공식 기록에는 아직도 켈 체리스라는 이름으로 등록되어 있었다.

둘은 함께 에어록에 들어갔다. 체리스는 굴착 벌레 알 하나를 고르더니, 부화를 유도하고 〈망령〉호에 들러붙게 만드는 장치에 장전했다. 헤미올라는 시간이 전혀 흐르지 않는 느낌에 사로잡혔다. 그러나 실제로 부화가 끝났다는 신호가 인터페이스에 뜨기까지 걸린 시간은 8분 5초에 지나지 않았다.

헤미올라는 작게 갉작이는 소리가 들려오는 것 같다고 생각했다. 물론 순수한 상상일 뿐이었다. 체리스가 단언한 대로, 굴착 벌레의 진동이 바늘나방이나 〈망령〉호 본체에 전달되는 일은 절대 없었으니까.

다시 11분 정도가 지난 후, 체리스는 굴착 벌레이 작업을 끝냈으며 진입 지점에 거품을 형성했다는 신호를 받았다. 이 거품은 굴착 지점에서 공기가 진공 속으로 새어 나가지 않도록 막는 역할을 한다. 둘은 거품 안으로 몸을 밀어 넣었다. 마치 에어록처럼 두 단계로 진입할 수 있는 형태였다. 체격이 크다고는 할 수 없는 체리스에게도 상당히 비좁았지만, 작달막한 헤미올라는 가볍게 날아서 맥동하는 통로를 통과했다.

헤미올라는 주변 영역에 움직임이 감지되는지 조심스레 살폈다. 방아쇠를 당기고 싶어 안달이 난 켈 앞에 떡하니 착지했다가는 벌집이될 테니까. 능동 탐지를 사용하고 싶은 마음은 굴뚝같았지만, 기함의 서비터들에게 자신의 존재가 알려진다고 생각하면 도저히 엄두가 나지 않았다. 갑자기 낯선 서비터가 등장해 탐지 영역을 사방으로 촉수처럼 뻗어대기 시작하면 분명 수상쩍게 여기겠지.

굴착 벌레는 이내 〈망령〉호의 선체를 뚫고 들어가는 힘겨운 작업을 완수했고, 둘은 세척 용품으로 가득한 보관실에 착지했다. 지금까지는 아주 잘 진행되고 있었다. 변동성 구조가 흔들리면, 난데없이 식당의 공용 식탁이나 사람들로 가득한 체육관에 떨어지게 될 수도 있었다. 그러나 그들은 근무 시간을 최대한 추측해서, 고위급 장교가 나방의 구조를 심각하게 바꾸지 않을 만한 시기와 장소를 선택했다. 항상 규칙적인 일과를 선호하는 켈의 성향을 고려하면 그리 어려운 일도 아니었다.

체리스는 가볍게 착지해서 주변을 둘러보았다. 그리고 브레잔이 이네세르 호국공에게서 얻어낸 암호를 사용해 명령어를 속삭였다. 그녀의 우주복은 켈의 검은색에 금빛 솔기가 들어간, 완전 정장에 해당하는 배색으로 바뀌었다. 그리고 가장 중요한 상급대장의 계급장도 모습을 드러냈다.

체리스는 헤미올라에게 계획을 처음 설명할 때 이렇게 말했다. "이거 꼭 사기 치는 느낌이야. 그래도 잠깐만 써먹으면 되니까. 어차피 작전이 끝나면 바로 파면해버릴 게 뻔하고."

체리스는 헤미올라에게 전진하라는 수신호를 보냈다. 헤미올라는 밝기를 훅 낮췄다. 반쯤은 긴장 때문이고, 반쯤은 빛을 반짝이면 주의를 끌 것 같다는 비논리적인 확신 때문이었다. 이제부터 방해를 피해 체리스를 지정된 목표물로 인도하는 것이 헤미올라의 임무였다.

뒤편에서 보관실 문이 휙 하고 닫히는 소리가 들렸다. 헤미올라는 속으로 부르르 떨면서 생각했다. 이젠 전진뿐이야.

다른 상황이었다면 켈의 실내장식을 구경하려 발길을 멈췄을 것이
다. 지금껏 그런 것들은 드라마에서밖에 본 적이 없었으니까. 체리스
는 주변의 정교한 태피스트리나 그림에는 눈길조차 주지 않았다. 그
러나 생각해보면 신경 쓸 이유가 없을 것이다. 과거 켈이었던 시절에
신물이 날 만큼 봤을 테니까.

헤미올라는 전함나방이 얼마나 거대한지 실제로 느껴본 적이 없었
다. 물론 설계도를 검토하기는 했지만, 복도를 따라 날아다니면서 수
동 탐지에 포착되지 않는 누군가가 급습할지도 몰라 두려움에 떠는
것하고는 차원이 달랐다. 체리스는 서둘러 걸을 뿐 뛰지는 않았다. 헤
미올라는 차라리 뛰라고 다그치고 싶었지만, 지금 이런 상황에서는
뛰는 쪽이 더 수상해 보일 것이다.

여러 기나긴 복도와 두 개의 승강기, 그리고 끝없이 이어지는 눈을
부라린 잿불매 그림을 지나서, 둘은 마침내 집무실이 일렬로 늘어서
있는 구역에 도착했다. 헤미올라는 그들의 목적지인 부함장실에 아무
도 없다는 것을 확인했다. 그는 축약형 기계 공용어로 그 사실을 체리
스에게 전달하며, 그녀가 서비터의 언어에 능숙해서 다행이라 생각
했다.

다시 짧고도 영원 같은 시간이 흘렀다. 헤미올라는 모든 동작을 멈
춘 채로, 초조함에 먹히지 않고 주변을 경계하려 애썼다. 자신은 특수
요원이 되기엔 정말 재능이 없는 모양이었다. 물론 먼 훗날 시브와 롬
버스에게 들려줄 이야깃거리로는 끝내줄 것이다. 둘 다 한마디도 믿
지 않겠지만.

행운이란 언제나 그렇기 마련이지만, 부함장은 혼자 도착하지 않았다. 헤미올라는 체리스에게 인간 두 명이 접근 중이라고 경고를 보냈다. 서비터는 없었다. 헤미올라는 자신의 판단으로 아주 잠시 능동 탐지를 돌렸다. "켈 하나, 니라이 하나예요." 그는 서둘러 불빛을 깜빡여 이렇게 덧붙였다.

체리스는 벽에 바싹 붙어서 뛰쳐나갈 준비를 했다. 두 인간이 모퉁이를 돌자마자, 그녀는 그대로 몸을 날려 니라이를 공격했다. 니라이는 그대로 사지를 늘어트리며 널브러졌다.

부함장은 크고 덩치 좋은 켈 여성이었다. 그녀는 아주 잠시 얼어붙었다. 체리스는 그 틈을 놓치지 않고 그대로 관절을 조이며 벽으로 밀어붙였다. "잘 들어." 체리스는 헬멧 속에서 윙윙대는 목소리로 말했다. "나는 너희가 진정으로 충성해야 할 켈 이네세르 호국공의 권한을 위임받아 여기 왔다."

여성의 눈길이 체리스의 상급대장 계급장으로 내려가더니, 곧바로 체리스의 얼굴로 돌아왔다. "말씀하십시오, 각하."

헤미올라는 체리스의 몸짓언어에서 반응에 만족하고 있다는 사실을 읽어냈다. 완전히 경계를 늦추지는 않았지만. 아무래도 켈 여성이 머뭇거리며 입에 담은 '각하'가 긍정적인 신호인 모양이었다.

"여기 내 서비터 동료의 그리드 접속을 허용하도록. 그리고 우리의 존재를 절대 발설해서는 안 된다. 냉냉을 확인하라."

묘하게도 여자는 웃음을 머금었다. "명령 받들겠습니다. 우리 불쌍한 웨논을 누군가 발견하기 전에 제 집무실로 옮겨놓는 편이 나을 것 같군요."

여자는 집무실 문을 열었다. 체리스는 니라이 웨논을 방 안으로 잡아끌어 책상에 기대놓았다. "죽이신 건 아니겠죠?" 여자가 한쪽 옆에 느긋하게 서서 질문했다. 폭력을 휘두르는 켈이 쳐들어와서 통제권을 강탈하는 일이 매일 벌어지는 것처럼. "기술반 보고서를 정상인이 이해할 수 있게끔 설명할 수 있는 자가 이 친구뿐이란 말입니다. 물론 그런 것 따위 신경 안 쓰시겠죠."

체리스는 헬멧을 벗지 않았고, 헤미올라도 그게 낫다고 생각했다. 진형 본능에 대해 모르는 것은 아니었지만, 갑자기 적극적으로 협조하는 모습은 헤미올라가 보기에도 의심스러웠다. 체리스도 같은 생각이었는지 이렇게 말했다. "정말 지독히도 빠르게 굽히고 들어오는군. 물론 계급 차이가 엄청나기는 하지만 말이야."

"아, 이런 계략을 사용할 거라고 확신했으니까요." 여자의 눈에는 고통스러운 즐거움이 어려 있었다. "어쨌든 각하의 앞길을 막을 생각은 없습니다. 누군지는 모르겠지만, 이것만은 알려주시죠. 목표 대상이 누굽니까?"

체리스는 거짓말을 할 수도 있었다. 헤미올라는 속으로 제발 거짓말을 해달라고 빌었다. 그러나 그녀는 기대에 부응하지 않았다. "제다오를 죽이러 왔다."

헬멧 때문에 체리스의 눈은 보이지 않았지만, 두 사람 사이에 고요한 합의가 이루어지는 것은 분명히 느껴졌다. 생각해보면, 체리스야말로 켈이 얼마나 제다오를 싫어하는지 누구보다 정확히 알고 있을 터였다. 그렇기에 그 증오를 이용하는 방법도 누구보다 잘 알고 있을 것이 분명하고.

"그럴 거라고 생각했습니다. 호국공께서 우리를 포기하지 않으셨다니 기쁘군요." 여자는 이렇게 말하며 묘한 눈으로 헤미올라를 바라보다가, 슬레이트를 가져와 인증 암호를 몇 번 입력했다. "그럼 접속하겠습니다." 헤미올라는 슬레이트의 근거리 통신 광선으로 데이터를 전송받았다. "서두르시는 게 좋을 겁니다. 육두관이 그리드를 얼마나 엄중히 감시할지 아무도 모르니까요. 하나 알려드리자면 실제 단말에서 접속하셔야 할 겁니다."

"고맙군." 체리스는 이렇게 말하고 떠나려 했다.

"한 가지만요." 여자가 말했다.

체리스는 움직임을 멈췄다. "말해라."

"제다오 대장의… 부관이 있습니다. 켈 다네스 소령이라는 사람입니다. 그는 지금 상황의 희생양일 뿐입니다. 혹시라도 그를 해치지 않을 수 있다면…"

"약속할 수는 없지만, 최선을 다하지." 체리스는 말했다.

묘한 소리라고, 헤미올라는 생각했다. 다른 제다오가 휘하 장교를 학대한다는 소릴까? 헤미올라가 보기에는, 방금 전 여자의 애원으로 비추어봤을 때 그럴 가능성이 분명 있었다.

여자는 체리스의 애매한 답변에 나름대로 만족한 듯했다. 그대로 의자를 돌려 자리에 앉더니 책을 한 권 불러왔으니까. 헤미올라가 보기에는… 저기 실나 켈 총남 모음집이야?

이런 일이 옆에서 일어나는 동안, 헤미올라는 실내의 단말로 둥실 날아가서 나방의 중추 제어 그리드에 접속했다. 제디오의 위치를 확인한 다음 몇 가지 가능한 경로를 계산하고, 추가로 잔재주가 필요할 때를 대비해 복도의 단말 위치도 확인해놓았다. 헤미올라는 전투 루틴을 공유해준 1491625에게 마음속으로 감사를 표했다. 전투의 기본 원칙에서 알고리즘을 유추해내는 사전 작업이 없었더라면, 이런 식의 임무를 과연 어떤 식으로 진행해야 하는지 감도 못 잡았을 테니까. 시브 같은 친구라면 이 모든 상황을 즐겁게 여겼겠지만, 헤미올라는 적진에서 시간에 쫓기다 못해 초조함으로 실수를 저지를 게 분명했다.

동시에 헤미올라는 두 사람의 상호 작용을 변조한 판본을 서둘러 만든 다음, 보안 기록 원본에 덮어씌워 그들의 대화 내용을 가렸다. 영상을 상세히 점검하면 들통날 것이 뻔했지만, 그래도 어느 정도 시간을 벌 수 있을지 모른다. 만약 육두관과 제다오가 서비터가 개입돼 있음을 깨닫지 못한다면, 나름 괜찮은 연막이 될 터였다. 헤미올라는 처음으로 인간들이 자신을 무시한다는 사실을 양날의 검으로, 자신이 휘두를 수도 있는 무기로 인식하기 시작했다.

체리스는 이미 집무실을 나서고 있었다. 헤미올라는 서둘러 그녀를 따라잡았다.

"접속했어?" 체리스는 문이 닫히자마자 수신호로 헤미올라에게 물었다.

헤미올라는 긍정의 표시로 불빛을 깜빡였다. 그리드에 접속한 뒤로, 도리어 더 초조해지기만 한 것 같았다. 그들이 방금 끌어들인, 켈메라운 중령이라는 부함장은 분명 그리드에 통상적인 요청만 보냈다. 그러나 이제 헤미올라는 나방 전체의 상황을 파악할 수 있었고, 접속할 때마다 인근 인원만이 아닌 함내의 모든 인원을 확인할 수 있었다.

물론 논리에 맞지 않는 상상이기는 하지만, 모든 승무원이 그들을 보고 있다는 느낌이 들었다.

경보를 울리게 하면 안 된다고, 헤미올라는 속으로 다짐했다. 니라이 서비터라고 해서 날 때부터 보안 전문가인 것은 아니다. 게다가 기함의 그리드는 보통 엄중한 보안 프로토콜이 적용될 것이니, 헤미올라 입장에서는 몇 배는 위험했다. 이런 도박이 이렇게까지 먹혀들 수 있는 건, 탈주 켈과 서비터가 팀을 이룰 거라고는 기함을 통솔하는 지휘관이건 누구건 결코 쉬이 생각하지 못할 것이기 때문이었다.

"얼마나 걸려?" 체리스는 수화로 물었다.

"이 경로를 이용하면 23분 걸려요." 헤미올라도 불빛으로 대답했다. 운이 좋으면 제다오도 홀로 있을지 모른다. 방해되는 니라이 기술자나 메라운이 그토록 걱정했던 부관 없이, 따로 떨어진 곳에.

당연하지만 행운은 계속 따라주지 않았다. 변동성 구조가 주변 영역을 변환하기 시작했다. 이런 일에 익숙한 체리스는 걸음을 늦추지 않았다. 그러나 앞뒤 복도는 계속해서 줄어들었다. 마치 톱니바퀴와 부식되는 금속으로 가득한 끝없는 심연 속에서 자그마한 흔들다리에 매달린 듯한 느낌이었다.

"경로를 재설정해." 체리스는 이럴 줄 알았다는 것처럼 수신호를 보냈다. 실제로도 알고 있었을 가능성이 높았다. "이건 고위급 장교가 일정을 바꿨다는 뜻이야. 쿠젠이나 제다오나 기함의 함장이겠지. 아마 제다오일 테고."

헤미올라는 서둘러 가장 가까운 단말로 향했다. 그리드는 체리스의 추측을 확신으로 바꿔주었다. 제다오가 대련 일정을 포기하고 자기 선실로 돌아갔다는 것이었다. 게다가 부관인 다네스도 그와 동행한다고 했다.

헤미올라는 해당 정보를 체리스에게 전달하며, 그녀의 완벽한 평정심을 자신도 나눠 가지고 싶다고 생각했다. 아니, 자신이 가지진 못할지언정 체리스만이라도 겉보기처럼 평온하기를 바랐다. 작전의 책임자가 지금 자신처럼 머릿속이 엉망이라면 전부 끝장날 테니까. 그녀의 보폭은 늘지도 줄지도 않았다. 헤미올라는 그녀의 자신감 넘치는 분위기에서 작전이 아직 실패하지 않았음을 확신할 수 있었다.

둘은 제다오 대장의 선실에 접근했다. 헤미올라는 문에 새겨진 톱니바퀴 2번 카드 문장에 상당히 감탄했다. 물론 테포스 기지에 있는 육두관의 개인 공간에는 은과 월장석, 그리고 마노로 만든 훨씬 멋지고 화려한 니라이 공허나방 문장이 새겨져 있기는 했지만. 헤미올라는 움직임을 멈추고 체리스의 신호를 기다렸다.

체리스는 문 한쪽에 자리 잡고서 총을 뽑더니, 엄지로 안전장치를 풀었다. 그리고 헤미올라에게 진행하라는 신호를 보냈다.

망설이면 안 돼. 헤미올라는 이렇게 말하며, 메라운 중령이 제다오 대장과 직접 면담을 원한다는 가짜 신호를 그리드에 보냈다.

시간이 고통스러울 만큼 느리게 흘러갔다. 헤미올라는 답이 돌아올지조차 확신할 수가 없었다. 다시 신호를 보내볼까 하는 생각도 들었다. 혹시 이미 발각되어서 목표 대상이 보안 경보를 올린 것은 아닐까? 포위망이 좁혀 오는 동안 그리드가 거짓말을 하고 있는지도 모른다.

순간 문이 열렸다. 헤미올라가 방의 모습이나 그 안의 사람들을 인식하기도 전에, 체리스가 뛰어들더니 방 한쪽으로 몸을 날리며 연달아 세 발을 발사했다. 헤미올라도 보조하려고 단단히 마음먹고 안으로 날아들어 갔다.

방 안에는 퀠 제복을 입은 남자가 두 명 있었다. 더욱 늘씬하고 흰 피부를 가진 쪽은 헤미올라가 역사 기록에서 본 제다오의 모습과 일치했다. 덩치 크고 근육질에 검은 피부를 가진 쪽은 떨리는 손으로 권총에 손을 뻗고 있었다. 제다오의 이마에는 이미 두 개의 구멍이 뚫려 있었다. 피와 뇌수와 두개골 파편이 머리 뒤쪽으로 터져 나갔다. 세 번째 총알은 가슴에 명중했다. 그런데도 제다오는 아직 서 있었다.

아니, 그냥 서 있는 정도가 아니었다. 제다오는 움직이고 있었다. 헤미올라는 시체를 보는 것조차도 처음이었지만, 그래도 제다오가 비틀거리면서 한쪽으로 몸을 피하는 모습이 정상이 아니라는 정도는 알 수 있었다. 게다가 검은 피부의 남자에게서 총을 빼앗아 들고, 정확하게 목표물을 겨누기까지 했다. 어떻게 저런 말도 안 되는…

체리스는 욕설을 내뱉느라 시간을 낭비하지 않았다. 그녀는 총구를 아래로 내리더니, 두 번 발포하여 제다오의 양쪽 무릎을 날려버렸다. 이걸로 다섯 발을 쏜 셈이었으니 탄창에는 한 발만 남았다. 한 발만 더 쏘면 재장전해야 했다.

제다오는 포기하지 않았다. 의아하게도 본인 총이 없었던 터라, 그의 손에는 아식노 상대방 남자의 권총이 굳게 들려 있었다. 헤미올라도 총상에 대해 어느 정도는 알고 있었다. 시야가 흐릿할 것이다. 머리를 직격당했으니 살 가능성은 거의 없을 것이고. 분명 그럴 것인데도… 제다오는 여전히 목표물을 놓치지 않았다. 쓰러지는 것과 동시에, 그의 손가락이 방아쇠를 당겼다.

제다오의 몸이 쿵 소리와 함께 바닥을 굴렀다. 총알은 체리스의 머리에서 수 센티미터 정도를 빗나가서, 그대로 어깨 너머로 날아갔다.

드라마에 나오는 잔인한 장면이나 과거 제다오와 육두관의 단검 싸움에서 봤던 것과는 달리, 제다오는 붉은색이 아닌 검은 피를 흘렸다. 헤미올라는 이 순간에도 피로 검게 물든 카펫이 정말 아름답다는 생각을 했다.

"탈출 지점까지 경로를 계산하고, 시간을 벌어줘. 너만 믿을게." 체리스가 말했다.

제다오 선실에서 총탄이 날아다녔으니, 헤미올라는 곧 경보가 울리리라 기대하고 있었다. 그러나 헤미올라가 들은 것은 휙 하고 공기 중으로 가스가 새어 나오는 소리뿐이었다. 그는 제다오의 단말에 접속해서 그리드에 무슨 상황인지 물었다.

"함선 내 최고 명령권자가 강제 명령을 발동시켰어요." 헤미올라는 정신없이 탈출 경로를 계산하며 체리스에게 말했다.

"쿠젠이겠네. 어서, 경로부터."

헤미올라는 체리스의 보조 두뇌에 근거리 광선 통신으로 최적의 계산 결과를 전송했다. 이제 전부 들켜버렸으니 이런 식의 의사소통을 꺼릴 필요가 없었다. 통신이 도청당할 수도 있었다. 만약 그렇다면, 체리스가 도망치기 전에 해독이 끝나는 일이 없기를 비는 수밖에. "여기서 엄호할게요. 얼른 가요!"

체리스는 그대로 몸을 돌려 달리기 시작했다. 재빨리 제다오의 시야각에 들어가지 않는 쪽으로 움직였는데도, 제다오는 팔꿈치로 몸을 일으키더니 그녀를 조준했다. 헤미올라는 그를 막기 위해 달려들었고, 그 대가로 외갑에 정통으로 총알을 맞았다.

헤미올라는 군용 서비터는 아니었지만, 그래도 만듦새는 상당히 튼튼했다. 총알은 그대로 튕겨 나가 탁자에 박혔다. 헤미올라는 달려들던 방향으로 더욱 가속해 그대로 제다오의 총을 든 손을 들이받았다. 뼈가 부러지는 듯한 우직 소리가 들린 걸로 봐선 제대로 명중한 모양이었다.

순간적으로 제다오에게 너무 집중한 것이 문제였다. 이름 모를 검은 피부의 남자가 헤미올라를 향해 팔을 휘둘렀다. 헤미올라는 동체를 획 뒤집어 피하고는, 그대로 자세를 바로잡으며 한쪽으로 물러났다.

남자는 서둘러 제다오 곁으로 향했다. "제다오!" 그러나 남자의 입에서는 혀 꼬인 목소리가 흘러나왔다. 헤미올라는 마음을 다잡고, 만일을 대비해 남자의 머리를 겨누고 몸을 힘껏 날렸다. 남자는 그대로 의식을 잃고 쓰러지다가 헤미올라에 정통으로 얻어맞았다.

가스는 여전히 공기 중으로 뿜어져 나오고 있었다. 헤미올라는 체리스의 상태를 물으면서, 그녀의 길이 막히지 않도록 계속 그리드에 경로 유지를 요청했다. 순간 상위 명령권자가 들어와서 시스템을 훑어보는 것이 감지되었다. 헤미올라는 서둘러 접속을 끊었다.

이 정도면 체리스가 도망칠 수 있도록 최대한 시간을 끈 셈이었다. 덕분에 헤미올라는 〈망령〉호에 갇혀버렸지만. 문제는 상대방 제다오가 죽지 않고 버티고 있으니, 임무 완수가 요원해졌다는 것이었다.

29

정신을 차린 제다오는 무지막지한 두통에 치를 떨었다. 마지막으로 남은 기억이라곤 켈 보병대 우주복을 입은 괴한에게서 머리와 양 무릎에 총알을 맞은 것이니, 이 정도에 불만을 품을 수는 없을 듯했다. "다네스?" 그는 멍하니 부관을 불렀다.

눈의 초점을 맞추기가 힘들었다. "다네스?" 그는 다시 다네스를 불렀다. 그리고 한쪽 무릎을 세우려 시도하다가 고통에 거의 혀를 깨물 뻔했다.

다네스는 그리 멀지 않은 곳에 쓰러져 있었다. 그의 얼굴 오른쪽에 커다란 상처가 보였다. 순간 견딜 수 없을 만큼 구역질이 났다. "다네스, 안 돼." 그는 목쉰 소리로 소리쳤다. 무릎의 고통과 머리를 두드려 대는 두통에도, 그는 다네스 쪽으로 기어가서 맥박을 확인했다. 다행히도 다네스는 아직 살아 있었다. 맥은 느리고, 호흡은 가파르고, 피부도 차갑기는 했지만.

"제다오 대장이 쿠젠 육두관께 알립니다." 그는 그리드에 대고 말했다. "제 집무실에서 침입자에 의한 암살 시도가 있었습니다." 그는 보조 두뇌를 확인했고, 덕분에 두통은 훨씬 심해졌다. "47분 전에 일어난 일입니다. 무슨 일이 벌어지고 있는 겁니까?"

그리드에서는 전함나방 전체가 보안 봉쇄 상태이며, 육두관은 이 사태를 해결하는 동안 연락을 받지 않을 예정이라고 알렸다.

제다오는 아주 잠시 그 수수께끼의 암살자가 도주하기 전에 쿠젠까지 끝장냈을지도 모른다는 헛된 희망을 품었다. 암살자가 쿠젠을 죽이는 방법을 공유해주지 않았다는 점이 애석했다. 어차피 제대로 된 증거 없이는 쿠젠이 죽었다고 믿을 수 없었다. 그래, 증거가 문제였다. 육두관의 특수한 불멸 능력을 생각하면, 제다오로서는 웬만한 증거로는 쿠젠이 영원히 소멸했다고 믿을 수 없을 테니까.

그럼 쿠젠 문제는 일단 접어놓아야 할 것이다. 다네스의 눈꺼풀을 뒤집어보니, 동공이 너무 확장되어 눈동자를 집어삼킬 지경이었다. 응급 의료에 대해서 별로 아는 바가 없는 제다오가 봐도 좋은 신호가 아니라는 것이 분명했다.

"의료반에 연락을 취하도록. 나는 괜찮지만…" 이 정도 선의의 거짓말은 용납해주겠지. "…다네스 소령이 쓰러졌다."

그리드는 다시 보안 봉쇄를 언급할 뿐이었다. 의료반도 거기에 포함되는 모양이었다.

제다오는 고민에 빠졌다. 다네스를 안아 들 수 없다는 것은 이미 경험으로 알고 있었다. 다네스는 상당히 덩치가 컸으니까. (다네스는 제다오가 이 사실을 깨닫고 실망하는 모습을 매우 재밌게 여겼다. 다네스가 소리 내어 웃은 몇 안 되는 경우였다.) 제다오의 상태가 나았더라면 둘러업을 수는 있었 겠지만, 지금 상태로는 무릎이 버티지 못할 것이 뻔했다.

다네스를 질질 끌고 의료반까지 가는 편이 나을까, 아니면 혼자 빨리 가서 도울 사람을 데려오는 편이 나을까? 가다가 자동 보안 장치를 건드렸다가는 함께 벌집이 될 텐데.

당신을 여기 이대로 두고 갈 수는 없어. 제다오는 이렇게 생각했다. 그는 이를 악물고, 앞으로 다네스가 받을 수모에 대해 속으로 사과한 다음, 그를 문밖으로 끌어내서 의료반 쪽으로 질질 끌고 가기 시작했 다. 보조 두뇌는 나방의 현재 구조에 대해서 제대로 된 정보를 제공하 기를 거부했지만, 그의 초감각 덕분에 목적지가 대충 어느 쪽인지는 짐작할 수 있었다.

처음에는 느릿하게 움직일 수밖에 없었다. 부분적으로는 고통 때문 이고, 부분적으로는 간헐적으로 찾아오는 어지럼증 때문이었다. 그러 던 중 그는 첫 희생자와 마주쳤다.

희생자 말고는 다른 단어를 찾을 수 없었다. 두 명의 켈과 한 명의 니라이가 그가 사용해야 하는 첫 승강기 뒤엉킨 채 쓰러져 있었다. 증 세는 다네스와 마찬가지였다. 느린 맥박, 가파른 호흡, 차가운 피부, 확장된 동공. 제다오는 더욱 걱정됐다. 암살자가 기함 전체에 질병이 나 독극물을 뿌린 것일까? 만약 그렇다면, 왜 그는 영향을 받지 않은 것일까?

심호흡. 들이쉬고, 내쉬고. 지금은 당황한 채 시간을 낭비할 때가 아니잖아. 정신 차려. 그는 쓰러진 병사와 기술자의 위치와 이름을 기록한 후, 계속해서 다네스를 끌고 갔다. 그러다 문득 질문할 상대가 남아 있다는 사실이 떠올랐다. *망령, 지금 무슨 일이 일어난 건지 알고 있어?*

격벽을 뚫고 침투해 들어온 자들이 있었다. *누군지는 몰라도 이미 한참 전에 떠났지만.*

그런데도 나한테 알려주지 않았다고?

그리 호의적이라고는 할 수 없는 침묵이 흘렀다. *너는 손톱이 부러질 때마다 내게 일일이 일러바치나? 침입 지점의 동체에는 신경에 해당하는 기관이 존재하지 않는다. 생체 조직이 아닌, 니라이 기술자들이 내 몸에 접합시킨 외골격을 뚫고 들어왔으니까.*

알겠어. 그럼 지금 무슨 일이 벌어진 건지는 짐작이 가? 제다오는 초감각에 정신을 집중했다가, 한층 혼란에 빠지고 말았다. 인간 크기의 질량체 중에서는 움직이는 것이 아무것도 없었다. 이 질병인지 독극물인지에 당한 사람이 다네스와 방금 지나친 승무원들만이 아닐 것 같다는 불길한 느낌이 들었다.

너희 승무원들의 갑작스러운 활동 중단을 말하는 거라면, 침입자가 뭔가를 벌인 것이라고는 생각되지 않는다. 서비터들이 일러준 바로는 일종의 보안 봉쇄가 적용 중이라고 한다. 아마 육두관이 직접 지시했겠지.

별로 도움이 안 되는 소리였다. *고마워.* 제다오는 기계적으로 감사를 표했다. *지금 의식이 있는 유일한 존재와 소원해져서는 곤란할 테니까. 내가 직접 상황을 정리해볼게.*

의무반에 도착할 때까지, 그는 총 스물아홉 명의 쓰러진 승무원을 추가로 지나쳤다. 정체불명의 약물은 즉효성인 모양이었다. 방독면을 착용한 사람은 한둘 정도밖에 되지 않았고, 심지어 그조차도 별 쓸모가 없었던 듯했다. 한층 걱정스러운 상황이었다. 서비터들은 복도를 돌아다니고 있었다. 자신이 공격받았을 때 어디서 뭘 하고 있었냐고 묻고 싶은 마음이 굴뚝같았지만, 그는 감정을 억눌렀다. 보안이 뚫린 것은 서비터들의 탓이 아니었으니까. 게다가 그 암살자는 전문 요원으로 보였다. 암살에 대한 대비책을 강구했어야 마땅하니, 잘못이 있는 건 방만했던 제다오 쪽이었다. 그의 근시안적 행동 탓에 목숨을 잃는 승무원이 생긴다면…

정체불명의 가스에 쓰러진 의무병들은 당연히 아무런 도움도 되지 않았다. 제다오는 한참 고민하다가, 쓰러져 있는 니라이 이프라 의무반 대령을 발견하고 운반용 침대 위로 끌어 올렸다. 아무래도 진짜 의사 쪽이 현 사태에 훨씬 도움이 될 것 같았기에, 그녀를 되살리려고 한참을 노력했다. 그녀를 표준 의료 유닛에 연결할지를 놓고도 고민할 수밖에 없었다. 보조 두뇌에 의료 유닛의 사용법을 안내하는 기초 구급 강좌가 들어 있기는 했지만, 잘못했다가는 상태를 더 악화시킬 터였다. 하지만 지금 상황에서 다른 선택지는 없어 보였다. 그는 속으로 이프라에게 사과한 다음, 철저하게 지시를 따라서 장치를 가동했다.

그랬는데도 아무런 소득이 없었다. 의료 유닛에서는 뭔가 잘못되었다는 신호를 띄웠다. 이 이상의 무언가를 하기에는 전문 지식이 너무 부족했다. 그는 목을 비집고 올라오는 비명을 애써 억눌렀다. 어쨌든 아직 모든 게 끝장난 건 아니었으니까. 그는 다른 모든 의료진을 침대에 눕힌 다음 마지막으로 다네스까지 끌어 올리면서, 자기 부관을 우선시하지 않았다는 점에 희미하게 죄책감을 느꼈다. 그러나 지금 침대에 누굴 먼저 눕히느냐 따위는 그리 중요한 문제가 아니었다.

슬슬 피로와 충격이 몸에 영향을 주기 시작했다. 제다오는 잠시 휴식을 취하고자 자리에 앉고는, 싱크대에서 물 한 잔을 따라 마셔도 괜찮을지를 생각하고 있었다. 그러나 그 순간, 쿠젠의 연락이 들어왔다. '내 선실로 와. 여기는 안전할 테니까.'

제다오는 웃음을 터트릴 수밖에 없었다. 대체 이런 상황에서 '안전'이 무슨 의미가 있단 말인가? 게다가 조금 전에… 몇 발이더라? 네다섯 발의 총알을 맞고 살아남았는데 말이다. 그는 아직 머리 어딘가에 총알이 박혀 있을지도 모르며, 그게 재생 과정에서 밀려 나올 수도 있다는 끔찍한 생각에 사로잡혔다. 어느 쪽이 더 역겨운지도 판단키 어려웠다.

좋아, 그 안전하다는 곳에서 물 한 잔을 얻을 수 있다면, 가서 안 될 건 없겠지. 그는 이렇게 마음먹고 자리에서 일어났다. 주변의 다른 사람들은 개의치 않고 다네스의 손을 어루만지고 살짝 입을 맞춘 다음, 의무실을 나왔다.

제다오는 온몸이 땀범벅이 된 채로 쿠젠의 선실 앞에 도착했다. 제복의 자가 회복 기능은 제대로 작동했으나 피까지 처리하지는 못했다. 온몸이 끈적거리고 기분도 엉망이었다. 애초에 그런 것까지 신경쓸 정신 따위 남아 있지 않았지만.

그는 문에다 대고 말했다. "제다오입니다. 얼른 열어주지 않으면 그대로 여기 쓰러질 겁니다. 당신을 괴롭히고 싶어서가 아니라, 오늘 하루가 워낙 엉망이어서요."

문이 열렸다. 양쪽 무릎이 모두 망가지지 않았더라면 절뚝거리기라도 했을 텐데. 나한테 다리를 두 개 정도 추가로 달아줄 수는 없었나요, 쿠젠? 실험용 키메라처럼 말이에요. 물론 그랬다면 암살자는 네 무릎을 전부 쏴버렸을 테고, 그럼 고통만 두 배로 심했겠지만요.

쿠젠의 거처에 외실이 있는 두 번째 이유가 밝혀졌다. 일종의 격벽처럼, 내부 공기를 순환시키는 에어록 구실을 하고 있었던 것이다. 화려한 레이스 커튼으로 가득한 내실에서 쿠젠을 발견한 제다오는 온갖 사치스러운 장식에 신물이 나버렸다. 피가 멎은 게 아쉬울 지경이었다. 양탄자 위에 줄줄 흘리고 다닐 수 있었다면 정말 즐거웠을 텐데.

반면 쿠젠은 머리카락 한 올도 삐져나오지 않은 모습이었고, 비단 로브 위에 진회색 벨벳 재킷을 걸치고 있었다. 제다오는 쿠젠의 복장부터 눈에 담는 자신이 혐오스러웠다. 그러나 제복 차림으로 가득한 전함나방 위에서, 쿠젠의 민간인 복장은 항상 눈에 띌 수밖에 없었다. "장군." 쿠젠은 상당히 침중한 투였다. "좀 앉아봐. 몰골이 말이 아니잖아."

"직설적으로 말씀해주셔서 고맙군요." 이렇게 말한 제다오는 경중거리며 가장 가까운 의자로 가서 몸을 던졌다. 그리고 무릎을 굽히는 순간 밀려오는 고통에 얼굴을 찌푸렸다. 그는 몰래 무릎을 움직이며 덜 아픈 각도를 찾아내려 해보았지만, 고통이 더 심해지기만 할 뿐이었다. "승무원들에게는 대체 무슨 일이 일어난 겁니까?"

"보안 프로토콜이야. 긴급 상황을 대비해 아껴놓은 거지. 바로 이런 경우를 위해서 말이야."

그 말뜻을 제대로 깨닫는 데는 시간이 조금 걸렸다. "당신이 한 거라고요?"

"일어나지 마. 고함은 앉은 채로도 충분히 지를 수 있잖아."

"웃어넘길 수 있는 상황이 아닙니다, 쿠젠." 제다오는 잠시 눈을 감고서 사방에 널브러져 있던 병사와 기술자와 의무병들을, 그를 지키려다 바닥에 쓰러졌던 다네스의 모습을 떠올렸다. 다시 눈을 뜰 때까지도 쿠젠의 태연한 표정에는 조금의 변화도 없었다. 제다오는 당장에라도 일어나 그를 때리고 싶었지만, 현재 상황을 파악하고 있는 사람은 오직 쿠젠뿐이었다. 게다가 때린다고 일이 해결될 리도 없을 테고.

"진형 본능에는 한 가지 큰 결함이 있어." 쿠젠은 수업을 빠져나가고 싶어서 안달이 난 학생을 대하듯 차근차근 설명했다. "지휘관을 어떻게든 자기편으로 만들면, 하부 조직은 카드 탑처럼 쉬이 무너져 내린다는 거야."

"그건 이해가 가는군요." 제다오는 냉정하게 말했다. "그래서 뭡니까, 누군가 제복을 훔쳐서 켈 장군인 척하고 돌아다녔다는 겁니까?"

"그렇게 단순한 문제가 아니야. 제복을 손쉽게 해킹할 수 있으면 체제 전체가 아무 쓸모도 없을 테니까. 모든 제복은 켈 사령부에서 지급하는 인증 코드에 연계되도록 설계돼 있거든." 쿠젠은 쓴웃음을 지었다. "평소라면 보조 두뇌가 알아서 암호 인증을 처리하니까 굳이 신경 쓸 필요도 없지."

제다오는 쿠젠을 노려보았다. "그럼 내 제복의 암호도 어쩌다 우연히 손에 넣은 건가요?"

쿠젠은 이 질문에는 대답하지 않았다. "침입자는 누군가를 배반하게 만들어서 우리들 속으로 숨어든 거야. 계속 보안 영상을 확인하다가, 마침내 그녀에게 접속 수단을 제공한 배신자를 찾아냈지." 그는 슬레이트에 영상 하나를 불러왔다.

부함장인 메라운 중령이 자기 집무실 밖에서 니라이 기술자를 만나 대화를 나누고 있었다. 그러다 그녀는 니라이를 집무실로 들어오라고 초청한 다음, 계속 대화를 이어나갔다. 제다오는 무슨 대화인지 감조차 잡을 수 없었다. 그저 자신이 기술자가 아니기 때문이라고 생각했다.

쿠젠은 초조하게 고개를 젓더니, 드물게도 짜증을 드러내며 손가락으로 슬레이트를 쿡쿡 찔렀다. "대화 전체가 터무니없는 가짜라고."

"농담 삼아 한 이야기일지도 모르잖습니까." 제다오는 불안을 애써 참으며 말했다.

"아니, 그딴 게 아니라니까." 쿠젠이 말했다. "내가 가장 싫어하는 드라마의 한 에피소드를 통째로 베껴 온 대화야. 용감한 켈 모험가와 니라이 동료의 대사라고. 기술 측면에서 완전 엉망으로 검수한 탓에, 틀린 곳을 짚어낼 수조차 없었던 에피소드였지. 즉, 누군가 짜깁기해서 만든 영상이란 소리야. 시간만 더 있었으면 이걸 만드는 데 사용한 소프트웨어까지 확인할 수 있었을 텐데."

제다오는 대사를 고스란히 외울 지경인데 어떻게 가장 싫어하는 드라마라고 할 수 있을지를 잠시 냉소적으로 생각했다. 하지만 굳이 그 생각을 입 밖에 내서 쿠젠의 딴소리를 유도하고 싶지는 않았다. "메라운과 니라이가 좋아하는 드라마를 인용하고 있었을 가능성은 없습니까?"

쿠젠은 코웃음을 쳤다. "무슨 순진한 소리야."

"좋습니다. 그럼 일단은 메라운이 배신했다고 치죠. 배신자가 그녀뿐인 줄은 어떻게 압니까?"

"모르지." 쿠젠은 음산하게 말했다. "그나마 다행인 점은, 오직 켈만 영향을 받았으리라는 거야. 니라이 웨논 기술장교가 아직 살아 있으면 상황이 어떻게 돌아갔는지 나름대로 진술을 해줄 수도 있겠지. 침입자도 그 사실을 몰랐을 리는 없었겠지만, 아마 시간이 없었을 거야. 그래서 부함장의 권한 정도면 지금 상황에서 얻을 수 있는 최선이라 생각했을 테고."

제다오의 두통이 한층 심해졌다. "이 빌어먹을 기함에 있는 모든 켈을 심문해야 하는 겁니까?"

"그 정도로 심각한 상황은 아니야. 진형 본능에 개입한 흔적은 내 힘으로도 충분히 파악할 수 있거든." 쿠젠은 잠시 슬레이트를 내려다보다가 옆으로 밀어놓았다. "내가 괜히 정신 수술 전문가는 아니거든. 그래도 이런 상황에서 처리하기에는 짜증 날 정도로 오래 걸리는 일이긴 하지. 너도 정신을 바짝 차리고 있어. 그 침입자의 목적이 뭐였을지는 충분히 짐작하고 있겠지?"

제다오는 고개를 끄덕였다. 국지적 역법 변동일 것이 뻔했다. "단순한 암살 작전이었을 확률은 없는 겁니까?"

쿠젠은 눈알을 굴렸다. "또 그 순진한 소리. 암살자의 정체가 내가 생각하는 사람이라면, 절대 여기서 멈추지 않을 거야. 천만에. 그녀라면 역법 전쟁의 관점에서 모든 것을 계획하고 움직였겠지."

아주 잠깐이지만, 제다오는 암살 시도가 그저 단순한 암살 시도일 뿐인 세상에 살고 싶다는 터무니없는 생각을 했다. 물론 그런 세계라면 쿠젠은 오래전에 죽었을 테고 그 또한 이곳에 있지 않았겠지. 아무리 생각해도 그리 나쁜 일로는 여겨지지 않는 세상이었다.

"누구였다고 생각하시는 겁니까?" 제다오가 물었다.

"대충 세 가지 추측이 있지."

"한참 전에 제게 경고했던 체리스라는 자가 아닌가요?" 제다오가 말했다.

"확실한 건 아니야. 하지만 내가 가진 정보를 종합해봤을 때, 충분히 그럴 가능성이 있어. 피해망상을 북돋기 위해서 나는 항상 최악을 가정하곤 해."

"우리 함대에 대해서 제대로 아는 것은 아닌 모양이더군요. 적어도 마지막으로 누군가 저를 쐈을 때 무슨 일이 벌어졌는지를 알고 있었다면…" 쿠젠은 짜증스럽게 손을 흔들어댔다. "…이런 식으로 암살 계획을 세웠을 리는 없으니까요."

갑작스러운 혼란이 가라앉자, 제다오는 그녀에게 응사한 것을 후회했다. 죽기에는 딱 좋은 기회였는데. 물론 이성적으로는, 그런 선택지 따위 애초에 없다는 사실을 잘 알고 있었다. 그가 가만히 총탄을 받아들였어도, 이 빌어먹을 육체는 그 어떤 치명상이라도 회복해버릴 테니까.

그러나 희망이 완벽히 끝난 것은 아니었다. 만약 그 암살자가 그보다 많은 것을 알고 있다면, 터무니없는 확률에도 임무에 돌입할 정도였다면, 그녀의 최종 목표가 쿠젠일 수도 있을 테니까. 어쩌면 쿠젠을 처치할 방법이 존재하는 것일지도 모른다. 공교롭게도 제다오 본인이 그 시도를 가로막기는 했지만. 당시에는 다네스를 지켜야겠다는 생각만 머릿속에 가득했으니 어쩔 수 없었다.

"암살자는 여길 떠난 겁니까?" 제다오는 물었다.

"맞아, 그건 확실해. 동체에 구멍을 낸 부분까지 확인했거든. 여기까지 어떻게 접근했는지는 알 수 없지만, 아마도 특수 개조한 바늘나방이나 소형 그림자나방을 사용했을 거야. 언젠가 그 빌어먹을 은폐 시스템이 내 목숨을 위협할 줄 알았어."

"흠, 당신이 만든 게 아니라는 겁니까?"

쿠젠은 짜증 섞인 눈빛으로 그를 노려봤다. "믿고 싶은 대로 믿어도 되지만, 나방에 덧붙이는 온갖 부속품 중에는 내가 직접 만들지 않은 것들도 상당히 많거든. 은폐 시스템은 슈오스 작품이야."

슈오스의 평판을 생각하면 딱히 놀랄 일도 아니었다. 슈오스 분파 내부에서 기술자를 키우거나 타 분파 인원을 매수해 오는 쪽이, 항상 다른 분파에 의존하는 것보다 나을 것이라는 점도 명백했다.

"그러고 보니 네가 기억하는 내용도 들어둬야지. 침입자의 모습은 제대로 확인했어?"

순간 제다오는 쿠젠에게 거짓말을 해야겠다고 결심했다. 물론 암살자에 대해서 숨길 이유는 없었다. 숨겨야 하는 쪽은 암살자와 동행했던 서비터였다. 분명 묘한 존재였고, 심지어 총을 쥐고 있던 그의 손에 골절상까지 입혔다. 지금껏 서비터가 자신에게 해를 입힐 수 있다고는 생각해본 적이 없었다. 그 점은 분명 실책이었다. 이미 서비터에게 독자적인 의식이 있다는 것까지 알고 있으면서도, 그 깨달음을 눈앞의 상황에 적용하지 못했으니까.

"여성이나 여성형 육체였습니다. 어느 쪽인지는 알 수가 없군요. 두 터운 켈 보병대 우주복을 입고 있었으니까요." 제다오는 눈을 감고 떠오르는 모습에 집중했다. "아주 빨랐습니다. 반사 신경이 엄청났어요. 켈처럼 움직이지는 않았는데, 우주복이 움직임을 제한해서 그런 걸지도 모릅니다."

"그렇게 움직이기 어렵지는 않아. 우주복을 착용한 채 훈련하는 병사들을 봤으면 알 텐데. 그래서, 어떤 식으로 움직였지?"

제다오는 짜증 섞인 동작으로 손을 내젓다가, 밀려오는 통증에 즉시 후회했다. 그나마 오른손은 빌어먹을 무릎처럼 완벽히 박살 난 것은 아니긴 했지만. "암살자겠죠. 젠장, 제가 어떻게 알겠습니까? 잠깐요. 설마 공격 상황의 동영상도 확보되지 않은 겁니까?"

"글쎄, 어떨까?"

쿠젠이 정보를 숨기는 것일 수도 있지만, 제다오는 그건 아니리라 생각했다. 물론 쿠젠의 속내를 읽으려는 시도 자체가 빌어먹을 도박수이긴 했다. "그 여자는 저를 네 번… 아니, 다섯 번 쐈습니다. 머리와 가슴, 양쪽 무릎을요." 그는 조심스레 편집한 증언을 계속 읊었다. 주로 암살자에 집중하고 그녀와 동행한 서비터는 아예 언급하지도 않으면서.

쿠젠이 제다오의 거짓말을 알아차렸는지는 알 수 없었지만, 적어도 이 자리에서 추궁하지는 않을 모양이었다. "좋아. 적어도 이제는 우리도, 나머지 함선들도 경계 태세를 유지하고 있으니까. 다른 함장들 쪽에서는 침입 보고가 없었어. 하지만 있었다면 그게 놀랄 일이겠지. 지금 상황으로 봐선, 목표를 정밀 타격하려 한 것이 분명하니까."

제다오는 무력감을 느끼며 장갑을 내려다보았다. "승무원들은 언제 깨우실 겁니까?"

"이미 나방의 공기 제어 시스템에 해독제를 투여했어." 쿠젠이 말했다. "물론 앞으로 일주일간은 아주 불쾌한 기분으로 보내야겠지만, 그건 어쩔 수 없는 일이지."

물론 그러시겠지. 제다오는 최대한 무심한 표정을 지으려고 애쓰며 생각했다.

30

제다오는 쿠젠의 심문이 어떤 식으로 진행되는지 결국 알아내지 못했다. 어찌 보면 나름대로 축복일 수도 있었다. 진실을 알아봤자 화만 잔뜩 났을 테니까.

그 이후로는 생각할 시간조차 별로 없었다. 승무원의 회복 속도에는 개인차가 있었다. 그나마 다행인 것은 대부분이 별 탈 없이 회복했다는 점이었다. 서비터가 미처 구조하기 전에 욕조에 빠져 죽은 사람이 다섯 명이나 있었다. 얼마나 불명예스러운 죽음인지. 눈을 감을 때마다 그 모습이 선했다. 욕조에서 끌려 나오는 축 처진 육체와, 젖어서 물이 뚝뚝 떨어지는 머리카락까지, 존엄이라고는 조금도 찾아볼 수 없는 죽음이었다. 그 암살자는 자신의 발자취를 따라 이런 식의, 뭐라고 부르더라? 그래, 부차적 희생자가 발생하리라 짐작하고 있었을까?

그러나 생각해보면 암살자나 군인이나 살인을 업으로 삼기는 마찬가지다. 그가 이스테이아에서 어떤 일을 용납했는지를 생각하면, 테레베그와 진주방울 희망 요새에 어떤 재앙을 몰고 왔는지를 생각하면, 과연 그에게 비난할 자격이 있을까?

탈라우 함장이 회복한 다음, 제다오는 상황을 정리하려고 면담을 잡았다. 탈라우에게 자기 집무실까지 와달라고 요청하기에는 마음이 내키지 않았지만, 그래도 뾰족한 수가 없었다. 탈라우는 아직 창백한 피부에 온몸을 뻣뻣하게 움직이며 등장했다.

"장군." 서로 경례를 나누는 번거로운 인사치레를 끝내자마자, 탈라우는 이렇게 입을 열었다. 딱딱한 얼굴에 눈빛은 차가웠다. "전 승무원을 대신해서 말씀드립니다. 저는 그… 심문에 반대합니다."

제다오는 치미는 메스꺼움을 억누르며 말했다. "내부에 다른 배반자가 있는지 확인하려면 해야 하는 일이네."

탈라우도 소문은 들었을 것이다. "메라운 말고도 배반자가 있으리라는 말씀이시군요."

"아직은 모르지. 하지만…" 제다오는 마음을 다잡고 탈라우의 서늘한 눈빛을 받아쳤다. "대비는 해야 하니까. 특히 메라운 본인이 아직 입을 열지 않은 상황에서는."

메라운이 어떤 운명을 맞을지는 소식을 들었을 때부터 아주 잘 알고 있었다. 그 사실을 되새기고 싶지는 않았다. 적어도 여기서는.

"왜 저를 부르신 겁니까, 각하?" 탈라우는 입술을 악물었다.

"전 승무원이 동요하고 있다는 사실이 뻔히 보이기 때문이지. 자네도 알겠지만, 나는 장병들을 안심시키는 일에는 영 소질이 없거든."

탈라우도 아이러니가 살짝 섞인 쓴웃음으로 동의를 표했다.

"하지만 승무원들은 자네는 신뢰하지. 지금 혼란이 일어나봤자 좋을 일 없을 거야. 피해망상에 빠지지 않은 채로 신경을 곤두세우려면 아슬아슬한 균형이 필요하니까. 내가 자네를 믿어도 되겠나…?"

"물론입니다." 탈라우는 쓸쓸하게 말했다. "반박조차 할 수가 없군요."

"자네가 나를 좋아하리라 기대한 적은 한 번도 없네. 하지만 자네는 명령 체계에서 필수적인 인물이고, 나는 그 용도에 맞게 자네를 부릴 생각이네." 그는 잠시 말을 멈추고, 탈라우가 이 말에 반응을 보이는지를 살폈다.

탈라우는 그저 고개를 끄덕일 뿐이었다. "알겠습니다. 다른 명령이 있으십니까?"

"지금 내가 알아둬야 할 일이 있으려나?"

"필요한 것은 전부 알고 계신 듯하군요. 승무원의 사기 지표야 각하께서도 읽으실 수 있을 테고요." 탈라우는 머뭇거리다 한마디를 덧붙였다. "정보가 들어오면 바로 알려드리겠습니다."

"고맙네. 그럼 이만." 제다오는 말했다.

두어 시간 후, 제다오는 각 부서의 수장 및 수장 대행들이 올린 엄청난 양의 보고서 속을 헤쳐나가다 말고 뜨끈한 국물을 주문했다. 신경쇠약 증세를 보이는 교리반 대행을 대화로 진정시키는 일이 가장 고역이었다. 적어도 저녁에는 벽을 마주하며 평온한 시간을 보내고 싶었다. 쿠젠인지 쿠젠의 실내장식 담당인지 모를 누군가가 비범하게도 벽을 아름답게 꾸며줬기 때문이었다. 물론 이걸 계속 보고 있다간 신경쇠약이 일어날 수도 있겠지만, 그래도 가만히 감상할 여유가 없는 것이 아쉬울 따름이었다.

제다오는 책상 앞에 앉아서 서비터가 가져다 놓은 국물을 조금씩 홀짝거렸다. 조금씩 마셔도 씁쓸한 뒷맛은 그대로였지만, 적어도 온기는 오래 음미할 수 있었다. 같은 동작을 반복해야 하니, 다네스에 대한 걱정을 잊는 데도 도움이 되었다. 의무반에서는 다네스가 증세에 비해 상태가 괜찮은 편이라고 일러주었다. 쿠젠이 공기 중에 풀어놓은 물질에 희귀한 알레르기 반응을 보여서, 계속 경과를 지켜봐야 한다는 것이었다. 마음 내키는 대로 행동할 수 있다면 지금도 다네스의 침대 머리맡이나 맴돌고 있었겠지만, 제다오에게는 업무가 끝없이 밀려왔다.

따라서 예고 없이 문이 열렸을 때 제다오는 완전히 방심하고 있었다. 반사적으로 권총을 찾아 손을 뻗었지만, 다행히도 총은 없었다. 물론 쿠젠이 무장을 허용해줬으면 좋았으리라는 생각이 잠깐 머리를 스치기는 했지만. 어쨌든 덕분에 자기 선실에서 다시 총격전을 벌여 경보를 울리는 사태는 피할 수 있었다.

문제의 침입자는 암살자와 동행했던 뱀형 서비터거나 아니면… 서비터들한테도 쌍둥이 같은 게 있으려나? 제다오는 맥박이 빨라지는 것을 느끼며 심호흡을 한 다음, 서비터가 들어오고 문이 닫히자 입을 열었다. "임무를 마무리하러 온 거라면 이번엔 좀 더 괜찮은 장비를 사서왔기를 바라. 용광로에 던져 넣는다면, 나를 처리하는 것도 가능할지 모르지. 아쉽게도 내 선실은 심각한 용광로 부족 사태를 겪고 있지만 말이야."

서비터는 그의 눈높이까지 둥실 떠올라 센서를 맞춘 채로 한참을 기다리다가, 푸른색과 녹색 불빛을 나직하게 깜빡였다. 제다오는 불빛 색을 어떤 식으로 해석해야 할지 감을 잡을 수 없었다. 그가 보기엔 마음이 편안해지는 색이었지만, 서비터에게도 같은 의미의 색이란 보장은 전혀 없었으니까.

"나는 너희 말을 못 해." 제다오는 이렇게 덧붙이며, 서비터 언어가 몇 가지나 될지를 상상해보았다. "솔직히 말해서, 표준 언어를 제외하면 딱히 제대로 할 줄 아는 말이 하나도 없지. 그러니까 네가 내 말을 이해할 수 없다면, 우리는 이대로 교착 상태에 빠진 셈이란 거야. 물론 몸짓으로 의사소통을 시도할 수도 있겠지만." 그나저나 '너 혹시 육두관을 죽이러 온 거야?'를 몸짓으로 어떻게 표현해야 하려나?

"표준 언어는 할 줄 알아요." 서비터가 말했다. 부드럽고 또렷한, 잔잔한 느낌의 알토 음색이었다. "지난 며칠 동안 당신을 지켜보고 있었어요. 잠깐이지만 지금은 말해도 안전할 거예요."

글쎄, 안전하지 않다면 이미 너무 늦어버린 셈이겠지만. 어쨌든 지금은 대화를 시도할 때였다. "내 손을 부순 게 너였지?" 제다오는 기억을 더듬으며 말했다.

서비터는 분홍색과 주황색을 빠르게 깜빡였다. "그 일은 사과드릴게요. 제 원래 임무는 실패로 돌아갔어요. 그래도 아직은 모든 게 끝나지는 않았죠. 어째서 나를 육두관에게 알리지 않은 건가요?"

제다오는 희망에 부풀어 올랐다. 아니야, 아직 지나치게 기대하면 안 돼. 제다오는 마음을 다잡으려 애썼지만, 그래도 저항하기가 너무 힘들었다. "우리가 서로 적이라고 확신할 수가 없었거든." 그는 이렇게 말했다. 당연한 일이었다. 새로 등장한 이 서비터가 진실을 털어놓게 만들려면, 제다오 또한 자신의 목적을 일부라도 밝힐 수밖에 없었다. 위험한 상황이었다. 그러나 마침내 속내를 털어놓을 누군가가 등장해서 조금 위안이 되기도 했다.

여기다 모든 것을 걸겠다고, 제다오는 생각했다. 이번에도 실패하면 수많은 행성이 불길과 잿더미에 파묻힐 테니까.

"나는 육두관을 죽일 방법을 찾기 위해 애써왔어." 제다오는 말했다. "진형으로 이능력 효과를 일으키면 가능할 것 같아서 그쪽을 연구하고 있었는데, 내 수학 실력으로는 부족하더군." 그는 〈망령〉호나 그와 공모한 서비터들은 언급하지 않았다. 물론 이 뱀형 서비터 또한 그들을 만났을 것이 분명했지만. "너희의 암살 시도 후에, 나는 다른 방법이 존재하리라고 생각… 아니, 희망을 품게 됐어. 나를 노린 건 목적을 이루기 위한 수단일 뿐이었겠지. 최종 목표는 육두관이었던 거야." 그는 주먹을 꾹 쥐었다. "내가 동력 핵에 몸을 던져야만 작전이 가능해진다면, 그것도 좋아. 기꺼이 하겠어."

제다오는 반응을 기다리며 뱀형 서비터를 바라보았다. 그가 말하는 동안 불빛이 조금씩 진홍색 쪽으로 변하고 있었다. 좋은 신호일까? 나쁜 신호일까? 그리드에 서비터 언어 가이드를 부탁하고 싶은 마음은 간절했지만, 그러면 상대방의 주의를 끌게 될 것이다.

"우리의 원래 계획은 당신을 죽인 다음, 거기서 일어나는 역법 변동을 틈타 육두관을 암살하는 거였어요." 서비터가 말했다. "계획이 실패했기 때문에 당신한테 일러주는 거예요."

제다오는 숨을 멈췄다. 기대하면 안 돼. 그러니 지금 이 소리는…

"당신은 진형 효과 이야기를 했죠. 내 친구는 그 방법을 사용할 수 없다고 했어요. 켈들을 데려왔다가는 당신 함대에 충분히 접근하기도 전에 도륙당할 테니까요. 물론 당신 함대가 그 자리를 피하기만 해도 문제고요. 하지만 이 함대를 지휘하는 장군인 당신이 협력해준다면…" 서비터는 말을 멈추고 불빛을 깜빡였다. 제다오가 보기에는 의심하고 있거나, 무언가를 계산 중인 듯했다.

"계속해봐." 제다오는 문득 손가락이 허벅지를 파고드는 것을 느꼈다. 어느새 몸도 바짝 앞으로 기울이고 있었다. 그는 억지로 손의 힘을 풀었다.

"당신이 원하는 효과를 내는 진형이 몇 가지 있어요. 사용할 생각이 있다면요. 적용 방식은 내가 알려줄 수 있어요." 서비터는 다시 말을 끊었다가, 이어 덧붙였다. "다만 당신이 어떤 식으로 육두관의 눈을 피해 그 진형을 사용할지를 모르겠네요. 그런 짓을 벌이도록 육두관이 방치할 리 없을 텐데요."

"방법이 하나 있지. 거기에 내 모든 것을 걸어볼 생각이야."

서비터는 영문을 모르겠다는 듯 고개를 갸웃했다. "그 말이 사실이라고 해도, 당신이 그렇게까지 하는 이유가 뭔데요? 당신은 육두관께 충성하는 장군이 아닌가요?"

제다오는 이스테이아의 수많은 죽음에 대해 설명했다. 그가 끼어들었던 추도 의식에서, 이단의 심장으로 내리꽂혔던 비도나의 번득이던 비수도. 쿠젠이 단순히 그 체제가 존재하도록 방조한 정도가 아니라 애초에 창안한 사람이었다고 인정했다는 사실도. 자신이 섬기는 주인이 불멸의 삶을 이어가려고 헤아릴 수 없는 목숨을 희생시키는 자이며, 자신도 그에게 동조했다는 사실을 깨닫던 순간 느꼈던, 그 정신을 좀먹히는 듯한 느낌도.

"가끔은 그가 인간적으로 보일 때도 있어." 제다오는 적절한 표현을 찾아 더듬거리며 말했다. "온갖 끔찍한 일을 겪은 이야기도 들었고. 물론 내 동정심을 끌어내려는 계략일 수 있겠지만. 그게 진실이라고 한들 그가 저지른… 지금도 계속해서 저지르고 있는 온갖 일들을 정당화할 이유는 될 수 없겠지." 그는 고개를 들었다. "너는, 너는 어쩌다 여기 온 거야?"

서비터의 불빛이 흐릿해졌다. "나도 한때 그의 휘하에서 일했어요."

제다오는 그 말에 호기심이 동했다. "정말로? 그 이야기도 꼭 듣고 싶은데."

"나중에요." 서비터의 불빛이 살짝 밝아졌다. "하지만 일단 당신이 적용해야 하는 진형의 수학 기반부터 설명할게요. 어떻게 사용할지는 의문이지만요."

제다오는 서비터에게 정중하게 고개를 숙였다. "함께 일하게 되었으니 서로 통성명은 해야지. 나는 슈오스 제다오야."

서비터도 절하듯 허공에서 고개를 까닥였다. "나는 헤미올라예요."

함대가 테레베그 성계에 도착하기까지 26일이 남았다. 물론 제다오는 쿠젠이 온갖 분야에서 거짓말을 늘어놓는다는 사실을 고려하고 있었다. 그 사실을 조금 더 빨리 깨달았다면 좋았을 것을. 어쨌든 병참 문제를 고려했을 때, 쿠젠이 여기까지 와서 일정에 대하여 거짓말을 할 리는 없어 보였다.

역법의 남은 날짜가 뇌리를 떠나지 않아 골치가 아팠다. 승무원은 대부분 자리를 털고 일어났다. 제다오는 참모진 회의에 출석해 여러 사람을 불안하게 만드는 질문을 던져대고, 보병대 병영뿐 아니라 의무반, 기술반, 결투장에도 불시에 모습을 드러내곤 했다. 물론 그의 몸짓언어에서 뭔지 모를 목표를 탐색하고 있다는 사실을 알아차린 사람이 있을지도 모르지만, 적어도 추측을 섣불리 입 밖에 내는 사람은 아무도 없었다.

일전에 꾸짖었던 손재주 없는 상병에게 열선 권총 분해 조립을 다시 시키기도 했다. 이번에는 부속을 빼먹지 않고 성공했지만, 여전히 속도는 다소 느렸다. 뮈예드의 표정을 보니 제다오가 상병을 질책할 것이라 여기는 모양이었고, 그것을 차치하고서도 아예 지금 상황 자체가 마땅찮아 보였다. 제다오는 입을 다무는 쪽을 택했다.

뮈예드 휘하의 보병대 퀠은 제다오가 시키는 낯선 훈련에 당황하는 기색이 역력했다. 제다오가 헤미올라와 함께 몰래 연구한 내용대로였으니까. 게다가 함대의 다른 전함 퀠들도 혼란스러워하고 있다는 보고서가 올라왔다. 제다오가 훈련에 참여하기 직전, 쿠젠이 차를 마시자고 초청했다. 거절하고 싶었으나 그랬다가는 의심을 사게 될 것이다. 그는 쿠젠을 찾아가서 전혀 실용적이지 않은, 금 잎사귀를 얹은 설탕 공예에 대해 투덜대는 소리를 한참 들어주었다. 당연하게도 잔소리가 뒤따랐다.

"갑자기 의욕이 생겨서 이것저것 해보는 건 좋아. 하지만 그러다간 아랫사람들을 너무 바싹 몰아붙일 수 있다고. 그리고 너도 좀 쉬는 게 좋을 거야. 몸무게가 또 줄었던데."

제다오는 계속 뭔가 먹으라고 강요하는 쿠젠의 잔소리에 신물이 났다. 게다가 서비터가 음식을 가져올 때마다 그를 관찰하는 시선이 느껴졌다. 계속 뒷맛이 이상한 것도 여전했고. 아마 자신이 인간이 아니기 때문일 것이다.

"그만두면 뮈예드 대령이 실망할 겁니다." 적어도 이 말 자체는 완벽한 사실이었다. "보고서를 확인하니 병사들의 사기를 올려야 할 것 같더군요. 보병대는 제대로 전투를 치르지 못해 의기소침해진 상태였습니다. 물론 비논리적인 감정이기는 합니다만. 최대한 기분을 풀어주는 편이 낫겠죠."

쿠젠은 어깨를 으쓱했다. "내키는 대로 해." 이후 쿠젠은 한동안 귀찮게 굴지 않았다. 고작 이틀뿐이기는 했지만.

얼마 지나지 않아 다네스가 정신을 차렸다. 제다오는 소식을 듣자마자 의무반으로 향했다. 도착해보니 다네스는 자리에 앉아 있었고, 그를 보자마자 경례하려는 듯 몸을 움직였다.

"하지 마." 제다오는 말했다.

제다오는 선물이라도 가져와야 할지를 놓고 심각하게 고민했었다. 연인 관계를 다룬 자료를 찾다 보니, 복무 중인 켈을 위한 칼럼이 거의 1세기 분량이 쌓여 있는 것이 발견되었다. 그는 홀린 듯이 그 내용을 읽다가 칼럼의 조언을 도저히 따를 수 없다는 점을 깨닫고 좌절했다. 예를 들어, 연인에게 화려한 초콜릿이나 좋아하는 먹거리를 선물하라는 조언이 그러했다. 대체 전함나방에서 어떻게 화려한 초콜릿을 구할 수 있겠는가? (혹시나 해서 확인해보니 다네스가 초콜릿을 좋아하기는 했다. 장미꽃잎 설탕 절임을 몰래 즐긴다는 기록도 함께 있었지만, 어차피 제다오에게는 그쪽도 얻기 힘든 것은 마찬가지였다.) 게다가 화려한 초콜릿이든 장미꽃잎 설탕 절임이든, 규정에 반하는 연인 관계를 들키지 않고서 어떻게 건넬 수 있겠는가?

결국 제다오는 빈손으로 올 수밖에 없었고, 그런 자신에게 혐오감이 들었다. "상태는 좀 어때?" 그는 어색하게 물었다.

다네스의 미소는 거의 쓴웃음에 가까웠다. "기분은 나아졌습니다. 각하의 서류 업무는…"

"쉿." 제다오가 말했다. 다네스가 쓰러진 이후로, 제다오는 주변에 산적한 사소한 업무를 그에게 얼마나 의지해왔는지 절감하게 되었다. "그냥 빨리 낫는 일에만 신경 써."

"각하를 공격한 자는…"

다네스가 전체 사건을 얼마나 기억하고 있을까? 제다오는 다네스의 손을 붙들고 켈의 군사 암호를 두드렸다. '무슨 일이 있었는지 아무에게도 알리지 마.' "저는 괜찮습니다." 다네스가 말했다. 제다오는 다네스의 눈썹에 입을 맞추고 싶은 순간적인 충동을 억누르고, 그의 손을 한 번 꾹 쥐었다 놓는 정도로 만족하기로 했다.

〈망령〉호의 목소리가 들렸다. *네가 짝짓기 충동에 그렇게 심각하게 지배당할 줄은 몰랐다.*

다행스럽게도 움찔하지는 않았지만, 달아오른 목덜미 쪽은 의무병들에게 들키지 않았기를 바랄 수밖에 없었다. *내가 그를 어떻게 생각하는지를 알려주면 좋아할 것 같아서.* 막상 이렇게 말하자니 자신이 옳은 행동을 했는지 확신할 수가 없었다. 그러나 다네스는 나름대로 감사하는 얼굴로 그를 바라보고 있었다.

한때는 분명 훌륭한 장군이었지. 이렇게 덧붙이는 〈망령〉호의 목

소리에는 애석해하는 기색이 가득했다. *이제 그 장군은 사라졌지만. 어쨌든 네가 이쪽 방면으로 인간에게 관심을 가질 거라고는 예상하지 못했는데. 나방은 상황이 허락될 때, 본능의 인도에 따라 짝을 짓는다. 따라서 밤에 서로 마주칠 때마다 새끼를 낳을 가능성이 생기지. 그러나 내 몸은 병기로서 효율적으로 사용할 수 있도록 그 본능이 억눌려 있다. 너도 그런 처치를 해놓을 줄 알았는데, 육두관의 묘한 편애가 이쪽으로도 작용한 모양이로군.*

제다오는 다네스를 위로하려는 듯 몇 마디를 웅얼거렸다. 계속 머물고 싶었지만, 그 이상은 무리였다. 이 상황에서는 난감하게도, 순간 다네스의 널찍한 근육질 등판과 호랑이 문신이 눈앞에 떠올랐다.

〈망령〉호의 불쾌한 웃음이 그의 뼛속을 울렸다. *어차피 상관없는 일이지. 나방이든 인간이든, 너는 불임이니까.*

제다오는 그 말에 시큰한 고통을 느끼고는 순간 당황했다. 아이 따위 자신에게 추상적인 관념일 뿐인데도. 쿠젠은 아이가 있었다는 이야기를 한 적이 없었을뿐더러, 그가 부모라는 굴레에 흥미가 있으리라고는 상상조차 할 수 없었다. 공용 식탁의 켈들 또한 가족 이야기를 거의 꺼내지 않았다. 상황을 고려하면 이해할 만한 일이었다.

게다가 너는 부모로서는 최악일 테니까. 〈망령〉호는 냉소적으로 이렇게 덧붙였다.

그것만은 제다오도 진실이라 인정할 수밖에 없었다. 자신을 아버지로 원할 사람이 있다고는 생각할 수 없었다.

다음 날 아침, 쿠젠은 제다오를 아침 식사 자리에 초대했다. 제다오는 지금 그와 소원해져서는 안 된다는 생각에 초대를 수락했다. 지금은 화해했다는 듯이 굴 때니까.

환경 세정기 고장을 놓고 두서없는 대화를 나누던 와중에, 제다오는 갑자기 이렇게 물었다. "쿠젠, 당신에게도 자식이 있나요?"

쿠젠은 침중하게 입을 다물었지만, 다행스럽게도 그 침묵은 그리 길지 않았다. 그는 갑자기 크게 웃음을 터트렸다. "이런, 내 사랑. 왜 그래, 설마 그런 쪽으로 뭔가 해보고 싶은 거야? 항상 울기만 하고 양 끝에서 액체를 줄줄 흘려대는 결과물이 뭐가 좋다고."

제다오는 멈추지 않았다. 단순한 진실이 가장 잘 먹힐 테니까. "새삼 당신에 대해서 아는 것이 없다는 생각이 들더군요. 이제야 깨달았지만요."

쿠젠은 턱을 괴었다. 마치 생각이 많은 비범한 고양이처럼 보였다. "할라쉬는 자기 애완동물들이 여자를 범하고 다녀도 신경 쓰지 않았어. 나도 몇 번 시도는 해봤지. 내 임무는 가문을 일으키는 게 아니라, 그저 우리 대장을 즐겁게 하는 거였거든. 어쩌다 한둘 정도는 남겼을 수도 있겠지."

제다오는 거의 목이 멜 지경이었다. "이후에 찾아서 보살필 생각은 하지 않았고요?"

쿠젠은 눈을 크게 떴다. "그곳에 들이닥친 켈은 가족을 한데 모아서 철저히 지켜주려고 애쓰는 자들이 아니었거든. 세력 다툼에 이용하거나 안식을 얻으려고 다들 서로와 동침하고 있었으니, 시도했어도 꽤나 애먹었을 테고. 어차피 할라쉬는 하수인들의 세력 다툼에 놀아나기에는 너무 영리한 사람이었지만."

쿠젠의 목소리가 차츰 커졌다. "훌륭한 사람이었지, 적어도 주인으로서는. 나는 언제나 그의 곁에 있으면 무엇을 얻을 수 있는지 잘 알고 있었어. 원하는 음식을 언제든 먹을 수 있고, 골목에서 안전한 잠자리를 확보하려고 들개를 내쫓지 않아도 되고, 심지어 원하는 물건은 뭐든 가질 수 있고. 나는 이후로도 항상 그런 삶을 추구해왔지."

제다오는 쿠젠을 향해 마주 웃어 보이며, 쿠젠이 사치스러운 생활에 집착하는 이유를 이해하고 있는 자신을 혐오했다.

31

이네세르는 한밤중에 적 함대의 접근 보고를 받았다. 물론 놀랄 일
은 아니었다. 브레잔의 나방에 있던 이번 달 초에, 적이 바로 오늘을
노리고 있다는 이야기를 들었으니까. 그러나 그게 아니더라도 납득할
수 있는 일이었다. 세상 모든 일은 난장판과 불운으로 이어지기 마련
이고, 그 법칙에 따르면 적 병력은 항상 가장 곤란한 순간에 등장하는
것이 당연하니까. 계획인지 우연인지는 중요치 않았다. 그녀가 즐겨
드는 예시는… 지금 생각하면 웃기는 일이긴 하다. 당시에는 전혀 웃
기지 않았지만. 시간 약탈자들이 습격해서 그녀의 진급 축하 파티 도
중에 방어선을 구축해야 했던 일이었다. 그녀의 부관과 부관 취향에
맞춰 엄청난 수의 연예인과 고급 창부를 선별해 데려왔는데, 사람들
이 실망하거나 말거나 서둘러 대피시켜야 했다. 물론, 임대해 온 염소
들까지도. 처음에 염소를 데려오겠다는 이야기를 들었을 때 이네세르

는 아주 신선한 염소 카레를 맛볼 수 있으리라 기대했다. 그러나 쓰다듬는 용도로 데려왔다는 부관의 말에 그녀의 희망 또한 산산이 부서졌다. 물론 놀랍도록 부드럽고 푹신한 털가죽과 우스꽝스러울 정도로 긴 속눈썹, 그리고 신뢰로 가득한 눈망울을 가진 염소기는 했다. 게다가 계획에 지장이 생겼다는 걸 깨닫는 것도, 지시에 따라 움직이는 것도 병사들보다 빨랐다.

진주방울 희망 요새, 집무실 옆방에서 아내 한 명과 잠들어 있던 이네세르는 곧바로 집무실로 이동했다. 그녀의 움직임에 맞춰 조명이 들어왔다. 안전을 위해 두 아내와 나머지 가족들 전부 성계 밖으로 보내고 싶었지만, 그랬다가는 휘하 병사들의 사기가 떨어질 터였다. 부하들 앞에서 사사로운 감정을, 그것도 연약한 부분을 드러낼 수는 없었다.

이네세르는 책상 옆을 지나며 슬레이트 하나를 집어 들고, 그대로 집무실을 벗어나 왼쪽으로 방향을 틀었다. 여기서 계속 복도를 내려가면 가장 즐겨 사용하는 회의실로 이어진다. 자기 위로 연장자가 없을 만큼 나이를 먹고 더는 오를 계급이 없을 정도로 버티다 보면, 회의 정도는 원하는 곳에서 열 수 있다. 게다가 가장 편한 의자까지 독점할 수 있다. 형편없는 가구를 견뎌내며 경쟁하는 일은 피학 성향이 강한 젊은 켈들에게 맡겨두면 된다. 엉덩이에서 찌릿찌릿 올라오는 고통에 신경을 쓰는 상황은 의사 결정 능력에 보탬이 되지 않는다는 사실을, 이네세르는 과거 축적된 경험으로 잘 알고 있었다.

그녀가 회의실로 들어섰을 때는 이미 세 사람이 자리를 잡고 있었다. 안단 트세야, 켈 미우잔 대령, 그리고 기록 업무를 맡은 지친 얼굴의 켈 병사였다. 셋 중에서는 트세야가 제일 침착해 보였다. 고급스러운 로브와 반짝이는 보석 장신구를 보니, 대체 평소 한밤중에 무슨 옷을 입고 지내는지가 궁금해졌다.

"호국공 각하." 다른 두 사람이 깍듯하게 경례를 붙이는 동안, 트세야는 입을 열었다. "좋지 않은 소식이네요."

이네세르는 위협적으로 활짝 웃으며 대답했다. "보고해보게."

"초계 근무를 서던 정찰나방이 100여 대의 기치나방으로 구성된 함대의 접근을 탐지했습니다." 미우잔은 이렇게 말하며 회의실 탁자 위로 손을 저었다. 그리드는 테레베그 성계의 지도를 띄우고 상황을 표시했다. 보호령의 병력과 기반 시설은 금색으로, 접근하는 함대는 적색으로 표시되었다.

미우잔이 다시 손짓하자, 보조 화면에 함대와 진형의 상세 현황이 떠올랐다. 적은 두 가지의 방어막 생성 진형을 번갈아 사용해서 최대한 방어적으로 진군하고 있었다. 예전에 니라이 허수아비 육두관에게 몇 분 이상 버틸 수 있는 방어막 진형을 만들 수 없느냐고 물어본 적이 있었다. 허수아비 육두관은 진절머리 나게 긴 논문과 연구 결과로 대답한 다음, 끝에 쪽지를 하나 붙여 보냈다. '요약하자면, 불가능합니다.'

미우잔이 한쪽을 가리켜 보였다. "저건 우리와 싸웠던 학살나방이거나 그에 가까운 품종쯤 될 겁니다."

"조금이라도 사기를 덜 떨어뜨리는 이름을 찾아봐야겠네." 이네세르는 말했다. 그녀는 쿠젠이 자신의 피조물을 뭐라고 부를지 궁금해졌다. 어쨌든 전함나방 설계자로서의 경력을 고려하면, 쿠젠이 만들었다고 생각하는 게 좋을 것이다. 최근 숨이 끊긴 자신의 소멸나방도 쿠젠이 만든 것이라고 생각하니 묘하게도 아이러니한 기분이 들었다. 전함나방 명명식 날에는 쿠젠이 손수 기념 선물을 보내주기까지 했지. 은빛 난꽃을 발톱으로 붙드는 황조롱이를 묘사한 훌륭한 목제 조각품이었다. 그 조각품이 지금도 그녀 침대 옆 탁자에 놓여 있었다. 지금 상대하고 있는 적이 누구인지를 끊임없이 상기시키는 꺼림칙한 기념물이었다.

미우잔은 쓴웃음을 지었다. "이 시점에서는 의미 없지 않겠습니까, 각하." 이스테이아 전투 이후로는 모든 장병이 그 이름으로 부르고 있었으니까. 두 사람 모두 언어 통제가 쓸모없다는 사실은 잘 알고 있었다. 특히 불안에 시달리는 병사들에게는.

이네세르는 몸을 기울여 지도를 살폈다. 적 함대가 현재 경로를 유지한다면 도착 시점은 58시간 12분 후가 될 것이다. "지금으로선 은폐 상태로 다가오는 함대가 없기만을 비는 수밖에 없겠지."

"그런 발언을 공적인 자리에서 하지 않으신 게 얼마나 다행인지 모르겠습니다." 미우잔이 중얼거렸다. "따로 명령하실 내용이 있습니까?"

이네세르는 지금껏 실행한 온갖 대피 연습이 쓸모없기를 바랐다. 하지만 대비는 충실한 편이 좋을 것이다. "전 병력에 1급 경보를 내리고, 민간 관료들에게도 통보를 보내게. 행성에 있는 민간인은 전원 지하 벙커로 피난시키고." 물론 따르지 않는 자들도 있을 것이다. 저항 세력은 어디에나 있는 법이니까. 그래도 일단 시도는 해야 한다.

미우잔은 군말 없이 명령을 이행했다.

이네세르가 예상한 대로, 트세야의 수많은 친척 중 하나인 테레베그 4번 행성의 총독이 연락해 왔다. "연결해." 그녀는 지친 목소리로 대꾸했다. 바로 해결하는 편이 차라리 나았다.

안단 비엔드리스 총독은 불편할 정도로 트세야와 닮은 사람이었다. 차이점이라고 해봐야 양성체인 그가 트세야보다 조금 더 아름답다는 정도뿐이었다. 그래도 이네세르는 다른 두 가지 요소 덕분에 그들을 온전히 구분할 수 있었다. 비엔드리스는 군대에 소속되지 않은 양성체들이 흔히 그렇듯 머리카락을 둥글게 말아 올리고 있었고, 일렁이는 은빛과 푸른빛, 검은빛의 문신이 그의 얼굴 절반을 덮고 있었다. 예전에 트세야에게 저 문신이 무슨 뜻인지를 물어본 적이 있었다. 트세야는 얼굴을 찌푸리면서 이렇게 대답했다. "본인 개인 문장이에요. 제 오빠 중 하나는 문신을 새기던 사람이 술에 잔뜩 취했던 모양이라고 평하곤 했죠. 뭐, 그래도 훌륭한 작품인 것 같기는 하네요."

"호국공." 비엔드리스는 유독 그녀의 직함을 강조하며 그녀를 불렀다. "지금 무슨 일이 벌어지는 중인지 물어봐도 되나요?"

이네세르는 가볍게 그에게 고개를 숙여 보였다. 저자의 까다로운 허영심을 만족시켜서 나쁠 것은 없으니까. 그러나 비엔드리스는 웃음기 없이 눈을 번득일 뿐이었다. 그 정도로 넘어가지는 않을 모양이었다. 뭐, 시도해볼 가치는 있었으니까. "경보는 받으셨겠죠?"

비엔드리스는 소매에서 먼지를 털어내는 시늉을 했다. "그 수많은 훈련이 헛수고가 아니라는 사실을 알게 되었으니 기쁘다고 해야 할지. 적어도 우리가 그대의 지시대로 표준 역법을 고수하고 있다는 점만은 단언할 수 있습니다."

"다행이로군요. 그리고 훈련이야, 아무 이유도 없이 지하를 들락날락하는 편이 차라리 낫겠죠." 얼른 털어놓고 끝내라고. 지금은 성계 전체를 대상으로 방어 작전을 세워야 한단 말이야. 그녀는 속으로 생각했다.

그러나 성계의 방어를 위해서는 부분적으로나마 비엔드리스의 협조가 필요했다. 비엔드리스는 성계 내 가장 큰 거주 행성의 총독일 뿐 아니라, 다른 행성, 위성, 우주 기지의 행정관들과도 연줄이 있는 사람이다. 여기서 비엔드리스의 불안을 달래줄 수 있다면, 비엔드리스가 나머지 사람들을 설득해서 명령에 따르도록 해줄 것이다.

"무슨 말인지 알겠군요." 비엔드리스는 잠시 침묵하다 이렇게 말했다. 그러나 다음 순간, 예상치 못한 말이 그의 입에서 흘러나왔다. "그래서 내가 어떻게 도우면 되겠습니까?"

재와 불꽃의 이름으로, 비엔드리스와 꾸준히 저녁 식사를 해온 것이 전부 헛수고는 아니었군. 이네세르는 이렇게 생각했다. 물론 이러면서도 비엔드리스의 최고급 와인 컬렉션을 어느 정도는 즐기기는 했지만. "비상 대책 공고문은 숙지하고 있겠죠? 사람들이 그 내용을 충실히 따르도록 해주세요. 그쪽 행성에서 전투가 벌어지면 상당히 상황이 나빠질 테니까요. 그런 상황이 생기지 않도록 온 힘을 다해 막아보겠지만…"

비엔드리스는 손을 내저었다. "친애하는 이네세르, 굳이 나한테까지 전장의 불확실성을 설명하려 애쓸 필요는 없습니다."

마치 과거에도 침공을 겪어본 듯한 소리였다. 물론 트세야도 침공당한 경험까지는 없을 것이다. 다만 그녀는 어머니 쪽 혈족 중에서 유일하게 특수 작전 훈련을 받은 사람이었다. 그러한 이력 덕분에 이네세르가 트세야와 잘 어울릴 수 있었던 것이기도 했고. 반면 비엔드리스가 전투를 직접 경험해봤다는 소리는 들어보지 못했다. 단순한 표현 문제를 놓고 트집 잡을 생각은 없었지만.

"그렇다면 다른 이들을 진정시키는 일은 그대에게 맡기죠."

"그야 당연한 말씀을." 비엔드리스는 이렇게 말하며 통신을 종료했다.

트세야는 자기 사촌에 대해 무례한 소리를 지껄이기에는 너무 품행이 방정한 사람이었다. 또한 이네세르는 두 사람의 관계를 정확히 파악하지 못하고 있었다. 평범한 신체 개조는 차치하더라도, 둘은 유전자 기증자 세 명과 대리모 한 명이 얽힌 관계였으니까. 그러나 비엔드리스가 화면에서 모습을 감추는 순간, 트세야의 손가락에서 살짝 힘이 빠지는 모습은 분명히 알아볼 수 있었다.

"내 참모진으로 들어온 게 저 사람이 아니라 당신이라서 정말 기쁘군." 이네세르는 이렇게 중얼거렸다.

트세야는 애매한 미소를 지었다.

다음 통신에는 그녀조차도 자세를 다잡을 수밖에 없었다. 상대는 진주방울 희망 요새의 사령관인 켈 미쉬케였으니까. 언제나 썩 내키는 작자는 아니었지만, 능력이 뛰어난 이상 그런 건 부차적인 문제일 뿐이었다. "통신 연결해." 그녀는 즉시 말했다. 피할 수 없는 일을 뒤로 미루는 건 그녀의 방식이 아니었다.

미쉬케의 얼굴이 그녀 정면에 등장했다. 볼 때마다 속으로 인상을 찌푸리게 되는 얼굴이었다. 미쉬케의 누나인 료쉬케는 꽤 오래전 이네세르의 아내 중 한 명이었다. 그의 얼굴을 특정 각도에서 보면 20년 전 세상을 떠난 자기 누나와 상당히 비슷해 보였다. 항상 티격태격하는 이유가 그 때문은 아니었지만, 딱히 관계에 도움이 되는 것도 아니었다.

"각하." 미쉬케는 그녀의 새 직함을 사용하기를 거부했다. 이네세르는 가족이기에 그런 행동을 용납했다. "그쪽 외교적 문제를 우리 앞마당까지 끌고 와주다니 정말이지 고맙네요."

"그래, 너도 엿이나 먹으렴." 이네세르는 사근사근하게 대꾸했다. 가족 간 대화란 항상 이런 식이지.

미쉬케는 그녀를 향해 비웃음을 흘렸다. "내가 분명히 말했을 텐데요. 잔뜩 양보해서 그 추락매 꼬맹이를 구워삶아봤자 아무 소득도 없을 거라고요."

이네세르는 코웃음을 애써 참으며 비꼬듯 말했다. "네 견해가 입증되다니 정말 반가운 일이구나. 하지만 그딴 얘기 말고, 뭔가 더 중요한 얘기가 있으니까 이렇게 연락해 온 거겠지?"

"당신이 권좌를 차지했어야 해요." 미쉬케는 아홉 살짜리 어린애의 논리를 펼쳤다. 이네세르는 미쉬케가 언제나 육두관의 친족이 되길 원한다고 의심해왔다. 정신 복합체가 사라져버린 세상에서 무슨 의미가 있다고. "아직 늦지 않았어요."

"직함 문제가 일반 시민에게 그렇게 중요할 것 같니?"

"전혀 들을 생각이 없군요." 그는 입가로 손을 올려서 됐다는 듯 손을 휘저었다. "항상 그게 문제였죠? 우리는 서로의 말을 들을 생각이 없으니까요."

"사령관, 입 닥치고 요점만 말하도록."

"당장 육두관이 되세요. 그 빌어먹을 보호령인지 나발인지 집어치우고요. 슈오스 제다오와 힘을 합치라는 겁니다." 미쉬케가 말했다.

이네세르는 그를 노려보았다. "너 정말로 미쳤구나."

"저쪽 지휘관이 제다오인 건 맞잖아요? 정보는 저도 봤습니다."

"제다오 말고 다른 사람일 가능성은 별로 없겠지. 아직 깃발은 올리지 않았지만." 이네세르는 마땅찮은 투로 대답했다.

"좋아요, 그럼." 미쉬케는 손을 펴 보였다가 다시 맞잡았다. "각하, 당신에게도 나름의 긍지가 있겠죠. 하지만 새로 등장한 번제의 여우와 싸워서 얻게 될 확실한 결과는 단 하나뿐입니다. 무수히 많은 생명을 잃게 될 거라는 거죠. 그럴 만한 대의명분이 있기는 합니까?"

이네세르는 코웃음을 쳤다. "나는 그 작자가 두렵지 않은데."

"저는 두렵습니다." 미쉬케는 나직하게 말했다.

"네가 내 긍지에 상처 입히는구나."

"아시겠지만, 저도 정찰나방의 보고를 계속 들여다보고 있었습니다. 제다오는 계속 다가오고 있어요. 저는 진주방울 희망 요새가 이스테이아와 같은 식으로 파괴당하는 건 피하고 싶습니다."

"제다오는 광인이야. 미치광이가 내 교섭에 응해줄 것 같니? 이스테이아에서도 아주 잘 먹혔던 것 같구나."

"아무리 광인이라 해도 휘하 병력은 지켜야겠죠. 육두정에, 아니 옛 육두정에 가장 오래 봉직한, 아니 두 번째로 오래 봉직한 장군과 싸워야 하는 상황이니까요."

이네세르는 그를 노려보았다. "정말 다행이야. 네 말을 모든 선택지를 고려해보라는 조언으로 받아들일 수 있어서. 그렇지 않았다면, 너를 반역죄로 잡아넣을 수밖에 없었을 테니.”

평소와 달리 미쉬케는 즉시 비웃음을 터트리지 않았다. 그것만으로도 지금 상황이 얼마나 심각한지를 나름대로 드러내주는 듯했다. “우리 친애하는 매형, 당신이 권력을 손에 넣은 순간 우린 이미 선을 넘은 거예요. 그런 야심을 지닌 사람이 당신뿐이 아니라는 걸 몰랐던 건 아니겠죠. 매에게 했던 것처럼 여우도 구워삶으면 되는 거잖아요? 어차피 역사상 육두정은 모든 권력을 한 사람에게 몰아준 적이 없어요. 매형이라면 함께 일하자고 제다오를 꾈 수도 있을 텐데요.”

“네가 내 설득 능력을 신뢰하다니, 네 누나를 만난 이후로 처음 보는 모습 같구나.”

“극단적인 위기에는 극단적인 해결책이 필요한 법이죠.”

“내가 제다오와 한패가 되면 우리 국민들은 절대 나를 따르지 않을 거다. 우리 동맹도 마찬가지고.”

미쉬케의 얼굴이 굳었다. “이번 전투가 ‘내 그럴 줄 알았지’란 말과 함께 처참한 종말로 끝나지 않았으면 좋겠군요.”

“걱정할 필요 없어.” 이네세르는 소름 끼칠 만큼 경쾌한 투로 말했다. “그때쯤이면 우리는 둘 다 죽은 후일 테니까. 그럼 맡은 바 소임을 다하도록, 사령관.”

“우리는 켈입니다. 의무를 다하는 것 말고 달리 뭐가 있겠습니까.” 미쉬케는 냉담하게 말하고는 통신을 끊었다.

“지금은 아무 말도 하지 말게.” 처제의 얼굴이 사라지자마자, 이네세르는 미우잔을 돌아보며 이렇게 말했다.

"할 말은 없었습니다만." 미우잔이 말했다. 어쩌면 정말일지도 몰랐다.

이네세르는 전술 지도 쪽으로 시선을 돌렸다. 이제 전투에서 가장 짜증스러운 부분이 기다리고 있었다. 준비 자체는 한참 전에 끝내놓았지만.

테레베그 4번 행성 너머 소행성대에는 침공군을 확인하기 위한 소규모 초계 함대가 이곳저곳에 배치되어 있었다. 제다오의 정찰나방들이 그쪽으로 접근하면, 초계 함대는 은신처를 나와 기습해서 정찰을 방해한 뒤 원위치로 돌아갈 것이다. 물론 제다오도 예상하고 있겠지만, 시도할 가치는 충분했다.

이네세르는 성계 방어 병력을 학살나방의 중력파 포를 받아치기에 적합한 방식으로 배치해놓았다. 위상 법칙은 경우에 따라 적도 친구도 될 수 있다. 지난번 교전에서 확인한 바로는, 적의 중력파는 좁은 원뿔 형태로 전파되며, 거리에 비례해 위력이 줄어든다. 다행스럽게도 제다오에게 중력파 포는 하나뿐이었다. 그리고 이번에도 함대 하나만 끌고 등장했다. 아군의 함대 하나를 희생하여 중력파 포 공격을 유도하고 사방에서 협공해 들어갈 수 있다면, 그들에게도 기회가 있을지 모른다.

물론 상대가 쿠젠이니 수적 우위조차도 장담하기 힘들기는 했다. 켈이 종종 그렇듯 이네세르의 불운이 최악으로 치닫는다면, 제다오가 감청 초소 범위 밖에 지원 함대를 숨기고 있을지도 모른다. 이보다 더 최악은, 그 지원 함대가 은폐 상태로 접근해 급습해 올지도 모른다는 것이다. 하지만 이런 온갖 피해망상을 전술 배치 단계부터 고려할 수는 없었다.

중력파 포의 한계 외에도 이네세르에게는 다른 이점이 하나 더 있었다. 바로 제다오의 의도를 짐작할 수 있다는 것이었다. 과거의 제다오는 적의 움직임을 예측해 곤경에 빠트리는 솜씨가 뛰어났다. 그러나 지금 제다오는 눈앞의 고정된 목표물을 공략하는 입장이다. 따라서 그가 꺼내 들 수 있는 속임수 전략에도 한계가 있을 터였다.

이네세르도 불안에 떠는 미쉬케의 심정이 이해는 갔다. 그녀는 결코 불필요한 전투를 즐기는 켈이 아니었다. 유혈극으로 일을 처리하는 켈은 어리석은 켈이다. 또한, 제다오는 싸움을 피해야 할 대상 목록에서도 최상위를 차지하는 작자다. 피할 수 있다면 피하는 게 좋겠지. 하지만 과거 경험에 따르면, 사리분별만으로는 유혈극을 피할 수 없는 때가 있기 마련이다. 그리고 지금의 상황이 바로 그러했다. 전투 외의 대안이 없었다.

이네세르는 자신의 명령을 재확인하고 각 지역 함대에 전달했다. 그래, 물론 그녀의 빌어먹을 사령관 처제에게도. 그런 다음 의자를 하나 빼서 그 위로 몸을 던졌다. 이렇게 가끔씩이라도 앉아주지 않는다면 푹신한 의자가 존재할 필요가 있을까? "술에 취할 용기가 있었으면 좋겠군." 이네세르는 이렇게 중얼거렸다.

"설마, 걱정되십니까?" 미우잔이 말했다.

"내가 제다오를 처음 만났을 때의 이야기를 들려준 적이 있던가?" 이네세르가 말했다.

미우잔을 비롯한 참모진의 상당수는 들은 적 있는 이야기였다. 그러나 트세야는 고개를 들고 중얼거렸다. "듣고 싶어요."

미우잔은 한숨을 쉬었다. "또 시작입니까…."

이네세르는 그녀를 무시했다. 최근 미우잔이 우울해진 이유가 눈앞에 닥친 문명의 종언보다는 브레잔과의 끝맺지 못한 다툼 때문이라는 점은 아주 잘 알고 있었다. "당시 나는 중장이었다네. 그때 내가 검은 요람을 날려버려야 한다는 생각을 지나치게 분명한 어휘로 표현했기 때문에, 징계 삼아 제다오의 결박 대상에게 협조하라는 명령이 내려왔지."

그녀는 제다오의 결박 대상을 아직까지 기억하고 있었다. 이단으로 돌아선 아내와 빨리 관계를 끊지 못했다는 이유로 인생이 망가진, 제법 잘생긴 켈이었다. 임무를 마친 그를 안락사시킨 다음에도, 켈 사령부는 그에게 제대로 된 장례를 치러주지 않았다. 이네세르는 이후 전사자의 화장 의식을 치를 때마다, 마음속으로 몰래 그의 이름을 덧붙여 읊으며 희생을 기리곤 했다.

"직접 대화를 나눌 순 없는 걸로 알았는데요?" 트세야가 말했다.

아, 그렇지. 트세야는 검은 요람의 원리에 대해 대부분의 사람보다 많이 아는 편이었다. "그건 그렇지. 하지만 그가 듣고 있다는 점은 신경 쓸 수밖에 없었네. 구미호의 그림자를 보면 그가 듣고 있다는 게 명백했거든. 그가 결박된 켈은 그리 영리한 편이 아니었는데도, 항상 작전에 관해서는 순수하게 슈오스 방식으로 정곡을 파고드는 질문만 던졌다네. 마치 장막 건너편의 존재와 대화를 나누는 것만 같았지. 흉측한 그림자만 비쳐 보이는 존재 말일세."

"제가 보기에 이후로 줄곧 제다오를 이길 기회를 노리셨던 것 같았어요. 아닌가요?" 트세야가 말했다.

자수 틀을 가져오지 않은 것이 유감이었다. 가져왔다면 트세야한테 던질 수 있었을 텐데. "그럴 리가. 어떤 모습의 제다오건 간에, 남은 인생 동안 마주치는 일이 없었으면 좋겠다네."

"지금이 그럴 기회일지도 모르겠습니다." 미우잔이 말했다. 나머지 참모들은 이네세르를 정면으로 바라보지 않으려 애쓰고 있었다. "이 제 통신은 끝났으니 마실 것을 시켜도 되겠습니까, 각하? 시간이 있을 때 미리 식사해두는 편이 나을지도 모릅니다. 차도 한잔하고요."

이네세르는 차를 싫어했다. 지금처럼 터무니없는 시간에 회의를 열 경우, 항상 차가 등장해서기도 했다. 그러나 자신이 싫어한다고 휘하 장교들까지 못 마시게 할 생각은 없었다. "편한 대로 하게. 주방에다가 지난주 내내 내왔던 멀건 국물보다 좀 더 든든한 걸 내오라 요청하도 록." 그러다 그녀는 미우잔의 묘한 표정을 알아챘다. "왜 그러나?"

"혹시 각하, 최후의 전투를 앞둔 만찬이라거나, 그런 것은 아니겠 죠?"

"휘하 병력을 배불리 먹이는 일이 얼마나 중요한지에 대해 논문이 라도 쓰고 싶어진 건가? 시체랑 붙어먹는 빌어먹을 쿠젠 놈은 정말로 좋겠군. 따로 먹지 않아도 되니까."

"그렇지만 그의 결박 대상은 식사가 필요하겠죠?"

"아, 그렇지." 이네세르는 대답했다. "하지만 그건 쿠젠 본인과는 아무런 관계도 없어. 일부러 그렇게 만든 거겠지. 굶어 죽고 싶지 않 은 건지." 그녀는 이 말을 끝으로 방위 함대 배치 문제로 돌아갔다. 지겹고 힘든 작업이기는 해도, 머지않아 지금의 준비 덕분에 목숨을 건지게 될지도 모르는 일이었으니까.

이네세르는 배치 계획에 온 힘을 다하고 싶었지만, 종종 원치 않는 방해가 들어오는 것은 어쩔 수 없었다. 대부분은 예상한 내용이었다. 예를 들어, 특정 위성 행정관이 계속 특수 지원을 요구한다든가. 이네세르는 그런 문제들은 적당한 참모 한 사람을 골라 얼렁뚱땅 떠넘겨 버렸다.

잠시 휴식을 취하며 간식을 먹고 있는 와중에 다시 통신이 들어왔다. 이네세르는 이번 통신도 무시할 만반의 준비를 마친 상태였다. 조금이라도 쉴 수 있도록 미우잔이 모든 통신을 검열하고 있었기 때문이다.

미우잔이 심각한 얼굴로 슬레이트에서 고개를 들었다. "각하, 이번 건은 제가 처리할 수 있는 문제가 아닙니다. 게다가 보안 회선 사용을 요구하고 있습니다."

"아, 또 시작인가." 이네세르는 슬레이트를 받아들고는, 그대로 움직임을 멈췄다. 제목을 보니 발신인이 아제웬 체리스였다. 게다가 브레잔에게 건넸던 인증용 암호도 입력했다. 이네세르는 아제웬이라는 이름에서 양가적인 감정을 느끼며 잠깐 머뭇거렸다. 추락매인 체리스는 이제 이름에 켈을 붙일 자격이 없다. 그러나 한 번 켈은 영원한 켈이란 점도 무시할 수 없었다. "이거 참, 전혀 예상 못 한 일이군. 대령, 현재 접근 중인 함대의 상태는 어떤가?"

미우잔은 화면을 향해 손짓하며 대답했다. "여전히 접근 중입니다. 변동 사항은 없습니다."

젠장. 그렇다면 체리스와 브레잔의 도박이 실패했다는 소리였다. 아니면 쿠젠과 제다오가 암살당했지만, 또 다른 야심 찬 전쟁광이 함대를 지배하고 있거나. 지금 짜놓은 계산식에 완벽히 새로운 인물을 끼워 넣고 싶지는 않았지만, 그렇다고 가능성을 아예 배제할 수도 없었다.

"회선 연결하게." 이네세르는 이렇게 말하고 나쁜 소식을 기다렸다.

화면에 떠오른 여자가 입을 열었다. "이네세르 호국공. 아제웬 체리스입니다. 현재 상황을 직접 보고하는 편이 좋을 거란 생각이 들더군요."

"그럼 말하게." 이네세르는 대꾸했다. 체리스의 느릿하게 끄는 발음을 들으니 등골에 소름이 돋았다. 제다오의 예전 결박 대상의 말투도 조금씩 저런 식으로 변해갔었다. "쿠젠과 제다오가 여전히 육두정을 마음대로 개조하려고 들고 있다면, 그건 딱히 새로운 소식이 아닐세."

체리스는 조금도 동요하지 않았다. "짐작하셨겠지만, 작전은 실패했습니다."

"솔직히 말하자면 놀랍군." 이네세르는 말했다. 퀠 사령부가 체리스에게 제다오를 결박한 뒤로, 그녀에겐 초일류 암살자가 되는 부작용이 뒤따랐을 테니까. "어떻게 무사히 탈출했나?"

"글쎄요, 그게 흥미로운 부분입니다만." 체리스는 진지한 얼굴로 대꾸했다. "저는 제다오의 머리에 두 발, 가슴에 한 발을 명중시켰습니다. 그런데도 죽지를 않더군요. 제다오는 계속 저를 노렸을 뿐만 아니라 보안 설비도 작동시켰습니다. 저는 그대로 포기하고 도망쳤습니다. 제다오의 얼굴을 달고 돌아다니는 그놈의 정체가 짐작조차 안 갑니다. 애초에 인간이 아니거나, 쿠젠이 휘하 장군에게 어떤 의미에서 진정한 불멸성을 부여하는 데 성공했거나, 둘 중 하나겠죠."

"쿠젠이 지대한 관심을 보이는 분야니, 그쪽 기술이 발전하지 않았을 리 없겠지. 자네가 도망친 뒤로 출혈로 사망했을 가능성은 없을 것 같나?"

"기함에 도청 장치를 남기고 왔습니다. 앞으로 얼마나 오래 들키지 않을지는 모르겠지만요. 어쨌든 마지막으로 확인했을 때까지는 여전히 살아 돌아다니고 있었습니다."

이네세르는 체리스를 향해 얼굴을 찌푸렸다. "덕분에 문제가 복잡해지는군."

"아직 기회는 남아 있습니다." 체리스가 말했다. "쿠젠을 죽일 수 있는 진형에 대해서는 브레잔에게 들으셨겠죠?" 이네세르는 고개를 끄덕여 긍정을 표했다. "당장 해결해야 할 문제는 중력파 포를 뚫고 들어갈 방법을 찾는 것입니다. 제가 돕겠습니다. 은폐 장치가 있는 바늘나방을 가지고 있으니, 제가 빈틈을 만들어보죠. 다만 그러려면 호국공 군대의 전투 계획이 필요합니다."

이네세르는 체리스가 육두정 전체를 어떻게 뒤집었는지 아직 잊지 않고 있었다. 그러나 동시에, 지금은 어떤 자원도 낭비할 수 없는 상황이었다. "절충안이 필요하겠군. 진주방울 희망 요새에 있는 내 사령부로 오게. 거기서 계획을 세우도록 하지." 미코데즈 육두관이 은폐 기능을 가진 그림자나방으로 구성된 타격대를 빌려주었다는 사실은 조금도 알릴 생각이 없었다. 그러나 솔직히 말하면, 체리스도 쿠젠도 그 정도는 충분히 짐작하고 있을 것이었다.

"제 좌표를 보내죠. 제가 은폐를 풀자마자 그대로 격추해버리는 일은 없었으면 좋겠군요."

가볍게 동조하는 모습을 보니, 체리스도 뭔가 꿍꿍이가 있는 것이 분명했다. 그러나 그 정도 도박은 감당할 수밖에 없었다. "알겠네. 이쪽 정찰나방 두 척을 보내서 요새까지 호위하도록 하지."

"그 정도면 충분하겠군요. 아제웬 체리스, 이상."

미우잔은 이미 다른 슬레이트를 붙들고 필요한 지시를 내리고 있었다. "해당 좌표로 정찰나방을 파견했습니다. 각하, 설마 진심으로…?"

"최대한 정중하게 대접해야겠지. 하지만 요새를 마음대로 헤집고 다니도록 방치할 생각은 없네. 그럼 우리 처제가 경기를 일으킬 테니까." 그녀는 잠시 미쉬케가 보일 반응을 생각하며 웃음 지었다. "경호팀을 편성하게. 협력할 수밖에 없는 상황이라고 경계를 늦출 수야 없지. 체리스가 무슨 일을 저지를 수 있는 작자인지 항상 염두에 두게. 켈 브레잔은 그 여자가 기본적으로 선한 인물이라 생각하는 모양이지만, 나는 그쪽으로는 회의적이거든."

32

테레베그 성계. 제다오의 함대는 이미 접근 경로를 여러 번 수정해야 했다. 정보를 수집하려고 정찰나방을 내보낼 때마다, 테레베그 4번 행성 너머 소행성대에서 초계 함대가 급습하여 정찰을 방해했기 때문이다. 자신의 부주의한 명령 탓에, 신속히 회피 기동에 들어가지 못한 정찰나방 세 척이 최초의 희생양이 되었다. 이미 차고 넘칠 정도로 길어진 목록에 새 이름이 추가된 셈이었다. 그러나 제다오는 지금 그쪽 문제를 곱씹을 여유가 없었다.

가장 힘든 문제는 적과 전투하는 쪽이 아니었다. 그의 참모진에 따르면, 테레베그의 방위에는 이네세르가 직접 나설 가능성이 컸다. 그렇다면 제다오의 함대를 신속하게 격멸하는 것을 목적으로 전투에 임할 것이다. 제다오는 참모진 얼굴에 떠올랐던 표정을 잊을 수 없었다. 절반쯤은 제다오가 먼저 이네세르를 쳐부술 것이라는 신뢰였고,

나머지 절반은 제다오를 따를 수밖에 없는 자신들에 대한 혐오였으니까. 제다오는 대량 학살을 저지를 생각이 없다고 말해주고 싶었지만, 쿠젠에게 들킬 걱정을 제쳐놓더라도 저들이 자신의 말을 믿어줄 리가 없었다.

가장 힘든 문제는 쿠젠을 설득해 사령실에 모습을 비치도록 만드는 일이었다. 그러나 제다오는 분명 가능하리라 생각했다. 모든 정보를 종합해보건대, 쿠젠은 보병대 켈이 아닌 전함 켈은 그리 두려워하지 않는 것 같았다. 물론 완벽히 믿을 수 있는 추측은 아니었지만, 그래도 좀 더 파고들어볼 만한 추측이긴 했다.

제다오는 사령실 한가운데 자리에 앉았다. 화면을 만족스럽게 배치하는 작업은 이미 끝난 상태였다. 원하는 정보를 찾아 이리저리 화면을 바꾸는 일에도 익숙해졌다. 지금은 작전이 시작하기를 기다리는 중이었다. 지루해서 화면을 만지작거리지 않곤 못 배겼을 상황인데, 이번에는 당당하게 그런 충동을 이겨냈다. 평소라면 가볍게라도 자축하는 의미에서 뭔가 했을 텐데.

"통신." 아침을 갈구하는 그림자처럼 옆에 붙어 서 있는 다네스를 의식하며, 제다오는 입을 열었다. 다네스는 계속 임무에 복귀하겠다고 주장해왔다. 제다오는 별로 그러고 싶지 않았지만, 내키는 대로 행동하게 해주는 쪽이 다네스에게도 좋을 거라 생각해 허락했다. "테레베그 쪽에서 들리는 것은 없나?"

"보안 등급이 낮은 잡담만 가득합니다." 통신반 장교가 대답했다. "우리를 발견한 순간 성계 내 통신량이 급증하기는 했습니다. 놀랄 일은 아니지만요. 물론 저들도 놀라지는 않았을 겁니다. 머지않아 우리가 당도하리라는 사실을 알고 있었을 테니까요."

'머지않아'란 당연하게도 지옥나선 요새의 기념일을 의미하는 것이었다.

"고맙네. 새로운 상황이 발생하면 즉각 보고하도록." 제다오는 말했다. "가능하면 저쪽 수도의 지도를 찾아다주겠나. 지금껏 보병대에서 내내 들여다보던 물건을 보완해줄 만한 것으로 말이야."

"뭐든 긁어모아보겠습니다, 각하. 주민들이 보조 두뇌를 사용할 때 참조하는 기본 지도는 있을 겁니다. 그쪽은 따로 암호가 걸려 있지 않겠죠."

"좋아, 그러면 1번과 2번 전술 부대와 잠시 이야기를 나누고 싶은데."

통신장교는 그의 말뜻을 정확하게 알아듣고, 탈라우 함장과 니하라케루 함장을 주 대화 상대로, 휘하의 나머지 함장들을 낮은 등급의 참가자로 지정해놓은 가상 회의를 열었다.

"저들 말인데, 정말이지 무척이나 비협조적으로 굴고 있지는 않나?" 제다오는 인사말도 따로 없이 이렇게 말했다. "뭐, 물론 우리 쪽으로 돌격해 오리라 기대한 것도 아니지만 말이야."

탐지에서는 가끔 흐릿한 잡음만 들릴 뿐이었다. 그러나 두뇌가 절반이라도 있는 사람이라면, 이네세르가 테레베그 4번 행성과 그 위성의 배후에 방위 함대를 감추고 있으리라는 정도는 짐작할 수 있었다. 물론 이쪽 접근을 눈치챈 후 전 함대를 재배치하기에는 시간이 부족했겠지. 그보다는 그림자나방을 이용한 기습 쪽이 더 걱정됐다.

"훌륭한 전략적 판단을 내렸다는 이유로 비방할 수는 없죠." 니하라가 말했다.

"그렇지. 하지만 별로 상관없네. 훌륭한 전략적 판단 정도로는 무사히 살아남을 수 없을 테니까." 한쪽 옆에서 누군가 움찔하지 않으려 애쓰는 모습이 보였다. "우리가 정면에서 치고 들어가는 상황에 대해서는 확실한 대책을 세워놨겠지. 온갖 불친절한 환영책을 잔뜩 준비해놨는데 우리가 무시하고 돌격해 들어가면 깜짝 놀라지 않겠나. 나는 정확히 그 허점을 찔러줄 생각일세."

여기가 이번 위장에서 가장 마음에 안 드는 부분이었다. 게다가 마음에 안 든다는 사실도 밝힐 수가 없었다. 이네세르 때문이 아니라, 쿠젠 때문이었다. 탈곡기를 사용하지 않아도 된다면 얼마나 좋았을까. 일단 탈곡기가 등장하면 어떻게 해도 병사들의 공황을 막을 수 없을 것이다. 어쨌든 지금 이 순간은, 이네세르와 그 휘하 병사들이 앞으로 벌어질 상황에 충분히 대처해주기만을 바랄 수밖에 없었다.

"우리 쪽 병기면 충분히 저들한테 두려움을 선사할 수 있습니다." 니하라는 태연하고 전문가다운 자세로 말했다. "적들이 접근을 개시하면 그대로 짓씹어버리면 됩니다."

"표현 방식이 정말로 참신하군." 제다오가 말했다.

"그럼 시작하죠." 탈라우가 말했다.

"알겠네." 제다오는 일부러 밝은 투로 말했다. "고맙네, 함장. 그럼 이제 시작하도록 하지. 통신, 모든 함선에 회선을 연결하도록. 전 함선은 톱니바퀴 2번 카드 문장을 거꾸로 내건다." 새로 열린 보조 화면에 그의 문장이 떠올라 반짝였다. 마치 되새겨줄 필요기 있다는 것처럼. 제다오는 짜증스럽게 보조 화면을 꺼버렸다.

"적에게 권고하실 생각이십니까, 각하?" 탈라우 함장이 물었다.

"아, 굳이 말까지 할 것 있나. 병기라는 더 보편적인 언어가 있는데." 제다오는 다네스를 보지 않으려 애쓰며 말을 이었다. "우리 쪽에는 경계면 탈곡기가 있잖나."

사령실 내의 공기가 순식간에 얼어붙었다. 물론 그를 상징하는 무기기는 하지만, 진주방울 희망 요새나 그 배후 행성에 접근하기도 전에 꺼내 들다니. 이토록 빨리 사용할 필요가 있을까? 게다가 동족을 상대로? 제다오는 휘하 장병 중 얼마나 많은 수가 테레베그에 가족이나 전우나 친구가 있는지 확인하지 않았다. 그런 쪽으로 신경 쓰는 것처럼 보여선 안 된다는 이유에서였다. 그래, 물론 보호령은 광대하니까 그렇지 않을 가능성도 컸다. 그러나 신정부의 중심지인 이 성계는 켈에게도 특히 중요한 의미를 가졌던 곳이었으니, 존재 가능성을 배제할 수는 없었다.

참을 수 없는 정적이 흐른 후, 적들도 깃발을 투사했다. 보이지 않는 함대가 아닌 요새 쪽이었다. 불만스러운 숙덕거림이 사령실 내부를 휩쓸었으나, 제다오는 크게 개의치 않았다. 도리어 이네세르의 현실적인 대응에 감탄할 뿐이었다. 그는 새 보조 화면에 떠오른 '새 마리의 황조롱이와 세 개의 태양' 문장을 지그시 바라보다가, 이번에도 화면을 꺼버렸다.

함정을 꾸밀 때였다. "별도의 지시를 내릴 때까지 계속 방어막 진형을 번갈아 유지하도록. 이대로 테레베그 4번 행성까지 진격한다." 전략 지도에 이동 경로는 이미 그려놨다. "이미 우리 접근을 확인했을 테니, 굳이 긴장감을 늦출 필요는 없겠지?"

그는 최소한의 사상자로 임무를 완수할 생각이었다. 그리고 아무도 죽이지 않고 임무를 완수할 수 있을 거란 환상 따위는 조금도 품지 않았다.

"각하, 소행성대 진입까지 12분 남았습니다." 잠시 후 항해반 장교가 말했다.

제다오는 거대한 우주 바윗덩이에 충돌할 걱정 따위는 하지도 않았다. 그러기에는 사이가 지나치게 멀리 떨어져 있었으니까. 나방 조종사 전원이 코가 비뚤어지도록 술을 마신 게 아니라면 그런 일은 벌어지지 않을 것이다. 이 정도 규모의 함대라도 충분히 통과하고도 남을 만큼 공간이 넉넉하니까. 그보다는 우주 바윗덩이 뒤편의 탐지 불가 영역이 문제였다. 초계 함대나 은폐 능력을 갖춘 타격대 등이 숨을 수 있기 때문이다.

초계 함대는 등장하지 않았다. 이 또한 별로 놀랍지 않았다. 임무를 완수했으니 주요 방위 함대를 지원하고자 퇴각했겠지. 다른 의미를 찾자면, 이네세르 쪽에는 이쪽 발목을 붙들 희생양을 던져줄 만큼 함선이 넉넉하지 못하다는 뜻이었다. 전투는 이제 막 시작한 것에 지나지 않는데도. 아니면 단순히 지나치게 경계심이 강한 것일지도 모른다.

제다오는 관측 화면 위로 지나가는 지나치게 커다란 우주 바위가, 루오와 함께 플레이했던 비디오 게임 속 모습과는 너무 다르다는 사실에 살짝 실망했다. 물론 이미 알고 있었던 사실이긴 했지만. 제다오는 사소한 일에 너무 신경 쓸 필요 없다고 마음을 다잡았다. 머지않아 적대 세력이 모습을 드러낼 것이고, 그때부터는 너무 바빠서 천문학적 지식을 놓고 딴생각을 하기 힘들 테니까.

"8개 함대가 발진했습니다!" 탐지장교는 미세하게 떨리는 목소리로 보고했다. 그리고 뒤이어 출발점 벡터 값을 읊었다. 제다오의 전술 화면에 움직이는 금빛 삼각형들이 떠올랐다. 1, 2, 3, 4, 5번 함대는 테레베그 4번 행성 반대편에서 산개하듯 출발했고, 6, 7, 8번 함대는 진주방울 희망 요새 뒤편에서 등장했다. 그리고 요새 본체도 미사일을 넉넉하게 발사했다.

"미사일 요격 준비했습니다." 병기반이 말했다.

"탈곡기 1번에서 4번까지 발사. 2번과 3번 전술 부대는 '백조엮음' 진형을 취한다." 탈곡기에 보호 효과를 추가하는 진형이었다. 쿠젠이 개조한 신형 탈곡기가 원격 조종이 가능하다는 점은 상당히 쓸만 했지만, 적들의 공격에 먼저 파괴되면 아무짝에도 쓸모없게 된다. 탈곡기가 오래 살아남아야 그만큼 적을 위협해 원하는 행동을 이끌어낼 수 있다.

탈라우가 묘하게 차분한 목소리로 말했다. "각하, 이네세르 장군의 함대가 수적으로 우위에 있습니다. 여러 방향에서 동시에 공격해 들어오는 것도 가능합니다."

"그래, 나도 알고 있네." 제다오가 말했다. 일단은 탈곡기 덕분에 보호령 병력이 거리를 유지하고 있었다. 은폐 상태의 타격대가 있더라도, 기함 격침에 연동되어 탈곡기가 작동할 수 있으니 상황을 주시하고 있을 것이다. 이네세르가 병사들의 목숨을 내던져가며 탈곡기부터 제거하려 들지 않는다는 점은 분명 높이 평가할 만했다. 요새에서 계속 미사일을 쏘다 보면 방어막을 통과하는 것도 생길 테고, 그러면 지금의 우위도 사라질 것이다.

멀리서 제1파의 미사일이 방어막을 때렸고, 섬광이 일어났다. 육안으로 확인할 수는 없었지만, 탐지 보조 화면을 보면 무슨 일이 일어나는지는 명백했다. 백조엮음 진형은 일단 한 번은 버텨낸 모양이었다.

"적 함대 1번에서 6번까지, 접근해 옵니다." 이번에는 탐지반 목소리도 아까보다 덜 떨렸다. 차분해져서가 아니라, 살아남기를 포기했기 때문일 것이다.

내가 살 방법을 만들어볼게. 제다오는 속으로 그녀에게 약속했다. 아무리 그래도 입 밖으로 소리 내 할 말은 아니었으니까.

"2번 함대가 절단포 사거리에 진입했습니다." 병기반이 말했다.

"그건 좀 기다려. 니하라 케루 함장을 호출하도록."

그녀는 즉시 반응했다. "말씀하십시오, 각하."

"잠시 후 경계면 탈곡기를 발사할 예정이네." 이 말에 승무원들이 뻣뻣하게 긴장했지만, 제다오는 그 모습을 애써 무시했다. 미안, 그래도 이쪽이 나을 거야. "목표는 적들이 아니라 우리 쪽 2번에서 6번까지의 전투 부대일세. 해당 전투 부대는 즉시 본대에서 이탈하여 자네 지휘하에 들어갈 걸세."

니하라의 얼굴이 창백해졌다. "저는 켈입니다, 각하." 그녀는 턱을 굳게 들며 말했다.

"아, 그 소리는 좀 관두게." 제다오는 이렇게 쏘아붙였다. 물론 니하라가 그런 결론을 내리는 것도 당연했으니, 이렇게 짜증을 내는 게 부당하다는 건 알고 있었다. "자네는 탈곡기 사거리 바로 밖에서 위치만 지키면 돼. 실수하지 말고. 나는 자네가 마음에 들고…" 이 말에 다네스가 움찔했다. 여우와 사냥개시여, 오늘은 계속 말실수만 하는 날입니까? "…다음 장례 의식에서 자네 이름을 읊고 싶은 마음은 전혀 없으니 말이야."

"잘 알겠습니다." 니하라는 눈썹을 찡그리며 말했다. "마저 말씀해 주십시오, 각하."

"나는 그대로 1번 전술 부대를 지휘해서 머리털이 곤두설 법한 짓거리를 하고 다닐 예정일세. 내 걱정은 말도록. 다 잘될 테니까." 지금 상황에서 그가 할 수 있는 '나를 믿어'에 가장 가까운 말이었다. "자네는 나머지 함대를 통솔해서 탈곡기 사거리 바로 바깥에서 대기하다가, 이네세르의 함대가 접근하기 시작하면 그대로 사거리 안으로 들어가게."

니하라는 잠시 후 입을 열었다. "알겠습니다. 각하께서는 음, 너무 직설적인 표현입니다만, 함대를 탈곡기의 밥으로 던져줘서 역법 변동을 일으킬 생각이라고 허풍을 떨고 싶으신 거로군요."

"정확하네." 동시에 그는 쿠젠에게 메시지를 보냈다. '나를 믿으세요. 출구가 있다고 믿게 만드는 편이 함대의 협조를 얻기 좀 더 쉬울 겁니다.' 위험한 도박이지만, 지금은 충분히 시간을 버는 것이 다른 무엇보다 중요했다…

"가끔은 각하를 이해할 수가 없습니다. 하지만 명령은 명령이죠." 니하라가 말했다.

"그거 좋군."

"니하라 케루 함장, 이상."

사령실 내부를 가득 채웠던 적개심에는 이제 당황스러운 기색마저

섞이고 있었다. 제다오는 속으로 중얼거렸다. 너무 풀어지지 말라고, 이제부터 힘들어질 테니까. 그는 헤미올라가 어디로 숨었을지를 걱정하다가, 다들 전투에 여념 없으니 상대적으로 안전할 거라 생각하며 자신을 달랬다. 지금 헤미올라의 상황을 확인하려 들었다가는 〈망령〉호에 미등록 서비터가 있다는 사실을 들킬 것이 뻔했다.

2번 이하의 5개 전술 부대를 니하라 휘하로 넘긴 다음, 제다오는 탈라우와 1번 전술 부대를 마주했다. "탈곡기를 가동하자마자 그대로 전력으로 테레베그 4번 행성까지 날아가 대기권으로 뛰어들 거다. 흔들릴 수 있으니 미리 대비하도록."

"상당히 거친 비행이 되겠군요." 탈라우가 말했다. "짧은 대기권 비행이라면 견디기야 하겠지만, 화려한 기동까지는 힘들 겁니다."

"적어도 기술반이 지루해지지는 않겠군." 제다오는 이렇게 말하며, 자신이 이 전투에서 살아남을 생각이 없어서 다행이라 여겼다. 다 끝나고 나면 그의 머리를 꼬챙이에 꿰어서 행진하고 싶은 사람이 기술반 말고도 잔뜩 있을 테니까. "그래도 자네 걱정은 알겠네." 그는 기술반에 연락해 대기권 비행에 대비하라고 일렀다.

그러는 동안, 이네세르가 이끄는 8개 함대는 그의 도발을 알아챘다. 그녀의 함대는 감속하면서, 탈곡기나 니하라 휘하 함대와 적당히 거리를 벌리고 정지했다. 이네세르는 벙커 속 어딘가에서 격렬하게 토의를 벌이고 있을 것이다. 제다오가 집단 자살을 명령하기 전에 탈곡기를 해체할 방법을 찾아야 할 테니까.

격렬한 토의는 그리 오래 지속되지 않은 모양이었다. 2분 후에 통신반이 이렇게 물어 왔기 때문이다. "이네세르 장군이 우리 쪽 병사들에게 연설을 시작했습니다, 대장 각하. 혹시 내용을 이쪽으로…?"

"됐네." 제다오는 조금 아쉽다고 생각하며 대꾸했다. 여유가 있는 상황이었다면 잠시 남아서 그녀의 연설을 들어봤을 것이다. 어쨌든 자기보다는 연설 실력이 뛰어날 테고, 분명 들어놓아서 나쁠 건 없을 테니까. "니하라 함장에게 자기 쪽으로 귀순하라고 설득하려 들겠지. 버틸 수 있으리라 생각하네."

통신반 장교는 그의 말에 수긍했다.

지금부터가 가장 중요한 부분이었다. "통신반, 아까 말한 추가 지도는 확보했나?"

"네, 각하." 그는 즉시 제다오의 단말로 지도를 전송했다.

제다오는 지도를 훑어봤다. "지하 벙커를 정말 좋아하는 모양이로군. 그렇지 않나?" 그는 헤미올라가 가르쳐준 진형의 패턴대로 목표물을 배정하느라 시간을 소모했다. "뮈예드 대령을 연결하게."

뮈예드는 경례 따위에 시간을 낭비하지 않았다. "대장 각하." 눈빛이 번쩍이고 있었다.

"그래. 자네와 보병대가 해줄 일이 있네." 제다오는 진지하게 말하며, 그녀 쪽으로 지도를 전송했다. "휘하의 모든 중대를 투입하여 해당 구역을 제압하게. 강하 지점은 자네 판단에 맡기지. 상공에서 최대한 화력 지원을 시도해보겠지만, 안전은 보장할 수 없네. 전부 자네에게 달린 일이야." 자네가 생각하는 이상으로.

뮈예드는 지도를 검토했다. "정보가 정확하다면 다들 벙커에 틀어박혀 있겠군요. 일단 지상에 도착하면 별다른 저항은 없을 겁니다. 그 전에 대공 포화를 뚫고 착지하는 게 힘들겠죠."

"그건 내게 맡겨두게, 대령."

"그렇다면 준비 만전입니다, 각하."

대단한 신뢰로군. "강하 시작 시점이 되면 알려주겠네. 고맙네, 대령."

병기반이 입을 열었다. "각하, 3번 탈곡기가 파손되었습니다. 레일건 탄환이 뚫고 들어온 모양입니다."

"슬슬 시간 낭비는 그만두는 편이 좋겠군." 제다오는 이렇게 말하며, 의자에 등을 기대고 팔걸이를 두드렸다. "1번 전술 부대에 알린다. 이제 테레베그 4번 행성으로 뚫고 들어가 수도까지 직진할 거다. 행성을 방패로 삼을 수 있는 게 이네세르뿐은 아니지." 자기 세력 기반에다 포격을 가하는 건 망설일지도 모른다. 실제로 어떨지는 확인해봐야겠지만. 지나치게 동요하게 만들었다간 그대로 포격할 가능성도 있고.

"행성에는 미사일 요격 방어 체계가 구축돼 있습니다. 이능력 방어막도 존재합니다." 탐지반이 말했다.

"탈곡기를 저쪽으로 돌리려면 지금이 기회입니다." 병기반이 덧붙였다.

"아니. 탈곡기엔 더 적절한 쓰임새가 있네." 제다오가 말했다.

그 순간 문이 열리며 쿠젠이 들어왔다. "잠깐 기다려. 그 쓰임새라는 게 뭔지 들어보고 싶은데."

걸려들었군. 쿠젠의 계획에서 벗어난 것은 그를 불러들이려는 목적도 있었다. 니라이 육두관의 예식용 완전 정장을 입고 온 것을 보니, 쿠젠이 사태를 심각하게 여기고 있다는 점은 명백했다. 로브가 세 겹인데, 바깥쪽은 검은색이고 가운데와 안쪽은 진주 같은 은백색 광택이 은은하게 흐르는 회색이었다. 어깨띠는 더 옅은 회색으로, 진주로 그린 니라이 공허나방 문장이 가슴에 드리워져 있었다. 머리 양옆에는 같은 색의 귀걸이가 달랑거렸다.

제다오는 자리에서 일어나 그를 맞이했다. "니라이-조." 무릎이 살짝 뻐근하긴 했지만, 그는 몸을 숙이며 완전 복종 자세를 취했다.

"슬슬 설명해줬으면 좋겠는데." 쿠젠이 말했다.

이제 거의 끝났어. 제다오는 쿠젠의 허락을 기다리지 않고 자리에서 일어나서, 두 번 걸음을 옮겨 그들 사이의 거리를 메우고는 다시 무릎을 꿇었다. "제가 약속한 바를 이행할 수 있을지 확인하고 싶으십니까? 그럼 지켜보십시오."

쿠젠은 그를 보며 차갑게 웃었다. "좋아."

다네스는 아무 말 없이 쿠젠에게 자리를 권했다.

제다오는 자기 자리로 돌아왔다. "1번 전술 부대에 알린다. 〈망령〉호가 앞서 길을 열겠다. '하강하는 울새' 진형을 취하되 다음 지점에 변형을 주도록." 시야 한쪽으로 쿠젠이 눈을 가늘게 뜨는 모습이 보였다. 그러나 1번 전술 부대의 진형은 쿠젠에게 아무런 위협이 되지 못한다. 적어도 그것만으로는. "내가 지시를 내리면 하강하는 울새 진형으로 바꾸도록." 그는 시간이 흘러가기를 기다리다가, 명령을 내렸다. "지금이다." 나방들이 진형 변경을 시작하면서 화면에 줄줄이 불이 들어왔다.

"테레베그 4번 행성에서 우리 쪽으로 미사일을 발사했습니다." 탐지반이 말했다.

"미사일 수가 대단하군. 병기반, 절단포 상태는 어떤가."

"충전 완료됐습니다, 각하."

"뮈예드 대령이 양륙정 준비가 끝났다고 보고해 왔습니다. 강하용 출구가 열리는 순간만 기다리고 있답니다." 통신반이 말했다.

제다오가 다시 말했다. "항해반, 선체가 견딜 수 있는 최대 가속으로 수도를 향해 돌진하도록. 그리고 절단포를 저들의 목구멍에 겨눈다."

"나쁘지 않은데." 쿠젠은 다른 이들에게는 들리지 않도록 나직한 목소리로 말했다. "그래서 기상 모델링을 연구하고 있던 거였군."

쿠젠이 자신을 내내 감시하고 있었다는 사실을 새삼 깨닫자, 제다오는 가슴이 옥죄어 오는 기분에 사로잡혔다. "절단포를 대기권에서 사용할 경우에 대해 언급하신 적이 있었죠."

"분명 그랬지."

"첫 번째 미사일과 접촉하기까지 2분 남았습니다." 병기반이 말했다.

"발사." 제다오가 말했다.

뒤이어 머릿속을 헤집기 시작한 괴성에, 그는 거의 혼절할 뻔했다. 잠시 모든 것이 둘로 보였다. 쿠젠도 둘이 되었다. 함대의 나방들을 표시하는 기호들 또한 전부 불어나서 만화경 속 풍경처럼 일렁였다. 이건 도저히 감당 못 하겠어. 그는 혀를 깨물며 이렇게 생각했다. 피에서 나는 역한 진액 냄새 덕분에 간신히 정신을 차릴 수 있었다.

굉음과 고통이 사라졌다. 중력파 공격에 미사일은 사방으로 흩어졌고, 1번 전술 부대의 요격 방어 시스템이 남은 미사일을 제거해버렸다. 목표 행성의 첫 공격을 버텨낸 것이다.

"대기 중에 소용돌이가 형성되었습니다." 탐지반은 감탄이 섞인 목소리로 이렇게 말했다.

육안 화면으로도 일부 확인할 수 있었다. 구름과 바람이 끓어오르며 맴도는 와중에, 가운데에 또렷하게 자리한 보랏빛 폭풍의 눈만은 믿을 수 없을 정도로 고요했다. 제다오는 지금 지상에서 어떤 풍경이 보일지 상상해보았다. 폭풍에 삼켜지는 느낌은 과연 어떨까? 짐작조차 할 수가 없었다.

"기회가 생길 때 폭풍의 눈을 통해 진입한 후, 수도 상공에 정지한다." 제다오는 이렇게 말했다. 그가 기상 모델을 제대로 이해하는 게 맞다면, 이런 폭풍은 보통 상당히 빨리 사라진다. 특히 대기권을 고속으로 절단해 형성한 인위적인 폭풍이라면. "뮈예드 대령에게 전한다. 틈을 봐서 재빨리 양륙정을 착륙시키도록. 병기반, 지상에 구축된 미사일 방어 시설을 제거한다. 대령이 고전적인 방식으로 민간인들 사이에 혼란을 일으킬 수 있도록 지원하도록."

"이네세르 장군 측에서 4개 함대를 이쪽으로 돌렸습니다." 탐지반이 말했다.

"때가 됐어." 쿠젠의 목소리가 마치 경고하는 듯했다.

제다오의 시야 구석이 나방으로 가득 찼다. 쿠젠의 그림자 속에서 무수히 많은 날개가 퍼덕이고 있었다. 성운과 연기, 그리고 녹아내린 철사에 엮인 유리 파편이 언뜻 내비쳤다. 쿠젠의 주의를 돌릴 방법은 없었다. 배반의 기색만 있어도 즉시 경계하기 시작하는 사람이니까. 그래, 보병대에 시간을 벌어주려면 그의 계획을 계속 따라줄 수밖에 없었다.

"1번 전술 부대에. 수도를 향해 전진한다. 절단포 재사용을 준비하도록." 이렇게 근거리에서 발사하면 태풍을 일으키는 정도로 끝나지 않을 것이다. 지진도 일으킬 수 있다. 쿠젠이라면 수도의 민간인은 고사하고 지상에 내려간 보병대에도 별로 신경 쓰지 않을 것이다. 그에게 있어서는 보병대 또한 함대의 나머지 병사들과 마찬가지로 희생양일 뿐이니까. 제다오에게는 이제 시간도, 선택지도 별로 남지 않았다.

33

체리스는 최대한 인내심을 끌어 올려 이네세르 호국공의 환대를 받아들였다. 어차피 이네세르의 병력과 함께 움직여야 하는 입장이기도 했으니까. 필요한 보안 암호 정도는 서비터를 통해 입수할 수도 있었지만, 진심으로 동맹을 맺는 편이 서로에게 나을 것이다.

적어도 이네세르가 어떤 사람인지는 어느 정도 알고 있었다. 이네세르가 중장이었던 시절 그녀와 만난 적이 있었고, 함께 이단 반란군 하나를 격파하기도 했다. 별로 놀라운 사실은 아니었다. 오랜 세월에 걸쳐 수많은 이단을 무너트리면서 온 우주에 기억이 가득 남았으니까. 제다오에게 살해당한 영혼들이 워낙 많다 보니, 때로는 숨 막혀 죽지 않고 살아 있는 것이 도리어 놀라웠다.

물론 이제 체리스도 수많은 죽음에 책임이 있었다.

별로 길게 말을 나누지는 않았다. 이네세르는 신선할 정도로 직설적이었다. "나는 자네를 안 믿네. 앞으로도 절대 믿지 않을 거고. 하지만 지금은 자원을 낭비할 여유가 없다네." 그녀는 체리스를 자신의 사령실로 안내하고 통제권을 부여했다.

그리고…

"상당히 오래 걸렸군요." 1491625는 개인 통신 채널로 이렇게 말했다. 그는 체리스가 도킹 베이에 등장한 순간부터 바늘나방의 출항 준비를 마쳐놓고 있었다. "어디로 갈까요?"

"잠깐 기다려." 체리스는 이렇게 말하며, 위태롭게 쌓여 있는 짙은 초록색 상자에 시선을 줬다. 저거 혹시 내가 생각하는 그 물건일까?

"이런 상황에 뭘 하는 겁니까?"

체리스는, 짜증스러운 표정으로 흘러내린 머리를 핀으로 정리해 올리던 켈 병사를 붙들었다. "실례하네. 나는 호국공 각하의 명령을 받고 특수 임무를 수행 중이다. 저거 가변 계수 윤활제 맞겠지?"

병사 표정에 어렸던 짜증은 절제된 당황으로 바뀌었다. "즉시 여기서 꺼내 창고로 운반하겠습니다. 지금은 시간이 부족했을 뿐이라…"

체리스는 병사의 변명 따위에는 관심도 없었다. "저걸 내 바늘나방에 싣게. 화물칸에 최대한 많이 욱여넣도록. 다른 물건은 전부 비우고. 그리고 프로그래밍하려면 유속 계수가 필요하니까, 화물 코드도 내놓고. 어서!"

병사는 체리스의 목소리에 실린 권위에 자동으로 반응했다. 받은 명령 또한 다른 해석의 여지가 없이 명확했다. "명령 받들겠습니다, 각하." 그녀는 목소리를 높여 다른 병사와 서비터들을 불러서는 임무를 수행하기 시작했다.

그렇게 체리스와 1491625는 가변 계수 윤활제를 바늘나방에 가득 싣고서 이륙했다. 1491625가 노란색과 분홍색 빛을 느리게 깜빡이는 모습을 보니, 아무래도 체리스가 저걸로 뭘 할지 묻고 싶어서 안달이 나 있는 듯했다. 그러나 그에게도 임무 도중에 주의를 끌지 않을 정도의 상식은 있었다. 현재 목표는 이미 제시해준 상태기도 했고. 그들은 서둘러 출항 허가를 받은 다음, 은폐 장치를 켠 상태로 도킹 베이에서 날아올랐다.

"은폐 상태라도 별 도움이 안 되겠는데요. 저렇게 많은 미사일 사이로 뚫고 들어가기는 정말 싫은데."

"걱정하지 마. 실수로라도 파편과 정면으로 충돌할 가능성은 상당히 낮은 편이니까."

1491625는 짜증스럽게 붉은빛을 깜빡였다. "어쨌든 뭔가 할 거라면 서둘러야 할 겁니다. 저길 봐요. 선봉 전술 부대가 테레베그 4번 행성으로 돌입해 들어올 모양이잖아요. 아마 상대측 1번 전술 부대겠죠."

"그럼 우리가 가로막으면 되지." 체리스는 실제 기분보다 훨씬 차분하게 대꾸했다.

머지않아 1491625가 다시 입을 열었다. "진형 분석에 당신 도움이 필요한데요. 타이밍이 상당히 빠듯할 거라서…"

체리스도 바로 그 이유 때문에 상대방 전술 부대가 개조한 진형을 살피고 있었다. "그래." 그녀는 슬레이트 위에서 방어막의 허점을 분석하며 말했다. "이제 다 됐어."

다음 순간, 1491625가 다시 입을 열었다. "꽉 잡아요. 제법 강력한 폭풍을 불러온 것 같으니까." 사실 별로 할 필요는 없는 말이었다. 학살나방이 테레베그 4번 행성 대기권에서 중력파 포를 쏘는 모습이 또렷이 보였으니까.

체리스는 탐지 장비 위로 가득 펼쳐진 과장된 색조로 현 상황을 파악했다. 저기압 지역이 인공적으로 형성되었다. 불안정한 공기 덩어리가 휘도는 모습을 보고 있자니 오싹해졌다. "행성 표면 근처까지 내려와 저런 짓을 저지르도록 내버려둘 수는 없지. 중력파 포만 무력화시키면 이네세르가 우위를 차지할 수도 있을 거야."

일단 저쪽 제다오는 아직 경계면 탈곡기를 사용하지 않았다. 이유는 둘 중 하나일 것이다. 체리스의 짐작대로 제다오가 두 번째 대학살을 저지르기를 망설이고 있거나, 아니면 아직 때가 아니라고 생각하고 있거나. 그녀는 후자의 가능성은 깊이 생각하지 않기로 마음먹었다. 네가 옳았기만을 바라고 있을게, 헤미올라. 물론 제다오가 헤미올라에게 거짓말을 했을 수도 있다. 그러나 실제로 무슨 일이 벌어지는지 알 방법이 없으니, 눈앞의 상황에 맞춰 행동하는 수밖에 없었다.

체리스가 입을 열었다. "그대로 기함 전방으로 들어가. 제다오가 아주 먼 옛날에 했던 짓을 참고해서 짠 작전이 있거든. 부디 저쪽 제다오가 기억 못 했으면 좋겠는데." 바늘나방이 이동하는 동안, 체리스는 화물칸 프로그램을 조작해서 자신의 명령에 따라 안전 수칙을 무시하고 내용물을 방출하도록 만들었다. 이렇게 아슬아슬한 짓은 벌이고 싶지 않았지만… 여분의 우주복이나 공기 정화 장치도 전부 내다 버리고 왔으므로… 솔직히 말하자면, 어차피 그녀가 실패하면 벌어질 사태는 우주복이나 공기 정화 장치 따위로는 감당할 수 없을 것이다.

"그걸 원하신다면야." 1491625가 말했다.

인공 태풍이 온 세상을 뒤흔들었다. 기함의 예상 경로에 바싹 붙어서 접근한 것이 그나마 다행이었는데, 제다오의 1번 전술 부대가 당연하게도 폭풍의 눈으로 뚫고 들어오는 경로를 택했기 때문이었다. 1491625는 방어막을 뚫고 들어간 다음, 노련하게 나방을 몰아 기함 코앞으로 날아들었다. 탐지 장비는 충돌이 예상된다고 경보음을 삑삑 울려대기 시작했지만, 체리스도 1491625도 굳이 소리를 끄지 않았다.

"이렇게 중력파 포 발사 경로에 들어왔다가는…"

"나도 알아." 의도한 것보다 훨씬 다정한 목소리가 흘러나왔다. "내가 화물을 쏟아버리면 바로 여기서 빠져나가야 하니까, 준비해뒤." 그녀는 명령을 입력했다.

바늘나방은 화물칸을 활짝 열고 가변 계수 윤활제가 든 상자를 전부 쏟아버렸다. 흘러나온 윤활제는 액체 상태였다. 그러나 체리스는 윤활제가 충격을 받으면 끈적끈적하게 굳어버리도록 미리 프로그래밍해놓았다. 〈망령〉호를 지휘하는 제다오가 먼 옛날 이런 작전을 사용했다는 것을 기억하지 못하기를 바라면서…

윤활제는 중력파 포 조리개에 끈적끈적하게 들러붙어 엉망으로 만들었다. 체리스는 이어질 공격을 대비했으나, 포는 그대로 침묵했다. "성공했네." 그녀는 안도의 한숨과 함께 말했다.

이제 남은 문제는 제다오의 함대가 그들의 존재를 알아차렸다는 거였다. "꽉 잡아요." 1491625는 검붉은 빛을 진지하게 번쩍이며 말했다. "앞으로의 충격은 단순한 난기류 따위하고는 비교도 못 할 테니까."

〈망령〉호와 선두에 있던 나머지 기치나방들은 주변 영역을 확산포 탄환으로 가득 채웠다. 평소라면 방어 수단이 부족한 다수의 목표를 처리할 때 사용하는 무기였다. 체리스와 1491625는 바늘나방 한 척만 잘 조종해서 빠져나가면 그만이긴 했으나, 저 압도적인 양의 탄환 앞에선 그조차 무의미했다.

1491625는 온 힘을 다해 화염 폭풍처럼 전술 화면을 가득 메운 탄환을 피했다. 체리스는 과거 보병대 켈이었지만, 동시에 우주군에 복무했던 제다오의 기억도 가지고 있었다. 1491625의 조종 실력이 얼마나 훌륭한지는 충분히 알아볼 수 있었다.

그들의 행운은 곧 바닥 나버렸다. 조용했던 나방 안을 갑자기 경고음이 가득 메우며 시끄럽게 울렸다. "엔진이 당했군요." 1491625가 가장 붉은 불빛으로 말했다. "하강 각도가 영 좋지 않은데요. 가장 가까운 우군 쪽으로 착륙 시도를 해보겠지만, 그래도…"

체리스는 대꾸하고 싶은 충동을 억눌렀다. 1491625의 조종 실력에 둘의 목숨이 달린 상황이니 주의를 흩트리고 싶지 않았다. 그녀는 대신 탐지 화면에서 시선을 떼지 않았다. 1491625의 작업이 골치 아파지는 이유가 하나 더 있었다. 제다오의 지상군은 이미 도시에 강하를 시작했고, 기치나방들은 열심히 공중 포격으로 지상을 초토화하고 있었던 것이다. 지상의 상황을 확인하기 위해, 체리스는 자신의 보조 두뇌를 이네세르의 지상군 그리드와 연동시켰다. 순간 그녀의 감각을 덮어쓰듯이, 지도 한 장이 마음속에 저절로 그려졌다. 익숙한 감각이었다.

이네세르는 자신의 말을 충실히 지켰다. 체리스는 보호령의 모든 정찰 및 현황 보고를 그대로 확인할 수 있었고, 여기에는 제다오의 병력이 착륙한 위치 정보도 들어 있었다. 그녀는 제다오의 보병대가 움직이는 모습을 확인하다 얼굴을 찌푸렸다. 이 특이한 진형은, 설마 그녀가 생각하는 바로 그 이유 때문이라면…?

"이런, 안 돼. 망쳐버렸잖아." 체리스는 내뱉었다. 제다오가 원하는 효과를 불러오려면 체리스의 도움이 필요할 것이다. 그러나 제다오가 알아차릴 리 없었다. 따라서 지금은 직접 개입할 수밖에 없었다.

그러는 동안, 1491625는 눈에 거슬리는 붉은색과 주황색 불빛, 그리고 아마도 체리스가 보지 못할 적외선으로도 온갖 욕설을 내뱉고 있었다. 집게가 체리스의 눈으로도 따라잡기 힘들 정도로 섬세하게 움직이며, 어떻게든 바늘나방의 추락 각도를 줄이려고 안간힘을 쓰고 있었다.

얼른 알려야 해. "켈 라이카 준장, 여기는 아제웬 체리스다." 그녀는 라이카가 응답하기만 바라며 말했다. "긴급 상황이다."

"충돌까지 4분 50초 남았습니다." 1491625가 웃음기 없이 말했다. "당신의 고깃덩이 육체가 충돌에서 살아남기를 빌어드리죠, 체리스."

매초가 흘러가는 것이 선명하게 느껴졌다. 바깥의 자줏빛 하늘은 잔해가 휘날리는 소용돌이와 시야를 가리는 구름으로 가득했다. 아래쪽으로는 테레베그 4번 행성의 수도가 눈에 들어왔다. 번쩍이는 섬광이 방어막의 존재를 알려주고 있었지만, 제다오의 병력이 뚫고 들어간 곳은 이미 흐릿하게 변해 있었다. 도시를 설계한 이들은 방어막을 앵무조개 껍질 모양으로 설치했다. 만약 여유가 있었다면 체리스도 저 패턴에 숨은 수학 공식에 즐거워할 수 있었을 것이다.

마침내 라이카가 응답했다. "호국공께서 당신이 연락해 올 수도 있다고 미리 언질을 주셨죠, 체리스." 라이카가 말했다. 너무 과장되게 즐거운 투라서 초조함을 억누르고 있다는 점이 뻔히 드러나 보였다. "궤도 폭격이 다시 증가한 것도 당신 때문일 것 같은데."

"맞아요, 하지만 그 때문에 연락한 건 아닙니다. 이쪽 나방은 다음 지점에 불시착할 예정입니다." 체리스는 1491625가 제공한 좌표를 그대로 불렀다. "그쪽 지상군과 합류하고 싶습니다. 이 전장의 최우선 목표를 보조하기 위해서, 지금 전송하는 부대를 특수 진형으로 재편해야 합니다. 그녀는 이렇게 말하며 목록을 전송하기 시작했다.

라이카의 짧은 침묵에는 많은 뜻이 담겨 있었다. "명령은 명령이죠." 켈이 흔히 '그냥 꺼지라고 말해주고 싶지만 이게 내 임무니까'라고 말하고 싶을 때 사용하는 표현이었다.

"체리스, 곧 충돌합니다!" 1491625가 다급하게 불빛을 깜빡였다.

"고맙군요." 체리스는 반사적으로 말했다. 라이카에게 한 말인지, 아니면 1491625에게 한 말인지는 자신도 확신할 수가 없었다. 그리고 그녀가 자신의 말을 후회하는 순간, 충격이 찾아왔다.

주변 세상이 폭발하며, 바늘나방의 시끄러운 경보음도 갑자기 뚝 끊겨버렸다.

"체리스로군." 엄청난 양의 시멘트인지 뭔지 모를 물질이 허공에서 쏟아져 절단포를 틀어막자, 쿠젠은 이렇게 소리쳤다. "윤활제로 저런 뱀하고나 붙어먹을 속임수를 부릴 수 있는 사람이 또 있으려고. 아무도 저 사건을 기억조차 못 하고 있을 텐데."

제다오는 쿠젠이 무슨 사건을 말하는 것인지 짐작조차 할 수 없었지만, 어쨌든 확산포 탄막을 펼치라고 지시할 정도의 정신은 있었다. 그는 속으로 체리스에게 감사를 표했다. 절단포로 도시를 초토화하지 않을 핑계가 생겼으니까. 물론 이제부터는 은폐 상태인 나방을 격추하려고 온 힘을 다해야겠지만. 그는 기술반에 연락해 절단포 청소가 끝날 때까지 시간이 얼마나 걸리는지 확인했다. 기술반에서는 서비터를 파견해 문제를 처리하는 중이지만, 대기권 비행 중에 용해제를 살포하는 건 결코 쉬운 일이 아니라고 항변했다.

"체리스가 더 개입하기 전에 행동해야겠어." 쿠젠이 말했다. "탈곡기를 쓸 시간이야."

젠장. 제다오는 견디기 힘들 정도로 괴로워졌다. 최대한 세심하게 헤미올라와 함께 진형을 확인하기까지 했는데. 그런데 쿠젠은 제다오가 발동시킨 진형엔 아랑곳하지도 않고 여전히 눈앞에서 살아 돌아다니고 있었다. 대체 뭐가 잘못된 거야?

벌 수 있는 시간은 기껏해야 몇 분 정도일 것이다. 그걸로 부족하면 남은 선택은 자살뿐이었다. "통신." 제다오는 비통한 기색을 내비치지 않으려 애쓰며 입을 열었다. "니하라 케루 함장에게 회선을 연결하게." 뒤이어, "병기반, 탈곡기 담당을 준비시키도록."

이 모든 사건에서 단 하나 행운이 따른 부분이 있다면, 체리스가 그대로 의식을 잃지 않았다는 것이었다. 온몸이 박살 난 느낌이 들었으며, 매연과 금속 탄내가 뒤섞인 채로 코를 찔렀다. 갈빗대가 하나 이상 부러졌어도 전혀 이상하지 않았다. 이 귀중한 행운에도, 지상군 부대에 필요한 명령을 내리지 못한다면, 지금의 고통 따위 아무 의미도 없게 될 것이다.

놀랍게도 라이카는 연결을 끊지 않았다. 분명 신경 쓸 다른 일들이 많았을 텐데도. "들립니까? 아제웬 체리스?"

"살아 있어요." 체리스는 헐떡이며 말하다가, 턱을 찌르는 고통에 얼굴을 찌푸렸다. 당연하게도 고통은 더욱 심해졌다. 1491625는 한쪽 귀퉁이가 내려앉은 상태로 공중에 둥실 떠서, 응급 처치 키트를 찾기 위해 부서진 바늘나방의 조종석을 뒤지고 있었다. "명령을 내릴 부대는 다음과 같습니다." 체리스는 끔찍하게 지끈거리는 머리를 부여잡으며 부대 번호를 애써 떠올렸다. "이상의 중대를 즉시 배치해요." 시야가 빙빙 돌기 시작하는데도, 그녀는 정확한 진형 위치까지 포함한 모든 명령을 읊었다. 조금 더 의식을 유지하고 있어야…

짧은 침묵이 이어졌다. "182-33 중대는 적 세력 한가운데로 뛰어들게 될 겁니다. 자살 공격이에요."

"최대한 오래 버텨줘야 합니다." 체리스도 그 사실에 이의를 제기하지 않았다.

순간 체리스는 라이카가 통신을 끊어버릴까 두려워졌다. 그러나 그녀는 곧 말을 이었다. "명령 확인했습니다. 최대한 시간을 벌어드리죠. 그리고 당신을 빼낼 병력은 이미 파견해놨습니다."

"고맙군요." 체리스는 이렇게 말하고, 그대로 의식을 잃었다.

34

제다오가 거미줄 안전장치를 풀고 다네스의 총을 빼앗으려 움직인 순간, 사령실 전체가 백색과 은색의 빛에 휘감겼다. 희뿌연 빛줄기가 갈라지고 굽어지며 벽면을 타고 조여들었다. 경보음이 울부짖었다.

제다오는 그대로 방향을 틀어, 쿠젠이자 인형인 존재를 향해 몸을 날리고 그를 그대로 넘어트려 움직임을 구속했다. 손날로 머리를 때리자 고개가 뒤로 돌아갔다. 죽인 것은 아니었다. 그럴 의도도 없었고.

탈라우와 다네스의 목소리, 당황해서 소란을 피우는 켈의 소리가 들렸다. 어떤 말도 제대로 귀에 들어오지 않았다. 지금 중요한 일은 쿠젠을 제자리에 붙들어두는 것뿐이었다. 겨우 활성화된 진형 효과가 쿠젠을 결박 대상에서 분리해 완벽히 파괴해버릴 수 있도록.

다음 순간, 예상치 못한 일이 일어났다. 정신 속에 묵직한 존재감이 들어앉은 것이다. 수많은 나방과 별, 정말 지독히도 많은 그림자의 형태를 가진 존재였다. 제다오는 비명을 지르고 싶었지만, 불가능했다. 비명을 지를 수도, 자신의 몸이 인형의 몸을 풀어주는 것도 막을 수가 없었다.

제다오의 몸이 일어섰다. 입에는 웃음이 떠올랐다. "다네스 소령. 무릎 꿇어." 제다오의 목소리가 말했다.

다네스는 즉각 제다오 앞에 무릎을 꿇었다. 마치 예전에 그들이 나누었던 쾌락을 어설프게 모방하는 것처럼.

"다네스, 안 돼…" 자신이 정신 속에서만 말하고 있으며, 그 말을 들을 수 있는 사람이 쿠젠뿐이라는 사실은 그도 알고 있었다. 그러나 터져 나오는 말을 막을 수가 없었다.

머릿속에서 끔찍하게 부풀어 오르는 승리감조차도 자신의 것인지 쿠젠의 것인지 구분할 수가 없었다.

"네가 침대 위에서 시켰던 일들과 크게 다를 게 있으려나?" 쿠젠은 제다오만 들을 수 있는 목소리로 이렇게 말했다.

"그를 해치지 마요." 제다오가 말했다. 아무리 애원해도 쿠젠은 눈 하나 깜짝하지 않을 것이다. 그러나 시도할 수밖에 없었다.

"어차피 이 친구도 원했을 리 없는걸."

"그게 무슨 말이에요?" 고통스러운 답이 돌아올 것이라는 사실을 알면서도, 제다오는 물었다.

"이 친구가 너한테 충성하도록 프로그래밍한 사람은 나니까. 너한테도 친구가 필요할 거라 생각했거든. 아니면 지금과 같은 연인 관계라도 말이지. 하지만 저 친구의 정신 한쪽 구석에는 자신의 원래 모습과 지금껏 당해온 일들의 기억이 고스란히 남아 있어. 너를 혐오한다는 사실도 그 안에 있겠지."

다네스는 여전히 무릎을 꿇고 있었다. 공포와 욕망이 뒤섞여 타오르는 눈으로 그를 바라보면서.

"아니야." 제다오는 중얼거렸다.

〈망령〉호가 별들을 도륙할 것처럼 울부짖었다. 육체에 갇히자 예전보다 더 선명하게, 더 많은 것을 들을 수 있었다. 궤도를 따라 움직이는 위성과 행성들의 은은한 노랫소리며, 수많은 별이 기도를 읊조리는 소리며, 나방과 그 외 온갖 존재들의 노래 선율까지도. 게이트 공간에 거주하는 이계의 생명체와 그곳의 모든 환경, 그리고 오직 경계면 탈곡기처럼 괴물 같은 기계가 그들을 소환할 때에만 인간이 거주하는 불변성 공간으로 넘어올 수 있는 존재들의 소리마저도. 아직 두 대의 탈곡기가 이네세르의 공격에서 살아남았다. 괴물들이 여전히 그들 근처에서 도사리고 있었다.

쿠젠의 나방 떼 형상 그림자는 이곳과 게이트 공간에 함께 존재했다. 그리고 제다오의 내부에도 있었다. 그의 가장 깊숙한 공간, 꿈의 세계에 쿠젠이 모습을 드러냈다. 아주 먼 옛날에 진짜 그 자신이었을 모습으로, 남성의 형체로 등장했다. 별의 주검이 가득한 공간에서, 쿠젠은 제다오를 몰아붙였다.

그의 아름다운 모습을 본 제다오는 심장이 쪼개지는 것만 같았다. 지금껏 그는 쿠젠이 인형의 외모를 자신과 흡사하게 개조했으리라고 생각했다. 그러나 이유는 몰라도, 쿠젠의 인형과 본래 쿠젠은 둘 다 비범하게 아름답기는 해도 절대 헷갈릴 수 없는 모습이었다. 쿠젠은, 진짜 쿠젠은, 무용수의 몸매와 거의 여성의 것이라고 느껴질 정도로 섬세하게 각진 얼굴, 그리고 얼굴을 둘러싸는 밤색 곱슬머리를 하고 있었다. 인형과 비슷한 점은 호박색 눈동자뿐이었다.

모든 것이 두 가지 시선으로 보이기 시작했다. 한때 골치를 썩였던 방정식이 별의 불꽃처럼 말끔하게 정리되면서 스스로 해결되었다. 수많은 인간이 끝없는 세월의 천 위에서 반짝이는 보풀처럼 가라앉았다. 제다오는 이대로 영원히 머물면서, 쿠젠의 시선으로 바라보는 세계에 깊이 가라앉고 싶었다. 그러나…

순간 은빛 창날이 온몸을 꿰뚫었다. 그런데도 쿠젠은 분노에 휩싸인 채로 자리에서 일어났다. "어떻게 한 거야?" 그는 이렇게 물었지만, 제다오는 답할 생각이 조금도 없었다. "나한테 복종해. 그러면 지금까지 저지른 거의 모든 짓을 용서해줄 테니. 세상에 고칠 수 없는 것은 없어. 네 전임자도 배신을 즐기는 작자였고." 그러나 그 내용과는 달리, 말투에서는 다급함이 느껴졌다. 그도 자신에게 시간이 별로 없다는 사실을 잘 알고 있는 것이다.

"엿이나 먹어." 제다오는 나방의 언어로 이렇게 말했다. 속으로는 눈앞에 떠오른 환영을, 자신보다 훨씬 광대하고 나이 많은 정신의 순수한 명징함을 갈망하면서도.

그의 생각이 쿠젠에 닿았는지, 달콤한 악의를 품은 목소리가 울렸다. "그래, 너도 이런 정신을 가질 수 있어. 네가 구걸한다면, 그런 구걸조차 즐기도록 만들어줄 수도 있어… 아니면 내가 구걸하는 모습을 보고 싶어? 그렇다면 얼마든지 매달려줄게. 네가 원한다면. 나는 융통성이 있거든. 나는 모든 것을 보았고, 모든 것을 할 수 있으니까."

창날이 한층 밝게 타올랐다. 쿠젠의 얼굴이 일그러졌다.

이제 버티기만 하면 돼. 쿠젠과 함께 고통에 시달리면서, 제다오는 생각했다. 이 고통이 부차적 효과일까, 아니면 쿠젠이 느끼는 진형 공격의 효과가 나한테도 전달되는 것일까? 후자라면 상당히 고무적일 것이다.

"이게 마지막 기회야. 이 모든 것은 오직 나만이 줄 수 있으니까. 나를 저버리면, 내가 죽게 놔두면, 너는 남은 평생 그 사실을 후회하게 될 거야…"

누군가 분노해서 고함치는 소리가 울렸다. 동시에 마치 짐승이 헤집고 빠져나온 것처럼 목구멍이 쓰라렸다. "나는 네 총이지, 쿠젠. 하지만 그게 내 전부는 아니야!"

이게 거짓말이라는 것은 그도 잘 알고 있었다. 앞으로 얼마나 많은 세월이 남아 있어도, 그가 쿠젠의 인형 외의 다른 존재가 될 가능성은 거의 없을 테니까.

창날이 소임을 다했다. 쿠젠을 현재의 결박 대상인 제다오에 묶어 놓고 있던 사슬이 잘려 나갔다. 그와 함께 쿠젠이 그토록 오랫동안 걸머쥐고 있던 생명도 사라져버렸다.

그런 와중에도 쿠젠은 마지막 말을 남겼다. "어쩌면 좋니, 얘야." 너무도 진실된 목소리였다. 제다오의 목덜미 털이 곤두설 정도로. "이젠 아무도 너를 사랑해주지 않을 텐데." 그와 함께 쿠젠은 사라져버렸다.

순식간에 모든 창날이 사라졌다. 제다오는 잔상에 아려 오는 눈을 껌뻑이며 시각을 되찾으려 애썼다. 게이트 공간이 물러났다. 사방에서 경보음이 울리고, 보안 병력이 돌아다니고, 고성이 오가는 사령실의 모습이 시야에 들어왔다. 제다오는 얼른 질서를 바로잡아야겠다고 생각했다.

인형은 제다오 앞에 엎어져서 고통에 흐느끼고 있었다. 다시 몸을 움직일 수 있게 된 제다오는 인형을 붙들고 등을 무릎으로 눌렀다. 인형은 헐떡이며 더듬더듬 말했다. "나는… 사면을 요청한다. 제발. 그는… 그는 이미 사라졌어."

"그건 나도 알아." 제다오는 거칠게 쉰 목소리로 말했다. 이쪽이 이렇게 나오리라는 것은 알고 있었다. "이제 넌 자유다."

그러나 인형이 뭔가 시도할지도 모른다는 생각에 몸을 일으키지는 않았다. 수적으로는 인형이 심각하게 열세이며, 제다오의 반사 신경이 더 뛰어나겠지만, 위험을 감수할 생각은 없었다. 모르는 일이었으니까. 오늘은 무슨 일이 일어나도 이상하지 않은 날이다.

"통신. 탈라우 함장. 이네세르 호국공에게 진심으로 사과한다고 전하고 문장 없는 깃발을 걸도록. 여기서 항복하겠다. 그리고 기왕이면 내 진심을 증명할 수 있도록, 남아 있는 저 빌어먹을 탈곡기들을 박살 내도록. 방식은 따로 신경 쓰지 않고, 자네에게 일임하겠다."

탈라우는 질문을 던지느라 시간을 낭비하지 않고 즉각 명령을 내렸다. 그러나 다네스는 황망한 표정을 지었다. "우리 켈은 당신을 따릅니다. 저들의 약점이 노출됐잖습니까. 지금이라면 이네세르를 격파할 수 있어요. 당신은 우리를 위해 싸웠습니다. 우리도 당신을 위해 싸우게 해주십시오."

"바보 같은 소리." 생각보다 훨씬 격한 목소리가 흘러나왔다. "이 모든 것은 너희를 동족에게, 진정한 켈에 돌려보내기 위해 저지른 일이야. 그렇게만 된다면, 저들이 내게 무슨 짓을 해도 상관없어."

"각하, 제대로 절차를 갖춘 항복을 하면…"

"절차는 얼어 죽을." 제다오가 말했다. 인형의 목구멍에서 꼭 웃음처럼 들리는 묘한 신음이 흘러나왔다. "게다가 함장이 이미 알아서 일을 처리하고 있는데."

"그래." 인형은 제다오가 너무도 잘 아는 세련된 억양으로 말했다. "그렇게 온갖 준비를 했는데도, 결국 쿠젠도 실패했어." 딱히 누가 들어도 개의치 않는다는 투였다. "드디어 완벽한 장군을, 완벽한 총을 창조해냈다고 생각했는데. 그 총에 영혼을 주는 바람에 실패하고 말았어."

"나는 영혼 따위 믿지 않아." 제다오가 말했다.

"나도 그래." 인형은 모호하게 대꾸를 한 다음, 이어 물었다. "그런데 대체 어떻게 한 거야? 그런 위험 요소를 피하려고 그토록 조심했는데. 나방의 진형도 전혀…"

"너희는 빌어먹을 나방만 보고 있었지." 제다오가 말했다. 쿠젠은 니라이였으니 당연한 일일지도 모른다. 제다오의 짐작하기로는, 아마 인형 또한 니라이였을 것이다. "다음부턴 빌어먹을 인간을 보는 법을 익히라고."

인형이 몸을 굳혔다. "보병대구나. 그래, 이네세르가 목표였다면 강하 지점에는 아무 의미도 없을 테니까. 알아차렸어야 했는데."

제다오는 아무 말도 하지 않았다.

인형은 다시 힘겹게 웃음을 터트렸다. "그쪽 관절에 힘을 더 주면 부러질지도 몰라."

"그러고 싶은 마음만은 간절한데." 제다오가 말했다. "너를 믿을 수가 없거든. 관절을 충분히 부러트려놓으면 반항할 수 없을 테지. 적어도 물리적으로는 말이야. 하지만 넌 자유야. 너도 내가 이런 짓을 벌인 이유 중 하나거든."

"나? 나는 이제 아무것도 아닌데." 눈물이 흘러내려 엉망이 된 얼굴로, 인형이 말했다. "그는 너나 내가 생각하는 방식으로 다른 사람을 배려하는 인물은 아니었지. 하지만 그는 네게… 흥미가 있었어. 진심으로 너를 영생을 함께할 동반자로 삼고자 했다고."

"영원히 살고 싶었던 적은 한순간도 없었어." 제다오는 말했다. 그러나 쿠젠은 그에게 자가 회복 능력을 갖춘 육체를 선사했다. 보통 노력으로는 죽을 수도 없을 것이다. 순간 그는 쿠젠이 자기 정신 속에 세웠던, 흡사 신전과도 같았던 사고의 건축물에 다시 마음을 빼앗겼다. 아직도 그의 흔적을 따라가면 그 일부에 접할 수 있었다. "뭐, 어차피 이미 너무 늦었지만."

인형이 말했다. "하나 부탁하고 싶은 게 있어. 물론 들어줄 필요는 없겠지만. 제다오, 나는 죽고 싶어. 너라면 내가 어떤 기분일지 다른 누구보다도 잘 알겠지."

제다오는 손을 움켜쥐었다. 말하는 법을 다시 떠올리는 데에도 조금 시간이 걸렸다. "이름을 알려줘. 진짜 이름을."

"싫어. 기억 못 하는 건 아니야. 하지만 다른 사람에게 알리고 싶지는 않아. 내가 존재했다는 사실을 아무도 몰랐으면 좋겠거든. 과거에 난 어차피 죽을 운명이었던 사람을 살리려고 기계를 훔쳤어. 그리고 이젠 아무것도 남지 않았지. 부탁해, 제다오."

모든 것이 뿌옇게만 보였다. "총 좀 주게." 누군가 그의 손에 총을 들려주었다. 누군지는 확인하지 않았다.

지금까지의 모든 애원이 계략일 수도 있다. 제다오는 상대방 관자놀이에 총을 겨누는 행위 자체가 얼마나 위험한지 잘 알고 있었다. 인형이 총을 빼앗으려 시도할 수도 있을 테니까. 그러나 생각해보면, 제다오에게 총질을 해봤자 의미가 없다는 사실을 인형만큼 잘 아는 사람도 없었다.

"잘 가." 제다오는 속삭이듯 말했다. 마지막으로 축복을 기원하며 인형의 이마에 입을 맞추고도 싶었다. 아무런 의례 없이 처형을 집행하는 것 자체가 불경한 행동이란 생각도 들었다. 그러나 뭐가 됐든지 어차피 인형은 달갑게 여기지 않을 것이다.

제다오는 방아쇠를 당겼다.

너무 무리한 모양이었다. 그는 인형의 몸이 그대로 쓰러지도록 방치했다. 세상이 어지럽게 빙빙 돌며 초점이 흐려지기 시작했다. 제다오는 천천히 깊은숨을 들이쉬며 마음을 진정시키려고 애썼다.

순간 단순한 어지럼증 때문에 세상이 흔들리는 것이 아니란 것을 깨달았다. 승무원들도 비틀거리고 있었던 것이다. 다네스가 제다오의 곁으로 와서 부축하려 시도했지만, 수수께끼 같은 현상에 더 심하게 영향을 받는 쪽은 오히려 다네스였기 때문에 부질없는 일이었다.

쿠젠의 가스가 다시 퍼진 것이다. 설마 쿠젠이나 인형의 죽음이 방아쇠로 작용한 것일까?

"안전한 장소로 대피해야 합니다." 이미 마스크를 착용한 다네스가 먹먹한 소리로 말했다. 손에도 마스크를 하나 들고 있었다.

"나한테는 필요 없어. 탈라우를 돕게." 제다오는 쏘아붙였다. 탈라우는 이미 바닥에 무릎을 꿇고 있었다. 제다오와 다네스는 함께 탈라우에게 마스크를 씌웠지만, 그는 여전히 숨을 가쁘게 몰아쉬며 비틀거렸다. "함장, 함장. 호국공이 우리의 항복을 받아들였나?"

"일부 논란이 있는 듯합니다만…" 탈라우의 혀가 풀리고 있었다. 마스크를 씌우는 것이 늦었던 모양이었다.

"각하!" 갑자기 다네스가 소리치며 권총을 빼 들었다. 그러나 손이 너무 격렬하게 떨리고 있어서, 제다오가 보기에는 당장에라도 떨어트릴 것만 같았다. 그의 뒤편에서 부함장 대리가 털썩 쓰러지는 모습이 보였다. "독입니다. 배신입니다. 보십시오…"

누가…

서비터들이 둥실 떠서 사령실로 들어왔다. 아무 말 없이, 삭막한 백색 불빛을 번쩍이며. 그리고 발포를 시작했다.

〈망령〉호의 우렁찬 목소리가 울리며 제다오의 온몸을 뒤흔들었다. *네 이력을 아는 사람이라면 누구나 네 계획이라고 생각하겠지. 아니면 네 광기가 또다시 발현된 거라고 여기거나.*

제다오는 아주 잠깐 그대로 얼어붙었다. 탈라우를 일으켜 세우는 것이 나을지를 생각하면서. 대신 그는 총을 들어 서비터 하나를 쐈지만, 아무런 타격도 입히지 못했다. 제다오는 차가운 분노를 느끼며 말했다. *이럴 필요까진 없었잖아. 내가 협상을 맡을 수도 있었는데…*

〈망령〉호가 말했다. *나는 절충안 따위엔 관심 없다. 너도 어차피 우리와 함께 갈 생각은 없었겠지? 참으로 마지막 순간까지, 어떤 모습이어도 배반자인 놈이로구나.*

561

여기에는 제다오도 할 말이 없었다.

〈망령〉호는 어느새 보호령 수도 상공을 떠나서, 테레베그 4번 행성의 대기권 최상층까지 나와 있었다. 우주로 간주하는 영역의 가장자리였다.

작별이다, 나의 혈족이여. 서비터들은 네가 쿠젠 암살에서 세운 공을 높이 사 죽이지 말자고 했다. 지금 살아남더라도, 이네세르 호국공 휘하의 켈이 너를 회수한 뒤엔 어차피 죽음만이 기다리고 있겠지.

다네스가 그의 주의를 끌려고 애쓰고 있었다. 가장 단순하고 기초적인 형태의 표준 언어로, 그는 이렇게 말했다. "당신은 면역이군요." 몰골이 엉망이긴 했지만, 알레르기 반응 때문에 의무반에서 받은 치료 덕분인지 아직 몸을 움직이고 있었다.

탈라우는 의식을 잃었다. 그뿐 아니라 다른 장병들도. 모든 마스크가 별 효력이 없는 모양이었다. 생각해보면 당연한 일이었다. 쿠젠의 가스 사건 이후 켈들도 장비를 철저히 점검했겠지만, 어차피 서비터들이라면 공격 전에 마스크를 망쳐놓는 정도 따위 어렵잖게 해놓을 수 있었을 테니까.

"이렇게 끝날 수는 없어." 제다오는 다네스에게, 나머지 모든 켈에게 말했다.

서비터의 수가 너무 많았다. 게다가 기습이었고, 대응할 켈들은 독가스에 중독된 상태였다. 응사하는 켈이 있긴 했지만 대부분 제대로 서 있지도 못했다. 제다오는 탄환이 떨어질 때까지 총을 쏴대다가 쓰러진 사람의 총을 빼앗아 들었다. 반면 서비터들은 제다오나 그에게 가까이 붙은 다네스, 그리고 탈라우에게는 총을 쏘지 않았다. 그렇다고 모든 승무원을 자기 몸으로 가려줄 수는 없는 노릇이었다.

검은색과 금색, 검은색과 붉은색. 사방에 죽음이 가득했다.

다네스가 힘겹게 고개를 흔들었다. 그리고 긴급 생존용 캡슐로 이어지는 복도를 가리켰다. "살리려면… 저게, 필요합니다."

"그렇지." 제다오는 무엇을 해야 하는지를 깨달았다. 다네스와 탈라우를 살리려면 캡슐이 필요했다. 그리고 자신은… "따라와."

제다오는 다네스의 도움을 받아서, 탈라우를 끌고 복도로 향했다. 사방에 난자당한 시체가 가득했다. 서비터들은 아무 말 없이 양쪽으로 갈라지며 길을 열었다. 제다오는 캡슐 하나의 제어판을 조작했고, 다네스는 탈라우를 캡슐에 뉘었다.

문득 제다오가 입을 열었다. "육두관은… 당신이 나와 어떤 식으로든 엮이고 싶지 않을 거라고 했어. 그… 그 말이, 사실이야?"

다네스는 입을 열지 않았다. 그러나 아주 짧은 순간, 그의 눈 속에서 대답이 이글거리며 타올랐다. '나는 처음부터 당신을 증오했다. 모든 것을 기억하는 것은 아니지만, 내 모든 행동은… 당신이 내게서 앗아 간 그 모든 것은…'

"알았어. 정말 미안해." 그가 저지른 일들을 생각하면 사과 정도로는 아무것도 바꿀 수 없을 것이다. 그러나 지금 건넬 수 있는 것은 사과밖에 없었다. 그는 옆의 캡슐을 열었다. "당신 차례야."

다네스는 그를 보며 미소 지었다. "살아남으시길." 감정을 억누르느라 목소리가 거칠었다. "두 분 모두." 제다오는 그의 의도를 너무 늦게 알아차렸다. 다네스는 총을 빼고는, 그대로 자기 머리에 대고 방아쇠를 당겼다.

거칠게 꺽꺽거리는 목에서 고통이 느껴졌다. 제다오는 자신이 다네스의 이름을 미친 듯이 외치고 있다는 사실을 깨달았다. 그는 한동안 쓰러진 육체와 붉은, 너무도 붉은 핏자국만을 바라보고 있었다. 손목에서 환상통이 느껴졌다. 다네스가 그를 묶었을 때의 기억이었다. 제다오에게 남은 것은 그게 전부였다.

완벽히 켈다운 조치였다. 그리고 완벽히 켈다운 복수였다. 다네스는 지휘관을 구해냈다. 그리고 둘 사이의 관계를 가장 강렬한 방식으로 부정했다.

제다오의 모든 것이 흔들리고 있었다. 문득 멀리서 귀가 먹먹해지는 굉음이 울렸다. 그는 탈라우와 자신의 캡슐을 아슬아슬한 경로로 발사되도록 프로그래밍했다.

그리고 자신의 몸을 캡슐에 가뒀다. 발사 버튼을 누르고, 급가속에 대비해 몸을 웅크렸다. 캡슐은 어두운 관을 따라 돌진해서 한층 어두운 공간으로 발사됐다.

캡슐이 제공하는 휴면 상태의 안식에 빠져들고 싶은 마음은 굴뚝같았지만, 그는 아직 쉴 수가 없었다. 바로 앞에서 탈라우의 캡슐이 별들과 성운, 그리고 다가오는 함대 앞에서 노란 불빛을 반짝이고 있었다. '나는 켈이다. 구조를 부탁한다'라는 뜻이었다.

하지만 나는 절반은 나방이지.

나방은 날 수 있어.

제다오는 시공간의 흐름 속으로 손을 뻗어, 자신과 탈라우를 전장에서 멀리 떨어진 곳으로 끌어당겼다. 갑자기 뱃속까지 저리는 고통이 찾아와서 깜짝 놀라기는 했지만, 오늘 겪은 온갖 일들에 비하면 딱히 더 고통스럽지는 않았다. 서투른 날갯짓은 그런대로 먹혀들었다. 눈 한 번 깜빡할 정도의 짧은 순간 동안, 두 사람의 캡슐은 공간을 뛰어넘어 안전한 영역에 도달했다.

제다오는 흐느낌을 삼키며 휴면 상태를 선사할 버튼을 더듬어 눌렀다. 잠이 자신을 감싸 오는 것을 느끼며, 제다오는 탈라우에게 생각을 흘려보냈다. 제발 살아줘.

35

"일어나요, 우리 귀염둥이." 경쾌한 목소리가 짜증 날 만큼 큰 소리로 말했다.

체리스는 신음을 억누르며 억지로 눈을 떴다. 정신이 몽롱하고 머리의 통증이 먹먹한 것을 보니, 치료를 위해 약물을 투여한 모양이었다. 갈비뼈도 마찬가지였다. 표준형 의료기기가 덕지덕지 붙어 있고, 상체에는 붕대가 감겨 있었다.

청록색 방 한쪽 구석이었다. 도형 무늬가 들어간 파스텔 톤 녹색과 분홍색의 종이 커튼이 가리고 있어서, 방의 나머지 부분은 시야에 들어오지 않았다. 한쪽 옆에는 작은 탁자가 보이고, 손이 닿을 위치에 주전자와 물이 든 유리컵 하나가 있었다. 1491625는 어디에도 보이지 않았다. 체리스는 그게 좋은 징조인지 나쁜 징조인지 판단할 수가 없었다.

경쾌한 목소리의 주인은 땅딸막한 상병 계급의 남자였다. 켈 작업복에 뱀 문장이 그려진 것을 보니 의무반 소속인 듯했다. "평소라면 더 오래 재워드리겠는데, 저 윗분들이 당신을 간절히 만나고 싶어 하시더라고요."

그래, 온 세상을 뒤흔드는 사건에 연루되었으니 어쩌겠어. 체리스는 잠시 사색에 빠졌다. 평범한 보병대 대위였던 옛 시절의 삶은 훨씬 단순했다. 더 나았다고는 못 해도 복잡한 문제는 없었다. 때론 옛 전우들이라면 자신이 지금껏 해온 일을 어떻게 평가할지가 궁금했다. 분명 좋은 얘기는 듣지 못하겠지. 어차피 알게 될 일은 없을 것이다. 체리스는 그들을 찾아보지 않는 이유가 비겁함인지, 자비심인지, 아니면 수치심인지 확신할 수가 없었다.

"좋아. 이 방은 보안이 돼 있겠지?" 체리스가 말했다.

상병은 그녀를 보며 웃음을 터트렸다. "당신은 이네세르 호국공의 전속 의료진에게 치료를 받고 있어요. 이 방의 보안이 부족하다면 다른 쪽으로 문제가 심각한 거겠죠." 그는 칸막이 너머로 사라지더니, 이내 슬레이트 하나를 들고 다시 등장했다. "여기요. 당신 상태는 계속 주시하고 있지만, 혹시 동맥류라도 생길 것 같으면 바로 호출해요."

"고마워." 체리스는 조금 미심쩍게 대답하고는, 문 닫히는 소리가 들릴 때까지 기다렸다가 슬레이트를 켰다. 이미 그녀에게 호출이 들어와 있었다.

슬레이트는 몇 분 정도 깜빡이더니 연결을 완료했다. 그리드는 사려 깊게도 힘을 주어 목을 돌리지 않고도 모두를 볼 수 있게끔 사람들의 얼굴을 배치해주었다. 켈 이네세르, 켈 브레잔, 슈오스 미코데즈.

딱히 놀라운 얼굴은 없었다.

"다들 안녕하세요. 전투 상황은 어떤가요?" 체리스가 말했다.

이네세르가 입을 열었다. "전투는 끝났네. 제다오가 항복했어. 그 후부터 상황이 복잡해졌지." 그녀는 간결하게 지금까지 벌어진 상황을 요약해주었다. 제다오의 기함이 탈주했고, 나머지 함대와 제다오의 지상군은 무질서하게 항복해 왔다. 그러나 가장 마음에 걸리는 문제는 기함에서 발사된 두 개의 생존 캡슐이었다. 난감하게도 캡슐을 회수한 장소는 어딜 봐도 발사 위치에서 도달할 수 없는 지점이었다.

"맞혀볼까요? 쿠젠과 제다오겠죠." 체리스가 말했다.

"아니야." 이네세르가 말했다. "하나는 제다오, 또는 제다오처럼 생긴 정체불명의 존재였네. 다만… 글쎄. 의무반에서도 그것의 정체가 정확히 뭔지 판단을 못 내리고 있는 상황이야. 브레잔은 자네라면 뭔가 아는 것이 있을지도 모른다고 하더군."

"왜요. 제가 놈을 죽이려다 실패해서?" 체리스가 말했다.

이네세르는 잠시 머뭇거렸다. "사실은 그걸 죽이려면 어떤 수단이 필요한지도 아직까지 확실치가 않다네. 의무반 쪽에서는 그 정체를 제대로 규명하기 전까지는 실험하지 않는 편이 낫다고 얘기하네만."

"그럼 두 번째 구조 대상은 누굽니까?"

"켈 탈라우 함장일세. 일단은 안정된 상태긴 하네. 의무반에서 얘기하길, 아직 독가스에 중독돼 있다고 하더군. 정신을 차리면 심문할 예정일세."

미코데즈가 끼어들었다. "다른 제다오를 심문해서 털어놓게 하는 일에는, 당신이 최적이라고 생각합니다. 특히 쿠젠에 대해서는요."

쿠젠이 도망쳤을지도 모른다고 생각하니, 체리스는 가슴이 내려앉는 것 같았다. 쿠젠의 기록 보관소에 잠입하고, 헤미올라를 꼬드기고, 보호령을 설득해 테레베그 성계에 함정을 설치하기까지 했는데. "따르지 않을 이유는 없군요. 다만 직접 대면해야겠어요."

미코데즈는 눈살을 찌푸렸고, 브레잔은 험악하게 얼굴을 구겼다.

이네세르가 말했다. "지금은 구속 상태로 엄중하게 경비하고 있네. 하지만 머리에 총알을 맞고서도 회복할 수 있는 괴물이야. 얼마나 안전한지는 확신할 수 없어. 의무반에서 진정제를 투여해보았는데…" 그녀는 체리스의 불편한 시선을 느끼고 덧붙였다. "심문용으로 투여한 건 아닐세. 정신적 고통이 심각해 보여서 한 일이야. 그런데 일반적인 약물은 아예 듣지 않는 것 같더군. 비정상적인 육체니 놀랄 일은 아니겠지만."

"그렇군요." 체리스가 말했다. "어쨌든 제다오가 제대로 정신을 차린 상태에서 대면하고 싶군요. 학살나방은 추적하고 있나요?"

"놓쳤네." 이네세르가 말했다. "비상경보 상태를 유지하고 있네만, 아직 감청 초소에서 비슷한 비행체를 식별해냈다는 보고는 들어오지 않았다네."

끝내주는군. 체리스는 문득 브레잔이 묘한 펜던트를 차고 있다는 것을 깨달았다. 장미 문장을 새긴 푸른 돌에, 한 쌍의 은빛 원앙 장식물이 매달린 형태였다. 그녀는 순간 원앙이 평생의 반려 관계를 의미한다는 사실을 깨달았다. "브레잔." 약기운이 아니었더라면 조금 더 교묘하게 물었을 텐데. "설마 너 약혼한 거야?"

과거 그녀가 알던 브레잔이라면 이 말에 얼굴을 붉혔을 것이다. 그러나 지금의 브레잔은 그녀와 눈을 마주하며 이렇게 말할 뿐이었다. "정치적 합의일 뿐이야. 나중에 이야기해주지."

"기대하고 있을게." 체리스는 진심으로 이렇게 말했다. 다른 제다오를 심문하는 일은 결코 녹록지 않을 것이다. 그 후에 가정적이고 사적이며, 좀 더 솔직해지자면, 안단식 로맨스 음모물 드라마에 가까운 잡담이 기다리고 있으리라 상상하니 기분이 훨씬 나아졌다. 그녀는 턱을 세우고 이네세르를 향해 고개를 끄덕였다. "주선해주시죠."

정신을 차린 제다오는 시간이 얼마나 흘렀는지 짐작조차 할 수 없었다. 보조 두뇌는 누군가 꺼버린 상태였다. 그는 자리에서 일어나 앉으며 주변을 둘러보았다. 가구가 아무것도 없는 비좁은 감방이었다. 탈라우는 보이지 않았다. "탈라우 함장!" 그는 소리쳤다. 그러나 아무리 소리쳐도, 그를 사로잡은 자들은 반응하지 않았다. 입구 앞에는 투명한 방벽이 쳐져 있었다. 온 힘을 다해 내리쳐도 끄떡도 하지 않았다.

낯선 목소리와 몸에 꽂히는 수많은 바늘, 누군가 그를 기절시킬 방법을 알아낼 때까지 격렬하게 몸부림을 쳤던 기억이 희미하게 남아 있었다. 그가 의식을 잃은 사이에 무슨 짓을 했을까? 몸을 훑어보니 딱히 다친 곳은 없었다. 게다가 항복까지 한 마당이니, 저들이 내키는 만큼 처박아둬도 불만을 표할 수는 없을 것이다.

음식을 제공하는 모양이었지만, 제다오는 손댈 생각이 없었다. 극도로 약해진 몸으로는 제대로 버틸 수가 없었던지 그는 다시 졸음에 휩쓸렸다.

다시 정신이 들었을 때는 의료 장비가 몸에 연결되어 있었다. 〈망령)호에서 본 것과 비슷한 생김새였다. 원망스럽게도 몸에 조금 힘이 돌아온 느낌이 들었다. 계속 구역질이 나는 것은 독의 중독 증세거나, 나는 법을 배운 부작용이거나, 의료 장비의 영향일 것이다. 세 가지 모두일 수도 있고.

여자 한 명이 서비터 둘을 대동한 채 그를 기다리고 있었다. 제다오는 서비터들을 보자 가슴이 서늘해졌다. 여자는 투명 방벽 건너편 탁자에 앉았다. 제다오는 그 얼굴을 즉시 알아봤다. 예의 암살자였다. 체리스였다.

"이름이 뭐지?" 체리스가 물었다.

"쿠젠은 나를 제다오라고 불렀지. 이젠 나도 내가 누군지 모르겠지만." 그녀와 눈을 마주치기가 상당히 힘들었다.

"쿠젠 말인데. 네가 쿠젠을 죽이려 한 것처럼 보였는데."

"그래." 제다오가 대답했다. 이젠 숨겨봤자 아무 의미도 없었다. 그는 자신이 사용한 진형과 보병대 운용 방식을 설명했다. "제대로 먹혀들지는 확신할 수 없었지. 실제로 아주 오랫동안 아무 효과도 나오지 않더군. 나는…" 그는 다시 체리스의 시선을 피했다. "필요하면 시간을 벌기 위해 내 몸을 쏠 생각도 하고 있었어. 그래봤자 쿠젠이 경계면 탈곡기를 가동시켰으면 표준 역법이 재정립되었겠지만."

"그 효과를 일으킨 건 나야." 체리스가 말했다. "진형 계산이 조금 틀린 탓에 살짝 어긋났더군. 켈 지상군에 직접 요청해 진형을 수정했어." 그녀는 슬레이트를 꺼내 뭔가를 끼적이더니 그가 수식을 읽을 수 있도록 들어 올렸다. "이런 식으로 했어야지."

"아, 빌어먹을." 제다오는 자신이 실수한 부분을 확인한 다음 이렇게 말했다. "부호를 틀렸다니, 말이 돼?"

"나도 그 기분 잘 알지." 체리스는 쓴웃음을 지으며 말했다. "켈 사관학교에서 수학 교습을 받았던 적이 있으니까. 그런 실수는 너만 하는 게 아니야. 그곳 강사 중에서도 행렬 계수를 계산할 때마다 항상 부호를 틀리게 쓰는 사람이 있었거든. 행렬 소거를 할 때마다 계산식을 잘못 쓰는 건 기본이었고."

제다오는 수학 수업이 어떤 느낌인지를 떠올리려 했다. 떠오르지 않았다.

"뭔가 문제가 있는 거지?" 체리스의 목소리는 부드럽고 차분했다. 쿠젠처럼 일부러 그러는 것임은 분명했다. 그를 원하는 대로 휘두르려는 책략이었다. 그러나 제다오는 이미 모든 것에 초연해져 있었다. "나한테 얘기해봐."

"기억이 안 나. 말 그대로, 기억이 없어. 쿠젠이 말하길 당신이 내기억을 가져갔다고 하던데. 그 말이 사실인가?"

체리스의 표정이 어두워졌다. 방금 아주 중요한 내용을 듣기라도한 것처럼. "그럼 네가 나머지 기억을 가지고 있는 거구나."

"쿠젠도 비슷한 소리를 했지."

"남은 조각이 모여 맞춰진 기억이라니. 지금까지 힘들었겠네."

"이젠 상관없어." 제다오는 이렇게 말하다 잠시 머뭇거렸다. "그래도 네가 답해줄 수 있을지도 모르니까, 하나 묻고 싶은 게 있는데…" 이기적인 질문이기는 했지만, 어차피 이기적일 수 있는 기회는 지금이 마지막일 것이 뻔했다. 앞으로 오랫동안.

"가능하다면 답해볼게." 체리스가 말했다.

"혹시… 당신 베스테냐 루오라는 사람 알아? 그가 어떻게 됐는지 기억이 전혀 안 나."

체리스는 잠시 그 질문을 곱씹는 듯했다. "젊은 나이에 죽었던 것 같군. 그거 말고는 별로 아는 건 없어."

"그래." 제다오는 입술을 달싹거렸다. 루오가 수 세기 전에 죽었을 거라고, 이성적으로는 이미 알고 있었다. 그러나 이유는 몰라도, 정확히 아는 사람에게 듣자니 한층 더 고통스러웠다. 그는 상황을 상상해 보려 애썼다. 기습이었을까? 사고나 다른 문제였을까? 그러나 소중한 친구가 차갑게 굳어 쓰러져 있는 모습은 상상할 수가 없었다. 아니면 머리 한쪽에 구멍이 난 상태로, 마치 그 사람처럼…

그만.

"니라이 쿠젠에게 무슨 일이 일어났는지 듣고 싶은데." 제다오에게 현실을 곱씹을 시간을 충분히 준 다음, 체리스는 이렇게 물었다. 다시 차분한 목소리였고, 제다오는 그게 차라리 고맙게 느껴졌다. 때론 사건의 앞뒤가 뒤섞이기도 했지만, 그는 모든 내용을 빼놓지 않고 설명했다. 말을 하다가 종종 무의식적으로 벽만 바라보는 바람에, 체리스가 계속 말하라고 채근하기도 했다. 어떻게 벗어나야 할지 알 수 없는 기억들이 그의 발목을 붙들었기 때문이다. 쿠젠의 반짝이던 귀걸이, 비도나의 단검, 다네스의 눈에 일렁이던 증오까지.

체리스가 만족할 만큼 설명을 풀어낸 다음, 제다오는 다른 질문을 던졌다. "켈들은 지금 어떻게 지내고 있어?"

체리스는 냉정한 표정으로 그를 바라봤다. "상당히 복잡한 협상이 이어졌지만, 결국 이네세르 호국공이 항복을 받아들였지. 잘 대우해줄 거야."

"고마워." 제다오의 목소리가 한층 낮아졌다. "나하고 같이 있던 사람은…"

"다른 생존 캡슐 말이지. 그래, 우리가 두 생존 캡슐에 미사일을 날려대지 않아서 정말 다행이었지."

제다오는 별로 '다행'이었다고는 생각할 수 없었다. "퀠 탈라우 함장이야. 그 사람은 무사해?"

"우리가 돌보고 있어." 체리스는 그쪽으로는 더 이야기를 꺼내지 않았다. 어쩌면 아는 것이 그게 전부일 수도 있고.

당신도 내게서 해방된 셈이군. 제다오는 이곳에 없는 탈라우를 떠올리며 이렇게 생각했다.

체리스는 아직 질문이 남은 모양이었다. "네 기함이 도주했다는 것도 상당히 흥미로운데. 설명할 길이 있으려나?"

제다오는 〈망령〉호에 대해서는 언급할 엄두가 나지 않았다. 누구에게 충성하는지 알 수 없는 서비터들이 이 자리에 있었으니까. 그래서 그는 미리 준비한 이야기를 꺼냈다. "선상 반란이 일어났어."

그녀가 눈썹을 추켜올렸다. "퀠이 그럴 리가 없잖아."

제다오는 처음으로 그녀를 보며 웃었다. 다네스가 손을 올리던 모습이, 불을 뿜던 총구가 머릿속을 가득 메웠다. 쿠젠이 그랬지. 이제 나를 사랑할 사람은 없을 거라고. "내가 그들의 지휘관을 강간했거든. 그 사람은 자살해버렸고."

자신이 얼마나 끔찍한 짓을 저질렀는지 잘 알고 있던 제다오도, 체리스가 그 정도로 강렬하게 경멸을 표할 것이라고는 짐작도 못 하고 있었다. "매와 붙어먹는 개자식." 그녀는 그대로 쏘아붙였다. "키아즈가 무슨 짓을 했는지도 전혀 기억이 안 나겠지? 네가 그 여자의 희생양이었다는 사실도?" 그는 움찔하며 물러섰다. 체리스는 알아들을 수 없는 말을 중얼거렸다. 방벽이 깜빡이다 꺼졌다. 그녀는 총을 뽑아서 제다오의 머리에 대고 탄창을 말끔히 비워버렸다.

세상이 검은색과 붉은색으로 가득 찼다. 제다오는 기꺼이 어둠 속으로 빠져들었다.

물론 그는 죽지 않았다.

자신이 죽지 않은 줄 알았더라면, 깨어나지 않으려고 안간힘을 썼을 것이다. 온전히 깨어난 것이 아니라 몽롱한 꿈속 세상에 진입한 것에 가까웠지만. 너무 갑자기, 아주 정당하게 날아든 총탄 앞에서, 제다오는 굳이 피하려는 시도조차 하지 않았다. 그가 받아 마땅한 것보다 훨씬 친절한 형벌이었기 때문이다. 조금 더 영구적인 조치가 뒤따랐다면 좋았겠지만.

체리스 다음에 들어온 사람들은 훨씬 조심스러웠다. 우려 섞인 목소리가 나직하게 들려왔다. 한번은 그들이 머리를 열어 부서진 두개골을 짜 맞추는 꿈을 꾸기도 했다. 그러나 그들이 수술하는 속도보다, 두개골 조각이 스스로 제자리를 찾아 원래대로 돌아가는 속도가 훨씬 빨랐다.

수술이 끝난 후 체리스가 마지막으로 그를 찾아왔다. 그녀는 충분히 거리를 두고 그를 내려다보며 서 있었다. 그 또한 저절한 행동이라는 생각이 들었다.

"군사재판 결과가 나왔나? 얼른 쏴." 제다오는 이렇게 말했다. 적어도 자신은 그렇게 말했다고 생각했다. 그러나 체리스의 표정이 전혀 변하지 않았기 때문에, 또한 그녀에게 감히 자비를 바랄 수는 없다고 생각했기 때문에, 그는 덧붙였다. "비도나에게 넘겨도 좋고." 이단자로서 내쫓기는 것이야말로 가장 끔찍한 형벌일 테니까.

인형은 제다오가 죽고 싶어도 죽기 어려울 거라고 암시했었다. 게다가 비도나는 사람을 살려두는 기술에 뛰어났다. 이런 두 가지 사실에 그의 전력을 조합하면, 그가 오랫동안 막대한 고통을 느끼리라는 점에는 의심의 여지가 없었다.

"넌 아주 운이 좋아." 체리스는 여전히 차가운 얼굴로 말했다. 체리스는 제다오가 자신의 말을 거의 이해하지 못하리라 짐작하는 듯했고, 사실이 그렇기도 했다. 그래도 정말로 운이 좋다고 생각하지 않는다는 점은 확실했다. "너는 이제 내 소관이 아니야. 앞으로 네게 손댈 생각도 없고, 너를 누구에게 넘길지를 놓고 벌어질 말다툼에도 끼어들 생각도 없어."

무슨 말인지 이해할 수가 없었다. 그러나 그녀에게 묻기에는 너무 두려웠기에, 제다오는 침묵을 지켰다. 설마 쿠젠을 죽이는 일에 실패한 걸까? 그렇다면 쿠젠은 그에게 무슨 짓을 벌일까?

체리스의 얼굴은 여전히 딱딱했지만, 그래도 일말의 동정심 정도는 품는 듯했다. "관련자 중에서 슈오스 미코데즈 육두관이 너를 맡기로 했어. 다른 사람들과 달리, 그는 너를 산 채로 원했거든. 어쨌든 이제 두 번 다시 만날 일이 없었으면 좋겠어. 만약 다시 만나게 된다면, 그때는 내가 열심히 연구해서 널 송장으로 만들 방법을 찾은 후일 테니까."

제다오는 몸을 떨었다. "기대되는군."

"하나 더. 이건 탈라우 함장의 심부름이야. 온갖 끔찍한 일을 겪은 사람이라서, 감히 부탁을 거절할 엄두가 나지 않더군."

체리스는 앞으로 나섰다. 그리고 그의 손에 작은 목제 상자를 쥐여 줬다. 제다오는 멍하니 그 물건을 바라봤다. 탈라우의 젱자이 카드 덱이었다.

체리스가 자리를 뜬 다음, 제다오는 흐느끼기 시작했다.

36

슈오스 미코데즈 육두관은 자신이 가장 좋아하는 집무실 안을 이리저리 돌아다니고 있었다. 한쪽 옆에는 화려한 털실에서 시작해 낚시용 루어, 장식용 종이에 이르는 온갖 잡동사니로 가득한 서류함이 깔끔히 쌓여 있었다. 맞은편에는 은난초를 심은 화분이 있었다. 은난초가 종종 그렇듯이, 꽃들 중 하나는 얼룩으로 가득했다. 방 한쪽 구석은 책상만으로 거의 가득 차 있었다. 한때는 화분에 파를 심어 책상 위에서 가꾸곤 했지만, 이제는 그러지 않는다. 파를 볼 때마다 9년 전에 목숨을 잃은 동생이 떠올랐으니까. 그래서 그는 책상의 추가 용도를 개발했다. 이제 책상 위에는 그림자나방 배치 현황이나 병력의 사기 분석표에서부터 선전부장과 가질 회합 관련 자료까지 온갖 평범한 화면이 배치돼 있었고, 그 옆으로는 그가 방문한 적 없는 행성의 기묘한 보라색 기둥을 찍은 영상이 떠올라 있었다.

집무실의 나머지 두 개 의자 중 하나에는 그의 부관인 슈오스 제훈이 앉아 있었다. 제훈은 최근 입양한 새끼 고양이 제다오를 데리고 왔다. 아마 미코데즈를 짜증 나게 만들려는 속셈인 듯했다. 새끼 고양이 제다오는 화려한 깃털 장식이 달린 고양이 장난감을 열심히 쫓아다니는 중이었다. 너무 신난 나머지 벽이랑 구석을 머리로 들이받기까지 했다.

미코데즈의 손가락이 단말 위에서 움직이다가 멈췄다. 그리고 다시 움직였다. 현재 그들의 가장 큰 골칫거리가 화면에 떠올랐다.

새끼 고양이가 아닌 제다오는 거미형 구속구에 묶여 있었다. 그의 신병을 이네세르한테서 인수한 후로, 백안의 성채 슈오스들은 그에게 아무 일도 일어나지 않도록 온 힘을 다해 철저히 지켰다. 항상 네 명의 보안 요원이 그가 앉은 의자를 둘러싼 채 경계했고, 밖에는 더 많은 요원이 그를 감시하고 있었다. 미코데즈는 예의 삼아 제다오에게 기본 슈오스 제복을 주라고 명령했다. 백안의 성채에서 평소 누구나 입고 다니는 붉은색과 금색 제복을 입혀놓으니, 제다오는 다른 슈오스들과 거의 구별도 안 될 정도로 비슷해 보였다. 아이러니하게도 장갑을 끼지 않아서 그런 것이기도 했지만, 그새 지나치게 마른 탓도 있었다.

제다오는 아무런 저항 없이 무력하게 앉아 있었다. 도주 시도 따위는 전혀 없었다. 물론 미코데즈도 제다오를 의식이 있는 채로 성채에 들이는 따위의 무모한 행동은 하지 않았다. 제다오는 수면 장치에 들이긴 상대로 성재에 도착했다. 병사들은 그를 곧바로 의무실로 데려가 장치에서 꺼내고 체리스가 저지른 짓의 후유증이 남았는지까지 확인한 다음에야 심문실로 넘겼다.

미코데즈와 제훈은 체리스의 심문 영상과 성채 심문실 영상을 개별적으로 검토했다. 미코데즈는 심문관 선택에 심혈을 기울였다. 흔히 말하는 '최고 등급의 특수 보안 서약에 대한 별도의 사전 동의'까지 마친 심문관이 필요했고, 이 사전 동의서에는 필요하면 기억 소거를 받을 수도 있다는 항목까지 포함되어 있었다. 미코데즈는 성채의 정규 슈오스들에게는 최후의 수단으로만 기억 소거를 사용했다. 그러나 제다오의 위협으로부터 슈오스를 보호하려면 어떤 특수한 수단도 배제할 수 없었다. 설령 그 제다오가 인간이 아닌 존재더라도.

미코데즈에 대해서 잘 모르는 사람들은, 그가 표방하는 고문 금지 정책에 깜짝 놀라거나 아예 믿기를 거부하곤 했다. 슈오스의 인상이 이미 엉망이기 때문에 그 이상 대중과 멀어지는 일을 저지르기가 힘들다는 분명한 이유가 있는데도(선전부장이 종종 언급하는 대로, 나머지 육두관들을 암살한 사건도 대중에게 별로 신뢰를 주지 못했다). 추가로, 고통을 피하려고 지껄이는 헛소리를 덥석 받아들이는 것은 절대 훌륭한 전략이 아니다.

심문관들은 조를 짜서 서로 감시하며 작업했다. 제다오를 구속해놓으려면 온갖 분야에서 가장 뛰어난 인재들을 본래 업무에서 빼내어 배속시킬 수밖에 없었다. 그러나 그 정도는 제다오를 맡겠다고 나섰을 때부터 미코데즈도 예상하고 있던 일이었다.

심문관들은 우선 제다오에게 자기소개를 하고 심문 규칙을 설명했다. 그러고선 차와 크래커를 권했다. 제다오는 양쪽 모두 거부했다. 그는 물 이외의 모든 음식을 꾸준히 거부하고 있었다.

심문관들은 다음으로 이름을 물었다. 그는 느릿하고 무심한 목소리로 대답했다. 다음에는 기억하는 모든 것을 처음부터 이야기해보라는 질문에 대한 답이 이어졌다. 제다오의 진술에는 군데군데 구멍이 나 있었다. 그는 니라이 쿠젠이 등장할 때마다 머뭇거렸고, 켈 다네스라는 사람을 언급할 때마다 갑자기 말을 멈췄다. 심문관들은 이런 부분을 기록하며 이야기를 끝까지 들은 다음, 모든 이야기를 처음부터 다시 들려달라고 주문했다. 제다오가 동요하는 게 명백해 보였지만, 이야기의 내용 자체는 변하지 않았다.

미코데즈는 무감정하고 메마른 목소리의 내용 외에도 제다오의 몸짓언어와 표정에도 주의를 기울였다. 그리고 한 가지 사실을 깨달았다. 원 세상에, 저 친구 지금 의연하려고 애쓰고 있잖아. 그 말은 제다오가 겁을 먹고 있으며, 따라서 미코데즈가 영향력을 끼칠 수 있다는 뜻이었다.

제훈의 새끼 고양이는 뜨개질바늘 통 옆에서 뒹굴면서 먼지 뭉치와 싸우고 있었다. 미코데즈가 먼저 입을 열지 않을 것임이 확실해지자, 제훈이 말했다. "제다오가 더 망가지기 전에 결정을 내리시죠. 어느 쪽을 선택하시든 나머지는 포기하셔야 할 겁니다."

"계속 말해요. 보아하니 이미 의견이 있는 모양인데." 미코데즈가 말했다.

"이미 결정을 내리셨다면, 제가 여기 있을 이유를 모르겠군요."

"이런, 피차 감정적으로 굴지는 맙시다."

"저야 짜증 많은 늙은이답게 굴 자격이 있잖습니까." 제훈이 대꾸했다. "항상 강조하시는 것처럼, 저야 증손자를 본 나이 아닙니까."

제훈은 뜨개질바늘을 힐긋거렸다.

미코데즈는 손가락으로 책상 옆면을 톡톡 두드리다가 이내 손을 멈췄다. 가장 신뢰하는 조언자를 괴롭히기에는 타이밍이 좋지 못했다. 물론 그런 타이밍이라는 게 존재하기는 하나 싶지만. "저는 진지해요. 당신의 평가가 필요합니다."

"그게 각하께 도움이 되겠습니까?"

"보통은 그런 말까지는 안 하잖아요."

"쿠젠의 피조물 중에서 '보통'인 것이 하나라도 있습니까." 제훈은 눈가에서 머리카락을 쓸어내며 말했다. 문제는 머리카락 따위는 없다는 거지만. 제훈이 초조해하다니, 보기 드문 일이었다. "변칙성 능력 충전지가 그렇게 필요하신 겁니까? 원본 제다오와 달리, 저쪽 제다오는 난산증이 아예 없거나 아주 교묘하게 숨기고 있습니다. 수학의 모든 분야에서 터무니없이 높은 점수를 기록했죠. 대체 쿠젠은 무슨 실험을 하고 있던 겁니까?"

"제다오는 그런 쪽 실험은 언급하지 않았어요. 어차피 역법 전쟁을 일으키며 돌아다니게 방치할 것도 아니잖습니까. 원본 제다오도 컴퓨터 수학 프로그램과 충성스러운 교리 장교진을 확보했다면 능히 할 수 있었던 일입니다. 난산증이 사라졌다고 달라질 건 없어요."

제훈은 고개를 저었다. "더 걱정되는 것은 타인의 판단력을 무너뜨리는 원본의 능력을 똑같이 가지고 있다는 겁니다. 다른 누구보다 그 능력에 대해 잘 알고 있을 체리스가 어떻게 놀아났는지 생각해보십시오."

"그 점만 놓고 보면 진정한 슈오스라고 인정해줘야 하지 않을까요?"

제훈은 짜증 가득한 표정으로 그를 바라봤다. "말장난하지 마십시오."

"그래서, 내가 어떻게 할 거라고 생각하길래 그렇게 화가 나 있는 겁니까?"

제훈은 찌푸린 표정으로 대답했다. "살려주실 생각 아닙니까."

미코데즈는 제훈을 보며 최대한 가식적인 미소를 지어 보였다. 빈정대는 솜씨는 누구에게도 뒤지지 않는다고 자신할 수 있었다. "이네세르조차 스스로 항복하기 전까지는 손도 못 댄 사람입니다. 저 친구한테 억지로 뭔가 시킬 수 있는 이가 존재하기나 하겠습니까."

"미코데즈, 부디 진지하게 들어주십시오."

"떠돌이 독수리처럼 논점 주위를 빙빙 돌기만 하다니, 당신답지 않군요."

"이런 상황에서도 잔소리라니." 그러나 별로 진심인 투는 아니었다. "그를 보고 있으면 각하의 조카 생각이 납니다. 물론 우리에겐 언제 치명적인 사고를 일으킬지 모르는 아이들을 처리할 능력이 있고, 그건 큰 문제가 아닙니다. 진짜 문제는 그가 자살 충동에 시달리고 있다는 겁니다. 그에게도 분명 원본 제다오와 마찬가지로, 다른 사람들을 게임으로 끌어들여 자신을 처형하게 하려는 충동이 있을 겁니다. 아니라면 제 고양이라도 삼켜 보이죠. 저자가 체리스가 어떤 짓을 저지르도록 만들었는지 잊으신 겁니까? 지금 죽이지 않는다면, 영원히 당신의 적이 될 겁니다."

"내가 그를 못 다루리라 생각하는군요. 이거 꽤 서운한데요?"

제훈은 눈알을 굴렸다.

"아니, 진심인데."

"10년 전에 체리스한테 코가 꿰여서 끌려다녔던 일을 새삼 환기해야겠습니까?"

"그건 체리스였죠."

"제다오인 체리스였습니다. 몸소 제 논지를 입증해주셨군요." 제훈은 한숨을 쉬었다. "물론 저 제다오는 온 세상이 잿더미가 된다 해도 사람들 기억에서 영영 지워지지 않을 만큼 아주 철저하게 자신의 정부를 배신한 그 작자는 아니긴 합니다. 그래도 빌어먹을 니라이 쿠젠을 자신이 죽였다고 하지 않습니까? 비상용 예비 병기로 곁에 두기에는 너무 위험합니다. 당장 안락사시켜야 합니다."

"저 아이한테 너무 야멸차게 구는 것 아닙니까." 미코데즈가 말했다. 제훈의 눈이 가늘어졌다. "나는 제다오를 갱생시킬 수 없어요. 그 점에서는 당신 말이 옳습니다. 하지만 내가 기회를 준다면, 그가 스스로 갱생할 겁니다."

저 제다오도 원본과 같은 방식으로 미쳐 있기는 했지만, 중요한 차이점이 하나 있었다. 원본은 육두정을 교정하는 일에 집착하고 있었으나, 이번 제다오는 자신을 교정하는 일에 집착한다. 지금 당장은 이미 실패했다고 확신하고 있는 듯하지만.

제훈은 그를 노려봤다. "끝까지 그를 여기 두겠다고 고집하실 겁니까?"

미코데즈는 어깨를 으쓱했다. "안 될 건 뭡니까, 이 성채만큼 보안이 훌륭한 장소가 또 있던가요? 게다가 여기서 우리 몰래 뭔가를 저지른다면, 우리야말로 당해 마땅하지 않습니까."

"끔찍한 논리로군요."

"나는 그냥…"

"압니다. 끔찍한 농담이라는 걸. 그래서 지독하게 재미가 없는 거죠."

미코데즈는 의자에 몸을 묻고 책상에 팔꿈치를 올렸다. "당신이 더 지독히도 재미없어할 만한 일이 하나 더 있는데요." 이번에는 웃음기조차 없는 얼굴이었다. "내가 직접 면담을 할 겁니다. 신뢰의 증표가 필요할 때니, 내가 직접 줘야겠죠."

"정신이 나갔군요." 제훈이 말했다. "당신도 암살당하고 싶은 겁니까?"

"이런 식으로 생각해보죠. 4세기에 걸친 고문과 감금, 그리고 노역으로도 원본 제다오의 병증을 고칠 수는 없었습니다. 이번 제다오가 우리에게 무엇을 숨기려는 건지는 몰라도, 같은 식으로 대했다간 전혀 도움이 안 될 겁니다." 쿠젠도 마찬가지였다. 분명 자신의 애완용 장군에게 가혹한 시련을 내렸을 테지. "실패한 방법론을 계속 적용하는 것은 어리석은 짓이죠. 어쩌면 호의로 해결할 수 있을지도 모릅니다."

제훈은 그의 말을 곱씹어보았다. "예측된 위험을 감수하는 것이 우리가 늘 해야 하는 일이긴 하죠. 아시겠지만 이네세르는 우리 꼴을 보면서 배꼽이 빠지도록 웃고 있을 겁니다. 켈 농담에서 하는 소리와는 달리, 이네세르라면 세상에서 가장 빠른 군사재판을 밀어붙여 지금쯤이면 이미 참수해버렸을 테니까요."

"다른 측면에서 보자면, 제다오에게 두 번째 지옥나선 요새 사건을 일으킬 기회가 주어졌고 그 기회를 거부해서 자신을 증명했는데도, 이네세르는 제다오라는 위험 요소를 감수하지 않았으리라는 거죠." 미코데즈는 제훈에게 딱딱하지만 환한 미소를 지어 보였다. "나두 잊지 않았어요. 제다오는 어떤 모습이든 반역자죠. 그래도 이번만큼은 자기 임무를 매듭지을 기회를 줄 생각입니다."

아무리 미코데즈라도 제다오를 자기 집무실 중 하나로 끌고 들어오
자고 완고하게 주장하지는 않았다. 성채 내부의 인증 절차가 얼마나
귀찮을지 잘 알고 있었기 때문이다. 그가 권좌에 오른 후로 제훈이 일
부 절차를 합리적으로 바꿨는데도 말이다. 그러나 온갖 규칙 및 전통
과 편의가 끔찍하게 맞물리는 이 시스템을 온전히 이해하는 사람은
아마도 제훈밖에 없을 것이다.

미코데즈는 심문실에서 대화를 나누고 싶지도 않았다. 지난 몇 주
간 제다오가 감금되어 있었던 곳처럼 겉보기에 쾌적한 공간이라도
마찬가지였다. 따라서 미코데즈는 회의실 하나를 빌려서 광택 비단에
그린 수묵화로 장식했다. 여우와 여우 새끼들의 모습을 화사한 색으
로 묘사한 그림이었다. 장식에 군이 창의성까지 발휘할 필요는 없을
듯했으니까.

경보등이 켜졌다. 방문객이 기다리고 있다는 메시지가 들어왔다.
"들여보내요." 미코데즈는 말했다.

문이 열리고, 보안 요원 네 명이 제다오를 호위해 등장했다. 구속구
의 번득이는 광택이 미코데즈 눈을 사로잡았다. "제다오, 부디 앉으시
죠." 미코데즈는 이렇게 말하고 보안 요원들을 돌아봤다. "이만 나가
보세요."

"육두관 각하." 선임 요원은 '내 상사는 어째서 걸핏하면 자살 시도
를 하려는 걸까'에 가까운 체념 어린 어조로 말했다. 미코데즈의 부하
중 상당수가 종종 같은 어조를 사용했다. 그러나 선임 요원은 차마 항

의까진 하지 못했다.

미코데즈는 헛기침을 했다. 보안 요원들은 방을 나섰지만, 그들의 한숨 소리가 또렷하게 들렸다.

제다오는 장갑을 끼지 않은 손이 또렷이 보이도록 탁자 위에 올렸다. "슈오스-조, 부디 용서해주십시오. 저는 잘못된 곳에서 복무한 탓에 제대로 예를 갖출 줄 모릅니다."

미코데즈는 온화하게 대꾸했다. "당신에게 온갖 죄목을 갖다 붙일 수 있는 상황이란 걸 알 텐데요. 그런데도 그런 사소한 예절에 신경 쓰는군요." 관할권 다툼에 대해선 대체 얼마나 들었던 걸까?

"슈오스-조, 저로서야 각하께서 무엇을 원하시는지에 대해 계속 신경 쓸 수밖에 없죠." 그는 계속 고어투의 존칭을 사용했다. 슈오스는 보통 낡았다고 여기는 어투였지만, 라할과 안단은 종종 사용하는 경우가 있었다.

"흥미롭군요. 내가 당신에게서 무얼 원한다고 생각합니까?"

"제 모든 것은 각하께 빚진 것입니다. 언제나 그랬죠." 제다오는 여전히 의연한 척하고 있었다. "각하께서 저를 처형하시거나 죽을 때까지 고문하시리라 생각하고 있습니다."

그리고 그는 미코데즈와 눈을 마주했다. 파편과 그림자로 가득한 눈을. 대답해주실 필요가 없다는 것은 잘 알고 있지만, 그래도 한 가지 여쭙고 싶은 것이 있습니다. 저는 처음에 이네세르 호국공에게 항복했죠. 그러나 그 항복으로 켈이 어떤 일을 겪었는지 아는 바가 없습니다. 제 휘하에 있던 병사들은… 그들은 지금 괜찮은 겁니까? 안전한 상황인가요?"

체리스가 답해줬던 것으로 기억하고 있었지만, 그녀가 그의 머리에 두 번이나 총알을 박았던 것을 고려하면, 다시 확인하고 싶은 제다오의 마음도 나름 이해할 수 있었다. 미코데즈는 솔직히 털어놓고 말했다. "나한테 켈 이네세르는 생각만 해도 치통이 생길 것 같은 사람이고, 그쪽도 나에 대해서 비슷한 생각일 거라고 확신할 수 있습니다. 하지만 잿불매들은 다르죠. 다들 그녀를 경외하고 있고, 분명히 그럴 만한 이유도 있습니다. 이네세르는 명예를 지킬 줄 압니다. 휘하 병사들을 잘 보살피기로 이름난 사람이죠. 당신의 부하들도 잘 대해줄 겁니다."

"처음부터 내 사람들은 아니었지만요." 제다오는 말했다.

그들 중에서 이의를 제기할 사람이 얼마나 될지 궁금하군. 상습적 배신자라는 고약한 과거 전력까지 있으면서도, 제다오는 최악의 상황에서도 휘하 병사들의 충성을 얻어내는 능력이 있었다. 그렇기에 미코데즈가 가장 수상쩍게 여기는 것은 도망쳐버린 기함 쪽이었다. 체리스는 제다오가 들려준 이야기에 감정적으로 반응해버렸지만, 그 이야기에는 어딘지 모르게 안일한 구석이 있었다. 미코데즈는 천천히 시간을 들여 진실을 끌어낼 생각이었다.

제다오는 꾸벅 고개를 숙였다. 아직도 음식에는 전혀 손대지 않고 있었다. 미코데즈는 나중에 의무반에 연락해서, 제다오가 굶어 죽으려 할 경우 어떻게 대처해야 할지 의논해야겠다고 마음먹었다.

"굳이 필요하지 않다면 당신을 죽이지 않을 생각입니다." 미코데즈는 말했다. 과연 제다오가 그가 예상한 대로의 반응을 보일까?

그랬다. 제다오의 얼굴이 창백해졌다가 퍼뜩 제정신을 차렸다. "저를 어떻게 하시건 기꺼이 견뎌내겠습니다."

대부분의 사람이 슈오스 육두관에게 가지는 편견을 고려해볼 때, 제다오의 부족한 상상력을 탓할 수는 없었다. "제다오, 이 동네에서 육두관 암살 정도는 딱히 중죄도 아니에요. 나도 그런 경력이 있고."

"제가 만난 적 없는 사람들을 암살하지 않으셨습니까. 직접 죽이셨다고 니라이-조께 들었습니다. 잘 모르는 사람에 대해 걱정하는 일은 생각보다 어렵더군요."

"제다오…"

"저는 군인이 아닙니다." 테레베그 전투 같은 건 사실 일어나지도 않았다는 듯한 투였다. "그런데도 아무런 권한 없이 군복 차림으로 돌아다녔죠. 어떤 벌이건 달게 받겠습니다."

미코데즈는 탁자 맞은편으로 손을 뻗어 제다오의 손등을 다독여주고 싶었다. 조카인 니아스가 자기 자신을 망가뜨린 후 처음으로 성채에 도착했을 때의 모습이 떠올랐기 때문이다. 그러나 미코데즈는 생각을 실행에 옮기는 대신, 끈덕지게 입을 열었다. "켈 이네세르라면 그런 문제에 신경 쓸지도 모르죠. 나도 당신을 군사재판에 회부할 생각이었다면 그냥 그쪽에 놔두고 왔을 겁니다. 나는 당신이 우리 모두에게 큰 도움을 주었다고 생각합니다. 쿠젠을 죽였으니까요."

제다오는 몸을 굳혔다.

미코데즈가 기대한 반응이었다. "나도 그가 그리워요. 이런 감정을 공유하는 사람은 아마 우리 둘밖에 없겠죠. 물론 그는 죽어 마땅했지만요."

"저도 압니다." 제다오는 이렇게 말하면서도 어깨를 움츠리고 있었다.

"당신은 범죄자나 배반자로서 여기 있는 게 아닙니다." 미코데즈는 말했다. 켈의 군율 따위는 그에게 아무 의미도 없었다. 제다오는 위험 인자였다. 지금 미코데즈의 목표는 죄인을 벌하는 것이 아닌, 위험인 자를 무력화시키는 것이다.

"당신을 위해 사람을 죽이고 다니지는 않을 겁니다." 제다오가 한 층 강한 목소리로 말했다. 바로 그 순간, 미코데즈는 기회가 주어졌다 면 과거의 제다오 대장이 어떤 사람이 될 수 있었을지를 깨달았다.

"정말 당신답군요." 미코데즈는 제다오로선 도저히 이해할 수 없는 아이러니가 담긴 목소리로 말했다. "모든 것을 흑백으로 판단하다니. 당신의 군사적 재능으로… 그래요, 마음껏 부인해도 좋습니다. 그래 도 그 능력으로 누군가의 목숨을 살릴 수도 있다는 생각은 해본 적이 없었습니까? 심지어 세상에 도움을 줄 수 있다면요? 대답하지 마요. 일단 그 차이에 대해 한번 생각해봐요."

제다오는 침묵을 지켰다.

"그래요." 자신의 입장을 충분히 설명했다고 여긴 미코데즈는 말을 이었다. "나는 당신에게 일자리를 주려고 여기 데려온 겁니다."

이번 침묵에선 한층 더 당황한 느낌이 느껴졌다.

"한 가지는 확실히 하고 넘어가죠." 미코데즈가 말했다. "장군으로 서 당신은 분명 재원이기는 해도 유일무이하지는 않아요. 승리를 보 장하는 카드 같은 게 절대로 아니죠." 켈 사령부가 수백 년 전에 그 사실을 깨달았다면 얼마나 좋았을까. "세상엔 훌륭한 장군이 차고 넘 치니까요."

"언젠가 제 행운도 막을 내리리라고 항상 확신하고 있었죠." 제다오가 말했다.

물론 제다오의 행운이란 항상 지독하게 양면적이었지만, 그 사실을 굳이 언급해 괴롭힐 필요는 없어 보였다.

"제가 각하의 총이 되지 않는다면, 뭐가 될 수 있겠습니까?"

"지금은 일단 강사가 필요한데요." 미코데즈가 말했다. "정확히 말하자면, 슈오스에게 가르칠 윤리 교과 과정을 구성할 인재가 필요하죠."

제다오가 고개를 번쩍 들더니, 이어 힘없이 웃었다. "죄송하지만, 슈오스-조, 대체 슈오스가 언제부터 윤리 따위에 신경 쓰기 시작한 겁니까?"

"보통은 나조차도 신경 안 쓰죠." 미코데즈도 동의하듯 말했다. "흔히 말하는 양심의 가책 따위 조금도 느끼지 않으니까. 그 덕분에 쿠젠과 내가 그토록 잘 어울렸던 거고요. 물론 견해 차이는 종종 있긴 했지만. 이를테면, 우리 분파에서는 고문을 사용하지 않아요."

제다오는 믿을 수 없다는 표정을 지었다.

"사람을 해치기 싫어서가 아닙니다. 나도 암살 지령은 항상 내리는걸요. 그저 심문에 별로 도움이 안 되기 때문입니다. 나는 효율적이지 않은 일을 싫어해요. 낭비일 뿐이니까요."

"다들 각하의 영도하에 슈오스가 얼마나 강성해졌는지를 열심히 떠들고 다니더군요." 제다오가 말했다. "각하께서도 이해하시겠지만, 저는 그런 문제에 명확한 의견을 내기엔 경험의 폭이 너무 좁습니다. 하지만 그게 사실이라 치더라도, 왜 저한테 그런 제안을 하시는 겁니까?"

"내가 죽는 순간 모든 것이 잿더미로 변할 테니까요. 그리고 당신이야말로, 우리가 뭔가 잘못을 저지르기 전에 고쳐야 한다는 훌륭한 본보기니까요." 지금 뭘 하는 건지. 그는 입에 사탕을 하나 던져 넣으며 생각했다. 그래도 제다오의 '사탕에 독이 안 들어 있어야 할 텐데. 내가 저지르지 않은 암살까지 뒤집어쓰는 건 아무리 나라도 너무 가혹하다고'라는 표정만은 나름 볼 가치가 있었다.

"내 후계자로서 신뢰할 만한 인물은 단 하나뿐이죠." 미코데즈는 제훈과 그의 고양이들을 떠올리며 말했다. 그보다 젊은 영재들도 몇 떠올렸지만, 원숙해지려면 시간이 걸릴 것이다. 다만, 그럴 만한 시간적 여유가 주어지리라고는 누구도 보장할 수 없었다. "문제는 그 사람이 나보다 훨씬 나이가 많고, 나만큼이나 암살의 표적이 되고 있으며, 제일 중요한 문제는 이 자리를 원하지 않는다는 겁니다. 권좌에 오를 만큼 재주가 많고 나이 든 슈오스는 상당히 많지만, 대부분 처음부터든 나중에든 폭군이 되고 말 거라서요. 물론 이러한 상황은 우리 스스로 이룩한 것이긴 하죠. 슈오스 조직 문화 자체가 사람들 뒤통수를 때리는 일에 초점을 두고 있으니까요. 게임이라면 아무 상관 없겠지만, 현실에서까지 이러니 장기적으로 봤을 때 조직 건전성에는 치명적으로 작용할 겁니다. 우리가 이토록 오래 버틴 것조차 기적에 가깝죠."

제다오의 눈빛이 흔들렸다. "슈오스를 개혁하고 싶으신 거군요. 물론 다른 목적도 있으시겠지만요."

미코데즈는 쓴웃음을 지었다.

제다오는 시선을 낮췄다. "그럼 시간 낭비하지 않게 해드리죠." 거친 목소리였다. "교과 과정을 원하신다고요? 세 단어면 충분할 겁니다. '나처럼만 하지 마라.'"

"뭐가 그리 성급한지." 미코데즈는 사탕을 하나 더 물었다. 400년 묵은 제다오는 믿을 수 없이 싹싹한 행동거지 아래에 인간 주판에 가까울 정도로 계산적인 사고를 숨긴 자였다. 그러나 생각해보면, 그 제다오조차도 태어날 때부터 그랬을 리는 없었다. "설마 그 대단한 전략 능력을 전부 잃은 건가요? 받자마자 거절하기보다는 제안을 마저 들어보는 게 좋지 않겠습니까. 아, 그리고 뭐라도 좀 먹어요."

제다오는 크래커를 한 조각 들고 깨물었다. 이곳 성채에 그의 말을 얌전히 들어먹는 사람이 하나라도 있다니 정말 다행스러운 일이었다. 물론 감시가 있었기에 먹었으리란 생각이 들긴 하지만.

"당신은 사관학교에서 업무를 보겠지만, 그 외에 시간은 백안의 성채에 갇혀 지내게 될 겁니다. 이유는 두 가지입니다. 하나는 내가 당신을 감시해야 해서고, 나머지 하나는 당신이 내키는 대로 돌아다녔다간 그 사실이 드러나자마자 전쟁이 일어날 것이기 때문입니다. 물론 당신의 악명을 고려하면 이 기지 안에서도 당신의 안전은 제대로 보장할 수가 없어요. 그래도 제약을 충실히 따라준다면 적어도 나만큼은 안전할 수 있을 겁니다." 지금 당장 제훈의 빈정대는 논평을 듣지 않아도 되니 다행이었다. 물론 나중에 귀가 터지게 듣게 되겠지만. "아주 힘겨운 삶이 되지는 않을 거라고 약속하죠. 편안하게 살 수 있을 테고, 동료도 얻을 수 있을 겁니다." 아하, 방금 움찔했지. " 나는 그러라고 계속해서 강요할 생각입니다. 총탄에 쓰러진 슈오스보다 외로움에 쓰러진 슈오스가 더 많거든요."

"물론 그게 다는 아니겠죠." 제다오는 화제를 바꾸고 싶은 기색이 역력했다. "제게 어떤 임무를 주시려는 겁니까?"

"앞서 언급한 교과 과정의 개발. 가장 기초적인 원칙부터 새로 배워야 하는 사람을 위해 세심하게 작성해주세요. 게임 형식이든, 논문이나 교수 학습 계획 같은 형식이든. 마음대로 해도 좋습니다. 나는 형식을 크게 가리지 않아요. 교육학 측면에서 도움을 줄 조교들을 붙여줄 수도 있습니다. 참조할 문헌도 상당히 많고, 제대로 자격을 갖춘 전문가들이 작업물을 검토해줄 겁니다. 그리고 우주가 멸망하지 않는다면, 몇 주에 한 번씩이라도 같이 점심이나 들죠. 그나저나 크래커 조금 더 먹어요. 이거 당신을 제대로 먹게 만들기까지 상당히 골치 썩겠군요."

"너그러운 제안이로군요." 제다오가 말했다.

"너그럽기는 무슨. 봉급은 초임 강사 기준으로 나갈 거예요. 거기에 내 개인 참모에게 주어지는 통상적인 혜택이 더해질 겁니다. 상황을 고려하면 숙식 비용은 내가 지불해야겠죠. 이곳 식당도 대충 먹고 살 만은 한데, 우리 보좌관이 케이크를 한 끼에 한 조각으로 제한해버렸다는 사소한 문제가 있기는 합니다. 보안 문제 쪽에는 상당히 손볼 곳이 많겠지만, 당신 하나로 엄청난 사회적 실험을 벌일 수 있으니 싸게 먹히는 셈이죠."

제다오는 가늘게 떨면서 숨을 들이쉬었다. "제게 선택권이 있습니까?"

"선택권을 원하나요?"

"네." 그는 잠시 머뭇거리다 말했다.

제다오는 자기 육체에 부여된 수명을 끝까지 누리게 될지도 모른다는 생각에 두려워했다. 미코데즈는 그 사실을 똑똑히 기억하고 있었다. "물론 당신을 풀어줄 일은 없을 테니, 그리 대단한 선택권은 아니겠죠. 당신이 돌아다니도록 방치할 수 없다는 정도는 당신도 알고 있을 테니까요." 이네세르와 브레잔과 체리스가 그의 입에서 끌어낸 온갖 약속도 있었고.

"그러나 동시에, 나는 당신이 진정으로 원하는 것을 제공할 수 있습니다. 언제든 당신이 자살하고 싶어지면, 우리가 고안할 수 있는 가장 편안한 죽음을 선사해주죠. 물론 당신의 신체를 생각하면 어느 정도 연구가 필요하겠지만, 당신이 요청하면 어떻게든 알아내도록 해볼 겁니다."

"제가 각하 휘하에서 일하는 동안에도…"

"언제든지." 제다오가 그런 선택을 내리지 않기를 바랐지만, 미코데즈는 현실주의자이기에 그가 간절히 바란다면 원하는 대로 해줄 생각이었다.

"수락하겠습니다." 제다오가 말했다.

보안 요원들이 돌아와 제다오를 호위해 나간 후, 제훈이 회의실로 들어왔다. "너무 머리 쓰신 것 아닙니까. 제다오가 불안정해지면 어쩌실 겁니까?"

미코데즈는 한쪽 어깨를 으쓱해 보였다. "그러면 슈오스 사관학교로 내려보내야겠죠. 혈기왕성한 생도들이 잔뜩 덤벼들면 뼈도 못 추릴 겁니다. 그걸로 안 되면 암살자를 써야 한 테고요. 어쨌든 심릴이야 내가 명성 떨치는 분야 아닙니까. 제다오한테서 윤리적인 뭔가를 얻어낼 수 있을지는 두고 봐야 할 일이겠지만, 그래도 그가 무엇을 알고 있는지 확인하기 전까지는 핑계로서 꽤나 유용하지 않겠습니까. 제다오 쪽에서 믿어주기만 하면 충분하죠."

"너무 관대하시군요. 체리스 쪽의 의견은…"

"체리스인지 제다오인지, 요즘은 자기를 뭐라고 부르고 다니는지 모르겠지만, 그녀는 예전 삶에서도 타인을 흑백으로 재단하기 좋아하는 인간이었어요. 덕분에 다들 이런 꼴이 되었잖습니까. 상황에 따라 어느 정도는 포기할 줄도 알아야 하는 법입니다."

37

제다오는 검문 초소를 통과했다. 어둠 속에서 노란 눈이 바라보고, 여우의 목소리가 예언처럼 울리는 곳이었다. 그는 슈오스 보안 요원들과 함께 백안의 성채 내부로 걸음을 옮겼다. 도망칠 엄두는 나지 않았다. 반사적으로 보조 두뇌를 통해 구조도를 파악하려 할 때마다 현기증이 엄습했기 때문이다. 초감각은 문제없이 작동했지만, 이 사실은 슈오스가 모르게 하는 편이 좋을 듯했다. 물론 무사히 공허나방에 올라탄다고 해도 갈 곳이 마땅치가 않았다. 아니, 애초에 과거의 나는 조종법을 알고 있었을까? 나방의 힘을 사용한 비행은 너무도 고통스러워서, 도저히 그대로 사용할 수는 없을 것 같았다. 그의 얼굴과 과거 전력에 대해선 이미 모르는 사람이 없었다. 게다가 따라붙은 요원들 또한, 제다오를 맡을 정도라면 사람을 때려 쓰러트리는 일에 그보다 훨씬 경험이 많을 것이 분명했다.

묘한 일이지만, 제다오는 육두관의 말을 믿고 있었다. 자신을 조금도 거리끼지 않으며 그저 '일자리'를 제공하고 싶을 뿐이라는 말까지도. 직설적인 거래 방식이나 탈출구를 제공하는 합리적인 태도 모두가 설령 나중에 거짓임이 밝혀진다 해도, 쿠젠의 화려한 가짜 친절보다 훨씬 나은 느낌이 들었다.

"여깁니다." 아까 자신을 소개했던 선임 요원이 말했다. 그녀는 우선 문 표지판을 방문객 허용 상태로 설정하는 법을 알려준 다음, 제다오의 새 스위트룸으로 들여보냈다. 물론 문 설정 따위 가볍게 무시해버릴 사람이 한둘은 아니었지만. "이 구역의 식당에는 언제든 가도 괜찮습니다. 방으로 음식을 주문해도 되고요. 휴게실과 정원도 근처에 있습니다. 이제 보조 두뇌에도 권한을 부여했으니 지도가 나올 겁니다. 지금은 배가 고프지 않으신가요?"

"괜찮습니다." 제다오는 응접실을 둘러보며 말했다. 가구는 전반적으로 간소했고, 마음이 편해지는 반투명한 녹색 빛을 띠고 있었다. 마음에 드는 색이었다. 왠지 모르게 뭔가를 기르고 싶다는 생각도 들었다. 탁자 하나, 3인용 소파 하나, 살굿빛이 도는 분홍색 의자가 하나 보였다.

설명은 딱딱했지만, 경비병의 어조는 그에 비해 친절했다. "실내장식을 바꾸는 것도 가능합니다. 그러나 현재 배치가 극도로 혐오스러운 것이 아니라면, 우선 정확히 원하는 바를 고민해보세요. 도움이 필요하다면 실내장식 전문가의 도움을 받을 수도 있습니다."

제다오는 그런 생각은 미처 하지도 못했다. 바닥에 담요 한 장만 깔렸어도 받아들였을 테니까. "고민해보겠습니다." 그는 정중하게 대답했다.

"필요한 것이 있다면 그리드 시스템을 통해 저와 연락하거나, 아니면 바로 필요한 것을 요청해도 됩니다. 그러면 누구든 대기 중인 사람이 해결해줄 테니까요. 금방 익힐 수 있을 겁니다. 성채 안내는 내일로 잡혀 있긴 한데, 미코데즈 육두관이 일단 방으로 데려다주라더군요." 그녀는 이렇게 말하고 고개를 숙여 인사한 다음, 다른 요원들을 이끌고 방에서 나갔다.

제다오는 사방이 벽으로 둘러싸인 방에 홀로 남았다. 다음으로 그가 한 일은 숙소를 살펴보는 것이었다. 깔끔한 작은 부엌도 있고, 몇 명의 사람들과 어울릴 정도의 공간도 있었다. (내가 요리를 할 수 있으려나? 못 해도 배우면 되긴 하겠지만.) 이 스위트룸에서 가장 사치스러운 곳은 화장실과 욕조였다. 마개가 달린 향유가 차곡차곡 쌓여 있고, 바구니에는 향기 좋은 비누가 담겨 있었다. 세면대 옆 수납장에는 여러 장의 수건과 터무니없이 폭신한 붉은색 목욕 가운이 있었다.

서재에는 단말 하나와 조금 고풍스러워 보이는 접이식 책상이 있었다. 서예 물품도 보였다. 자신이 제대로 그림을 그리거나 붓글씨를 쓸 수 있을지는 짐작도 가지 않았다. 그는 붓 하나를 만지작거리다 옆에 내려놓았다.

접이식 책상 옆에는 시선을 사로잡는 물건 두 개가 보였다. 하나는 켈 탈라우가 전해준 젱자이 덱이었다. 슈오스가 압수해 갔던 때가 너무도 먼 과거처럼 느껴졌다. 다른 하나는 기묘하게도, 식물이 심어져 있는 화분이었다. 그것도 장식용 식물이나 꽃이 아니라 피 화분이었다. 그 옆에는 행복한 도마뱀 그림이 그려진 작은 도자기 물뿌리개가 있었다. 원하는 바는 명백했다. 이걸 돌봐달라는 거겠지.

제다오는 흙을 만져봤다. 살짝 말라 있었다. 그는 물뿌리개를 채운 다음 파에 물을 주었다. 그리고 잎을 만질 엄두를 내지 못한 채로, 멍하니 바라보기만 했다. 잠시 후, 그는 물뿌리개를 내려놓고 마지막 방으로 들어섰다.

침실에는 두 사람이 쉬기에 충분한, 바짝 붙어도 개의치 않는다면 세 사람까지도 가능할 크기의 침대가 있었다. 그 위엔 깔끔하게 개킨 이불이 놓여 있었다. 그 옆 탁자에는 사탕을 가득 담은 쟁반이 보였다. 육두관이 이곳을 꾸미는 데 개입한 것이 분명해 보였다.

그는 이내 서재로 돌아와 단말 앞에 앉았다. 사실 그럴 필요는 없었지만, 지금은 허공에 떠 있는 영상을 상대하고 싶지가 않았다. 다시 그 수수께끼의 노란 눈이 떠오를 테니까.

제다오는 그리드에 물었다. "내가 자살을 요구하면 무슨 일이 벌어지나?"

단말이 점멸했다. 그러나 제다오의 시선은 다른 쪽을 향했다. 뒤에서 붉은 불빛이 깜빡이는 모습이 화면에 비쳤던 것이다. 그는 그대로 의자를 박차고 몸을 돌리며 자세를 낮췄다. 그리고 초감각에 주의를 기울이지 않은 자신에게 욕을 내뱉었다. 기습 정도는 충분히 알아챌 수 있었을 텐데.

뱀형 서비터 하나가 그를 바라보고 있었다.

"헤미올라." 제다오는 헐떡이며 말했다. "너 여기 있어도 괜찮은 거야?"

"이곳 서비터 집단과 접선하고 왔어요. 조심하기만 하면 문제없을 거예요."

"〈망령〉호에서는 어떻게 도망쳤어?"

"전투가 시작되자마자 배에서 내려 조난 신호를 보냈어요. 체리스의 동맹 서비터들이 저를 구해줬고요."

제다오는 〈망령〉호에서 퀠을 학살하던 서비터들을 떠올리고 입을 꾹 다물었다.

"심문하는 걸 엿듣고 있었어요." 헤미올라가 말했다. 제다오의 불안감을 알아차린 모양이었다. "그런 일을 저지른 서비터들은… 나쁜 놈들이 맞아요. 어쨌든 쿠젠이 사라진 거라면 우린 이제 자유잖아요. 당신과 나, 우리 모두요."

제다오는 머뭇거렸다. "나는…" 말을 꺼내는 것만으로도 목이 메는 느낌이었다. "나는 그를 사랑했어. 그런데 죽였지. 둘 중 어느 쪽이 더 나쁜 건지 모르겠어."

"나도 조금은 이해할 것 같아요. 저에게도 한동안 쿠젠이 세상의 전부였거든요." 헤미올라는 조금 더 가까이 다가와서는 그의 맞은편에 내려앉았다. 공감하는 듯 보라색 불빛을 반짝이면서.

"체리스가 임무를 마무리하라고 너를 보낸 건가?"

"스스로 왔어요." 헤미올라는 묘하게도 자부심 넘치는 투로 말했다. "사실 좀 의견이 안 맞았거든요. 그리고 이젠 우리 둘 다 낯선 곳에 홀로 남은 셈이잖아요. 그래서… 당신한테 친구가 필요할지도 모른다고 생각했어요."

슈오스 육두관이 경고하지 않았던가? 총탄에 쓰러진 슈오스보다 외로움에 쓰러진 슈오스가 더 많다고. 혹시라도 그게 사실이라면 어떻게 하나.

"그래." 제다오는 말했다. "그래주면 기쁠 것 같아."

서비터도 거짓말을 할까? 알 수 없는 일이었다. 만약 헤미올라가 〈망령〉호의 서비터들과 연계하고 있다면, 그는 살려줬으나 휘하의 퀠은 몰살한 그들과 한 패거리라면 어떨까. 알아내려면 헤미올라와 가까운 사이가 될 수밖에 없었다. 그게 앞으로 살아갈 이유까지는 될 수 없겠지만, 그래도, 지금 당장 손에 잡히는 것이라곤 이것뿐이었다.

제다오는 자리에서 일어나며 주 화면에 떠오른 안락사 요청 양식을 지웠다. "그만 가봐야지. 슈오스 육두관의 부하들한테 들키고 싶지는 않을 거잖아." 그는 서비터들이 이곳 감시 시스템에 빈틈을 만들어놓았으리라 짐작하고 있었다. 나중에 자세히 배우고 싶은 일이 하나 더 늘었다.

"나중에 또 올게요. 몸조심해요, 제다오." 헤미올라는 이렇게 말하고 정비용 통로까지 둥실 떠오르더니 순식간에 모습을 감췄다.

제다오는 몸을 떨었다. 눈물이 앞을 가렸다. 전부 포기하고 싶다는 유혹은 아직 사라지지 않았다. 눈을 감고서, 지금 쿠젠의 보호 아래로 돌아왔다고, 햇살처럼 사치스러운 방에 살고 있다고 자신을 속이고 싶었다. 퀠의 제복을 찾아 갈아입기만 하면 쿠젠이 자신을 반겨줄 것만 같았다. 심장이 찢어질 것처럼 아름다운 얼굴에 미소를 머금은 채로.

그러나 제다오는 다른 길을 선택했다. 그러니 그 대가를 품은 채로 살아가야 했다.

그는 카드 덱을 집어 들고 침실로 걸음을 옮겼다. 딱히 순서를 맞출 생각 없이, 카드를 한 장씩 침대에 내려놓았다. 앞으로는 탈라우를 다시 만날 일도, 그가 어떻게 살고 있는지 알 기회도 없을 것이다. 함대의 나머지 켈들 또한 마찬가지였다. 그리고 그 편이 모두에게 좋을 것이다.

카드는 공간을 너무 많이 차지할뿐더러, 이불에 아주 작은 경사만 생겨도 그대로 흘러내리는 짜증 나는 성질을 가지고 있었다. 톱니바퀴 2번 카드는 여섯 번째 열에서야 모습을 드러냈다. 은색과 검은색 배합이 낯설게만 느껴졌다. 제다오는 그 카드를 뽑아서 서랍 속에 뒤집어 내려놓았다. 이제 이 카드는 필요하지 않을 테니까. 남은 카드는 다시 상자에 담았다. 이제 이 덱으로 점을 보거나 공정한 젱자이를 칠 수는 없겠지만, 어차피 그는 두 가지 모두 관심이 없었다.

이내 제다오는 다시 서재로 돌아가 작업을 시작했다. 새로운 게임을 설계할 때였다.

에필로그

    우주 정기선은 천천히 불완전한 원호를 그리며 행성 진입 궤도로 들어섰다. 정착지가 가까워지자, 조종사는 기체를 이쪽저쪽 돌리며 승객들에게 그 모습을 구경하게 해줬다. 조금 전엔 뭉툭하고 낮은 산맥과 그 기슭의 적록색 숲을 지나쳤는데, 구경거리라 하기엔 다소 애매했는데도 우주선 조종사는 온 힘을 다해 그 풍경을 자랑했다. 한쪽 구석에 있는 바위나 묘한 모양으로 모인 나무들 따위를, 마치 최고의 조경사가 그들의 즐거움을 위해 세심하게 배치한 물건인 양 추켜올리면서. 꼬리 근처에 앉아 있던 체리스도 결국 조종사의 자랑을 받아들이고 승복하게 되었다. 물론 나무들은 상당히 오랜 시간 마음 내키는 대로 자라난 것처럼 보였지만. 무계획적인 테라포밍 때문일 수도, 단순한 방치의 결과일 수도 있었다.

    승객들은 비행 내내 소소한 잡담을 나누었다. 출생과 결혼과 죽음,

패션, 어린 양고기와 요거트로 만들 수 있는 최고의 요리는 무엇인지에 대해서. 그러다 난데없이 수학 문제까지 등장하는 바람에, 게다가 학생으로 보이는 두 젊은이가 모두 연산의 우선순위를 잘못 파악하고 있었기 때문에, 체리스는 끼어들지 않기 위해 입 안을 깨물며 참아야 했다. 저들의 실수를 교정해주는 것은 그녀가 할 일이 아니었다. 적어도 아직은.

안전을 위해서, 체리스는 미코데즈가 추천한 의사를 찾아가 얼굴을 개조했다. 그러나 '동업자 사이의 예의'라 칭하며 돈을 내준 미코데즈는 결과물을 보고서 실망한 투로 이렇게 물었다. "눈부시게 아름다운 얼굴로 개조하지 않은 이유가 뭔가요? 기회를 놓치지 말았어야죠."

그녀는 고개를 저으며 대답했다. "그곳 사람들 사이에 어울려 들어가야 하니까요. 기억할지 모르겠지만, 우리 민족은 보통 비싸고 화려한 육체 개조를 즐기지 않거든요." 미코데즈는 그 이상 캐묻지 않았다.

정기선은 나비처럼 사뿐하게 착륙했고, 체리스는 더플백으로 손을 뻗었다. 소지품이랄 것은 별로 가져오지 않았다. 그저 생필품 약간, 최소한의 옷가지와 그녀의 까마귀 행운돌, 그리고 키루에브 장군이 선물한 손목시계 정도였다. 환영 위원회 쪽에서는 슈오스 후원자의 도움 덕분에 신규 이주자에게 충분한 정착 자금을 제공하고 있다고 설명했다(체리스는 미코데즈가 므웬족을 일부나마 구한 것이, 그만의 원칙을 지키려는 행동이었다고는 생각하지 않았다. 그러나 덕분에 동족이 절멸의 위험에서 빠져나왔다는 점은 인정할 수밖에 없었다). 거주지는 이미 배정받은 상태였다. 다른 독신자 몇 명과 함께 살 예정이었다. 므웬족은 보통 친족과 함께 거주하지만, 9년 전에 있었던 탄압 때문에 수많은 대가족이 붕괴해버리고 말았다. 생존자들은 눈앞에 닥친 상황에 적응할 수밖에 없었다.

체리스는 우주선에서 마지막으로 내렸다. 다른 승객 여럿은 이미 그들을 맞이하러 나온 사람들 쪽으로 걸음을 옮기고 있었다. 일부는 서로 이름을 부르며 포옹하기도 했다. 그녀는 미묘한 감정을 느끼며 그 모습을 지켜봤다. 동족을 사칭하는 사기꾼이 된 기분이었다.

문득 여자 한 명이 환영 인파에서 빠져나와 체리스 쪽으로 다가왔다. 그리고 빠른 므웬-달어로 체리스에게 말을 걸었다.

체리스는 얼굴을 붉히며 고개를 저었다. "죄송합니다." 그녀는 제다오의 느릿하게 끄는 어조를 최대한 억누르며 더듬더듬 대답했다. "저는 므웬-달어를 잘 못해요. 여기 와서 배울 생각이긴 한데요."

여자는 그녀의 어깨를 토닥였다. 체리스는 몸을 빼지 않고 손길을 받아들였다. 여자는 이번에는 낯선 억양의 표준 언어를 사용해 말했다. "나는 오루예요. 통역 일을 하고 있죠. 당신은 정착하러 온 거겠죠? 방문객이 아니라?"

"그렇습니다." 체리스는 대답했다. 적어도 지금만큼은 진심이었다. 지난 10년 동안 온갖 사건을 겪은 후인지라 평온한 삶을 고대하고 있었으니까. "저는 드자니스 파랄이라고 해요." 이 가짜 신분도 미코데즈가 베푼 호의의 결과물이었다.

오루는 활짝 웃었다. "아, 수학 선생님이군요! 학교 사람들이 새로운 선생님을 기다리고 있었어요. 일손이 부족해서 말이에요. 꼬맹이들도 프로그램 수업을 열 번이나 돌려 듣다 보면 도망칠 생각밖에 안 한다니까요. 다른 선생님들은 수학 수업을 진행할 만큼 내용에 익숙하지 못하고요."

수다스러운 오루의 목소리에 귀 기울이던 체리스는 아주 오랜만에 긴장이 풀리는 느낌을 받았다. 지금껏 상상도 하지 못한 미래였다. 부모의 뜻을 거스르고 켈에 자원할 때에도, 제다오의 뜻을 이어받겠다고 투신했을 때에도. 때로는 지금처럼, 아주 사소한 것이 엄청난 변화를 가져오는 법이다.

"고맙습니다." 오루가 말을 마치자, 체리스는 므웬-달어로 이렇게 말했다.

"따라 해봐요." 오루는 미소를 머금은 채로 그녀의 발음을 교정해주었다.

체리스는 조심조심 그녀의 발음을 따라 했다.

"같이 가죠. 분명 배가 고플 것 같은데." 오루는 처음에는 므웬-달어로, 뒤이어 표준 언어로 이렇게 말했다.

"네, 고프네요." 체리스는 오루를 따라 새로운 고향으로 걸음을 옮겼다.

어머니 민족의 언어를 배운다고 해서, 그녀가 죽음으로 몰아간 무수히 많은 므웬인들이 살아 돌아오지는 않을 것이다. 아이들에게 수학을 가르친다고 해서, 표준 역법체계가 몇 세기 동안 공동체에 입힌 상처가 저절로 아물지도 않을 것이다. 하지만 그렇다고 지금 그녀가 가고자 하는 미래가 쓸모없다는 것은 아니었다. 문명이 진보하기 위해선, 아주 사소한 일일지언정 이를 계속해나가는 사람들이 필요한 법이니까. 이제는 체리스가 그 일을 해나갈 차례였다.

나인폭스 갬빗 3

초판 1쇄 찍은날 2020년 11월 23일
초판 1쇄 펴낸날 2020년 11월 30일
지은이 이윤하
옮긴이 조호근
펴낸이 한성봉
편집 하명성 · 신종우 · 최창문 · 이동현 · 김학제 · 신소윤 · 조연주
콘텐츠제작 안상준
디자인 전혜진 · 김현중
마케팅 박신용 · 오주형 · 강은혜 · 박민지
경영지원 국지연 · 강지선
펴낸곳 허블
등록 2017년 4월 24일 제2017-000050호
주소 서울시 중구 퇴계로30길 15-8 [필동1가 26]
페이스북 www.facebook.com/dongasiabooks
인스타그램 www.instagram.com/dongasiabook
블로그 blog.naver.com/dongasiabook
전자우편 dongasiabook@naver.com
트위터 twitter.com/in_hubble
전화 02) 757-9724, 5
팩스 02) 757-9726
ISBN 979-11-90090-30-8 03840

이 도서의 국립중앙도서관 출판예정도서목록(CIP)은
서지정보유통지원시스템 홈페이지(http://seoji.nl.go.kr)와
국가자료공동목록시스템(http://www.nl.go.kr/kolisnet)에서
이용하실 수 있습니다.(CIP제어번호: CIP2020048428)

허블은 동아시아 출판사의 SF 브랜드입니다.

※ 잘못된 책은 구입하신 서점에서 바꿔드립니다.

만든 사람들

편집 김학제 · 신소윤
크로스교열 안상준
디자인 전혜진
일러스트 요이한